LA PEREGRINA

ISABEL SAN SEBASTIÁN

LA PEREGRINA

PLAZA JANÉS

Papel certificado por el Forest Stewardship Council®

MIXTO
Papel procedente de
fuentes responsables
FSC® C117695

Primera edición: agosto de 2018
Primera reimpresión: septiembre de 2018

Printed in Spain – Impreso en España

ISBN: 978-84-01-01998-2
Depósito legal: B.18.492-2018

Compuesto en M. I. Maquetación, S. L.

Impreso en Liberdúplex
Sant Llorenç d'Hortons (Barcelona)

L 0 1 9 9 8 2

Penguin
Random House
Grupo Editorial

A Asturias, patria querida...

¡Oh peregrino de Santiago! No mientas jamás con la boca que ha besado su altar. Con los pies con los cuales tantos pasos anduviste por él, no camines jamás hacia las malas obras. Con las manos con que tocaste su venerado altar no hagas mal.

Códice Calixtino

Nota de la autora

A finales del siglo IX la noticia del hallazgo del sepulcro de Santiago en el *finis terrae* de Occidente había sido ampliamente difundida y aceptada al norte de los Pirineos. Así lo atestiguan varios martirologios de la época, como los de Ado de Viena, Usuardo de Saint-Germain-des-Prés (867) o Notker de Saint Gall. Pocas décadas después, peregrinos procedentes del norte y este de Europa llegaban regularmente hasta la humilde basílica mandada levantar sobre la tumba por Alfonso II de Asturias, soberano de esas tierras.

El Archivo de la Catedral de Compostela conserva una donación realizada por dicho rey a esa iglesia en el 834. El mismo documento da cuenta de la peregrinación realizada por el monarca al «lugar santo» descubierto unos años antes, sin precisar la fecha exacta del descubrimiento ni tampoco la de la visita.

El acta de donación, aceptada como esencialmente verídica, sitúa por tanto el acontecimiento en un momento indeterminado anterior al año 834 y posterior al 818, año en el que el obispo Teodomiro, titular de la sede iriense cuando se produce la aparición, toma posesión de su prelatura en dicha ciudad, llamada actualmente Padrón. Durante largo tiempo la historiografía puso en duda la existencia misma de ese prelado, considerado un personaje de ficción incorporado a la leyenda jacobea varias centurias más tarde. Esa asunción hubo de ser definitivamente abandonada en 1957, después de que unas obras de restauración realizadas en la catedral sacaran a la luz una lápida sepulcral, indudablemente auténtica, que fechaba su fallecimiento el 20 de octubre del 847.

Unos cien años antes, otras excavaciones habían permitido encontrar los restos de tres personas distintas, dos varones relativamente jóvenes y un tercero en el último tercio de vida, inicialmente identificados como el Apóstol y sus dos discípulos, Atanasio y Teodoro. La investigación llevada a cabo por orden del papa León XIII concluyó que el cadáver de mayor edad correspondía al de un hombre muerto por decapitación, en cuyo cráneo faltaba un hueso, la apófisis mastoidea derecha, coincidente con una reliquia venerada desde antiguo en Pistoia (Italia) como perteneciente a Santiago el Mayor. La resolución de la Congregación encabezada por el doctor Chiapelli fue publicada el 25 de julio de 1884, seguida de una bula, *Deus Omnipotens*, que daba por buena la presencia de los restos del santo en Compostela y llamaba a emprender nuevas peregrinaciones a su sepulcro.

¿Realidad o falsificación? Iglesia e historiadores de uno u otro signo no terminan de ponerse de acuerdo, aunque existen evidencias documentales y arqueológicas sobradas para concluir que el Camino de Santiago no es fruto de una mera invención. Diversos elementos más o menos imaginarios se han ido incorporando a la leyenda del Apóstol con el correr de los siglos, pero no hay engaño sin base alguna que perdure con tanta fuerza durante más de un milenio. Y hace ya más de mil años que peregrinos procedentes de todo el orbe recorren el Camino de Santiago guiados por motivos múltiples, no siempre vinculados a la fe.

Los hechos narrados en esta novela recrean el primero de esos viajes. El que llevó al Rey Casto, Alfonso II, desde su capital de Oviedo hasta un bosque perdido de la remota Galicia, integrada poco antes al pequeño reino cristiano asediado por las tropas de Al-Ándalus. Tal como explican las notas históricas al final de este libro, el relato se basa en la documentación existente, así como en una antiquísima tradición jacobea reconocida por la Unesco en 2015 al declarar el Camino Primitivo como Patrimonio de la Humanidad.

Tanto el contexto histórico-político en el que se desarrolla la trama como varios de los personajes que aparecen en ella son reales y responden a lo que se cuenta en las crónicas de la época, sean estas cristianas o musulmanas. Las aventuras de ficción que acontecen a los protagonistas son responsabilidad exclusiva de la autora, al igual que cualquier posible error.

Con el fin de facilitar la lectura, la datación utilizada en el texto es la común hoy en día y no la que habría empleado Alana de Coaña en el siglo IX. Entonces el calendario vigente era el de la Era Hispánica, que comenzaba a contar a partir del 38 antes de Cristo. En rigor, por tanto, a todas las fechas citadas deberían haberse añadido esos 38 años, de manera que el 791 de nuestra era se habría convertido en el 829 de la Era Hispánica, y así sucesivamente. Dado que la práctica totalidad de la bibliografía consultada para la parte histórica del relato data los acontecimientos con arreglo al calendario moderno, me ha parecido más sencillo hacer lo propio, dejando constancia aquí de esta pequeña traición a Alana.

La ruta seguida por la comitiva es prácticamente igual al Camino Primitivo recuperado en la década de los ochenta gracias a la labor impagable de la Asociación Astur-Galaica de Amigos que lleva su nombre. La novela se divide en trece capítulos porque dicha ruta consta de otras tantas etapas, que cautivan por su belleza. La guía adjunta al final de la novela permite al lector identificar los nombres actuales de los lugares descritos, localizarlos en un mapa, encontrar tesoros desconocidos, como esa mina de oro romana escondida entre montañas, y seguir las huellas de los personajes a través de los paisajes por los que transitan.

Las maravillas que acompañan a la aparición del sepulcro en esta historia son las que durante doce siglos han alimentado el misterio de este prodigioso hallazgo. La descripción del Apóstol y de las asombrosas obras atribuidas a su poder se inspiran en el Códice Calixtino, manuscrito del siglo XII iniciado por la mano de Diego Gelmírez, nacido con el propósito de promover no solo el culto a Santiago, sino las peregrinaciones a Compostela que tanto han contribuido a enriquecer el acervo cultural español.

Hasta la sensación de fatiga recogida en estas páginas responde fielmente a la realidad, ya que la autora recorrió buena parte de las calzadas citadas pese a estar recuperándose de una reciente fractura en el pie. El dolor no restó un ápice de verdad al saludo propio del peregrino: «¡Buen camino!».

1

El mensajero del santo

En el año del Señor de 827
Ovetao
Festividad de Santa Agripina

Mañana, al clarear el alba, partiremos hacia poniente, siguiendo el recorrido del sol. En esta ocasión no es la guerra la que nos llama, sino un prodigio acaecido allá donde la tierra termina, a orillas de la Mar Océana que muere en la Gran Catarata. Una bendición del cielo, a decir de mi señor, si es que lo que le han narrado resulta ser verdadero.

Probablemente este sea mi último viaje a caballo por sendas donde acecha el peligro. Ahora mismo ignoro si seré capaz de soportar la prueba hasta el final, aunque mantengo intacta la voluntad de conseguirlo. En este tiempo de ocaso mi alma se eleva más que nunca hacia Dios, pero mi espíritu sigue estando hambriento de amaneceres, mis manos desean tocar y mis pies aguardan, impacientes, el momento de echar a andar.

Me llamo Alana. Soy hija de Huma e Ickila. Nací en el castro de Coaña, al abrigo de muros antiguos. Por mis venas corre sangre astur y sangre goda. Sirvo a don Alfonso el Magno, rey de Asturias, el más grande soberano de la Cristiandad. Mis ojos cansados han visto horrores sin cuento, pese a lo cual se afanan en permanecer bien abiertos. Antes de cerrarse para siempre, tal vez puedan contemplar el lugar donde reposa el apóstol Santiago; uno de los doce escogidos que más amó el Redentor.

Con su ayuda me he propuesto relatar aquí el itinerario del camino que emprendemos tras sus huellas, imitando el ejemplo de Egeria, quien peregrinó en solitario a Tierra Santa y recogió en un manuscrito cada emoción, cada experiencia vivida a lo largo de esa aventura.

La tarea, en mi caso, resulta aún más arriesgada, dado que viajo en compañía. ¿Una paradoja? No. Todo lo contrario. Siendo yo una mujer en este mundo de hombres, las circunstancias me obligan a escribir con suma cautela, a resguardo de miradas hostiles, pues no hay prudencia bastante ante el recelo creciente que inspira nuestra condición a medida que pasan los años.

¿Será leída algún día esta crónica? ¿Alcanzaré la gloria que aureola a la virgen de la Gallaecia? Es imposible saberlo. Nadie me acusará, no obstante, de renunciar a intentarlo.

¡Allá voy!

* * *

La nueva del prodigioso hallazgo llegó a palacio en la tarde de anteayer, traída por un joven clérigo muy parecido a Rodrigo, el menor de mis hijos, entregado el servicio de la Iglesia cuando todavía era un niño. Él es mi principal motivo para emprender este viaje. La meta de mi corazón y el impulso que mueve este viejo cuerpo cansado. Hace tanto tiempo que no lo abrazo ni recibo noticias de él, que no he podido resistir la tentación de ir a su encuentro, aun sin tener la certeza de hallarlo.

¡Quiera Dios que así sea!

¿Qué iba diciendo?

Venía el pobre mensajero agotado, con la túnica embarrada hasta las rodillas, bigote crecido en el rostro todavía imberbe, sandalias deshechas y pies ensangrentados por la dureza del camino recorrido desde Iria Flavia, en menos de dos semanas, empujando a su montura hasta el límite de la extenuación.

Apenas había reposado o comido durante el trayecto, pues le urgía sobremanera comunicar al soberano lo sucedido en un paraje cercano a la sede ocupada por el obispo Teodomiro, quien lo había enviado a toda prisa a la corte en calidad de emisario. Traía una carta redactada por el prelado de su puño y letra, además de un mandato verbal: narrar los hechos acontecidos sin omitir un detalle.

El muchacho estaba visiblemente azorado. De entrada, la presencia del Rey y de todos nosotros le intimidó hasta el punto de impedirle abrir la boca. Después se puso a balbucear, incapaz de hallar palabras adecuadas para describir lo que debía contarnos. La misiva hubo de hablar por él en un principio, aunque poco a poco acabó soltándose y se transformó en un ardiente orador.

Ese joven clérigo hará carrera en la Iglesia, no me cabe duda. Le inspira un fuego interior de los que se propagan con facilidad. Y vive Dios que su historia justificaba con creces tanto la premura como la pasión que puso al transmitírnosla. ¿Quién habría conseguido refrenar el corazón ante semejante noticia?

El Hijo del Trueno, nos dijo, descansaba en la tierra de Asturias. Sus sagradas reliquias acababan de ser encontradas merced a una revelación milagrosa. Él mismo había sido testigo. Él daba fe de cuanto afirmaba.

Aunque tengo la dicha de saber leer y el destino me ha permitido conocer varios reinos, así cristianos como moros, confieso que al oír hablar de ese «hijo» nunca pensé que se tratara de un apóstol. Una muestra de incultura grave para una dama de mi posición, que achaco a mi educación en buena medida pagana, a caballo entre el Dios Padre de Ickila y la diosa de la religión antigua profesada por mi madre, Huma.

Lo cierto es que, lejos de llevarme a evocar la imagen de un discípulo de Jesucristo, la mención del trueno me hizo pensar en mi infancia. Vino a mi memoria lo que solía contarme ella, Huma, orgullosa jefa del clan gobernado por los de su sangre, sobre el tempestiario que había vivido antaño en una cueva del monte situada no muy lejos de nuestro castro. Ignoro si han transcurrido décadas o siglos desde entonces. A mí me parece estar viéndolo…

Era ese anciano un personaje muy querido, venerado por los vecinos, que lo alimentaban y vestían a cambio de conjuros capaces, creían ellos, de alejar de allí a la tormenta, librándolos de la devastación causada por los rayos. Supersticiones de otra época, felizmente desaparecidas hoy, a las que no podía referirse un hombre de Iglesia como aquel muchacho.

¿Quién era entonces ese santo totalmente desconocido para mí? ¿Qué hacían sus huesos en el Reino?

No me atreví a preguntarlo.

* * *

El soberano se hallaba esa tarde en el salón del trono, junto a varios de sus condes palatinos y algún diligente funcionario, escuchando con paciencia infinita peticiones, apremios y quejas.

Yo misma había acudido a él en busca de ayuda para el cenobio de Santa María de Coaña, cuyos muros vamos levantando trabajosamente, en comunidad monástica, cerca del lugar donde me crié.

Todavía aguardaba mi turno, al fondo de la sala, cuando fue anunciada la presencia de un mensajero procedente de Gallaecia, enviado por Su Excelencia Reverendísima, el obispo Teodomiro, con información vital para don Alfonso.

El rostro del Rey cambió al instante. Su gesto, hasta entonces apacible e incluso aburrido, se crispó en un rictus de preocupación. Las arrugas de la frente se le acentuaron, abriendo dos surcos profundos en el entrecejo. Hasta sus ojos, de un azul semejante al del mar cerca de la arena clara, parecieron nublarse de pronto. Pese a sus esfuerzos por no evidenciar signos de temor, una súbita marea de recuerdos le había arrancado la paz de cuajo.

Todos en esa estancia sabíamos bien que el occidente del Reino rara vez había sido fuente de noticias dichosas. Todos éramos conscientes de las brutales aceifas perpetradas por las huestes mahometanas en la región, con puntualidad despiadada, coincidiendo con el verano. También de las frecuentes revueltas alentadas contra la autoridad real por ciertos caudillos locales.

La mera mención de Gallaecia fue capaz de retorcer los rasgos del monarca, quebrando la serenidad de la que emana buena parte de su magnetismo. Porque debo decir que mi señor, Alfonso el Magno, no solo es el más grande monarca de la Cristiandad, sino un hombre extraordinariamente atractivo. El hombre más apuesto que haya conocido yo jamás.

Alto de estatura, esbelto en su corpulencia, de nariz orgullosa, frente obstinada, mentón cuadrado, partido en dos mitades por una graciosa oquedad central, y boca de labios finos bajo el bigote poblado, destaca entre sus caballeros.

Tanto su barba como su cabello, que gusta de llevar largo y solo recoge para la batalla, fueron de un rubio intenso, salpicado hoy de hebras blancas. Ahora, teñidos de gris, conservan toda su belleza, además de resaltar la majestad de su persona.

Don Alfonso no pasa desapercibido. No necesita imponer para ser obedecido. Ejerce la autoridad de manera natural, como buen hijo y nieto de príncipes célebres por sus hazañas. Rara es la ocasión en la que descompone el semblante, ante la mención de algún nombre evocador de espectros que únicamente él identifica. E incluso entonces, solo quienes le conocemos desde antiguo notamos el cambio, imperceptible para los extraños.

Dirán algún día quienes lean estas palabras, si logran trascender el tiempo, que me pierde la pasión. Cierto. Dirán que exageré sus virtudes, omitiendo sus carencias y defectos. Respondo desde ahora que lo describo como lo veo yo, aureolado de gloria. ¿Acaso la grandeza de corazón no proporciona un brillo singular al rostro? ¿Acaso los atributos del caballero, el honor, el valor, la firmeza en la palabra, la gallardía en la conducta, no elevan a la persona?

El alma noble se refleja en una mirada limpia, del mismo modo que el mal termina afeando los rasgos. El espíritu aflora antes o después, hasta hacerse perceptible a la vista, si quien mira sabe hacerlo traspasando la superficie.

Yo amo a mi señor sin esperar que me ame. Sin condición. Me conformo con la dicha de haber cabalgado tantas veces a su lado y haberle servido con lealtad. Siempre me ha movido hacia él un sentimiento limpio, libre de apetitos carnales. O acaso no siempre así. No siempre; tampoco hoy. Ni siquiera yo lo sé. Y aunque lo supiera… ¿qué importaría?

Fuera como fuese la naturaleza de ese amor, habría estado condenado de antemano, toda vez que don Alfonso ha elegido vivir en castidad, renegando de los placeres mundanos. ¿Por qué razón? Nadie lo sabe, pese a que todos a su alrededor nos hemos formulado esa pregunta mil veces, imaginando todo tipo de causas, a cual más inverosímil.

Lo único cierto es que el Rey permanece casto, para desesperación de cuantas mujeres sueñan, o soñamos, con él, y de cuantos consejeros le empujan a engendrar un heredero al trono. Él se mantiene firme en esa decisión tan dura como incomprensible. Su capacidad de renuncia está a la altura de su determinación y hace de su existencia un alarde de sacrificio.

En cuanto a mí... Resulta difícil distinguir la admiración del amor o trazar una frontera nítida entre la devoción y el deseo. Sentidos y sentimientos están más íntimamente ligados de lo que nos gusta admitir. El amor, cuando merece ese nombre, aspira a la plenitud. ¿Puede alcanzarse esa meta sin conocer el placer de una caricia o un beso? Lo dudo. Es más; afirmo que no. Confesarlo, empero, es cosa distinta.

Amo a mi rey como no he amado a nadie; ni siquiera a Índaro, mi difunto esposo. Lo amo y no me avergüenzo, aunque jamás le declararía este amor.

Lo que no se identifica no existe; carece de realidad definida. Por eso mis antepasados astures rehusaban dar nombre a sus hijos hasta verles superar el segundo año de vida. Si abandonaban este mundo sin haber aprendido a caminar o alimentarse solos, como suele ocurrir, sus cuerpos regresaban a la tierra dejando una huella difusa de su paso efímero, lo que aliviaba profundamente el duelo de sus familiares.

Mi propia madre no empezó a llamarse Huma antes de cumplirse ese plazo. Yo en cambio cometí el error de dirigirme a Pelayo, mi primogénito, cuando aún lo llevaba en el vientre, entablando con él largas conversaciones mudas. Acaso por eso al perderlo, a la vez que lo veía nacer, sufrí un desgarro brutal que todavía no ha sanado. Ni sanará.

Tradición y sabiduría se dan frecuentemente la mano.

* * *

La tarde en que llegó el mensajero hacía calor, por lo que don Alfonso no se cubría con manto de armiño o púrpura. Vestía una sencilla túnica de lino basto y manga ancha, rematada en los bordes con cintas color carmesí, símbolo de realeza. Ceñía su cintura una correa de cuero oscuro en la que resaltaba la hebilla en forma de punta de flecha, de oro macizo ricamente labrado. En la frente portaba la corona con la que fue ungido Rey el noveno mes del año 791 de Nuestro Señor, hace ya más de tres décadas, tras la renuncia de Bermudo, arrollado por los mahometanos en el desastre del río Burbia. Un humilde aro dorado, desnudo de gemas, cuyo peso gigantesco, no obstante, ha soportado con extraordinario coraje desde entonces, prácticamente en solitario, por el bien de su pueblo y del Reino.

Tras toda una vida a su servicio, sigo emocionándome al contemplar la magnitud del soberano y la apostura del hombre. Su fortaleza. Su aplomo. Están en él, en el espíritu que traspasa piel y vestiduras, sin necesidad de adornos. Moran en su corazón más que en su espada, por más que esta rara vez se aleje de su mano.

Celeste, un acero de Damasco ganado en combate al mismísimo Abd al-Malik ibn Mugait en la batalla de Lutos, nada tiene que envidiar a *Joyosa*, la espada de Carlos el Magno, recibida de su abuelo, Carlos Martel, vencedor de los sarracenos en Poitiers. Tampoco a *Durandarte*, la perteneciente a

Rolando, muerto por los muslimes en Roncesvalles, que custodiaba en su interior un diente de san Pedro y la sangre de san Basilio.

La de mi señor es un arma tan bella como letal. Ligera, pese a su longitud de más de dos codos, y a la vez muy resistente. El soberano la enriqueció mandando fabricar a sus orfebres una empuñadura única, en cuyo pomo se alojan reliquias de varios santos e incluso hilos del Santo Sudario que cubrió el rostro de Jesucristo después de su crucifixión.

Nunca ha sido desenvainado ese hierro sin un motivo justificado. Nunca ha derramado sangre que no fuera necesaria. Antes al contrario, ha recibido de su dueño las cualidades de nobleza que posee y cultiva él: honor ante todo, piedad, valentía, determinación, perseverancia, sacrificio, abnegación, fuerza y justicia. Por eso, cuando descansa sobre un cojín junto al trono que ocupa el Rey, en su vaina de cuero repujado y plata, no solo no inspira temor, sino que resulta tranquilizadora. Tanto como el mismo soberano, sentado en su escaño de roble.

Y vuelvo al relato de los acontecimientos, que adentrándome sin pretenderlo en el terreno de los sentimientos me desvío de lo esencial.

Me había quedado, si no yerro, en el anuncio del emisario recién llegado a palacio…

—¡Hazle pasar enseguida! —ordenó el Rey con voz grave al chambelán, sin mostrar la turbación que probablemente sentía.

Yo misma estaba, en ese instante, conteniendo la respiración.

En la Gallaecia, cerca de Lucus, se encuentra el monasterio de Sámanos, protegido en el fondo de un valle y mantenido hasta ahora a salvo de los estragos que trae consigo la guerra. Allí pasó mi hijo Rodrigo la mayor parte de su vida, antes de trasladarse a Iria Flavia para incorporarse al servicio del prelado Teodomiro, según me hizo saber en su última carta, llegada a palacio hace más de un lustro. Desde entonces, no tengo noticias suyas.

¿Habría sido atacado ese santuario de paz por los guerreros de la media luna? No resultaba en absoluto descabellado concebir esa idea terrible.

Dos estíos ha, sin ir más lejos, se adentraron hasta el corazón de esa tierra las huestes enviadas por el segundo de los emires llamados Abd al-Rahmán, nieto del que yo conocí en Corduba, siendo aún doncella. Quienes contemplaron la devastación provocada por su furia regresaron a Ovetao con testimonios aterradores.

Tras la muerte del omeya de las blancas vestiduras, fundador de la dinastía empeñada en aniquilarnos, sus sucesores, Hixam, Al-Hakam y ahora este, no se han cansado de acometernos con expediciones brutales, enviadas año tras año a tratar de doblegarnos. Y casi siempre se producen justamente en esta época.

Bien es verdad que ni nuestros espías en Al-Ándalus ni tampoco los vigías desplegados en los puertos de montaña han avisado últimamente de ataque alguno, aunque no sería la primera vez que aparecen por sorpresa, cual plaga de langostas.

¿Cómo no temblar?

Teníamos motivos sobrados para sentir las garras del miedo arañarnos las entrañas, aunque la visión de un monje nos tranquilizó enseguida. Los mensajeros del frente nunca visten hábito ni lucen tonsura. Suelen oler a la sangre que les impregna la ropa.

—¡Hablad! —dijo el Rey al joven clérigo, visiblemente sosegado—. ¿Qué clase de nuevas son las que os traen hasta la corte en tal estado? Confío en que nada malo le haya ocurrido al obispo…

El hermano vaciló, sin saber cómo comportarse en presencia de ese monarca que infunde respeto, afecto y temor a partes iguales.

La gloria de don Alfonso es tanta, sus proezas de tal magnitud, que, cumplidos los sesenta y dos años, treinta y seis de ellos reinando, aparece ante su pueblo como un elegido de Dios, merecedor de reverencia. De ahí que el bueno de Nunilo —así dijo llamarse el fraile— se quedara momentáneamente sin palabras, pese a la facilidad de lenguaje que demostraría más tarde.

En ese instante solo acertó a inclinar la cabeza ante su señor, tendiéndole con mano temblorosa un pergamino amarillento doblado en cuatro puntas, meticulosamente lacrado y sellado.

* * *

A diferencia de otros monarcas únicamente duchos en el manejo de las armas, mi señor Alfonso lee y escribe a la perfección, pues no en vano fue educado por los mismos hermanos sabios que acogieron a mi pequeño en su monasterio de Sámanos. Los ojos, no obstante, empiezan a traicionarnos tanto a él como a mí, lo que nos obliga a disponer de buena luz para entregarnos a esos menesteres. Y el salón del trono carece de la claridad necesaria.

La estancia, cuyos muros de piedra lloran aún por las juntas húmedas, es de unas dimensiones inéditas en Asturias. Eso hace parecer muy pequeñas sus ventanas alargadas, abiertas a media altura. Poco más que troneras, rematadas eso sí en arcos dobles, apoyados sobre pequeñas columnas bellamente labradas, que apenas dejan paso al sol. Se trata de una sala enorme, en comparación con la pobreza de nuestras casas, tan sobria como todo lo demás aquí.

Esta corte guerrera, acostumbrada a la destrucción que traen consigo las aceifas, rehúsa entregarse al lujo, aunque honra la dignidad del soberano que ha mandado reconstruirla en el empeño de inmortalizar el legado de su padre.

En un futuro, cuando seque la obra de mampostería, serán encaladas las paredes antes de iluminarlas con pinturas. Por el momento, las abrigan grandes tapices de lana tejidos en colores vivos. El suelo de piedra alrededor del trono está cubierto de pieles, mientras que por el resto del piso los siervos esparcen paja cada mañana, en un combate perdido contra el barro que traen las botas. Apenas hay mobiliario, más allá de algunos escabeles y de los braseros de cobre cebados con carbón vegetal. Los hachones fijados en los muros alumbran a duras penas la oscuridad del lugar, incluso al mediodía. Y los hechos que voy a narrar sucedieron cuando ya empezaba a caer la noche.

El Rey se estaba impacientando.

—Veo vuestra tonsura. Sabréis de letras. Desveladme de una vez el contenido de ese escrito.

—Como ordenéis, señor.

Lo que había sido un trabalenguas inconexo se convirtió en un chorro de voz cuando Nunilo se aclaró la garganta y empezó a leer el mensaje:

Teodomiro obispo, siervo de Dios, a Su Majestad don Alfonso, religiosísimo Rey, soberano de Asturias. Salud y bendición apostólica en Cristo...

No puedo reproducir con exactitud el contenido de la misiva, que narraba de forma prolija el hallazgo milagroso llevado a cabo por un ermitaño en un paraje cercano a Iria Flavia. Me limitaré pues a resumir lo esencial, sin añadir de mi cosecha a lo que oí en boca del novicio.

De acuerdo con el relato, el hombre, llamado Pelayo, vivía apartado del mundo en el bosque de Libredón, cercano a la parroquia de San Félix de Lovio. Allí, durante varias noches seguidas, llamaron su atención unos resplandores misteriosos, distintos a todo lo contemplado hasta entonces. Estrellas cuyo movimiento dibujaba un campo refulgente en el firmamento, mientras una música celestial rompía el silencio nocturno sin necesidad de que nadie tañese instrumento alguno.

Al cabo de varios días de zozobra y oración, durante los cuales temió haber perdido la cordura o ser víctima del Maligno, Dios atendió la plegaria del santo varón y esas luces le indicaron el camino a seguir, empujándolo al tiempo con fuerza hasta un lugar situado en lo más profundo de la espesura, donde dio con el sepulcro del que identificó inmediatamente como apóstol Santiago.

—¿De qué modo? —inquirió el Rey al instante.

—Merced a un ángel. Una voz interior imposible de explicar de otro modo o describir de forma más precisa —respondió el emisario de Teodomiro—. Eso al menos es lo que nos dijo el hombre, cuando el obispo y yo mismo lo interrogamos a él como acabáis de hacer vos conmigo.

Contestada la pregunta, retomó la lectura de la epístola, que seguía desgranando la historia.

Pelayo corrió ese mismo día a informar de su hallazgo en la aldea, incapaz de guardar para sí tamaño descubrimiento. Allí, el sacerdote lo remitió de inmediato al prelado. Llegado el reverendísimo Teodomiro al lugar indicado, después de ayunar tres días a fin de purificar su cuerpo, mandó apartar la maleza que ocultaba las piedras descubiertas por el anacoreta e iniciar los trabajos necesarios para sacar a la luz el sepulcro.

A su alrededor se congregaba una gran multitud de fieles, ante la cual cayó postrado, a los pies de las ruinas, proclamando a grandes voces que, sin lugar a dudas, se trataba del Arca Marmórica mencionada en los escritos de Isidoro de Sevilla, san Julián de Toledo y Beda el Venerable. Es decir, que habían encontrado el túmulo funerario donde reposaban las reliquias de Santiago el Mayor, evangelizador de Hispania, y de sus discípulos Anastasio y Teodoro.

* * *

Esa narración de los hechos, aderezada con la floritura al uso, constituía lo esencial de la carta episcopal.

Don Alfonso se tomó unos instantes para reflexionar. En cuanto a mí, fue oír el nombre de Santiago y recordar, en un fogonazo de la memoria, la letra de un himno compuesto por Beato de Líbana, un monje tartamudo a quien conocí en mi juventud, que escribía sin descanso en su monasterio de Santo Toribio:

Oh verdadero y digno Apóstol, cabeza refulgente y áurea de Hispania, defensor poderoso y patrono nuestro...

Yo escuché por vez primera esa oda hace mucho tiempo, en una iglesia de Passicim, tratando de ocultarme, entre la multitud, de gentes que me buscaban para hacerme daño. Pareciera que han transcurrido siglos...

En aquel entonces, fugitiva y perseguida por los sicarios de Mauregato el traidor, invoqué la protección de ese santo que el fraile lebaniego presentaba, con bellas palabras, como amoroso pastor capaz de mantener alejados peste, enfermedad, llagas, hambres e infierno. Después, apelé a él en incontables batallas, rogando que su escudo librase a nuestras tropas de morir bajo el hierro sarraceno. Y ahora, a decir de este mensajero llegado de poniente, el mismo cielo nos revela con señales inequívocas la presencia de sus restos mortales a pocas jornadas de Ovètao, allá donde se acuesta el sol en la mar que sirve de confín al mundo.

Aunque, como ya he dicho, don Alfonso había escuchado en silencio, evidenciando su desconfianza, con gesto hosco Nunilo puso el máximo énfasis en la lectura, ansioso por transmitirnos su júbilo y el del alto dignatario eclesiástico firmante de la misiva.

Concluida la lectura, añadió:

—Yo estaba allí, mi señor. Sentí el influjo de esas piedras. Los aldeanos del lugar empiezan a hablar de milagros y acuden con flores y ofrendas destinadas a honrar al santo.

—No sé... —replicó don Alfonso en tono escéptico—. Nada de lo que contáis me parece en absoluto concluyente.

—Comprendo vuestra incredulidad, majestad. ¿Quién daría pábulo sin más a semejante maravilla? Sin embargo, os juro por la salvación de mi alma que cuanto os he dicho es cierto.

—No os ofenderé negándolo, hermano. Pienso, no obstante, que tal vez seáis vos mismo víctima de algún engaño, al igual que nuestro amado obispo. Últimamente proliferan los desaprensivos dispuestos a cualquier vileza con tal de obtener provecho de la buena fe de su prójimo.

—Os ruego con toda humildad que os dignéis ir hasta ese bosque, señor. Porque si hubierais podido contemplar las maravillas que acompañaron a la aparición del sepulcro, si hubierais visto y escuchado lo que pude ver y escuchar yo, desterraríais de inmediato la duda de vuestro pensamiento.

Por convincente que resultara el entusiasmo de Nunilo, el Rey seguía vacilando en dar por bueno lo que oía. Bastaba observar su ceño fruncido para darse cuenta de que libraba un combate feroz entre su deseo de creer y su deber de mantener alta la guardia.

—Las reliquias falsas abundan en manos de mercaderes impíos y estáis hablando nada menos que de Santiago el Mayor. ¿Sois consciente de lo que implica ese nombre?

—Si no creéis en mi palabra, leed vos mismo el relato escrito por el reverendísimo obispo de su puño y letra, os lo ruego. Id a comprobarlo in situ. Abrid vuestro corazón a la luz cegadora de Dios. Suyos son el poder infinito, la misericordia y la gloria. Ahora que nuestro pueblo sufre penalidades sin cuento en defensa de su verdad, ¿tan extraño sería que nos entregara a uno de los Doce como prenda de su amor?

El soberano había empezado a tironearse la barba como suele hacer cuando rumia decisiones importantes.

—Si lo que relata en su carta Teodomiro respondiera realmente a la voluntad del Altísimo, estaríamos ante un acontecimiento de incalculable valor para el Reino. Ante un hecho más trascendente incluso que la victoria concedida por Nuestra Señora la Virgen María a mi bisabuelo, en la batalla de la Cova d'Onnica, a fin de que restituyera la libertad a los cristianos uncidos al yugo musulmán.

—Regocijaos pues con nosotros, majestad. Celebrad la dicha de este prodigio. Creedme cuando os digo que de él han de hablar los siglos venideros con júbilo.

Tras un tiempo de reflexión que se nos hizo interminable a todos, el Rey acabó sentenciando:

—Superchería o no, el asunto es lo suficientemente grave como para que partamos de inmediato hacia Iria Flavia. Una vez allí, daré a conocer mi veredicto.

* * *

He pedido al Rey como favor especial que me incorpore a su comitiva, aduciendo el deseo de visitar a mi hijo. No es seguro que permanezca al servicio del prelado Teodomiro ni que por tanto lo acompañe hasta ese paraje cercano al *finis terrae* al que nos dirigimos. Ni siquiera sé con certeza si está vivo, en esta patria nuestra azotada de continuo por la guerra. Por esa razón he suplicado el permiso del monarca, quien conoce de sobra mi padecer. No tendré mejor ocasión que esta para tratar de averiguar el paradero de Rodrigo y, en caso de encontrarlo, volcar en él todo el cariño que no he podido darle estos años.

Don Alfonso, generoso, ha accedido, siempre que yo consienta viajar a caballo y no en una silla de manos, como demandaría mi edad. Silla de manos o silla de montar, ¿qué puede importarme? No veo el momento de iniciar la marcha.

Los caminos son ásperos y don Alfonso tiene prisa, por lo que ha ordenado cargar únicamente con la impedimenta indispensable, ligeros de equipaje, prescindiendo de carros. Estos quedarían atrapados en el barro que a buen seguro cubre los caminos, lo que acabaría retrasándonos. Así pues, nada de ruedas; fuera bártulos inútiles.

Iremos a lomos de montura, como hemos hecho siempre ante una incursión sarracena. Nos privaremos de toda comodidad, sin proferir un lamento. Confío en que mis huesos aguanten el duro castigo, pues de lo contrario tendré que darme la vuelta y renunciar; desterrar la ilusión que los mueve a realizar tamaño esfuerzo. No me refiero al Apóstol, sino a mi hijo.

Rodrigo es, como queda dicho, la razón por la cual don Alfonso me ha permitido unirme al cortejo que lo acompañará en esta peregrinación. Él es mi preocupación y el anhelo que guía mis pasos, aunque no negaré la excitación que me produce emprender esta nueva aventura junto a mi señor. También la promesa de esa intimidad compartida llena de vitalidad mi espíritu.

Pese a no estar demasiado lejos el uno del otro, hace años que no veo al pequeño de mis varones, ni para mi desgracia sé de él. Concretamente, desde que dimos juntos el adiós definitivo a su padre, Índaro, muerto en combate como tantos otros guerreros del Reino. ¿Cuánto tiempo ha transcurrido desde entonces? ¡Demasiado!

Después de enterrar a su padre, mi joven postulante regresó a sus obligaciones en Sámanos y yo a las mías en la corte, donde la paz que todos ansiamos nunca resulta ser duradera. Desde entonces he dado por hecho que él seguiría ascendiendo en la carrera eclesiástica mientras yo centraba mis desvelos en la comunidad monástica de Coaña, cuyo desarrollo requiere de innumerables gestiones: recaudación de fondos, captación de hermanas y hermanos, construcción de una capilla, redacción de nuestra regla...

Ninguna que no pueda esperar, desde luego.

El corazón me dice que Rodrigo vive, si bien algo más difuso, una especie de intuición brumosa, despertó en mi interior de golpe al ver llegar a ese novicio procedente de la Gallaecia. Fue como si Rodrigo me llamara a su lado. No sabría explicar cómo o por qué, pero sentí que me necesitaba. Por eso dejo todo a un lado con el fin de acudir a su encuentro, confiando en que las cosas transcurran como deseo y espero.

En apenas media luna nos encontraremos, Dios mediante, si es que finalmente se reúne con nosotros en las inmediaciones de Iria, junto a Teodomiro, a fin de conducirnos al lugar donde dicen que descansa el santo.

Mi fiel Ximena, que lleva toda una vida a mi lado, ha preparado ya mis cosas, aunque no vendrá conmigo. Habré de arreglármelas sola, con la ayuda de los siervos y la criada puesta a mi servicio por el chambelán de palacio. Claro que en peores trances me he visto. En comparación con la guerra, esto es una partida de caza.

Dado que estamos en verano, no es mucho lo que preciso acarrear en el equipaje: un manto de lana tupida capaz de resistir a la lluvia, camisa, túnica, calzas y escarpines de recambio. También peine y pasador para recogerme el cabello, como corresponde hacer a una viuda decente. Eso he mandado disponer en una pequeña arca de cuero, donde viajarán igualmente el recado de escribir, algunas hierbas sanadoras y unos pomos con ungüentos, por si nos acecha algún mal. Nada más. Cuanto menos peso cargue la mula, mejor.

※ ※ ※

Dudo que pueda dormir esta noche. La emoción me ha dado unas fuerzas que creía definitivamente perdidas e inspirado la necesidad de redactar esta crónica. Esta vez nada ni nadie podrá impedírmelo. Me lo he prometido a mí misma.

Contar, recoger, conservar la historia… Ese anhelo habita en mi corazón desde que me enseñó a juntar las letras un viejo sacerdote llamado Bulgano, retirado del mundo junto a su mujer y sus hijos, a quien conocí en circunstancias que no vienen ahora al caso. Ese hombre no solo me salvó la vida, sino que me hizo un regalo impagable al abrirme las puertas del conocimiento almacenado en los códices. Él desbrozó el sendero de curiosidad abierto por otro clérigo, de nombre Félix, cuya plácida existencia transcurría en una biblioteca de Toletum.

Es tanto el placer que he obtenido leyendo, tanto lo que he aprendido y gozado al hacerlo, que siempre he querido compartir esa dicha con quienes viniesen detrás de mí. Dejar testimonio escrito de lo que nos ha tocado vivir, sufrir, luchar, sentir. Hacer el presente perdurable en un mañana incierto. Inmortalizar esta existencia azarosa que a mi entender merece ser recordada.

Hasta ahora no había resultado posible. Era más urgente desempeñar otras tareas al servicio de mi rey o al cuidado de mi familia. Hoy dispongo del tiempo y los medios necesarios para llevar a cabo esta labor, sin tener la menor idea de si valdrá o no la pena.

¿Quién tiene el poder de anticipar lo que nos deparará la Providencia?

Sean cuales sean esos hechos, los recogerá este pergamino.

* * *

Llevo toda la mañana escribiendo, despacio, alumbrada por el sol que inunda mi alcoba orientada al sur. El palacio levantado por Tioda, el arquitecto del Rey, es un recinto amplio, protegido por murallas de piedra y provisto no solo de un templo propio, sino incluso de baños que alimenta un acueducto construido a tal efecto. Nada tiene que envidiar esta morada real a las que conocí en Toletum o en la mismísima Corduba, cuando en Asturias solo las iglesias eran construcciones sólidas.

Don Alfonso habita la planta alta de la torre situada a la derecha del gran portón que da acceso al patio de armas. A la izquierda se erige otra de igual tamaño, que alberga dependencias varias. Debajo del monarca duerme el cuerpo de guardia, cerca de la armería. Un puente fortificado comunica esa torre con el edificio de dos alas que acoge las estancias donde residen los miembros de la corte, así como la servidumbre. Las cocinas están al otro lado, junto a las cuadras, por lo que la comida llega a menudo fría a la mesa de mi señor, que se acuesta en un lecho igualmente helado.

Con frecuencia pienso en cuánta tristeza habrá masticado él en esa cama solitaria donde nunca ha prendido su fuego la pasión. Cuánto deseo habrá mantenido a raya a base de voluntad y oración, con tal de permanecer casto, nadie sabe en virtud de qué promesa; de qué herida o tortura del alma encerrada en una mazmorra bajo siete puertas selladas.

¿Será esa soledad escogida la razón por la cual nunca ha dudado en partir el primero al frente, capitaneando a sus tropas? ¿Le pesará lo que sea que atenaza su espíritu más que el cansancio y la prudencia juntos? Probablemente prefiera compartir los rigores del combate con sus guerreros a sufrir la frialdad de esas paredes desnudas. Lo que no alcanzo a comprender es el porqué de semejante renuncia.

Ha de ser algo muy grave, un motivo abrumadoramente poderoso, lo que induce en él una conducta tan opuesta a la naturaleza; tan dolorosa. Daría lo que fuera por desvelar ese misterio, no por curiosidad, sino para así poner fin a ese sufrimiento terrible.

El palacio, en todo caso, dispone de estancias suficientes para dar cobijo a los huéspedes, y yo no soy una cualquiera. Mi esposo fue el primer fidelis de don Alfonso en Passicim, marchó con él al exilio, tras la traición de Mauregato, y luchó a su lado hasta la muerte. Yo nunca me quedé atrás, pues soy hija del pueblo astur, cuyas mujeres combaten con el mismo arrojo que los hombres. Esa era al menos la costumbre hasta época reciente. Ahora todo ha cambiado.

* * *

En esta corte guerrera cada cual ocupaba el sitio que se ganaba con sus obras. No solía haber lugar para advenedizos. Con los años, al calor de las conquistas, han ido medrando arribistas duchos en la adulación. Gentes como el conde Aimerico, que viajará con nosotros.

Tal vez yerre en mi juicio por falta de información suficiente, lo admito. Si el Rey lo sienta a su diestra, él debe de merecerlo, por mucho que yo me empeñe en atribuirle intenciones aviesas. Ante la duda, empero, prefiero mantener mis reservas.

Le he visto en más de una ocasión en compañía de cortesanos adversos a lo que es y representa mi señor, lo cual, en este nido de víboras, ha hecho saltar mis alertas. Acaso estuviera cumpliendo alguna misión secreta con el fin de empujarles a delatarse o tal vez tramara algo con ellos. Lo ignoro. Él es tan hábil diplomático como temible guerrero, cualidades que a don Alfonso le resultan muy valiosas. A mí en cambio me desagrada verlas concurrir al tiempo en una misma persona. La doblez nunca ha ido conmigo. Las sonrisas falsas, tampoco.

Sea como fuere, el conde Aimerico es hoy en día el consejero más cercano al soberano y probablemente su mejor amigo. Ha ocupado el lugar que antaño correspondió a Índaro. Viudo de su tercera esposa, fallecida como las anteriores de parto, se hará acompañar en este viaje de una hija habida de su primer matrimonio, llamada Freya, a quien vigilaré estrechamente, como haré con el padre.

No pienso perder de vista a ninguno de los dos. Algo me dice que su presencia en esta peregrinación no responde únicamente a la devoción por un apóstol, sino a otras motivaciones bastante menos confesables. Él es tremendamente ambicioso. Ella, una doncella de inmejorable cuna y singular belleza. O bien la utiliza de cebo para atraer al Rey a alguna clase de trampa, o simplemente pretende introducirla en su lecho a la menor oportunidad. No sería ni mucho menos el primero en intentarlo.

Desconfío, sí. Soy mal pensada, lo reconozco. A lo largo de la vida esos rasgos de carácter innatos me han sacado de muchos aprietos. ¿Por qué habría de cambiar ahora? ¡Lejos de mi intención el hacerlo! Freya y yo misma seremos las dos únicas damas integrantes del cortejo real, por lo que habremos de compartir tienda y terminar intimando. No pienso quitarle ojo. Es más, me las arreglaré para que la observe también la sirvienta encargada de atendernos.

El resto de la comitiva lo componen media docena de siervos, un par de esclavos sarracenos, dos libertos, que son el cocinero de palacio y la mujer a nuestro servicio, una guardia armada de diez hombres y tres clérigos tan distintos entre sí como pueden serlo tres hombres que comparten la tonsura.

Odoario, abad del monasterio de San Vicente, es un santo varón de edad similar a la de don Alfonso. Tal vez algo mayor, incluso, y desde luego peor tratado por los años. Me pregunto cómo resistirá los rigores del viaje su cuerpo enjuto, duramente castigado por las frecuentes penitencias y ayunos. Yo no he tenido mucho trato con él, aunque su rostro rasurado, surcado de arrugas profundas, emana bondad, al igual que su sonrisa.

Ha escogido por compañero a un fraile recientemente llegado de Toletum, de nombre Sisberto, que parece el reverso de la moneda: rechoncho, bajo de estatura, con ojos vivos de roedor, cabello ralo color oscuro y mejillas permanentemente encendidas. Ya no es un mozalbete, desde luego, pero nos aventaja a casi todos en juventud. Habla demasiado, para mi gusto, y suele engolar la voz. Más que hermano, se diría obispo. Dicho esto, huyó de su ciudad natal, poniendo en riesgo su vida, para rezar libremente a su Dios aquí entre nosotros, en Asturias. No fue el primero en hacerlo ni tampoco será el último, pero ese paso requiere valentía y fortaleza merecedoras del mayor respeto.

El tercero en discordia es Danila,[1] monje calígrafo más o menos coetáneo mío, a quien mi señor el Rey ha encomendado la tarea de compilar el itinerario de la peregrinación.

Habría dado el brazo izquierdo por asumir yo ese trabajo. De hecho, estoy determinada a llevarlo a cabo, aunque sea en secreto.

Cuando don Alfonso se lo encargó a ese reputado calígrafo, célebre en todo Ovetao por su rigurosa disciplina y la pulcritud de su letra, a punto estuve de dar un paso al frente y ofrecerme voluntaria, recordándole las ocasiones en las que serví de escriba a mi esposo, quien no poseía esa habilidad. Finalmente me faltó el valor. Bastante merced me ha hecho permitiéndome unirme a este grupo, en el que no estará Nunilo, demasiado fatigado aún como para desandar el camino.

Precisamente con ellos dos, con Nunilo y con Danila, pasé yo buena parte del día de ayer. Gracias a la vasta cultura que comparten, cuando mañana al amanecer nos pongamos finalmente en marcha, podré decir yo también que sé a quién vamos buscando.

* * *

—«Santiago, hijo de Zebedeo y hermano de Juan, fue reclutado por Jesús junto al mar de Galilea...»[2]

El joven novicio llegado desde Gallaecia conocía los hechos del Apóstol como si los hubiese protagonizado él mismo. No fue preciso insistir para que me ilustrara sobre ellos. Estaba deseando hacerlo.

Fui yo quien acudió a su alcoba, con el pretexto de preguntar si necesitaba alguna cosa. Me había fijado en el salón en que sus pies estaban sangrando y le llevaba un ungüento con el que tratar sus llagas. En realidad, empero, lo que pretendía averiguar era quién había sido ese discípulo de Cristo del que yo lo ignoraba todo. No quería que esa ignorancia me sonrojara ante mi señor, de modo que le rogué:

—¿Tendríais la bondad de contar a esta vieja dama quién fue exactamente el santo cuyas reliquias vamos a adorar?

—En realidad, señora, el objetivo del viaje que os disponéis a emprender es precisamente certificar que los restos sagrados hallados bajo ese campo de estrellas pertenecen al apóstol evangelizador de nuestra patria.

Dada la vehemencia con la que había sostenido su causa la víspera, esa respuesta me dejó desconcertada.

—¿Acaso no estáis seguros el obispo Teodomiro o vos mismo?

—Desde luego que sí. Pero nada quedará formalmente acreditado mientras el Rey no contemple con sus propios ojos lo que nosotros hemos tenido ya la fortuna y la gracia de ver. Estamos hablando de un hecho extraordinario, sin precedentes en tierras de Hispania.

—Si decís la verdad, el soberano lo sabrá. No resulta fácil engañarle.

—¡Ni pretendemos hacerlo! Nuestro señor Alfonso acertará obrando con la máxima cautela, pues el hallazgo de tan valiosas reliquias constituye un prodigio que ningún mortal ha contemplado desde hace largo tiempo. Su incredulidad es perfectamente comprensible y aun deseable para la finalidad perseguida. Os aseguro que, cuando esté ante el sepulcro, todas sus dudas se disiparán. A partir de ese momento, el Rey y el mundo entero sabrán que Santiago el Mayor descansa en la Gallaecia.

—¿Se trata entonces realmente del cuerpo de un apóstol?

—Así es, y no de uno cualquiera… De los doce apóstoles del Señor: Simón, llamado Pedro, y Andrés, su hermano;

Santiago, el de Zebedeo, y Juan, su hermano; Felipe y Bartolomé; Tomás y Mateo, el publicano; Santiago el de Alfeo y Tadeo; Simón el Cananeo y Judas Iscariote, que lo traicionó, el hijo de Zebedeo fue uno de los primeros en seguirle, abandonando su barca y sus redes, a su padre y a su madre, sin ni siquiera despedirse de ellos. Por ese motivo Nuestro Señor lo bendijo con un amor especial.

Tal vez porque me adentro en la vejez no termino de comprender dónde radica la grandeza de abandonar a unos padres. Es ley de vida, lo sé. Mis propios hijos han andado esa misma senda. ¿Les otorgo un mérito especial por hacerlo? ¡Desde luego que no! Comprendo que el amor de los padres hacia sus hijos es un sentimiento incondicional y por tanto incomparable al que estos les profesan generalmente a ellos, pero de ahí a que resulte meritorio marcharse de su lado sin decir adiós…

A mí no me fue dado escoger. Me arrancaron de mi hogar recién derramada la primera sangre y cuando conseguí regresar solo quedaban de él cenizas. Claro que los designios de Dios siempre son inescrutables. ¿No es así?

Curiosa por averiguar más, continué con mi interrogatorio, errando al aplicar mi lógica a una historia acaecida muy lejos de nuestra Asturias.

—¿Quiénes eran esos padres? ¿Cuál era su linaje?

—Hay quienes pretenden que Santiago era hermano carnal del Señor, porque se lee en los Evangelios: «¿No se llama su madre María, y sus hermanos Santiago, José, Simón y Judas?». Otros dicen que en realidad su hermano era el otro Santiago, Alfeo, y hay quien sostiene que los dos. Otros afirman que en realidad eran primos, al ser hijos de tres hermanas, a saber: María la madre del Señor, María, la madre de Santiago Alfeo y María, la madre de los hijos de Zebedeo. Y al sobrino y al primo de alguien en el tiempo de los apóstoles se le llamaba hermano.

—Temo haberme perdido. ¿Cuántos hombres llamados Santiago acompañaron al Redentor?

—Las Sagradas Escrituras mencionan a cuatro: Santiago el Zebedeo, nuestro Apóstol; Santiago el Menor, el Justo y el Hijo de Alfeo. Probablemente todos compartiesen algún parentesco. Mas fuera cual fuese el vínculo carnal que los uniera, lo único importante es que todos ellos se hermanaron con Jesucristo por la voluntad de Dios, que cumplieron en vida, como lo afirma el mismo Señor diciendo: «Quienquiera que hiciera la voluntad de mi Padre que está en los cielos, ese es mi hermano».

Aquella respuesta poco había aclarado mis dudas respecto de la sangre del Apóstol, más allá de indicarme que nació en tierras de Galilea y creció junto al Salvador. Nada indicaba, empero, que fuese de linaje noble, lo que no restaba un ápice de admiración devota al modo en que mi interlocutor se refería a él.

Opté pues por orientar de otro modo mis preguntas.

—¿Cómo lo honró Jesucristo? ¿Le otorgó algún título especial en reconocimiento de sus hazañas?

Nunilo esbozó una sonrisa en la que detecté una condescendencia harto molesta, especialmente viniendo de un muchacho todavía imberbe, en edad de ser mi hijo.

—Solo una mujer concebiría un pensamiento semejante. También la madre del santo Apóstol hizo algo parecido cuando fue a pedir a Jesús que reservara un lugar especial a sus hijos en el cielo, sentando a uno a su diestra y a otro a su izquierda en la mesa.

No deseaba entrar en una polémica que me habría alejado de mis propósitos, por lo que me tragué el orgullo e inquirí:

—Si, como afirmáis, el Señor amaba de un modo especial a esos hermanos, ¿qué tenía de particular esa demanda? Más de una vez he rogado yo a nuestro rey que sentara a su derecha en un banquete a mi hijo mayor, Fáfila, con el fin de distinguirlo entre los demás invitados.

—Volvéis a demostrar vuestra ignorancia, dama Alana. La petición de María resultaba absurda porque a la izquierda de Jesús se sienta el Padre, que lo ha colocado a su derecha, tal y como está recogido en las Escrituras. Tal obviedad no requiere explicación.

De nuevo hice de tripas corazón e insistí:

—En tal caso, Nunilo, ¿en qué modo manifestó su amor especial el Señor?

—De mil maneras distintas. Para empezar, permitiéndole asistir a la resurrección de la hija del jefe de la sinagoga o acompañarle en el monte Tabor, donde tuvo lugar la transfiguración y todos pudieron contemplar su rostro brillante como el sol bajo la luz resplandeciente de su gloria, por ejemplo. Pero, sobre todo, coronándolo con la dicha de ser el primero en recibir el martirio y subir a los cielos, y el primero en poseer el cetro de la victoria y asiento en el paraíso celestial.

—¿Por ser su hermano?

—¡Desde luego que no! —Se ofendió—. Si Nuestro Señor le otorgó esa corona fue por el celo con el que cumplió su misión, pues no en vano había dado poder a sus doce discípulos sobre los espíritus impuros, para arrojarlos y para curar toda enfermedad y toda dolencia, y para desterrar de raíz la superstición pagana. Por eso lo llamó Santiago, que significa Suplantador.

—¿Suplantador? —pregunté sin entender.

—Suplantador, sí, porque con su predicación arrancó a muchos de sus vicios, suplantó en los corazones de los judíos y los gentiles la idolatría y la perfidia, confirmándolos en la fe de Cristo y el consuelo del Espíritu Santo.

—Cuando informasteis a don Alfonso del hallazgo del sepulcro, os referisteis a él como Hijo del Trueno…

—Así llamó el Señor a los dos hermanos, Santiago y Juan: Boanerges, que significa hijos del trueno. Porque el trueno produce aterradores ruidos, riega la tierra con lluvia y emite relámpagos. De manera similar, los hermanos lanzaron ruidos aterradores cuando, como cuentan las Escrituras, «por toda la tierra salió su pregón y a los confines del orbe de la tierra llegó su palabra».

—El ruido del trueno asusta. Resulta aterrador cuando el rayo cae cerca. ¿Pretendían acaso asustar con sus palabras los apóstoles? Perdonad mi desconocimiento, hermano, pero quisiera comprender…

—Abrid pues vuestros oídos, señora, y escuchad —me reprendió, severo—, o acaso sufráis la misma suerte que su verdugo. Santiago nunca pretendió asustar, sino alumbrar a todos con la luz de Cristo. Relampagueaba con sus milagros y así iluminaba la mente de los sencillos; derramaba lluvia benéfica cuando regocijaba y al tiempo confortaba los corazones de los humildes. Confundía con razones contundentes a quienes crucificaron a Cristo, que no sabían qué hacer ni qué partido tomar. Ni siquiera decapitándolo lograron doblegar su cabeza.

La pasión con la que se expresaba ese mensajero del santo resultaba contagiosa, lo confieso. Sus ojos, rodeados de ojeras negras debidas al agotamiento, semejaban ascuas ardientes. Sus manos, como halcones de presa, revoloteaban amenazadoras alrededor de su boca, enfatizando cada palabra, cada silencio.

Aunque lo había encontrado tumbado en el lecho, con los pies desnudos hinchados, cubiertos de heridas, se había levantado para dar grandes zancadas alrededor de la alcoba, aparentemente inmune al dolor que debía de sentir. Aquel muchacho había visto sin duda algo que le llenaba de fuego. Algo que yo ansiaba contemplar también.

—¿Murió Santiago por la espada? —pregunté.

—Murió para este valle de lágrimas, aunque ascendió a los cielos aureolado de gloria y allí vive para Dios.

—¿Lo ejecutaron? —insistí.

—Lo mandó ejecutar Herodes Agripa, en tiempos del emperador Claudio, transcurridos diez años desde la Ascensión de Nuestro Señor. Envió a prenderlo a un escriba de los fariseos, llamado Josías, quien pereció junto a él, degollado por la misma espada, tras convertirse a la luz de Cristo al escuchar su palabra.

—¿Por qué decís entonces que no se doblegó su cabeza?

—Es evidente que todo lo referido al Apóstol os resulta desconocido, señora.

—Así es, joven Nunilo. Mas no creáis que soy la única ni os enojéis por mi ignorancia. La mayoría de los súbditos de Su Majestad sabe de ese discípulo mártir lo mismo que yo. Es decir, muy poco o nada.

—En tal caso, cumpliré un grato deber iluminándoos. Preguntabais por qué no doblegó el Apóstol su cabeza. Os respondo: silenció el verdugo su voz, hiriendo dos veces su cuello hasta desprender su preciosa cabeza del tronco, sin conseguir que esta rodara por el suelo. El santo, lleno de la virtud de Dios, la tomó entre sus manos elevadas al cielo y así permaneció de rodillas, sujetándola, a la espera de que cayera la noche y recogieran el cuerpo sus discípulos.

Aquel relato prodigioso me estaba impresionando tanto que eclipsaba mi profundo desagrado por el modo un tanto arrogante en que ese novicio imberbe se dirigía a mí. Desgranaba su narración con tal vehemencia, con tal convicción, que me parecía estar viendo a Santiago, hincado de hinojos y cubierto de sangre, sostener su propia cabeza con orgullo fiero, empecinado en impedir que lograran arrebatársela.

—Por supuesto —prosiguió Nunilo—, en ese tiempo varios hombres enviados por Herodes trataron por todos los medios de arrancar esa cabeza de los brazos que se aferraban a ella, mas no pudieron. Se les agarrotaban las manos sobre el preciosísimo cuerpo del Apóstol, protegido por un escudo divino de la profanación pretendida.

Mi rostro debía de reflejar todo el estupor que había logrado causarme con esa imagen, porque justo en ese punto dio por finalizada la conversación, dejándome con la siguiente pregunta en la boca. Deseaba saber cómo era posible que un apóstol martirizado en Jerusalén hubiese sido sepultado tan lejos de allí, cerca del *finis terrae*. Algo no encajaba en esa historia. Iba a formular la correspondiente objeción, cuando él me cortó en seco:

—Ahora, si me lo permitís, quisiera recogerme en oración. Ya han debido de llamar a vísperas y no es mi costumbre faltar al rezo.

Me quedaba por descubrir el modo en que los restos del Apóstol habían llegado a la Gallaecia y la razón por la cual había escogido nuestra tierra para su eterno descanso, pero sabía a quién acudir en busca de esas respuestas. Y no pensaba acostarme antes de conseguirlas.

* * *

Hasta ayer, nunca había hablado con Danila. Recuerdo eso sí haberle visto en la vieja corte, junto al Rey, cuando don Alfonso firmó su testamento en presencia de los notables del Reino, hace ya diecisiete inviernos.

¡Que Dios le guarde aún muchos años!

Entonces el escriba era un hermano poco mayor que Nunilo, larguirucho, de hombros escurridos y mirada huidiza, que trataba de hacerse invisible pese a destacar ya por la pulcritud de su caligrafía. Un clérigo más de los muchos que pululaban por la corte.

A diferencia de lo que solían hacer los hombres en aquellos días, no me dirigió ni una mirada. Tampoco ahora parece sentir gran simpatía hacia mi persona. Tan hostil fue ayer su recibimiento, que no me atreví a confesarle mi intención de redactar mi propio itinerario de nuestra peregrinación, por miedo a que acuda al soberano para quejarse de mi pretensión. Ni siquiera le revelé que sé leer y escribir. Solo habría conseguido empeorar su ya pésima opinión sobre mí.

A tenor de la conversación que mantuvimos, es de los que considera a la mujer un ser de naturaleza inferior, sin otro papel que el de madre y amante esposa. Como él hay muchos en Ovetao. Cada vez más, a medida que se van perdiendo las antiguas costumbres astures para abrir paso a las de los godos, más parecidas a las imperantes entre los sarracenos del sur. Lo cual me obliga a redoblar la mano izquierda cuando quiero conseguir algo. Y ayer deseaba que el fraile, cuya barriga ha medrado lo suyo, a la vez que la calvicie se comía la tonsura, me desvelara el misterio de cómo y por qué Santiago, «el suplantador», dispuso descansar en el Reino.

—¿Dais vuestro permiso? —Llamé a su puerta.

—¿Quién vive? —respondió él, arisco.

—Una peregrina en busca del Apóstol —dije sin faltar a la verdad.

—¡Adelante!

Estaba de pie, junto a un pupitre alto de madera oscura, escribiendo a la luz de dos cirios en un libro iluminado de figuras que cerró en cuanto yo entré. Tenía los dedos de su mano derecha negros de tinta, al igual que buena parte de la pechera y las mangas. Me miró fríamente, inquiriendo sin palabras el motivo de esa visita manifiestamente desagradable a sus ojos.

—¿Interrumpo vuestro trabajo, fray Danila?

—Lo habría hecho la noche en cualquier caso —replicó, seco—. ¿En qué puedo serviros?

—Sé que Su Majestad os ha encomendado compilar un relato detallado de lo que hallemos al llegar a Iria Flavia, a fin de que la posteridad tenga constancia de lo acontecido en nuestros días. En razón de ese alto honor, he dado por hecho que nadie conoce como vuestra reverencia la vida del santo cuyas reliquias han sido felizmente halladas.

Un gesto apenas perceptible, similar al de los pájaros cuando ahuecan las plumas, atestiguó que era vulnerable al elogio, como la gran mayoría de sus congéneres. Alentada por esta certeza, añadí, impostando humildad:

—¿Querríais dedicar un fragmento de vuestro valioso tiempo a sacarme de mi ignorancia? No alcanzo a comprender cómo es posible que un apóstol de Nuestro Señor Jesucristo, decapitado en Jerusalén, terminara sepultado en la Gallaecia…

—Es evidente que no habéis leído a san Jerónimo, el cual a su vez aprendió del bienaventurado Cromacio. Natural. No se hizo la miel para la boca del asno.

Me tragué nuevamente el orgullo, esta vez a duras penas, y le dejé continuar.

—Después de la Pasión de Nuestro Salvador, del gloriosísimo triunfo de su Resurrección y de su admirable Ascensión, tras la venida del Espíritu Paráclito y la efusión de lenguas de fuego sobre los apóstoles, mientras otros iban a diversas regiones del mundo, el bienaventurado Santiago fue llevado a tierras de Hispania por voluntad de Dios. Predicando, enseñó la divina palabra a las gentes que aquí vivían, y confiado en Cristo eligió nueve discípulos llamados: Atanasio, Teodoro, Torcuato, Segundo, Indalecio, Tesifonte, Eufrasio, Cecilio y Hesiquio, para con su ayuda extirpar de raíz la cizaña del paganismo…

Aprovechando la pausa dramática que hizo en ese momento, como para incrementar la emoción, tentada estuve de rogarle que se atuviese a lo esencial, so pena de pasar ambos la noche en blanco. Opté finalmente por callar y él siguió adelante con su discurso erudito.

—Al sentir acercarse su último día, el dignísimo Apóstol se dirigió rápidamente a Jerusalén, de cuyo amical consuelo no se privó a ninguno de estos discípulos. Y cuando la perfidia de Herodes hizo que la espada del verdugo hiriese mortalmente el cuello de su maestro, fueron ellos quienes se apoderaron furtivamente de su cuerpo, lo colocaron junto a la cabeza en un zurrón de piel de ciervo con preciosos aromas y lo llevaron hasta la playa, para embarcarse con él en un navío que, transcurridos siete días, los condujo hasta el puerto de Iria Flavia.

—¿Por qué motivo? —objeté—. ¿No habría sido más sencillo darle sepultura en el lugar donde se encontraban?

—Acabo de deciros que el Apóstol había predicado en Hispania, cumpliendo la voluntad de Dios —repuso él, irritado por la interrupción.

—Aun así, sigo sin entender que sus discípulos se tomaran tantas molestias para trasladarlo tan lejos. Las esencias requeridas para embalsamar un cuerpo son costosas. Los bálsamos también…

—¿Os atrevéis a poner en duda nada menos que a san Jerónimo? —bramó.

—¡Desde luego que no! Si ese santo y vos mismo decís que Santiago vino a traer la luz de Dios a este Reino, así ha de ser. Lo cual no explica que regresara aquí una vez muerto.

El calígrafo estaba a punto de echarme con cajas destempladas de su celda. Lo vi en su mirada.

Mi obstinación llega a resultar intolerable, en especial para los varones acostumbrados a tratar con mujeres débiles. Mi empeño en comprender molesta profundamente a quienes aceptan con mansedumbre lo que les dicta su fe. Aun así, Danila es astuto y conoce el poder que aún conservo en la corte. Probablemente por eso se limitó a contestar:

—Eso es lo que nos proponemos averiguar con esa peregrinación. ¿No es cierto, dama Alana? Se trata de saber, con certeza, si los restos recién hallados son o no son los del Apóstol. Yo me inclino a creer que lo son.

—¿Puedo preguntaros por qué?

—¿Serviría de algo que os respondiera con un no? Conozco bien la naturaleza de vuestra relación con el Rey. Sé de la alta estima en que os tiene.

—Sin apelar a Su Majestad, os rogaría me dijerais por qué pensáis que las reliquias halladas cerca de Iria Flavia son las del hijo de Zebedeo. Quisiera compartir vuestra convicción.

—Me baso en la fe y en la tradición, hermana. Dos argumentos de peso.

—No conozco esa tradición.

—Oíd entonces lo que cuenta: una vez en tierra hispana, los discípulos llevaron el sagrado féretro a un campo de cierta señora llamada Lupa, a quien pidieron permiso para utilizar como sepulcro un pequeño templo donde tenía colocado un ídolo para adorarlo. Ella, de noble estirpe, viuda y entregada a la superstición, empleó diversos ardides a fin de eludir sus ruegos, hasta que hubo de rendirse a la fuerza del milagro divino.

—¿Otro más? —inquirí, admirada, recordando lo que me había contado Nunilo respecto de las manos del Apóstol sujetando su propia cabeza cortada.

—Otro entre muchos, señora —me espetó—. Hablamos de Santiago, hijo de Zebedeo, amadísimo discípulo de Cristo.

—Por supuesto.

—Fueron finalmente unos bueyes, milagrosamente amansados, los que, marchando por el camino más recto, llevaron las santas reliquias hasta el mismísimo palacio de la mujer, que hubo de plegarse a las evidentes señales y avenirse a la petición de ceder su templete como cripta, previa reducción a polvo de las figuras infames que habían morado en él.

—Y ese templo —deduje— es el que ha sido hallado ahora por el anacoreta Pelayo, enterrado entre la maleza.

—Eso parece. Veremos, una vez allí, si este hallazgo prodigioso obedece al plan de Dios o a alguna clase de superchería. Nada es casual en esta vida. Todo lo que es y acontece tiene un significado profundo, que a veces se nos oculta.

—¿Eso creéis?

—Es evidente. La Providencia se expresa en un lenguaje que no siempre nos es dado entender, por cristalino que sea. Tomad por ejemplo los doce apóstoles. ¿Creéis que su número obedece al azar? El número doce se compone del tres y del cuatro, porque su misión era predicar la Santísima Trinidad por los cuatro puntos cardinales. Ellos son las verdaderas doce horas del día y de la noche del mundo y los doce rayos del verdadero sol. Antes de nacer, habían sido anunciados por grandes misterios y muchos símbolos, pues están representados por los doce hijos de Jacob, por los doce príncipes de las doce tribus de Israel, por las doce fuentes vivas de Elim en el desierto, por las doce piedras preciosas engastadas en el pectoral de Aarón, por los doce exploradores enviados por Moisés a la tierra de promisión, por las doce estrellas que se ponían en la corona de una esposa, por los doce signos del zodíaco, por los doce meses del año, por los doce senadores romanos, por los doce sabios...

Me había quedado muda ante esta exhibición de saber que ha de darme mucho que pensar, y ya se embarcaba él en otra retahíla mística igual de turbadora.

—Tomad la suerte de Herodes, verdugo de nuestro amado Apóstol. Es de admirar la gran concordancia de la Sagrada Escritura con el historiador de la tierra palestina, porque el propio Josefo cuenta que habiendo cumplido cincuenta y tres años de edad y estando en el séptimo de su reinado, este Herodes, después de haber sido atacado por un ángel con un increíble dolor e hinchazón de vientre en Cesarea, fue conducido entre atroces sufrimientos al palacio de Judea. Y allí, tras cinco días de agonía, atormentado por dolores de vientre, se rompió violentamente su vida, devorada por los gusanos que salieron en tropel de su cuerpo recién exhalado el postrer suspiro.

Debí de mirarle con cara de no entender, porque se apresuró a explicar:

—Los gusanos que comieron la carne del inicuo Herodes representan los gusanos infernales que atormentan a los malos en el báratro. De los cuales clama terriblemente el Señor en el Evangelio: «Donde están los gusanos que no mueren y el fuego que no se apaga». Entiéndanse unos gusanos punzantes, voraces, devoradores de las almas, salvajes, más crueles que todas las bestias y que nunca morirán, como tampoco pueden morir las almas.

Iba a despedirme con el corazón encogido por esa última descripción morbosa, realizada con verdadera fruición, pero Danila ya no tenía prisa por concluir nuestra charla. Se le notaba gozoso de poder exponer ante mí el fruto de sus reflexiones.

—Así como el número doce esconde incontables mensajes y los gusanos de Herodes constituyen un claro aviso de lo que aguarda en el infierno a los pecadores contumaces, el hallazgo de estas santas reliquias en Iria Flavia encierra un significado que ha de llenarnos de júbilo.

—Si no estamos ante un engaño —advertí.

—Por supuesto —concedió él—. Si por ventura el Apóstol descansa realmente en ese bendito campo señalado por las estrellas, Gallaecia y todas las Asturias alcanzarán una gloria semejante a la de Roma, destino de peregrinos venidos de todo el orbe a orar ante el sepulcro de san Pedro; Éfeso, última morada de san Juan, o la propia Tierra Santa, jalonada de sepulcros venerados desde antiguo. ¿Os dais cuenta de lo que supondría esa venturosa presencia para el futuro de nuestro reino?

Mi mente estaba tan impregnada de gusanos devoradores, tan deslumbrada por esa repugnante imagen, que apenas podía pensar en otra cosa. Danila, entre tanto, seguía desgranando un rosario de certezas basadas en señales desde su punto de vista inequívocas.

—¿Habéis reparado, mi señora, en que ayer, día en que arribó a la corte el emisario de Teodomiro, se celebraba la festividad del Ángel?

—¿Debería?

—Es inútil pediros que comprendáis cuando es patente que os faltan los conocimientos indispensables para poder hacerlo —escupió con desprecio—. Sabed, no obstante, que la palabra griega *vángelos* significa «mensajero», «enviado». Por eso denominamos así a los heraldos alados de Dios. No puede ser fruto de la casualidad el que ese hermano venido desde los confines de la tierra llegara precisamente en ese día. Existe una razón divina para ello y me inclino a creer que se trata de un inmejorable augurio. Preparaos pues para presenciar un milagro. Purificad vuestra alma. ¿Habéis confesado y comulgado? No deberíais emprender la ruta sin hacerlo...

* * *

Todavía no he conseguido sacarme de la cabeza a esos gusanos. Cierro los ojos y los veo ahí, grisáceos, gordos, alimentándose a placer en las heridas gangrenadas de los guerreros moribundos a quienes trataba de consolar antaño, cuando acompañaba a Índaro en la batalla con el fin de ayudar en retaguardia. Más de una vez he vomitado ante la contemplación de esas criaturas inmundas, cuya presencia era el preludio de una muerte segura entre atroces sufrimientos.

¿Será verdad, como sostiene el monje calígrafo, que el destino reservado a los pecadores contumaces es una eternidad de dolor entre las fauces de esos bichos?

Me viene a la memoria de nuevo el fraile al que conocí en un monasterio de la Libana; el tartamudo que imploraba la protección de Santiago, convencido de estar viviendo los últimos tiempos de este mundo. Recuerdo el códice que me permitió hojear, con sus comentarios al Apocalipsis de San Juan, en cuyos márgenes aparecían dibujados diablos y monstruos de todas clases, leones de cabeza múltiple, serpientes de rostro humano, pájaros con lengua de fuego, hasta escarabajos o cangrejos gigantescos de amenazadoras pinzas, pero no gusanos. No recuerdo haber visto entre esos dibujos nada parecido a esas bestias. Y nada podría ser peor que ellos.

Madre, ¿es acaso ese el castigo al que te ha condenado Dios?

Rehusaste abrazar la fe que trajo consigo tu esposo, aferrándote en secreto a la que habías mamado de niña. Incluso me enseñaste a invocar a la luna y ofrendar sal a las fuentes; a dar al fuego lo suyo y buscar en los claros del bosque la fuerza de las piedras antiguas plantadas en forma de mesa o círculo. Fuiste obstinada en tu devoción a la diosa, sin dejar de honrar un solo día el don que tenías para sanar, consolar y brindar auxilio a todo el que llamara a tu puerta. ¿Pesarán más en la balanza del Juez Supremo tus creencias que tus actos? ¿Prevalecerá tu falta de humildad sobre la caridad que movió siempre tu conducta?

He de desterrar esos pensamientos terribles o me volveré loca. El Dios de la misericordia, el Dios del amor y el perdón no puede ser tan cruel, diga lo que diga Danila.

Ojalá esta peregrinación arroje luz sobre esas y otras tinieblas. Ojalá me permita comprender, perdonar y aceptar lo que ya es tarde para cambiar. Ojalá el Hijo del Trueno me haga llegar esa voz capaz de traspasar los mares. Y sobre todo, por encima de todo, ojalá me lleve hasta los brazos de Rodrigo, cuya sonrisa inocente ansío volver a ver antes de morir.

Voy a apagar la candela y tratar de dormir un poco.

Mañana empieza el camino.

OVETAO

Ovetao, siglo IX d.C.

2

Un mar de dudas

Antigua villa de Cornelio
Festividad de San Juan

Nos habíamos propuesto cubrir una distancia de unas dieciocho millas, con el fin de no fatigarnos en exceso en el primer día de camino, pero ha resultado imposible.

Mal comienzo.

Hemos cabalgado poco más de diez y ya no hay rincón de mí que no duela: de los muslos a las manos; de la espalda, toda ella, a los pies, sin olvidar las rodillas, encargadas de guiar a la montura como es debido. Había olvidado lo dura que llega a ser la silla cuando llevas horas sentada en ella. Lo que se agradece una parada para sustraerse a la tortura y poder estirar las piernas.

Claro que lo peor de la jornada, lo que me resulta insoportable, es haber disgustado a don Alfonso pronunciando palabras torpes que han desatado su ira.

Dicen que la mortificación del cuerpo dispone mejor el

alma al encuentro con el Señor. Si es así y los días por venir se asemejan al de hoy, para cuando arribemos a Iria Flavia mi espíritu va a volar ligero en brazos de ese Apóstol cuyas reliquias dicen haber hallado, porque mis despojos estarán recibiendo sepultura.

Dado que no albergo deseo alguno de llevar a cabo ese tránsito, tengo que recuperar deprisa la fortaleza de antaño, además de sujetar la lengua. Haré lo que sea preciso, cualquier cosa, con tal de ganarme de nuevo el afecto de mi soberano.

Para empezar a recomponerme, voy a darme unas buenas friegas con el ungüento que mandé preparar a Ximena a base de esencia de pino, laurel, hierba de San Juan y aceite de almendras, a ver si apaciguan este padecer. ¡Ojalá estuviesen en funcionamiento los baños de esta mansión romana! Un poco de agua caliente sería un verdadero bálsamo… Claro que esa clase de placeres pertenecen a otro tiempo u otro espacio. Al harén de Corduba o a la recién estrenada residencia de don Alfonso. Aquí están fuera de lugar.

Mañana cambiaré la túnica larga de hoy por otra un poco más corta, con aperturas laterales, y, siguiendo la costumbre de los jinetes godos, me pondré calzas altas que eviten la rozadura de mi piel con la del animal. También trataré de protegerme mejor de la lluvia, sustituyendo el manto ligero que llevaba hoy sobre los hombros por una buena capa provista de capucha. ¿Cómo he podido emprender esta marcha con tan inadecuado atuendo y deficiente preparación, estando ya más que curtida en las penurias que entraña un viaje?

Deberías avergonzarte de ti misma, Alana de Coaña. La vida sedentaria de la corte no te ha hecho ningún bien.

Hoy ha sido un día duro, aunque por mi honor que voy a frenar este declive y a emplear idéntico empeño en reparar el disgusto causado al Rey. Nadie dirá de esta hija del pueblo astur que sucumbió a la fatiga, al peso de los años o al desánimo. ¡A fe mía que no ha de ocurrir!

Vayamos por partes…

* * *

Nos habíamos puesto en marcha muy temprano, antes de que los pájaros empezaran a trinar, alumbrándonos con antorchas. Lentamente fuimos dejando a nuestra izquierda la iglesia de Santa María, recién edificada, y al otro lado de la calle la de San Miguel, adosada al nuevo palacio aprovechando un muro de la torre defensiva levantada en su día por el rey Fruela, difunto padre de mi señor.

Empezábamos a bordear las faldas del monte Naranco, siempre en dirección a poniente, cuando el cielo plomizo se ha abierto para empezar a derramarse sobre nosotros, primero en forma de chaparrón y después como suele hacerlo en Asturias, lenta e inexorablemente, hasta calarnos por completo. Nada que todos nosotros, salvo la condesa Freya, no hubiéramos vivido antes, en condiciones mucho más penosas.

A ratos miraba de reojo a esa muchacha, hija del conde Aimerico, y sentía auténtica envidia. Ella es tan joven, tan afortunada, que nunca ha sufrido los rigores del destierro. No ha conocido la angustia de huir precipitadamente de casa hacia las montañas, con lo puesto, ante el avance arrollador del enemigo. Nada sabe de peligros. Por todas esas razones, y quién sabe cuántas más, parecía disfrutar del trote alegre de su asturcón, ataviada cual princesa.

Freya iba toda vestida de azul, sin mácula en la túnica de tela fina, ondeando al viento su larga melena dorada, ceñida por una cinta en la frente de piel blanquísima. La sonrisa no se le ha borrado del rostro ni siquiera bajo el agua que nos ha acompañado durante la mañana. Yo en cambio he empezado a sufrir cuando todavía se divisaba Ovetao en lo alto de su colina, a nuestras espaldas. Y por más que he intentado ocultarlo, es evidente que no he podido.

¡Qué vergüenza!

La ciudad escogida por don Alfonso como capital del Reino se asienta sobre un altozano, rodeada de montañas, lo que es tanto como decir rodeada de cuestas. Pendientes empinadas, a menudo resbaladizas, que hacen terriblemente dura la marcha, especialmente cuando llueve; es decir, muy a menudo.

¿Qué encontraría allí el presbítero Máximo para establecerse junto a sus siervos y empezar a desbrozar monte, talar árboles, abrir pastos para el ganado y plantar huertos, con el temor permanente de ver aparecer a lo lejos los estandartes de la media luna?

Cuentan los ancianos lugareños que, según oyeron decir a sus abuelos, el fundador de la villa cruzó la cordillera hace menos de cien años y se instaló en esa tierra sin dueño. Supongo que, al huir de los mahometanos, buscaría la protección de la altura para realizar su presura, como hicieron mis antepasados astures al construir sus castros, siempre en alto. Se sabría expuesto a un peligro constante, igual que lo estamos nosotros, pero prefirió correr ese riesgo antes que someter su fe junto a su libertad. ¿Cómo podría yo reprochárselo?

La libertad tiene un precio elevado. ¡Sabe Dios que así es! Un precio pagadero en sangre, en pérdida, en dolor, en miedo… Un precio que muchos prefieren ahorrarse, aceptando mansamente el yugo. Yo no. Nunca. Por eso comprendo al presbítero, a mi rey y a mi pueblo, por mucho que maldiga estas cuestas cada vez que la montura resbala y está a punto de tirarme al suelo.

—¿Estáis bien, mi señora Alana? —ha interrumpido mis

reflexiones la condesita, frenando a su yegua hasta obligarla a colocarse junto a mi caballo—. Tal vez deseéis descansar un poco…

Sobra decir que el orgullo me ha llevado a rechazar la oferta.

—No hace falta —he respondido al punto, con toda la dignidad posible, dadas las circunstancias—. Estoy perfectamente bien.

—Si necesitáis que nos detengamos un momento, no dudéis en decirlo. Es admirable el esfuerzo que realizáis cabalgando ese asturcón a vuestra edad, sin un lamento. Yo en vuestro lugar habría exigido viajar en silla o en carro.

—Dudo que os resulte posible poneros en mi lugar, querida niña. Por suerte para vos, la vida no os ha llevado a pasar lo que yo he pasado. En todo caso, desechad cualquier preocupación. No solo conservo las fuerzas, sino que detesto los carros. Fui arrancada de mi hogar, hace mucho tiempo, por sicarios de un rey traidor que me llevaron hasta Corduba subida en uno de esos cacharros.

—¡Desconocía esa triste historia! —ha replicado, asustada—. Solo intentaba ayudaros.

—Si preciso ayuda, la pediré. No soy una anciana desvalida.

* * *

Nada detesto tanto como la condescendencia. Prefiero ser temida u odiada antes que compadecida.

¡Habrase visto!

Es posible que esa damisela actúe de buena fe, movida por sentimientos rectos. Incluso resulta probable. No descarto, empero, que trate de utilizarme como escalera para trepar hasta el Rey. Hasta un ciego vería que el conde la ha traído consigo a esta peregrinación únicamente con el propósito de que seduzca al soberano. Ese y no otro es el motivo de su presencia aquí. Lo que me falta por saber es si ella secunda ese plan o simplemente se somete a la voluntad de su padre, tal como se espera que haga la hija de un magnate palatino educada en la obediencia ciega.

No sería la primera vez que una dama de alta cuna trata de acceder a la alcoba del Rey con la pretensión de elevar su posición en la corte, a veces voluntariamente y otras, las más, instigada por su familia. En Ovetao son legión las buscadoras de fortuna que han intentado obtener riqueza, poder o ascenso en la escala social exhibiendo impúdicamente sus encantos ante don Alfonso.

Ninguna lo ha conseguido.

No negaré que me alegra.

Mi señor ha convertido la castidad en emblema de su reinado, sin que nadie, hasta la fecha, haya logrado desentrañar el misterio de ese sacrificio. La causa de ese castigo que se empeña en imponerse a sí mismo ha de ser de mucho peso, pues no solo le priva a él del sublime placer carnal, sino que condena al Reino a una pugna sucesoria inevitable a su muerte.

Dado que probablemente yo ya habré abandonado este mundo cuando tal cosa suceda, esta grave cuestión de Estado no es algo que me quite el sueño. Mucha más inquietud me produce el otro aspecto inherente a un eventual matrimonio. El que me atañe como mujer. Ignoro lo que habría sentido viéndolo en otros brazos, aunque sospecho que el dolor habría sido terrible.

Perder la esperanza de ser amada por el dueño de mi corazón, en virtud de una promesa incomprensible, es una cosa. Asistir a su boda con Freya sería infinitamente peor. Insufrible. Y, sin embargo, no es algo que hoy pueda descartar en absoluto.

¿Qué llevará al conde a esperar triunfar donde hasta el propio monarca de los francos fracasó? Lo ignoro. Pero me propongo averiguarlo antes de alcanzar nuestro destino.

* * *

Tan seco debe de haber sido mi tono en la respuesta a Freya, que la he ahuyentado. Eso me ha forzado a soportar el resto del camino sola, algo rezagada del grupo principal, más cerca de los siervos, las mulas de carga y los soldados de escolta que de mi señor Alfonso, quien marchaba en vanguardia de la comitiva, a lomos de su semental alazán, tan solitario como yo.

De no ser por su porte regio y la alzada de su montura, llena de brío, nadie habría dicho que era el Rey. Demasiado brío, por cierto, he pensado en más de una ocasión, para estas escarpaduras rodeadas de precipicios. Menos mal que el soberano es un jinete consumado.

¿Quién vería en él al poderoso monarca que es, ataviado de manera tan sencilla? Con las botas gruesas de campaña, la túnica corta de lana oscura y la loriga ligera, sin mangas, que ha vestido muy a su pesar como medida de precaución, apenas se diferencia de cualquiera de sus guardias. ¿En qué irá pensando? ¿Por qué rehúye la compañía? Otro acertijo más, como el de la hermosa Freya o el del Apóstol cuyas reliquias nos convocan, que confío poder resolver a medida que pasen los días.

Al lado del príncipe correteaba Cobre, el mastín que va con él a todas partes, feliz de salir al campo libre de ataduras. Unos pasos por detrás, sin perderle de vista un instante, caminaba Nuño, su inseparable sirviente vascón, que no se fía de nadie.

Ese gigante de facciones cortadas a hachazos, barba cerrada, cabello crespo, ojos color azabache, espalda descomunal y palabra tan escasa que bien pudiera ser mudo, ha combatido junto al Rey en incontables batallas y salvado su vida en más de una ocasión. Lo acompaña como una sombra desde los tiempos de Araba, por propia voluntad, dado que se trata de un hombre libre, aferrado, además, a sus costumbres ancestrales y sospecho que a su paganismo.

Nuño es un ser peculiar, diría que indescifrable, en quien la rudeza es equiparable a la lealtad. Jamás ha buscado esposa ni demandado tierras o títulos al monarca. Nunca ha pedido otra cosa que servirle de rodela, así en la guerra como en la paz. Por eso está siempre alerta, vigilante, ya sea de día o de noche. Aunque su apariencia suele provocar temor, a mí me infunde tranquilidad. Lo aprecio sinceramente, a pesar de su aspecto áspero.

Viste túnica corta de lana oscura que deja al descubierto sus piernas velludas, aparentemente inmunes al frío. Calza abarcas hechas de cuero basto, sin curtir, tanto en verano como en invierno. Sus armas son el cuchillo y las azconas, unos dardos que maneja con puntería infalible. No se separa de un cuerno que lleva colgado al cuello, mediante el cual más de una vez ha prevenido de alguna emboscada enemiga. Mira igual que las aves de presa.

Ya he dicho que protege al soberano con devoción conmovedora. Vigila todos nuestros movimientos, sin excepción, aunque sospecha especialmente de los cautivos sarracenos, a quienes presupone la intención de aprovechar cualquier descuido para cobrarse la revancha. Yo no sé ahora exactamente cuántos de esos vencidos reducidos a esclavitud integran la comitiva, si son finalmente dos o tres, pero seguro que él los tiene contados e identificados.

Agila, jefe de la guardia real, tampoco suele perder de vista al monarca, aunque esta mañana se había adelantado una media milla, junto a seis de sus soldados, con el fin de asegurar la ruta. Toda cautela es poca cuando se trata del soberano, cuya vida, permanentemente amenazada, vale más que la de todos sus súbditos juntos.

* * *

El camino serpentea, monótono, subiendo y bajando colinas. En algunos tramos la calzada conserva su antiguo pavimento romano, lo que facilita el tránsito. En otros ha desaparecido bajo siglos de la maleza, obligándonos a marchar en fila de a uno o como mucho dos en fondo, cuidando de apartar ramas y espinos. No todo el mundo muestra la misma habilidad en esa tarea.

Tanto el conde como su hija se defienden bastante bien, en contra de lo que habría jurado yo, basándome en mis prejuicios. Los clérigos de mayor edad, en cambio, avanzan a duras penas, musitando letanías entre lamento y lamento. Odoario y Sisberto, codo con codo, montan yeguas añosas, tranquilas, mientras que Danila ha preferido confiar sus posaderas a una de nuestras monturas, acostumbrada a triscar por estas fragosidades.

En esa elección, como en la rareza de gozar con la lectura, el monje calígrafo y yo compartimos gustos. No es de extrañar. Los dos hemos nacido en Asturias y comprobado lo fiables que son nuestros hermosos caballos rubios, de patas fuertes y crines largas. Bestias nobles, tan menudas como incansables, capaces de asomarse al precipicio sin temor, incluso cuando ruge el trueno o la nieve oculta el sendero.

Danila y yo tenemos edad suficiente para saber que lo más impresionante en apariencia rara vez es lo mejor, mientras que la humildad esconde con frecuencia virtudes de gran valor. Los asturcones son fiel reflejo de las que atesora nuestro pueblo: resistencia, obstinación, modestia, perseverancia, valentía, determinación, frugalidad, estoicismo, generosidad... Gentes y animales dispuestos a sacrificarlo todo con tal de evitar la derrota y poder levantar la frente. Animales y gentes sencillos, de los que sentirse orgullosa.

Precisamente a un caballo, el del Rey, debo la dicha de haber dado por concluida la jornada de marcha bastante antes de lo previsto, cuando sentía que mis fuerzas estaban llegando a su límite.

Algún mozo de los establos de palacio debió de hacer mal su trabajo o sencillamente olvidó hacerlo y será sin duda castigado a nuestro regreso, porque el alazán ha perdido una herradura de la pata trasera en un mal paso, aquí al lado, lo que nos ha obligado a detenernos hasta que pueda ser herrado de nuevo.

Bendito sea ese descuido en lo que a mí respecta, aunque me reafirme en la idea de que esa bestia no es la adecuada para andar por estos montes.

Afortunadamente nos encontrábamos muy cerca de una antigua villa romana, propiedad de un potentado llamado Cornelio, cuyo buen estado de conservación nos brindará alojamiento esta noche con relativa comodidad. No es la mansión que fue ni mucho menos, pero desde luego es mucho mejor que dormir al raso, o en una tienda, bajo la lluvia penetrante que no ha dejado de caer.

Y estamos ya lejos de casa.

Ovetao, situada en el centro de la tierra de los astures, en la confluencia de las calzadas que la recorren de norte a sur y de levante a poniente, ha desaparecido de la vista. La capital del Reino de Asturias, protegida por los ríos Nalón y Nora, ha quedado definitivamente atrás. Nos aguardan muchas fatigas, muchas sorpresas y quién sabe qué peligros antes de regresar al abrigo de sus muros.

El Rey ama la urbe que lo vio nacer con más pasión de la que jamás le he visto volcar en persona alguna. Acaso albergue ese sentimiento porque la fundó su padre, como refugio para su madre, lejos de las intrigas de Cánicas, donde todo era conspiración y lucha por el poder. Acaso se deba al hecho de que allí fue engendrado él, fruto del romance atormentado entre un príncipe brutal y una jovencísima prisionera vascona convertida más tarde en esposa, a la que yo conocí mucho después, ya viuda, aunque no por ello menos atractiva en su belleza salvaje. Acaso obedezca ese amor a que allí pasó sus primeros años de vida, a salvo de conjuras palaciegas, y allí disfrutó de caricias que muy pronto le serían negadas.

Sea por lo que sea, lo cierto es que ese afecto desmedido le ha llevado a entregarse en cuerpo y alma a la tarea de engrandecer la ciudad favorita de Fruela, poniendo en ello un empeño rayano en la ofuscación.

Una vez, hace años, le pregunté a Tioda, el arquitecto real, la razón de ser de esa obsesión.

Por aquel entonces yo acababa de perder a mi marido, Índaro, mientras él, recién llegado a la corte, andaba dibujando planos y haciendo acopio de piedras a fin de poner en marcha el gran proyecto arquitectónico para el que había sido contratado. Me da cierta vergüenza decir que también encontraba tiempo para halagar mis oídos, comparándome nada menos que a la belleza del alabastro, en un cortejo inocente que no arribó a puerto alguno, aunque resultó ser hermoso.

¡Cómo ha corrido el tiempo, Señor! Si hubiese sabido en ese momento lo que sé hoy, no habría dejado escapar la oportunidad de encontrar consuelo en sus brazos. Pero la juventud, en su soberbia, tiende a creerse eterna… ¡Craso error donde los haya!

Creo recordar que estábamos en el atrio de la basílica del Salvador, contigua a palacio, a la sazón reducida a escombros. Me acababa de explicar dónde irían emplazadas las cuatro torres fortificadas destinadas a defenderla, en el futuro, de las incursiones musulmanas que en tres ocasiones ya la habían destruido hasta los cimientos, arrasando los doce altares dedicados a la memoria de los apóstoles y dando en pasto al saqueo todas las joyas y ornamentos indispensables para el culto.

Poco antes habíamos recorrido juntos, con la imaginación, los salones, comedor, baños, despensas, bodegas, pabellón llamado a ser sala de juicios, establos, cuerpo de guardia y demás dependencias que integran hoy el inmenso complejo palaciego, por increíble que pudiera parecerme entonces ver convertido en realidad un proyecto tan ambicioso.

La vida me había enseñado a esas alturas ya mucho de guerras, odio, destrucción y muerte, pero muy poco, apenas nada, de la gloria llamada a habitar en ciertas obras humanas.

—¿Sabéis vos, maestro —inquirí—, por qué el Rey destina ingentes recursos del exhausto tesoro real a la construcción de estos edificios, cuando hay tanta necesidad urgente en el Reino?

Me miró fijamente, algo sorprendido, antes de contestar:

—¿Acaso una capital digna de Asturias no es una necesidad urgente? Me sorprende que una dama culta como vos no alcance a ver lo que para mí es obvio.

—Sin duda tenéis razón, al menos en parte —repuse—. Un gran señor ha de habitar un palacio a su medida y una urbe tan expuesta como esta precisa de murallas sólidas. Pero ¿todas estas iglesias, el acueducto, la fuente monumental, el baptisterio? Hay tanta devastación por doquiera, tanta viuda, tanto huérfano… Me pregunto cómo podrán recaudarse los tributos necesarios para sufragar estas magnas construcciones. ¿Quién los pagará? Van a ser precisos muchos sueldos de oro que no tenemos.

—Mal que nos pese a vos y a mí —replicó, gélido—, mientras exista la guerra seguirán muriendo hombres que dejarán viudas y huérfanos. Aunque don Alfonso renunciase a levantar su ciudad y se resignara al lodo de un campamento militar, su suerte sería la misma. Lo único que cambiaría sería la percepción de sus enemigos, que lo verían como a un monarca miserable, fácil de someter.

Al oír esas palabras recordé lo que se decía en Corduba de nosotros, astures, a sus ojos «asnos salvajes alimentados de miel»; el desprecio con el que contemplaban ellos nuestra forma de vida austera, tan alejada del boato imperante en sus harenes. Entonces comprendí hasta qué punto acertaba en su visión Tioda, quien continuaba explicándose:

—¿De dónde saldrá el oro para pagar estas obras? Las nuevas conquistas reportarán buen botín y, al ampliarse el Reino, crecerán igualmente los tributos recaudados. Elevad vuestras miras, Alana. Pensad como piensa un soberano. Con altura. Con visión de futuro. Con ambición.

—Ya creo entender lo que queréis decir…

—Este rey no se conforma con resistir cada embestida y volver a empezar desde cero —añadió—. No se resigna a gobernar un territorio desangrado en luchas intestinas, permanentemente amenazado por el poderoso enemigo del sur. Él aspira a más. Llegó hasta la mismísima Olisipo en una de sus batidas guerreras. Ha derrotado a los mahometanos en batallas decisivas, como la de Lutos, merced a las cuales Asturias goza de fronteras seguras. Ahora se dispone a restaurar lo que Rodrigo perdió en el 711 y para ello necesita que su capital resplandezca tanto como brillaba Toletum en esos lejanos días.

—¿Se trata entonces de apariencia? ¿Deberíamos impresionarlos a fin de hacerles desistir de sus afanes de conquista? Si es así, perdonad que yo confíe más en el acero de la espada que en la piedra de una iglesia.

—Se trata de política, Alana. Don Alfonso reclama para sí la herencia de sus antepasados godos. Toda ella. Ha luchado y luchará con la espada en nombre del verdadero Dios. Lo hace como abanderado de Cristo, y por ello desea que Ovetao se convierta muy pronto en la primera sede episcopal de Hispania, libre de la influencia musulmana que pervierte a los cristianos de Toletum.

—Política, decís…

—Para contribuir a la consecución de sus fines, mi querida dama, la urbe de nuestro señor precisa de esos templos y monasterios que vos consideráis prescindibles. Pero hay más. El Rey aspira igualmente a restaurar el orden legal imperante en la nación visigoda, a salvaguardar su legado cultural, a recuperar en su integridad la Hispania asolada por Muza y Tariq tras la traición perpetrada por los hijos de Witiza.

—¿Y qué relación guardan estas piedras con ese propósito?

—Una relación estrecha, dulce Alana. Una relación tan íntima como la que entablaría yo con vos, si me lo permitierais…

* * *

En aquellos días yo ponía más atención en ese galante cortejo, al que la sombra de mi esposo muerto no me permitió sucumbir, que en el significado de las palabras de Tioda. Hoy lamento no haber exprimido hasta la última gota de ese elixir mágico.

En cuanto a Ovetao… Sigo pensando que el amor apasionado de don Alfonso por su ciudad obedece a razones de mayor enjundia incluso que las expuestas por el arquitecto, aunque sin duda estas pesen también con fuerza en el corazón del monarca.

En su testamento, a cuya firma asistí hace años, el soberano confirma al Salvador y a Su Iglesia un formidable legado patrimonial, salvado con enorme esfuerzo de la devastación sarracena. «Heredades y familias», creo recordar que dice textualmente. Lo cual incluye la iglesia, con sus ornamentos de oro y plata, libros sagrados y vestiduras destinadas a los altares, sin olvidar a los siervos de su propiedad; el atrio que la rodea, toda la ciudad recientemente construida y las murallas que la protegen.

Pero hay más, mucho más, escondido tras la hojarasca de jerigonza oficial.

Yo me inclino a pensar que esa magna obra de arquitectura es también su modo de recuperar el calor que le faltó de niño. De expresar a su difunto padre sentimientos enterrados en lo más hondo de su corazón, cuya existencia probablemente ni siquiera él conoce o admite. Amor, admiración, acaso algo de rencor, seguramente añoranza.

¿Fabulo? Es posible. Mi señor nunca ha mostrado ante mí debilidad alguna. Nunca ha hecho o dicho nada que me autorice a escribir lo que escribo. Sin embargo, fue él quien mandó grabar una lápida, hoy colocada en el lado izquierdo de la iglesia del Salvador, en la que se lee:

Tú, quienquiera que contemples este templo, digno del honor de Dios, sabrás que, antes del mismo, hubo aquí otro templo, distribuido de igual modo, que edificó el rey Fruela, piadoso siempre, al Señor Salvador, dedicando doce altares a los doce apóstoles. Elevad todos al Señor vuestra piadosa oración por él, para que el Señor os dé a vosotros el premio merecido.

¿Qué pesar no atenazará el alma de mi soberano, cuánto le abrumará la ausencia de ese padre, muerto en circunstancias violentas antes de poder conocerlo, para sentirse inclinado a inmortalizar esa invocación en la piedra? ¿Hasta dónde llega esa cicatriz que atraviesa de parte a parte su vida?

Viéndolo cabalgar solitario, sumido en sus reflexiones, me he preguntado si buscará algún sentido a esta existencia de renuncia constante, si seguirá llorando en silencio esa pérdida, si se torturará, como hago yo a menudo, planteándose hasta qué punto ha valido la pena tanto sacrificio...

Porque lo amo con amor limpio, porque le he servido lealmente durante varios lustros, me atrevo a ponerme en su lugar, sabiendo que el amor es la única llave capaz de abrir la puerta al verdadero conocimiento.

Vuelvo atrás hasta esa Ovetao dichosa en la que Fruela y Munia compartían un hogar con su hijo de corta edad, y trato de imaginarme cómo serían sus tardes. Si habría lugar para la risa o el juego en ese tiempo sangriento de aceifas y rebeliones. Si don Alfonso habrá podido conservar en su corazón algún recuerdo grato de ese hombre de carne y hueso cuya memoria recogen hoy crónicas y lápidas laudatorias. Lo que le contaría su madre de ese progenitor salvaje, las más de las veces lejano, temido por su ferocidad y pese a ello tierno, quiero pensar, al abrazar a su único hijo y heredero legítimo.

¿Cómo se le dice a un chiquillo de cuatro años que su padre acaba de morir asesinado? ¿Qué clase de huella deja una noticia así en un príncipe obligado a su vez a huir, lejos de cualquier pariente, para no correr la misma suerte? ¿Tan terrible ha resultado ser la carga que el niño, convertido en hombre, ha preferido renunciar a una familia antes que arriesgarse a perderla? Si así fuera, si así es, las murallas de Ovetao, su palacio, sus iglesias, serían el modo en que don Alfonso venga al cabo de los años esa afrenta del destino que aún marca su existencia.

Es mucho el dolor que ha debido superar este rey. Terrible la soledad sufrida desde edad temprana. Ovetao es su compensación. Su capricho. Su revancha.

Actualmente es una inmensa cantera, de la que van surgiendo edificios grandiosos, levantados con el propósito de glorificar a Dios. Hasta hace poco tiempo era un cúmulo de ruinas.

Porque no una, sino tres veces, han destruido los sarracenos hasta los cimientos la ciudad mandada construir por Fruela. No una, sino tres veces, han prendido fuego a sus iglesias y profanado las reliquias que albergaban sus altares, traídas desde muy lejos con el fin de consagrarlos. No una, sino tres veces, han desarraigado con saña los frutales que la alimentaban y degollado al ganado encontrado en los corrales, buscando yermar nuestra tierra y someternos por hambre. No una, sino tres veces, han irrumpido en tromba en sus calles, asesinando o esclavizando a quienes no habían logrado escapar.

¡Cuántas cabezas cortadas de soldados han viajado en carreta hasta Corduba para decorar sus almenas, junto a cuerdas de mujeres y niños reducidos a servidumbre! ¡Cuánto dolor, cuántas lágrimas ha conocido esa villa mártir!

Ovetao ha sufrido en su carne de piedra un suplicio semejante al de sus habitantes cristianos, decididos a resistir a cualquier precio la brutal acometida de las tropas agarenas. Ha luchado, sangrado y salido victoriosa del trance.

Igual que Asturias.

Ovetao es mucho más para mi soberano que la sede de su corte o el lugar en el que fue coronado rey, ante mis ojos, un luminoso día de finales de verano del año 791 de Nuestro Señor, conforme a la tradición visigoda.

Entonces no se conformó con ser alzado sobre el escudo

por sus guerreros, siguiendo el ejemplo de sus antepasados. Como bien decía Tioda, él quiso emular a Wamba o a Rodrigo y recibir la sagrada unción de un príncipe de la Iglesia, con el fin de legitimarse ante los ojos del pueblo no solo como primero entre sus soldados, que también, sino como espada de Dios llamada a defender la fe de la salvaje acometida caldea.

En los treinta años transcurridos desde que pronunciara sus votos, ni una sola vez ha vacilado en cumplirlos. Los ha honrado con el mismo fervor mostrado al lugar donde los pronunció, a la sazón un montón de piedras apiladas entre huertos devastados por la guerra, hoy una urbe próspera que se expande y reza libre bajo el escudo protector de su rey.

Gracias le sean dadas.

* * *

Me he sentado a escribir, a resguardo de la lluvia y de miradas indiscretas, bajo un trozo de techumbre que resiste el paso del tiempo en el corredor porticado que rodeaba antiguamente el patio interior de la villa, cubierto ahora de maleza.

Algunas de las estancias abiertas a este espacio de paz aún conservan parte de la cubierta, paredes decoradas con pinturas que la humedad no ha logrado devorar por completo, e incluso fragmentos de coloridos mosaicos sobresaliendo, aquí y allá, de la vegetación que coloniza el suelo.

¡Cuán grato debió de ser antaño disfrutar la vida aquí! ¡Cómo me habría gustado criar a mis hijos en un hogar semejante a este, entre jardines frondosos!

Mis hijos… ¿Qué será de ellos?

Rodrigo en particular ocupa un espacio propio en mis sentimientos, más abrigado que ninguno, acaso por saberlo solo, sin el consuelo de una esposa. Voy en su busca, impaciente, ansiosa por descubrir la causa de esta zozobra que se apodera últimamente de mí en cuanto evoco su rostro. ¡Ojalá carezca de fundamento!

Fuera, al otro lado de los escombros que he debido sortear para alcanzar este refugio, don Alfonso descansaba al raso, sentado sobre un trozo de columna, acariciando suavemente a Cobre. Parecía singularmente pensativo, lo cual no me ha sorprendido en exceso. En esa actitud ha estado desde que iniciamos la marcha.

¿Qué preocupación llenará hasta tal punto su cabeza, semejante a una esculpida en mármol que yace amputada del cuerpo cerca de donde se encuentra él? ¿Será acaso la figura de Santiago, aparecido de súbito entre nosotros cuando más lo necesita el Reino? ¿Será el peso de esa corona cruel, que le obliga a combatir sin descanso desde que tiene memoria? ¿Será la imagen de Freya, con su talle esbelto, sus ojos risueños, su voz de terciopelo y esa mirada fresca, inocente, que únicamente se encuentra en quien aún no ha conocido la pena?

Ella constituiría sin duda un consuelo hermoso para él en este ocaso de la vida. Una compañera dulce. Una reina digna del rey que es. Lo sé. Y con la misma certeza sé cuánto dolor me provoca imaginarla yaciendo en el lecho a su lado.

Me consumen los celos, sí. Lo confieso en la seguridad de que nadie leerá estas palabras mientras yo viva. Siento celos de esa doncella cuya vida aún está por vivirse mientras la mía se acerca peligrosamente al final.

¿Debería avergonzarme por ello? Tal vez. Mas no podemos combatir lo que sentimos. No nos es dado gobernar la emoción. A lo sumo está en nuestra mano evitar comportarnos de manera mezquina con quien inspira esas bajas pasiones sin tener culpa. E incluso eso resulta difícil…

Espero, por el honor de mi sangre, estar a la altura del reto y mantener la dignidad ante una doncella en cabello[1] que podría ser mi hija.

¿Qué digo espero? ¡Lo haré!

A bastante distancia de nosotros, junto a lo que debieron de ser los corrales, los siervos han encendido una hoguera a fin de preparar las viandas que nos servirán más tarde. Hoy cenaremos caliente, un guiso traído en caldero desde las cocinas reales a lomos de mula: buena carne roja de la tierra, acompañada de nabos, zanahorias, berza y otras verduras, sazonada con abundantes especias. Mojaremos en la salsa pan de escanda todavía tierno, hasta dejar reluciente el cacharro. Me relamo solo de pensar en el banquete.

Veo que se acercan al Rey el abad Odoario y ese monje forastero que ha elegido por compañero: Sisberto. Tengo que ahogar la risa al observar cómo caminan, muy despacio, con ese andar torpe, como de pato, que se adopta al haber cabalgado un largo trecho sin tener costumbre de hacerlo. Voy a acercarme a escuchar sin ser vista. Si es que están tramando algo, quiero ser la primera en saberlo. O la segunda. Porque Nuño nunca anda lejos.

* * *

—La paz del Señor sea con vos, majestad —ha saludado Odoario—. Venimos de cumplir con los rezos de la hora nona. ¿Ha sido ya llevado a herrar vuestro caballo?

—Muhammed lo ha conducido a la herrería de la aldea en cuanto nos hemos detenido, sí —ha respondido el monarca—. El alazán solo se deja gobernar por ese cautivo o por mí, así es que lo he enviado junto a dos soldados de la guardia, con órdenes precisas para que no admitan demora alguna.

Trataremos de recuperar mañana el tiempo perdido hoy. Pero me alegra haber tenido ocasión de visitar este paraje, porque parece un lugar idóneo para instalar en él un cenobio.

—¡Desde luego que lo es! —ha secundado Odoario, con entusiasmo evidente—. Los ríos Narcea y Nonaya, que confluyen precisamente aquí, proporcionarían pesca además de agua abundante. La tierra parece fértil. Las piedras de esta vieja villa serían un material de construcción inmejorable. Con el respaldo de vuestra majestad, este lugar podría albergar un monasterio próspero, donde ensalzar la gloria de Dios cantando sus alabanzas.

—Si me permitís expresar mi humilde opinión —ha terciado Sisberto—, no sé si Dios señalaría el emplazamiento de un templo en el que ser adorado descabalgando de su montura al rey de los cristianos del norte.

—¿Qué queréis decir? —ha inquirido don Alfonso.

—Nada importante, mi señor. Os pido disculpas. ¿Quién soy yo para contradecir vuestro criterio o el del venerable Odoario? Es que llevo todo el día rumiando una idea que me causa gran desasosiego, y la conciencia me impide seguir callando. A riesgo de importunaros, siento que es mi deber expresarla en voz alta.

—¿Por qué no me habéis dicho nada hasta ahora? —ha terciado el abad, entre enfadado e incrédulo.

—Hablad sin temor —ha sentenciado el soberano—. Nada de lo que digáis podrá indisponerme con vos, puesto que os avala un hombre santo, de mi entera confianza, como es nuestro amado Odoario.

—Veréis, mi señor… ¿No os resulta sorprendente que el sepulcro del Apóstol haya sido hallado precisamente ahora y en las inmediaciones de Iria Flavia, sede episcopal ocupada por el ambicioso Teodomiro?

—¿Podríais explicaros mejor, hermano? —El Rey se mostraba cauto—. No sé a dónde queréis llegar.

—Sin ánimo de sembrar discordia, debo apuntar la posibilidad de que el obispo iriense haya urdido esta fábula con el propósito de ganar peso a vuestros ojos y reforzar la influencia de su sede con respecto a la de Ovetao, vuestra capital, que albergó recientemente el concilio más importante jamás celebrado en Asturias.

Odoario iba a intervenir para refutar la acusación, pero Sisberto no había acabado.

—Hasta hace pocos años, únicamente Iria Flavia y Lucus habían resistido a la catástrofe que sobrevino tras la invasión musulmana, conservando la condición de sedes episcopales. Ahora Ovetao, con su obispo al frente, se ha convertido en un bastión de gran valor para la Iglesia de Roma. Sin alcanzar la primacía de Toletum, desde luego, aunque ciertamente por encima de las dos urbes citadas. ¿No pudiera ser que Teodomiro tratase, mediante este engaño, de recuperar el protagonismo perdido?

—Tal vez…

Don Alfonso se disponía a seguir la línea argumental lanzada por el forastero, cuando he oído la voz de Odoario tronar:

—¡No!

El abad de San Vicente, buen amigo del prelado señalado por Sisberto, había cortado en seco lo que a sus ojos constituía una calumnia evidente. Don Alfonso, sin embargo, parecía titubear, como si el veneno de la duda hubiese penetrado en su espíritu.

El monje llegado del sur ha debido de percibir la misma vacilación que yo, porque ha redoblado su ataque, añadiendo un argumento nuevo, más demoledor aún que el referido al temor de perder protagonismo.

—Interrogad a vuestro corazón, mi señor. —El fraile se dirigía al soberano, ignorando deliberadamente a Odoario—. ¿No os parece pecar de orgullo el mero hecho de pensar que Dios haya obsequiado a Asturias con un tesoro como este, el sepulcro del Hijo del Trueno, habiéndola honrado ya con la custodia del Arca Santa que descansa en la capilla de vuestro palacio? Desde ayer no ha dejado de atormentarme este pensamiento, causándome una gran turbación. De ahí que haya osado dirigirme a vos abriendo mi corazón con esta sinceridad descarnada.

—Habéis hecho bien —le ha tranquilizado el Rey.

—Erráis —ha sentenciado tajante el abad, en un tono de firmeza rayana en cólera—. Y haríais bien midiendo mejor vuestras palabras, no vaya a ser que me arrepienta de haberos acogido en mi monasterio y permitido participar en esta peregrinación sagrada.

—¿Cómo estáis tan seguro, padre? —Don Alfonso estaba padeciendo—. ¿Y si fuese la soberbia la que os hace creer que semejante merced sea posible?

—Vos mismo oísteis al mensajero de Teodomiro, señor —ha replicado el fraile—. Había verdad en sus ojos tanto como en sus labios. Ese hombre no mentía.

—Tal vez. Pero no podemos ignorar que las reliquias del Apóstol constituyen un tesoro seguramente inmerecido, como apunta con razón Sisberto. ¿Y si no nos fuese dado preservarlas de la profanación?

—¿Y si Santiago hubiese escogido la Gallaecia como última morada, precisamente confiando en la fuerza de vuestra espada? —ha rebatido el abad—. Vos sabéis mejor que nadie cómo llegó hasta nosotros el Arca de las Reliquias.[2] Cómo salió de Jerusalén en tiempos de la invasión persa, cruzó la mar hasta Cartago, fue llevada a Híspalis y desde allí a Toletum, por el mismísimo san Isidoro, coincidiendo con su nombramiento como obispo de la diócesis, poco antes de que el azote caldeo golpeara a Hispania sin misericordia.

—Precisamente por eso, Odoario —le ha interrumpido el soberano—. Custodiar semejante tesoro ya es tarea suficiente.

—Recordad conmigo la historia a fin de impregnaros de su enseñanza, majestad —ha replicado el abad—. Conocéis igualmente que en la ciudad hoy ocupada por los mahometanos la madera de cedro fue sustituida por roble, más resistente que aquel, justo antes de emprender una nueva travesía hasta aquí, traída por fugitivos cristianos, en aras de escapar a esa profanación que teméis, me atrevo a decir que sin motivo.

—¿Sin motivo? —ha intervenido de nuevo Sisberto—. Parecéis olvidar, querido Odoario, que el valor de esas reliquias supera todo lo que posee este Reino. El Santo Sudario que envolvió el rostro de Nuestro Señor y conserva su bendita sangre, hallado por san Juan en el sepulcro, perfectamente doblado, después de la Resurrección...

—Os recuerdo que san Juan era hermano de Santiago, lo que explicaría sobradamente la presencia en Asturias tanto del Santo Sudario como de los restos mortales del Apóstol —ha apostillado el abad, enérgico.

Como si no le hubiese oído, el otro fraile ha proseguido con la descripción del contenido del arca, en un alarde de erudición que parecía llenarle de orgullo.

—... Algunas espinas de la corona con la que fue escarnecido Nuestro Salvador, así como un fragmento de la Cruz en la que sufrió la Pasión hasta exhalar su último suspiro por la redención de los hombres. Un pedazo del sagrado lienzo con el que fue amortajado su cuerpo. Unas gotas de la leche con la que lo amamantó la Virgen María. Una sandalia y una bolsa pertenecientes a san Pedro, piedra angular de nuestra Santa Iglesia. Incontables huesos y otras reliquias de santos y mártires, como Juan el Bautista, Eulogio, Lucrecia o Eulalia de Mérida, quemada viva por los paganos al negarse a abjurar de su fe...

—Creedme cuando os digo que nadie conoce mejor que yo el valor de lo que custodia esa caja de roble —ha zanjado don Alfonso—. Nadie ha sentido ni sentirá una emoción mayor de la que se adueñó de mí al contemplar por vez primera su contenido. Fui yo quien la rescató de la cueva excavada en las faldas del Mons Sacer, donde había sido escondida por los cristianos que la salvaron de la profanación sarracena, trayéndola hasta nuestro reino.

—Dios os lo premiará, majestad —ha afirmado el de Toletum.

—Yo la llevé a mi capital y edifiqué dentro de mi palacio una capilla convertida en relicario de piedra. He jurado defender con mi vida su contenido, cerrando el paso a los mahometanos empeñados en destruir la ciudad que las custodia, pues nadie valora más que yo el poder de ciertas reliquias. No hay estandarte ni ejército capaz de igualar su fuerza.

—En vuestras manos está segura, señor —ha terciado en ese instante el abad de San Vicente, dirigiendo una mirada torva a su compañero tonsurado—. No ha existido rey más dispuesto a entregarse a la religión que nos enseñó Jesús. Ningún príncipe más valeroso. Ninguno tan justo ni tan casto. Sisberto acaba de llegar, no os conoce como yo ni tampoco conoce el Reino, lo que explica sus temores infundados.

—Aun así, sus recelos merecen una reflexión que no dejaré de hacer.

—Yo os aseguro que yerra —ha insistido el abad—. Su miedo carece de motivo. ¿Quién merece más que vos el honor de custodiar las reliquias del Hijo del Trueno? Nadie. Dios os ha bendecido en el pasado con otros milagros. ¿Acaso no envió a dos de sus ángeles para que os labraran una cruz?[3]

—Eran artesanos anglos o tal vez britanos, mi querido Odoario —ha corregido don Alfonso—. No recuerdo exactamente.

—Sin ánimo de faltaros al respeto, majestad, eso es algo que ni vos ni yo podemos saber con certeza.

El abad ponía su mejor empeño en mostrarse convincente, al mismo tiempo que el Rey enarbolaba, como siempre, el estandarte de la verdad, sin por ello renunciar a creer.

—Ellos mismos relataron cómo habían huido de su isla, asolada por hordas de guerreros bárbaros arribados en barcos desde el norte. Gentes despiadadas, procedentes de tierras heladas, cuya crueldad superaba todo lo visto hasta entonces. He olvidado el nombre de esos invasores, así como el del reino del que procedían los fugitivos, pero no su historia.

—Vikingos, mi señor. Los invasores que aterrorizan a los cristianos de la Britania son vikingos, también conocidos como daneses. Empezaron saqueando monasterios costeros en busca de oro y joyas, sin que la tonsura de los hermanos fuese un freno para sus hachas. El relato de su ferocidad traspasa fronteras, causando espanto. Ahora ya no se conforman esos paganos con asesinar monjes indefensos en incursiones fugaces de pillaje, sino que se adentran por los ríos con el fin de atacar pueblos y hasta ciudades amuralladas.

—¡Líbrenos Dios de su azote! —ha dicho Sisberto, santiguándose.

—No conocen el miedo —ha proseguido Odoario—. Nadie parece capaz de vencerlos, pues, según dicen quienes han tenido la desgracia de toparse con ellos, su fuerza es pareja a su brutalidad. Violan a las mujeres antes de destriparlas. Ensartan a los niños en sus espadas. No respetan absolutamente nada, convencidos como están de que las puertas de su cielo se abren para todo guerrero caído empuñando un arma. Son una plaga maldita ante la cual palidecen hasta los sarracenos.

—Disponéis de una información mejor que la mía, Odoario —ha concedido don Alfonso—. Lo cual no hace sino confirmar que los peregrinos a quienes encargué la fabricación de una cruz, entregándoles para ello mis gemas más hermosas, así como unos camafeos antiguos que atesoraba con ese propósito, eran cristianos como nosotros, venidos desde muy lejos en busca de paz y trabajo.

—La realidad es que les entregasteis oro y piedras preciosas con el encargo de emplearlos en la fabricación de una joya. ¿Cierto?

—Cierto.

—¿Y acaso cobraron por su faena esos a quienes llamáis peregrinos o artesanos?

—No lo hicieron, no.

—Transcurridos varios días desde la formulación del encargo, fuisteis a comprobar el progreso de la obra y hallasteis en su taller la pieza, sin rastro de sus creadores, que habían desaparecido. ¿Me equivoco?

—No. Así es exactamente como sucedió. Esos extranjeros cumplieron admirablemente la encomienda, fundiendo una cruz de belleza sin par, pero se marcharon antes de que pudiera remunerar su trabajo o cuando menos ponderarlo como merecía.

—¿Qué más pruebas necesitáis para afirmar que eran ángeles? ¿Qué maestro orfebre crearía semejante obra de arte sin recibir retribución alguna ni tampoco grabar en ella su nombre para la posteridad? Eran seres celestiales enviados a infundiros ánimo, majestad.

—Nuestro querido Odoario —ha terciado el forastero— exhibe una credulidad digna de encomio y envidia. Bendita sea esa fe en la que no caben fisuras.

—Y vos, Sisberto, quizá manifestéis una excesiva reserva en lo referente a las reliquias motivo de esta peregrinación a Iria Flavia —le ha respondido el soberano, mirándolo de pronto con dureza—. Estáis en vuestro derecho, desde luego. Pero os aconsejo mantener esos recelos a resguardo de oídos indiscretos. No necesito recordaros que la última palabra sobre la veracidad del hallazgo no os corresponde a vos, sino a mí. ¿Me he expresado con claridad?

—Desde luego, majestad. Os pido humildemente perdón si habéis hallado ofensa en mis palabras. No era mi intención en modo alguno. Antes al contrario, únicamente pretendo arrojar luz sobre este asombroso asunto.

* * *

Desde mi rincón, he escuchado la conversación poseída por una mezcla de fascinación, rabia y cierta sensación de culpa al estar espiando al Rey.

¿Qué pretende ese monje intrigante sembrando cizaña? ¿Qué gana llenando de inseguridad el alma de nuestro monarca? Algo turbio hay detrás de ese comportamiento. Algún interés espurio sirve ese discurso perverso.

Y lo peor es que don Alfonso parece ser muy sensible a la siembra, lo que no hace sino enardecer al fraile, que ha vuelto a la carga con fuerza, empeñado en convencernos de que hacemos este camino en vano, puesto que, a su modo de ver, Teodomiro nos está engañando.

Tan sólidas son sus razones que hasta yo misma me cuestiono si he de confiar en el mensajero Nunilo o prestar oído a Sisberto.

Claro que, desde mi punto de vista, lo realmente importante es tener la certeza de que Dios está de nuestra parte y combate a nuestro lado. Saber que ampara nuestro reino desde las montañas de Primorias, y aún más allá en el levante, hasta el *finis terrae* a poniente; desde el mar Cantábrico en el norte, hasta la cordillera del sur, que nos sirve de muralla. Contar con la ayuda de sus santos, empezando por el Hijo del Trueno, en todas las batallas que aún nos quedan por librar.

En lo que a mí respecta, además, estoy aquí por la necesidad de ir al encuentro de Rodrigo y desterrar la angustia que me atenaza el alma, comprobando que goza de buena salud.

A lo largo del trayecto, procuraré apurar hasta la última gota de goce en este viaje postrero junto al soberano al que sirvo y al hombre que, de un modo extraño, conquistó mi corazón hace tiempo.

Don Alfonso, en cambio, parece recibir como una bofetada en el alma cada idea destinada a esparcir en él la duda. Su rostro refleja la tortura a la que está sometido, lo cual revuelve mis entrañas. Porque verle sufrir es algo que me resulta insoportable. De ahí que haya seguido escuchando, sin intervenir, hasta el momento en que ese dolor me ha impedido seguir mordiéndome la lengua.

¡No hubiese abierto la boca nunca! Tratando de hacer un bien, solo he logrado indisponerle. Se ha dirigido a mí en un tono que nunca antes había empleado conmigo. Y todo por culpa de Sisberto y de mi incapacidad para guardar prudentemente silencio cuando nadie me había dado vela en ese entierro.

—¿Sabéis, mi señor, que san Julián de Toledo no menciona en sus escritos predicación alguna de Santiago en Hispania, y que el Apóstol nunca tuvo aquí liturgia propia en tiempos de los visigodos?

Pese a la advertencia del Rey, el forastero escarbaba en la llaga abierta.

—¡Cejad en vuestro empeño de turbar al soberano! —ha exigido Odoario—. ¡Os lo ordeno! Textos como el *Breviarium apostolorum*, del que guardaríais alguna copia en vuestro convento de Toletum, dan cuenta detallada de la obra evangelizadora llevada a cabo por el santo en estas tierras. Es algo indiscutible.

—No iréis a compararlo con la obra de san Julián —ha fingido escandalizarse Sisberto.

Llegados a ese punto, don Alfonso, que parecía momentáneamente ausente, abstraído en sus pensamientos, ha introducido un elemento nuevo en la discusión.

—Lo que resulta indiscutible es que Dios Nuestro Señor me ha concedido más favores que a ninguno de mis antepasados. Tres intentos de derrocamiento he sufrido y a los tres he sobrevivido. Según la tradición goda, de la que somos tributarios en Asturias, los reyes depuestos terminan muertos, cegados mediante el hierro candente o, en el mejor de los casos, encerrados en un cenobio con la cabeza tonsurada en señal de adiós definitivo a las ambiciones mundanas. Yo en cambio sigo aquí, bendecido con el honor de conservar el trono.

—¿Qué más argumento precisáis para convenceros de que Dios está con vos, majestad? —Odoario parecía aliviado.

—No conviene tentar a la suerte ni abusar de la Providencia... —Sisberto volvía a su tono melifluo, sugiriendo sin llegar a afirmar—. Habéis sido bendecido, como vos mismo afirmáis, con mercedes inimaginables para la mayoría de los hombres. Estáis aquí. Estáis vivo. Sois rey.

—A costa de sacrificios que no llegáis a imaginar —le ha espetado el abad, sin lograr amilanarlo.

—He contemplado en Toletum el poder de los musulmanes y me atrevería a jurar que toda resistencia es inútil, por más que admire el coraje con el que defendéis nuestra fe. Esa obstinación os honra, majestad. Pedir aún más al Señor sería pecar de soberbia o incurrir en una ingenuidad impropia de un soberano. Santiago el Mayor sepultado en la Gallaecia… ¡Qué desatino!

—¡Callad, en nombre de Dios! —ha ordenado el abad, alzando la voz con fuerza—. ¡Basta ya de ponzoña!

Ese ha sido el momento en el que me ha vencido la indignación y he salido de mi escondite. Me estaba hirviendo la sangre y si no llego a hablar, reviento.

* * *

—¡Santiago es nuestro protector desde hace largo tiempo! —Lo he gritado desde la distancia, antes incluso de llegar al lugar de la reunión—. Es el custodio de nuestro rey y nuestro reino. Yo doy testimonio de ello. Siendo todavía joven oí en una iglesia de Passicim el himno compuesto en su honor.

Los tres hombres me han mirado como se mira a una loca. Mientras avanzaba hacia ellos, enardecida, sentía cómo sus ojos me traspasaban la piel y los huesos hasta clavárseme en las entrañas. En ese instante el hecho de que yo, una mujer, me hubiese atrevido a irrumpir en su conversación, pesaba mucho más en su ánimo que cualquiera de sus discrepancias. Más que su enfado. Más que sus dudas. Les unía, de repente, un sentimiento de estupefacción ante el alcance de mi atrevimiento.

Pese a lo cual, no he reculado.

—¡No os atreváis a negarlo! —Me dirigía a Sisberto—. Guardo un recuerdo imborrable de ese lejano día. El templo estaba dedicado a san Juan y albergaba un gran sarcófago de piedra con los restos del rey Silo. Cuando entré en él, junto a mi esposo, un coro de canónigos entonaba un himno de alabanza al Apóstol que, además de ensalzar su gloria, invocaba su protección para el rebaño encomendado a su cuidado. Para el Rey, el clero y el pueblo de Asturias. Supe poco después, de labios de la reina Adosinda, que ese hermoso cántico había sido compuesto por un fraile llamado Beato, al que conocí después en su monasterio de Santo Toribio.

Al oír el nombre de Adosinda, don Alfonso se ha conmovido. Esa gran reina, tía de mi señor por vía paterna y esposa del príncipe Silo, fue quien lo amparó siendo un niño, tras la muerte de su padre, y quien le enseñó el arte de gobernar, educándolo como habría hecho con su propio hijo en la corte de Passicim. También fue ella quien me salvó a mí del cautiverio en Corduba... aunque no quiero desviarme de la narración de lo acontecido.

Baste decir que mi señor se ha emocionado al evocar la memoria de esa gran dama, tanto como yo. El monje venido de Toletum, por el contrario, se ha irritado sobremanera oyendo mencionar a Beato, el tartamudo de la Libana.

—Nunca se ha oído que los lebaniegos enseñasen a los toledanos —ha replicado, airado, sin dignarse mirarme a la cara.

—No lo pretendo, padre. Únicamente digo, porque tuve el honor de conocerlo, que ese monje distaba mucho de ser un ignorante; que pasaba sus días combinando estudio y oración, y que en su cenobio de Primorias se conservaban valiosos manuscritos traídos desde el sur por cristianos fugitivos. Yo los vi con mis propios ojos y hasta tuve el placer de leer alguno. En ellos halló Beato la inspiración necesaria para componer esa loa a Santiago, a quien llamaba también Jacobo el Zebedeo, según acabo de recordar. Todo esto ocurrió en tiempos de Mauregato.

Como si el diablo se hubiese apoderado súbitamente de su cuerpo, el Rey se ha puesto en pie, rojo de ira. Plantado ante mí, señalándome con dedo acusador, ha bramado:

—¿Cómo te atreves a pronunciar en mi presencia el nombre de ese traidor?

He tratado de replicar, pero don Alfonso estaba fuera de sí.

—Ese bastardo me arrebató a traición la corona que por sangre y elección me pertenecía. Los magnates de palacio se habían decantado por mí, cumpliendo así la voluntad del rey Silo y la reina Adosinda. El trono, en justicia, era mío, y no de ese miserable concebido por mi abuelo en el vientre de una sierva. Él se aprovechó de mi juventud para desplazarme, mediante el fraude y la sorpresa, obligándome a huir a tierras de Araba a fin de salvar la vida. Encerró a mi amada tía en un convento para impedirle auxiliarme.

—Señor, yo no pretendía…

—¡Silencio! —Me ha cortado en seco—. Parece mentira que tú, precisamente tú, me hables de ese malnacido. ¿Tan poco respeto guardas a la memoria de tu esposo, Índaro, el más querido de mis fideles, obligado a escapar conmigo tras el golpe de ese felón?

—Por supuesto que no —he protestado—. Yo sé bien cuánto le amé y cuánto os amó él a vos…

—¡Se acabó la charla! —ha sentenciado, tajante—. Has logrado quitarme el apetito. Me retiro.

Esa reacción no es en absoluto propia de él. Era su voz, era su rostro, pero yo no reconocía al hombre que me escupía esa rabia. Después de meditarlo un rato, pienso que estaba enojado con Sisberto, o acaso consigo mismo, y lo ha pagado conmigo. No cabe otra explicación a semejante trato inicuo.

* * *

Nunca llegará a saber el Rey de mis labios el dolor que me ha causado hablándome como lo ha hecho. ¿Habrá pensado por un instante que yo pudiera estar ponderando el nombre de Mauregato? ¿Del cobarde que, siendo doncella, me entregó en calidad de tributo al harén de Abd al-Rahmán?[4]

Únicamente la suerte, la intervención providencial de la reina Adosinda y la valentía de Índaro me libraron del cautiverio y la deshonra de convertirme en esclava destinada al goce del caudillo sarraceno. ¿Cómo podría perdonar tamaña ofensa al príncipe que optó por humillarse y humillarnos a todos ofrendando doncellas como yo al enemigo, en lugar de enfrentarse a él?

¿En qué mala hora habrá pasado por la mente del Rey la idea de que yo tuviera la intención de afrentarlo sacando a colación al traidor que intentó quitarle la vida? Únicamente pretendía situar en el tiempo el himno compuesto a Santiago el Zebedeo por Beato, para así tapar la boca al maledicente Sisberto.

Es evidente que don Alfonso no comparte mis sentimientos hacia él. Ni siquiera los sospecha. Tampoco su lealtad hacia mí es comparable a la que yo le profeso.

Por mucho que me duela admitirlo, soy para el Rey algo parecido a los guardias, cuya presencia forma parte del paisaje. Una sombra que le ama sin ruido, del modo en que lo hace Cobre. Solo así se explica esa reacción tan cruel. Porque si mi señor me hubiera contemplado del modo en que lo miro yo, habría entendido mis palabras como lo que eran: una defensa cerrada; exactamente lo contrario a un ataque.

Si él pudiese ver en mi interior… Si yo me atreviera a descubrírselo…

Claro que nada me privará de la fe que deposito en él. Nada me hará renegar del amor y la admiración que me inspira. ¡Nada!

Mañana, Dios mediante, se desfacerá el entuerto.

Levanto los ojos de este manuscrito, a fin de enjugar las lágrimas que no puedo contener, y diviso a Danila en la distancia, dirigiéndose hacia aquí. Voy a esconder rápidamente el cálamo y el pergamino, no sea que me vea escribiendo y vaya con el cuento al Rey, para que me envíe de regreso a Ovetao.

El cronista oficial de esta peregrinación es él. Suya es la encomienda de redactar un itinerario, y lo último que necesito yo ahora es buscarme otro enemigo. Pocas cosas hay más destructivas en este mundo que los celos.

Nadie lo sabe mejor que yo.

La cruz de los ángeles

3

En marcha

Monasterio de Santa María de Obona
Festividad de Santa Eva

El alazán del Rey me salvó ayer de caer exhausta antes de terminar la etapa que nos habíamos impuesto cumplir en nuestro camino hacia Iria Flavia. Hoy ha sido su moloso, Cobre, el que nos ha abierto las puertas a la reconciliación, después de una dura jornada en la que hemos cubierto más de treinta millas.

Doy gracias a Dios por ese regalo, aunque me invade un desasosiego creciente que no consigo vencer. Ya no se trata únicamente de mi hijo y esa llamada silenciosa suya cuyos ecos percibí en Ovetao. A la premura por encontrarlo se suma ahora una sensación de peligro difusa, indefinible, para la que no tengo explicación. Algo parecido a ese extraño olor del aire que presagia la tormenta, cuando miras hacia el cielo y sigue teñido de azul.

Ojalá me equivoque. Deseo ardientemente que así sea, aunque lo dudo. Durante mi ya larga vida he comprobado a menudo lo certero e implacable que resulta ser este don heredado de mi madre. Una capacidad de adivinación de la que renegaría gustosa, pues no existe peor condena que intuir lo que va a suceder sin tener medios ni poder para alterar el rumbo de las cosas.

* * *

Nos hemos puesto en marcha al rayar el día, a la luz enfermiza de un alba gris, bajo esa llovizna persistente que penetra hasta los huesos. No habría podido escoger mejor compañera para el desánimo que me embargaba tras una noche de poco descanso, desvelada por la pena, la inquietud, las molestias y la dureza del suelo, donde un siervo había tendido unas pieles a guisa de lecho.

Con frecuencia he dormido así o en condiciones peores, desde luego. De ahí que esa incomodidad, propia de un pasado doloroso, haya traído a mi recuerdo otras acampadas similares, vividas en circunstancias terribles.

La falta de sueño y la tristeza se han aliado con el agua para amargarme el camino.

Durante un buen rato hemos seguido el curso del río Nonaya, que fluye ruidoso, rebosante de caudal a causa del deshielo. En varias ocasiones lo hemos cruzado, obligados por el trazado del sendero, a veces por vados naturales de poca profundidad, otras atravesando toscas pasarelas hechas de planchas ligadas con cuerda sumamente inseguras. La ruta era tan hermosa como enrevesada. Tan sembrada de obstáculos como armoniosa a ojos de quien sabe mirar. A los míos, mágica.

Más de un tronco caído han tenido que apartar los siervos a fin de despejar el paso, mientras las nubes componían su danza incansable con las cimas de los montes visibles en la lejanía. En distintos puntos, aquí y allá, las copas de los árboles formaban una bóveda natural impresionante, de belleza muy superior a cualquiera de las que yo he visto debidas a la mano del hombre. Por todas partes la vida se alimentaba de vida, brotando en una vegetación generosa que pronto nos regalará sus frutos.

Así es Asturias, nuestro hogar, esta acogedora espesura que a ratos muestra los dientes.

A medida que avanzábamos por una senda estrecha, entre castaños cuajados de erizos, hayas, robles y abedules recién renacidos, mi mente ha retrocedido en el tiempo hasta la brutal aceifa capitaneada por Abd al-Karim en el verano del año 795 de Nuestro Señor. Una entre muchas, diréis con razón. La que más me marcó a mí, os responderé yo sin mentir. Porque estuve allí, junto a mi esposo y mi soberano. Porque sufrí tanto como la que más. Porque nadie ha de contarme lo que acaeció en esos días aciagos, ya que lo presencié con el alma encogida de espanto.

Esta mañana, abriendo las ventanas de la memoria, he vuelto a ver una marea de niños, mujeres y ancianos saliendo a toda prisa de la capital, ante el avance inexorable del enemigo. He sentido el coraje de los hombres, nuestros hombres, dejándose la sangre al otro lado del río Nalón, en un combate perdido de antemano, con el único propósito de ganar el tiempo necesario para que esos prófugos, y con ellos el Rey, pudieran ponerse a salvo cruzando las montañas.

¡Cuántas vidas sacrificadas!

Esta mañana he oído los llantos de las criaturas aterradas. Los lamentos de los ancianos, implorando que les permitieran morir en sus hogares. He rememorado el valor de esas hijas, madres y esposas obligadas a apretar los dientes, dejarlo todo atrás y ver marchar a sus maridos al frente, sin una lágrima, conscientes de que nunca volverían a besarlos.

Las imágenes imborrables de esa determinación, la férrea convicción que siempre percibí en esos cristianos, constituyen la razón principal por la cual, siendo todavía muy joven, abracé la religión de mi padre y abandoné definitivamente la del antiguo pueblo astur.

El dios de Ickila no solo había derrotado a la diosa de mi madre, sino que parecía infundir un coraje y una fortaleza de naturaleza indoblegable.

Eso no significa que de vez en cuando, con mayor frecuencia a medida que cumplo años, no repita mecánicamente ritos aprendidos de Huma o fórmulas que ella recitaba. Espero no ofender a Jesús al hacerlo.

Cuando lleguemos a nuestro destino me postraré a los pies del Apóstol para suplicar su perdón, confiando en que sea él quien descansa allí y mi ruego pueda alcanzar sus oídos. El Señor y yo sabemos bien que no hay mala intención en mis actos. Solo costumbre, a veces descuido, y un intento desesperado de mantener viva a la madre cuyo calor tanto añoro.

* * *

Seguimos la vía trazada hace siglos para unir Lucus Asturum con Lucus Augusti, siempre en dirección a poniente, con la intención de adentrarnos en el antiguo territorio minero de los pésicos.

En el tramo que discurre próximo a la sierra de Guarda, por donde hemos transitado a primera hora, la calzada se conserva sorprendentemente bien. Las piedras planas con las que los romanos pavimentaron esos senderos resisten casi indemnes al barro y a las zarzas, relucientes bajo la lluvia que no deja de caer.

También los puentes todavía en pie fueron erigidos por los ingenieros del imperio que don Alfonso admira de todo corazón. Al atravesar uno de ellos, de un solo ojo, construido con pizarra oscura, ha dicho, creo que a Danila, en voz tan alta como para que lo oyéramos todos:

—Mis antepasados godos recibieron de sus manos la Ley y, con ella, la civilización. Antes que todo está Dios. Junto a la verdadera fe, el Reino. Por mi honor os juro que no solo velaré por defender nuestro credo y nuestra tierra, sino que conservaré y aun acrecentaré, con la ayuda del Altísimo, el formidable legado del que soy depositario.

Se refería, claro está, al legado visigodo amenazado de muerte tras la invasión musulmana de Hispania y la pérdida de su capital, Toletum.

Ninguno dudamos de que cumplirá su palabra, por lo que nadie ha considerado necesario contestarle, aunque yo habría apuntado gustosa un par de cosas. Cosas oídas en mi castro, siendo niña, sobre la heroica resistencia de los astures a las legiones de Roma. Cosas referidas a las tradiciones de mi sangre materna, algunas muy bellas, aniquiladas por los sucesivos invasores, romanos y godos, venidos a civilizarnos, tal como afirma el Rey.

Habría podido tratar de matizar el entusiasmo de mi soberano, sí. ¿Con qué propósito? En el fondo sé que dice la verdad. No puede ocuparse un trono sin antes dejarlo vacante ni puede una misma corona ceñir dos cabezas distintas. Es ley de vida. Y, además, aunque hubiese deseado entablar una polémica estéril, don Alfonso no me ha dirigido la palabra hasta bien entrada la tarde.

He optado pues por callar, tragándome el orgullo ofendido.

A veces tengo la sensación de que este rey al que venero es un perfecto desconocido y otras, en cambio, me parece adivinarle mejor que nadie. Acaso ese vínculo mágico sea fruto de mis sentimientos. ¿Qué otra explicación cabe al modo en que me desconcierta?

Hoy he estado confundida todo el día, repitiéndome a mí misma que no merece mi amor. Como si el amor que una entrega, o el que recibe, guardase alguna relación con el mérito o la justicia. Como si el azar fuese ajeno a lo que acontece al tejerse ese misterioso lazo entre quien ama y quien es amado, a menudo sin desearlo. Como si únicamente nos enamorásemos de quien nos conviene o es susceptible de hacernos felices. Como si el corazón atendiese a razones lógicas en lugar de actuar al dictado del capricho.

En esos pensamientos he estado sumida un buen rato, mientras la lluvia repiqueteaba sobre las copas de los árboles y amenizaba nuestra marcha con su música. ¡Lástima no haber prestado más atención!

Ahora me doy cuenta de que el bosque nos regalaba sus olores, casi olvidados en la ciudad sobrepoblada de refugiados que dejamos atrás ayer: la pureza acre del musgo reverdecido por la estación húmeda; la frescura de la hierba nueva; el aroma a pan recién cocido que exhala la madera de castaño…

Si no hubiera tenido el ánimo tan sombrío por el enfado causado la víspera a mi señor Alfonso, habría gozado intensamente de esta naturaleza que siento correr por mis venas igual que el acebo o el fresno sienten correr la savia. Dado que a esas alturas del día no se había dignado lanzarme una simple mirada, he contemplado sin ver y olido sin saborear.

Al llegar la hora tercia, hemos hecho una breve parada junto a una cascada para que los clérigos pudieran entonar sus oraciones y las monturas abrevar en la poza creada por la catarata. También nosotros hemos aprovechado para beber agua fresca y tomar un bocado, pues las gachas del desayuno habían quedado olvidadas.

Un muchacho a quien conozco desde siempre, criado en las cocinas de palacio, me ha servido un trozo de pan negro, que empieza a saber a rancio, sobre el que había dispuesto unas lonchas de cecina salada. Idéntico rancho han recibido los restantes miembros de la comitiva, dispersos en varios grupos al abrigo de un par de toldos tendidos sobre ramas bajas.

¡Quién dispusiera de la dentadura adecuada para dar cumplida cuenta de un almuerzo semejante! Masticar cualquier alimento duro constituye un tormento cuando te faltan las muelas, y yo las he perdido casi todas, después de maldecirlas una a una por lo mucho que me hacían padecer. Afortunadamente, conservo la mayoría de los dientes y, con ellos, la sonrisa, así como la capacidad de comer sólido. Pocas personas de mi edad pueden decir lo mismo.

Odoario y Sisberto, sin ir más lejos, han tenido que mojar el pan hasta reblandecerlo y cortar la carne en pedazos pequeños antes de tragárselos enteros. Yo aún puedo utilizar mis colmillos. Ignoro si será la suerte o el hábito de frotármelos a menudo con una pasta elaborada a base de sal y hierbabuena, receta familiar antigua. Lo cierto es que aquí están, todavía conmigo, a Dios gracias. No en vano soy hija de una sacerdotisa sanadora. Y no de una sanadora cualquiera, sino de la más reputada de cuantas ha conocido el occidente de Asturias.

He comido sola, en silencio, algo separada de los demás. Los frailes, después de sus rezos, se han acercado al conde Aimerico y a Freya, que parecía escuchar, mansamente, algo parecido a una reprimenda de su padre. Servidumbre, esclavos y soldados se mantenían alejados de nosotros, al raso, afanados cada cual en su tarea.

* * *

A cierta distancia, bajo la otra tela encerada, conversaban el Rey y Danila.

—Si en el futuro han de transitar otros peregrinos por aquí —decía don Alfonso— sería bueno señalizar el itinerario convenientemente. Marcar las mansiones y mutaciones,[1] además de ir creando hospederías donde poder alojarlos. Claro que eso llevará tiempo. Lo más urgente es guiar a esas gentes piadosas indicándoles la ruta a seguir. Pese a la magna obra que nos dejaron los romanos con sus vías, es fácil perderse en estos bosques.

—No sé si os habéis fijado, majestad —ha respondido el escriba en tono de censura—, pero yo he visto más de un ara pagana al borde de la calzada. Lares dedicados a falsos dioses protectores de caminos y caminantes, que ofenden a los ojos de Dios y deberían ser retirados sin tardanza.

—Lo haremos, Danila, en cuanto sea posible. Sustituiremos esos altares paganos por cruces cristianas y templos levantados a Nuestro Señor y sus santos. Es prioritario, empero, garantizar que los cristianos sepan dónde dirigir sus pasos cuando lleguen a una encrucijada.

—Las cruces han servido en esta tierra para guiar a los viajeros antes incluso de convertirse en el símbolo de nuestra fe —ha convenido el monje, acariciándose la barbilla afeitada con un dedo ennegrecido por la tinta—. El pueblo llano entenderá su significado sin necesidad de explicaciones. Hay más sabiduría entre la gente sencilla de la que solemos atribuirle quienes tenemos la dicha de haber recibido educación.

—Creí haber deducido de vuestro comentario anterior que rechazabais con ardor cualquier simbología pagana —ha replicado el Rey, sin terminar de comprender a qué carta quedarse.

—Jamás rechazaría la cruz un hombre de Dios como yo, majestad. Desde que Nuestro Salvador murió en ella, para resucitar al tercer día y después ascender a los cielos, ese instrumento de tortura se ha transformado en emblema de victoria y sinónimo de esperanza.

—Os referís entonces a la cruz cristiana y únicamente a ella. —Don Alfonso no daba su brazo a torcer.

—Por supuesto, mi señor. ¿A qué otra cruz podría referirse un fiel servidor de la Iglesia como yo?

Desde la distancia, me he quedado pensando en lo que acababa de decir Danila y he tenido que tragarme las ganas de corregirle, a costa de morderme la lengua.

Porque antes de ser cristiana, la cruz era reconocida por los pobladores ancestrales de Asturias como un signo protector destinado a ahuyentar el peligro. La tallaban en sus puertas y en sus aperos de labranza, en las cunas de sus hijos y en las yuntas de sus bueyes, con el propósito de alejar la enfermedad o combatir sortilegios. Yo misma acosté a mis cuatro pequeños en un mismo lecho guardado por ese antiguo dibujo, y los cuatro, gracias a Dios, salieron adelante con bien.

Recuerdo haber visto cruces de diversas formas decorando toda clase de objetos, desde que conservo memoria. A veces sus brazos eran rectos y en otras ocasiones se retorcían. Cualquiera de nosotros sabía que desde tiempos remotos se colocaban en las encrucijadas, ya fuese para indicar el camino a seguir o con el fin de señalar lugares de singular importancia. Todavía se conservan algunas, muy pocas, en parajes especiales, aunque la madera con la que fueron fabricadas la mayoría de ellas no tarda mucho en pudrirse.

Como si me hubiese leído el pensamiento, justo en ese momento he oído a don Alfonso decir:

—Algún día este camino estará señalizado por cruces, hermano. Y serán de piedra.

* * *

Poco a poco, muy a mi pesar, me convierto en una espía consumada. Al contrario de lo que les sucede a mis ojos, mis oídos se agudizan a medida que pasa el tiempo y me llevan a conversaciones a las que no había sido invitada. La que acabo de relatar, por ejemplo.

Escuchando la docta explicación de Danila, me ha venido a la cabeza, cual fogonazo, el consejo recibido de mi madre en una despedida acaecida siendo yo casi una niña. Un adiós que, por desgracia, resultó ser definitivo.

Esas palabras quedaron grabadas de forma indeleble en mi corazón, no solo porque fueron las últimas que escuché de sus labios, sino porque, llegado el momento, me salvaron de morir abrasada: «Cuando estés perdida, necesitada de guía, busca los lugares donde las grandes piedras reciben la luz del sol y de la luna. Allá habitan los espíritus de mis antepasados, fundidos hoy con la fe en Cristo de tu padre que ha levantado iglesias junto a esos mismos santuarios».

¿Se referiría el calígrafo a las cruces de esas capillas al decir hace un momento que todas las gentes de por aquí reconocerían su significado? ¿Estaría aludiendo, probablemente sin saberlo, a los espacios ocultos en lo más profundo del bosque donde los primitivos astures erigieron círculos de rocas talladas o bien altares de piedra?

Tal vez.

En uno de esos parajes mágicos, hace una eternidad, me refugié yo de las llamas en el transcurso de un incendio. Así me libré de perecer devorada por el fuego. Y en más de una ocasión, después, he visto templos sencillos construidos junto a uno de esos monumentos dedicados a dioses paganos, que incluso incorporaban las viejas piedras talladas a guisa de ornamentación o de cimientos.

¿Ofenderá esa cercanía al Dios cristiano, tal como afirma Danila? No lo creo. Por el contrario, me inclino a pensar que el Altísimo aceptará de buen grado ser venerado allá donde, antes de rezarle a Él, adoraron a sus ídolos gentes bondadosas, gentes generosas, como era Huma, privadas de la verdadera luz.

Ese misterio, en todo caso, escapa a mi comprensión.

Lo que sé con certeza es que mis ojos han contemplado infinidad de cruces talladas en puertas, yuntas y cunas, junto a trisqueles, rosetas y otras maneras de representar tanto al sol como a la luna. He visto esas formas en el pan recién cocido, en la manteca o en el queso. Nunca he concedido demasiada importancia a su razón de ser, dando por hecho que se trataba de algo hermoso.

Dios está en cualquier lugar y en todos nuestros actos buenos. ¿No es así? Eso al menos me empeño en creer. Si no lo hiciera, si no percibiese Su luz en todo aquello que ilumina la vida, me resultaría imposible soportar la dureza de esta existencia incierta, siempre en el filo de una espada.

Dios y bondad son una realidad única; un mismo significado con distintos nombres. Algunos dan demasiadas vueltas a lo que a mis ojos es diáfano.

Don Alfonso tampoco debe de torturarse en exceso por este asunto de los símbolos, aunque, según dice, le inquieta. Le oigo hablar de estas cuestiones y me sorprende sobremanera lo distinta que puede llegar a ser una misma persona, dependiendo de la circunstancia en que se halle.

¡Qué diferente es, sin ir más lejos, este Rey peregrino del Rey guerrero!

Me parece estar viéndolo en la batalla, vestido de hierro, a lomos de su semental, empuñando a *Celeste* con mano firme y chorreando sangre enemiga derramada por su acero.

No han sido pocas las ocasiones en las que he asistido a un choque brutal desde una posición privilegiada, junto a otras mujeres llamadas a servir en retaguardia. Nunca ha vacilado el rey soldado en asestar un golpe mortal. Nunca ha dado la espalda al sarraceno. Rara vez ha mostrado clemencia ante un guerrero derrotado, como tampoco la ha pedido.

En el combate el soberano es la lanza del Dios vengador, del Dios implacable, del Dios feroz de los judíos aniquilador de filisteos. Aquí es completamente distinto. En este camino hacia Iria Flavia, el Rey se transforma en discípulo de Jesús, en buen pastor de su pueblo, en siervo del Dios de la misericordia que envió a su Hijo a morir por la redención de nuestros pecados.

¿Puede un mismo ser encarnar dos naturalezas tan distintas? Es evidente que sí. También por eso lo admiro, aunque me duela doblemente la dureza que mostró ayer conmigo.

Don Alfonso es extremadamente piadoso, aunque en absoluto manso y mucho menos jovial. Tiende a una melancolía para la cual no hallo explicación, por mucho que me devane los sesos tratando de encontrar motivos.

En el combate o el ejercicio del gobierno se siente a gusto. Reza a menudo, con devoción. Lo que rehúye como el gato el agua es la ociosidad. Necesita estar ocupado a fin de mantener a raya ciertos fantasmas que únicamente él conoce, porque cuando le acometen lo transforman en un ser difícilmente reconocible.

Su enojo se ha extendido hoy también a Sisberto y Odoario, con quienes apenas ha intercambiado un par de frases. Ellos, al igual que yo, llevan todo el día cabizbajos, sin apenas hablar entre sí. Quién sabe qué rumiarán tras la disputa de ayer…

* * *

El tiempo no ayuda, desde luego. Los ánimos reproducen las nubes negras del cielo, empeñado en escupir una llovizna penetrante que acaba helando las entrañas pese a ser esta la estación en la que el sol vuelve a mostrarse cálido.

Hoy no hay rastro de esa caricia.

Ni siquiera Freya, con su rostro luminoso y la dulzura de su voz, ha logrado arrancar una sonrisa al soberano. En un par de ocasiones, de buena mañana, ha tratado de iniciar una conversación, aproximando su yegua al alazán que monta él, sin obtener otra respuesta que evasivas o silencios. Hoy se diría que le molestábamos todos, a excepción del monje escriba. Para llegar hasta mi señor resultaba necesario, por tanto, hacerlo a través de Danila.

Una vez reanudada la marcha, he encontrado el modo de situarme al lado de ese poderoso fraile, cuya auténtica forma de ser todavía se me escapa. ¿Es el fatuo pagado de sí mismo que aparenta ser cuando imparte lecciones magistrales desde las alturas de su vasta cultura, o solo es un hombre ilustrado, incapaz de dialogar sin abrumar a quien le escucha?

De sus propios labios oí decir, antes de partir, eso de que todo en esta vida obedece al designio de la Providencia y responde por tanto a un motivo lógico. Yo tomé buena nota de esa reflexión y no pienso parar hasta comprender el propósito último de este viaje precipitado, que nos conduce, en el mejor de los casos, al sepulcro de un hombre muerto hace unos ochocientos años.

Si realmente se trata del apóstol Santiago, su poder ha de ser aún hoy gigantesco para que el Rey se preste a correr tal riesgo.

Antes de resolver ese misterio, empero, pretendo averiguar el porqué del enfado real que llevo clavado en el pecho como un dardo envenenado.

—Únicamente vos dais hoy con el camino que conduce a los oídos del soberano —he lanzado mi anzuelo—. Confieso que os envidio.

—Ser oído es una cosa —ha respondido él, displicente—. Ser escuchado, otra muy distinta.

—¿Habéis sufrido algún agravio del soberano, fray Danila? Me cuesta mucho creerlo...

—No veo que sea asunto de vuestra incumbencia, dama Alana. —Su tono era afilado cual cuchillo.

—¡Desde luego! —He hecho ademán de alejarme, ofendida—. Ya veo que tampoco vos sois ajeno al mal humor imperante hoy en esta comitiva.

—El mío viene de lejos. Y puesto que parece interesaros, os explicaré su origen. Al fin y al cabo, de algún modo hay que entretener esta tediosa marcha.

—Si os incomoda en lo más mínimo...

—No, en absoluto. De hecho, es un secreto a voces tanto en la corte de Ovetao como entre la clerecía.

Mi silencio ha expresado con elocuencia que no estaba al corriente de ese secreto a voces, lo que le ha dado pie para seguir hablando.

—Sabréis, imagino, que hace años don Alfonso me encargó emprender una ambiciosa obra manuscrita como jamás se había visto en Asturias. El códice más importante de cuantos se conocen hasta ahora, me atrevería a asegurar, no ya en el Reino, sino en la Cristiandad.

—Perdonad mi ignorancia, padre...

—Es natural. Supongo que no sabréis leer.

—Algo aprendí siendo joven y se podría decir que me defiendo, con dificultad —he matizado, mintiendo, temerosa de su reacción.

—Las letras son cosa de clérigos y están al servicio de

Dios —ha sentenciado él, rotundo—. Las mujeres fueron creadas para cumplir otras funciones.

—Me hablabais de vuestro códice…

—Así es. El trabajo de mi vida. Largos años encerrado en un *scriptorium* o en otro, cambiando de monasterio al albur de la guerra, con el propósito de transcribir una Biblia completa, de Antiguo y Nuevo Testamento. Días sin final expuesto al frío de las corrientes que penetran por las ventanas abiertas. Tardes de oscuridad a la luz de las velas, quemándome los ojos en el empeño de honrar la Palabra del Altísimo con un trabajo intachable… arrojados al arroyo.

—¿Acaso se ha perdido ese libro?

—No, pero ha quedado inconcluso. El Rey impuso que formara parte de la magna donación realizada a la basílica del Salvador con ocasión de su restauración, lo que me obligó a entregarlo antes de tiempo. ¿Comprendéis ahora el alcance de mi agravio?

—No estoy segura…

—Principio y fin. Alfa y omega. La perfección no conoce matices ni resulta alcanzable si lo que está llamado a ser un todo se fragmenta. ¿Acaso no resulta obvio? Esa Sagrada Biblia debe ser intachable o estará condenada al olvido. Llevo años suplicando a Su Majestad que me la devuelva para cumplir la misión que él mismo me encomendó, pero me contesta con evasivas. Parece haberse dado por satisfecho con algo que, a mis ojos, nada vale.

—¿Tan imperfecto es el manuscrito?

—¿Imperfecto decís? —Me ha traspasado con la mirada—. Es de una belleza sobrecogedora. Pergamino de la mejor calidad, elaborado con la piel más suave y cosido en páginas idénticas, tintadas de azul o de rojo a fin de subrayar la importancia de determinados pasajes. Letras en blanco, dorado y carmesí, tan pulcras como la mano humana es capaz de producir. Ni el más avezado lector distinguiría la primera de la última escrita. Ornamentación exquisita. Iluminación polícroma en toda una paleta de tonalidades…

—¿Dónde radica entonces el fallo?

—¡Os lo acabo de decir! —ha estallado—. El códice está incompleto. Un buen número de cartas apostólicas carecen de los marcos necesarios para su ornamentación. Varias letras capitulares apenas están dibujadas, a falta de coloración. Se me ha privado del objeto al que he dedicado mi existencia, sin darme la oportunidad de alcanzar la meta pretendida, cuando ya me parecía tocarla.

Se le notaba tan triste, tan decepcionado por esa traición del destino, que me he compadecido de él hasta el punto de olvidar mi propia pena y, con ella, las preguntas que ansiaba formularle.

—Confiad en don Alfonso, hermano. Acabará por reconsiderar vuestra petición y podréis terminar vuestro manuscrito.

De nuevo me ha lanzado una mirada entre despectiva y asesina, antes de contestar:

—La Biblia se quedará como está. Los ojos y el pulso me impiden cumplir el anhelo de antaño, y a fe mía que ningún otro escriba meterá su cálamo en mi obra.

Dicho lo cual, ha clavado los talones en los flancos de su asturcón y partido a un trote ligero, en busca de mejor compañía.

* * *

Creo haber mencionado ya que con nosotros viajan dos sarracenos cautivos de diferentes campañas y seis siervos cristianos, propiedad de don Alfonso, además de un par de libertos destinados a tareas superiores. Adamino, un cocinero de palacio que no destaca por sus guisos, y una mujer de mediana edad, viuda, callada, sumisa, cuya función es atender las necesidades de la condesa Freya y las mías.

Uno de los sarracenos fue traído de la Gallaecia hace más o menos veinte años, cuando apenas era un muchacho destinado a labores de intendencia en el ejército sarraceno. Todos lo conocen como Tariq, ignoro si porque sus padres le dieron ese nombre o en referencia al primer guerrero infiel que puso pie en la península.

El otro, al que apenas conozco, procede de la última incursión caldea en el Reino. Aún se ven en su pecho las cicatrices recientes de las heridas que lo derribaron. Se hace llamar Muhammed y es sin duda de ascendencia siria, a juzgar por el tono de su piel, más clara que la de los bereberes. Se trata de un guerrero de familia distinguida, a tenor de las habladurías palaciegas, escogido por el propio don Alfonso como parte de su botín personal.

Muhammed es apuesto. En su porte orgulloso se adivina la sangre noble, incluso cubierto de mugre y harapos, como corresponde a un esclavo. Seguramente esa sea la razón de que el Rey lo eligiera para sí. Someter a un enemigo digno de quien lo venció, exhibirlo cual trofeo de guerra, tanto más valioso cuanto más elevada fue su condición anterior, constituye un componente esencial de la victoria. Esencial y placentero, imagino, pese a que yo jamás he poseído ni deseado cautivos.

Lo que nunca había visto antes es que se permitiera a un prisionero reciente acercarse tanto al soberano como para poder tocarlo y, por consiguiente, hacerle daño. Esa es una temeridad tan incomprensible como innecesaria.

Generalmente estos hombres son asignados a faenas duras lejos de la corte, bajo la supervisión de guardianes expertos. Las obras de Ovetao, no obstante, han requerido mucha mano de obra y atraído a la ciudad a un número inusitado de esclavos, lo que no explica, empero, el caso que nos ocupa. Este sarraceno está aquí por su increíble habilidad para tratar con los caballos y, de manera especial, con el semental de don Alfonso, Gaut, por quien el monarca siente un afecto similar al que profesa a su perro, Cobre.

Gaut, que lleva el nombre de una deidad pagana goda, es joven e impetuoso. Tanto, que ha herido a más de un caballerizo, incluido el palafrenero del Rey, a quien quebró una pierna de una coz hace apenas una luna, impidiéndole acompañar a su señor en este viaje.

Gaut puede ser peligroso, lo que constituye un desafío irresistible a ojos del monarca. El único capaz de aproximarse a él sin sufrir las consecuencias de su furia, aparte del Rey, es este cautivo que le habla quedo, en su lengua, como si se dirigiera a una persona, en un tono de complicidad que no me gusta lo más mínimo.

Ignoro lo que se dice en las extrañas conversaciones que mantienen el cuidador y la bestia. No comprendo el árabe. Pero intuyo que la montura y Muhammed conspiran contra mi señor. Llamadme loca. Acaso lo esté, aunque no sería la primera vez que una de mis intuiciones se revela cierta.

Nada hay en el comportamiento del esclavo susceptible de inquietarme, si no es su mirada altiva, en la que detecto el brillo del odio. Es esa llama la que me asusta. Conozco bien, en alma propia, el rencor que puede llegar a albergar alguien arrancado por la fuerza de su mundo y sus seres queridos. De ahí que reconozca la emoción, pese a sentirme muy sola ante este desasosiego.

Hace un rato, cuando estábamos a unas siete millas del monasterio desde el que escribo, donde pasaremos la noche, hemos hecho otra breve parada para abrevar a los caballos. Mientras Muhammed sujetaba a Gaut por la brida, don Alfonso ha descabalgado con el fin de estirar las piernas. El sarraceno habría podido aprovechar esa proximidad para intentar cualquier cosa... ¡Sabe Dios con qué consecuencias!

¿Qué necesidad habrá de tentar a la suerte de este modo? Ese sarraceno se ha ganado el favor del Rey merced a su don con el animal y únicamente a eso. A mí no me basta. Cuando en otras ocasiones me he atrevido a compartir este pensamiento con mi señor, él ha restado importancia a mis temores, asegurándome que el guerrero está vencido y su voluntad, sometida. Yo no lo creo. Es más, estoy convencida de lo contrario. Claro que, a falta de pruebas, no tengo más remedio que acatar el dictamen real.

El exceso de confianza puede resultar tan letal como la cobardía. Y si bien mi rey jamás ha dado muestras de lo segundo, en esta etapa de su vida parece incurrir con frecuencia en la primera de esas tentaciones. Menos mal que Nuño rara vez le quita la vista de encima.

Se podría decir que el vascón y yo somos amigos, aunque probablemente entendamos ese término de maneras distintas. Nos conocemos desde antiguo, eso sí, y confiamos el uno en el otro. ¿A quién sino a él iba a confesar mis recelos? De haberme dirigido a Agila, se habría reído de mí.

—Me preocupa ese nuevo esclavo, Nuño —le he susurrado, llegándome hasta donde estaba él, después de desmontar yo también a fin de dar descanso a mi asturcón y terminar la jornada andando.

Su respuesta ha sido algo similar a un gruñido.

—¿Has visto cómo mira al Rey? —he insistido—. Las miradas dicen mucho de las intenciones. Si los ojos de ese cautivo fuesen dagas, don Alfonso estaría muerto. ¿Soy yo la única que se da cuenta?

—No.

Bastaba con esa palabra. Sabiendo que el más leal sirviente de don Alfonso comparte mi inquietud, puedo quedarme tranquila. Acaso erremos los dos y el miedo sea infundado. ¡Ojalá que así sea! En caso contrario, no obstante, puedo fiarme de Nuño tanto como de mí misma. Los dos daríamos la vida por el soberano sin vacilar, incluso cuando se enoja y nos trata de forma injusta. Así se manifiesta el amor.

En cuanto a la ingratitud… es el privilegio de los poderosos. Siempre ha sido así y me atrevo a decir que así será siempre, pues está en la naturaleza de las cosas, como la nieve en el invierno o la fruta en tiempo de cosecha.

Poder e ingratitud se dan la mano.

* * *

Nuño vela por el Rey, mientras los malos augurios se multiplican. Sin ir más lejos, a la vuelta de un recodo nos hemos dado de bruces con una cría de corzo devorada por los lobos. Pura piel desgarrada revistiendo huesos quebrados, toda vez que la carne y las vísceras habían desaparecido.

Nadie, aparte de mí, ha otorgado gran importancia a ese encuentro, habida cuenta de que en estos parajes escasamente poblados abundan tanto esas fieras como las presas a las que dan caza: corzos, venados, ardillas, conejos y toda clase de pájaros lo suficientemente incautos como para ponerse a su alcance. Con los jabalíes y los osos no se atreven, pese a competir con ellos por el alimento. Unos y otros reinan en estos bosques ancestrales, donde el hombre, un recién llegado, está indefenso, a su merced, si para su mal se halla solo.

Sé muy bien lo que me digo...

Nadie ha dado importancia al pobre corzo, excepto yo, porque sospecho que de todos los integrantes de esta comitiva soy la única capaz de comprender lo que supone sufrir el ataque de una manada de lobos en plena noche, como debió de ocurrirle a esa criatura desgarrada por las dentelladas. Solamente yo puedo ponerme en el lugar del animal y sentir su terror.

¡Odio a los lobos! Los odio desde que los oí aullar, hace años, en una montaña helada, cuando escapaba junto a mi marido del cautiverio en tierra de moros. Los odio, los temo y los rehúyo desde que olí su aliento fétido y vi sus ojos, como brasas ardientes, en el momento en que uno de ellos, enorme, se abalanzó sobre mí con el propósito de degollarme. Índaro se interpuso entre él y yo, dándole muerte, a costa de sufrir heridas que casi acaban con su vida.

Bestias infernales...

Uno de los siervos ha apartado el despojo de la calzada, para evitarnos la molestia de pasarle por encima o vernos obligados a esquivarlo. Nadie, aparte de mí, le ha dirigido una mirada. Yo no he podido evitar estremecerme, evocando una pesadilla susceptible de repetirse. ¡Dios no lo permita!

Ninguno estamos libre de perdernos en la espesura al adentrarnos entre los árboles a fin de aliviar el cuerpo, cosa que hacemos varias veces al día, no siempre con tanta rapidez como quisiéramos. En cualquier momento uno de nosotros podría toparse con esas fieras. O con alguna otra cosa peor para la que no existe nombre.

Acabo de santiguarme, porque percibo con nitidez que el peligro anda cerca. Lo presiento. Lo sé. Algo malo va a suceder, aunque ignoro qué va a ser o cuándo va a sobrevenir. Solo espero que no afecte ni a mi hijo ni a mi Rey. De Rodrigo, desgraciadamente, no tengo noticia alguna. En cuanto a esta comitiva, lo único seguro es que hoy hemos logrado esquivar la desgracia.

* * *

La lluvia nos ha dado tregua, cual bendición de un cielo clemente, en el último tramo del camino, efectuado, como ya he dicho, a pie.

A nadie le complace resbalar o trabarse en el barro que cubre muchas partes de la antigua calzada, pero hacerlo bajo el agua resulta más desagradable todavía. Por eso, cuando el sol logra una victoria en su constante batallar contra las nubes, todo se ve bajo otra luz y la belleza resplandece.

Esta tarde hemos podido gozar del azul y rosa intensos del brezo nuevo, la gama infinita de verdes que trae consigo la estación del renacer y el espectáculo de la tierra exhibiendo, orgullosa, su maternidad exuberante.

Ha llamado mi atención un viejo tronco vencido de cuyo esqueleto comía una infinidad de plantas e insectos ávidos de alimento. La fuerza irresistible del bosque, determinado a perpetuarse por mucho empeño que pongamos en ganarle la partida. Por más que talemos árboles, arranquemos raíces centenarias o desbrocemos palmo a palmo sus dominios, obligados a abrir pastos para alimentar a nuestros ganados.

Él aguanta, él lucha, él vive, él permanece.

Fresnos, abedules, avellanos salvajes, castaños y robles cuajados de frutos bordeaban la senda, tanto más despejada de maleza cuanto más nos aproximábamos al cenobio, en torno al cual surgen y se multiplican las aldeas.

Las gentes que las habitan no daban crédito a sus ojos al ver aparecer ante ellas nada menos que a don Alfonso el Magno. Un rey convertido en leyenda por sus hazañas en el campo de batalla. Un rey que ha puesto fin a la ignominia de los tributos, plantando cara con arrojo a los estandartes de la media luna. Un rey valiente y victorioso.

Porque la paz que se intenta comprar mediante el pago del *jaray* y la *yizia*, exacciones impuestas por los musulmanes a los cristianos sometidos a su dominio, siempre acaba convertida en indignidad y guerra. Este es un hecho contrastado, irrefutable, que los habitantes de Asturias han comprobado en sus carnes desde que tienen memoria.

Confieso que me he emocionado observando las muestras de respeto y veneración profesadas al soberano al paso del cortejo real. Durante más de una milla, gentes venidas de lejos se alineaban al borde de la vía para rendir homenaje a su soberano, quién hincando la rodilla en tierra, quién aplaudiendo y jaleando, quién rogándole que bendijera a una criatura en mantillas, como si en lugar de rey fuese obispo, quién simplemente en silencio.

Se había corrido la voz de su presencia en las inmediaciones de Santa María de Obona y una legión de campesinos estaba allí, movilizada a golpe de boca a boca para acudir a contemplarlo de cerca.

Probablemente para muchos de ellos fuera el instante más emotivo de una existencia monótona, dedicada a las faenas del campo. Otros tal vez combatirían en su ejército en alguna de las campañas pasadas y oyeran hablar de sus proezas, aunque sin tener la oportunidad de poner un rostro a su nombre. Hoy, al fin, conocían al hombre de carne y hueso que lleva sobre su cabeza la corona, aunque fuera desde lejos, vislumbrando apenas su figura.

—¡Viva el Rey!

Un mismo grito de júbilo encendía las gargantas. Ninguno de los presentes olvidará fácilmente este día.

Yo tampoco.

El monarca ha devuelto ese cariño saludando y sonriendo desde lo alto de su montura, conducida a un paso lento.

Agila había ordenado a la guardia formar un cordón a su alrededor, pero él les ha mandado apartarse, sabiéndose a salvo entre súbditos devotos: hombres de edad avanzada, en su mayoría, puesto que los jóvenes supervivientes de la última aceifa permanecen reclutados para defender el Reino. Chiquillos, ancianos, mujeres humildes, vestidas algunas de ellas a la antigua usanza, con faldas de lana oscura bordadas de flores coloreadas que han hecho brotar en mí una catarata de recuerdos.

Me ha parecido estar viendo a las ancianas de mi Coaña natal, cuando miraban de soslayo a los refugiados venidos con mi padre, desde el otro lado de las montañas, con sus atuendos y sus costumbres radicalmente distintos de los conocidos en Asturias.

Todo cambia tan deprisa…

Algunas de esas personas habitan todavía hoy castros muy similares al mío, rodeados de murallas protectoras, que los mantienen al abrigo de ataques enemigos desde épocas tan remotas como los orígenes del pueblo astur. Allí crían a sus hijos, entre callejuelas estrechas empedradas con pizarra negra, idénticas a las que me vieron corretear a mí, y desde allí bajan cada mañana a las huertas situadas en el valle o a los prados donde pacen sus vacas, para regresar al caer la noche.

Otras, la mayoría, proceden de lugares devastados por las incursiones sarracenas o incluso de tierras sometidas al islam.

Los más, perseveran en el cultivo de sus presuras y reconstruyen una y otra vez sus hogares después de cada acometida, aferrándose a los campos de los que depende su subsistencia.

Los menos, se han ido agrupando en pueblos de nueva construcción, que crecen de día en día. Villas modestas, levantadas a base de sudor y constancia, en las que no falta una capilla donde juntarse a rezar ante una tosca cruz de roble.

Mi señor don Alfonso ha recibido hoy un testimonio de lealtad que a buen seguro le ha conmovido y alegrado. Acaso esa dicha haya contribuido también a disipar el enfado que le indisponía conmigo, si bien el mérito de nuestra reconciliación ha correspondido a Cobre. Sería sumamente ingrato por mi parte ignorar la ayuda decisiva de ese mastín, a quien siempre estaré agradecida.

* * *

Santa María de Obona se asienta en un pequeño valle fértil, a los pies de las montañas que sirven de frontera al Reino. Al amparo de sus muros, construidos hace media centuria, vive una pequeña comunidad de hermanos y hermanas dedicados a labrar la tierra y elevar oraciones a Dios. Están acogidos a la regla de Adelgaster, hijo bastardo del rey Silo, fundador del monasterio.[2]

Nadie de por aquí gusta de mencionar ese origen y, menos que nadie, mi señor, toda vez que Silo murió sin descendencia oficial de su legítima esposa, Adosinda. Ella, nieta de Pelayo y del duque de Cantabria, fue quien transmitió el linaje regio a don Alfonso, su sobrino, que veía en esa tía paterna a una segunda madre.

El hecho de que su esposo concibiera a un bastardo con una de sus concubinas no pudo resultarle sorprendente, ya que pocos príncipes han escapado a esa costumbre asentada. La reina no se extrañaría, supongo, pero sentiría ese nacimiento como puñalada en el pecho.

¿Qué mujer no sufriría siendo estéril, con el tormento añadido de ver cómo su hombre alumbraba un vástago en otro seno? Tuvo que padecer un infierno…

Sé bien lo que me digo. Yo vi a Índaro abandonar mi lecho para acudir, noche tras noche, al de una cautiva mora. Lo vi alejarse de mí, sin remedio. Nunca me faltó su respeto ni el consuelo de mis hijos, pero viví la humillación de saberlo feliz en otros brazos. La tortura de Adosinda fue mil veces más cruel, pues no solo era tierra yerma, sino que estaba en boca de todos.

Nadie habla del fundador, como digo, por razones poderosas, aunque la obra de Adelgaster y su esposa, Brunilde, constituye un regalo para la comarca. Pese a tratarse de un monasterio modesto, se ha convertido en un bastión de resistencia a la tentación de abandonar este territorio, vulnerable a las incursiones sarracenas, en busca de alturas más seguras. Un bastión y un motivo para la esperanza, pues la comunidad prospera a ojos vista.

Tanto monjes como siervos, muchos de los cuales han ido tomando los hábitos, trabajan de sol a sol en las huertas, corrales y prados que rodean el cenobio, donde abundan los frutales y el ganado. Avellanos, manzanos, berzas, nabos, fabes, castañas conservadas durante todo el año en grandes recipientes de piedra forrados de helechos, utilizados igualmente para alfombrar las porquerizas; ovejas, cabras, vacas, gallinas…

La riqueza de los hermanos es inmensa e impresiona incluso a alguien como yo, que ha visto tanto mundo. Y aún ha de incrementarse en los años venideros, puesto que siguen desbrozándose pastos en las laderas circundantes. No es de extrañar que atraiga a gentes venidas desde tan lejos.

Las hermanas, me dicen, hilan, tejen y cosen, además de atender la cocina común. Un muro infranqueable separa las celdas donde duermen los hombres de las destinadas a las mujeres, aunque el refectorio es compartido, al igual que la sala capitular y la iglesia. Esta es pequeña, de una sola nave, encalada de blanco y carente por tanto de pinturas que lo iluminen, al menos hasta hoy. Confío en que no sea por mucho tiempo. Espero que muy pronto, con la ayuda del Señor y del Rey, este lugar brille como merece.

El abad, avisado de nuestra llegada, había mandado preparar un banquete: pote elaborado con toda clase de verduras, buen tocino y magro de cerdo, capones asados en su jugo, distintas variedades de quesos, pan blanco de trigo recién cocido y manzanas asadas, endulzadas con miel. Todo ello regado con sidra de la mejor calidad, elaborada en el propio lagar del monasterio.

De haber estado de mejor humor, acaso me hubiese atrevido a excederme un poco con la bebida, en aras de alegrar mis sueños. Lo cierto es que apenas he probado bocado. No tenía ganas de comer ni tampoco de escuchar chanzas. Solo quería llorar, y eso es justo lo que he hecho.

* * *

Los días en esta época son largos; interminables para quien busca esconderse en la oscuridad. Me ha costado un rato encontrar un rincón tranquilo, en la parte trasera de la iglesia, pero finalmente he dado allí con un lugar adecuado para sentarme a desahogar mi pena a la sombra de una higuera.

Ansiaba reposar en paz la fatiga de este día agotador.

No sé decir cuánto tiempo habría transcurrido entre pensamientos sombríos, cuando he visto aproximarse a Cobre, que se ha tendido a mi lado, con su enorme cabeza de moloso apoyada sobre mis rodillas. Inmediatamente he levantado la vista para mirar a mi alrededor, pues ese mastín colosal rara vez se aleja de su amo. No había nadie. El perro y yo estábamos solos, lo que me ha dado pie a entablar una conversación con él, respondida con leves gruñidos cargados de significado.

—Tú y yo sabemos bien lo amargo que resulta a veces amar a este poderoso señor, ¿verdad, amigo? Ha de ser sin condición, sin esperar nada a cambio.

Cobre, así llamado por el color de su pelaje, entendía mis palabras. Lo juro. Conozco a este animal desde que llegó a palacio, siendo un cachorro, y siempre me ha parecido tan inteligente al menos como muchos de los que me miran desde lo alto de sus prejuicios. Tanto como para distinguir quién es de fiar y quién no, lo cual es bastante más de lo que soy capaz de hacer yo. A mí es fácil engañarme. A él, no.

—¿Tampoco ha tenido una caricia para ti hoy? ¿Es eso lo que buscas aquí? Has venido al sitio adecuado. Los dos andamos necesitados de su afecto y ni tú ni yo sabemos de qué manera pedírselo. Tendremos que consolarnos el uno al otro…

La mayoría de las personas temen a este mastín, con razón. Ha matado a más de un hombre en el campo de batalla y cuando enseña los colmillos su ferocidad hiela la sangre. Tumbado a los pies de don Alfonso en el salón del trono, o recostado a mi lado, mirándome desde el fondo de sus ojos enrojecidos, repletos de lealtad, semeja un cordero.

Los lugareños emplean a los de su raza como guardianes para el ganado, pues es conocida su valentía al enfrentarse al lobo, el zorro o incluso el oso. Cobre nada tiene que envidiar al más valeroso de esos pastores, aunque su amo no le haya enseñado a combatir a otras fieras sino a guerreros armados.

Hace un momento, sin embargo, rebosaba ternura, percibiendo seguramente mi tristeza. Vuelvo a jurar que no miento, y creedme que no juro en vano.

En esa charla desigual andábamos, yo con palabras, él con gestos, cuando el perro ha levantado las orejas de golpe, instantes antes de ponerse en pie, alertado por un silbido. Don Alfonso lo estaba buscando, pero Cobre se resistía a marcharse.

En lugar de atender la llamada de su dueño, como habría sido natural en él, ha comenzado a ladrar a voz en cuello, cual si se hubiese topado con el mismísimo diablo. En un abrir y cerrar de ojos el Rey estaba ante nosotros, de pie, con cara de pocos amigos.

—¡Aquí estabas, bribón! —ha regañado al mastín. Después, dirigiéndose a mí, ha añadido en tono severo—: ¿Cómo lo has convencido para que te siguiera? ¿Con qué lo has sobornado? Me ha costado un buen rato encontrarlo.

—Ha venido por propia voluntad, majestad. Os aseguro que nada he hecho yo para atraerlo.

A esas alturas ya me había puesto en pie, ayudada con mano galante por el soberano, quien me observaba, sorprendido, tratando de hallar una explicación para la extraña conducta del perro, imagino. Este iba de él a mí y vuelta a él, gimiendo, como si quisiera indicarnos algo que ninguno de los dos acertábamos a comprender.

—Es la primera vez que lo veo preferir otra compañía a la mía —se ha lamentado el Rey, sin ocultar sus celos.

—Vos estabais bien acompañado, majestad. Compartíais mesa con personas importantes, ansiosas por colmaros de atenciones. Cobre me ha visto salir sola del refectorio y ha venido tras mis pasos, en busca de aire fresco. Allí hacía calor y el ruido debía de resultarle sumamente desagradable. No le tengáis en cuenta esta pequeña afrenta, os lo suplico. Nadie podría sustituiros en su corazón. Él os es fiel; absolutamente fiel, al igual que yo —me he atrevido a añadir.

—De eso nunca me ha cabido duda. Si una cualidad tiene este animal es su lealtad inquebrantable. No existe una virtud más elevada en la escala del honor. —Don Alfonso acariciaba la imponente cabeza del perro, sentado junto a él, alerta al menor gesto, dispuesto a obedecer cualquier orden—. Hasta san Isidoro pondera en sus escritos la nobleza de estas criaturas, las más inteligentes, astutas, valerosas y valiosas de cuantas Dios creó antes de insuflar la vida en Adán y Eva.

—Convengo con el santo y con vos en ese juicio, majestad.

Se ha hecho un silencio incómodo, mientras don Alfonso seguía escrutándome con la mirada y yo trataba de mostrarme indiferente al hecho de que hubiese pasado por alto mi voto de fidelidad.

—¿Se puede saber qué te ocurre, Alana? —ha dicho al fin—. Llevas todo el día mostrándote esquiva, como si estuvieras enojada conmigo. ¿Sigues rumiando en tu interior las palabras gruesas de ayer?

—¿Yo, señor? ¡Líbreme el cielo! ¿Quién soy yo para enojarme con vos? —Trataba de parecer irónica, de infundir altivez a mi tono, pero en realidad no hacía sino expresar un convencimiento.

—¡Alegra esa cara entonces y olvidemos viejos agravios! Volvamos al comedor, que aún no ha concluido el banquete.

No sé si habrá sido el efecto de la bebida que había ingerido o el hecho de encontrar a su querido Cobre conmigo, pero esa frase ha obrado el milagro de entregarme nuevamente al Rey a quien tanto afecto profeso, haciendo desaparecer al ser irreconocible que había habitado en él hasta ese preciso instante.

Detesto ese humor voluble, cambiante al albur del capricho, aunque cuando pasa la tormenta y sus ojos recuperan el azul sereno de un cielo en calma, no hay fuerza ni razón capaz de distanciar mi alma de la suya. Le perdono todo. Me entrego a su voluntad sin reservas. Olvido lo sucedido y vuelvo a empezar, sin resentimientos, decidida a conservar intacto el amor limpio que me inspira.

—¡Apresúrate! —decía don Alfonso con alegría alentada por la bebida—. Los frailes acaban de agasajarnos con unos dulces que parecen derretirse en la boca y las jarras aún contienen abundante sidra por escanciar. Disfrutemos de los dones que nos ofrece el Señor y demos gracias al cielo por la dicha de compartirlos merced a esta peregrinación. Vamos al encuentro de Santiago, mi querida Alana. ¡El Hijo del Trueno! Y tú, además, vas a poder ver a tu hijo.

No me ha parecido oportuno confesarle en ese momento el temor creciente que alberga mi corazón al pensar en la posibilidad de no dar finalmente con Rodrigo allá donde espero que esté o incluso enterarme al llegar a Iria Flavia de alguna noticia terrible.

Mi señor se mostraba tan cercano, tan dichoso, que me he obligado a olvidar mis propios terrores para preguntarle:

—¿Vos lo creéis así, mi señor? ¿Estáis con Odoario en que quien descansa en ese campo señalado por las estrellas es el Apóstol, o bien compartís las dudas de Sisberto? Yo me confieso perdida…

—Él mismo nos lo hará saber, mi fiel Alana. La fe nos iluminará. Cuando sea el momento, estoy seguro de que la verdad se abrirá camino en nuestros corazones. Hasta entonces, mantengamos la esperanza. ¿Qué sería de nosotros sin ella?

* * *

Escribo estas líneas en la paz de una celda desnuda, con el espíritu reconfortado por la ausencia de rencores. Vuelvo a sentir el aprecio de mi rey, lo que es tanto como decir que soy dichosa. Además, sus palabras me han infundido ánimo. ¡Ojalá tenga razón y yo esté cada vez más cerca del reencuentro con mi benjamín, por cuya frágil salud tanto he penado en estos años!

Los presagios, no obstante, distan de ser favorables.

Fuera, junto a la noche, cae una niebla espesa que aviva el malestar con el que desperté esta mañana. Quiera Dios que, al amanecer, se haya disipado la bruma y pueda aferrarme a esa esperanza a la que aludía mi señor hace un rato.

Es tiempo de soltar el cálamo y descansar las fatigas en este humilde camastro cedido por las hermanas. Estoy demasiado cansada para entretenerme con ungüentos, friegas y hasta oraciones nocturnas. Un simple padrenuestro habrá de bastar por hoy.

Voy en busca de sueños hermosos...

Mañana será otro día.

4

Las murallas de Dios

Montañas de Asturias
Festividad de San Virgilio

Hemos perdido todas las provisiones y a dos de las mulas. El Rey ha estado a punto de precipitarse al vacío. Hoy he llegado a sentir en el cuello el aliento gélido de la muerte, lo juro. Ha pasado cerca, muy cerca...

Sabía que algo perverso estaba a punto de suceder. El instinto no me engañaba al advertirme del peligro. Fui yo quien erró al atribuir intenciones homicidas a la persona equivocada, cuando en realidad la amenaza que se cernía sobre nosotros acechaba oculta entre las sombras.

¡Plazca al Señor que sea la última!

* * *

Al partir esta mañana del monasterio, más tarde de lo habitual, la niebla persistía, densa y gris. Al borde de la vía, atraído por la presencia de don Alfonso, había vuelto a concentrarse un ejército de campesinos, muchos de los cuales llevaban horas velando en la oscuridad con el fin de poder besarle la túnica. Habría sido impropio de un hombre como él despreciarlos con una conducta altiva.

Mi señor ha honrado con creces la fama que le precede, desmontando de su alazán a fin de recorrer a pie un buen trecho de la calzada. Las muestras de reverencia que ha recibido me han parecido conmovedoras.

Había quien hincaba la rodilla en tierra. Otros lloraban de emoción. Incluso algunas mujeres le rogaban que curara a sus hijos o padres enfermos, llevados a rastras hasta las inmediaciones del cenobio y tumbados allí mismo en el suelo. Supongo que seguirían el ejemplo de los antiguos astures, quienes conducían a las encrucijadas de los caminos a sus familiares aquejados de algún mal, en busca del consejo sanador de los viajeros.

¡Cuánto le habría gustado a don Alfonso poder obrar tal prodigio!

Los integrantes de la comitiva parecían reconfortados por las delicias de la víspera, aunque doy por hecho que la sidra habría dejado su huella en más de una cabeza dolorida. La mía, en cambio, derrochaba optimismo tras una noche de sueño profundo.

Hasta la inquietud que no he dejado de percibir desde que partimos de Ovetao, presintiendo que algo sombrío cabalga junto a nosotros, cedía el paso al deseo de gozar intensamente este viaje postrero en compañía de mi soberano. Y eso que la bruma seguía ahí, empeñada en recordarme a ese hijo cuya presencia incorpórea me persigue a donde quiera que voy.

—Antes de tercia habrá levantado y veremos el cielo —he aventurado, dirigiéndome a Danila, cuyo asturcón trotaba al lado del mío.

—Si es la voluntad de Dios…

Los hermanos de Santa María de Obona habían puesto a nuestra disposición un guía, buen conocedor del lugar, pues aventurarse en las montañas sin el auxilio de un pastor acostumbrado a moverse por esos páramos habría sido una temeridad. Por tal motivo el muchacho se ha unido a nosotros en esta etapa, acompañado de su mastín, que a punto ha estado de tenérselas tiesas con Cobre.

Tras un ruidoso escarceo temprano, en el que ambos se han mostrado los dientes entre ladridos furiosos, cada cual ha regresado al costado de su amo. Cobre detrás, bajo la severa vigilancia del soberano y de Nuño. El recién llegado en vanguardia, abriendo la marcha junto al zagal, observado a su vez muy de cerca por Agila.

Durante cinco o seis millas hemos seguido un sendero parecido al de ayer, entre arbolado tupido. Después la pendiente ha comenzado a empinarse, a medida que la vegetación iba disminuyendo y la niebla se deshacía en jirones aferrados a las cumbres de los montes.

¡Cuánta belleza, Dios mío! ¡Qué espectáculo se ha mostrado a nuestros ojos, libres por una vez del miedo al combate inminente o la premura de escapar deprisa!

A nuestra derecha, sobre las faldas de una colina, han aparecido de pronto las piedras negras de un castro muy similar al de Coaña y, al igual que este, desierto. Acaso sufriera una acometida sarracena como la que acabó con las vidas de mis padres y de todos sus vecinos hace casi media centuria, siendo yo prisionera en Corduba. Lo más probable es que simplemente se despoblara poco a poco, a medida que sus habitantes morían o se trasladaban a otro sitio.

No queda nadie allí para contar la historia de lo sucedido. Únicamente las piedras, testigos silenciosos de un pasado llamado a desaparecer en el olvido a falta de guardianas que conserven la memoria.

* * *

Yo no llegué a conocer a ninguna de esas mujeres, titulares de un alto honor y una enorme responsabilidad. Mi madre sí lo hizo. Ella alcanzó a escuchar a la última representante de una estirpe hoy extinguida. La narradora que, en noches especiales de luna llena, ciega e inválida, lograba cautivar con sus relatos a las multitudes venidas desde muy lejos al reclamo de su voz.

Esa guardiana de la memoria había recibido de su madre el valioso legado de nuestro pueblo, junto a la encomienda de conservarlo, compartirlo y transmitirlo a las generaciones siguientes. Desempeñaba una función tan crucial para la supervivencia del clan como la de los guerreros o las sacerdotisas del culto a la luna. Una tarea venerada entre los suyos, admirada y protegida, como la vida de la propia anciana, quien vio terminar sus días sin una hija a la que instruir en ese arte milenario.

Estaba escrito. Ella tenía que ser estéril a fin de que se cumpliera el designio de la Providencia. Porque el destino de esa familia corría parejo al de los astures, llamados a fundar un nuevo linaje en comunión con los hijos del pueblo godo. Mi linaje. El de la sangre que corre por mis venas.

Yo debería celebrar sin reservas el futuro glorioso que abre ante nosotros semejante crisol, aunque a menudo me pongo a pensar en lo que se llevó esa guardiana a la tumba. Lo que desapareció a su muerte.

Con ella murieron los recuerdos y se perdió para siempre ese legado, del que ni siquiera quedarán vestigios pétreos cuando el viento convierta en polvo las ruinas de nuestras aldeas.

Habría dado cuanto poseo por oír hablar, aunque fuese una sola vez, a la custodia de semejante tesoro. Por poner a buen recaudo sus palabras y memorizar cada pausa y cada gesto.

No podré. Nadie puede. Sí está en nuestra mano, afortunadamente, impedir que vuelva a ocurrir. Preservar para quienes nos sucederán los hechos acaecidos en nuestros días, ante nuestros ojos.

Por eso estoy ahora aquí, garabateando estas letras torpes a la luz de una lámpara cebada con saín de ballena, mientras oigo alejarse poco a poco la tormenta que a punto ha estado de causar una tragedia irreparable.

La respiración tranquila de Freya, dormida a mi lado al cobijo de una tienda, me brinda el sosiego necesario para ordenar las ideas. El cálamo es mi garganta. El pergamino, mi audiencia. El don de la lectura y la escritura, mi más preciada posesión.

Quiera el cielo iluminarme a fin de que me convierta en una sucesora digna de todas esas mujeres. De esa estirpe milenaria cuya sagrada misión fue conservar la memoria e inmortalizar de ese modo el corto espacio de tiempo que nos es dado vivir.

* * *

Tal como había pronosticado yo de buena mañana, el sol no ha tardado en mostrarnos su rostro, por más que algunos nubarrones negros libraran enconada lucha contra él. Cuando el astro rey tomaba la delantera, se hacía sentir su calor, al principio agradable y enseguida agobiante, a medida que arreciaba la cuesta sin que divisáramos su final.

Ese ha sido el momento en el que hemos empezado a sufrir.

Después de tanto bosque exuberante de verdor, del frescor de los arroyos bordeados los días previos, las llanuras en las que nos adentrábamos exhibían el efecto abrasador de las nieves, hasta el punto de resultar inhóspitas. Ni una aldea. Ni una granja. Ni una tosca capilla siquiera. Solo algunas vacas huesudas pastaban hierba amarillenta aquí y allá, en compañía de ovejas de pelaje oscuro, como para recordarnos que ni siquiera de este páramo ha desertado del todo la vida.

Habíamos dejado atrás algunas casuchas dispersas, pequeñas, cubiertas de brezo y paja a guisa de techumbre, en comparación con las cuales hasta las del castro me parecían mansiones. No quedaba rastro alguno de la calzada seguida hasta entonces. Apenas una senda trazada en la ladera del monte por el paso de los pastores trashumantes, tanto más empinada cuanto más ascendíamos hacia la cumbre adivinada bajo una capa de nubes compactas.

En un momento dado hemos tenido que desmontar para continuar la marcha a pie, porque los caballos resbalaban en ese terreno inestable y amenazaban con derribarnos. Los siervos se han hecho cargo de ellos, llevándolos del ronzal, mientras nosotros caminábamos al ritmo de los más lentos. Probablemente yo misma, he de admitirlo, aunque me humille, en dura pugna con los clérigos y el cocinero.

¡Cuánto he maldecido el peso de la túnica mojada, de la bolsa en la que llevo el recado de escribir, que no confiaría a nadie, y sobre todo de los años!

Aunque calzo buenas botas, cosidas en cuero fino y provistas de suelas gruesas, las piedras desprendidas se me clavaban a cada paso en las plantas de los pies con crueldad sañuda, hasta convertirse en un martirio. Las rodillas me ardían. Las piernas, quebrantadas ya por las jornadas anteriores, parecían dispuestas a dejar de sostenerme. ¿Qué suplicio no padecerían los esclavos, obligados a marchar sin descanso con sus abarcas raídas, tirando además de nuestras cabalgaduras?

No puedo ni imaginarlo.

—Apoyaos en este báculo, dama Alana. Os hará más llevadero el trance.

Era Nuño, que me traía un cayado similar al que él mismo utilizaba en ese momento para ayudarse a caminar. Un sencillo palo de madera en el que apoyarme, a fin de dar firmeza a mis piernas y aliviar la carga que a esas alturas representaba mi propio cuerpo. Ignoro de dónde lo habría sacado o desde cuándo lo llevaría con la intención de brindármelo. Su gesto me ha parecido hermoso. Una muestra de afecto muy propia de él, tan poco dado a las palabras como elocuente en las acciones.

En ese momento me he dado cuenta de que el vascón velaba por mí sin perder de vista al Rey, quien marchaba como de costumbre a la cabeza del grupo, en conversación con el conde Aimerico y cerca, demasiado cerca a mi entender, del palafrenero sarraceno encargado de cuidar a su alazán.

* * *

—Veo que no flaqueáis, mi señora —he oído que me decían poco después, mientras yo pugnaba por subir la cuesta conservando algo de aliento.

Era la joven condesa quien se dirigía a mí, armada de esa sonrisa franca, demasiado hermosa para resultar inocua, que rara vez borra de su rostro. Se había rezagado voluntariamente a fin de ponerse a mi altura, con la clara intención de entablar una charla. ¿Cómo negarme? Habría sido descortés, amén de ingrato.

Lo cierto es que, desde nuestra partida, esa muchacha no ha mostrado hacia mi persona más que respeto y cordialidad. Empiezo a pensar que la juzgué con precipitación, sin darle la oportunidad de manifestar su auténtica naturaleza. O peor; que me dejé llevar por unos celos absurdos, atribuyéndole intenciones completamente ajenas a su sentir. Intenciones que solo habitan en las pretensiones del conde o en mi insensato temor a perder la propiedad de un amor que nunca he poseído.

Hoy ella me ha gustado. Claro que estoy lejos de dar la vuelta completa a mi juicio. De momento lo suspendo, a la espera de ver cómo transcurren las cosas.

—Aguanto como puedo, querida —he respondido, resoplando—. ¿Qué remedio me queda?

—Hacéis mucho más que eso, dama Alana. Nadie os ha oído quejaros. A nadie habéis pedido ayuda. Mi padre y yo comentábamos ayer mismo lo admirable que nos parece vuestra tremenda fortaleza.

—Nunca me ha gustado la adulación —he cortado en seco.

—No os adulo —ha replicado ella, sorprendida por mi tono agresivo—. Os digo la verdad.

—Vuestro padre no parece estar muy contento con vos... —He cambiado el rumbo de nuestro diálogo, aprovechando para saciar mi curiosidad—. He creído apreciar que os reprendía estos días pasados.

—Es cierto —ha admitido ella de inmediato—. Mi padre está decepcionado conmigo.

Sus ojos claros se han llenado de lágrimas a duras penas contenidas, que habrían hecho retroceder a cualquier persona con corazón. Yo en cambio me he mostrado inusualmente fría. En lugar de consolarla, he hurgado con mi dedo en su llaga.

—¿Por qué? Nadie podría desear una hija más bella ni más dócil.

Estaba tirándole de la lengua, lo reconozco. El deseo de saber, de comprender, de aprender, de anticipar, siempre ha guiado mi conducta en detrimento de la discreción, la prudencia o incluso la compasión, como en este caso. Desde niña. Procuro evitar el chismorreo vacuo por un elemental sentido del decoro inherente a mi rango, mas si tengo la ocasión de averiguar de un modo lícito algo referido a las gentes de mi entorno, no la desaprovecho. ¿Qué clase de cronista sería si me comportase de otro modo?

Freya no se me parece en nada. Ella es humilde, bondadosa, sumamente recatada. De ahí que haya bajado la mirada, con evidente vergüenza, antes de contestar:

—A su entender, no me muestro con el Rey tan solícita como le gustaría.

—¿Solícita? ¿Qué queréis decir?

—¿Puedo confiar en vos, mi señora? —Era un ruego desesperado.

—Podéis.

—Mi madre murió al darme a luz. Las otras dos esposas que ha tenido después mi padre fallecieron de igual modo, por lo que no tengo con quién hablar. Él es mi única familia.

—Sé lo que es estar sola en el mundo —he apuntado, sin mentir—. Os escucho.

—Yo no quiero desobedecer a mi padre, señora. Le debo respeto, aunque no sé cómo cumplir su voluntad ni tampoco deseo hacerlo, si he de seros completamente sincera. Vos sois mujer, sois sabia, habéis vivido tanto, a lo que se dice en la corte...

—En la corte se dicen muchas tonterías, pero podéis confiar en mí, si eso alivia vuestra congoja. He tenido dos hijas. Vos bien podríais haber sido la tercera. ¿Cuál es esa pena que tanto os aflige?

A esas alturas yo vislumbraba con bastante claridad lo que iba a decirme, confirmando todas mis sospechas previas, pero quería oírlo de sus labios.

Bastaba ver la angustia con la que hablaba para saber que ella era tan víctima como yo de las aspiraciones del conde, causantes de mis sospechas. Más víctima que yo, en realidad.

Ante su dolor, su desconcierto, la indefensión que traducía su tono y al mismo tiempo la ingenuidad con la que se abría a mí, mis propios sentimientos hacia ella resultaban ser no solo ruines, sino patéticos.

—Mi padre querría que el Rey se sintiese inclinado a desposarme. —Le incomodaba profundamente, era evidente, el mero hecho de pronunciar la palabra «desposarme» en voz alta.

—¿Y vos? ¿No compartís ese anhelo?

—¿Acaso tengo opción?

—Os pregunto por vuestra voluntad. La posibilidad de eludir o no el mandato del conde es harina de otro costal. Y harina dura de moler, por cierto, toda vez que don Alfonso se ha mantenido inquebrantablemente fiel a su voto de castidad, pese a las tentadoras ofertas recibidas desde que fue coronado, e incluso antes.

—Mi padre insiste en que he de mostrarme amable, buscar su compañía, esforzarme por despertar su interés, conquistarle, en suma. Como si fuese tan fácil… Yo no sé hacer tal cosa, dama Alana. No encuentro el modo de complacer a mi padre y esa es la causa de su enfado. Me reprocha que no ponga suficiente interés en la tarea que me encomendó encarecidamente cumplir cuando partimos de Ovetao.

—El conde yerra acusándoos de no alcanzar algo que no está a vuestro alcance, Freya. No es culpa vuestra, os lo aseguro. Desechad ese pensamiento y decid a vuestro padre que haga otro tanto. Don Alfonso no es un hombre cualquiera. Es nuestro soberano. Y como tal gobierna no solo su reino, sino sus decisiones, empezando por esta.

La pendiente por la que ascendíamos se hacía cada vez más vertical a medida de nos aproximábamos a la primera cumbre del día. A ambos lados del sendero, sembrado de piedras punzantes, brezo, espinos y retama pintaban de colores vivos la hierba rala de ese pasto de altura. Morado, violeta, azul, amarillo… toda una paleta de tonalidades destinadas a compensar tanta fatiga con algo de alegría para los ojos. Claro que únicamente yo prestaba algo de atención a esa belleza. La condesa apenas levantaba la vista del suelo.

—¿Puedo abrirme a vos con franqueza, sabiendo que no saldrá de aquí? —ha suplicado.

—Hablad de una vez, os lo ruego, antes de que esta cuesta nos deje a las dos sin resuello.

—Yo, dama Alana, amo a don Alfonso como rey, por supuesto. Lo admiro como soberano y como gran guerrero, pero no como hombre ni como esposo. Es… ¡Podría ser mi abuelo! En mis sueños veo a un caballero apuesto, valiente, enamorado de mí… Claro que el amor poco o nada importa aquí. ¿No es cierto? ¿Qué es el amor? Una quimera. Eso dice siempre mi padre. Él insiste en que el matrimonio atañe al linaje y al honor; no al universo vago de los sentimientos.

—Vuestro padre tiene razón.

—¡No me digáis eso! Vos sois mujer, como yo…

—Por eso sé que el amor y el matrimonio no guardan relación alguna, máxime entre personas de vuestra alcurnia. Concertar un desposorio es fraguar una alianza, sellar un pacto de poder, suscribir un contrato. Es algo mundano, concreto, útil. El amor, por el contrario, pertenece al universo de los sueños, como bien decís.

—¿En verdad no existe? Me resisto a creerlo.

—¡Ya lo creo que existe! Es algo muy real, no me malinterpretéis. Surge de pronto, cuando menos se le espera, penetra en el corazón, lo traspasa como una lanza y después marca el alma con su fuego. Mentiría si os dijera que se trata de un impulso pasajero, pues bien sé yo lo persistente que llega a ser su acometida. Con el tiempo, eso sí, se atempera y aprendemos a vivir colocando cada emoción en su sitio. Sosegaos pues, querida niña. No creo que el Rey deba inquietaros. En cuanto a lo demás, sois muy joven. Ya aprenderéis. Vuestra cabeza todavía está llena de pájaros.

Justo en ese instante el chillido agudo de un águila nos ha hecho levantar la cabeza al tiempo, para descubrir, recortándose en el cielo azul, la silueta de un ave majestuosa con las alas desplegadas. Volaba bajo, muy cerca de nosotras, oteando el horizonte en busca de alimento. No estaba sola. Desde el otro lado de un pico situado a nuestras espaldas ha emergido enseguida otra, tan hermosa como la primera, emitiendo los mismos sonidos taladrantes.

Durante un rato suspendido en ese vuelo mágico las dos aves han trazado círculos a nuestro alrededor, casi al alcance de nuestras manos, componiendo una danza de belleza sobrecogedora. Después han desaparecido, en dirección al mar, perdiéndose en la bruma densa que seguía cubriendo los valles.

—Dicen que ellas sí se aman —ha comentado la condesa, dibujando una sonrisa melancólica en el óvalo perfecto de su rostro—. Que a lo largo de su vida solo eligen una compañera, a la que jamás abandonan.

—Así es —he confirmado yo, todavía cautivada por el espectáculo—. Dicen que viven su corta existencia en pareja. Siempre la misma. Juntas pero libres.

¡Quién hubiera nacido águila!

El calor apretaba de lleno cuando al fin hemos alcanzado la primera cumbre de la jornada.

Desde hacía varias millas no habíamos encontrado sombra en la que cobijarnos ni llanada donde descansar. La subida nos había dejado agotados, tanto a nosotros como a las bestias, pero tampoco allí arriba había agua con la que abrevarlas o refrescarnos nosotros. La parada ha sido por ello muy breve. Apenas el tiempo de dar un sorbo de los pellejos, confiando en que las monturas encontraran, no tardando mucho, algo de lluvia remansada.

Aunque el sol seguía ganando su singular combate contra las nubes, a costa de abrasarnos la piel del rostro y los ojos, cualquier hijo de Asturias sabía que, antes de finalizar el día, ellas habrían vencido.

De bajada nos esperaba la entrada de una antigua mina de oro, anunciada por el esqueleto de una colina muy próxima, reventada desde dentro con el propósito de arrancarle el valioso fruto escondido en su seno. Una imagen poco común.

El lugar daba testimonio de un pasado salpicado de tanta gloria como espanto. Constituía una visión terrible para cualquiera que hubiese oído, como tantas veces oí yo, el relato de los cautivos obligados por los romanos a escarbar las entrañas de la tierra en busca de ese tesoro maldito.

Parece mentira que un paraje de tal belleza pueda conservar secretos tenebrosos como los que sin lugar a dudas custodia en su vientre esa gruta abierta a golpe de piqueta y látigo. Miserias, horrores sin cuento, opuestos al fulgor deslumbrante que emana de su interior.

Porque no negaré la hermosura cautivadora de una boca en cuyos labios de piedra brilla todavía hoy el resplandor del metal precioso extraído de sus entrañas. Faltaría a la verdad si lo hiciera.

El lugar resultaba sobrecogedor, no ya por lo que representa y significa, sino por lo que mostraba a los ojos. El negro azabache de la roca contrastaba con los restos de oro escapados a la voracidad del hombre, creando una ilusión semejante a la luz de las estrellas en el cielo de la noche. Un espectáculo asombroso.

Las paredes parecían desprender centellas. Ardían. Incitaban a palparlas, arañarlas, adentrarse en sus llamas frías, hasta descubrir el juego que fundía luz, vetas agotadas y humedad en un maravilloso artificio. Un engaño tanto más cruel cuanto mayor fuese el conocimiento de lo que allí dentro aconteció: el suplicio de incontables cautivos sometidos a un trato inhumano.

Todavía podían verse restos dispersos del asentamiento donde fueron alojados, antaño, los desdichados condenados a quemarse las manos con vinagre y fuego para abrir brecha en la montaña. Aún permanecían en pie algunas perreras de piedra, digo bien perreras, no casas, destinadas a proporcionarles techo durante las pocas horas de descanso que tuvieran entre turno y turno en la mina. Ese túnel negro, amenazador, en cuyo interior todo sería atroz sufrimiento, dolor, desesperanza, muerte.

Las historias que me contaban de niña hablaban de los soldados derrotados en el campo de batalla y después reducidos a servidumbre. Astures y cántabros alzados en armas una y otra vez contra el Imperio de Roma, una y otra vez derrotados y, en castigo a cada rebelión fallida, esclavizados. Hombres insumisos, fieros guerreros empeñados en rechazar el yugo romano cuando todo el resto del mundo conocido se había sometido ya a sus estandartes. Héroes o acaso locos.

Los mismos relatos narraban la peripecia de las madres que mataban a sus hijos con veneno antes que verlos encadenados. De los padres que se quitaban la vida a hierro con tal de no acabar sus días en esos pozos que horror. De un pueblo orgulloso, empeñado en no rendirse.

El mismo que hoy lucha sin desfallecer contra las huestes de Al-Ándalus, pese a saberse muy inferior en poderío y en número.

El mismo que presenta batalla con valor y tenacidad incansable contra los ejércitos de Corduba que atraviesan año tras año esta cordillera tratando de someternos.

El mismo que, abrazada la Cruz, derrama su sangre sin miedo, empecinado en protegerla de la acometida mahometana.

Viendo los muros caídos de lo que debió de ser una prisión inicua, he sentido en mi propia carne la rabia y la impotencia de quienes pasaron por este lugar, dejando marcadas las piedras con sus cinceles y su sangre, sin otra esperanza de liberación que la muerte.

El resto del cortejo sentía lo mismo que yo, estoy segura. Hasta el aire parecía estar impregnado de llanto, a medida que su olor inconfundible anunciaba una tormenta inminente.

Algunas emociones son tan fuertes que dejan una huella imborrable. El amor, el odio, el sufrimiento del alma que se sabe condenada, la pena que sobreviene ante la pérdida de un ser querido...

Frente a la boca de esa mina de oro, entre las ruinas de esa cárcel antesala del infierno, he percibido con claridad vestigios de esos espectros. De todos ellos. Espíritus tan reales como las cicatrices que muestra la montaña, violentada con el propósito de satisfacer nuestra codicia.

Hemos pasado por ese lugar en silencio, mudos de espanto.

Solo más tarde, mientras almorzaba un trozo de pan acompañado de la consabida cecina, algo de queso y unas avellanas, se me ha ocurrido pensar en nuestros propios cautivos moros.

¿Qué sentirán ellos aquí, en este entorno agreste, abrupto, tan diferente del suyo? ¿Qué pena no les atenazará el corazón, estando tan lejos de su hogar, de su sol y de su dios? Sufrirán, claro que sí. Pero como solía decir mi padre, nunca debieran haber venido a hollar nuestra tierra cristiana. Nuestra tierra astur.

Ellos mismos se labraron su destino. Nosotros estamos en casa.

* * *

Freya había regresado al costado de su padre, quiero pensar que reconfortada por mis palabras. Los clérigos, a quienes se había unido don Alfonso, rezaban juntos el ángelus. La guardia, incluidos Agila y Nuño, daba buena cuenta del rancho preparado por el cocinero, escuchando a nuestro guía tocar una melodía triste en su flauta, no muy lejos de donde los siervos atendían sus faenas.

Los dos mastines habían sido amarrados lejos el uno del otro, en prevención de peleas, a la espera de que el Rey reclamara la compañía de Cobre.

Yo me he sentado a descansar sobre la hierba, demasiado agotada para sentir hambre. Trataba de recuperar la paz, elevando a Dios mi propia oración, cuando, concluido el rezo de mediodía, han venido a sentarse cerca de mí el soberano y Odoario.

Huelga decir que no he puesto el menor empeño en evitar oír su conversación.

—No estamos avanzando a la velocidad que sería precisa para cumplir los plazos previstos. —Don Alfonso evidenciaba cierta irritación en el tono—. A este paso tardaremos una eternidad en llegar a Iria Flavia.

—Comprendo vuestra prisa, señor, pero vos habéis de comprender que no somos un cuerpo de ejército entrenado para marchar al combate. El camino es duro y nuestros huesos, viejos. No hay tanta urgencia. Si nuestro santo Apóstol ha esperado hasta ahora para revelar su presencia entre nosotros, podrá aguardar unos días más a que nos postremos a sus pies.

—Ojalá estéis en lo cierto y no se trate de un engaño. El Reino sería realmente bendecido con este prodigio, precisamente cuando más lo necesita.

—Si vos no tenéis fe, ¿quién la tendrá, majestad?

—No es fe lo que me falta, Odoario. He combatido, guiado por ella, más que cualquiera de mis antepasados. He visto morir a mis mejores guerreros defendiendo la Cruz tanto como la tierra. Pero no quisiera ceder a la superchería. Si Asturias ha de encomendarse a la protección de un santo, debemos estar seguros de que sus reliquias sean auténticas y dar a conocer al mundo su presencia entre nosotros.

—¿Y cómo haremos tal cosa, señor? Si la fe no es suficiente, ¿dónde hallaremos la seguridad de la que habláis?

—Cuando lleguemos allí, lo sabremos. Es menester que así sea. Esta peregrinación no puede resultar ser vana.

—¿Albergáis el temor de que lo sea?

La voz del abad denotaba auténtica alarma. El Rey se ha quedado pensativo unos instantes, calibrando meticulosamente su respuesta.

—La fe de cada uno habita en lo más profundo del alma, aunque ha de buscarse con ahínco. La verdad y la mentira no siempre son absolutas ni muestran una única cara. ¿Quién, sino Dios, posee luz suficiente para iluminar nuestro entendimiento y el de toda la Cristiandad? Únicamente a Él podemos encomendarnos.

—No sé si os comprendo, majestad. ¿Estáis insinuando acaso que podríamos ir en pos de un fraude consentido?

—Lo que digo, Odoario, es que el Reino se halla en una situación desesperada. Nos acosan enemigos feroces, somos pequeños y apenas disponemos de riqueza o soldados suficientes para defendernos. Si el apóstol Santiago hubiera escogido realmente nuestra tierra para su eterno descanso, tal como indican los prodigios relatados en la carta del obispo Teodomiro, estaríamos ante un don del cielo demasiado valioso como para despreciarlo o ponerlo en duda. Esas reliquias sagradas podrían asegurar nuestra supervivencia. ¿Sois consciente de su trascendencia?

—Mi señor, yo estoy convencido de que el sepulcro hallado en Iria Flavia custodia el cuerpo bendito del Hijo del Trueno. Partí de Ovetao con esa certeza, tras escuchar a Nunilo, y mi fe permanece intacta. Mas, si en mala hora descubriéramos, una vez allí, haber cometido un error o sucumbido a un engaño…

De nuevo el soberano se ha tomado tiempo para respirar hondamente el aire fresco de la montaña. Antes de contestar, ha puesto sus manos sobre los hombros del viejo clérigo, mirándolo fijamente a la cara. No es frecuente que don Alfonso muestre tanta cercanía con un semejante, por lo que el gesto ha llamado poderosamente mi atención. A tenor de lo que ha dicho a continuación, creo que intentaba descargar cualquier responsabilidad de esas espaldas cansadas, para trasladarla a las suyas, habituadas a soportar el peso de las decisiones.

—Yo actuaré en conciencia, mi buen abad. Perded cuidado. Lo haré pensando en la salvación de mi alma y también en la de Asturias, dramáticamente necesitada en estos días de semejante escudo protector. Sabré agradecer el auxilio que supone para el Reino este milagro.

—Vos sois nuestro escudo y nuestra lanza, majestad.

—He puesto todo mi empeño en serlo, es cierto. El Reino ha resistido acometidas feroces, que habrían sometido a otros más fuertes. Y mientras me quede aliento, seguirá resistiendo con la ayuda del padre celestial. No obstante, temo lo que pueda suceder cuando yo falte. No me resta mucho tiempo de vida y moriré sin descendencia; sin un heredero capaz de mantener unidas a las fuerzas que defienden a duras penas Asturias.

—Eso no podéis saberlo —ha replicado el abad—. Aún estáis a tiempo de desposaros.

Como si no hubieran sido pronunciadas esas palabras, el Rey ha seguido desgranando su lamento:

—Astures, cántabros, vascones, gallegos… ¿Qué será de nosotros si nos dividimos? Únicamente juntos podemos hacer frente a un enemigo como el que ansía aniquilarnos, e incluso juntos somos débiles si nos comparamos con él. He visto tanta muerte, Odoario, tantas cabezas cortadas, tantas pirámides levantadas con esos despojos humanos, tantas masacres… Me atormenta el temor de no poder impedir que vuelvan a cruzar los puertos y caer sobre nosotros.

—Nuestro designio está en manos de la Providencia, majestad. No cedáis a la desesperanza. El Reino resistirá, con la ayuda de Dios y del Apóstol.

—El Reino ha sido duramente probado, viejo amigo. Ha sufrido lo indecible. ¿Cuántos hombres valientes habrán de verter su sangre antes de que podamos cantar victoria? Únicamente la Providencia lo sabe. De ahí la importancia de que Santiago, hijo de Zebedeo, hermano de Juan, discípulo amado de Nuestro Señor Jesucristo, nos tenga bajo su manto. No habrá ejército ismaelita que pueda derrotarnos si es el Hijo del Trueno quien capitanea nuestras tropas.

—Sabias palabras, majestad. Solo queda decir ¡amén!

* * *

Era hora de retomar la marcha. Teníamos ante nosotros un trecho más o menos llano antes de acometer el siguiente repecho, por lo que hemos vuelto a montar, atendiendo el consejo de nuestro guía. El moloso de don Alfonso, liberado de la correa, ha corrido junto a su amo, quien ha celebrado su llegada regalándole algunas caricias. Yo he aprovechado el momento para colocarme a su altura, ansiosa por disipar su angustia.

—Contemplad este paisaje, mi señor. ¿No os parece hermoso?

—No sé si «hermoso» es el término que emplearía yo, Alana —ha respondido él con amabilidad, aceptando de ese modo mi compañía—. Abrupto, agreste, salvaje, grandioso, temible. Todo eso es, sin la menor duda. ¿Hermoso?

—¡Mucho! —he insistido yo.

—Hermosas son las flores del cerezo recién brotado o las joyas de la basílica del Salvador. Hermoso es el mar en calma. No, yo no llamaría hermoso a este desierto permanentemente batido por el viento, sepultado por el hielo en invierno y abrasador en este tiempo de estío.

—Mirad bien, señor. Mirad con otros ojos. Asturias y sus montañas constituyen una misma realidad. Un todo necesario y bello. Esos picos que veis ante vos son las murallas que Dios ha regalado a su pueblo. A vuestro pueblo. Cada cumbre es una torre. Cada precipicio un foso. Cada valle abrupto una oportunidad para nuestros guerreros y una trampa mor-

tal para el enemigo. Cada río, un aliado. Mirad de nuevo, señor. Decidme que no os parece hermoso.

—Me rindo a tus argumentos, Alana. —Su tono era cálido y cercano; el propio de un amigo íntimo—. Siempre me
ha sorprendido ese don tuyo para ver más allá de lo que se
nos muestra e intuir lo que permanece oculto. Visto así, este
paisaje es indudablemente hermoso.

—Las tierras que van desde esas alturas nevadas hasta el
mar son la patria de los astures, majestad. Nuestra patria.
El solar de un pueblo antiguo, el de mis antepasados maternos, unido en matrimonio sagrado al de mi padre, Ickila,
godo al igual que vos y soldado en el ejército de vuestro
abuelo. Es el refugio de los cristianos que se niegan a renegar de su fe. El hogar de cuantos anhelamos vivir libres del
yugo islámico, aunque sea a tan alto precio. Son nuestras
tierras, señor. Y vos sois nuestra espada y nuestro yelmo.

—Me halagas, Alana.

—Solo digo la verdad. Cuento los hechos tal como acae-
cieron. Desde que Pelayo se alzó contra los caldeos y los derrotó en la batalla de la Cova d'Onnica, hasta hoy, su estirpe
de guerreros, vuestra estirpe, ha logrado mantener al invasor
al otro lado de esas murallas. Algunos reyes holgazanes re-
nunciaron a luchar y se humillaron pagando tributos; cierto.

—¡Cobardes!

—Los feroces guerreros de Alá cruzaron en más de una
ocasión los puertos y nos acometieron con brutalidad, sembrando muerte y destrucción a su paso; cierto. Pero una y
otra vez fueron obligados a cruzar de vuelta esas montañas.
Por eso yo las amo. Por eso las veo hermosas. No tiene cada
pueblo su paisaje, mi señor, sino cada paisaje su pueblo.[1]

El Rey me escuchaba, atento. De cuando en cuando me
miraba, aunque sus ojos preferían acompañar mi relato fiján-

dose en el gigantesco castillo que se alzaba a nuestro alrededor, acaso nunca percibido por él de ese modo. Al cabo de un buen rato, ha respondido, reavivando sin pretenderlo la llama de ese amor secreto que jamás llegará a imaginar.

—Vuelves a dar en el clavo, mi fiel Alana. A fe que Índaro fue afortunado teniéndote por esposa. Cualquier hombre lo habría sido. Tu visión cala en mi espíritu como el mejor de los bálsamos.

—Lo celebro, mi señor, porque si vos vaciláis, vacila el Reino. Vos sois la más alta de esas cumbres. La única inexpugnable. Nuestro principal bastión.

—Solo soy un hombre, y estoy cansado. Pero cumpliré mi deber sagrado de salvaguardar el Reino. Asturias prevalecerá por la virtud de su rey y el coraje indomable de sus gentes. No repetiremos los errores que hicieron sucumbir a la Hispania visigoda. No cometeremos sus pecados.

—¿Os habéis fijado en la mina ante la cual hemos pasado hace un par de millas?

—La he visto, sí, y también he notado hasta qué punto te turbaba ese lugar.

—Allí habitó mucho dolor, mi señor. Y el eco de ese dolor sobrevive. Pero frente a la boca de esa mina de oro he recordado lo que se contaba en mi castro sobre los guerreros astures capturados por los romanos. El orgullo que les llevaba a matarse antes de ser esclavizados. Su costumbre de cantar mientras sufrían el suplicio de la cruz, porque muriendo se libraban de la servidumbre. Me ha venido a la memoria la frase con la que el caudillo de una ciudad de la Gallaecia contestó a una oferta de clemencia a cambio de rendición y tributos: «Nuestros padres nos dejaron hierro para defender nuestra libertad, no oro para comprarla». Nosotros somos hijos de esos mismos padres.

—Somos hijos de Dios, Alana. Él es nuestro verdadero padre.

—Lo es, majestad. Pero nuestra sangre, la que derramamos al luchar, es la misma que vertieron esos guerreros. Y nuestro deber es honrarla siguiendo su ejemplo de fiereza.

* * *

Un trueno lejano ha desgarrado el aire a poniente, allá donde nos dirigíamos, haciéndonos saber ruidosamente que íbamos directos al corazón de la tormenta. Lo más sensato habría sido detenerse y acampar, pero el Rey ha ordenado seguir mientras fuera posible hacerlo. Así es que, enfundadas las capas, hemos apretado los dientes y enfilado una nueva cuesta, más empinada aún que la primera.

Al otro lado de la cordillera ha construido su hogar mi hijo mayor, Fáfila. Hace ya seis años que partió y tres desde que recibí su última carta. Al igual que ocurre con Rodrigo, tampoco de él tengo noticias. ¿Puede una madre padecer mayor tormento?

No pasa un día sin que eleve mis plegarias al cielo por él, por su esposa y por sus hijos, mis nietos, a quienes no conoceré. Ni siquiera sé si están vivos y gozan de buena salud. Únicamente puedo rezar, confiar en la misericordia de Dios, encomendarme a la santísima virgen, única capaz de comprender el tormento de mi corazón.

El deber los ha arrastrado definitivamente lejos de mí, a los confines de Araba, con el mandato real de repoblar el territorio diezmado por las sucesivas aceifas y consolidar la defensa de nuestra frontera sudoriental, la más expuesta, constantemente amenazada por las incursiones sarracenas. Un gran honor para un caballero como él, digno hijo de su padre, pero una condena cruel para mí, que lo amo; que nunca dejaré de amarlo, por muy lejos que se vaya.

Me parece estar viéndolo el día que vino a despedirse en Ovetao…

Siempre fue, desde muy joven, una réplica casi exacta de Índaro: fuerte, orgulloso, fiero, valiente hasta la inconsciencia, capaz de intimidar al más feroz enemigo con solo dirigirle una mirada. Nunca tuvo en mente ser otra cosa que soldado, siguiendo los pasos de su padre.

Recién cumplidos los siete años empezó a formarse en las artes de la guerra, teniendo como maestros a los guardias del palacio. A los diez manejaba con soltura la espada y a los catorce era ya un jinete consumado, tan hábil como el que más con cualquier arma a su alcance. No le había salido aún la barba cuando recibió su bautismo de sangre en el combate, sin dar la espalda al adversario. ¡Con qué satisfacción hablaba mi esposo de ese hijo llamado a engrandecer la gloria de su estirpe!

No en vano se fijó en él don Alfonso para llevar a cabo una tarea tan endiabladamente arriesgada: levantar un castillo, reconstruir y fortificar las aldeas devastadas, fundar otras nuevas, dar protección a los campesinos atraídos hasta ese confín con la promesa de tierras propias, roturar campos de cultivo, construir iglesias, recaudar la quinta debida al Rey, mantener el orden, representar la ley, ser el brazo del soberano allá donde más se necesita…

Fáfila no vaciló un instante en aceptar el encargo. No quiso escuchar mis ruegos.

—El Reino ha de crecer si pretende sobrevivir, y solo puede hacerlo extendiéndose hacia los valles de Castella. Alguien tiene que ser el primero en ocuparlos.

—¿Y por qué has de ser tú? Ya he perdido un marido en esta guerra. ¿También he de entregarle a mi primogénito?

—El soberano me honra depositando su confianza en mí, madre. ¿No comprendéis el alcance de esta misión? ¿Se os oculta hasta qué punto engrandece nuestro nombre? No le defraudaré ni os avergonzaré comportándome como un cobarde.

—¿Y tu mujer, tus hijos, vas a someterlos a esos peligros?

—Mi esposa y mis hijos me acompañarán donde nos lleve el servicio del Rey. No estaremos solos. Mis mejores guerreros vendrán con nosotros en busca de gloria y fortuna. Y también se unirán campesinos sin tierra, así como siervos manumitidos. Las llanuras de Araba esperan acoger a muchas familias ansiosas por trabajar sus propias presuras. La recompensa está por tanto a la altura del riesgo. Nada se consigue sin esfuerzo, no necesito decíroslo.

—Tu esfuerzo también es necesario aquí, hijo. La tropa no anda sobrada de brazos como el tuyo.

—Padre murió combatiendo sin poder disfrutar de su heredad de Primorias, perdida para siempre en una de tantas luchas fratricidas como ha sufrido nuestra patria. Vos habéis obtenido de nuestro señor títulos y recursos para fundar una comunidad monástica en vuestra Coaña natal. Mis hermanas han hecho matrimonios provechosos, una en la propia capital del Reino y otra en Pompaelo. Rodrigo asciende en la carrera eclesiástica…

—Hace tiempo que no sabemos nada de él, Fáfila. ¿Quién te dice que no ha sucumbido a la enfermedad o a la guerra? No te marches tú también, por favor, te lo suplico.

—Rodrigo estará bien, madre. En caso contrario alguien os lo habría dicho. Yo debo pensar en mi familia y en mí. No quiero pasarme la vida combatiendo, sin saber qué suerte correrán los míos si caigo en el campo de batalla. Voy a ganarme con la espada un condado que transmitir a mis hijos. Por Dios que voy a ganármelo.

¿Habrá sobrevivido a las últimas campañas de castigo, especialmente cruentas allá donde él sienta sus reales? Nadie me ha traído la noticia de su muerte, lo que me anima a pensar que está vivo. Vivo y determinado a cumplir el sueño que comparte con el Rey: una Asturias fuerte y segura a este lado de las murallas de Dios, defendida por baluartes sólidos allende los pasos.

Rezo cada noche al Altísimo para que lo guarde de todo mal. Invoco también, a qué negarlo, la protección de la diosa a la que elevaba plegarias mi madre. Luego lo lamento. Siento estar traicionando la verdadera fe con mi invocación pagana y me arrepiento, sabiendo que no tardaré en pecar de nuevo. ¿Cómo podría evitarlo?

Cuando me acomete la angustia, cuando los vigías traen nuevas de un ejército infiel que se aproxima, sucumbo al terror de sobrevivir a mi hijo y pongo en peligro la salvación de mi alma, sabiendo que no podría soportarlo. No después de perder al primero, Pelayo, y menos ahora que me atormenta la incertidumbre con respecto a Rodrigo.

Al pensar en Fáfila y en su hermano no hay deidad que me parezca despreciable. A todas suplico su favor, sin distinción, con la esperanza de que su poder les sirva de loriga invulnerable.

Si he de incurrir en la ira del Dios verdadero, caiga esta sobre mí; no sobre ellos. Yo sufriría gustosa el peor de los infiernos con tal de saberlos a salvo.

* * *

El cielo ha ido tiñéndose de gris oscuro a medida que ascendíamos por un sendero angosto, en fila de a dos, encajonados entre el talud y el precipicio. Una vez allí no había pérdida posible, razón por la cual nuestro guía se había dado la vuelta con el fin de ganar su aldea antes de caer la noche.

Al frente de la partida iba Agila, mirando nerviosamente hacia atrás, dado que don Alfonso se había rezagado para entablar conversación con Danila, quien cabalgaba a su lado. Esta cronista prefería ir tras ellos, a pie, junto a la servidumbre, las mulas y los esclavos. A esas alturas estaba ya muy cansada, pero prefería caminar con la vista fija en el suelo a contemplar el abismo desde lo alto de mi asturcón.

Los acantilados asomados al mar siempre han ejercido una extraña fascinación en mí, por elevados que fueran, pero los barrancos de montaña me provocan un vértigo difícil de superar. Y el que se abría a nuestra izquierda parecía no tener fondo.

A partir de ese momento todo ha sucedido muy deprisa...

De pronto un sonido desgarrador ha quebrado la monotonía de la marcha, congelando el instante en un relincho atormentado, aterrado y aterrador, proferido por una bestia poseída por el miedo. Estaba muy cerca de mí. Tanto, que su lamento ha taladrado mis oídos a la vez que sus patas, perdido todo control, batían el aire ante mis ojos en una lucha desesperada contra un enemigo invisible.

Ha debido de ser una serpiente. ¡Criaturas del diablo!

Las víboras abundan en estos pedregales, acechan, aguardan ocultas dentro de sus grietas a que algún incauto se ponga al alcance de su mordedura emponzoñada.

En esta ocasión ha sido una mula, pero bien habría podido ser nuestro rey. Se ha librado de milagro de perecer despeñado, merced a la protección divina y también a Muhammed, a qué negarlo. Mis recelos hacia él hoy se han revelado infundados... O no. El tiempo dirá.

Yo también he estado cerca, muy cerca.

La bicha ha asustado a la mula en el punto más estrecho y escarpado de la senda. Esta se ha puesto a cocear, enloquecida de pavor, hasta golpear salvajemente a la que estaba a su lado. Los siervos que las conducían solo han podido apartarse a fin de salvar el pellejo, incapaces de domeñarlas.

Las dos cargaban fardos muy pesados, probablemente más de lo razonable, que no han hecho sino empeorar las cosas y precipitar su caída al vacío, entre voces que parecían salidas de una garganta diabólica. Rebuznos, más que relinchos, propios de un animal al que estuvieran desollando vivo.

Ignoro si habrán sido esos lamentos, la serpiente o el jaleo, pero mientras ellas caían, Gaut se ha puesto a piafar como si el mismo espíritu maligno lo hubiese poseído a él también. ¡En esa angostura!

He corrido en auxilio de mi rey, sin pararme a pensar qué clase de ayuda podría prestar yo a un jinete consumado como él, que luchaba con el alazán hincando los talones en sus flancos mientras trataba de calmarlo a gritos.

—¡Sooo, soo, Gaut!

El caballo estaba sordo y ciego de miedo. Caracoleaba, acercándose temerariamente al precipicio, ante la angustia de cuantos observábamos la escena, impotentes.

—¡Saltad, señor! —he implorado—. Poneos a salvo antes de que vuestro corcel sufra la misma suerte que las mulas.

—¡Saltad! —ha secundado mis ruegos Nuño, que en vano trataba de acercarse a la bestia transformada en fiera, sin otro resultado que encabritarla más.

Don Alfonso no escuchaba. Su atención estaba puesta en intentar apaciguar a ese animal fuera de sí, cuyos relinchos helaban la sangre. Danila, a una distancia prudencial, contemplaba esa lucha montado sobre su asturcón, elevando una plegaria silenciosa por la salvación del soberano o quién sabe si bendiciendo la mansedumbre de su propia montura. Todos estábamos petrificados, en espera de lo peor.

Entonces Agila, que había acudido raudo al rescate del soberano, ha tenido la idea de interpelar al único de nosotros capaz de brindarle socorro.

—¡Muhammed! —El tono de la llamada no admitía demora—. ¡Haz que se calme ese maldito caballo!

El cautivo permanecía inmóvil, algo rezagado, sin mostrar la menor emoción en el rostro. Ni un movimiento. Sus ojos eran hielo. Su boca, un puñal.

Ante la orden del jefe de la guardia, ha dado unos pasos al frente, musitando algo incomprensible en su lengua, para acercarse al recodo en el que don Alfonso peleaba por su vida. No habría sabido decir si su deseo era ayudarle o, por el contrario, precipitar su caída. Su expresión era completamente inescrutable para mí.

Agila ha debido de leer otra cosa, porque ha añadido, sombrío, llevándose la mano a la espada:

—Si él muere, morirás tú también, de una muerte mil veces peor.

¿Habría actuado el sarraceno de no haber mediado esa amenaza? Resulta imposible saberlo. Lo cierto es que hasta oír esas palabras nada había hecho por sosegar la furia de Gaut. Claro que, si hubiera intervenido en esas circunstancias sin mediar una orden expresa, cualquiera habría podido acusarle de azuzar al alazán hacia el abismo, en lugar de aplacar su terror.

Sea como fuere, con gestos pausados de sus manos hábiles, unidos a palabras pronunciadas en árabe de una forma extraña, reiterativa y monocorde, ha logrado hacerse con las bridas del semental.

Freya sollozaba, abrazada a su padre, dando la espalda a lo que sucedía. Los demás mirábamos, horrorizados, conteniendo el aliento. Finalmente, tras un duelo que se me ha hecho eterno, el esclavo ha vencido a la bestia y el Rey ha podido descabalgar, sano y salvo.

Primero ha dado gracias a Dios por librarle con bien del trance. Después ha hecho lo propio con el cautivo, quien sujetaba firmemente a Gaut, mostrando el mismo semblante impenetrable. Y por último ha pedido novedades sobre la carga perdida.

Agila ha contestado a esa pregunta, visiblemente aliviado de ver a su señor de una pieza. Si daba alguna importancia a lo sucedido instantes antes entre el esclavo y él, no ha considerado oportuno comunicar sus temores al monarca.

—Dos mulas, majestad —le ha hecho saber, inclinando respetuosamente la cabeza—. Podría haber sido peor.

—Eso lo sé. He llegado a verlo antes de que este bruto decidiera poner a prueba mi destreza precisamente en el lugar más peligroso del camino.

—Dejadlo al cuidado del cautivo y montad un asturcón, señor —me he atrevido a sugerir—. Ese animal acabará siendo vuestra perdición.

—Descuida, Alana —me ha contestado, sonriendo—. Le tengo tomada la medida y soy mucho más obstinado que él. En el fondo es noble, como todos los de su raza. Un ejemplar magnífico, que jamás ha mostrado temor en el campo de batalla. Probablemente tenga prisa por llegar al sepulcro del Apóstol.

Luego se ha dirigido a Gaut y, tirándole suavemente de la crin, ha añadido:

—Refrena tu brío, amigo. Y abandona toda esperanza de descabalgarme. No pienso rendirme a tus arrebatos.

—Pero señor...

Yo pretendía insistir, mas una mirada suya ha bastado para hacerme callar. Don Alfonso ha vuelto a inquirir:

—¿Qué acarreaban esas mulas?

—Nuestras provisiones, majestad —ha respondido Agila, cabizbajo.

—¿Todas?

—Todas, señor —ha añadido, muy abrumado, el cocinero Adamino—. Sal, cecina, embutidos, mantequilla, queso, pan, frutos secos, esos dulces tan de vuestro agrado con que os obsequiaron los hermanos de Obona, la sidra, el vino del Rey y hasta los pellejos de agua. Absolutamente todo se ha perdido en ese barranco.

El responsable de la despensa acababa de comunicar al jefe de la guardia la magnitud del percance, llevándose las manos a la cabeza con aspavientos. No había osado hasta ese momento levantar la voz ante el soberano, aunque desde hacía un buen rato repetía quedo, cual letanía lanzada al viento:

—¿Qué va a ser de nosotros ahora? ¿Qué comeremos? ¿Cómo podré servir la mesa de mi señor?

—Dios proveerá —ha zanjado el Rey, con su habitual facilidad para mostrar serenidad en las situaciones difíciles—. Antes o después encontraremos gentes que nos brindarán hospitalidad. O cazaremos. O ayunaremos. Los objetos de culto sí que habrían constituido una pérdida irreparable. Todo lo demás es prescindible. Lo importante es seguir adelante.

* * *

Lo importante es que él sigue vivo he pensado yo en ese momento. Eso es lo único que cuenta. Y no me quito de la cabeza que acaso lo sucedido no haya sido fruto del infortunio, sino un acto premeditado. Un intento de asesinarle.

Ha podido ser una serpiente, desde luego. Pero existen otras posibilidades. ¿Y si alguien ha azuzado deliberadamente a las mulas con la finalidad criminal de asustar a Gaut? El lugar era propicio. La oportunidad, inmejorable. Mi señor tiene demasiados enemigos como para dejar correr una cosa así sin ir al fondo de lo que ha pasado y estudiar, uno por uno, a quienes acaso encuentren algún interés en matarlo, hacer que esta peregrinación acabe en desastre o conseguir con un mismo golpe ambos propósitos.

Doy por hecho que tanto Nuño como Agila comparten mis temores y redoblarán la vigilancia en torno a él, porque la lista de sospechosos es amplia.

Acaso Danila o Sisberto obtengan algún beneficio impidiendo que don Alfonso certifique con su presencia la autenticidad de esas reliquias. No se me ocurre cuál podría ser, pero no resulta descabellado pensarlo. Tal vez uno de ellos pretenda exactamente lo contrario; impedirle emitir su veredicto y así darlas por válidas sin necesidad de aprobación real. Odoario jamás participaría en una intriga semejante. Él no. De los otros clérigos, no me fío.

Tampoco el conde Aimerico es descartable. El soberano confía ciegamente en él, pero, como ya he dicho, lo he visto varias veces en el palacio de Ovetao, o en otros lugares de la capital, compartiendo confidencias con potentados conocidos por conspirar con quienes en más de una ocasión han tratado de arrebatar el trono a su legítimo dueño. La ambición de ese magnate es tal que justificaría cualquier abyección. No podemos en modo alguno perderle de vista.

Y, por supuesto, está Muhammed. Sus ojos destilan odio. Jamás ha aceptado la esclavitud. Hoy ha domeñado la furia del semental porque le iba la vida en ello. En caso contrario, habría dejado caer a su dueño y señor. Habría gozado intensamente viéndolo despeñarse. Estoy segura. Lo sé, no solo por haberlo leído en su rostro, sino porque cuando yo misma fui cautiva a menudo fabulaba con ver perecer ante mí a quienes me habían arrebatado la libertad y la honra.

Tendremos que mantener alta la guardia, por si en los días venideros aparecen otras víboras, reales o fabricadas por algún asesino taimado. No existe peor veneno que el nuestro; el de los humanos.

Mi rey es valiente. Le sobra el coraje. La fe en el verdadero Dios, así como el interés del Reino, han pesado siempre más en su balanza que cualquier otra consideración, incluida su seguridad, lo cual le hace vulnerable a las conjuras de los villanos. Además, su corazón y su mente se hallan ahora mismo en Iria Flavia, donde le aguarda un sepulcro señalado por abundantes prodigios. ¿Qué mejor ocasión para un enemigo en la sombra?

Claro que don Alfonso no está solo. Él no velará por sí mismo, pero lo haremos nosotros. Quienes le amamos y servimos con la lealtad debida a un hombre de su valía: Agila, Nuño, yo misma y por supuesto Cobre.

No le quitaremos ojo.

Hoy don Alfonso andaba sobrado de ánimo. Rebosaba el optimismo habitual en él, excepto cuando cae en una de esas melancolías que nadie sabe explicar. Afortunadamente, son infrecuentes. En caso contrario, no habría podido soportar más de treinta años de reinado carentes de sosiego o de paz.

Mi señor posee una naturaleza capaz de sobreponerse a todo, gracias a la cual Asturias sigue resistiendo.

¡Bendita sea esa fortaleza!

A falta de provisiones, nos alimentaremos de lo que nos dé la tierra, siguiendo el ejemplo de Pelayo y sus guerreros, por quienes tanto desprecio sentían mis carceleros en Corduba. «Ese asno comedor de miel», decían de él. Ese «salvaje ignorante», se mofaban. Y ese asno salvaje e ignorante los derrotó frente a la cueva santa, tras largos meses de resistencia en un paraje similar a este, sin llevarse a la boca otra cosa que el néctar de las abejas.

Comeremos arándanos, bayas, raíces, miel... ¿Qué importa? Ninguno de nosotros ha sufrido daño. Mi manuscrito está conmigo, junto a mi recado de escribir. No necesito otra cosa.

* * *

Retomábamos nuestra penosa andadura, todavía bajo los efectos del susto, cuando la tarde se ha teñido de negro salpicado de fogonazos.

Como los ruidos del trueno resuenan en la tierra y la hacen temblar —había dicho Nunilo, refiriéndose a los apóstoles conocidos como Boanerges—, así resonó y se estremeció el mundo entero con sus voces, cuando ellos predicaron por todas partes con ayuda del Señor.

Hasta ese preciso momento no había terminado de entender yo bien el alcance de esas palabras...

Si la comparación hace honor a la verdad, ¡qué extraordinario poder de convicción debieron desplegar esos escogidos en la predicación del Evangelio! No es de extrañar que su voz alcanzara el remoto confín del *finis terrae*.

Éramos conscientes de ir derechos a la tormenta, aunque esperábamos encontrar un lugar donde acampar antes de que se nos echara encima.

No lo hemos conseguido.

En un abrir y cerrar de ojos, el cielo se ha llenado de rayos tan próximos que parecían ir a fulminarnos. Quien haya visto un árbol abierto en canal por uno de esos engendros celestes comprende lo que eso significa y sabe igualmente que caen sobre el objeto más elevado expuesto a su mortal acometida. En este caso, nosotros.

Nunca me ha costado entender la razón por la cual mis antepasados astures depositaban una fe tan inquebrantable en esos tempestiarios asentados cerca de sus castros, o en algunos casos itinerantes, generosamente retribuidos para alejar las tormentas de sus hogares y sus cosechas.

Los frailes con los que viajo se encomendaban hace un rato a santa Bárbara, entre signos de la cruz y avemarías, con idéntica devoción e igual pánico.

La teníamos justo sobre nuestras cabezas. Apenas mediaba un instante entre el fulgor que desgarraba el firmamento y el sonido ensordecedor del trueno, prueba inequívoca de un peligro acuciante. No quedaba sino echar a correr tratando de ganar la cumbre, donde, según los informes de los guardias enviados por Agila en avanzadilla a explorar la ruta, una arboleda de pinos actuaría de parapeto atrayendo hacia sí esas lanzas flamígeras.

¿Qué me ha proporcionado fuerzas para correr cuesta arriba por semejante pendiente? El miedo, imagino. Lo cierto es que he corrido como alma que lleva el diablo, igual que los demás. Algunos profiriendo gritos. Otros en silencio, jadeando, mientras la esclusa del cielo se abría y empezaba a caer el diluvio.

Los sombríos presagios de estos días parecían cobrar forma de golpe, todos juntos, precisamente a los pies de esas murallas de Dios cuya protección sagrada recordaba yo poco antes en mi conversación con don Alfonso.

¡Qué paradoja!

Estoy aquí, terminando el relato de este día agotador, lo que significa que no he perecido. De milagro, debo añadir, pues ha faltado muy poco.

Para cuando hemos ganado la cima de este monte, ya había contado yo tres humaredas correspondientes a otros tantos incendios cercanos, prendidos en la hierba rala por esas saetas de fuego. La siguiente podía provenir de esta humilde dama calígrafa, convertida en tea, o, peor aún, de mi señor.

El Altísimo ha querido librarnos de semejante final, permitiéndonos alcanzar con bien la seguridad de este bosquecillo, a cuyo abrigo los siervos han plantado hace un rato las tiendas.

¡Gracias le sean dadas al Padre de la misericordia!

La mujer encargada de atendernos a Freya y a mí nos ha ayudado a despojarnos de las prendas empapadas y vestir las de recambio, preservadas de la lluvia dentro de sus cofres de cuero. Fuera, la tempestad se alejaba hacia el norte, saciado su apetito destructor, mientras el cielo empezaba a cubrirse de estrellas.

Pese a estar la leña mojada, cosa habitual en Asturias, un siervo curtido en la tarea de prender hogueras ha logrado avivar una lumbre cálida, cebándola con hojas de laurel seco que arden como la yesca y, además, traen buena suerte.

Otros dos han ido a llenar de agua las cazuelas inservibles para guisar, aunque han regresado de vacío. Y eso que el aguacero caído habría llenado un río entero si el paraje en el que nos encontramos hubiese dispuesto de alguna oquedad natural adecuada para remansarla.

Digo bien «si», pues no es el caso. El agua caída se ha perdido, tragada por la tierra sedienta.

* * *

Estoy exhausta, dolorida y congelada, pero no consigo dormir. La excitación me mantiene en vela, por mucho que intente cerrar los ojos. Hace un instante, antes de acostarme en un lecho de pieles junto a la condesa, que duerme profundamente, he salido a contemplar una vez más esta tierra feroz en sus contrastes, tan implacable como hermosa. A dedicar a Dios una plegaria muda antes de entregarme al sueño.

Lo que he visto me ha dejado sin aliento.

Una luna preñada, abundante, cuya redondez maternal crecía hasta rozar la plenitud, iluminaba esas cumbres que semejan torres de un castillo imaginario. Su luz lechosa realzaba la belleza agreste de la patria astur, expuesta a mis ojos en la noche limpia desde sus confines meridionales hasta el mar que custodia su frontera norte. Sus escarpaduras. Los matices difusos de sus pastos y bosques. La magia salvaje de un territorio que únicamente acepta el dominio de las águilas, dueñas de este cielo rara vez azul, en ocasiones, como hoy, tenebroso, permanentemente cambiante, impredecible, cautivador, aterrador, despiadado.

Aquí abrí los ojos a la vida y aquí deseo morir, cuando me llegue la hora. Hasta entonces, recorreré sus caminos con humildad junto a mi señor, elegido para un destino infinitamente más grande que el mío. Le serviré lealmente. Le amaré sin que lo sepa. Contaré sus hazañas al mundo. Guardaré en pergamino la memoria. Tejeré el tapiz de este tiempo que ha visto trenzar los hilos de nuestra existencia azarosa, siempre al borde del abismo.

Con la ayuda de Dios Padre, compondré una pieza única de gloria, heroísmo, esperanza y horror.

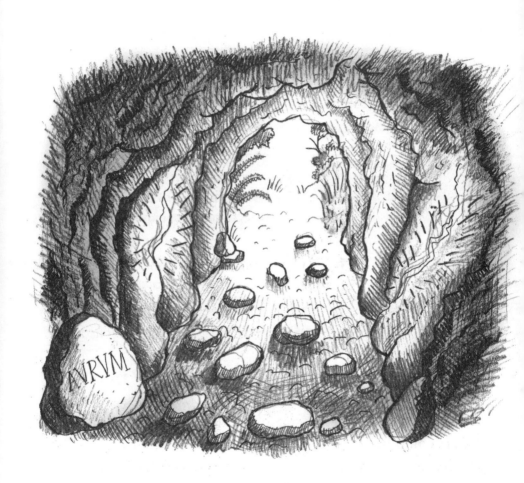

Minas de oro

5

El eremita

En el corazón de la tierra
(cerca del puerto de la Mesa)
Festividad del Santo Socorro

Nunca pensé que la sed pudiera torturar del modo en que lo hace. Los labios escuecen, la garganta arde, la lengua parece pegarse al paladar, la desesperación se apodera rápidamente de ti hasta hacerte desear la muerte.

Basta una noche sin agua, una sola, para despertar sintiendo la necesidad imperiosa de beber. Con el paso de las horas, llegas a desear abrevar directamente de un mísero charco, como hacen las bestias. Únicamente el decoro te impide humillarte hasta ese extremo, aunque aceptas de muy buen grado sorber el barro que te ofrece un siervo en un cuenco, sabiendo que solo conseguirás incrementar el ansia de líquido.

La sed es infinitamente más cruel que el hambre, que el frío o el calor, que las heridas, que todo.

Ayer nos acostamos sedientos y esta mañana lo estábamos mucho más, lo cual no contribuía en absoluto a elevar la moral de una comitiva donde las desavenencias empiezan a dar la cara. El mal humor es general. Impera entre nosotros un ambiente tan tenso que bastaría una chispa para abrir las puertas del infierno, como de hecho ha estado a punto de ocurrir.

Los ánimos andan por los suelos, esa es la verdad. La pérdida de las provisiones ha causado un daño incalculable a la ilusión con la que partimos de Ovetao, no solo por el sufrimiento físico a que nos somete, sino porque ha contribuido a extender la cizaña de la sospecha y la desconfianza, antesala de las disputas.

No me permito a mí misma abrir la puerta a los presagios que me rondan. Los mantengo a raya fuera de mi cabeza, a costa de un ingente esfuerzo de la voluntad, pues de ceder a la tentación de intentar interpretarlos correría el riesgo de volverme loca.

Entre los guardias se murmura si no estaremos yendo hacia una trampa tendida quién sabe por qué enemigo. Sisberto se queja constantemente. Ni siquiera trata de disimular los recelos que el Rey le ha ordenado guardar para sí. El conde Aimerico ha llegado a perder la paciencia con él hasta el punto de amenazarlo. Yo misma estaba tan harta de su actitud como para querer clavarle las uñas. Y sabe Dios que lo habría hecho de no habérseme adelantado el magnate.

Si la fe no nos confunde y vamos realmente en busca de unas reliquias llamadas a infundirnos valor, a cimentar la unión sagrada que ha de llevarnos a la victoria, el Apóstol guía nuestros pasos a través de sendas tortuosas.

Hoy ha sido un día duro. Durísimo. En más de una ocasión he temido que se rompieran los diques y estallara algún conflicto irreparable, pues todos los elementos se habían tornado en nuestra contra y conspiraban para forzarnos a concluir la peregrinación cuando aún estamos lejos de atisbar siquiera el lugar donde se encuentra el sepulcro.

Como digo, poco ha faltado.

* * *

Habíamos iniciado la marcha en ayunas, con el gaznate reseco, un hambre acuciante y cierto miedo difuso a que alguna desgracia similar a las de la víspera pudiera repetirse a la vuelta de cualquier recodo.

Íbamos callados, ahorrando aliento. Nos mirábamos unos a otros de soslayo, preguntándonos quién sería el primero en rendirse y suplicar a Su Majestad permitirnos regresar al monasterio de Santa María de Obona, paraíso de abundancia.

El monje forastero lo ha intentado en dos ocasiones, en vano. Los demás aguantábamos a duras penas, acostumbrados a padecer sin lamentarnos, hasta que uno de los soldados se ha desplomado, vencido por el calor y el cansancio. Eso nos ha obligado a detenernos en medio de un páramo deshabitado, bañado por un sol de justicia.

En un principio hemos pensado que el hombre había muerto. El abad Odoario se ha agachado presuroso a prestarle auxilio espiritual, y al acercarse a su boca se ha dado cuenta de que todavía respiraba débilmente. El Rey ha mandado detener la marcha a fin de auxiliar al caído. Al cabo de un rato este ha recobrado el sentido, pálido como un aparecido.

Tengo para mí que a esas alturas de la jornada don Alfonso empezaba a calibrar la posibilidad de renunciar, o cuando menos aceptar la idea de perder algunos días con el fin de avituallarnos de nuevo. ¿Quién nos aseguraba que daríamos con una fuente antes de ver caer fulminado al siguiente, ya fuese hombre o caballo?

Los tres clérigos a una, encabezados por Odoario, han aprovechado la parada para elevar una plegaria invocando el socorro divino, cuya festividad se celebra hoy. Y fuese casualidad o fuese prodigio, lo cierto es que, en ese preciso momento, Nuño ha avistado el estanque.

Se encontraba bastante cerca del lugar donde nos hallábamos, aunque la luz deslumbrante que se reflejaba en las rocas dificultaba distinguir el agua oscura de su vientre.

Agua bendita.

—¡Gracias sean dadas al Altísimo! —ha exclamado el abad, exhausto, hincándose de hinojos mientras se santiguaba con profunda devoción.

—Alabado sea por siempre su nombre —le ha respondido el soberano, imitando el gesto.

No estaban las fuerzas para grandes muestras de júbilo, pero un murmullo general de gratitud se ha elevado al cielo entre abrazos y lágrimas de alegría.

✳ ✳ ✳

El agua que nos ha salvado cuando todo parecía perdido es la misma que empleaban los romanos para destripar la montaña ladera abajo, donde dormía el oro arrancado de sus entrañas utilizando su caudal.

¡Qué siniestra broma del destino!

Agua embalsada en un estanque artificial construido por las manos esclavas que cavaron los canales de conducción, abrieron a golpes de piqueta las bocas de entrada a la mina y horadaron después a cincel un sinfín de grietas en las que incrustaron cuñas de madera a modo de arietes.

Ellos sabían bien cómo tomar al asalto esa fortaleza pétrea. Conocían la forma de llegar hasta el metal dorado que todavía hoy centellea en algunos fragmentos de pared reventada. Precisaban agua, una gran cantidad de agua con la que inundar las brechas abiertas en los puntos exactos. Y por eso la embalsaron a conciencia.

Agua, vinagre y fuego. Esa mezcla de elementos, hábilmente administrada, hinchaba y contraía la madera hasta quebrar la resistencia de la roca. Entonces entraban los cautivos a rematar la faena, dejándose la piel hecha jirones en los túneles a fin de enriquecer a sus dueños.

Tal como lo oí de mis mayores lo recojo en esta crónica. Lo que nunca habría pensado es que esa obra mil veces maldita por los astures subyugados, la que alimentaba historias de heroicidad suicida narradas en noches de luna llena, sería la que salvaría mi vida y sobre todo la de mi rey, infinitamente más valiosa.

De no ser por ese embalse, habríamos sucumbido a la sed nosotros y las monturas, duramente castigadas por el esfuerzo realizado ayer. Y sabe Dios que la sed es mucho peor que el hambre. Desde ayer no hemos probado bocado, pero al menos hemos podido beber.

* * *

Me pregunto si este paraje desolado será el mismo del que hablaba mi madre junto al fogón, estando solas ella y yo, cuando me instruía en los secretos de su religión prohibida mientras cocíamos pan o batíamos mantequilla. Lo describía como un enclave remoto, alejado de cualquier población, elevado y próximo a una fuente abundante de agua.

Nunca quiso responder a todas mis preguntas infantiles, aunque sí dejó caer que tiempo atrás, antes de la llegada de los cristianos al castro, las mujeres celebraban allí cada año una gran fiesta de iniciación en un lugar escondido cuyo emplazamiento solo conocían ellas.[1]

—¿De iniciación a qué? —inquiría yo.

—A la fertilidad —contestaba ella, con un guiño cómplice en el que yo leía un amor infinito sazonado de orgullo.

—¿Y qué hacíais en esas fiestas?

—Bailar.

—¿Para bailar os ocultabais?

—Eran bailes especiales, Alana. Danzas sagradas dedicadas a la diosa Madre por sus hijas.

—¿Se habría enfadado padre si hubiese sabido que participabas en esos bailes?

Ella recuperaba la gravedad que mostraba habitualmente ante el mundo para tratar de explicarme lo que yo no podría entender.

—Cuando llegó tu padre a Coaña, trayendo consigo decenas de refugiados procedentes de las tierras yermadas por el príncipe de los cántabros, dejamos de danzar.

—¿Por qué?

—Porque el dios de tu padre había derrotado a nuestra diosa.

—¿En combate?

—Era un combate perdido, mi niña curiosa. Su tiempo había pasado. Simplemente se acabaron las danzas y dejamos de invocar su nombre en voz alta. Por esa razón no me canso de repetirte que nunca, nunca, ¿me oyes bien?, te dejes sorprender echando sal al fuego o imitando cualquier otro de los gestos que me ves hacer a mí. No te lo perdonarían.

—¿Padre se enojaría si supiera que tú los haces?

—Ickila nos ama, Alana. A ti y a mí. No todos los hombres son iguales.

—¿Por eso os escondíais las mujeres para bailar vuestros bailes?

—Nuestra Madre era tierra fértil que ansiaba ser fecundada. El dios de los cristianos es pastor fecundador. En nuestro mundo la mujer era poderosa. En este es el varón quien ostenta el poder. Son y siempre serán mundos separados.

Ni entonces comprendía el significado de esa explicación, ni ahora, a la luz de la experiencia, comparto su juicio. Acaso sea porque me crié en un hogar en el que convivían ambas religiones, pero siempre he tendido a pensar que Dios es Padre y Madre a la vez. Y también que hombres y mujeres están condenados a amarse. ¿Cómo soportar, sino juntos, los rigores de esta existencia?

Cuando yo sangré por vez primera, apenas quedaba en el castro recuerdo de esas danzas rituales. Y aunque hubiesen seguido celebrándose clandestinamente, yo no habría podido participar en ellas. Justo entonces fui escogida por un miserable recaudador de impuestos como doncella destinada al tributo debido al sarraceno, y enviada a Corduba junto a otras cristianas vírgenes igual que yo.

No volví a ver con vida ni a mi madre ni a mi padre. La muerte se los llevó al mismo tiempo.

Durante largos años experimenté una honda sensación de culpa por haber escapado a la suerte terrible que corrieron ellos, junto a todos los vecinos de Coaña, masacrados en la brutal aceifa del año 791 de Nuestro Señor. Después, me perdoné. ¿Qué otra cosa podía hacer?

Yo no había elegido ser enviada al harén de Abd al-Rahmán, el de las blancas vestiduras, quien afortunadamente, merced a la intervención de Índaro, no llegó a poseerme. Ni siquiera era consciente de mi atractivo. Nadie me había dicho nunca que fuese hermosa ni desde luego era mi deseo parecérselo a mis captores. ¡Cuántas veces renegué de mi piel clara, mi cabello rubio y mis ojos azules, reclamos irresistibles para los conquistadores, fuesen estos árabes o bereberes!

¿Habría sido mejor perecer al lado de los míos en ese hogar familiar convertido en necrópolis?

En más de un momento llegué a creer que sí. Ahora estoy segura de que no. Definitivamente, no. De haber sido así, no habría tenido el honor de servir a mi rey ni la dicha de amar a mi esposo y ver crecer a mis hijos.

Claro que no hay goce sin dolor ni posesión que no aboque necesariamente a la pérdida. Vivir con esa certeza es el precio a pagar por vivir. Por sentir la emoción de estar viva.

* * *

Tengo hambre, lo confieso. He pasado todo el día cabalgando o caminando sin ingerir otro alimento que unos arándanos ácidos, un trozo de queso rancio y unos bocados de miel, que me han sabido a gloria pura. No quiero ni imaginarme lo que estarán padeciendo los siervos, obligados a caminar todo el tiempo, servirnos en lo que les pedimos y realizar las faenas más duras, prácticamente en ayunas desde ayer.

Tengo hambre, sí, mas no me quejo. Tampoco lo hice esta mañana, cuando además del mordisco del hambre nos enfrentábamos al tormento de la sed. ¿Para qué aburrir a nadie con mis lamentos? Habría sido indigno de una dama e inútil.

Otros miembros de la comitiva no parecían compartir mi criterio.

Sisberto, sin ir más lejos, había corrido a importunar al monarca nada más salir este de su tienda, al poco de asomar el sol, antes de que el vascón diese con la fuente de agua.

El fraile forastero había dormido al raso, al igual que Odoario, Danila y todos los demás, excepto don Alfonso y nosotras, las damas. Estaba irritado, enloquecido por la sed. Tanto, que ni los ruegos del abad de San Vicente ni la prudencia exigible a un clérigo de su edad fueron capaces de frenar su lengua.

—Señor, esta peregrinación es una empresa descabellada.

Yo me encontraba muy cerca y quedé perpleja al contemplar el descaro con el que se dirigía al soberano.

Las penalidades del viaje habían hecho mella en su aspecto. Su hábito de lana oscura mostraba grandes lamparones de barro y otras manchas más grasientas, debidas seguramente a la costumbre de limpiarse los dedos en él. El rostro rubicundo, de mejillas gruesas, nariz en forma de nabo, labios finos y barbilla escurrida, parecía más fláccido aún que al partir; más blando, como un pellejo que se fuera descolgando de su propia calavera en busca de la papada. Las cejas, tan pobladas como para servir de visera a unos ojillos vivos cuya mirada nunca me ha gustado, formaban esta mañana un remolino de pelo hirsuto, casi idéntico a los mechones grisáceos que conserva sobre las orejas a modo de cabellera. Su frente era un amasijo de arrugas.

—Por vuestro bien y el del Reino —reconvino a don Alfonso, como haría un padre con un hijo díscolo—, debemos abandonar este desvarío y regresar a Ovetao cuanto antes.

Enseguida apareció Odoario, que llegaba sofocado, a la carrera, después de rezar laudes junto a Danila en la paz de la arboleda cercana.

—¡Hermano Sisberto, os conmino a cejar en vuestra actitud desafiante!

—Dejadle hablar —terció el Rey, sereno—. Quiero oír sus argumentos.

—Lejos de mí la pretensión de cuestionaros, majestad —reculó el fraile, en tono servil, una vez captada la atención del monarca—. Lo sucedido ayer, no obstante, me impele a rogaros que reconsideréis esta aventura sin sentido que os somete a semejantes riesgos.

—Esto que osáis denominar de manera tan despectiva es una peregrinación sagrada —le corrigió el abad, frunciendo el ceño hasta el punto de dar una apariencia agresiva a unas facciones que habitualmente rebosan bondad—. Una peregrinación al sepulcro donde descansan las reliquias del apóstol Santiago, protector de la Cristiandad hispana. ¿Qué penalidad o riesgo podría resultar excesivo frente a tamaña recompensa?

—No existe certeza alguna que avale esa afirmación —replicó el de Toletum—. Únicamente tenemos la palabra de un obispo célebre por su ambición y el relato confuso de unos supuestos prodigios acaecidos en un confín perdido de su diócesis. ¿Os parece motivo suficiente para poner en grave peligro la vida del Rey? Ayer estuvo a punto de perecer ante nuestros ojos y hoy todos sufrimos el martirio de la sed y el hambre.

Odoario juntó las manos con los dedos mirando al cielo, en actitud de rezar, para apoyar una respuesta tan enérgica en el fondo como contenida en la forma.

—Dios, en su infinita misericordia, salvó a nuestro soberano de caer al precipicio y también proveerá agua y comida antes o después. No perdáis la esperanza.

—Quien lo salvó fue un cautivo sarraceno —rebatió con suficiencia Sisberto, que se envalentona cuando porfía con el abad para volver a la sumisión perruna en cuanto le interpela el Rey—. Lo cual trae de nuevo a mi mente el formidable poderío del enemigo al que nos enfrentamos.

—Razón de más para aferrarnos a la esperanza de contar con el amparo del Apóstol.

Don Alfonso había dicho esa última frase con un rictus de dolor. Me bastó oír el tono de su voz, ver el modo en que elevaba los ojos al firmamento implorando auxilio, para saber que en su interior se libraba una nueva batalla, y van ya varias, entre la necesidad de creer y la tendencia a dudar. Una pugna aprovechada por el monje para lanzar su último dardo.

—Por noble que sea vuestro empeño, señor, os ruego que me escuchéis y no echéis en saco roto mis palabras. El poder de Corduba es tal que nadie os reprocharía llegar a un acuerdo honroso con el emir. Cualquiera en vuestro lugar lo haría. Algunos de vuestros predecesores en el trono lo hicieron, de hecho, sin demérito para su honor. Si lo que deseáis, empero, es combatir, debéis conservar las fuerzas. Volved la grupa y regresemos a palacio. Quién sabe qué otras amenazas acechan en el camino a Iria Flavia.

Sentí un deseo ardiente de lanzarme a su cuello y acusarle de traición, aunque me contuve a duras penas, recordando el enfado causado a don Alfonso por ceder a ese impulso en una situación parecida. En esta ocasión, además, fue él mismo quien despachó al cobarde.

—Meditaré vuestro consejo —le respondió, gélido—. Ahora dejadnos. Quiero hablar con Odoario a solas.

El fraile se alejó, renqueando, en dirección al lugar donde estaban amarradas las mulas, acaso en busca de algún mendrugo escondido en una alforja.

Siervos y esclavos se afanaban en recogerlo todo a fin de reanudar la marcha en cuanto el soberano diera orden de partir. El conde y su hija no estaban a la vista.

Yo no me di por aludida en esa petición de soledad y pregunté al Rey si deseaba alguna cosa. Él negó, con cortesía, pero no me invitó a marcharme, por lo que permanecí allí, escuchando la conversación, mientras el sol empezaba a ascender, tiñendo de colores rosáceos las cumbres de las montañas.

* * *

—Nunca debí permitirle acompañarnos —se disculpó el abad, abrumado por la osadía de su huésped—. No sé a qué atribuir ese empeño en disuadiros. Tal vez sea el miedo, el hambre, la sed o el cansancio... Os pido perdón, majestad.

—Es evidente que ese forastero no está acostumbrado a los rigores de nuestra tierra, Odoario. —El Rey no parecía enojado, sino más bien triste, aunque en ese punto esbozó una sonrisa, no sé si de burla o de conmiseración—. El monasterio del que procede en su ciudad natal no tendrá parangón con la pobreza de nuestro San Vicente y no digamos con la dureza de este páramo, sacudido ayer por una lluvia infernal de rayos y hoy abrasador bajo este sol inmisericorde. Dicho lo cual, tal vez haya algo de verdad en lo que sostiene.

—No dejéis que inunde de ponzoña vuestro corazón —imploró el abad.

—No le escuchéis —secundé yo.

—Lo cierto es que desde que partimos se han producido una serie de percances que deberían hacernos reflexionar. Primero la herradura de Gaut, después el bribón de Cobre escapándose en plena noche, ayer esa serpiente del demonio, hoy la falta de agua y alimento...

—Vuestro semental no es la montura ideal para cabalgar por estas escarpaduras, majestad —zanjé su razonamiento, antes de que fuera a más—. Haríais bien optando por un asturcón, acostumbrado a estos terrenos abruptos, en lugar de buscar explicaciones complejas a hechos sencillos. Las víboras abundan entre las rocas desde que el mundo es mundo. Y en cuanto a Cobre, no escapó; solo quiso acompañarme en una hora un tanto amarga para mí.

Lo último que necesitaba mi señor en ese momento era que yo contribuyera a incrementar su zozobra. Callé pues las sospechas que rumio respecto del incidente ocurrido ayer y me cuidé mucho de señalar a nadie, a falta de indicios más sólidos.

Mientras no se demuestre fehacientemente lo contrario, las vicisitudes acaecidas hasta la fecha son las propias de cualquier viaje. Contratiempos naturales en un entorno hostil como este, que por otra parte nos mantiene libres de la ocupación sarracena.

En la conversación de esta mañana, el abad acudió en mi auxilio, remachando mis razones con la fuerza de su confianza inquebrantable en la misericordia de Dios.

—El Altísimo está con nosotros, majestad. De cada trance arriesgado hemos salido con bien. ¿Existe mayor prueba que esa? El Dios de Moisés nos guía a través de este páramo. El Padre Celestial vela por nosotros en esta peregrinación al sepulcro donde descansa el amado discípulo de su Hijo, Jesucristo.

—¿Y si no fuese él? ¿Y si el toledano estuviese en lo cierto y fuésemos en pos de un fraude?

—Tened fe, dómine. —Odoario volvió a juntar las manos a la altura del pecho, justo debajo de la barbilla, elevando al mismo tiempo los ojos al cielo, como invocando su ayuda, en el empeño de convencer al monarca. Después las bajó ligeramente, hasta el corazón, mientras ladeaba la cabeza cana hacia el lado izquierdo, insistiendo—: Estad seguro de que el hallazgo de estas reliquias es una demostración más de Su infinito amor. Una entre tantas.

—¿Vos lo afirmáis? —La mirada de don Alfonso imploraba un sí.

—¡Lo afirmo! —exclamó el monje—. Jesús es nuestro pastor y vela por este rebaño. ¿Cómo, si no, habríais sobrevivido vos mismo a las múltiples celadas que os han tendido vuestros adversarios? ¿Cómo se explicarían los prodigios acaecidos a la muerte de vuestro abuelo Alfonso?

—He oído hablar de esa noche, sí…

—Es cosa sabida, mi señor. Yo mismo, siendo muy joven, conocí a un testigo presente en la estancia del palacio de Cánicas donde rindió el espíritu ese soberano digno de ser amado por Dios y por los hombres. Él me relató los pormenores de su tránsito…

* * *

Es curioso. Don Alfonso menciona con frecuencia a su abuelo, a su tía o a otros parientes, pero muy rara vez habla de su propio padre. Tampoco los miembros de su corte pronuncian el nombre de Fruela en su presencia. En torno a ese príncipe solo hay rumores, susurros, maledicencia. ¿Por qué motivo? Acaso se deba a la forma violenta en que murió a manos de sus propios magnates o tal vez a algo mucho peor; a ese pecado inconfesable que le achacan las murmuraciones y yo no me atrevo siquiera a recoger en este manuscrito.

Todo lo contrario sucede con Alfonso, duque de Cantabria, unido en matrimonio a Hermesinda, hija de Pelayo, a fin de fundir su sangre con la del caudillo astur. Él es elevado a los altares. Su memoria es merecedora de loas reverenciales.

Mi padre adoraba a ese guerrero feroz, junto al cual peleó en incontables batallas. Me contó muchas de sus hazañas, aunque no tuvo oportunidad de narrarme el modo en que se produjo su muerte. Por eso, al oír lo que decía el abad a don Alfonso, aproveché la ocasión para rogarle:

—Relatadme esa historia, fray Odoario. Me encantaría escucharla.

Él pidió permiso al Rey con la mirada y, obtenida su venia, accedió a mi petición, recuperando su habitual bonhomía, pese a que a esas alturas del día las gargantas sedientas semejaban rastrojos.

—Es la historia de un alma elevada a la contemplación de Dios nada más abandonar el cuerpo, merced a la gracia divina.

—¿De qué manera? —inquirí.

—Según el testimonio de quienes asistieron al óbito, cuando ese varón magno exhaló su último aliento en el silencio de la noche, los miembros del oficio palatino que custodiaban su cadáver oyeron voces angélicas que recitaban un responsorio nocturno similar a los que se cantan en sábado santo: «He aquí cómo es llevado el justo y cómo, apartado de los espectros de la iniquidad, es en paz sepultado».

Todavía martillean mis oídos esas palabras: «... apartado de los espectros de la iniquidad, es en paz sepultado».

Ojalá pudiera decir lo mismo de mi padre, que sirvió a ese primer Alfonso, apodado el Cántabro, como yo sirvo a su nieto. Él no tuvo esa suerte. Cayó defendiendo nuestro castro en una lucha desigual, sin posibilidad de victoria, y su cadáver permaneció insepulto, al igual que el de mi madre y otros muchos, hasta formar una masa siniestra de carne putrefacta irreconocible, a la que hubo que prender fuego ante la imposibilidad de cavar una tumba lo suficientemente espaciosa como para darle cabida.

Yo misma empuñé la antorcha purificadora, tragándome ese cáliz de dolor a la vez que juraba al cielo cobrarme cumplida revancha. Los ángeles no entonaron responsorio alguno para Ickila. Tampoco para Huma. Ellos solo tuvieron mis lágrimas, y la venganza de cada batalla ganada a nuestro enemigo.

Quisiera compartir las certezas que infunden tanta tranquilidad a Odoario. Daría cualquier cosa por vivir al abrigo de esa fe incuestionable en la justicia de Dios y Su misericordia.

Ojalá pudiera…

Yo descanso en Dios, desde luego. Sé que Él es nuestro alfa y nuestro omega, principio y fin de todas las cosas. Sin embargo, a menudo le he buscado en vano cuando más lo necesitaba. He extrañado Su presencia reconfortante en la noche oscura que sigue a la derrota, en la pena devastadora de la pérdida, en el miedo, en la soledad. He llegado a llamarle a gritos, sin obtener más respuesta que el silencio.

Claro que hoy, festividad del Santo Socorro, Nuño ha encontrado un embalse salvador justo después de que los clérigos elevaran hasta Él sus plegarias, lo cual tiene que ser una señal. ¿No es así?

Danila lo repite con frecuencia: nada sucede por casualidad. La Providencia, en su sabiduría, dibuja nuestros destinos.

¿Cuál será el que se nos desvele al arribar a Iria Flavia, si por ventura llegamos?

Yo también me pregunto, al igual que el Rey y el monje venido de Toletum, si el cuerpo hallado en el *finis terrae* será o no el del santo Apóstol. ¿Cómo no habría de preguntármelo? Todos lo hacemos de un modo u otro, estoy segura. Y todos deseamos ardientemente que lo sea, pues somos plenamente conscientes de cuánto precisamos su auxilio.

Dado que, por el momento, nada lleva a pensar que estemos ante un engaño, voy a dar crédito a Teodomiro, en espera de acontecimientos.

Una vez que mi señor Alfonso emita su veredicto, lo acataré sin reservas.

* * *

Entre una cosa y otra, se nos había echado encima la mañana cuando don Alfonso dio la orden de iniciar la marcha, siguiendo el recorrido del sol.

Tal como nos había anunciado el pastor que nos acompañó ayer, allí reaparecía algún tramo de la vieja calzada romana que conducía a las minas, conservada en razón de la ausencia de vegetación y de la escasez de tránsito susceptible de dañarla. Solo hacía falta seguirla.

El tiempo parecía favorable al principio. Aún no hacía calor y la sed era soportable. La luz resultaba más clemente que al mediodía, cuando deslumbra hasta el punto de obligarte a bajar la vista para no quedarte ciega. Estábamos secos. Un cúmulo de bendiciones que Sisberto, cómo no, se encargó de ensombrecer, rezongando:

—Mis tripas rugen de hambre…

Considerando la reputación de aguafiestas que empieza a ganarse a pulso, ninguno de nosotros tomó en cuenta el comentario. Ni siquiera él esperaba réplica a esas palabras, tan inútiles como inoportunas. Entonces, de manera totalmente inesperada, el conde Aimerico estalló.

—¡A fe mía que si vuelvo a oíros os daré motivos reales para el lamento!

—¡Padre! —exclamó Freya, mirándolo aterrada ante la posibilidad de que cumpliera esa amenaza.

Él, sordo a esa súplica, continuó:

—¿Ha dicho algo el Rey? ¿Se han quejado las damas? Tampoco vuestros hermanos, ni los miembros de la guardia.

¿Creéis ser el único que siente hambre o sed? Tened la decencia de callaros de una vez y ahorrarnos vuestros gemidos. Dicen que el ayuno eleva el espíritu, ¿no es así? Aprovechad para elevar el vuestro. Estoy persuadido de que le hace mucha falta.

A lo que Danila, con frialdad de puñal, añadió:

—Supongo, docto Sisberto, que habréis oído hablar de la virgen Egeria y su peregrinación a Tierra Santa.[2] Sabréis que esa débil mujer bienaventurada, más fuerte que todos los hombres de su siglo, emprendió con intrépido corazón un larguísimo viaje por todo el orbe y así llegó a los sacratísimos lugares del nacimiento, pasión y resurrección del Señor, visitando los sepulcros de innumerables santos, para hacer allí oración. Deduciréis que, en ese empeño, ayudada por el Señor, soportó con fervoroso espíritu privaciones sin cuento, cansancio y dolor, sin amilanarse ante obstáculo alguno ni dejarse amedrentar por la ferocísima crueldad de las gentes impías que se cruzaron en su camino, hasta conseguir plenamente todo lo que había deseado su audaz devoción...

El forastero escuchaba esa lección, manifiestamente incómodo. Imagino que desearía salir corriendo o que se lo tragara la tierra para escapar a todas las miradas clavadas en él, pese a lo cual permaneció inmóvil, mientras el calígrafo remataba la historia en el tono de magíster que utiliza habitualmente al hablar:

—Si esa monja, siguiendo el santo ejemplo del patriarca Abraham, logró endurecer como el hierro el frágil sexo femenino, convendréis conmigo en que nosotros, que gozamos de fuerzas corporales intactas y salud perfecta, no podemos retroceder ante esta dificultad insignificante sin sucumbir a la vergüenza.

Por toda respuesta el interpelado agachó la cabeza, mostrando al cielo su calva aureolada de pelo crespo. Parecía decidido a emprender cuanto antes la andadura, sin volver a abrir la boca.

No mucho después de ese incidente, cayó desmayado el soldado y el vascón encontró, gracias a Dios, el estanque.

* * *

Sisberto puede llegar a ser realmente irritante. Yo lo he atribuido siempre a un carácter pusilánime, apocado, de esos que se acomodan fácilmente a la opresión, siempre que encuentren una vía hacia la salvación personal, por abyecta que sea la fórmula. Confieso, sin embargo, que la reacción del conde me ha dejado atónita.

¿Sabe Aimerico algo que los demás ignoramos? ¿Se habría puesto en evidencia de un modo tan clamoroso, amenazando abiertamente a un clérigo, si su paciencia no hubiese estado colmada de antemano por motivos que se me escapan? ¿Tratará de evitar males mayores? Me propongo averiguarlo.

También ha despertado mi interés la mención de Danila a esa sorprendente mujer que en el siglo IV de nuestra era atravesó océanos y desiertos en su largo caminar hacia los santos lugares que recorrió Jesucristo durante su vida terrenal. Había oído mencionar su nombre con anterioridad, aunque sin conocer los detalles de su hazaña.

¿Dejó ella constancia escrita de su peregrinación? Por supuesto. ¿De qué modo, si no, habría llegado hasta nosotros el relato de esa aventura? Nada más ponernos en marcha, he decidido aprovechar la primera oportunidad a mi alcance para interrogar al calígrafo.

Hoy nos correspondía bajar prácticamente todo lo que ascendimos ayer, tarea no menos fatigosa. A ratos a caballo, otros a pie, hemos ido alejándonos de las cumbres yermas, sin perder de vista a nuestra izquierda los picos de la cordillera, en busca de las tierras bajas donde el bosque vuelve a reinar.

Durante toda la mañana he contado únicamente dos chozas de piedra negra y tejado de pizarra, que parecían refugios de pastor dispuestos para el invierno y en este momento vacíos. A medida que bajábamos, en los pastos ralos de nuestro alrededor he empezado a ver algunas vacas rubias, paciendo con sus terneros recién paridos enganchados a la ubre. A diferencia de nosotros, ellos sacian su apetito a voluntad. Tienen la despensa siempre a mano.

Será el hambre o será el cansancio, que va haciendo mella, pero la comitiva iba mustia, callada, sumida en un humor sombrío a pesar de la ausencia de nubes.

Justo delante de mí cabalgaba, solitario, Danila, al paso tranquilo de su asturcón.

Por más que desconfíe de él, cuya hostilidad hacia mí es manifiesta, creo que, exceptuando al Rey, el monje escriba es, con diferencia, el integrante más sabio de nuestra partida. Tan sabio como pedante, despectivo y pagado de sí mismo hasta la náusea. Todo lo cual no obsta para que su compañía resulte ser la más instructiva, si logras tragarte el orgullo y recurrir a la astucia a fin de obtener de él lo que deseas sin permitir que su arrogancia te humille.

—¿Vos qué creéis, fray Danila? —Le he abordado sin preámbulos, dando por hecho que su mente estaría sumida en los mismos pensamientos que la mía.

—Buenos días, dama Alana —ha contestado él con cierta sorna.

—Buenos días, padre. Os ruego disculpéis mi descortesía. Nunca ha sido ese mi fuerte.

—¿Qué creo yo respecto de qué? —A juzgar por su tono, no parecía tener muchas ganas de entablar conversación.

—Del santo Apóstol, por supuesto. ¿Creéis que la milagrosa aparición de su sepulcro en Iria Flavia es una señal del cielo, o compartís los recelos de fray Sisberto?

—Creo que todo lo que sucede tiene un porqué y responde al designio de la Providencia… o bien a las intenciones del hombre.

La diáfana caligrafía de este clérigo reputado por sus escritos se torna oscuridad cuando expresa sus pensamientos verbalmente. Ni sometiéndolo a tormento hablaría de manera comprensible para cualquier hijo de Dios. Claro que yo soy persistente. No me rindo con facilidad ni reculo ante las barreras.

—¿Y en este caso? —he insistido.

—Yo diría que a las intenciones de un hombre concreto.

—¿Podríais ser más explícito?

—No, porque carezco de pruebas. Me muevo en el ámbito de las conjeturas y no quisiera formular acusaciones que podrían tener consecuencias graves sin antes alcanzar el terreno de las evidencias.

—Lo que me digáis quedará entre nosotros. Yo solo trato de entender y de servir con lealtad al Rey. Exactamente igual que vos, doy por hecho.

—Son únicamente sospechas, dama Alana. Sospechas relativas a la ocultación de intereses espurios. Nada más y nada menos…

—¿Qué clase de sospechas?

—Únicamente os diré que Sisberto procede de Toletum, donde hasta hace escasos años gobernó la prelatura primada un metropolitano de infausta memoria llamado Elipando. Sus doctrinas heréticas causaron mucho daño a nuestra Santa Madre Iglesia.

Iba a decirle que yo conocí a ese Elipando, que fui su huésped en el suntuoso palacio que ocupaba en la capital visigoda, cuando mi esposo y yo íbamos de regreso al Reino tras escapar del cautiverio en Corduba, pero algo en su mirada me ha hecho callar.

Si le hubiera hecho esa confesión, sus sospechas habrían recaído sobre mí de inmediato, llevándolo a cerrarse en banda. Me he guardado, por tanto, esa experiencia pasada y he dejado para más adelante la tarea de atar cabos entre lo que presencié en Toletum y la información que consiga obtener hurgando en el interior del impenetrable Danila.

Será una tarea ardua, dado que ni entonces ni ahora veo sentido alguno al debate endemoniado sobre la naturaleza de Cristo entablado durante años entre el metropolitano en cuestión y el monje tartamudo de la Líbana, Beato, a quien también tuve el privilegio de tratar en persona.

Supongo que a ese enfrentamiento dialéctico se referiría hace un momento el escriba cuando hablaba de «doctrina herética».

Si no recuerdo mal, Elipando sostenía que Jesús era hijo natural de Dios en su faceta divina, pero hijo adoptivo en la humana. Beato, en cambio, afirmaba que era hijo de Dios sin más. Seguro que mi interlocutor, como buen hijo de Asturias, respaldaría la visión de su hermano de Santo Toribo, alineándose con él contra el toledano.

Danila sabría dar una explicación mucho más extensa y profunda de esa terrible polémica, cuya trascendencia a mí se me escapa a falta de conocimientos suficientes.

Lo que no he olvidado, precisamente por su crudeza, son los insultos que dedicaba el metropolitano al tartamudo en la carta que dictó en nuestra presencia, pidiéndonos que se la lleváramos a la reina Adosinda, en Passicim, con el ruego de que mediara en su favor. También nos instó a transmitir su contenido al monje que, en su opinión, se permitía conspirar contra él, cuestionando su condición de primado de la Iglesia de Hispania.

En esa misiva, Elipando llamaba a Beato «crápula lleno de vino», «oveja roñosa», «impío», «cismático» y otras lindezas semejantes. Recuerdo igualmente la ira en los ojos de Beato al leer esas palabras injuriosas.

Hasta donde yo sé, nunca abjuró de sus creencias ni se doblegó a la autoridad de Elipando. Claro que, como digo, son cosas que van mucho más allá de mi entendimiento y por las que tampoco he sentido nunca un gran interés.

¿Qué puede tener que ver la disputa lejana entre esos dos clérigos con las dudas de Sisberto respecto del sepulcro del apóstol Santiago? No tengo la menor idea y Danila se ha negado a decírmelo.

—No puedo ir más allá sin pisar el terreno de la calumnia, que me conduciría al pecado. —Me ha cortado en seco—. Os propongo cambiar el rumbo de nuestra conversación, puesto que sois una parlanchina incansable. Algo muy habitual en vuestro sexo, he de decir…

El dardo me ha molestado, por lo que he devuelto el golpe:

—¿Acaso no está escrito en vuestra Biblia inconclusa que en el principio fue el Verbo?

—¡Qué sabréis vos de teología! —Me ha fulminado.

Nada. Mas sé que verbo y palabra significan lo mismo. Y que sin palabras no hay entendimiento posible. Me gusta conversar, lo reconozco. Enseñé a hablar a mis cuatro hijos y también les enseñé a leer. ¿He de avergonzarme por ello?

—Una cosa es la palabra y otra la charlatanería hueca propia de mujeres ociosas. Ya que habéis osado mencionar la Biblia, oíd bien lo que se dice en el Libro de los Proverbios: «Cuando he aquí, una mujer le sale al encuentro, con atavío de ramera y astuta de corazón. Alborotadora y rencillosa, sus pies no pueden estar en casa; unas veces está en la calle, otras veces en las plazas, acechando por todas las esquinas». Una descripción muy ajustada de la condición femenina, diría yo. Añado la tendencia ingobernable a extender la maledicencia, revelar secretos y perder el tiempo en chácharas estériles. Desde que la serpiente indujo a Eva a tentar a Adán, el orbe se llenó de engañadoras.

—Veo que sois un gran entendido en materia de mujeres —he contraatacado, recurriendo a la ironía—. ¿Viven hermanas en vuestro cenobio?

—¡Desde luego que no! —Se ha escandalizado él—. Harían la vida insoportable.

—¿Puedo preguntar entonces en qué basáis vuestro juicio?

—En la enseñanza de los padres de la Iglesia y hasta de los clásicos paganos cuyas obras se conservan en el monasterio. Aristóteles, sin ir más lejos, subraya vuestra naturaleza inferior, meramente material, frente a la superioridad espiritual del varón. Galeno, sin parangón en el campo de la medicina, destaca la imperfección consustancial a vuestro sexo. ¿Por qué creéis que Jesús y sus apóstoles fueron hombres? La evidencia no precisa ser probada.

Me han venido a la mente tantas cosas…

La fuerza interior de mi madre, indispensable para ejercer el poder en el castro. El arrojo de la reina Adosinda, quien, a pesar de haber sido recluida en un monasterio por el felón Mauregato, seguía velando por los intereses de su sobrino, nuestro rey don Alfonso, al que había transmitido la legitimidad necesaria para acceder al trono. El coraje demostrado en el campo de batalla por infinidad de mujeres desplegadas en el frente en compañía de los guerreros a fin de coser sus heridas y ayudarles a bien morir…

Pero, sobre todo, por encima de todo, el amor.

Si la religión cristiana es la religión del amor, según afirman los sacerdotes, ¿cómo puede no haber sitio en ella para las mujeres? ¿Acaso existe un amor mayor al que siente una madre por sus hijos? ¿Saben los hombres acariciar, consolar, abrazar, escuchar o sanar dolencias, así del cuerpo como del alma, mejor que nosotras? No. Al menos no los que yo he conocido a lo largo de mi vida.

Algo de eso iba a decir a ese monje arrogante, cuidando de sujetar la lengua para no provocar su ira, cuando, tras una pausa en su discurso, él mismo ha añadido:

—Claro que hay excepciones a esta regla de oro; eso debo admitirlo. Excepciones honrosísimas.

—Me alegra oírlo —he replicado, aliviada.

Sin sorprenderme lo que estaba diciendo, pues obedece al pensamiento que trajo consigo a Asturias el pueblo de mi padre, semejante discurso estaba llevándome a cambiar de opinión respecto de la sabiduría que atribuyo a este clérigo.

—No me refiero a vos —ha cortado de cuajo mis esperanzas—. Estaba pensando en Egeria, modelo de virtud y humildad, cuyo ejemplo me he visto en la obligación de recordar hace un rato a nuestro buen Sisberto, escasamente dotado para el estoicismo, me temo.

—Justamente iba a preguntaros por ella.

—Una mujer sin igual, no cabe duda. Guiada por un fervor poco común, unido a un coraje admirable, peregrinó a Tierra Santa desde su Gallaecia natal y durante años, con el auxilio de Dios, siguió las huellas de Nuestro Señor Jesucristo y visitó todas las provincias de Egipto; los lugares por los cuales anduvo vagando antiguamente el pueblo de Israel. Ascendió a los montes Sinaí, Nebo y Tabor, levantada por la divina diestra, convivió con las comunidades ascéticas que habitan en esos parajes desérticos y en todas partes ofreció votos al Dios omnipotente.

—¿Ella sola? Tal hazaña parece imposible.

—El orbe estaba sujeto entonces al orden y la paz de Roma, lamentablemente perdidos en esta noche de barbarie, y ella era hija de una familia patricia. Esa condición le facilitó alojamiento, transporte y escolta en cada etapa del camino. En caso contrario, es evidente que la empresa habría resultado imposible. Lo que no resta un ápice de mérito a su proeza.

—¡Desde luego!

—Me propongo inspirarme en el itinerario de ese viaje para escribir la crónica que me ha encomendado redactar Su Majestad sobre nuestra propia peregrinación al sepulcro del Apóstol, milagrosamente hallado en la misma tierra de la que partió esa virgen venerable.

—¿Un designio de la Providencia tal vez? ¿Una señal?

—Veo que escucháis lo que digo, lo cual me agrada. Y sí, respondiendo a vuestra pregunta, una señal del cielo, sin lugar a dudas, cuyo significado avala, a mis ojos, la verdad de lo que nos aguarda al concluir el camino.

—¿Dejó Egeria un relato escrito de su maravillosa experiencia?

Si me hubiera dicho que sí sin ambages, tal vez hubiese hallado el valor de confesarle que yo misma estoy compilando un itinerario de nuestro camino a Iria Flavia, en busca del sepulcro del Apóstol que acompañó a Jesús por esas tierras. Le habría resultado difícil, por no decir imposible, aceptar la idea de que una mujer como yo entrara en competición con él, por lo que probablemente no le habría dado importancia. Además, si Egeria había llevado a cabo esa obra, ¿quién sería él para negarme a mí el mismo derecho?

Su respuesta, en todo caso, ha sido lo suficientemente ambigua como para llevarme a callar.

—Es probable que así fuera, aunque yo no he tenido la dicha de acceder a ese manuscrito. Conocemos los pormenores de esa peregrinación gracias a Valerio, abad de un monasterio situado no lejos de aquí, en el Bierzo, quien escribió tiempo después una carta a sus monjes en loor de esa virgen admirable. Ya que sabéis leer, deberíais instruiros con su lectura. Os sería sin duda de gran provecho.

Habría podido rebatir el desdén de ese clérigo narrándole mi propia peripecia personal; mi vertiginosa aventura viajera desde Coaña a Corduba, pasando por Passicim y Toletum, conducida contra mi voluntad en calidad de tributo al harén real. Me habría recreado gustosa relatándole el coraje que mostramos Índaro y yo al emprender el regreso en pleno invierno, perseguidos por los hombres del califa. Los ataques que sufrimos a manos de soldados sarracenos y esclavos fugitivos transformados en auténticas fieras. Las personas que encontramos a lo largo del camino...

Sospecho que nada de eso le habría interesado lo más mínimo. O acaso sí, y sea yo quien prejuzgue en esta ocasión. Lo cierto es que he preferido dejarle hablar a él de esa dama extraordinaria que hace más de tres centurias, cuando Roma aún gobernaba el orbe, se atrevió a cruzar el mundo para ver con sus propios ojos los lugares por donde anduvo el Señor.

* * *

¿He dicho ya que bajar una cuesta empinada resulta mucho más penoso aún que subirla? Tanto para las monturas como para nosotros. A fin de darles descanso, es preciso caminar durante largos trechos, sintiendo arder las piernas de cansancio. Las rodillas flaquean. Los pies resbalan en las piedras sueltas con grave riesgo de que se tuerza un tobillo y sea imposible continuar el viaje. La conversación ayuda a distraer la fatiga, pero esta, sumada al hambre, llega a convertirse en un tormento.

Hoy hemos pasado buena parte del día subiendo o bajando rampas más o menos inclinadas y tratando de engañar a las tripas a base de beber agua en cada arroyo, cascada o fuente de los varios que hemos cruzado.

El paisaje iba suavizándose a medida que avanzábamos hacia el puerto de La Mesa, aunque durante casi toda la jornada hemos transitado por escarpaduras abruptas, escasas de vegetación y despobladas. Cuando pienso que mi hijo mayor atravesó las montañas junto a su familia y a otras muchas para instalarse en esa tierra de frontera, haciendo tanta falta aquí, me rebelo.

¡Cuánto sacrificio exiges de nosotros, Dios todopoderoso! ¡Cuánta despedida hemos de aceptar en tu nombre, Asturias! Ojalá que quienes vengan detrás en el tiempo sepan honrar, merecer y agradecer este monumental esfuerzo. Lucha, guerra, sacrificio, puebla…

Poblar es mucho más que sentar los reales o levantar una casa. Es llevar lejos el orden, la ley, el nombre del Rey, su justicia y, por supuesto, la fe. De ahí que nos reclame el tributo de nuestros hijos; el dolor de verlos partir e ignorar su paradero, como es el caso de Rodrigo. Es velar por la integridad del Reino, defendiéndolo de sus enemigos.

Por eso está Fáfila lejos del hogar en el que nació, en vez de permanecer aquí, al abrigo de estas murallas erigidas para nosotros por Dios. Él es un guerrero y aquí se precisan campesinos. Hay tanto por desbrozar, tanta tierra por labrar, tanta hambre que saciar.

¿Vendrán pronto a cumplir esa tarea cristianos del sur refugiados, como los que trajo mi padre a Coaña antes de que yo naciera?

Los recuerdo trabajando en el campo o con el ganado, junto a los antiguos moradores del castro, entre miradas mutuamente recelosas. Claro que aquellos habían sido traídos en su mayoría por la fuerza. A eso se dedicaban las campañas del príncipe cántabro, primero de los llamados Alfonso, por el valle del río Durius. ¡Cuántas veces oí contar yo ese relato siendo niña!

Mi padre me sentaba sobre sus rodillas, al calor del fuego, mientras mi madre hilaba, tejía o preparaba medicinas. Las dos escuchábamos atentas sus palabras, aunque ahora sé que yo lo hacía cautivada, llena de admiración hacia él, mientras que ella se tragaba el orgullo ancestral astur por amor y aceptación resignada.

El propósito de esas campañas era yermar toda la región situada al sur de nuestras montañas, con el fin de dificultar las aceifas sarracenas impidiendo a los ejércitos encontrar abastecimiento. Por eso quemaban las cosechas, mataban o esclavizaban a los musulmanes y obligaban a los cristianos a seguirles hasta el territorio del Reino, donde les entregaban nuevas tierras en propiedad. Algunos agradecían el regalo. Otros nunca llegaron a perdonar que los arrancaran de sus raíces de ese modo brutal.

Confío, por el bien de Asturias, en que vayan llegando gentes sin necesidad de recurrir a esos medios, porque la verdad es que se precisan con urgencia.

Y regreso al presente, que me pierdo en recuerdos baldíos.

Me había quedado, creo, en el hambre que nos torturaba a todos. En algunos tramos de humedal hemos encontrado arándanos que han sido devorados como si de auténticos manjares se tratara, por más que muchos estuvieran verdes. He visto con la boca hecha agua más de un castaño, nogal o avellano salvaje repleto de erizos, incomestibles, empero, hasta que el otoño los haga caer de las ramas y soltar su preciado fruto.

No había nada más que arándanos que llevarse al diente. Ni siquiera bellotas de roble. La mayor parte del camino ha transcurrido entre pastos ralos, bosques de helechos casi tan altos como nosotros, brezo inútil, aunque hermoso en su infinita variedad de colores, y alguna arboleda de pinos propios de estas alturas, que no suelen darse en los valles próximos al litoral. Ni paisanos a quienes pedir hospitalidad, ni tampoco animales a los que dar caza para saciar nuestro apetito.

En un momento dado, de hecho, he oído al conde Aimerico decir al Rey:

—Si estuviésemos en el bosque podríamos dar caza a un ciervo o cuando menos a un corzo con el que llenar este hueco que parece ahondarse a cada paso.

—Si estuviésemos en el bosque, mi leal amigo, cualquiera podría hacerlo.[3] La caza atraería a las gentes y se crearían aldeas. Las aldeas crecerían y se talarían los árboles a fin de abrir nuevos pastos en los que apacentar rebaños. Aquí no hay rebaños, ni árboles, ni aldeas, ni caza. Tampoco cristianos. Solo el cielo, los montes y nosotros, humildes peregrinos, soportando este penoso ayuno que hemos de ofrecer al Señor por el perdón de nuestros pecados.

* * *

A esas horas de la tarde el sol estaba ya a media altura, alumbrando un horizonte pardusco salpicado de colinas. Su luz pronto teñiría las nubes de tonalidades anaranjadas, que en circunstancias más favorables podrían llegar a parecerme hermosos. Lo cierto es que no me quedaban fuerzas para fijarme en esas cosas.

El paraje en el que nos encontrábamos tampoco se prestaba a demasiada poesía, dada su aspereza desértica. Era un roquedal de piedra negra, como devorada por el fuego, asomado a un valle lejano por el que se vislumbraba discurrir un río diminuto en la distancia. Un enclave realmente sombrío, del que parecía haber huido cualquier signo de vida, por más que la calzada todavía transitable atestiguara que el camino seguía siendo utilizado.

Ni siquiera trinos de pájaros se oían, a esa hora próxima al ocaso en la que las aves suelen cantar. ¿Cómo habrían podido hacerlo sin árboles en los que anidar?

No sé decir cuánta distancia habríamos recorrido, ya que habíamos salido tarde, perdidos en discusiones estériles. Estábamos exhaustos. Agila había enviado a dos hombres a buscar un lugar adecuado para acampar. Los demás aguardábamos su regreso, quietos, ahorrando resuello, quién tumbado en el suelo, quién asomado al barranco, quién, como yo, sentada sobre una roca con la vista perdida en la inmensidad.

Entonces, como surgido de las entrañas de la tierra, ha aparecido una silueta detrás de una grieta abierta en la ladera del monte. Al principio lo he tomado por una cabra u otra criatura salvaje. Después, a medida que se aproximaba al grupo, con paso cauteloso y sonrisa afable, he visto que se trataba de un hombre. Fidelio.

Por muchos años que viva, jamás olvidaré el nombre de ese ermitaño.

Ahora mismo está muy cerca de mí, dentro de su cueva, departiendo con el Rey y otros miembros de la comitiva. Yo he preferido aprovechar la última luz para escribir aquí afuera, después de saciar mi apetito con un trozo de queso bañado en abundante miel, que me ha parecido un manjar exquisito.

Miel, queso y leche. No tenía otra cosa que ofrecernos, pero nos lo ha dado de todo corazón. Ha vaciado su magra despensa para alimentarnos, agradeciéndonos a cada bocado que le honráramos siendo sus huéspedes. Hasta los siervos y la guardia han recibido su ración, antes de conducir a las monturas a una fuente próxima donde también recogerán agua para nosotros.

¡Qué personaje! No es de extrañar que su apariencia me haya confundido al primer golpe de vista.

Tiene la altura de un niño, puro hueso y pellejo cubierto con pieles de diversos animales cosidas entre sí hasta formar algo vagamente similar a una túnica. Huele peor que los despojos de las bestias desolladas. Va descalzo. Su cabeza, afilada como la de un ave, está prácticamente calva, a excepción de un mechón blanco en la nuca que le cuelga por la espalda. Sus ojos son de un azul tan claro como los de un ciego y miran con una intensidad que desnuda. El resto del rostro desaparece bajo una barba salvaje, compactada por la mugre. Parece infinitamente viejo y sorprendentemente ágil al tiempo.

De no ser porque se expresa con absoluta corrección, costaría dilucidar si se trata de un humano o de un animal nunca visto.

Nos ha contado su historia, mientras rebañaba con los dedos las últimas gotas de miel conservada en un tosco cuenco excavado en la misma roca.

—Mis amigas las abejas son pródigas con su néctar. Hay varias colmenas por los alrededores y me proveen de alimento. ¿Un poco más?

Según sus cálculos, debe de llevar viviendo en esta gruta cerca de treinta años. Llegó aquí como consecuencia de una visión, después de que sucumbieran a la peste todos los hermanos de su comunidad monástica, situada abajo, en el valle. La plaga los diezmó sin misericordia, uno a uno, hasta dejar con vida únicamente a Fidelio. Él acababa de recibir la orden del diaconado y también enfermó, aunque logró vencer al mal. Cuando tiritaba de fiebre en el que pensaba sería su lecho de muerte, un ángel se le apareció y le habló en sueños:

—Retírate del mundo, haz penitencia y espera a recibir una señal del cielo. Por la gracia de Dios, aún no ha llegado tu hora.

Al conocer, de labios de don Alfonso, el motivo de nuestro viaje, y enterarse de que estaba ante el mismísimo rey de Asturias, se ha puesto a llorar de alegría a la vez que le besaba las manos, arrodillado ante él.

—Vos sois la señal que aguardo desde entonces. Un rey peregrino en pos del Hijo del Trueno. ¡Bendito seáis! Se ha cumplido el anuncio del ángel. Ya puedo morir en paz, con la certeza de alcanzar la gloria de la eternidad.

Odoario lo ha abrazado, cariñoso, convencido de estar ante la enésima prueba irrefutable de que nuestra peregrinación está cargada de sentido y conduce inefablemente al sepulcro del apóstol Santiago. Sisberto ha iniciado una disquisición erudita sobre el fenómeno de la vida ascética como camino a la santidad, cortada de cuajo por el conde con una simple mirada. Freya, toda dulzura, ha preguntado.

—¿Cómo habéis logrado sobrevivir todo este tiempo en soledad? Cuán dura ha debido de ser vuestra vida…

—El ángel me había ordenado esperar pacientemente una señal. ¿Qué podía hacer sino obedecerle? No tengo motivo de queja. El Señor, en su infinita bondad, me ha proporcionado frutos y bestias con las que alimentarme y vestirme. Hace algunos años unos hermanos que pasaban por aquí, camino de mi antiguo cenobio, se apiadaron de mi pobreza y me dejaron una cabra lechera que todavía está conmigo. Dedico largas horas a la oración, tal como me instruyó el mensajero de Dios, y el resto del día no estoy ocioso. ¿Deseáis ver mi humilde morada?

No podíamos rechazar la invitación, de modo que hemos seguido sus pasos hacia el interior de su hogar, alumbrados por antorchas. Lo que ha aparecido ante nuestros ojos nos ha dejado atónitos. Sin habla.

Allí, en el corazón de la montaña, Fidelio había levantado un templo que no desmerecía cualquiera de los erigidos siguiendo los planos de un arquitecto. Aprovechando los relieves de la cueva, había recreado una iglesia de una nave, dotada de altar, columnas naturales y capillas laterales embellecidas con tallas de santos realizadas en madera o hueso. Las paredes estaban decoradas con figuras de personajes bíblicos y animales de bellos colores, alumbrados mediante cincel y tintes vegetales. La cruz, pintada en el muro del fondo, llamaba especialmente la atención, tanto por su tamaño como por la precisión con la que habían sido esculpidos sus perfiles en la roca viva.

El resultado era asombroso. Estábamos sin duda en presencia de un artista colosal. Un genio ante el cual el propio Tioda se habría inclinado.

—¿Os place? —ha inquirido con ilusión infantil.

—Placerá sin duda al Altísimo —ha respondido el soberano, impresionado por esa visión.

Don Alfonso ha ofrecido a nuestro anfitrión acompañarnos hasta el valle, a fin de pasar sus últimos días acogido al abrigo de un convento. Él ha declinado la propuesta, no sin antes agradecerla. Quiere rendir el alma aquí, en el que ha sido su hogar la mayor parte de su vida. Desea morir en soledad, tal como ha vivido hasta ahora.

Comprendo esa decisión, propia de un hombre fiel a sí mismo, y admiro profundamente la valentía requerida para llevarla a cabo. Morir aquí, desamparado, quién sabe si de fiebres, de hambre o atacado por un oso. Morir solo, sin el consuelo de una mano amiga.

Ignoro si Fidelio habrá conocido el amor terrenal; el que une a dos personas con un lazo tan real como intangible. Si no ha sido así, seguramente le resulte más fácil despedirse de este mundo con el alma en paz y la certeza de ocupar un puesto de honor en el reino de los cielos. En caso afirmativo, el tránsito le resultará seguramente más doloroso.

Quienes hemos tenido la dicha de amar y sufrido el dolor de perder al ser amado llevamos clavado un cuchillo en el pecho. Una daga que es a la vez nostalgia y búsqueda desesperada de alguien capaz de suplir esa pérdida, llenar ese vacío, colmar ese ansia de entrega sin la cual la existencia se convierte en algo pálido y tedioso.

¡Dios, cuánto duele la ausencia que suplanta a la ilusión! El frío que va llenando de hielo el espacio donde ardió fuego. La risa transformada en silencio.

Todavía extraño a Índaro. Al desconocido con quien me habían prometido siendo una niña, que fue a rescatarme a Corduba sometiéndose a mil peligros para honrar nuestro compromiso. Al caballero apuesto, valiente y noble que tantas veces imaginé durante el cautiverio a fin de no ceder al desánimo. Al hombre que fraguó mi mente, ávida de esperanza, más que al Índaro de carne y hueso que luego resultó ser, lo confieso.

Claro que, en la bruma del recuerdo, realidad e imaginación suelen fundirse en una misma añoranza, ¿no es así? Esa es parte de la magia que mantiene vivas en el corazón a cuantas personas dejaron en nuestra existencia la marca indeleble de su amor.

* * *

Es hora de cerrar los ojos.

Mañana nos aguarda otra dura jornada de marcha hasta el río que hemos de atravesar antes de adentrarnos en territorio de la Gallaecia. Ya queda menos para llegar a Iria Flavia, donde ansío apaciguar al fin esta angustia que me acomete al evocar el rostro de mi hijo.

¿Permanecerá al servicio del obispo Teodomiro? ¿Podrá proporcionarme alguien nuevas recientes de él? ¿Gozará de buena salud? ¿Seguirá siendo la misma persona especial que era cuando se marchó?

La intuición me incita a prepararme para lo peor, pero la voluntad rehúsa obedecer a ese impulso. Me niego. No perderé la fe en que Rodrigo está vivo mientras no halle pruebas sólidas que demuestren lo contrario.

Entre tanto, entretengo la impaciencia formulándome preguntas que me obligan a pensar en otras cosas.

¿Las reliquias halladas en esa tumba señalada por un campo de estrellas pertenecen a un apóstol o un impostor?

¿Desea algún miembro de la comitiva causar daño a don Alfonso?

¿Conseguirá el conde Aimerico vencer la resistencia del Rey, tanto como la de su hija, en su empeño de desposarlos?

¿Por qué se obstina Sisberto en que demos media vuelta y abandonemos esta peregrinación?

En Gallaecia, a orillas de la Mar Océana, es donde están las respuestas.

Capilla sin nombre

6

Tentaciones de un rey casto

A orillas del río Navia
Festividad de San Irineo

Hacía mucho tiempo que no gozaba tanto como he gozado hoy. Incluso había llegado a olvidar que fuese posible alcanzar tal intensidad de goce sin traicionar la inocencia. Hoy ha regresado a mí y me he reencontrado con ella; la causante de esta dicha, la más sublime de las artes: la música.

No puedo esperar a mañana. Aunque sea a la pobre luz de una candela, me he propuesto trasladar a este pergamino lo sucedido, antes de que el sueño disipe la emoción y me impida recordar con claridad lo vivido. Ha sido tan profundo y a la vez tan sensual, tan a flor de piel, que el relato perdería su verdad si no lo recogiera ahora mismo.

Empezaré por el final…

* * *

Esta es una de esas noches en las que el firmamento exhibe en todo su esplendor los contornos de las constelaciones que lo habitan, abriendo infinitas ventanas a la luz de Dios. El aire, frío para la estación, huele a limpio. La luna reina, satisfecha y plena.

A lo lejos, se oye el murmullo del río bravo que habremos de cruzar mañana a fin de adentrarnos en la Gallaecia.

Ahora todo el campamento duerme, a excepción de la guardia y de mí, pero hasta hace un momento rebosaba de vida alrededor de una hoguera pletórica de llamaradas azules, cebada al fin con leña seca.

Habíamos comido hasta saciarnos y bebido sidra dulce escanciada a voluntad. ¿Qué más podíamos desear? Hasta la concordia parecía haberse impuesto a las disputas de ayer, alegrando los corazones como hace el vino en una boda. Entonces el Rey ha pedido que le trajeran su salterio y de inmediato ha surgido la magia, el instante fugaz cuya fuerza señala esta noche perfecta con la marca de un recuerdo imborrable.

No es habitual en don Alfonso ceder a la tentación de cantar, aunque su voz cálida es comparable al mejor instrumento y produce en el oído una sensación parecida a la que una manta de lana gruesa regala al cuerpo en pleno invierno. La afinó durante años en el coro del monasterio de Sámanos, donde transcurrió buena parte de su infancia. Desde ese pasado lejano es raro tener ocasión de escucharla.

De cuando en cuando, con motivo de una misa solemne, deja que se eleve al cielo, envuelta en resonancias místicas. Hoy ha brotado por mí, o al menos eso he querido creer, entonando un precioso cántico que solo él y yo conocíamos.

La caricia más audaz no me habría complacido tanto.

Han bastado dos acordes para desatar en mi interior una tempestad de emociones encontradas. Él lo ha notado, estoy segura. Ha sabido hasta qué punto me turbaba esa melodía, pese a lo cual ha empezado a cantar, cerrando los ojos a fin de sentir más intensamente ese vínculo. Acaso fuese ese el efecto que buscaba o acaso sea yo quien fantasea, sin base alguna, al confundir mis deseos con la realidad descarnada. ¿Quién sabría decirlo?

Lo cierto es que ha empezado a cantar una vieja canción nostálgica, dormida desde hacía lustros en algún rincón de la memoria. Una canción tan hermosa que ha hecho enmudecer a todo el mundo, pese a resultar incomprensible para la mayoría de los presentes. No para mí. Yo la he reconocido al instante. La cantaba Munia, la madre de don Alfonso, en el valle remoto de Araba donde mi señor, mi esposo y yo hallamos refugio antaño, cuando todo a nuestro alrededor era persecución, devastación, desesperación e impotencia.

El tiempo se ha detenido de golpe.

Poco a poco el Rey ha ido subiendo el tono, arrastrado por la historia trágica que relataba su canto. En la lengua antigua de los vascones, de sonidos silbantes y vocales abiertas, hablaba de montes solitarios donde los pastores apacientan su ganado sin otra compañía que la de sus perros. De frío y añoranza. De un amor perdido en brazos de otro hombre.

Yo conocía la letra. Me había venido a la mente con tanta claridad como si la hubiese escuchado la víspera, junto a imágenes vívidas de los parajes que describía. Brotaban por sí solas las palabras en mi cabeza y he empezado a cantar con mi señor, casi sin darme cuenta, bordando sobre sus notas otras en claves menores llamadas a embellecerlas. Al principio de forma queda, temiendo molestarle. Después, a medida que su sonrisa me animaba, con mayor vehemencia, dejando que mi canto se fundiera con el suyo hasta componer una hermosa armonía en tonos claroscuros; una comunión tan íntima como la más íntima unión carnal.

Al calor de la melodía me he ido acercando a él, hasta sentarme a su lado, sin que Cobre, tendido a sus pies, hiciera el menor intento de impedírmelo.

Don Alfonso mantenía los ojos cerrados, como si quisiera elevarse por encima de este mundo con el fin de gozar de cada acorde y cada sílaba. Yo he hecho lo propio. He dejado que su voz penetrara en mi interior, a la vez que sentía cómo se empapaba él de la mía. Y durante un suspiro esa unión de nuestras almas ha alcanzado la intensidad del éxtasis amoroso.

¿Qué digo? Me quedo muy corta. Lo que ha existido en ese instante ha sido un mismo aliento, una sola garganta, un anhelo de belleza idéntico, una emoción compartida a través de cada poro de la piel. Ningún goce carnal alcanza semejante altura.

Cuando el Rey cantaba prácticamente en mi oído, ajeno a las preocupaciones que habitualmente le abruman, he llegado a sentirlo mío. Mi señor. Mi amante. Mi ejemplo. Mi amado. El hombre al que he servido durante toda mi vida con entrega incondicional y un sentimiento inconfesado que lucho por ocultar incluso a mi propia sombra.

Amor tan imposible como indomable, que trato de matar en vano, pues resurge de cada ceniza para acometerme con fiereza. Deseo destilado en cada acorde hasta un extremo de pasión que él jamás sospecharía y yo no habría osado soñar de no haber existido esta noche. Arrebato de locura ajeno al pudor y al recato. Felicidad en estado puro, suspendida en lo inabarcable.

Nunca sabré si esa canción impregnada de nostalgias estaba destinada a complacerme o simplemente ha surgido al calor de la hoguera y los recuerdos. ¿Qué más da? Yo la he sentido mía, mía hasta los mismos tuétanos, y me ha transportado a una Araba en la que él, Índaro y yo fuimos jóvenes...

El valle estaba encajonado entre peñas, no muy lejos del lugar donde nace el río llamado Nervión. Hasta allí llegamos mi prometido y yo a finales del estío, exhaustos, tras una larguísima huida que nos había llevado a cruzar la tierra de Hispania de sur a norte, mirando de frente a la muerte en más de una ocasión.

Aquella fue la primera vez que vi a ese príncipe singular, tan diferente a cualquier otro hombre conocido hasta entonces y tan ajeno al entorno sumamente agreste en el que nos encontrábamos. Él tenía entonces veinticinco años. Yo acababa de cumplir los dieciocho. Ambos éramos prófugos de un destino que habíamos rehusado acatar.

Me parece tenerlo ante mí: alto de estatura, delgado, aunque fornido, vestido con túnica de lino y sandalias, cuando todos a su alrededor se cubrían con pieles de bestias cosidas de manera burda o toscas sayas de lana negra que apenas les tapaban las vergüenzas.

Su cabello rubio, igual de largo que ahora, enmarcaba un rostro ovalado, tan bello que habría podido ser el de una mujer, apenas manchado en el labio superior y la barbilla por una pelusa clara. Sus modales nada tenían que envidiar en cortesía a los del mismísimo Abd al-Rahmán, de cuya jaula dorada había logrado escapar yo merced al coraje de Índaro. Y luego estaban esos ojos como dos aguamarinas. Esos ojos semejantes a joyeles... ¿Quién habría podido sustraerse a su encanto?

Oigo con claridad su voz suave, sus palabras cultas pronunciadas en la lengua de los clérigos, recogida en códices cuya clave misteriosa, trazada en letras incompresibles para mí hasta poco tiempo antes, acababa de descifrar gracias a un maestro excepcional llamado Bulgano, de cuya mano aprendí a leer.

Percibo aún la autoridad con la que se dirigía a los miembros de la pequeña comunidad vascona gobernada por su madre y el único hermano vivo de esta, su tío Enekon. Allí había encontrado asilo después de que el felón Mauregato le arrebatara la corona y entre esas gentes extrañas, con quienes compartía la sangre, trataba de hacerse fuerte, convencido de que su destino no era resignarse a ese exilio.

¿Estaría escrito ya entonces todo lo llamado a suceder en el transcurso de los años venideros? ¿Habría dispuesto la Providencia que ese soberano traicionado, expuesto a innumerables peligros, valiente, fiero como pocos en la batalla a la vez que extraordinariamente piadoso, se sometiese a una existencia repleta de sacrificios antes de ser recompensado con la aparición de las reliquias del apóstol Santiago en su Reino?

Las cosas siempre suceden por algo, dice el docto fray Danila. Siempre tienen un sentido. Hoy vuelvo la vista atrás y voy encajando las piezas de nuestra historia, similar a una vasija rota, recompuesta a duras penas y vuelta a romper. La de don Alfonso, la de Índaro y la mía, indisolublemente unidas a la del Reino de Asturias.

Mis recuerdos se dibujan en tonos claroscuros... Éramos tres proscritos. Tres fugitivos sin suerte obligados a rebelarnos.

El príncipe y mi futuro esposo, primero entre sus fideles, se habían salvado de milagro, huyendo del palacio de Passicim a uña de caballo la misma noche en que Mauregato perpetró su felonía. Ese bastardo hijo de una esclava, auxiliado por otros renegados, había logrado usurpar con engaño el lugar que el difunto rey Silo tenía reservado para su sobrino, y planeaba asesinarlo. Lo habría hecho, a buen seguro, de no haber escapado este deprisa, al amparo de las tinieblas.

Ni don Alfonso ni Índaro eran capaces de explicar, años después, en virtud de qué milagro habían salido con bien de un trance tan desesperado. Lo importante es que lo consiguieron.

Sin más ayuda que la de Índaro, ocultándose ambos como criminales de los guardias enviados a prenderlos, llegaron los dos prófugos hasta los dominios de Munia, antigua prisionera vascona convertida por Fruela en su reina. Esta, a su vez, había sobrevivido a duras penas a la conjura urdida en Cánicas para dar muerte a su marido, refugiándose entre los suyos en su valle natal de Araba. Los lazos indestructibles que unían a esa madre y ese hijo no eran por tanto únicamente los de la sangre, sino los derivados de un mismo afán de justicia y un anhelo compartido de revancha.

¡Cuántas vidas entregadas, Dios todopoderoso! ¡Qué alto precio hemos debido pagar unos y otros a fin de ganarnos tu favor!

Munia era una mujer hermosa, fuerte, fría, brava, triste. Una dama de los pies a la cabeza, dotada de esa dignidad natural ajena a la vestimenta o la circunstancia. Una señora de porte regio, incluso vestida a la usanza vascona y compartiendo techo con sus animales al llegar el invierno, como hace cualquier campesina de una tierra septentrional.

Nunca fue pródiga conmigo en la caricia, aunque me veló sin descanso cuando, muerto mi primer hijo antes de ver la luz, me sumí en un estado de postración tal que le habría seguido al otro mundo si me hubiesen faltado esos cuidados.

Supongo que el sufrimiento le había endurecido el alma. De muy joven, poco más que una niña, había visto cómo las tropas de Fruela arrasaban su aldea, violaban a su madre y decapitaban a su padre y sus hermanos, excepto Enekon, en el transcurso de una operación de castigo destinada a liquidar una de tantas rebeliones protagonizadas por su pueblo.

A ella se la llevaron cautiva, para disfrute del vencedor, quien más tarde la tomó por esposa y logró adueñarse de su afecto. Claro que la felicidad no duró mucho. ¿Acaso es posible tal prodigio en este tiempo despiadado que nos ha tocado vivir?

Fruela tenía enemigos poderosos, impacientes por vengar sus excesos. Enemigos tan crueles y feroces como él mismo, que no se detuvieron hasta ver su cadáver exangüe tirado en el suelo del palacio.

Su hijo, el pequeño Alfonso, un niño que apenas se tenía en pie, fue puesto a salvo por su tía en el monasterio de Sámanos, mientras la viuda, carente de aliados y de fuerza para defenderse, emprendía el camino de regreso al hogar, entre montes protectores y vascones dispuestos a luchar por ella.

Daban miedo. Juro que lo hacían. La primera vez que nos salieron al paso, a poca distancia de su poblado, creí estar en presencia de salvajes. Antes de verlos había oído sus gritos agudos, propios de fieras, lanzados al aire desde lugares elevados para avisar de presencias extrañas. Después nos sorprendieron de golpe, como surgidos de la nada. Aterradores.

Los que nos interceptaron vestían harapos de lana tosca, calzaban abarcas hechas de cuero sin curtir, miraban de manera amenazadora y hablaban una lengua incomprensible para mí. Pensé que iban a clavarnos una de esas dagas largas que todos ellos llevaban colgadas al cinto. Me puse a rezar. Entonces, uno de los integrantes del grupo reconoció a mi futuro esposo.

—¿Índaro? —inquirió con gesto torvo—. ¿Eres tú?

—¡Gracias a Dios que te encuentro, Aitor!

La actitud de esos guerreros cambió al instante. Se tornó sumamente cordial, hasta el punto de ofrecerse a llevarme en brazos, viéndome agotada.

Me he cruzado con bastantes vascones a lo largo de mi vida. Comparto esta peregrinación con Nuño, quien se dejaría despellejar vivo si con ello salvara la piel de su señor, aunque nunca le haya visto dedicarle una sonrisa. En general son rudos, ásperos. Tan osados como carentes del menor refinamiento. Tan pendencieros y bebedores como leales con aquellos a quienes entregan su amistad. Son paganos todavía hoy, excelentes soldados, amantes del canto y los banquetes regados con abundante sidra o vino, cuando lo consiguen, aunque sea robándolo. Son coléricos, imprevisibles, violentos, valientes, indomables, imprudentes e insaciables. Gente bizarra donde la haya, entre la cual el príncipe Alfonso e Índaro destacaban como dos luceros.

Yo también, debo decir.

Mi prometido había acompañado al Rey en su huida y compartía con él los rigores del destierro, cuando le llegó la noticia de lo que me había acaecido a mí. Mi inclusión en ese tributo infamante destinado a un harén sarraceno. Lo supo porque la reina Adosinda, a quien yo había contado mi desventura en Passicim, despachó hasta Orduña a un mensajero con una petición de auxilio en mi nombre.

* * *

Índaro y yo solo nos habíamos encontrado en una ocasión, siendo los dos niños, en el momento de rubricar el contrato nupcial suscrito por nuestras familias. Desde ese lejano día vivíamos separados, a la espera de celebrar los anunciados esponsales. Pese a ello, pidió permiso de inmediato a su señor para acudir en mi socorro, tal como le exigía el honor. El príncipe no vaciló en concedérselo, y así fue como partió en mi busca el hombre a quien amé hasta su muerte, incluso después de que abandonara mi lecho para solazarse en el de una cautiva mora.

Mi conducta siempre honró su buen nombre, como no podía ser de otra manera, pero ese amor sin mácula nunca me impidió venerar con idéntica fidelidad a mi señor.

Éramos tan jóvenes entonces, tan bellos, tan repletos de ilusión y de proyectos de futuro, tan ajenos a los desengaños…

Índaro no se parecía ni física ni espiritualmente a don Alfonso, pese a lo cual no le iba a la zaga en apostura. Nacido para la guerra, nunca mostró interés alguno en cultivarse. Era fuerte, audaz hasta la locura, moreno de cabello y piel, alegre, brutal, amante de los placeres mundanos, ardiente como el más fogoso de los hombres.

El príncipe, por el contrario, ya entonces se mostraba austero. Sobrio con la bebida y casto hasta el extremo de levantar maledicencias en buena parte de la comunidad. No había muchacha en cabello que no tratara de atraerlo a un pajar u ofrecérsele de cualquier otro modo, sin conseguir otra cosa que corteses negativas.

Mientras mi esposo me buscaba cada noche con deseo infatigable, como hacen los hombres a esa vigorosa edad, todo en el príncipe era contención, reflexión, mesura o quién sabe si tormento.

En aquellos días yo no me hacía demasiadas preguntas. Con el tiempo empecé a dar vueltas a ese comportamiento sumamente inusual, preguntándome a qué extraña razón obedecería. Esta es la hora en la que sigo sin tener respuesta.

En su camino al exilio, don Alfonso había reclutado a un sacerdote, el padre Galindo, pronto convertido en su confesor, que celebraba misa para los pocos habitantes cristianos del valle y se empeñaba con escaso éxito en convertir a los demás.

Sin abandonar las rígidas costumbres religiosas adquiridas en el monasterio de Sámanos, el heredero destronado se preparaba para reinar algún día con el sostén de esos vascones que le consideraban su señor natural, toda vez que descendía por línea materna de una de ellos y por la paterna de ese otro Alfonso, hijo del duque de Cantabria, con quien sus abuelos habían suscrito voluntariamente un pacto de protección mutua tras la primera invasión sarracena.

Pocos recordaban ya a esas alturas que los adoradores de Alá se habían abierto paso hasta ellos, sin apenas encontrar resistencia, porque las tropas reales llamadas a frenarlos, con el rey Rodrigo a la cabeza, se encontraban lejos de la costa meridional, precisamente en Vasconia, combatiendo una sublevación.

El príncipe rezaba, planificaba estrategias destinadas a reconquistar el poder, enviaba espías al sur y a poniente, con la misión de informarle sobre lo que acontecía tanto en el Reino como en la Hispania sojuzgada por los mahometanos, entrenaba sin descanso el uso de distintas armas, leía, aprendía y tejía alianzas sólidas atadas con lazos sutiles.

No perdía el tiempo. Cultivaba con esmero la lealtad de esos vasallos cruciales para futuras empresas y, de cuando en cuando, en ocasiones especiales, cantaba con ellos, junto a su madre, esas polifonías que hablaban de soledades.

Ahora, al cabo de toda una vida, puedo comprender la tristeza que enturbiaba los ojos de Munia, excepto en los escasos momentos de intimidad compartidos con su hijo. La aparente dureza de su corazón. Su frialdad altanera.

El dolor produce ese efecto cuando no existe esperanza capaz de plantarle cara.

Yo no quiero sucumbir a esas tinieblas. No debo ceder al desánimo, ni siquiera pensando en Rodrigo. Me aferro con uñas y dientes al hambre de felicidad, como hice entonces, después de que la muerte de mi primogénito estuviese a punto de robármela, arrastrándome con él al otro mundo.

Pasé por la noche oscura del espíritu, pero conseguí despertar a tiempo, teniendo a mi lado a Índaro.

Hoy me propongo hacer lo mismo. No en vano comparto esta peregrinación con mi rey. ¿Quién, aparte de él, podría darme consuelo si lo que me aguarda en Iria Flavia es lo que más temo?

* * *

En ese valle perdido juró mi esposo servir lealmente a su príncipe hasta la muerte:

Juro honrarte y defenderte aun a costa de mi propia vida. Juro morir por ti en el campo de batalla, si con ello tú puedes vivir, y vivir con deshonor si no soy capaz de protegerte. Juro entregar mi alma al infierno con tal de salvar la tuya. Juro no servir jamás a otro señor, si no es Nuestro Señor Jesucristo. Juro ser fuerte y valeroso para que mi brazo no vacile al ser tu espada y mi cuerpo sea siempre tu escudo. Te entrego mi fidelidad, mi sangre y mi amistad, en esta vida y en la otra.

¡Sabe Dios que cumplió! También yo lo hice. En esa tierra agreste aprendí a respetar y servir al soberano, viendo cómo crecía mi admiración por el hombre. El amor vendría más tarde, a caballo de esos sentimientos.

El día de San Josué de mi tercer verano en Araba, el quinto para don Alfonso, llegó un mensajero enviado por el rey Bermudo, sucesor de Mauregato.

El felón había fallecido de muerte natural al cumplirse un lustro de su traición, y sus partidarios, reacios a permitir que regresara a la corte el príncipe legítimo a quien habían usurpado el trono, habían ido en busca de Bermudo, un primo lejano, que acababa de ordenarse diácono en el cenobio donde transcurría plácidamente su existencia. De allí lo sacaron, con ruegos y halagos, obligándole a ceñirse la corona y tomar esposa.

¡Pobre juguete del destino!

La mala fortuna quiso que poco después de ese nombramiento ascendiera al poder en Corduba el nuevo emir, Hixam, apodado el Pelirrojo, que veía en cada musulmán un soldado y en toda Al-Ándalus un ejército imbuido de un único mandato divino: aniquilar cualquier resquicio de resistencia cristiana en la península y acabar de una vez por todas con la rebeldía de esos montañeses.

Su ferocidad, gracias a Dios, todavía no ha sido igualada.

En el año 791 de Nuestro Señor nos acometió con una furia cuyas huellas son visibles todavía hoy y se acrecientan a medida que nos acercamos a la Gallaecia. Siguiendo la que llegaría a ser una costumbre acendrada, envió dos huestes en formación de tenaza, a cual más poderosa, con el propósito de aplastarnos entre sus fauces. Una de ellas devastó todo el occidente de Asturias hasta el mar, haciendo incontables cautivos además de llenar los carros de cabezas cristianas cortadas. La otra atacó las llanuras de Araba, sembrándolas de muerte y destrucción.

Los hombres del poblado, encabezados por nuestro príncipe, fueron al combate, aunque se vieron obligados a replegarse ante el avance arrollador de un enemigo muy superior en fuerza y número. El ejército cristiano sufrió una derrota sin paliativos.

Lo que sucedió después lo supimos por el emisario que envió Bermudo a don Alfonso: cuando la hueste sarracena victoriosa se retiraba hacia sus cuarteles de invierno, cargada de botín y ahíta de sangre, el rey diácono le salió al paso, a orillas del río Burbia, al otro lado de la cordillera cuyos pasos había franqueado ese ejército sin encontrar resistencia. Pretendía cobrarse la revancha, sorprendiendo a su retaguardia, aunque solo consiguió ver morir a sus soldados, aniquilados sin piedad o bien cargados de cadenas camino de los mercados de esclavos.

A decir del mensajero real, aquello fue más de lo que ese hombre de Iglesia quería y podía soportar.

Consciente de su ineptitud para el oficio de la guerra, abrumado por la culpa al pensar que tamaño desastre era un castigo de Dios a su pecado de tomar esposa, yacer con ella y empuñar la espada, a pesar de haber recibido la orden del diaconado, suplicaba a su sobrino que aceptara el peso de la corona y le permitiera regresar a la paz de su monasterio.

Don Alfonso no vaciló en dar su respuesta en forma de sí rotundo. Ansiaba hacerse al fin con las riendas de ese destino glorioso al que le llamaba su estirpe. Estaba preparado.

Dio la orden de partir de inmediato, decidido a vengar, una a una, todas las afrentas sufridas desde la más tierna infancia.

Hoy vuelvo la vista atrás con nostalgia, aunque sin lamento. Es mucho lo que se ha perdido, pero nada ha sido en vano.

Índaro no está a mi lado; me acompaña en cierto modo a través de nuestros hijos y siempre ocupará un lugar en mi corazón.

Yo estoy viva, ávida de vida y empeñada en apurar hasta el último de mis días sirviendo a mi rey con pasión.

Don Alfonso no solo ha resistido allá donde otros sucumbieron, sino que ha engrandecido el Reino enfrentándose con arrojo a cada acometida mahometana.

Es cuantioso lo ganado.

Éramos jóvenes. Ya no lo somos. Estábamos juntos. Nos falta uno. Esta noche mágica, sin embargo, al calor de una hoguera nueva, hemos reencontrado la voz con la que los ángeles cantan a Dios sus himnos de eterna alabanza. El lenguaje propio del amor.

* * *

Ha pasado tanto tiempo...

Cuando tomamos el camino de Ovetao en ese final de estío siniestro, para descubrir en cada aldea y cada granja un pudridero, Índaro y yo buscábamos un hijo con auténtica desesperación, como si la muerte presente por doquiera nos conminara a engendrar otra vida cuanto antes.

Don Alfonso, en cambio, permanecía soltero y empecinado en su castidad, para frustración de sus más íntimos consejeros, incapaces de comprender la razón de esa renuncia al matrimonio, impropia de un hombre cualquiera y gravemente irresponsable, a sus ojos, tratándose de un rey.

Transcurridas más de tres décadas, el desconcierto es el mismo, la incomprensión se acentúa y la presión se recrudece.

El conde Aimerico, sin ir más lejos, se niega a darse por vencido y esta misma mañana ha vuelto a la carga con fuerza.

—¿Puedo preguntaros, señor, si os agrada la compañía de mi hija?

—Es una joven encantadora, no cabe duda —ha contestado el soberano con cierta desgana.

La respuesta era lo suficientemente ambigua, empero, como para que el conde se envalentonara.

—Y recatada, os lo aseguro. Abnegada, humilde, silenciosa. La adornan todas las cualidades exigibles a una buena esposa. Sería una excelente madre…

El soberano se había levantado de buen humor, a pesar del hambre, dolorosamente presente, de nuevo, una vez pasada la tregua que nos había proporcionado la víspera la despensa de Fidelio, completamente vaciada. Con todo, no parecía dispuesto a entablar la conversación deseada por su fideles, lo que le ha llevado a cambiar radicalmente el rumbo de la misma.

—Confío en que esta noche acampemos junto al Navia, Aimerico. Transmite por favor las órdenes pertinentes para que nos pongamos en marcha sin tardanza. Yo voy a despedirme de nuestro buen eremita.

El ermitaño se encontraba en ese momento en el interior de su cueva, junto a los clérigos de la comitiva, rezando laudes. El sol acababa de asomar por levante, dando pinceladas rosáceas a un cielo que anunciaba un día claro. Los siervos preparaban las monturas para la partida, rezongando protestas por no tener nada que llevarse a la boca, azuzados por los guardias, no menos quejosos. La falta de alimento hacía nuevamente estragos.

Al adentrarse don Alfonso en la gruta, el conde se ha dirigido a la tienda de la que yo acababa de salir, supongo que en busca de Freya. A juzgar por lo que acababa de decir al Rey, imagino que iría a instruirla sobre lo que debía y no debía hacer durante la jornada, con el fin de ayudarle a conseguir sus propósitos.

¿Pensará él que su hija comparte sus anhelos matrimoniales? ¿Se lo habrá preguntado siquiera? Es evidente que no. Desde su punto de vista, ningún honor es equiparable al de desposar al soberano y engendrar un heredero al trono. ¿Cómo podría Freya poner el menor reparo a ser encumbrada hasta el tálamo real?

Ese padre ama a su hija, estoy segura. Ansía para ella lo mejor. Y probablemente acierte al considerar que ese enlace sería el mejor camino para alcanzar esa meta. En este mundo despiadado no hay lugar para los sentimientos y cada vez queda menos espacio también para las mujeres.

Este es un mundo de hombres, sean guerreros, clérigos o anacoretas.

A la luz del día, Fidelio parecía más menudo aún, aunque más humano. Se había lavado la cara y las manos, no así la barba, ignoro si en atención al Rey o porque es su costumbre hacerlo antes de elevar al cielo la oración del alba. Me ha recordado a un niño chico, contemplándonos con ojos curiosos y sonrisa desdentada.

—¿Pasaréis por mi antiguo monasterio en vuestra ruta a Iria Flavia? —ha preguntado a don Alfonso, lleno de ilusión.

—Así lo haremos, en efecto, puesto que se encuentra junto a la calzada, ¿no es así?

—No exactamente. Al menos no que yo recuerde. Es fácil extraviarse por estos pagos. Los riscos se parecen entre sí y la calzada ha desaparecido en muchos tramos. Deberíais llevar un guía.

—Perded cuidado. Trataremos de procurarnos uno, o bien enviaré hombres en avanzadilla. Si llegamos al cenobio, ¿deseáis que transmita algún mensaje al abad?

Fidelio se ha tomado unos instantes para reflexionar, antes de responder, conmovido:

—Que la paz del Señor esté con ellos. Decid por favor a mis hermanos que este viejo monje reza cada día una oración por su salud y también por el descanso eterno de aquellos a quienes la peste arrancó de esta vida.

—Así lo haré, en vuestro nombre —ha dicho el rey, llevándose la mano a una bolsa colgada de su cinturón para sacar una moneda antigua, me ha parecido un tremís, acuñado en alguna ceca goda antes de la invasión—. Ahora, querido Fidelio, os ruego aceptéis una limosna que os entrego de corazón, en agradecimiento a vuestra hospitalidad.

—¿Y qué haría yo con vuestro oro, majestad? —El ermitaño se mostraba casi más divertido que sorprendido—. Como habéis podido comprobar, me basta y sobra para subsistir con la miel de las colmenas cercanas y la leche de mi cabra. Guardad esa pieza para alguien con mayor necesidad. Yo tengo todo cuanto preciso.

—Solo me queda entonces daros nuevamente las gracias por la generosidad con la que nos acogisteis en esta hora de tribulación, hermano. No os olvidaré. Tened por seguro que estaréis presente en mis plegarias.

Las palabras pronunciadas en ese momento por el eremita han estado todo el día resonando en mi cabeza. Palabras sabias en su sencillez. Una lección de grandeza incluso para un gran rey.

—Manos que no dais, ¿qué esperáis?

* * *

¡Cuán largo puede hacerse el camino cuando los huesos acusan dolores añejos y el hambre no concede tregua!

El río que habíamos divisado a lo lejos, desde la gruta de Fidelio, ha ido apareciendo y desapareciendo del horizonte a medida que la senda serpenteaba entre peñascos negruzcos, hora asomándose a valles verdes de vegetación abundante, hora atravesando bosques de pinos sombríos o bordeando pastos grisáceos. Juro que en más de un momento parecía alejarse de nosotros, como si camináramos hacia atrás en lugar de hacerlo hacia delante.

Al poco de partir, nos hemos topado con una arboleda abrasada por el rayo. Una visión abrumadora. Ramas y troncos estaban tiznados de hollín y, en muchos casos, arrancados. El suelo era un roquedal salpicado de madera carbonizada. Menos mal que conozco la capacidad de la madre tierra para infundir vida renovada a lo que el fuego ha quemado, porque, de lo contrario, una tristeza negra como esa desolación se habría apoderado de mí.

Yo sé que rebrotarán los árboles, revivirán las plantas, renacerán las ramas y las hojas, igual que lo hacemos nosotros después de cada aceifa sarracena. No hay calamidad que derrote a la voluntad de existir.

Las monturas avanzaban lentamente cuesta abajo, siguiendo la vía empedrada, cuando de pronto, a un lado del camino, ha aparecido un tejo centenario alzando su figura imponente. Cinco o seis de nosotros formando un círculo no habríamos conseguido abarcar su envergadura. Era tan hermoso, tan frondoso, tan señorial en su soledad, marcando distancias con sus vecinos, abedules jóvenes, que explicaba sin necesidad de hablar la importancia que llegó a tener para mis antepasados maternos.

El tejo fue el árbol sagrado de los astures. Mi madre me lo desveló, junto a otros muchos secretos, llevándome de la mano por los alrededores del castro, lejos de oídos indiscretos, en cuanto fui capaz de andar. De sus labios aprendí a nombrarlo en la lengua antigua, hoy prácticamente perdida, y también a cuidarme de llevarme sus agujas venenosas a la boca.

Ella me contó cómo esas hojas finas color verde oscuro, tupidas hasta el punto de ocultar el sol, eran empleadas por nuestros ancestros como ponzoña con la que impregnaban sus hierros o, en casos extremos, como vía de escape de este mundo antes de caer en la esclavitud.

Ella distinguía las plantas sanadoras de las peligrosas, las inocuas de las mortíferas. A todas sabía dar uso y todas las manipulaba con idéntico respeto.

Madre, con cuánta intensidad te extraño a medida que se acerca el día de nuestro reencuentro...

Eras tan humilde en apariencia y a la vez tan poderosa. Me enseñaste tantas cosas que hoy apenas me atrevo a recordar, consciente de que incurriría en la ira de mi señor y la condena de la Iglesia. Tanta sabiduría acumulada desde el principio de los tiempos, hoy prohibida.

Pese a los años transcurridos desde tu muerte, viendo esta mañana ese árbol gigante alzar sus brazos al cielo azul, donde una algarabía de pájaros celebraba en ese instante la llegada del estío, me ha parecido oír tu voz cargada de acentos reconfortantes. La voz que siempre identifiqué con la certeza de ser amada.

Junto al tejo, siguiendo una vieja costumbre, los aldeanos de una villa cercana habían levantado una capilla humilde, apenas un cobertizo de piedra tosca cubierto con lascas de pizarra, donde adoraban una cruz de roble muy similar a la que, según dicen, Pelayo llevó a la batalla. Estaba colocada sobre un altar de madera basta, con sendas lámparas de aceite destinadas a alumbrarla. A sus pies, alguien había dispuesto un cacharro de barro con flores silvestres frescas, señal inequívoca de que en las inmediaciones habitaba gente devota.

No hemos tardado en averiguar quiénes eran. Uno de los exploradores que marchan siempre en vanguardia, enviados por Agila a precedernos con la misión de prevenir emboscadas, ha aparecido en ese momento con la noticia de que a poco menos de media milla, a poniente, había un poblado avisado de la llegada inminente del Rey.

* * *

Al igual que sucediera en las proximidades del monasterio de Obona, todos los lugareños habían salido en tropel para contemplar de cerca a su soberano. Se agolpaban en los márgenes de la calzada, guardando un respetuoso silencio. Solamente una mujer, cuyo rostro era una máscara de pena, ha dado un paso al frente, desafiante, para interpelar a don Alfonso.

—No nos quedan hijos que daros, señor. Si venís en busca de soldados para vuestra guerra, pasad de largo. Aquí ya no vive nadie con fuerza para empuñar armas.

Un hombre de su misma edad, probablemente su marido, la ha agarrado por el brazo, con violencia, arrastrándola hacia el grupo entre gritos. Ella no se ha resistido. Se la veía entregada a un dolor más hondo que cualquier daño físico e infinitamente más lacerante. Rendida.

El Rey, no obstante, ha detenido su montura y ha puesto pie a tierra a fin de dirigirse a ella, después de instruir a su guardia para que la trajeran a su presencia.

—¿Cuál es la razón de tu agravio, mujer?

Ella ha bajado la mirada, avergonzada, sin atreverse a contestar. Él ha insistido:

—Habla sin miedo. Soy tu rey, no tu verdugo.

—Cinco hijos traje a este mundo, señor, y los cinco han perecido combatiendo al sarraceno. ¿Quién nos cuidará ahora que se acerca la vejez? ¿Quién alegrará mis últimos años?

¿Quién me dará nietos? Cuando los parí celebré que fueran varones. Ahora lamento no haber alumbrado hembras.

—Tu pérdida no ha sido en vano. El Reino ha soportado aceifas terribles, pero gracias al sacrificio de tus hijos y de muchos como ellos, resiste. Ellos gozan ahora de la contemplación del Señor. Su recompensa está sin duda a la altura de su valentía. Con su sangre te han librado de pagar un alto tributo al conquistador y te permiten rezar al único y verdadero Dios.

—Si vos lo decís...

—Cuando llegue tu hora, te reunirás con ellos y el Juez Supremo sabrá premiar tu sufrimiento. No lo dudes. Hasta entonces, tu soberano te da las gracias en nombre de Asturias. Puedes estar orgullosa de esos cinco valientes.

Dudo mucho que esas palabras le hayan brindado algún consuelo, la verdad.

Un anciano que parecía ostentar algún tipo de autoridad se acercaba todo lo aprisa que le permitían sus piernas retorcidas por la humedad, apoyándose en un bastón.

—Príncipe, príncipe, perdonadla —iba diciendo a voces—. No está en sus cabales. Tened piedad de esa pobre loca...

—No debéis temer nada —le ha tranquilizado el Rey—. No hay motivo para castigarla. Todo lo contrario. En cualquier caso, no venimos de recluta ni vamos a la batalla, sino que nos dirigimos a Iria Flavia, donde se nos anuncia la aparición milagrosa de unas reliquias sagradas de un valor incalculable.

Un murmullo aliviado ha corrido de inmediato entre el gentío al oír esas palabras. Solamente una mujer había tenido el valor de expresar su queja al soberano, aunque todas sentían idéntico miedo. También los hombres, ante la posibilidad de verse obligados a luchar, como habían tenido que hacer dos años antes, sin consideración de edades o enfermedad.

Ella, la mujer sin nombre, pues no hay nombre lo suficientemente desgarrador como para designar a quien ha visto perecer a sus hijos, se ha marchado renqueando, seguida por los reproches de su esposo. Nosotros hemos dejado las monturas al cuidado de los siervos y nos hemos encaminado a pie hacia la aldea, donde, a instancias de los exploradores reales, había sido preparado un banquete con todas las vituallas disponibles.

Desde lejos se percibía el aroma de la carne asada, más perturbador que el del mejor de los perfumes. Un cordero lechal se terminaba de cocinar, espetado sobre una manta de brasas, a la espera de que llegáramos los invitados a hincarle el diente.

Ante la imposibilidad de acoger a tantas personas bajo un mismo techo, los aldeanos habían sacado las mesas de sus casas a un prado y las habían cubierto con lienzos blancos, en su empeño por agasajar al Rey y sus acompañantes.

Me pregunto si actuarían movidos por el respeto o por el miedo, aunque supongo que sería una mezcla de ambos.

Además del cordero, nos han servido berzas y nabos cocidos, queso, pan de escanda, arándanos, manzanas y puré de castañas. No tenían vino ni sidra, aunque sí hidromiel, tan embriagadora como deliciosa.

En el suelo, a cierta distancia, los siervos tragaban ávidos los restos de la mesa real, mientras la guardia, incluido Nuño, se atiborraba a tocino con pan. Cobre masticaba huesos con tal voracidad que sus dentelladas eran audibles desde donde estábamos sentados nosotros.

Don Alfonso ha comido con apetito, aunque deprisa, imitado por Sisberto, que devoraba a dos carrillos. Le urgía seguir camino cuanto antes, aprovechando la luz.

En un momento dado, el jefe del poblado, Atilano, ha pedido al abad de San Vicente que celebrara la santa misa y repartiera la comunión, dado que la ausencia de un sacerdote mantenía a sus vecinos alejados de los sacramentos desde hacía largo tiempo.

—Pensé que tendríais acceso a la palabra de Dios y el cuerpo de Cristo en el monasterio situado cerca de aquí —ha replicado Odoario, sorprendido—. El eremita Fidelio, de quien seguramente tendréis noticia, pues vive su retiro no lejos de aquí, nos habló de él al encomendarnos trasladar a sus hermanos sus deseos de paz y salud.

Atilano ha juntado sus manos callosas de uñas negras, endurecidas por el trabajo hasta parecer garras, en un gesto de impotencia resignada.

—Lo había, reverencia, lo había. Fue incendiado dos años ha, en el transcurso de la última aceifa. Los caldeos no tuvieron piedad con los monjes.

—¿Y la aldea? —ha inquirido Danila, atento a la conversación.

—Como veis, está recién reconstruida, al igual que la capilla junto a la que habéis pasado de camino aquí. Nosotros huimos a las alturas, con el ganado, como hemos hecho muchas veces antes. A los que no podían caminar los llevamos a cuestas. La mayoría de los jóvenes perecieron luchando, y otros, gracias a la misericordia divina, regresaron. Ahora tienen para elegir entre muchas doncellas hermosas —ha bromeado, sarcástico—. Así es la vida.

—Ojalá sea la última embestida, aunque no puedo prometéroslo —ha terciado don Alfonso—. Sí empeño mi palabra ante vosotros en hacer cuanto esté en mi mano para proteger esta tierra. Con la ayuda de Jesucristo y de sus santos apóstoles —no ha estimado oportuno precisar ante esa audiencia a cuál de ellos se refería— espero poder mantenerla a salvo de nuevas incursiones.

—En eso confiamos todos, majestad.

—Entre tanto, pagaré por lo que nos habéis dado.

—¡No es necesario, señor!

—Aun así, quiero hacerlo. Nada hay tan valioso como la comida, bien lo sé, pero esta plata os será de alguna utilidad, supongo. ¿Llegan hasta aquí los buhoneros que siempre recorren el Reino en tiempo de paz, con carros cargados de mercancías? Desde que salimos de Ovetao no nos hemos cruzado con ninguno...

—Muy de tarde en tarde llegan, sí —ha respondido Atilano—. Entrado el verano. Traen cacharros de cobre o hierro para cocinar, alguna pieza de tela, especias, remedios para la fiebre, ungüentos, fruslerías... Las mujeres y los enfermos los esperan como agua de mayo.

—Aseguraos entonces de que compren lo que más deseen. Os encomiendo la tarea de repartir estas monedas con justicia.

Odoario llevaba un buen rato consultando con la mirada al soberano, quien ha consentido en que celebrara una ceremonia corta. Concluida esta, cerca ya de la hora nona, nos disponíamos a partir, cuando Agila, siguiendo la recomendación de Fidelio, ha pedido a nuestro anfitrión que nos proporcionara un guía.

—Al parecer, es fácil perderse antes de alcanzar el río.

—Más difícil es dar con el lugar adecuado para vadearlo —ha replicado el jefe de la aldea.

—Vuestro hombre regresará en cuanto nos haya mostrado ese vado, y será recompensado por su labor.

—Assur lo hará de buen grado, descuida. Y conoce estos parajes como la palma de su mano. Os servirá bien, ya veréis. Además, es buen conversador si alguien le presta la oreja. En caso contrario, habla con su perro.

De nuevo ha sido preciso amarrar al moloso de don Alfonso para evitar que se peleara con ese otro mastín, de pelaje más claro y tamaño similar, el cual no se ha separado de su amo, aunque sí lanzado multitud de gruñidos sordos a su congénere.

Un animal impresionante ese perro. Tiene el cuerpo cosido a cicatrices, especialmente en la cabeza y el cuello, a resultas de sus peleas con los lobos, según me ha explicado, orgulloso, su dueño. No teme a nada ni a nadie y jamás ha retrocedido ante las fieras ni permitido que le arrebataran una oveja.

De tal pastor, tal guardián. Porque nuestro guía es también, sin duda, un hombre muy singular, cuya bravura no impide una enorme cordialidad.

Si fuera árbol, sería un laurel de follaje perenne, sólido, flexible ante el temporal y frondoso para proporcionar sombra o resguardo cuando llueve. Un árbol de buen augurio, inseparable de Asturias, cuyas hojas secas sirven tanto para condimentar un guiso como para bendecir un nuevo hogar o avivar una lumbre moribunda. Así también Assur alumbra con su sonrisa espontánea el humor de esta comitiva, que va acusando el cansancio. Regala su alegría y sus anécdotas de grupo en grupo, allá donde encuentra quien le escuche.

De mediana altura y complexión fuerte, maciza, camina con un vigor impropio de su edad, cercana a la del Rey, apoyándose al igual que Nuño en un cayado bastante más largo que él. Habla con voz ronca, potente, narrando las peripecias vividas en las sucesivas guerras, los dolores de su reciente viudez o las faenas que gusta de acometer en el campo, donde cultiva una huerta de frutales mientras su ganado anda suelto al cuidado del mastín.

Es un trabajador incansable. Lleva colgada en bandolera una bolsa grande de cuero con la comida, pero en un par de ocasiones le he visto introducir en ella una piedra de algún color peculiar, que guarda, me ha confesado, para adornar el cercado de su granja. Le gusta acumular objetos que considera bellos, y aquí, en los dominios por donde se mueve, no hay mucho donde escoger, salvo las piedras.

Sería un laurel, sí. O tal vez un acebo, fuerte, resistente, guardado por espinas punzantes de cualquiera que quisiera dañarlo, pero cubierto de frutos vistosos para alegría de quien lo contempla. En todo caso sería uno de esos árboles que nunca desnudan sus ramas. Un ser dicharachero, risueño, hablador, generoso hasta en los gestos.

Durante un buen rato he caminado a su lado, disfrutando junto a Freya y Danila de su inagotable repertorio de historias. Después he vuelto a montar mi asturcón, para adelantarme hacia donde veía cabalgar a don Alfonso. Junto a él estaba el conde Aimerico, en encendida conversación.

La curiosidad me ha picado de manera irresistible.

* * *

—Una esposa joven a vuestro lado sería un gran solaz para los años de descanso que han de venir, majestad —iba diciendo el viejo soldado—. ¿No lo habéis pensado? Todo guerrero necesita una mujer en la que reposar sus fatigas.

—Yo nunca tendré descanso, Aimerico. Dios me ha elegido para otro destino.

—Con mayor motivo deberíais disfrutar de una esposa fiel, entregada, discreta, dispuesta a escucharos cuando preciséis desahogaros. Sé lo raro que es encontrar una dama así, dada la tendencia natural de su sexo a la charlatanería y el comadreo, pero os aseguro que Freya ha sido educada en los más altos valores femeninos.

Mi señor debía de estar sumamente incómodo, ya que ni siquiera miraba al conde. Mantenía la vista fija en el horizonte, mientras su consejero, lanzada al galope la lengua, insistía, alzando la voz:

—Os he servido desde que llegasteis a Ovetao, donde yo me formaba como escudero del rey diácono. Junto a vos he combatido en decenas de batallas. Creo conoceros mejor que nadie y os aseguro que nadie desea vuestro bienestar más que yo.

Esas palabras me han tranquilizado, lo confieso. Estaban impregnadas de sincero afecto, por lo que han disipado casi por completo las sospechas que llegué a concebir respecto de sus intenciones.

Es seguro que pretende casar a Freya con el soberano, pero no alberga el menor deseo de perjudicarle. Podría estar fingiendo, desde luego, aunque no lo creo. Nadie pone tanto empeño en unir en matrimonio a su propia hija con un rey al que intenta destruir.

—Pensando en vuestra felicidad me he atrevido a traer conmigo a esta niña —insistía—, a quien conocéis desde que nació. Ella no solo os daría un heredero, sino que os haría dichoso, sin la menor duda. Es modesta, humilde, constante y frugal. Sería una madre perfecta y una magnífica reina, si me permitís decíroslo.

—Si es el futuro de la condesa lo que te preocupa, Aimerico —ha tratado de cortarle el Rey—, le encontraremos un buen esposo, digno de tu linaje, te lo aseguro. En cuanto regresemos a la corte me ocuparé de ello personalmente.

—No estaba pensando en el futuro de Freya, señor —ha replicado el conde, visiblemente ofendido—, sino en el vuestro y en el del Reino.

Situada a sus espaldas, yo no he perdido palabra de lo que estaban diciendo. He oído con cierta tristeza, obligándome a callar mi opinión, como es mi deber hacer, puesto que nadie la requería. ¿A quién le importan las razones de una mujer, cuando de lo que se habla es de concertar un matrimonio?

Los asuntos de familia, así como los de Estado, competen a los varones. Ellos son los que deciden hoy, a diferencia de antaño. A nosotras nos queda únicamente intentar el camino de la astucia y llevarlos a través de él hasta el territorio de los afectos, donde reinamos sin discusión.

Claro que andar esa senda resulta más difícil aún que recorrer esta por la que vamos, cuesta abajo, entre rocas resbaladizas, mientras el sol empieza a declinar y el calor nos da por fin un respiro.

Si hubiesen querido escucharme, obviando su altanería; si me hubiese sido permitido hablar, le habría afeado al conde que omitiera la virtud más importante de cuantas adornan a su hija: la ternura que emana de todo su ser de manera espontánea y se proyecta en el modo gentil en que trata a las personas, independientemente de su condición. Le habría reprochado igualmente su incapacidad para valorar el fuego que se intuye en ella tras gruesas capas de recato impuesto. Una pasión ardiente, herencia de su sangre astur, llamada a brotar con fuerza en cuanto su corazón encuentre al hombre merecedor de recibirla.

Si lo sabré yo…

En otra cosa más se equivoca Aimerico. Hay alguien que desea la felicidad del Rey más incluso que él mismo. Soy yo. Y dudo que la dulce Freya lograra cumplir nuestro propósito, aunque don Alfonso cediera a los ruegos de su fideles. Tampoco ella alcanzaría la dicha junto a semejante esposo. Sus destinos discurren por cauces distintos, muy alejados entre sí.

—Ya que no queréis pensar en vos —el conde no estaba dispuesto a rendirse—, pensad en el Reino. Puedo comprender que rechacéis a mi hija por no estar a la altura de vuestra posición…

—Eso es del todo incierto, mi buen amigo. Ni mi posición ni la tuya guardan relación alguna con mi celibato, y tú mejor que nadie deberías saberlo.

—No soy quién para poner en cuestión vuestra palabra, mi señor, pero debo insistir en que el trono demanda un heredero. Concertad un matrimonio susceptible de consolidar la unión de los distintos territorios que lo integran. Imitad a vuestro abuelo, don Alfonso, cuyo enlace con la hija de Pelayo sirvió de argamasa a la alianza indisoluble entre Asturias y Cantabria. Seguid los pasos de vuestro padre, quien selló la amistad de los vascones desposando a vuestra madre, la dama Munia.

—Ellos tuvieron sus motivos; yo los míos —ha replicado el Rey, pétreo, para desesperación del conde y de quien escribe esta crónica, ansiosa por descubrir el secreto de una castidad incomprensible.

—Nuestro motivo —ha replicado Aimerico—, el de todos nosotros, es la supervivencia y fortalecimiento del Reino. Permitidme buscar entre los caudillos de Vasconia o Gallaecia alguno dispuesto a entregaros una hija que esté a la altura de vuestra corona.

—¡Te lo prohíbo! —El Rey empezaba a manifestar a las claras un enfado contenido hasta entonces con esfuerzo—. Respetarás mi decisión y te abstendrás de inmiscuirte en este asunto, que no es de tu incumbencia. A lo que debes ayudarme es a mantener el Reino a salvo de disputas entre magnates, semejantes a las que hubieron de combatir mis antepasados o llevaron a la invasión sarracena por la división reinante entre los godos.

—No necesitáis ordenármelo, señor. En ese empeño estamos todos cuantos tenemos el honor de integrar el consejo de condes palatinos.

—Perseveremos entonces juntos en él y confiemos en la misericordia divina. ¿Por qué crees que reviste tanta importancia esta peregrinación en la que nos hemos embarcado, a pesar de los peligros que acarrea? Con el Apóstol combatiendo a nuestro lado, nada podrá derrotarnos.

—Ello no obsta para que...

—Su amparo tendrá más peso que cualquier alianza y convertirá Asturias en un bastión inexpugnable —ha continuado el soberano, sordo a los argumentos del fideles—. Si el precio a pagar por obtener ese auxilio divino es mantenerme casto, lo pago gustoso. Castos fueron igualmente los discípulos de Cristo y casto fue Nuestro Señor. Él jamás tomó esposa y ellos le siguieron sin hacer preguntas, dejando atrás a sus familias. Entregaron sus vidas a difundir la palabra del Maestro. El servicio de Dios exige sacrificios a la medida de la recompensa que nos aguarda en el cielo.

—¿Y si quien descansa bajo ese campo de estrellas no es realmente el apóstol Santiago y el hermano Sisberto acierta al advertirnos de la posibilidad de un engaño? —ha apuntado Aimerico con intención.

—En tal caso, veremos cuál es el mejor modo de proceder. Debemos esperar a estar a los pies de ese sepulcro para suplicar que la luz del Altísimo nos ilumine.

El Rey había dado una explicación plausible a su renuncia antes de dictar sentencia. Abraza la castidad como penitencia autoimpuesta por los pecados de Hispania. Como sacrificio propiciador de la misericordia divina, indispensable en la tribulación que aflige al Reino y al pueblo.

¿Será esa justificación la única razón de ser de tan inusual conducta, o existirá algún otro motivo oculto que prefiere guardar para sí?

Sea lo que sea, a su consejero no le han convencido sus palabras. Pese a la distancia que nos separaba, le he oído murmurar entre dientes:

—Ojalá hubiese llegado a buen puerto el compromiso con la princesa Berta de los francos...[1]

Y de nuevo la memoria me ha trasladado a un pasado dichoso que compartimos Índaro y yo lejos de la guerra y las penalidades que esta trae siempre consigo.

* * *

¿Cómo olvidar el inmenso lecho recubierto de colchones en el que mi esposo y yo celebramos bajo EDREDONES DE PLUMAS un deseo reencontrado tras años de frialdad?

El palacio del rey franco en Herstal, uno de los varios que albergaban su corte itinerante, resultaba impresionante incluso para mí, que había tenido ocasión de conocer el harén de Abd al-Rahmán en Corduba.

Sus vastas estancias resplandecían a la luz de las antorchas, encendidas tanto de día como de noche. Incluso disponía de una galería cubierta, tan amplia como para poder ser recorrida a caballo, que comunicaba los establos y cocinas con el salón y habitaciones privadas del soberano, a fin de resguardar a sus sirvientes de las inclemencias del tiempo.

Todo en ese lugar, desde las alfombras hasta los tapices, muebles, braseros, mesa, vino y vestimentas, subrayaba la gloria de Carlos el Magno.

Debía de correr el año 796 o 797 de Nuestro Señor,[2] no recuerdo exactamente. Mi esposo y yo formábamos parte de la embajada enviada por don Alfonso al rey de los francos con un doble propósito: estrechar aún más los lazos de amistad que les unían en su lucha común contra los sarracenos y pactar una posición compartida en el concilio eclesiástico llamado a zanjar definitivamente la polémica surgida en torno a la herejía adopcionista que, como ya he dicho, entonces igual que ahora escapa a mi comprensión.

Eran tiempos difíciles en la guerra contra el invasor, aunque nuestro ejército, pese a su debilidad, cosechaba tantas victorias como derrotas.

Lo que más vivamente ha perdurado en mi memoria de esa misión es la emoción con la que presentamos al monarca franco el obsequio que nuestro señor le enviaba: una tienda magnífica capturada al general Abd al-Malik ibn Mugait, lugarteniente de Al-Hakam, en la última campaña cántabra. Una pieza única, de gran belleza y mayor capacidad, digna de un hombre de su alcurnia.

La habían montado los siervos durante la noche en la gran explanada abierta frente al portón de entrada del recinto palaciego y, al verla, el rey de los francos evidenció su satisfacción ponderando ante lo más granado de su corte la calidad del presente, así como la del príncipe de quien procedía la pieza.

Pocas veces en la vida me he sentido más henchida de orgullo.

En el contexto de esa visita fue cuando se trató el posible matrimonio de nuestro rey con la princesa Berta, hermana del Magno. Si la memoria no me engaña, incluso se llegó a redactar un documento con el fin de celebrar el enlace por poderes, aunque finalmente aquello quedó en nada, ignoro el porqué.

Hasta donde yo sé, es lo más cerca que ha estado nunca don Alfonso de tomar esposa, sin verle siquiera la cara. Tampoco nosotros lo hicimos. La dama en cuestión no se encontraba a la sazón en Herstal, por lo que nos fue imposible juzgar si su belleza respondía realmente a lo que se decía de ella.

El que resultaba sumamente apuesto, pese a su edad avanzada, era nuestro anfitrión, quien destacaba por su corpulencia, elegancia y estatura.

Había sido dotado por la naturaleza de un cuerpo atlético, esculpido en el combate, la caza, la equitación y los ejercicios de natación que practicaba a menudo tanto en las aguas heladas de los ríos como en las termas romanas que conservaban varias de sus residencias. Sus ojos, de un azul intenso, recordaban mucho a los de mi señor, tanto por el color como por la mirada desafiante, propia de un triunfador. Uno y otro habían realizado ya proezas legendarias y aún proyectaban llevar a cabo planes más ambiciosos.

Don Alfonso había salvado Asturias de la aniquilación y constituía un dolor de muelas permanente para los sarracenos, imposibilitados de continuar su avance conquistador hacia el norte mientras ese pequeño reino insurrecto amenazara su tranquilidad, no solo con su resistencia obstinada, sino con incursiones de saqueo como la que se proponía llevar a cabo nada menos que hasta Olissipo, en la desembocadura del río Tagus, para sorpresa del enemigo.

Comunicado el audaz proyecto al gran monarca vecino, este lo secundó con entusiasmo e incluso nos ofreció ayuda militar. Todo lo que fuera debilitar a los ejércitos de la media luna favorecía sus intereses tanto como los de su aliado astur.

El soberano de los francos había sufrido tiempo atrás una derrota severa en el flanco occidental de la cordillera pirenaica, en un paso llamado Roncesvalles, a manos de los vascones orientales aliados ocasionales de los mahometanos. Mantenía sin embargo su marca en territorio hispano, justo en el extremo opuesto de las montañas, donde sus tropas luchaban por contener a la hueste sarracena.

Nadie en el mundo cristiano cuestionaba el poder inigualado de ese gran señor. Desde su ascenso al trono no había dejado de ampliar los confines de su imperio, sometiendo a longobardos y sajones convertidos desde entonces a la verdadera fe. Sus dominios se extendían de oeste a este entre los montes Pirineos y los Cárpatos y de sur a norte entre el mar Mediterráneo y el del Norte.

Los pueblos que gobernaba hablaban incontables lenguas. Amante de la cultura y las artes, había mandado fundar escuelas en todas las parroquias de su reino, a fin de que los niños aprendieran a leer. Al mismo tiempo, en los monasterios sujetos a su tutela, se creaban centros de estudio y enseñanza de todas las ciencias: gramática, retórica, dialéctica, aritmética, geometría, música, astronomía...

El rey Carlos no era de los que se conforman con poco. El poder que atesoraba no le parecía suficiente, por lo que planeaba hacerse coronar emperador, con el anhelo de resucitar el antiguo esplendor de Roma. Lo consiguió poco tiempo después, en el arranque del nuevo siglo, para bien de la Cristiandad.

De vivir hoy el emperador, a buen seguro peregrinaría junto a mi señor a Iria Flavia para postrarse a los pies del Apóstol y suplicar su auxilio en la lucha que compartimos. Es más, en cuanto se corra la voz de que el Hijo del Trueno descansa en un campo del *finis terrae* señalado por las estrellas, muchos de sus súbditos francos acudirán a rezar ante su sepulcro. No me cabe duda.[3]

Lástima que sus herederos, incapaces de entenderse entre sí, hayan dilapidado en muy poco tiempo la obra levantada por su padre. Hace poco más de una década que falleció el emperador, en Aquisgrán, y apenas quedan sombras del que fue su vasto imperio. Él jamás habría consentido ese declive.

Carlos el Magno, rey de los francos, nunca se daba por satisfecho; en ninguna faceta de la vida. No había banquete capaz de saciarlo, ni extensión susceptible de colmar sus ansias territoriales, ni mujer cuya compañía le bastara para desfogar tanto brío.

Ese gigante de ojos claros y barba espesa, con aspecto de Goliat, no se arredraba ante nada, aunque le gustaba el lujo. También la ciencia, he de admitir. Y por encima de todo, le enloquecían las hembras.

Dudo que alcanzara a comprender la castidad de mi señor, pues no parecía experimentar vergüenza alguna dando rienda suelta a los placeres de la carne. Vivió abrazado a su lascivia, sin culpa ni remordimiento.

¡Cuánto hubiese querido yo que don Alfonso hiciera lo mismo!

De acuerdo con los rumores que circulaban por la corte de Herstal, la afición del monarca al sexo gentil era similar al éxito que cosechaba entre las damas. En los días que pasé allí me empapé de todo el comadreo referido a su vida galante.

Tuvo seis esposas, si la memoria no me engaña. La primera, con la que concibió una hija y un hijo, fue repudiada y enviada a un convento en cuanto se cansó de ella. También ese primer sucesor acabó sus días en un cenobio, en castigo por ambicionar el trono demasiado pronto. La siguiente, una princesa lombarda, duró un año a su lado antes de ser devuelta a su familia por el tedio que causaba al monarca.

Vino a continuación una noble alemana, que contaba trece o catorce años de edad cuando la condujo al altar. Su gran amor. En diez años de matrimonio vieron nacer nueve vástagos, cuatro varones y cinco hembras, la última de las cuales se llevó la vida de su madre en el parto.

A pesar del dolor por esa pérdida, el rey Carlos volvió a casarse transcurridos apenas dos meses de su fallecimiento. Su nueva esposa era hija de un conde, al igual que Freya, aunque de ella se decía que era desagradable a la vista y más odiosa aún al trato. Lo contrario que nuestra preciosa condesa. Al morir esa dama, contrajo nupcias con otra, creo que llamada Liutgarda, mucho más joven que él, de la que también enviudó. Luego se volvió a casar por sexta y última vez, aunque esto último lo supe más tarde, ya que sucedió después de nuestro regreso a Asturias.

Entre esposas y concubinas, por el lecho del magno rey pasaron incontables mujeres de distinta condición, con las que tuvo cerca de veinte hijos. Todos ellos recibieron educación, fuesen varones o hembras. No hizo distingos. Esa descendencia era motivo de gran alegría para el monarca, que tenía en sus vástagos el más preciado de sus tesoros. Yo lo vi en su salón del trono juguetear con alguno de los pequeños y pocas veces he visto a un hombre mostrarse así de feliz.

Si mi señor hallara solaz de igual modo, si no fuese tan severo en el cumplimiento a rajatabla de su voto de castidad, cuánta pena se ahorraría. Cuánta soledad. Cuánto duelo.

Pienso en mi soberano, abrumado por el peso de la corona, y siento una profunda lástima. Me duele en lo más hondo su dolor. Me aflige el tormento secreto que sin duda padece su espíritu condenado a penar de este modo. Me pregunto cuál será la causa de tan brutal penitencia. Qué clase de pecado impone tamaño castigo al pecador.

¡Cómo debe de extrañar don Alfonso el calor de una mujer! Cuánto frío han de sentir su corazón y su piel, privados de caricias. De esa sensación sublime inherente al hecho de amar y ser amado. Esa emoción que te mantiene alerta ante cualquier señal de la persona presente en todos tus pensamientos. Esa excitación capaz de llenar tus días y tus noches de vida, incluso sin esperanza de llegar a ser correspondido.

Recuerdo bien esa emoción, porque deja una cicatriz tan profunda que quien la lleva grabada en el alma nunca la olvida.

¿Echará de menos el hombre lo que el monarca ha apartado voluntariamente de sí, en aras de cumplir un destino cuyo significado se me escapa? ¿Soñará con unos labios que besar? ¿Volverá la vista atrás y se dirá que en su vida ha habido demasiada sangre para tan escaso goce? ¿Sentirá nostalgia de un amor completo, pleno e incondicional, como el que yo conocí fugazmente y hoy me araña en la memoria?

Si así fuese, si esa añoranza aflorara y él ansiara recuperar el tiempo perdido, acaso, quién sabe…

¡Desatinos!

* * *

Recordando a la princesa Berta y su frustrado matrimonio con don Alfonso, tanto el conde Aimerico como yo hemos debido de alcanzar la misma conclusión sobre los desastres que ocasiona una sucesión fallida, porque, venciendo el temor de provocar la ira del Rey, él ha reiterado una vez más:

—Despachadme de vuestro lado si creéis que lo merezco, señor, pero antes habréis de oírme. El Reino necesita un príncipe.

—El Reino ya tiene un rey, Aimerico. Y basta de charla. Estás logrando amargar una jornada que se anunciaba dichosa.

—El Reino no podría aspirar a un soberano mejor, majestad. Pero vos pasaréis, como pasamos todos, y dejaréis un vacío enormemente peligroso. No necesito deciros lo que sucedió a la muerte de Witiza por las disputas entabladas entre sus hijos y Rodrigo, que llevaron a la pérdida de Hispania a manos de los musulmanes. Por no mencionar las ocasiones en las que vos mismo habéis sido objeto de golpes destinados a destronaros.

—Soy muy consciente de ellas, Aimerico. Ahórrame el trago de recordarlas.

El conde ha hecho oídos sordos, empeñado en conseguir su objetivo.

—El último, no ha mucho tiempo, nos forzó a rescataros del monasterio de Ablaña, donde vuestros enemigos os habían recluido. ¿Qué habría sucedido con Asturias si por desdicha hubiésemos llegado tarde para salvaros la vida? ¿Os dais cuenta de que, a falta de un príncipe de legitimidad indiscutible, un enfrentamiento entre facciones rivales podría resultar letal para la supervivencia del Reino? Vuestro propio padre y su hermano…

En ese preciso instante, don Alfonso le ha parado en seco, dejando aflorar una cólera tan infrecuente como terrible.

Tal como le sucedió hace unos días, al pronunciar yo el nombre de Mauregato, la mera mención de su padre le ha puesto fuera de sí. Cualquiera habría pensado que, en lugar de limitarse a recordar un incidente de todos conocido, el conde había insultado gravemente al rey Fruela.

—¡Te prohíbo que vuelvas a referirte a mi padre o a mi sucesión! ¿Me has comprendido bien? ¡Te lo prohíbo! Sabes que te tengo en muy alta estima y aprecio la lealtad que me profesas. Por eso voy a olvidar este incidente y a seguir con nuestra peregrinación en paz y armonía. Pero te lo advierto, Aimerico, no tientes a la suerte. Deja que los muertos descansen.

Me he quedado de piedra. Casi tanto como el pobre fideles, quien, no me cabe la menor duda, se limitaba a cumplir con su deber de velar por la estabilidad de la corona, sin esperar ni por asomo causar semejante disgusto a su señor.

Yo pensaba que únicamente la mención del traidor que le arrebató el trono por la fuerza era susceptible de provocar ese efecto en el monarca, aunque es evidente que me equivocaba.

Pese a su avanzada edad, el Rey sigue sin aceptar con naturalidad los hechos que marcaron su niñez, al morir su padre asesinado y verse él obligado a sobrevivir a costa de alejarse de su madre. Solo así se explica la reacción extemporánea que acaban de provocar las palabras de su amigo. ¿O acaso hay algo más que yo desconozco?

Si es así, lo descubriré.

* * *

Gracias a Dios y al salterio, quién sabe si también a mi voz, las aguas se han remansado después de la cena compartida al raso, bajo este cielo cuajado de estrellas cuya belleza sobrecoge.

El canto ha devuelto el sosiego al espíritu de don Alfonso, quien se ha retirado a descansar a su tienda, tras darnos las buenas noches sin rencor. Los demás han ido haciendo lo propio, uno a uno, hasta dejarme sola con mi recado de escribir y esta necesidad perentoria de compartir lo vivido.

Ahora es muy tarde. La luna nos alumbra desde lo más alto del firmamento. De la hoguera solo quedan brasas, aunque mi corazón sigue ardiendo, rebosante de gratitud por el regalo inesperado con el que me ha obsequiado este día.

Los presagios sombríos que me han estado rondando y aún asoman, obstinados, a la vuelta de un pensamiento cualquiera, se disipan ante la fuerza nacida de esta alegría. Apenas queda de ellos un rescoldo, que lucho por ignorar.

Hoy me aferro a esta felicidad, sabiendo bien que es efímera. Efímera, sí, pero real. ¡Bendita sea!

7

Luna negra

En tierras de Gallaecia
Festividad de San Pedro y San Pablo

Tras la placentera calma de ayer, ha llegado la tempestad con una furia aterradora. No hablo de truenos o lluvia, no. A eso estoy acostumbrada. Me refiero a las tormentas que desatamos los humanos, infinitamente más dañinas.

La jornada de hoy ha sido terrible, y aún debemos dar gracias a Dios por salvar la vida del Rey.

¡Cuán voluble es el destino que nos atrapa en sus manos!

Nada presagiaba al despertar lo que estaba por acontecer.

Junto a mí, en la tienda, Freya dormía plácidamente, ajena a las preocupaciones de este mundo. Fuera se oía el murmullo de las plegarias entonadas a coro por Danila, Odoario y Sisberto, que rezaban laudes con la monotonía perezosa propia de la hora. Yo en cambio me he levantado casi de un salto, sonriendo, rejuvenecida por esa fuerza inexplicable que proporciona la felicidad. ¡No existe hierba ni tónico capaz de igualar su efecto!

La neblina suspendida sobre el río anunciaba otro día claro, en cuanto el sol subiese a lo alto de su trono.

No se veía rastro del Rey ni de Aimerico, que probablemente seguían descansando. Frente a su tienda cerrada, Cobre, amarrado a un árbol, montaba guardia con las orejas alerta. Cerca de allí, uno de los siervos avivaba el fuego, a fin de preparar alguna clase de alimento, mientras otros abrevaban a las monturas en la orilla.

Me he fijado en Muhammed, que hablaba en su lengua árabe al caballo de don Alfonso como si el animal pudiese entenderle. Acaso lo haga... ¿Quién sabe? Yo no comprendo el significado de esos sonidos, pero sé leer en los ojos y lo que he visto en los suyos me ha causado mucho miedo. Era odio. Odio entreverado de rabia. Lo sé porque yo misma he sido cautiva y he mirado de ese modo. También sé lo que llegué a hacer para escapar de mi prisión dorada: mentir, utilizar a las pocas personas que me habían mostrado afecto, intrigar, suplicar, sobornar, llevar a un hombre a la muerte.

Las aguas del Navia bajaban bravas, a causa de las lluvias recientes y el deshielo. No hay puente para cruzarlo, lo que obliga a los viajeros a buscar un vado seguro, que no necesariamente se ubica siempre en el mismo sitio. Eso nos explicó ayer Assur, con esa locuacidad jovial que hace de él un compañero entrañable.

El río cambia de humor en función de las crecidas y los derrumbes, se amansa o se encabrita de un año para otro, y donde resultaba fácil vadearlo surge de pronto un remolino traicionero. De ahí que sea precisa la ayuda de un guía fiable, buen conocedor del terreno. O sea, alguien como el propio Assur.

Antes del desayuno, si así puede llamarse a la sopa de castañas rancias que hemos engullido a falta de otra cosa, me he acercado al agua con el fin de asearme un poco. Mantengo a rajatabla el hábito de frotarme los dientes a diario con la pasta de sal y hierbabuena que me enseñó a preparar mi madre. También me gusta llevar las manos y el rostro limpios, en la medida de lo posible. No seré yo quien alimente las acusaciones de barbarie que se nos lanzaban en la corte de Corduba.

—Asnos que no se lavan —decía alguna ilustre dama del harén.

¡Qué sabría ella de lavarse en las aguas heladas de nuestra tierra astur! Se me grabó a fuego en el alma ese desprecio, hasta el punto de convertir el afán de limpieza en un reto.

Si algo tiene de bueno la humillación es que, superada a base de fortaleza, actúa como un poderoso acicate. Yo aprendí de la esclavitud que nunca nadie volvería a humillarme.

¿Serían esos pensamientos los que compartía Muhammed con Gaut mientras le sujetaba las bridas, acariciándole al tiempo la frente?

Sisberto rebañaba a conciencia el puchero del engrudo, incapaz de saciar su voraz apetito, cuando el Rey ha dado la orden de ponernos en marcha.

Las tiendas habían sido recogidas por los siervos, cuyo trabajo apenas se oye. Solo quedaban por cargar los efectos más personales. En mi caso, el recado de escribir, que hoy corría el riesgo de mojarse. Con el propósito de evitarlo, yo misma he puesto a buen recaudo este manuscrito en un rollo bien apretado de cuero, con las plumas de ganso, el tintero, los polvos secantes y el pergamino de reserva, antes de introducir el paquete en la bolsa que llevo colgada a la espalda.

Confiaba en la pericia de Assur para hacernos alcanzar la otra orilla sin contratiempos, aunque nunca es excesiva la cautela en estos casos.

Al adentrarme en el Navia, oscuro y gélido, me han venido a la mente Moisés y el pueblo judío cruzando las aguas del Mar Rojo. ¿Se sentirían como nosotros, terriblemente pequeños? ¿Tendrían el mismo temor? Seguramente mucho más, considerando la diferencia de tamaño existente entre un río, por ancho que sea, y el mar. Claro que ellos se sabían el pueblo escogido de Dios y nosotros todavía dudamos de que esta peregrinación vaya a llevarnos realmente hasta las reliquias de un santo. Algunos de nosotros, al menos. Otros, como Odoario, carecen de la menor duda. Probablemente por eso rara vez pierde la tranquilidad, a pesar de su edad avanzada.

Ni siquiera después de lo sucedido hoy.

* * *

Abrían la comitiva, marcando el camino a seguir, Agila, a caballo, y Assur, a pie, con su mastín atado de una cuerda. Tras ellos cabalgaban los clérigos, a paso lento, junto al conde Aimerico, el soberano y nosotras, sintiendo el corazón en un puño. Finalmente, cautivos y siervos andaban a duras penas por ese terreno inseguro, tirando de las mulas cargadas con la impedimenta. Cobre, encomendado a la custodia de Nuño, marchaba o nadaba en último lugar.

Estaríamos a mitad del río, en el punto más profundo del cauce, cuando los frailes han entonado un paternóster, secundado de inmediato por don Alfonso. En el momento de pronunciar «*et ne nos inducas in tentationem*», su alazán ha resbalado, derribándolo de la silla. Ha caído de golpe, sin apenas darse cuenta ni tiempo para gritar.

Quienes iban por delante no se han percatado del incidente hasta que nuestras voces los han alertado de que algo grave sucedía. Para entonces don Alfonso luchaba por su vida, arrastrado hacia el fondo fangoso por las botas, la espada, el cinturón y la loriga, además de las vestiduras mojadas.

El agua llegaba al cuello de quienes iban a pie, lo que entorpecía en grado sumo cualquier movimiento. Aun así, antes de que cualquier soldado tuviese tiempo para acudir en auxilio de su señor, Muhammed estaba a su lado, como surgido de la nada. Nadie le había visto acercarse.

Nunca sabremos si Gaut realmente resbaló espontáneamente o el cautivo le indujo con alguna clase de brujería a derribar a su jinete, como sostiene ardientemente Agila y también sospecho yo.

Lo cierto es que el sarraceno ha aparecido de repente en medio de ese torbellino, con la pretensión de asesinar al Rey.

El esclavo ha desplegado un enorme valor y una audacia digna de mejor causa en ese intento criminal, pagado a un precio proporcional a la gravedad del delito. Eso nadie puede negárselo. Era consciente de lo que hacía al atreverse a levantar la mano y conocía de sobra cuál sería su castigo. Aun así, no le ha temblado el pulso.

¿Cuándo empezó a urdir su plan? ¿Quién le ayudó a concebirlo? Ha exhalado el último suspiro jurando por su profeta haber actuado solo. Agila ha intentado por todos los medios obligarle a confesar no sé muy bien qué clase de conjura, mas él se ha mantenido firme en su silencio.

Yo creo que no mentía. Cuando uno sabe que va a morir, no suele poner en riesgo la salvación de su alma… Y eso era exactamente lo que se jugaba el cautivo.

Pero adelanto acontecimientos, como ya es costumbre adquirida, en lugar de relatar lo sucedido con la precisión que merece.

La escena de la caída y súbita aparición de Muhammed nos había dejado sin reacción a quienes estábamos más cerca. Únicamente Agila y Nuño, desde extremos opuestos, trataban con desesperación de llegar hasta el Rey, cuya cabeza asomaba de cuando en cuando, en busca angustiada de aire, entre espumas causadas por la lucha desigual entablada con el sarraceno. Este tenía toda la ventaja, dada la ligereza de su atuendo. Le bastaba con empujar a su víctima por los hombros cada vez que salía a respirar, o bien tirarle de la ropa hacia abajo, para acelerar lo que el impulso natural de las cosas estaba a punto de conseguir.

Don Alfonso, lastrado por tanto peso, no podía defenderse. Apenas lograba tenerse en pie. Aimerico, recobrado el dominio de sí, intentaba alejar de él al asesino, acosándolo desde lo alto de su montura, sin éxito. Los caballos responden mal cuando se encuentran en un medio hostil.

Si en ese punto preciso hubiese habido más corriente, ahora estaría llorando la muerte de mi soberano. Gracias al cielo y a Nuño, no ha sido así.

En realidad, ha sido el vascón quien ha rescatado al monarca, agarrándolo por la melena cuando ya su cuerpo, rendido, se entregaba al fondo fangoso. El propio Rey, no obstante, cree deber su salvación a la cruz que cuelga de su cuello. Una cruz de plata idéntica, aunque de menor tamaño, a la que cubre su pecho en la batalla, grabada en el escudo y la armadura. Muy parecida a la que labraron en Ovetao esos artesanos extranjeros que muchos creen ángeles divinos enviados a este mundo con esa piadosa misión.

Tan convencido está don Alfonso de haberse librado de

perecer por la intervención milagrosa de la Santa Cruz, que ha mandado señalizar el lugar para asegurarse de que sea levantada allí una capilla consagrada a su advocación.

Nuño no ha protestado. Aunque pagano, respeta profundamente las creencias de nuestro señor y le ama tanto como yo. No es el afán de gloria o el deseo de recompensa lo que le ha llevado a salvarlo, poniendo en riesgo su propia vida, sino el sentido del deber. O el afecto. O el instinto. Tanto da. Lo importante es que ha sacado a don Alfonso del agua, lo ha llevado a cuestas hasta la orilla, sabe Dios cómo, y lo ha depositado en el suelo, boca abajo, con sumo cuidado. Una vez allí, ha permanecido a su lado, inmóvil, sin pronunciar una palabra y con un gesto de fiereza bestial que nunca había visto en su rostro. Pronto se ha unido a la vigilia Cobre, lanzando unos aullidos lastimeros que solo han cesado al volver en sí el monarca como regresó de la muerte Lázaro: aturdido y pálido, aunque respirando.

El jefe de la guardia, entre tanto, ya había alcanzado a Muhammed. Desde la grupa de mi asturcón, volviendo la vista atrás mientras el caballo avanzaba hacia tierra firme, he visto cómo el cautivo trataba de quitarse la vida sumergiéndose en el agua con la boca abierta. Agila no se lo ha permitido. Con la energía que da la furia, se ha bajado del caballo y lo ha sacado a flote, cogido por el gaznate, a la vez que le clavaba el cuchillo en un costado. Un grito de dolor agudo ha desgarrado el aire. A juzgar por la forma en que lo ha herido, quería hacerle daño y debilitarlo, pero no matarlo. Lo necesitaba vivo y vivo lo ha capturado.

Seguro que ese desgraciado habría preferido morir.

Poco a poco habían ido llegando hasta ellos varios soldados a caballo, que han ayudado a su capitán a ganar la ribera arenosa arrastrando con él al prisionero ensangrentado. Agila jadeaba por el esfuerzo, aunque tengo para mí que la rabia vencía al cansancio. Estaba colérico, atónito, incrédulo ante la osadía de ese esclavo homicida que le sostenía orgulloso la mirada.

—Atadlo a ese árbol de manera que la cuerda le tapone la herida —ha ordenado a sus hombres, señalando un castaño cercano—. No dejéis que se desangre.

Don Alfonso permanecía inmóvil, entre este mundo y el otro. El conde Aimerico había asumido momentáneamente el mando. Mediante un gesto de la mano, ha otorgado licencia al jefe de la guardia para actuar sin piedad. Este ha vuelto a sacar el cuchillo.

—¿Quién te ha pagado para matar al Rey?

La pregunta me ha sorprendido. ¿Por qué tendría que haberle pagado alguien? A mí no se me había pasado por la cabeza tal posibilidad. Llevo tiempo observando a ese cautivo e intuía que algo perverso andaba planeando. Es más, no me sorprendería que él mismo hubiese propiciado de algún modo el incidente acaecido hace unos días en la montaña, cuando el alazán de don Alfonso se encabritó y estuvo a punto de despeñarse. El afán de venganza de ese guerrero derrotado es evidente. Basta y sobra para justificar lo que ha intentado hacer, afortunadamente sin lograrlo.

Agila, sin embargo, ha insistido:

—¿Quién te ha pagado, malnacido?

Muhammed no ha respondido. Solo musitaba en su lengua lo que parecía ser un salmo.

Un primer golpe certero le ha rebanado una oreja, arrancando de sus labios otro alarido.

—Habla, esclavo, o perderás la otra, y luego un ojo, y el otro, y todo lo que pueda quitarte antes de llegar al corazón.

—¡Mil veces le mataría sin que nadie me lo ordenara, perro cristiano!

248

El sarraceno mostraba toda la altivez de un combatiente de alta cuna que asume el final sin mostrar miedo, desafiando al enemigo. Si quería provocar a su verdugo, lo ha conseguido, porque el siguiente golpe de acero ha ido directo a reventar una de sus pupilas oscuras.

El chillido que le ha brotado entonces de la garganta me ha recordado al que lanzan los cochinos cuando el matarife que los sacrifica no sabe hacer bien su trabajo.

Freya se ha tapado los oídos, horrorizada, tratando de escapar a la escena refugiada en los brazos de su padre. Este la ha rechazado casi con violencia, sin mostrar compasión alguna. Toda su atención estaba centrada en el interrogatorio, pues una cosa era que ese cautivo hubiese visto una ocasión de vengarse y la hubiese aprovechado, y otra muy distinta que obrara en nombre de algún magnate cristiano. Eso sería muchísimo más grave.

Aunque actualmente el Rey ha consolidado su poder y vencido a sus adversarios internos, no sería la primera vez que alguien intenta derrocarlo. El propio Mauregato lo consiguió nada más ser elevado don Alfonso al trono, usurpando a traición su lugar durante más de un lustro. Después hubo otros. Tal como le recordaba ayer mismo Aimerico, la última conjura acabó con el legítimo soberano recluido en el monasterio de Ablaña, de donde lo rescataron sus fideles in extremis, cuando los instigadores de la rebelión estaban a punto de tonsurarlo para así impedir que regresara a la corte.

¿Habrá sobrevivido alguno de esos felones ocultándose entre los leales? ¿Cabe alguna posibilidad, por remota que sea, de que Muhammed formara parte de algo mayor y más peligroso que él mismo? Yo no lo creo, pero entiendo que los hombres del Rey se hayan empleado a fondo para despejar cualquier duda.

—¡Habla, hijo de una ramera, o te juro por lo más sagrado que enterraré tus despojos untados en la grasa de un cerdo, en compañía del animal!

Por toda respuesta, el supliciado le ha lanzado un salivazo a la cara.

De acuerdo con su religión, el cumplimiento de esa amenaza supondría la exclusión del paraíso donde le aguarda una eternidad rodeado de bellas huríes. Pero ni por esas ha conseguido Agila obligarle a suplicar o confesar algo más que su desprecio hacia nosotros. Con el rostro cubierto de sangre, convertido en un eccehomo, ha empezado a recitar de nuevo la misma plegaria repetitiva.

No sé cuál habría sido el siguiente paso en ese atroz tormento. Tal vez terminar de cegarle. Quién sabe si algo peor. El caso es que en ese momento el Rey ha abierto los ojos y se ha incorporado, despacio, ayudado por Nuño. Al ver lo que sucedía, su voz firme ha ordenado:

—¡Basta!

Tanto Agila como Aimerico se han girado hacia él, con una mezcla de alegría y alivio. El conde ha sido el primero en hablar.

—¡Al fin regresáis a este mundo! Hemos llegado a temer lo peor…

—Este infiel ha intentado mataros, majestad —ha protestado el jefe de la guardia—. Permitidme hacerle hablar.

—Pagará esa afrenta con su vida —ha respondido el soberano, ya en pie, en tono sombrío—. Nada más hay que decir.

—¿Y si no ha actuado solo? —ha insistido Agila.

—En su lugar, tú habrías hecho lo mismo que él. ¿No es así? ¿No lo habrías intentado al menos?

—Pero…

—Mis enemigos en la corte no se sirven de esclavos, Agila. Agradezco tu celo, sé que te mueve el empeño de protegerme, mas no complace al Señor que nos ensañemos con un adversario vencido. Pon fin a su sufrimiento. De inmediato.

Muhammed ha sido desatado del árbol que lo mantenía en pie y forzado a arrodillarse, pese a que su cuerpo maltrecho apenas podía sostenerse por sí mismo. Uno de los soldados de la escolta ha ido en busca de un hacha con la que cumplir la orden real, ejecutada de un tajo certero por su capitán. La cabeza del cautivo ha rodado por el suelo, separada del tronco, mientras una enorme cantidad de sangre teñía de rojo carmesí la arena grisácea del suelo.

No he sentido lástima, esa es la verdad. Tampoco repulsión o rechazo como los que mostraba la pobre Freya, acurrucada junto a los clérigos hecha un ovillo. Mi corazón ha experimentado cierta admiración hacia ese guerrero por preferir afrontar una muerte semejante a vivir como un cautivo. Claro que, inmediatamente después, ha venido la satisfacción de constatar que el muerto es él, mientras que don Alfonso vive. Si hubiese conseguido su propósito asesino, yo misma le habría arrancado los ojos sin necesidad de cuchillo.

Tras la decapitación del esclavo se ha hecho un silencio denso, a la espera de ver cuál sería el siguiente paso. Finalmente, el abad de San Vicente ha propuesto:

—Deberíamos decir una misa de acción de gracias por vuestra milagrosa recuperación, señor.

—La celebraremos al llegar a Lucus, Odoario. Por hoy ya hemos perdido suficiente tiempo.

—¿Y qué hacemos con el otro sarraceno?

El que acababa de hablar era Nuño, salido de pronto de su mutismo con un rictus de ferocidad surcándole de arrugas la frente. Se refería al segundo de los cautivos moros que nos acompaña desde Ovetao. Ese a quien todos llaman Tariq, capturado hace muchos años, cuando era poco más que un niño ocupado en labores de intendencia en la hueste mahometana. Lleva toda la vida entre cristianos y habla perfectamente nuestra lengua.

—¿Qué hemos de hacer? —ha terciado Sisberto—. Es inocente.

—Eso no tenemos modo de saberlo —ha replicado el vascón—. Yo digo que lo matemos aquí mismo y evitemos correr nuevos riesgos.

—Secundo la propuesta —ha dicho de inmediato Agila.

El responsable de los guardias reales sabe mejor que nadie cuánto vale la vida de don Alfonso. Él es la pieza a batir. La presa más codiciada de cuantas ansían los sarracenos cada vez que nos atacan. En todas las aceifas perpetradas contra nosotros han buscado más que ninguna otra cosa cobrarse su cabeza, ya fuera sobre los hombros y cargada de cadenas, ya metida en un cofre, conservada en sal, despachada en carro hacia Corduba como prueba de nuestra derrota.

En el año 794, en el 795, en todas las brutales campañas lanzadas a la conquista de Asturias, él ha sido el principal objetivo. Porque sin un rey de su talla no habría aguantado el Reino. Porque otro con menos valor, menos fe o menos constancia habría acordado los términos de una sumisión más o menos honrosa al conquistador victorioso. Él no. Él es la clave de bóveda de la resistencia cristiana. Por eso preservar su vida ha sido siempre lo primero, aun a costa de sacrificar grandes contingentes de hombres o ver sucumbir al pillaje las iglesias de Ovetao.

—Deshagámonos de él cuanto antes —ha repetido Nuño, impaciente.

Tariq estaba a demasiada distancia para enterarse de lo que se discutía, intentando recolocar en su sitio la carga de las mulas zarandeada durante el cruce del río. Dadas las circunstancias, me ha parecido una bendición para él.

Don Alfonso había pedido ropa seca con la que cambiarse la túnica empapada en lodo, y un siervo había corrido a buscarla en el baúl correspondiente, mientras se celebraba ese peculiar juicio. Yo observaba los acontecimientos atentamente, sin decidirme a tomar partido.

—Señor —ha intercedido Danila—. No veo que exista una causa fundada para ajusticiar a ese cautivo. Os suplico, en su nombre, clemencia.

—¿Existe una causa más fundada que proteger la vida del Rey? —ha replicado Agila—. No sabemos lo que nos aguarda en lo que resta de camino. Tampoco conocemos las intenciones de ese infiel, ni si estaba conchabado con el asesino. No tentemos a la suerte…

—Es inofensivo. —Danila no pensaba recular—. No veo que represente ese peligro al que os referís, capitán.

Nuevamente ha sido don Alfonso, visiblemente irritado, quien ha zanjado la discusión, siguiendo el ejemplo del rey Salomón; es decir, dando la razón a los dos sin quitársela a ninguno.

El sarraceno nos acompañará hasta Lucus, sometido a estrecha vigilancia. Una vez allí, será vendido o cedido a la guarnición local. No volverá a estar lo suficientemente cerca del soberano como para suponer una amenaza, ni sabrá nunca lo cerca que estuvo de acabar decapitado sin motivo. Mejor para él. Hace mucho que dejó de ser dueño de sí mismo y solo quien conoce en carne propia lo que significa esa pérdida puede llegar a entender los beneficios de vivir en la más absoluta ignorancia.

* * *

Hemos retomado el camino en un estado de consternación del que nos ha costado salir.

En vanguardia cabalgaba Agila, rodeado de soldados que habían recibido la orden de extremar la vigilancia. Inmediatamente detrás iba don Alfonso, junto a Odoario y los otros clérigos, probablemente rezando el rosario, a juzgar por sus gestos. Su mastín Cobre trotaba pegado a las patas delanteras de Gaut, a cuyo flanco caminaba también Nuño, sin perder de vista un instante a su señor.

El conde Aimerico seguía al grupo de cerca, tratando de tranquilizar a su hija, cuyo pecho todavía se estremecía por los sollozos. ¡Cuánto le queda por aprender a esa criatura! Algo rezagada de ellos caminaba yo, con mi asturcón del ronzal, intentando convencer a Assur para que no nos abandonara en ese trance.

—A partir de aquí no tenéis pérdida, mi señora. Solo debéis seguir la vía cuesta arriba. La subida resulta dura, pero después el terreno se allana. Si vais a buen paso, en un par de jornadas podéis estar en Lucus.

—Tú conoces estas tierras, Assur. Te necesitamos.

—Me necesitan más en mi aldea, os lo aseguro. Y más ahora.

Cumplida su misión de conducirnos hasta el vado del Navia, nuestro guía había anunciado que regresaba a su casa, donde lo esperaban sus hijos. Únicamente mis ruegos lo habían convencido para acompañarnos un tramo más, hasta alcanzar un altozano desde el cual se divisaba el territorio en el que nos adentrábamos.

—Ven con nosotros hasta la ciudad, te lo ruego. Ya ves que nos hace falta tu ánimo al menos tanto como tu dominio del terreno. El Rey pagará generosamente tu servicio, estoy segura.

—Con todos mis respetos, señora, las gentes principales no tienen idea de lo dura que es la vida por aquí. A sus señorías les sirven la comida en la mesa, ¿no es cierto? Los pollos van asados, el queso, curado, la fruta, cogida de los árboles. Nosotros tenemos que criar, sembrar y conservar todo lo que nos llevamos a la boca. Necesitamos cada mano capaz de trabajar. El oro o la plata no se comen.

—El Rey y sus soldados defienden el Reino —he rebatido, ofendida al captar un cierto desprecio en sus palabras.

—¿Y los campesinos no? ¿Acaso no respondemos a las levas cada vez que hay guerra? ¿No sangramos los primeros? ¿No sufrimos las aceifas? Y, además, talamos árboles, desbrozamos maleza, arrancamos raíces, quemamos, aramos, abonamos con orín y excrementos de animales la tierra que habrá de convertirse en pasto para nuestros ganados, sembramos huertos, hacemos despensa…

—Nací en un castro, Assur, no en un palacio. Sé muy bien de qué me hablas.

—Entonces sabréis, mi señora, que cuando llega el invierno todo se cubre de nieve, a menudo hasta tapar la aldea entera, y hay que tirar de las provisiones acumuladas ahora, en este tiempo de abundancia. Sabréis que se mata al cerdo, si lo hay, pero nunca a la vaca. Y que hace falta mucho heno, grano para las gallinas y los gansos, miel, nueces, avellanas, ciruelas secas, carne en salazón, leña… Sabréis lo fácil que es morir de hambre, de frío o de fiebre.

—Lo sé, Assur, lo sé.

—Tengo un cortín a medio hacer que he de acabar cuanto antes.

—¿Un cortín? ¿Qué es eso?

Mi cara de asombro le ha hecho reír con ganas.

—¿Y decís haber nacido en un castro? No estaría en las montañas… Aquí la miel es la vida, pero hay que disputársela a los osos. A ellos les gusta tanto como a nosotros y son más fuertes, además de tener pelo que los protege de las picaduras. Nosotros somos más listos y levantamos murallas de piedra rodeando las colmenas. Por mucho que huelan la miel, no pueden llegar hasta ella. Nosotros sí, aunque para cogerla haya que enfrentarse a las abejas. Preferimos ese aguijón al del hambre cuando aprieta.

—Tu cortín podrá esperar unos días y aún no es tiempo de cosecha —he protestado, en vano. La mirada oscura de Assur era un ruego revestido de dignidad.

—Dejadme marchar, señora, y seguid con Dios hasta Iria Flavia. Siempre tendréis en mí a un servidor leal.

No ha hecho falta más adiós. Con la agilidad de un zagal, ha dado media vuelta para desandar la senda recorrida desde la orilla, entre helechos altos y castaños.

El cautivo sarraceno que marcha cerrando la comitiva, custodiado por un guardia pese a llevar las manos amarradas, lo ha visto pasar sin dirigirle una mirada. El siervo que atiende a las mulas lo ha saludado con la cabeza. Los demás ni se han dado cuenta.

Yo me he quedado unos instantes quieta, pensando que este viaje, todos los viajes en realidad, aunque en este lo perciba de manera más clara, son como una vida concentrada en el espacio de pocos días: buscamos un propósito que dé sentido a tanta fatiga, perseguimos una meta no siempre dispuesta a mostrarse de manera inequívoca, contemplamos distintos paisajes, tenemos momentos de felicidad seguidos de cerca por otros de sufrimiento, reímos, lloramos y nos cruzamos con gentes que recorren junto a nosotros un tramo del sendero, para luego despedirse seguramente hasta nunca.

¿Qué otra cosa es nuestro paso por esta existencia efímera?

Esfuerzo, dolor, ilusión, decepción, peligro, recompensa, amor, pérdida… Un camino que, en el fondo, todos recorremos en soledad, pese a buscar desesperadamente alguien con quien compartirlo.

Empezaba a hacer calor, pese a lo cual un escalofrío me ha recorrido todo el cuerpo, desde la nuca hasta los pies. Necesitaba huir de esa certeza cortante como el hacha del verdugo, por lo que he montado mi asturcón en busca de compañía. La que fuera.

* * *

A medida que ascendíamos, el bosque tupido dejaba paso nuevamente al monte ralo, abriendo a nuestros ojos un horizonte despejado de colinas reverdecidas por la luz de un sol deslumbrante que obligaba a mantener la vista baja.

Nunca pensé que llegaría a echar de menos la lluvia, pero tras varias jornadas de bochorno ansío algo de frescor. Este aire cargado no presagia nada bueno, aunque prefiero tranquilizarme pensando que lo peor ya ha pasado.

Lo que tenga que venir no puede ser tan atroz como lo acontecido en el río.

Recién coronado un risco, ha aparecido a nuestra izquierda el esqueleto de un castro de piedra. Otra Coaña abandonada por sus moradores, mostrando al cielo sus despojos negros, como tantos otros vestigios de un pasado desaparecido diseminados aquí y allá.

A diferencia de los de Muhammed, estos no serán devorados por los carroñeros. Irán desmoronándose poco a poco, hasta convertirse en polvo, y con ellos se perderá la memoria de quienes los habitaron. Acabarán diluyéndose en el olvido de un tiempo cuyos contornos e inquietudes no nos es dado conocer ahora. Morirán, como hemos de morir nosotros, aunque no será hoy. Ni mañana tampoco.

No soy dada al lamento. Detesto la conmiseración y nada me disgusta tanto como recrearme en reflexiones sombrías. De ahí que haya buscado a quien tenía más cerca, a fin de ahuyentarlas deprisa.

Esa persona ha resultado ser Sisberto.

—¿Existen en las tierras llanas allende el Durius castros similares a los nuestros? No recuerdo haber visto ninguno cuando pasé por allí, hace ya muchos años.

—No, dama Alana, no existe nada parecido. Tenemos castillos, desde luego, y ciudades fortificadas, pero no castros.

—Echaréis de menos vuestra bella Toletum, imagino. Sus palacios, sus basílicas hermosamente decoradas, sus comodidades...

Como si le hubiera tirado de un resorte, su respuesta ha dado rienda suelta a toda la ira, la amargura y el desprecio que acumula desde que partimos de Ovetao.

—¿Si extraño mi ciudad de Toletum? —Ha escupido—. ¿Si añoro mis vinos, mis llanos, mi convento y a mis hermanos? Es imposible que lleguéis a concebir siquiera cuánto. Los astures, como dejó escrito el sabio san Isidoro de Híspalis, vivís encerrados entre montañas y selvas. Vuestra idea de la civilización no se parece en absoluto a la mía.

Quiero creer que son el cansancio y la debilidad los que han hablado por su boca, aunque sus palabras me han parecido tan insultantes que, sin darle tiempo a decir más, he espoleado al caballo para adelantarme hacia donde cabalgaba Danila.

Semejante comentario rezumaba no solo desprecio henchido de arrogancia, sino ingratitud. Porque esas selvas y esas montañas son las que han protegido este santuario de la fe cristiana que es Asturias. Claro que no me he tomado la molestia de decírselo. ¿Con qué fin? Habría sido una pérdida de tiempo.

Ignoro lo que esperaba encontrar Sisberto al buscar refugio entre nosotros, aunque empiezo a sospechar que acaso no fuese un entorno amigo para rendir culto sin trabas al verdadero Dios uno y trino. De haber sido así, se mostraría más dispuesto a pagar el precio inherente a esa libertad.

En mi opinión, es cada vez más palmario que ese clérigo forastero ha llegado hasta aquí a causa de una fuerza distinta, que ha de ser muy poderosa y aún está por desvelarse.

A duras penas me he mordido la lengua, sabiendo que si le contestaba tal como merecía habría provocado un incidente de consecuencias imprevisibles. Bastante jaleo habíamos tenido ya nada más empezar el día. No estaban los nervios en condiciones de afrontar nuevas pruebas.

* * *

El sol alcanzaba lo más alto de un cielo intensamente azul, cuando la comitiva se ha detenido unos instantes para que pudiésemos beber un trago de agua.

La fatiga hace ya mella en todos y este calor resulta agobiante. Apenas queda rastro de la ilusión con la que partimos hace menos de una semana. Han sido muchos los percances sufridos y pocos o ninguno los motivos para la esperanza.

De no ser por la llamada silenciosa que me lanzó, sabe Dios desde dónde, mi hijo Rodrigo, y por el anhelo ardiente de abrazarlo, yo misma estaría arrepintiéndome de haber emprendido esta aventura. Claro que aún perdura vivo en mi recuerdo el momento de emoción vivido al entonar junto a mi señor esa vieja canción vascona… Eso mereció con creces muchas penas.

Don Alfonso lleva toda la mañana mostrando un humor taciturno, en conciliábulo con Odoario. Probablemente busque un apoyo renovado a esta peregrinación, que a poco le cuesta la vida y empieza a parecer realmente una locura. Sisberto no se ha cansado de repetirlo desde que salimos de la capital, aportando argumentos de peso. Acaso tenga razón, por muy desagradable que sea.

El trágico incidente protagonizado por el cautivo, en todo caso, nos ha dejado el alma encogida. Claro que algunos soportan sorprendentemente bien los golpes de la fortuna. El caso más claro es Danila. Nada parece capaz de alterar ni un ápice su ánimo, con la única excepción de esa Biblia inconclusa cuya mera evocación hace que le lleven los demonios.

—¿Puedo pediros un rato de conversación con la que olvidar lo ocurrido? —le he abordado.

—Si es vuestro deseo…

—¿En qué pensáis?

El calígrafo me ha lanzado una mirada entre divertida y airada.

—¿Sabéis decirme, dama Alana, por qué no hay mujer en el mundo que se resista a formular esa pregunta?

—No os comprendo.

—Lo hacéis a la perfección. Reconocedlo. Os consta que es así, pero no queréis admitir vuestra naturaleza curiosa. Es la condición femenina. Esa necesidad de saber, de adentrarse hasta lo más íntimo del otro para así poder contarlo…

—No estaba pensando contar nada de lo que me digáis —he replicado sin mentir, puesto que este manuscrito no alberga semejante propósito—. Ahora bien, si preferís que me vaya, solo tenéis que decirlo.

—Quedaos, señora, no os ofendáis; solo constataba un hecho curioso y las más de las veces molesto, he de decir.

—¡Lejos de mi intención molestaros!

—Lo sé, lo sé. Haya paz entre nosotros. Y puesto que habéis preguntado, os diré que estaba pensando en la batalla del monte Cupeiro, que debió de tener lugar muy cerca de aquí. Si Assur no se hubiese marchado tan deprisa, habría podido indicarnos cuál es exactamente ese monte próximo al lugar donde se batieron las tropas de los gallegos alzados contra su príncipe, hace ya unos cuantos lustros, siendo vos y yo niños.

—Perdonad mi ignorancia. ¿A qué príncipe os referís? Nunca oí hablar de esa batalla...

—A Silo, esposo de la reina Adosinda, tía de nuestro rey. Contra él se rebelaron los señores de la Gallaecia, como ya habían hecho en tiempos de Fruela, padre del actual monarca, rompiendo la unión de pueblos cristianos lograda antes que ellos por Alfonso, duque de Cantabria y sucesor de Pelayo.

—¿Qué motivó esas revueltas?

—Es difícil decirlo. ¿Afán de poder? ¿Ambiciones personales? ¿Envidia del caudillaje astur? ¿Rechazo de su autoridad? ¿Incapacidad de ver hasta qué punto la unión hace la fuerza, especialmente ante un enemigo tan poderoso como el que sienta sus reales en Corduba? Probablemente concurrieran distintos motivos. Lo cierto es que toda la Gallaecia se levantó en armas contra su legítimo señor, quien se vio obligado a doblegar la sublevación por las armas.

—De vuestras palabras deduzco que lo consiguió.

—Así es. Venció el príncipe Silo. Los dos ejércitos chocaron precisamente en estas tierras, con gran mortandad por ambas partes, mas quien se alzó con la victoria fue finalmente el tío de nuestro señor. Merced a ese triunfo se consolidó el Reino de Asturias, para bien de nuestro soberano. Me temo, sin embargo, que no será esa la última batalla librada entre nosotros. Llevamos en la sangre una tendencia perversa al enfrentamiento entre hermanos.

—Ya no —he rebatido con vigor—. Don Alfonso ha pacificado el Reino y conjurado para siempre ese peligro.

—Dios os oiga, Alana, Dios os oiga. Y quiera también el cielo que la milagrosa aparición del sepulcro donde descansa el Apóstol sea el modo en que Jesucristo nos brinda su divino respaldo.

—¿En la salvaguarda de Asturias frente a las aceifas musulmanas?

—En una empresa harto más ambiciosa, señora. En la reconquista de Hispania y la salvación de la Cristiandad amenazada.

* * *

Hoy ha sido una jornada repleta de acontecimientos. Podremos quejarnos de la dureza del camino y sus peligros, pero en modo alguno decir que nos aburrimos.

¡¿Cuándo?!

Al poco de reanudar la marcha, ha pasado ante nuestros ojos un soldado de los que van en retaguardia, un tanto azorado, escoltando a dos hombres bastante mejor vestidos que cualquiera de los que hemos visto hasta ahora. Tenían aspecto de forasteros y pedían ver a don Alfonso.

Según hemos sabido más tarde, se trata de dos canteros francos que siguen la misma vía que nosotros, en dirección a Lucus. Un maestro y un oficial en busca de trabajo, han dicho. En cuanto han sabido, por los siervos, que el mismísimo rey de Asturias encabezaba nuestra comitiva, han solicitado ser conducidos hasta él, a fin de rendirle pleitesía.

El mayor, Esteban, me ha recordado mucho a Tioda por su elegancia natural y su apostura. Iba ataviado de manera parecida a como solía ir el arquitecto real, con túnica ribeteada de azul, sujeta por una bonita fíbula de plata, y manto del mismo color sobre los hombros, probablemente a falta de un lugar mejor donde llevarlo. De su espalda colgaba una bolsa de cuero ligera, casi idéntica a la que portaba su silencioso compañero. Seguramente habrían dejado a sus animales al cuidado de los siervos para presentarse ante el soberano a pie, como muestra de reverencia.

Era evidente, por su forma de actuar, que se trataba de personas con educación, acostumbradas a codearse con gentes principales.

El que permanecía callado, Roberto, debía de tener la edad de mi hijo Fáfila. El otro se acercaba más a la mía. Al principio me he fijado únicamente en su rostro de facciones serenas, enmarcado por cabello y barba de un bonito tono castaño rojizo salpicado de hebras blancas. Luego me ha llamado la atención su manera peculiar de hablar, con voz grave, un romance similar al que utilizamos nosotros, trufado de palabras desconocidas pronunciadas desde el fondo de la garganta. Lo mismo que se hablaba en la corte de Carlos el Magno, de cuyo esplendor, nos ha contado Esteban, queda el recuerdo y poco más.

Alertado de su presencia, el Rey ha querido que se incorporaran al grupo de inmediato, para así poder oír de sus labios noticias frescas del reino vecino. Aunque el intercambio de cartas entre el monarca franco y él es algo habitual, como corresponde a dos aliados leales en la lucha contra los muslimes, disponer de un testimonio directo de cuanto acontece al otro lado de la cordillera no es algo que ocurra con frecuencia. De ahí que Esteban y Roberto hayan sido recibidos con gran cordialidad, e invitados a cabalgar junto a don Alfonso.

Enseguida ha entablado conversación el soberano con ellos, o mejor dicho con el maestro, dado que el oficial no parece muy locuaz. En cuanto a mí, cediendo a la curiosidad habitual, me he colocado justo detrás, con el propósito de no perder palabra.

—Os encontráis lejos de vuestro hogar —ha abierto el fuego mi señor—. ¿Puedo preguntaros por qué?

—Allí corren malos tiempos, sire. El rey Luis ha asociado al trono a su hijo mayor, Lotario, a quien ha designado como sucesor, rompiendo con la costumbre franca de dividir sus dominios entre todos sus herederos. Desde entonces el reino se desangra en luchas intestinas.

—Conocía la designación de Lotario y estaba al corriente de algunas desavenencias provocadas por su nombramiento, pero ignoraba que el malestar fuese tan grave como el que describís. Lo lamento profundamente.

—Muy grave, os lo aseguro, para gran pesar del rey.

—Me consta que vuestro soberano es un guerrero valeroso, veterano en varias campañas contra los sarracenos en la Marca Hispánica. Lo tengo en la más alta estima como leal aliado. Bajo su mando las tropas francas sitiaron y tomaron Barcinona a principios de la centuria, lo que extiende el dominio cristiano sobre la península hasta el río Hiber. Y con la ayuda de Dios aún hemos de ampliarlo hacia el sur en los tiempos venideros, si no lo impide esa discordia cuyos ecos habían llegado a mis oídos precisamente desde esas tierras.

—Ojalá que así sea, majestad. —Era patente que Esteban no deseaba contradecir en lo más mínimo al poderoso príncipe que le interrogaba.

—Continuad con vuestro relato, os lo ruego. Me estabais hablando de turbulencias...

—Van en aumento, señor, causando estragos. Las revueltas han agitado todo el país y obligado al emperador a tomar represalias contra su propia familia, que se han traducido en medidas de extrema crueldad. Según se dice, eso ha motivado que viva abrumado por la culpa y los remordimientos, cada vez más aislado, mientras las rencillas por la sucesión desangran el imperio. Ha encerrado a sus hermanas en monasterios y alejado a cuantas mujeres había llevado Carlos el Magno a la corte de Aquisgrán en calidad de consejeras.

—¿También a la princesa Berta? —Mi señor no ha olvidado a esa dama que ocupó un lugar distinguido en su pasado.

—Lo ignoro, majestad. Solo puedo confirmaros que a su alrededor todo el mundo conspira contra todo el mundo por el reparto de feudos. Hermanos contra hermanos, esposas contra esposos, magnates entre sí, clérigos contra otros clérigos, hasta el punto de lanzarse acusaciones gravísimas de adulterio y brujería. La violencia crece, el trabajo escasea y el hambre amenaza.

Esas últimas palabras han debido de causar al Rey una honda preocupación. Sin verlo, he imaginado la arruga que habrá surcado su frente y el rictus de contrariedad que habrán dibujado sus labios. Motivos le sobran para ello, desde luego.

Si los francos flaquean en la Marca Hispánica, Asturias se queda sola en la lucha contra un enemigo mucho más fuerte, cuyo empeño por destruirnos se traduce casi cada año en acometidas brutales. Por otra parte, nadie sabe tan bien como nosotros los daños que llegan a ocasionar las disputas internas cuando se adueñan de un reino. Así se gestó la caída del dominio visigodo en Hispania y sobrevino la invasión sarracena.

¿Será el enfrentamiento fratricida una condena tan implacable como el pecado original que arrastramos? Eso parece. Y Danila se equivoca al atribuir el estigma únicamente a los hijos de esta tierra hispana. A tenor de lo que ha contado el maestro cantero franco, al otro lado de la cordillera pirenaica el apetito voraz de poder causa idénticos males. Es más, incluso entre los musulmanes arrecian los combates entre caudillos de la misma sangre. Merced a esas guerras suyas podemos disfrutar nosotros de alguna tregua en sus aceifas, ya que mientras luchan entre sí no encuentran tiempo para acometernos.

Demos pues gracias al Señor por la ambición que ha sembrado en el corazón de los hombres, pero confiemos en que la discordia solo aflija a quienes rezan a Alá.

Esteban se ha dado cuenta del impacto que su relato había causado en don Alfonso, y no ha tardado en matizar:

—Tal vez me haya expresado mal, gran sire. En la defensa de la Cristiandad frente al avance musulmán todos los magnates del imperio están de acuerdo.

—Ojalá fuese así, amigo, pero me temo que no. Recientemente me llegaron noticias procedentes precisamente de Barcinona, que defendida por Bernardo de Septimania resiste a un largo asedio moro encabezado por un conde godo traidor al que apoya con un gran ejército el mismísimo Abd al-Rahmán.

—Nada sé yo de ese asedio, majestad.

—Al parecer, la tropa enviada por Luis para brindar socorro a los sitiados no termina de alcanzar su destino porque dos de sus comandantes se niegan a luchar bajo los estandartes imperiales. Dios les pedirá cuentas de esa cobardía cuando se enfrenten a SU juicio, no cabe duda.

Tras una pausa destinada a subrayar la gravedad de esa afirmación, el forastero ha regresado al principio de la conversación.

—Por esa razón estamos aquí, sire. La guerra civil es enemiga de la construcción. En tiempos de paz, sin embargo, los reinos prosperan. Y los ecos de vuestro sabio gobierno han llegado hasta nuestra Aquitania natal. Desde allí venimos, atravesando las montañas, en busca de un lugar donde poder desempeñar nuestro trabajo. Hemos oído decir que estáis promoviendo la construcción de iglesias y palacios, hasta convertir vuestra capital en una de las más hermosas de la Cristiandad...

La adulación era tan evidente y tan forzada que ha causado un efecto contrario al pretendido.

—No obtendréis nada de mí halagándome. Todo el que me conoce sabe cuánto detesto esa práctica.

—Perdonadme si os he ofendido —ha reculado el franco—, no lo pretendía. Os aseguro, sin mentir, que entre nosotros los masones la fama de vuestras obras corre de boca en boca. Ese es el motivo que nos ha traído hasta aquí. Venimos ahora de Ovetao, donde hemos contemplado el esplendor de vuestros edificios. Lástima que estuvieran acabados. Llegamos demasiado tarde.

—Eso me temo, sí.

—Se nos ha dicho, no obstante, que en Lucus hay múltiples tareas de reconstrucción en marcha, y hacia allá nos dirigimos, en busca de una cantera necesitada de manos diestras. Encontraros en el camino ha sido un golpe de fortuna totalmente inesperado.

—Sed bienvenidos entonces. No tengo gran cosa que ofreceros, pero compartiré gustoso vuestro saber. Tal vez hayáis oído hablar de Tioda, el maestro bajo cuya dirección se llevaron a cabo todas las obras que habéis tenido ocasión de ver en mi capital. Y acaso podáis brindarme consejo para una iglesia que tengo en mente mandar levantar próximamente, si la Providencia quiere que las cosas transcurran como yo espero...

A partir de ahí se han puesto a hablar de naves, arcos, pórticos y materiales de construcción, lo que me ha llevado a perder gran parte del interés que mantenía en la conversación.

El Rey quería aprovechar la ocasión para ir pensando en la capilla que custodiará las reliquias del apóstol Santiago allá donde reposan, si es que finalmente se convence de que son auténticas.

Los maestros francos han desplegado ante él toda su experiencia, hasta en el cálculo de costes previsibles. Pensaban que, tratándose de un soberano, no repararía en gastos. Tengo para mí que se frotaban las manos en silencio, sin terminar de creerse su suerte. Don Alfonso no ha tardado en desengañarlos, explicándoles que Asturias es un reino pobre, cuyo tesoro está exhausto por el esfuerzo de la guerra y las obras llevadas a cabo en Ovetao.

—En caso de que se construya algo en Iria Flavia —ha subrayado—, tendrá que ser un edificio humilde. Mejor será para vosotros permanecer en Lucus, a donde nos dirigimos también nosotros. Como bien os han informado, esa ciudad está cobrando nueva vida con un vigor extraordinario.

Si el Hijo del Trueno lleva tanto tiempo descansando en un bosque anónimo, he pensado yo, no creo que ahora necesite una morada suntuosa.

Mal que les pese a los canteros francos, el Apóstol habrá de conformarse con la austeridad propia de nuestra Asturias. No será un hogar lujoso, pero será seguro.

* * *

Tengo entendido que estaba en los planes del conde intentar organizar una partida de caza con la que saciar el hambre que nos atormenta. Los acontecimientos de la mañana han debido de quitarle las ganas, lo que ha vuelto a condenarnos a un magro refrigerio a base de pan rancio y cecina fría. Hasta don Alfonso, tan poco dado a quejarse, ha manifestado su hartazgo.

—Por Dios que entregaría una bolsa llena de oro a quien me sirviera una mesa digna de ese nombre. Estoy olvidando el sabor de un buen guiso de carne...

A falta de comida, hemos acampado junto a un manantial generoso que al menos saciará nuestra sed. Las últimas millas han resultado ser más llevaderas, dado que el camino se allana. Con todo, mis huesos parecen ganar peso a medida que aumenta el cansancio. Estoy deseando llegar a Lucus, donde, si Dios quiere, podré dormir en una cama.

Los siervos han encendido una hoguera ante la cual empiezan a congregarse mis compañeros, y voy a unirme a la partida, aun sabiendo que no habrá salterio, ni mucho menos humor para tañerlo como ayer.

Basta de relato por hoy.

＊ ＊ ＊

¡Este viaje postrero no deja de sorprenderme! ¿Cómo decidirme a guardar el cálamo cuando hay tanto que contar? Ignoro lo que tendrá en mente Danila para poder redactar la crónica de esta peregrinación asombrosa, recordando a posteriori todo lo vivido, porque yo estoy aquí, recogiendo el acontecer de cada día, y se me acumula la tarea sin darme tregua ni reposo.

Nos habíamos reunido junto al fuego, ya lo he dicho, con el fin de dar un bocado. El ambiente decaía, a pesar de la novedad aportada por la presencia de los canteros francos, cuando Sisberto ha decidido martirizarnos con el relato pormenorizado del último banquete servido en la residencia episcopal de Toletum, al que asistió justo antes de trasladarse a nuestra Asturias.

—Tan suntuoso me pareció, que interrogué al chambelán para saber exactamente qué era lo que se nos había servido.

Adamino, el pobre cocinero de palacio que masca su impotencia en silencio desde que se perdieron nuestras provisiones, le ha lanzado una mirada torva. Tengo la impresión de que se siente en cierto modo responsable de las privaciones a que está sometido el Rey, por mucho que este le haya tranquilizado en más de una ocasión insistiéndole en que no se culpe.

La caída de las mulas al precipicio fue la voluntad de Dios, repiten don Alfonso y Odoario. Yo sigo pensando que acaso Muhammed tuviese algo que ver en la tragedia a la que debemos esta hambre constante. Sea como fuere, sobre las espaldas de ese guisandero recae la responsabilidad de alimentarnos, sin nada que echar al puchero. ¿Quién en su lugar no padecería un tormento?

Sisberto no ha mostrado piedad.

—Dos bueyes enteros bien entrados en carne. —Se le hacía la boca agua—. Otros tantos terneros. Seis corderos cebados y diez más lechales. Conejos, liebres, capones, pavos y gallinas sin cuento. Cierto es que extrañamos el cerdo y las delicias de sus embutidos, proscritos por la religión de Alá, pero lo compensamos ampliamente con las truchas escabechadas, los cangrejos y las anguilas traídas para la ocasión. Había también…

—¡Basta ya! —ha bramado Aimerico, cuya inquina hacia el toledano es cada vez más patente.

—¿No queréis conocer el exquisito sabor de las empanadas rellenas de perdiz y codorniz, las tartas crujientes, los dulces de almendra y miel o el vino generoso con el que se regaban aquellas viandas?

—¡No!

—Vos os lo perdéis…

Viendo que su padre estaba a punto de estallar, la condesa ha tomado la palabra, cosa muy rara en ella, para proponernos animar la velada con una historia.

Huelga decir que la idea ha sido acogida con entusiasmo.

—¿Nos entretendréis con algún relato galante? —ha inquirido Roberto, abriendo la boca por vez primera.

—Estaba pensando más bien en el piadoso ejemplo de la virgen mártir santa Eulalia, quien no dudó en entregar su vida por confesar a Cristo…

—Tal vez esta noche precisemos algo más mundano, Freya querida —ha apuntado su padre.

El tono del conde era apremiante. Urgía a su hija a poner en juego todas sus habilidades narrativas en el empeño de conquistar al soberano, quien parecía a punto de retirarse a su tienda.

La doncella se disponía a obedecer, tratando de recordar alguna picardía acorde con las exigencias paternas, cuando un murmullo creciente la ha dejado muda.

Procedía del lugar donde los siervos compartían rancho con los soldados. Todos ellos estaban paralizados, mirando al cielo con ojos desorbitados, entre exclamaciones de horror, signos de la cruz y lamentos.

Sobre nuestras cabezas, en la bóveda celeste limpia de nubes, cuajada de estrellas, la luna estaba desapareciendo lentamente bajo un espeso manto inexplicable. La negrura devoraba implacablemente su luz, sumiéndonos en las tinieblas.

Pocos fenómenos causan semejante espanto.

La oscuridad se ha hecho tan densa que no lográbamos ver a quienes estaban lejos del fuego, aunque oíamos sus gemidos aterrorizados. Todos teníamos miedo. ¿Quién no lo tendría? El astro de la noche nos ocultaba de pronto su rostro, sin que supiéramos por qué. Nada bueno podía augurar una manifestación tan contraria al orden natural de las cosas.

—¡Esto es obra del Maligno! —ha gritado a mis espaldas un hombre a quien no he identificado.

—Una advertencia de Dios —ha remachado Sisberto.

—Solo es un eclipse —ha terciado Esteban, sentado cerca de mí—. Se producen cada cierto tiempo. La luna se esconde, caprichosa, pero siempre acaba regresando. Nada hay que temer. Pasará pronto.

Ninguno de los presentes ha prestado atención a la explicación del maestro cantero. Yo la he oído sin concederle excesivo crédito, pues tenía la convicción de estar presenciando un fenómeno cargado de significados extremadamente inquietantes.

Los monjes rezaban, suplicando misericordia al Señor. Siervos y soldados parecían incluso más asustados. Hombres recios, que no retrocederían ante ningún guerrero mortal, mostraban sin vergüenza su temor ante una monstruosidad como aquella, mucho más amenazadora, a sus ojos, que cualquier ejército enemigo.

El conde Aimerico y Freya mantenían a duras penas una actitud digna, al igual que Nuño y que yo misma, pero el pánico amenazaba con adueñarse de la comitiva.

—¡Silencio!

De no haber tronado en ese instante la voz potente del Rey, mandando callar a todo el mundo, quién sabe qué habría podido ocurrir. Don Alfonso, consciente de la gravedad del momento, ha ordenado en tono firme:

—Elevemos al cielo nuestra plegaria y roguemos a la Santísima Virgen que nos ampare en esta hora de zozobra. Ella nos escuchará.

Me ha llamado la atención que el soberano apelara precisamente a la protección de la Virgen, madre de Jesús. Madre al igual que la luna a quien rezaba Huma. Hembra fértil, protectora, que sin mediar ofensa alguna daba la espalda a sus hijos.

¿Por qué?

Pese a imponernos silencio con una severidad inusitada, en esta ocasión el monarca solo ha logrado hacer cumplir su voluntad a medias. Concluida un avemaría entonada con especial devoción, los murmullos han vuelto a subir de tono. No parecía posible calmar unos ánimos tan violentamente sacudidos.

Mientras mirábamos compulsivamente al cielo, anhelando ver desaparecer esa bruma tenebrosa, se ha acercado a tientas hasta nosotros Adamino, en representación de la servidumbre.

Siendo él un siervo manumitido, situado en un escalón más alto de la jerarquía palaciega y con acceso directo a Su Majestad en razón de su trabajo, le habrían enviado sus compañeros prácticamente a la fuerza, empujándole a decir lo que todos pensaban, pero ninguno osaba expresar.

Postrado ante los pies del Rey, ha rogado con humildad que se le permitiera hablar libremente.

—¿Qué deseas decirme? —ha inquirido el monarca con frialdad.

Sin levantar la vista del suelo, Adamino ha musitado, temeroso:

—En nombre de todos cuantos estamos a vuestro servicio os suplico, señor, que regresemos a Ovetao.

—¿Ahora que estamos tan cerca? Me sorprende que te atrevas a pedir una cosa así.

—No lo haríamos, señor —ha subrayado el plural—, si no fuese tan abrumadora la acumulación de señales que aconsejan abandonar esta empresa. Todo son malos presagios, majestad; a cuál peor.

Sisberto, acudido al olor del miedo, se ha apresurado a enumerar con detalle lo que el cocinero solo acertaba a sugerir.

—Primero fue la herradura perdida de vuestro caballo, nada más partir. Después, la serpiente que espantó a las mulas y nos dejó sin provisiones. A continuación, esa tormenta de violencia sin par. Esta misma mañana, casi perecéis ahogado a manos de un cautivo sometido, aparentemente incapaz de causar daño. Ahora la luna nos niega su luz. ¿Qué más pruebas necesitáis? ¿No os resulta suficientemente elocuente el modo en que Dios manifiesta su rechazo a esta locura?

Esta vez sí, Aimerico habría agarrado al fraile por el cuello si no llega a interponerse Agila.

—¿Quién sois vos para interpretar la voluntad de Dios con esa osadía? —le ha espetado el conde, conteniendo a duras penas la ira—. Si no vistierais un hábito, os desafiaría a responder de vuestra arrogancia ante mi espada. Respeto vuestra tonsura por lo que significa, pero no pongáis a prueba mi paciencia. Ha llegado a su límite.

Don Alfonso también estaba irritado por ese enésimo cuestionamiento de su autoridad, máxime porque en esta ocasión se había producido ante los ojos de toda la comitiva, agrupada a su alrededor, ávida de protección en esta noche cerrada. Semejante desafío no podía quedar sin respuesta.

En tono duro como el hielo, se ha dirigido primero a Sisberto:

—He escuchado de vuestros labios mucho más de lo tolerable, hermano. En lo sucesivo os conmino a guardaros vuestros comentarios junto a vuestro apetito voraz y a vuestros temores pueriles. No quiero oír una palabra más hasta que lleguemos a Iria Flavia. La peregrinación continúa.

Después, más áspero aún, ha reprendido a Adamino:

—En cuanto a ti y a quienes te mandatan, os advierto. Hablar de augurios es hablar de brujería e incurrir en un gravísimo delito castigado con la muerte. No admitiré la presencia en mi Reino de magos o augures, y tampoco la de paganos o impíos dispuestos a creer en tales supercherías. Si descubro que alguno de vosotros anda esparciendo rumores sobre supuestas señales diabólicas, recibirá doscientos azotes antes de ser entregado al fuego.[1] ¿Ha quedado suficientemente claro?

Nadie se ha atrevido a respirar siquiera.

* * *

Esa última amenaza explícita me ha estremecido especialmente, porque el castigo mencionado bien pudiera aplicárseme a mí. ¿Acaso no soy hija de una antigua sacerdotisa de la Luna, nacida, a mayor abundamiento, en una noche muy parecida a esta?

También entonces la diosa a la que adoraba su pueblo decidió ocultarse, justo en el instante en el que ella, Huma, abría por vez primera los ojos. Y a semejanza de lo sucedido hoy, los habitantes del castro se sumieron en el espanto.

Todos interpretaron aquello como el peor de los presagios. Todos salvo mi abuela, Naya, quien, pese a estar gravemente enferma, condujo a su hija hasta la cueva del tempestiario, cumplido el tiempo en el que los niños podían al fin recibir un nombre. Naya supo por el anciano que ese gesto insólito del astro nocturno no era sino una manifestación más de su lucha a muerte contra el dios cristiano.

¡Cuántas veces me repitió mi madre las palabras escuchadas de aquellos labios que consideraba infinitamente sabios!

«Ha perdido una batalla en la pugna feroz que libra contra el padre sol, pero aún conserva su vigor, si bien mermado. Su tiempo se acaba, al igual que el nuestro, aunque lo que tenga que suceder no sucederá hoy, ni tampoco mañana.»

Bien sé yo hoy de qué manera terrible acabó cumpliéndose el auspicio anunciado por esa luna teñida de rojo sangre e inmediatamente después de negro. Renació, desde luego, igual que renacerá hoy. Mi madre disfrutó de una vida plena en la que hubo espacio para el amor y también para el sufrimiento. Pero su final… Esa masacre despiadada, esa inmensa pira funeraria de cuerpos anónimos…

¡Quiera el Señor librarnos de que se repita un horror semejante!

Siento escalofríos al pensar en lo que sería de mí si don Alfonso llegara a sospechar siquiera estos secretos que alberga mi corazón. Si pudiese penetrar en mi cabeza y recordar lo que recuerdo yo. Si supiese hasta qué punto permanecen vivas en mi interior ciertas enseñanzas de mi madre, algunas de sus creencias, su forma de entender el mundo, su mirada sobre las cosas, sus dioses, su diosa.

¿Qué haría si me sorprendiese arrojando un pedazo de pan a la lumbre, como acabo de hacer hace un momento, seguramente movida por un impulso espontáneo ajeno a mi voluntad, causado por el eclipse? Tal vez me condenara a la hoguera, como he visto hacer con más de una sanadora semejante a Huma. En el mejor de los casos, me expulsaría de su lado y renegaría de nuestra vieja amistad. Prohibiría volver a pronunciar mi nombre en su presencia. Eso sería infinitamente peor que cualquier otra pena imaginable.

El peligro de que tal cosa suceda se incrementa, además, porque últimamente la figura de Huma se me aparece con frecuencia en sueños e irrumpe en mis pensamientos cuando menos me lo espero. En cualquier circunstancia. Raro es el día o la noche en que ella falta a esa cita. Tal vez me esté avisando desde el cielo. Acaso se acerque mi hora y sea su forma de decírmelo. ¿Quién sabe?

276

Ella siempre empleaba un lenguaje especial, hecho de sobrentendidos y símbolos, para darme a conocer las prácticas prohibidas por la religión de mi padre. ¿Estará jugando al mismo juego? Si fuera así, no lo lamentaría.

He vivido largos años y aprovechado bien el tiempo. Aunque conservo un gran deseo de vivir, de gozar, amar, aprender y apurar hasta el fondo la copa de este licor que es la vida, la idea de reunirme con mis padres, mi hijo y mi difunto esposo no me resulta desagradable. En días como el de hoy la encuentro, incluso, atractiva.

Madre, dime, ¿me estás llamando a tu lado?

8

Parada y fonda

Lucus
Festividad de Santa Munegunda

Acabó venciéndome el agotamiento. Estos dos últimos días he faltado a mi compromiso de reseñar lo ocurrido en este itinerario, a falta de fuerzas para sentarme a escribir. Reconozco, pese a la vergüenza, que a punto estuve de rendirme y pedir que me abandonaran. Lo habría hecho, de no haberme sostenido la necesidad imperiosa de encontrar a mi hijo Rodrigo antes de entregar el alma. Aun así, hubo momentos en los que el cansancio llegó a pesar más que el amor o la voluntad, siendo esta firme en su determinación de gobernar mis actos.

Mea culpa.

Supongo que, como cualquiera, atravieso momentos de debilidad. ¿Quién es ajeno a ellos? Acaso el Rey, y nadie más. E incluso él cede de cuando en cuando a la ira, hasta el punto de caer en la arbitrariedad del tirano.

Somos humanos, pecadores sujetos a la misericordia de Dios, yo la primera.

Abandoné temporalmente este manuscrito, muy a mi pesar, aunque lo retomo con ganas, una vez recobradas las fuerzas merced a dos noches de sueño en un colchón de buena lana coronadas con un banquete digno del más alto señor.

Vayamos por partes…

* * *

Arribamos finalmente a esta antigua ciudad de Lucus cuando las campanas llamaban a vísperas en el día de Santa Ester.

La mayoría de nosotros se encontraba en un estado cercano a la extenuación, debido a la marcha forzada impuesta por las prisas del soberano. Y pese a todo le seguíamos, obedientes, en parte por lealtad, sobre todo por costumbre.

La memoria del eclipse permanecía viva en los corazones, desde luego, aunque nadie había vuelto a mencionarlo. ¿Quién habría osado pronunciar la palabra «augurio» después de presenciar la cólera de don Alfonso?

Él se mostraba huraño. Cabalgaba solitario, sumido en sus pensamientos. Tengo para mí que rumiaba la sucesión de percances sufridos desde nuestra partida de Ovetao, sin dar su brazo a torcer en cuanto a la interpretación de su significado.

Sea el orgullo lo que le empuja, sean la fe, la determinación, el carácter o la necesidad imperiosa de creer en el auxilio divino, lo cierto es que se ha propuesto alcanzar a cualquier coste Iria Flavia y para conseguir ese empeño no retrocederá ante nada.

El Rey ansía comprobar en persona si quien yace en ese sepulcro es realmente el apóstol Santiago. Le corroe la impaciencia, no solo porque desea ardientemente que así sea, sino porque, a mi entender, es plenamente consciente de cuánto significa ese hallazgo para el Reino.

No habrá obstáculo que lo frene ni recelo que lo detenga.

Habíamos caminado largo tiempo por una calzada abierta en un bosque tupido de robles, cuyas bellotas alimentarán pronto a los cerdos y, en caso de necesidad, a los cristianos también. Seguro que más de uno, además de mí, estaba tentado de llevarse una a la boca, con tal de engañar a las tripas cuyo rugido hambriento podíamos oír claramente en medio del silencio imperante. Esa sensación es lo que más recuerdo del momento previo al instante en el cual, fuera ya de la espesura, hemos divisado la urbe.

Desde lejos, la muralla que la guarda parecía casi un juguete al alcance de la mano, pequeño y frágil. Un burdo engaño de los ojos, tal como hemos podido comprobar más tarde. Porque a medida que avanzábamos hacia ella, subiendo y bajando cuestas a lomos de unas monturas tan agotadas como nosotros, ha ido creciendo en envergadura hasta cobrar la dimensión formidable que le dieron sus constructores romanos al levantarla hace siglos. Un tamaño que apabulla.

Tan sólida fue esa construcción de piedra gris, que aún hoy permanece intacta, con sus ochenta y cinco torres y sus cinco puertas en pie, inalterables al paso de las centurias, como vestigios silenciosos de un esplendor pasado empeñado en sobrevivir al hundimiento del imperio que lo hizo posible.

Una visión asombrosa.

El sol, que nos había acompañado durante casi todo el trayecto, libraba a esa hora una dura contienda contra la niebla, aliada a la humedad del río cercano, vencedora última del lance. Cada paso se convertía por mor de la fatiga en una milla y cada milla en un infierno.

Supongo que mi aspecto sería el de alguien que está a punto de desmoronarse. De no haber sido así, dudo que hubiese acudido en mi auxilio precisamente Danila, ignoro si por propia iniciativa o cumpliendo una orden del Rey. Lo cierto es que, gracias a él, pude llegar a duras penas hasta el palacio episcopal donde nos alojamos.

¿Cómo consiguió el monje calígrafo rescatarme de mi propia desgana? Dándome conversación.

A estas alturas del camino debe de haber descubierto ya que ese es mi punto débil. Y dado que nunca hace ascos a demostrar su erudición, aprovechó la oportunidad para ilustrarme sobre los orígenes de esta villa en la que nunca había puesto los pies hasta ahora, yo que tanto he viajado.

Lucus Augusti, que así la bautizaron sus fundadores, empezó siendo un campamento militar situado en el emplazamiento de un antiguo castro similar a los que abundan en todo el occidente del Reino. Conseguida por Roma la sumisión definitiva de los astures, a costa de mucha sangre, en torno a ese enclave del conquistador fue creciendo una ciudad que acabó fundiendo en un mismo crisol a los legionarios licenciados de origen romano y a los hijos e hijas de nuestra tierra ocupada.

La urbe llegó a ser próspera. ¡Quién lo diría viéndola hoy! En ella abundaron ricos templos dedicados a deidades paganas, piscinas, baños, palacios decorados con bellos mosaicos, jardines y estatuas, perdidos en su mayoría bajo gruesas capas de abandono.

Lo único que se mantiene incólume al paso inexorable del tiempo es la muralla. Esa obra colosal, tan gruesa que permite a cuatro o cinco soldados cruzarse sin dificultad mientras hacen su ronda sobre ella. Poco más, salvo alguna ruina ilustre que acaso vuelva a cobrar vida a resultas de este viaje de mi señor don Alfonso.

El declive descrito no impide que al amparo de esos muros proliferen las capillas y conventos.

Tal como me contó Danila, aquí tuvo lugar en época visigoda un importante concilio en el que se elevó a la iglesia lucense a sede metropolitana, lo que le otorgó poder y mando sobre todos los obispos de la región. De ahí que Dominicus, nuestro anfitrión, actual titular de la diócesis, no haya recibido con especial entusiasmo las noticias referidas a esa aparición milagrosa, causante de la visita real. Para él son pésimas nuevas.

Si lo que afirma Teodomiro resultase finalmente ser cierto, la sede de Iria Flavia cobraría una importancia incomparablemente superior a la de Lucus. Incomparablemente superior a cualquier otra, en realidad. Lo cual supondría una pérdida de estatus que el prelado, como es lógico, rehúsa aceptar sin más.

Pero no adelantemos acontecimientos. Narraré con más detalle esa cuestión en el momento oportuno.

Según me ha explicado el calígrafo, hasta la fundación de Ovetao por Fruela, el padre de nuestro señor, Lucus era la única urbe merecedora de tal nombre en toda Asturias. Cánicas nunca alcanzó esa condición, como tampoco lo hizo Passicim. ¡Bastante faena tuvieron una y otra resistiendo a los sarracenos y brindando un refugio seguro a los alzados en armas!

La historia de nuestro reino se ha escrito con más sangre y hierro que piedra, por mucho que insistiese Tioda en la necesidad de presentar ante el mundo una capital comparable a Toletum, Corduba o Herstal.

Seguramente el arquitecto real estuviese en lo cierto, al igual que el propio don Alfonso. Antes, no obstante, era menester luchar, poblar y consolidar el territorio reconquistado palmo a palmo. Tarea ardua donde las haya, tal como he comprobado en mis carnes a lo largo de toda una vida.

Hoy he recordado, al sentarme a redactar esta crónica, que mi padre me contó cómo acompañó al príncipe Alfonso, dicho el Cántabro, en la campaña que llevó a recuperar la plaza, una vez abandonada esta por los muslimes sin presentar batalla.

Lo que se encontraron en Lucus fue un montón de escombros. Una ciudad antaño floreciente, reducida a un estado lamentable, que el abuelo del actual monarca mandó reconstruir con los escasos medios disponibles a la sazón en el Reino acosado por las tropas del emir que reinaba entonces en Al-Ándalus.

También en aquella ocasión condujeron hasta aquí a cristianos traídos del sur, similares a los que acabaron instalándose en Coaña de mejor o peor grado. Entre ellos había un obispo llamado Odoario, como el abad de San Vicente, quien por cierto permanece en cama, reponiéndose de la fatiga.

Aquel prelado, venido al igual que los sarracenos de África, alcanzó una fama que aún perdura. La obra emprendida entonces, empero, está lejos de concluirse. A juzgar por lo que he podido ver estos días, falta por hacer una cantidad de trabajo ingente, que se hará, no tengo duda.

Mi señor ha empeñado en ello su honor.

* * *

Al alcanzar finalmente la puerta de San Pedro, abierta entre dos de esos torreones redondos diseminados a lo largo de toda la muralla, nos esperaba una comitiva compuesta por los más altos dignatarios de la ciudad, vestidos con sus mejores galas.

La encabezaba el obispo Dominicus, un hombre de edad similar a la mía, ojos astutos, cabello lacio y gesto altivo, ataviado con suntuosas vestiduras color púrpura. Había sido conducido hasta allí en una silla de manos y apenas se tenía en pie en presencia de su señor, pues le aquejaba, según decía, un fortísimo dolor de espalda. Pese a ello, ha soportado sin rechistar el discurso pronunciado por don Alfonso en ese instante solemne, e incluso ha tratado, en vano, de disimular su impaciencia.

A diferencia del clérigo, el Rey mostraba en la ropa y en el rostro las huellas de las inclemencias sufridas durante los últimos días. En contra de su costumbre, iba desaliñado, al igual que el resto del cortejo, con la única excepción de Freya, quien no sé cómo consigue mostrarse siempre lozana, por mucha lluvia, calor o cansancio que soporte su cuerpo.

La condesa estaba radiante, fresca cual doncella dispuesta a gozar de su fiesta nupcial. Los demás anhelábamos instalarnos en un alojamiento decente, comer y dormir hasta hartarnos. Nada más.

Aun así, hemos escuchado al monarca en respetuoso silencio, conscientes de la emoción que impregnaba su voz.

—Hasta aquí llegó Muza al frente de su hueste tras el desastre del Guadalete, sembrando muerte y destrucción por doquier. El miedo de las gentes le abrió las puertas de esta ciudad, que prestó obediencia al conquistador, se avino a una paz humillante y aceptó pagar tributos a los adoradores de Alá. ¡Nunca volverá a repetirse esa infamia! Ante vosotros y ante Nuestro Salvador, a las puertas de esta urbe gloriosa, juro que jamás volverá a inclinarse un príncipe cristiano ante un sarraceno invasor. Y que arda mi alma eternamente en el infierno si en mala hora llegara a traicionar este juramento.

Tariq, el cautivo musulmán sometido a estrecha vigilancia desde el intento de asesinato de Muhammed, no regresará a Ovetao. Ha sido conducido a una guarnición militar nada más entrar en la villa. Allí le asignarán, imagino, alguna faena penosa que no tardará en poner fin a sus días. Yo en su lugar lo agradecería. ¿De qué sirve la vida sin libertad ni esperanza?

Los demás nos repartimos en distintos alojamientos acordes a nuestro rango. Los soldados, entre los que se cuenta muy a su pesar Nuño, en el acuartelamiento principal, situado muy cerca de la citada puerta de San Pedro. Los canteros francos, en una posada recientemente abierta en el corazón de la ciudad por un inmigrado procedente de Corduba; la primera que alberga la nueva Lucus. Los siervos, los clérigos, el Rey, Agila, el conde Aimerico, su hija, Cobre y yo misma, en el palacio episcopal, distribuidos, claro está, por diversas estancias.

La mía es pequeña, prácticamente una celda monacal, aunque me parece regia. Hay que haber sufrido los rigores del camino para apreciar en lo que vale un colchón de lana, una jofaina llena de agua tibia con la que poder lavarse, intimidad para disfrutar de la soledad y una letrina al fondo de un patio.

En cuanto a la comida...

Antes de probar la que nos sirvió ayer noche Claudio, el hospedero procedente del sur, pensé que la cena ofrecida por Dominicus el día de nuestra llegada sería insuperable. Y vive Dios que reunía méritos para serlo: empanadas rellenas de carne de cerdo y liebre, escabeches de pescados traídos desde la costa, capones rebosantes de grasa, asados a fuego lento en su jugo, codornices fritas en manteca, natas endulzadas con miel... Una sucesión de manjares que hicieron las delicias de nuestra legión hambrienta, hasta el punto de dejarnos sin habla.

Únicamente el anfitrión, demasiado dolorido como para conservar el apetito, manifestaba quejas sobre las viandas que los esclavos domésticos iban dejando sobre la mesa, cubierta de un paño blanco en el que limpiarse los dedos y alumbrada por cirios de cera perfumada. Hasta se habían dispuesto escudillas para cada uno de los comensales; un lujo por completo ajeno a nuestras costumbres recias.

Todos ponderábamos lo excelso de ese banquete, salvo el obispo Dominicus.

—Os pido disculpas por esta sobriedad, majestad. Me gustaría haberos recibido con la magnificencia debida a vuestra persona, pero me avisaron muy tarde de vuestra llegada.

—Vuestra hospitalidad está a la altura de vuestra dignidad, excelencia reverendísima. Perded cuidado.

—Aun así, habría deseado brindaros un recibimiento más digno. Vuestra presencia en la ciudad constituye un altísimo honor para Lucus, huelga decirlo. Un honor largo tiempo esperado, he de añadir…

Había resentimiento en esas palabras. Mucho.

No hace falta ser muy aguda para constatar lo satisfecho que se siente ese obispo de ser quien es. Lo orgulloso que está de su prelatura. La soberbia rayana en desprecio con la que nos contempla a todos, excepción hecha del Rey. Dado que ninguno de nosotros le ha dado motivos para tal inquina, sospecho que esta se debe únicamente al hecho de ser forasteros y no hijos de esta ciudad a la que él tributa una admiración ilimitada.

En eso me ha recordado un poco a Sisberto, igualmente orgulloso de su Toletum natal hasta el punto de mirarnos a los demás muy por encima del hombro. También en el escepticismo con el que ha acogido las noticias referidas a la aparición del sepulcro de Santiago en Iria Flavia. De no haber estado tan ocupado en comer a dos carrillos, probablemente el toledano habría secundado con entusiasmo los sutiles argumentos de Dominicus en contra de esta peregrinación.

—Confío en poder disfrutar de vuestra ilustre compañía durante algunas semanas, majestad. Son muchos los asuntos pendientes que atañen a esta diócesis y quisiera tratar con vos.

—Me temo que eso no será posible, reverendísimo padre. No veo la hora de llegar al campo señalado por estrellas en el que han aparecido milagrosamente esas reliquias, de las que muchos ya se hacen lenguas a medida que nos adentramos en la Gallaecia.

—Hasta donde yo sé, no son más que habladurías. Rumores difundidos por gentes interesadas.

—¿Desconfiáis de la palabra de vuestro hermano Teodomiro? —Más que una pregunta, era un desafío abierto.

—Todos erramos, señor.

—Y precisamente por eso me dispongo a comprobar en persona la veracidad o falsedad de su relato. Convendréis conmigo en que el hecho reviste la trascendencia suficiente como para otorgarle prioridad sobre cualquier otro asunto.

—Si se me permite expresarme con total franqueza, majestad, dudo que un santo como el hijo del Zebedeo, uno de los favoritos de Nuestro Señor Jesucristo, hubiera escogido como lugar para su eterno descanso un enclave perdido en los confines del mundo, alejado de la civilización. No me parece que Iria Flavia merezca semejante honor.

—Nuestro Señor Jesucristo eligió nacer en la aldea de Belén y vio la primera luz en un establo destartalado. Recibió calor de un buey y una mula, mientras le adoraban pastores sin más fortuna que sus rebaños. Si el Maestro nos dio semejante lección de humildad, ¿por qué habría de superarle en orgullo uno de sus discípulos?

La lógica del Rey era tan aplastante que ha dejado callado a nuestro anfitrión, cada vez más incómodo en su silla, convertida en potro de tortura a causa de los dolores.

288

En un intento desesperado de acelerar el fin del banquete, nos ha expuesto con todo lujo de detalles la naturaleza de su mal, que empieza a morder en la parte baja de la espalda y desciende por la pierna derecha, hasta el tobillo, como si un enjambre de abejas lo acometiera a picotazos. Sus galenos no encuentran remedio capaz de calmar ese padecer y lo sangran en vano. ¿Será un castigo divino por esa arrogancia suya, tan impropia de la condición sacerdotal?

He estado tentada de ofrecerle el ungüento con el que yo misma alivio mis dolencias de huesos, o cuando menos prepararle una tisana a base de corteza de sauce. Algo en su mirada me ha hecho desistir de ese propósito. No solo habría desechado la oferta, me he dicho a mí misma, sino que acaso me hubiese acusado de practicar la magia. Don Alfonso me habría protegido, desde luego, pero quien evita la oportunidad, evita el riesgo.

En el pecado lleva él la penitencia, he pensado en ese momento. Sin embargo, en este instante, mientras escribo al calor de la noche, lamento no haberle brindado auxilio. Acaso sea la rabia inherente a un dolor constante y agudo lo que motiva esa conducta agria. Acaso yo lo haya juzgado mal. Ahora me siento culpable. Huma nunca habría obrado de manera tan mezquina.

—¿Cuándo pensáis entonces reanudar vuestro camino? —ha preguntado, despechado y rayando en la descortesía, con el afán evidente de expulsarnos cuanto antes de su mesa y de su ciudad.

—En dos o tres días a lo sumo. Hay que dar descanso a los siervos y cambiar las monturas.

—En tal caso, tal vez deseéis aprovechar vuestra presencia para impartir justicia. Mañana estaba prevista la celebración de varios juicios. El conde Gundemaro, gobernador de la plaza, nos dejó hace aproximadamente un mes, y su hijo es aún demasiado joven para asumir esa responsabilidad.

—¿Dónde está? —ha inquirido el soberano, ofendido con razón por su ausencia.

—Mañana vendrán él y su madre a postrarse ante vuestros pies. Os ruego les disculpéis. Su residencia se encuentra bastante alejada de aquí y no fueron debidamente informados de vuestra llegada.

—Me hablabais de un juicio…

—Así es. En ausencia de juez civil, yo mismo iba a encargarme de dictar sentencia. Mas dado que estáis en la ciudad, nadie ha de desempeñar mejor esa tarea que vuestra majestad, depositario de la suprema instancia.

—El único juez supremo es Dios, Dominicus.

—Y por debajo de Él, vos, mi señor.

* * *

Durante toda la noche estuvieron los operarios armando una tarima en la plaza que se abre frente a la basílica catedral de Santa María. Un espacio amplio, antaño cubierto de losas de mármol, que, a decir de los entendidos, albergaba el antiguo foro de la urbe imperial. Hoy día apenas queda nada de ese empedrado, aunque la población conserva la costumbre de reunirse allí para las ocasiones importantes, ya sea el mercado semanal o la celebración de un juicio.

Ayer estaba previsto más de uno, a cargo nada menos que del Rey.

Una gran cantidad de gente variopinta llenaba hasta el último rincón del recinto desde primera hora de la mañana, algunos subidos a escabeles a fin de alcanzar más lejos con la vista. El ambiente era festivo.

Lo que estaba a punto de suceder decidiría la suerte de varios desgraciados en espera de un veredicto. Ellos se enfrentaban en más de un caso a la muerte, pero para la mayoría del público congregado se trataba de un espectáculo poco habitual, sumamente vistoso y, cosa importante, gratuito. Un motivo de celebración ruidosa, que me ha dejado el alma encogida nada más asomarme a la plaza acompañando al soberano.

Junto a don Alfonso caminábamos Danila, el conde Aimerico, su hija Freya y yo misma, además de Agila y Dominicus, que se apoyaba en un bastón rematado por una empuñadura de plata. La noche no había aliviado en absoluto su padecer, era evidente. Gruesas ojeras surcaban sus pupilas oscuras, añadiendo al menos una década a la edad que le había calculado la víspera. Ya no parecía tan arrogante ni mucho menos tan combativo. Más bien inspiraba lástima.

El Rey, por el contrario, se había revestido de toda la pompa destinada a subrayar su majestad, incluidos manto, corona y cetro, e imponía no solo respeto, sino temor, como corresponde a un juez.

Cada uno fuimos ocupando nuestro lugar, más bajo que el del monarca. Él se sentó en una especie de trono cubierto de cojines de seda, acarreado por varios siervos desde el palacio episcopal, y dio orden de traer a su presencia a los primeros encausados. Dos hombres sobre los cuales pesaba una acusación de adulterio y otra de homicidio y perjurio, respectivamente.

Ambos llevaban bastante tiempo en las mazmorras de la guarnición, donde debían de haber recibido un trato duro reflejado en sus facciones demacradas.

Su caso era harto complejo.

El primero juraba haber sorprendido a su esposa en flagrante adulterio con un vecino al regresar a su casa tras la jornada de trabajo. De acuerdo con su relato, salpicado de sollozos, los había encontrado en su propia cama, desnudos, solazándose sin recato. Cegado por la ira, aseguraba, la había emprendido a golpes con la adúltera, hasta acabar con su vida, mientras su amante huía despavorido.

Los alguaciles, alertados por el fugitivo, lo habían arrestado poco después, cubierto con la sangre de su víctima, para conducirlo al calabozo sin causa ni motivo justo, repetía a grandes voces. Él se había limitado a obrar como lo habría hecho cualquier marido burlado.

Dado que su versión de lo acontecido difería radicalmente de la del vecino, los dos permanecían entre rejas, en espera de que se dilucidara el pleito.

Los hechos narrados por el otro acusado eran, en efecto, muy distintos. Él aseguraba conocer al matrimonio desde siempre y daba fe de la violencia que el esposo empleaba habitualmente contra su mujer. En la última paliza se le había ido la mano hasta matarla, repetía con denuedo, y ahora trataba de eludir su culpa mancillando su memoria con una acusación completamente infundada.

Él apreciaba a la difunta, sí, pero con afecto fraternal. Había acudido a su casa alertado por sus gritos, para descubrirla cadáver, en medio de un charco de sangre. Rogaba al Rey que recabara el testimonio de cualquier familiar o amigo de la pareja, a fin de corroborar sus palabras. Negaba con vehemencia haber mantenido relaciones impropias con la desdichada y comprometía la salvación de su alma en la veracidad de su testimonio.

Según la ley visigoda, recuperada por don Alfonso como vara de la justicia en Asturias, el marido engañado no habría hecho sino ejercer su derecho a defender su honor en caso de que, tal como porfiaba, hubiese hallado a su mujer cometiendo flagrante adulterio. Apelando a ese fuero, el hombre lamentaba no haber podido dar muerte también a su vecino y exigía del juez que dictara la pena prevista para los adúlteros y se lo entregara a él, cónyuge ofendido, en calidad de esclavo.

La firmeza con la que se expresaba daba a entender que decía la verdad.

—Apelo a vos, señor, para que restablezcáis mi honra. ¿Cómo podría soportar en caso contrario las miradas de mis conocidos, sabiendo que ven en mí a un cornudo?

—¡No le escuchéis, majestad, es un embustero! —exclamó el otro con idéntica vehemencia—. Un mentiroso vil y un asesino.

Los dos encausados disponían de medios suficientes para conocer los fundamentos legales de los que dependía su futuro. Eran comerciantes prósperos que jamás habrían pensado hallarse en una situación semejante.

—Quisiera escuchar el testimonio de vuestra esposa —requirió el Rey al presunto adúltero.

—Soy viudo, majestad.

—Por eso se arreglaba con la mía —gritó el acusado de homicidio.

—¡Miserable calumniador! ¿No te da vergüenza insultar con esa ruindad la memoria de la pobre Aldonza?

—Más me insultó ella a mí abriéndose de piernas para ti como una vulgar ramera.

—¡Infame!

—¡Cabrón!

—¡BASTA!

Don Alfonso se había levantado, presto a desenvainar la espada para poner fin de una vez a ese cruce de vulgaridades. No está acostumbrado a soportar tales escenas.

Tras imponer silencio a los litigantes y amenazarlos con tomar represalias si no guardaban la compostura debida, volvió a solicitar la presencia de algún testigo susceptible de arrojar luz sobre el caso.

—Nadie tiene nada que decir, majestad —terció entonces el obispo—. Los alguaciles han estado buscando estos días parientes o amigos dispuestos a hablar, pero ha sido en vano.

—Le tienen miedo, señor.

Pese a tratarse de un hombre bajito, más entrado en años que su rival en el litigio, el imputado por adulterio demostraba una gran valentía al tratar de explicarse sin miedo a las represalias.

—Honorio es tan malvado como poderoso. Todos lo conocemos por aquí. Se ha enriquecido con el comercio, a base de engañar a las buenas gentes en la calidad de sus mercancías, y utiliza esa riqueza para comprar impunidad. Si puede endosaros grano podrido, lo hará…

—¡Te voy a retorcer el cuello, bellaco!

—… Si le dais ocasión de mojar la pimienta para conseguir que pese más en la balanza, pimienta mojada compraréis. O arena negra. O resina de abeto por incienso.

—¡Por Dios que has de acabar como tu amante, hideputa!

—Nadie se atreverá a hablar contra él porque saben cuán vengativo puede llegar ser. Pero yo os juro, majestad, por lo más sagrado, que jamás tuve trato carnal con la difunta. Soy inocente. Él es quien ha cometido perjurio, además de asesinar a una esposa fiel que soportaba con abnegación todas sus afrentas. Merece por ello la muerte en el cadalso y que la infamia cubra por siempre su nombre.

No me habría gustado estar en el lugar del Rey. ¿Cómo saber con certeza cuál de ellos dos mentía? No existía modo.

Ambos sonaban convincentes. En ausencia de testigos, resultaba imposible decidirse sin miedo a errar.

Don Alfonso se disponía a decir algo, una vez oídas las últimas palabras del presunto adúltero, cuando desde la multitud concentrada en la plaza se elevó al aire un grito:

—¡Majestad, majestad, escuchadme por favor!

Ni el soberano, ni el prelado, ni los demás dignatarios presentes en la tribuna, ni tampoco los alguaciles que custodiaban a los reos, habían reparado hasta ese instante en la presencia de una mujer de edad avanzada, menuda, encorvada hasta el extremo de hundir prácticamente la cabeza entre los senos caídos, que pugnaba por abrirse paso entre el gentío.

—¡Majestad! —repetía ella, enérgica, levantando a guisa de estandarte el bastón en el que se apoyaba—. Yo hablaré en nombre de Aldonza.

—Que la traigan a mi presencia —ordenó el monarca.

Dos hombres de su guardia personal cumplieron de inmediato la encomienda y condujeron a la anciana, prácticamente en volandas, hasta el estrado convertido en sede del tribunal presidido por el más alto juez de Asturias.

—¿Eres pariente de la difunta? —inquirió el soberano.

—No, señor. Pero la conocí bien y la Santa Virgen sabe cuántas veces tuve que curar las heridas que le había causado esa bestia con quien la casaron sus padres.

El señalado le lanzó una mirada cargada de odio, aunque no pudo protestar porque un griterío ensordecedor ascendió desde la plaza, donde los ánimos se caldeaban por momentos.

—¡Bruja!

—¡Loca!

—¡Di que sí, Gaudiosa, cuenta la verdad!

—¡Embustera!

—¡No te dejes amedrentar, ten valor!

Tras conseguir que volviera a imperar el silencio, después de que los alguaciles repartieran unos cuantos palos, el Rey reanudó su interrogatorio.

—¿Por qué razón conociste a la mencionada Aldonza?

—Durante largos años fui partera, mi señor —respondió la mujer, sin que le temblara la voz—. He ayudado a traer a este mundo a la mitad de los habitantes de Lucus, antes de que los huesos empezaran a retorcérseme hasta dejarme como me veis. Mi memoria, no obstante, permanece clara. Por ese motivo afirmo que también al hijo de Aldonza lo habría asistido al nacer, de no haberlo matado a patadas su padre cuando ella aún lo llevaba en la tripa.

Semejante acusación suscitó un gigantesco clamor entre los presentes, y de nuevo los guardias tuvieron que emplearse a fondo para restablecer el orden.

—Lo que dices, Gaudiosa, es muy grave —la reconvino el monarca.

—Digo lo que vi, majestad. Aldonza me mandó llamar cuando faltaban unas tres lunas para que llegara a término su preñez. Recuerdo perfectamente lo que me encontré al llegar a su casa. Estaba tumbada en el lecho, sangraba profusamente, lloraba con desconsuelo y todo su cuerpo mostraba las huellas de los golpes recibidos: la cara, los brazos, el vientre… Al cabo de un sufrimiento infernal dio a luz una criatura muerta que la dejó destrozada por dentro. Estéril.

—¡Mentirosa! —bramó el marido señalado, intentando zafarse de sus guardianes para arremeter contra la anciana—. Aldonza se cayó del pajar. Ella misma te lo dijo. Bastante desgracia tuve yo no pudiendo engendrar por su culpa un heredero legítimo.

—Eso me dijo ella —admitió la partera sin dirigir una mirada al hombre—, pero no era cierto. Había recibido una paliza brutal de ese demonio. Una de tantas, aunque en esa ocasión las consecuencias fuesen peores que de costumbre. ¡Cuántas veces le suministré ungüentos o tisanas para calmar su dolor! Esa mujer vivió un calvario diario junto a su esposo, por Dios lo juro. Habría sido un milagro que no terminara muerta.

—Así fue, majestad —corroboró el supuesto amante—. Cuanto afirma la partera es verdad. Cualquiera de nuestros vecinos lo corroboraría, si el miedo no les sellara la boca.

—¡Falsaria! —repuso con furia el acusado de homicidio—. Nunca hice nada a mi esposa que no fuese corregir su conducta. Ella era terca, obstinada. ¿Qué podía hacer yo para domarla, si nunca obedecía a la primera? Tal vez en alguna ocasión me excediese con la vara, no lo niego. Mas la noche en que, ciego de ira, la golpeé hasta matarla, fue porque me la encontré a horcajadas sobre este malnacido embustero. ¡Me habían convertido en cabrón!

—No solo eres un asesino —le escupió el aludido—, sino un calumniador repugnante. ¡Así te pudras!

Poco se había avanzado en el esclarecimiento del asunto, de acuerdo con la opinión generalizada, puesto que no había testigos directos de lo acaecido ni mucho menos una confesión.

Don Alfonso, haciendo gala de la prudencia característica en él, se concedió un tiempo para pensar, mientras resolvía otras causas más sencillas.

Varios autores de hurtos menores fueron condenados a recibir allí mismo cien latigazos, para deleite del público congregado. Un artesano culpable de haber herido gravemente a un tabernero en el transcurso de una pelea se vio obligado a pagarle la correspondiente reparación: el equivalente a cien sueldos, repartidos en denarios francos, tremís godos y alguna raspadura de plata, dado que en la Asturias cristiana aún no se ha acuñado moneda.

El sol estaba ya alto cuando llegó la hora de emitir un veredicto en la disputa que había abierto la solemne sesión.

La expectación era máxima. Partidarios de ambos litigantes amenazaban con llegar a las manos, de tanto como se habían excitado los ánimos en el transcurso del juicio.

Gaudiosa, insultada por unos y jaleada por los contrarios, permanecía muy quieta, en una actitud de gran dignidad, defendiendo a codazos el puesto que se había ganado en primera fila.

En medio de un silencio atronador, el Rey dictó sentencia, dirigiéndose directamente al hombre que se declaraba cornudo:

—Puesto que el testimonio de la partera respalda el de vuestro acusador y no percibo en ella interés espurio alguno, os declaro culpable de perjurio y os condeno a pagar la cuarta parte de vuestros bienes al vecino a quien habéis imputado falsamente una conducta tan contraria al honor como a los mandamientos de la Santa Madre Iglesia.

—Pero, majestad… —protestó el condenado.

—¡Callad! —le fulminó el soberano—. No he terminado. En base al mismo argumento, os declaro culpable de un doble homicidio: el de vuestra esposa y el de esa criatura inocente contra la cual atentasteis mientras se encontraba indefensa. Esos crímenes deberían conduciros hoy mismo a la hoguera…

El reo se puso a temblar, su oponente le lanzó una mirada triunfal y desde la plaza ascendió un aullido de satisfacción morbosa anticipando el suplicio.

—Sin embargo —siguió diciendo el monarca—, no aprecio premeditación en esos actos. No creo que fueran fruto de un plan urdido con ese fin, sino consecuencia de un temperamento violento que no supisteis domeñar. Así pues, dado que la ira os cegó hasta el punto de quitar la vida a vuestra esposa y vuestro hijo nonato, ciego habréis de vivir el resto de vuestros días. Así podréis arrepentiros y purgar en este mundo esos horrendos pecados. De no hacerlo, tened la certeza de que penaréis eternamente en las llamas del infierno.

La sentencia se ejecutó allí mismo, mediante un hierro candente manejado con pericia por el verdugo, entre alaridos del supliciado y vítores de la muchedumbre enardecida por el tormento.

* * *

Concluido el espectáculo, la multitud empezó a dispersarse lentamente, adentrándose en el laberinto de callejuelas que rodean la plaza.

También nosotros nos disponíamos a marchar, abrumados por lo que acabábamos de presenciar, cuando vimos llegar al maestro cantero Esteban, que venía a la carrera acompañado de un desconocido. Iban los dos apurados, porque les había costado lo suyo atravesar la barrera humana formada por todos los lugareños deseosos de contemplar los juicios. Traían una invitación para esa misma noche, la de ayer, que no pudimos rechazar.

¡Cuánto celebro haberla aceptado!

La guardia les franqueó el paso en cuanto Agila reconoció al masón que había viajado con nosotros prácticamente desde el Navia. Este se mostraba visiblemente feliz, pues, según supimos después, había encontrado trabajo para su amigo y para él nada más pisar Lucus, en la misma posada donde se alojaban.

—Una obra de restauración modesta —admitió con humildad—, aunque susceptible de abrirnos las puertas a otras de mayor envergadura una vez nos establezcamos con pie firme en la ciudad.

Precisamente el propietario de la hospedería era el personaje que le acompañaba.

—Majestad, tal vez no sea este el momento más oportuno para abordaros, pero no quisiera veros marchar sin antes presentaros a este súbdito vuestro procedente de Corduba.

El Rey prestó de inmediato la atención que se le requería.

La mera mención de esa urbe pone en alerta todos sus sentidos, pues no abunda la información sobre lo que acontece en la capital de nuestro enemigo y la información, todos lo sabemos, es un arma poderosa. Conocer de antemano las intenciones de los sarracenos podría proporcionarnos una ventaja sustancial a la hora de plantarles cara en la próxima acometida. ¿Cómo iba a desaprovechar un gobernante tan sabio una oportunidad semejante?

El forastero, llamado Claudio, venía al parecer del corazón mismo del emirato y acaso estuviera en condiciones de contar algo interesante sobre lo que se cuece allí desde la llegada al poder de este segundo Abd al-Rahmán.

Era preciso escucharle con la máxima atención.

Claro que esta reflexión yo la maduré más tarde, al calor de la noche, ya que mi primera mirada fue bastante más mundana. No tanto como la de Freya, cautivada a primera vista por ese desconocido de porte singular, pero sí una mirada de mujer más que de consejera avezada en los entresijos de la política.

Y es que el hospedero venido de Al-Ándalus es un hombre indudablemente apuesto y desde luego muy diferente a los rudos soldados que integran la corte guerrera de Asturias. Tampoco se asemeja lo más mínimo a un campesino iletrado y no digamos a un clérigo. En el Reino que nos vio nacer a

Freya y a mí no hay lugar para el refinamiento que emana de ese andalusí, excepción hecha de don Alfonso, cuyo atractivo procede de una caballerosidad inigualable.

Claudio lleva tintada en la piel el sol dorado del sur. Alto como nuestro príncipe, de cuerpo esculpido al igual que el suyo, aunque mucho más joven, recoge su cabello negro con una cinta en la nuca, de manera que deja libre el rostro de facciones regulares. Su barba está recortada casi a ras de mentón. Sus ojos oscuros arden, en contraste con la voz risueña que sale de su garganta. Las manos, que ayer trataba de esconder con timidez, parecen fuertes, aunque sorprendentemente suaves a la vez, acaso porque jamás hayan empuñado la espada. Eso es algo que lleva escrito en la cara. Lo suyo no son la guerra ni las intrigas, sino el goce, la sensualidad, cualquiera de las múltiples formas en que se manifiesta el placer.

Trajo a mi mente de golpe las sensaciones experimentadas en el harén de la capital sarracena, donde cada detalle estaba pensado para exaltar los sentidos: los perfumes, los tejidos, los guisos y licores, los masajes, las esclavas cantoras… y otras cosas que silencio por el pudor exigible a una dama.

Como digo, su aspecto es llamativamente diferente al de la mayoría de los hijos de Asturias, ya sean de estirpe astur o goda. También su mirada, dirigida pocas horas después a la condesa, con una intensidad creciente a medida que fue avanzando la velada compartida en su taberna. Me recordó al modo en que me miraba Tioda en los días en que comparaba mi piel a la finura del alabastro.

¡Dios, cuánto ha llovido desde entonces!

¿Por dónde iba?

—Permitidme presentaros a Claudio, de Corduba, en cuya posada nos alojamos Roberto y yo.

Esteban, el cantero franco, se había dirigido al Rey ejecutando una reverencia impecable.

—Siempre es un placer saber que el Reino acoge a refugiados cristianos —respondió el Rey, cortés.

—Claudio es mucho más que un simple refugiado, majestad. No ha venido con las manos vacías, sino con oro y otros bienes incluso más valiosos, que le gustaría daros a conocer.

—¿Existe algo más valioso que el oro, si no es la fe o la honra?

—Esteban exagera, mi señor —terció el citado Claudio, con un bonito acento cantor propio del meridión—. Es cierto que procedo de una familia antaño acomodada y también que pude vender cuanto poseía antes de trasladarme aquí, pero no soy rico. Ni remotamente. Por desgracia, ya no quedan cristianos ricos en Corduba.

—¿Cuáles son entonces esos tesoros, más valiosos que el mismo oro, a los que se refiere nuestro común amigo?

—Sus guisos, majestad —respondió el franco—. Su aceite, sus especias, su habilidad para conseguir sabores afrodisíacos. ¡Tenéis que catar sus platos! Creedme cuando os digo que no habréis probado nada igual en vuestra vida.

—¿Aceptaríais ser mis huéspedes esta noche? —propuso entonces el posadero, sin atreverse a levantar la vista—. Acabo de instalarme en la ciudad y mi establecimiento es humilde, aunque me esforzaría por lograr que no dierais vuestro tiempo por perdido. Sería un inmenso honor para mí y para mi casa.

—Venid, señor, os lo ruego —insistió el masón—. Y traed a ese fraile glotón que tanto se quejaba del hambre.

Freya no pudo evitar que se le iluminaran los ojos. Yo sugerí que tal vez Adamino, el cocinero de palacio, aprovechara la oportunidad para aprender del mozárabe algún guiso nuevo que incorporar a su limitado repertorio. Danila comentó cuánto le agradaría impresionar a Sisberto con un banquete suntuoso servido en Asturias por un cristiano andalusí, aunque solo fuese para callarle la boca un rato sobre su Toletum del alma. Y el obispo Dominicus vio el cielo abierto ante la posibilidad de librarse de otra cena interminable entre dolores de espalda.

—Los fogones de ese forastero dan que hablar en la ciudad, majestad —comentó de inmediato el prelado—. Yo aún no he tenido ocasión de visitar su posada, aunque no dejaré de hacerlo en cuanto me sea posible.

—Aceptemos pues su invitación y vayamos todos —concedió el Rey.

—Hacedlo vos, mi señor. Yo, con vuestro permiso, me recogeré en mis aposentos, rogando a Dios todopoderoso que me libre de este padecer. No imagináis el sufrimiento que entraña.

A mí no me cuesta nada imaginarlo, porque he visto a muchas personas aquejadas del mismo mal. También conozco remedios que podrían aliviarlo, aunque me los guardé para mí, pensando que no pondría en riesgo los secretos sanadores aprendidos de mi madre revelándoselos a un ser tan poco dado a agradecerlos.

Ahora, como ya he dicho, me arrepiento.

Tampoco le animé a venir con nosotros a unas antiguas termas recién recuperadas para uso del conde difunto y otros dignatarios de la ciudad, donde el contacto con el agua caliente le habría hecho sin duda un gran bien. Puesto que parecía gozarse en esa dura penitencia, pensé que lo mejor sería dejarle purgar a gusto. Él conocerá los pecados que pesan sobre su conciencia.

—Sea entonces —terminó claudicando el soberano—. Probaremos la cocina de este extranjero y escucharemos su historia.

El local estaba situado al fondo de una callejuela estrecha, no muy lejos de la catedral. En origen debió de ser una *domus* romana similar a la perteneciente a Cornelio, que nos proporcionó techo en nuestra primera noche lejos de Ovetao, aunque notablemente más pequeña. Siglos de abandono, además, habían dejado honda huella.

—Conseguiremos convertirla en la fonda más confortable de cuantas se encuentren en el camino entre el *finis terrae* y Aquitania —auguró entusiasta el cantero que nos servía de guía.

—Y quiera Dios hacer que pronto se llene de peregrinos —le secundó Danila en un susurro.

Lo que vimos en nuestro breve paseo previo a la cena fueron unas cuantas estancias dispuestas en torno a un patio central, al que se abrían igualmente establos destinados a las caballerías. Al fondo de ese espacio, por el que correteaban gallinas y otras aves de corral, una columna de humo negro señalaba el emplazamiento de la cocina, donde nuestro anfitrión daba los últimos toques al banquete que se disponía a servirnos. Le auxiliaban en esa faena una mujer gruesa y un muchacho de corta edad, entre olorosos vapores que me abrieron al instante el apetito.

En la sala dispuesta como taberna el suelo estaba cubierto de paja recién cambiada. Antes de entrar en ella, Esteban nos mostró un huerto plantado en la parte trasera de la casa.

—Aquí cultiva él sus verduras y frutas exóticas —explicó, guiñando un ojo.

De inmediato me fijé en dos árboles menudos, nudosos, de hoja pequeña entre verde y gris, que nunca antes había visto crecer en Asturias. Cuando más tarde tuve ocasión de dirigirme al posadero, le pregunté:

—¿Lo que he visto en una esquina del huerto son por ventura plantones de olivo?

—En efecto —respondió él con una mezcla de sorpresa y orgullo—. Veo que reconocéis el árbol de la aceituna.

—Tuve ocasión de conocerlos en vuestra Corduba natal, muchos años ha, sí. Pero no sabía que su cultivo fuese posible en nuestra tierra húmeda y fría.

—Por el momento aguantan. Vinieron conmigo en el carro atravesando montes, ríos, llanuras yermas e incluso bosques infestados de bandidos, sin sufrir daños graves. Doy gracias por ello a la clemencia de Dios. Aquí parecen encontrarse a gusto, exactamente igual que yo. Ni a ellos ni a mí nos complace la lluvia, no voy a mentiros, pero hemos sabido adaptarnos. Ellos no tuvieron elección. En cuanto a mí… Soy cristiano. La vida en mi ciudad se había tornado insufrible.

—¿Emprendisteis tan largo viaje vos solo? —se atrevió a preguntar Freya con voz trémula.

—Así es, mi señora —respondió él, lanzándole al mismo tiempo una sonrisa melancólica—. Las fiebres me habían arrebatado lo que más amaba en este mundo y aquello fue la gota que colmó el cántaro. Muertos mi esposa y mi hijo, que apenas empezaba a caminar, no me quedaban motivos para permanecer en el que había sido nuestro hogar.

El modo en que había pronunciado esas palabras habría seducido al más duro de los corazones, infundiéndole el deseo incontenible de abrazar a ese pobre viudo. ¿Cómo no iba a enamorar perdidamente a la soñadora Freya?

Viendo la cara que ponía al escuchar ese relato, no pude evitar compadecerme. Había quedado atrapada sin remedio en la necesidad de redimirlo de su duelo, quisiera él o no aceptar el amor que había despertado en ella. El reto al que se enfrentaba mi joven amiga era doblemente difícil, además, dada la enemistad que de inmediato manifestó su padre al forastero.

—¿Qué extraño capricho os llevó a cargar con semejante engorro en un viaje tan penoso y lleno de peligros? ¡Menudo desatino!

El que preguntaba era el conde Aimerico, quien había debido de captar la atracción que ese hombre ejercía en su hija y buscaba el modo de cortarla de cuajo. Durante toda la cena no dejó de prodigar al hospedero gestos de hostilidad cada vez más groseros, para desesperación de la desdichada Freya, empeñada en agradar a ambos.

La respuesta de Claudio trató de quitar hierro al asunto:

—Otro de los engorros con los que cargué, por utilizar vuestras palabras, fueron dos tinajas de aceite extraído de los frutos de ese árbol. «Oro líquido» lo llaman en Al-Ándalus. Sin ánimo de desmerecer el sabor de la mantequilla o la manteca que se emplea en los guisos aquí, los que yo aprendí de mi madre, y mi madre de la suya, precisan de ese ingrediente…

—¡Y a fe que se hace notar! —sentenció Sisberto, que parecía ensanchar a ojos vista a medida de engullía.

—Pronto llegarán nuevos olivos a Asturias, estoy seguro —aventuró el posadero.

—Antes se extenderán los confines de nuestro reino hasta los campos sarracenos donde crecen esas plantas —rebatió con desprecio Adamino, aliado natural de Aimerico en su guerra contra el mozárabe, aunque en su caso la inquina se debiese a motivos distintos.

El conde aplaudió el comentario con los ojos, sin perder de vista a su hija, que apenas probaba bocado.

Cualquier muchacha de buena cuna sabe que la glotonería constituye una falta imperdonable para una mujer, pues no solo delata un apetito descontrolado, sino que abre la puerta a la concupiscencia y la lujuria. La condesa se contentaba por tanto con manchar sus labios, aunque tengo para mí que no pasó hambre. Le bastaba para alimentarse con llenarse de cada palabra pronunciada por nuestro anfitrión.

—De todos modos, durante la mayor parte del viaje no estuve solo —siguió relatando Claudio—. Me uní a la intendencia de las tropas del emir, comandadas por los hermanos Malik y Abbas Quraisi. Entre esa multitud de gentes un carro y unas mulas más no llamaban la atención.

—Y llegasteis hasta aquí con bien —rematé yo, impaciente por zanjar el asunto, adivinando el efecto que iba a causar esa revelación.

—Recientemente se cumplieron dos años desde nuestra partida —prosiguió Claudio con naturalidad—. En retaguardia de los soldados arribé hasta Astúrica. Allí pasé el primer invierno, sin hallar lo que andaba buscando, y después me trasladé a Lucus, donde creo haberlo encontrado… hoy más que nunca.

—¿Participasteis en la última aceifa sarracena contra nosotros y tenéis la desvergüenza de contarlo con esa desfachatez?

De nuevo había sido el conde Aimerico el encargado de echar en cara al forastero su confesión, aunque lo cierto es que todos nos habíamos quedado anonadados. Todos menos el acusado, que permanecía tranquilo.

—Yo no participé en esa campaña, señor. No soy soldado ni musulmán. Solo aproveché el desplazamiento de una ingente cantidad de civiles destinados al servicio de la tropa para poder cubrir una distancia que en solitario habría estado fuera de mi alcance. ¿Qué habríais hecho vos en mi lugar?

—¡Combatir o resistir!

—¿Combatir con qué medios? ¿Resistir hasta cuándo? Os repito que la vida en Corduba se había tornado insoportable.

El muchacho que habíamos visto ayudando en la cocina acababa de depositar un caldero sobre la mesa desnuda. El tercero.

—Y ahora, con el permiso de Su Majestad, disfrutemos de la comida. Tiempo habrá para la charla…

* * *

El banquete había comenzado con un gazpachuelo (así lo llamó el guisandero) de cebollas y ajos aderezados con miel, vinagre y diminutos trozos de pan. Un plato frío, muy popular en Al-Ándalus, al parecer, destinado a abrir boca en esta época calurosa del año.

Hallé en él un grato contraste inesperado entre la acidez del vinagre y la dulzura sedosa de la miel. Me pareció fresco, sabroso, original y sorprendente, además de apto para una dentadura duramente probada por el paso de los años, ventaja en absoluto desdeñable.

Claro que palidecía ante lo que vino después: truchas de río fritas en ese néctar de aceituna, hasta alcanzar una textura crujiente que se deshacía en la boca, guarnecidas con naranjas secas. Una exquisitez sin parangón, a la medida del paladar más exigente.

—En mi cargamento de engorros —Claudio pronunció la palabra con indisimulado sarcasmo— también traía un saco de naranjas, esta fruta que probáis, a mi pesar, deslucida por el secado imprescindible para conservarla. De ahí que os parezca amarga. Fresca, recién cogida del árbol, es dulce y jugosa como ninguna. Lástima que no se den aquí…

El posadero nos contemplaba mientras devorábamos con apetito, excepción hecha de la recatada Freya. Manos, cuchara y cuchillo no bastaban para dar cuenta de todo lo que iba llegando a la mesa. Él no comía. Se le veía ansioso por conocer nuestra reacción ante sus guisos.

Imagino que le inquietaría especialmente la opinión del Rey, quien mostró su buena crianza ponderando cada plato antes de interrogar al anfitrión sobre la situación política de la capital andalusí.

Esa era la verdadera razón que motivaba su presencia allí, aunque un caballero como él jamás habría faltado a las reglas de la hospitalidad comportándose como un patán.

Mientras Claudio rellenaba las copas de vino apenas rebajado con agua y nos animaba a acometer sin miedo, en el mismo puchero, una mazmorra de berenjenas, cebollas, almendras y ajos, transición ligera antes de dar paso al resto del pescado y la carne, yo no dejaba de pensar en Estefanía; un fantasma del pasado resucitado de pronto al calor de esa comida.

¿Estará todavía viva? ¿Encontraría finalmente la paz en Asturias?

Estefanía fue una de las dos personas que me ayudaron a escapar de mi prisión dorada en Corduba. La otra fue Sa'id, un eunuco del harén que pagó con su vida ese socorro. Rara vez me olvido de él en mis plegarias. Él me condujo hasta un pasadizo secreto, a cambio de una bolsa de oro, y fue delatado, ignoro por quién, aunque cualquiera sería sospechoso en ese nido de intrigas. Ella, cristiana al igual que yo, logró hacerme llegar un mensaje de Índaro, a costa de arriesgar su cuello, sin pedirme nada a cambio.

Muchos años después vino a requerir mi auxilio en Ovetao, a donde había llegado con una oleada de refugiados que huían de las persecuciones sufridas por la población mozárabe.

Reinaba a la sazón en Al-Ándalus Al-Hakam, cuya crueldad llegó a ser legendaria. No solo abrumaba de impuestos y cargas a los cristianos, sino a sus propios hermanos, hasta el punto de provocar una rebelión en Corduba como jamás se había vivido.

Los cordobeses se levantaron en el principal arrabal de la ciudad y fueron salvajemente castigados. Las riberas del Guadalquivir se llenaron de cruces donde los supliciados rezaban indistintamente al Dios de Jesucristo y al de Mahoma. Fueron muchas las urbes de Hispania que se alzaron en vano contra su poder despótico, pues ahogó cada rebelión en sangre, apoyándose en sus regimientos de jinetes y en su guardia personal de eunucos. También a nosotros nos acometió con fiereza, sin conseguir doblegarnos.

La mera evocación de su nombre todavía me hiela la sangre.

Estefanía me devolvió la libertad, entregándome un mensaje de Índaro oculto entre sus bártulos de peluquera, cuando todavía había cristianas trabajando en el harén del emir. Años después, las cosas cambiaron tanto que se vio obligada a escapar. Entonces, gracias a Dios, pude devolverle el favor intercediendo ante el soberano para que recibiera de sus manos una presura en Primorias, donde poder instalarse junto a su familia.

¡Quiera el Señor que siga disfrutando de ella con salud!

Deben de haber transcurrido unos diez años desde que tuvimos noticia de esos hechos terribles. ¿Seguirán sufriendo los cristianos de Corduba idénticas penalidades?

Antes de atreverme a entrar en esos graves asuntos de Estado, o esperar a que lo hiciera el Rey, opté por orientar la conversación hacia un terreno más personal.

El banquete proseguía con unas bolas hechas de carne de cordero picada en trozos diminutos, aderezadas con tocino, manteca de cerdo y abundantes especias: azafrán, comino, ajedrea y anís, entre otras, hasta componer una salsa que invitaba a mojar pan.

—Esta receta no la aprendí de mis mayores —confesó el hospedero—. Se me ocurrió durante el viaje, observando el modo en que unos y otros empleaban no solo ingredientes diversos, sino fuego, brasas, horno o incluso cenizas. Lo que las personas comen o dejan de comer dice mucho de ellas. ¿Os habíais parado a pensarlo, señorías? En Corduba no resultaba fácil encontrar carne de cerdo, y la que se encontraba alcanzaba precios exorbitantes porque la religión de Alá, al igual que la hebrea, prohíben comer de ese animal.

—Lo cual no hace sino demostrar su ignorancia —apostilló Adamino, reconfortado al reencontrarse con un sabor más conocido.

—¿Quién os indujo a practicar este oficio que tanta dicha os proporciona? —inquirí a mi vez, curiosa.

—Mi madre —respondió Claudio con emoción—. Y antes que ella, mi abuela. Aunque mi difunto padre, de estirpe romana, propietario de huertos fértiles a orillas del Guadalquivir, también aseguraba estar emparentado con este arte. Según contaba, sus antepasados ya regentaban una casa de comidas en Híspalis antes de la llegada de los árabes a Hispania. El plato que se servirá a continuación se basa precisamente en una receta rescatada de esa época remota.

—Una familia de antigua raigambre cristiana —apuntó Danila, esbozando una sonrisa.

—Si os soy sincero, por parte de madre creo que una bisabuela judía conversa aportó un abundante saber culinario al acervo familiar.

—¿Tenéis sangre judía? —Se volvió a escandalizar el conde.

—Como tantos, señor, como tantos. Muchos se convirtieron al cristianismo, forzados por las leyes godas, y no son pocos los que después abrazaron el islam. Pero de eso hace mucho tiempo.

—¡No el suficiente! —exclamó Aimerico.

—Os aseguro que mi fe en Nuestro Señor Jesucristo es tan firme al menos como la vuestra. —Los ojos del posadero sostenían la mirada del magnate, desafiantes—. Esa fe es la que me trajo aquí y por ella soporté más dolor e iniquidad de los que quisiera recordar. Otros más débiles prefirieron convertirse o bien dejarse morir.

Esa última revelación llevó finalmente a don Alfonso a plantear el asunto que en verdad le preocupaba, sin admitir más demora.

El acalorado pinche, entre tanto, acababa de depositar ante nosotros una fuente de gran tamaño que desprendía un aroma capaz de revivir a un difunto. El antiguo guiso romano que nos había anunciado Claudio. Unas gachas de harina de guisantes secos cocidos en vino, que parecían el complemento ideal a los arenques ahumados de los que se acompañaban.

Adamino, el cocinero de don Alfonso en Ovetao, contemplaba aquello con ojos muy abiertos, sin decidirse a considerarlo una aberración del diablo o una creación sublime. Sisberto llevaba toda la noche callado, profiriendo de cuando en cuando, eso sí, exclamaciones guturales de puro disfrute. Danila escuchaba atento, sin perder detalle.

El soberano empleó un tono firme para interrogar al forastero.

—¿A qué o a quién os referís al decir que «otros se dejaron morir»? ¿De qué «otros» habláis?

—De los cristianos sometidos al dominio musulmán, majestad. De los mozárabes. En Toletum, Emérita y otras ciudades alejadas del núcleo de poder omeya se han multiplicado las revueltas estos últimos tiempos. Sin duda estaréis al tanto. En Corduba no queda esperanza. La represión ha sido tan dura que ha matado cualquier anhelo de resistencia.

—Explicaos mejor, os lo ruego.

—Son cientos, miles, quienes buscan deliberadamente el martirio. Provocan con su conducta la ira de los faquíes a fin de hacerse condenar a muerte.

—¿Hasta ese punto ha cundido el desánimo?

—Estamos abrumados a impuestos. Aunque debería decir «estábamos», puesto que yo logré escapar. Veinticuatro dirhemes anuales, más una cuarta parte de nuestras ganancias; una auténtica exacción. Las confiscaciones eran el pan nuestro de cada día, al igual que las humillaciones. Se nos obligaba a rezar a escondidas, se nos perseguía de mil maneras inicuas… Durante un tiempo nos sostuvo la idea de poder alcanzar un acuerdo de convivencia en términos más justos. Últimamente, como os digo, el martirio se impuso para muchos como única puerta de escape a tanta desolación. Yo preferí venirme al norte.

El Rey se quedó mudo ante lo que acababa de oír. Acaso estuviera invocando en silencio la protección del apóstol Santiago para esos hermanos cristianos sometidos al yugo infiel, o tal vez rogándole auxilio en la tarea de resistir la embestida. Porque si nosotros necesitamos desesperadamente su amparo en el empeño de consolidar las fronteras del Reino, ellos precisan de su ayuda para sobrevivir. Ni más ni menos.

A todos nos conviene pues que las reliquias milagrosamente aparecidas en los confines de Asturias posean el formidable poder con el que Dios dotó al Hijo del Trueno. Todo poder se queda corto ante el feroz enemigo empeñado en someternos o, en su defecto, aniquilarnos.

Cuando ya nos retirábamos, saciados para varios días y con el corazón encogido por esa historia terrible, el hospedero me susurró:

—Regresad mañana temprano, solo vos con la condesa, os lo ruego. Tendré algo para daros. Algo reservado a las damas.

Respondí al punto que lo intentaría. ¿Quién en mi lugar se habría negado? Freya está tan subyugada por esa voz cálida, tan cautivada por ese encanto entre misterioso y triste, que me produce una ternura casi olvidada...

¿Llegué a ser yo alguna vez tan inocente como ella? ¿Sentí una turbación semejante a la que enciende sus mejillas y le roba el apetito? Creo que sí. Y en todo caso, también a mí me había causado honda admiración la valentía de ese hombre audaz, que ha dejado atrás su hogar, sus recuerdos y su vida entera para volver a empezar en tierra extraña, guiado por su fe en Cristo y su ansia de libertad.

Freya y él se merecen. Por eso ayer decidí ayudarles a vencer los obstáculos que habrán de superar antes de tenerse el uno al otro, si es que se atreven a intentarlo sabiendo cuán ardua será la empresa.

Tampoco me desagrada la idea de alejarla definitivamente del Rey, lo reconozco. Es más, probablemente sea ese el principal anhelo que me guía. Si las dos hemos de obtener satisfacción de ese modo, ¿qué hay de malo en unir fuerzas?

* * *

Esta mañana he logrado arrancar a la condesa a la férrea vigilancia de su padre, pretextando la necesidad de brindarle asistencia en un trance incómodo propio de mujeres. La mera referencia a ese estado, considerado por ellos impuro, ha causado el efecto deseado, que era el de evitar preguntas.

¡Cuánto les asusta ese misterioso ciclo nuestro que ellos no comprenden ni controlan!

Al amparo de su miedo hemos podido reunirnos con Claudio, sin levantar sospecha alguna, antes de que el sol asomara por encima de la muralla.

Freya me ha seguido dócilmente, cubierta por un velo tupido, ignorando a dónde íbamos. De habérselo revelado, la excitación la habría delatado ante el conde, por lo que he considerado más prudente callar. No se ha percatado de nuestro destino hasta embocar la calle en la que se abre la hospedería, ante cuya puerta exterior aguardaba él.

¿Habría pasado allí toda la noche?

—Entrad, os lo ruego, no estaba seguro de que vinierais.

—Tampoco yo, os lo confieso —he replicado en tono pícaro—. Pero la oferta era demasiado tentadora como para rechazarla.

—Me halagáis.

—En realidad, bromeo. Sé muy bien a quién estabais esperando.

La condesa se había quedado muda. En pie, pegada a mí, me interrogaba con la mirada, bajo el velo, sin saber cómo actuar.

—Me pregunto si habéis pegado ojo esta noche —he inquirido, risueña, recreándome en el juego.

—Si he de seros franco, no. El viento peinando los árboles del huerto componía una música que había llegado a olvidar, y me mantenía en vela. El rumor lejano del río traía ecos de otro tiempo, otras aguas y otros ríos en los que bañé mi cuerpo de felicidad.

—¡Cuánto debéis añorar a vuestra esposa y vuestro hijo! —ha terciado Freya, conmovida.

—Recuerdo todo lo pasado sin añoranza, mi señora. Ellos vivirán siempre en mí, desde luego, pero ahora están en el cielo, mientras yo continúo aquí.

—Lejos de vuestro hogar…

—Evoco con cierta nostalgia el aroma del azahar en las calles de mi ciudad, envuelto en el sonido triste de una dulzaina contando historias de amor y de vida, es verdad. Ayer noche, sin embargo, cada estrella traía a mi espíritu una esperanza renovada, inundándolo de paz. Ayer noche sentí que había alcanzado un lugar donde todo podría volver a cobrar sentido.

—¡Antes que posadero, sois poeta! —he exclamado, genuinamente sorprendida—. Conocí a uno en Corduba, cuando era más joven incluso que Freya. He olvidado su nombre, aunque no su ceguera. Le había hecho arrancar los ojos uno de los hijos de Abd al-Rahmán, en venganza por unos versos que consideró ofensivos.[1]

—Yo no escribo versos, dama Alana. Lo mío es la cocina.

—Veamos pues esa sorpresa que nos tenéis preparada.

—¡Por supuesto! Tomad asiento, por favor. Os he preparado mi dulce favorito. Unos buñuelos que los árabes llaman «almuyábbanas», cuya delicadeza solo encuentra paragón en vuestro rostro.

El posadero se dirigía a Freya, huelga decirlo, con una libertad que habría escandalizado a una guardiana más estricta que yo en la observancia de la virtud. A mí, en cambio, me ha divertido el descaro. Él ha debido de darse cuenta al instante, porque no ha vacilado un ápice en avanzar en su cortejo.

—Al contemplar ayer vuestro cabello tan rubio, esos ojos claros como la luz del día, y la palidez de vuestra piel inmaculada, me vinieron a la mente estas golosinas.

Mientras hablaba, había descubierto una bandeja llena de pequeños anillos dorados cuyo sabor resultaba exquisito. La condesa ha hecho ademán de llevarse uno a la boca, sin recordar que llevaba velo. Cuando se lo ha quitado, a fin de poder comer, sus mejillas ardían.

—Blanco, al igual que vos, son el queso fresco y la nata con los que se elabora este dulce. Blancas son la leche y el azúcar. Blanco es el color del amor puro, que habita en infinitos sabores.

Mi pobre niña estaba a punto de desvanecerse de vergüenza. Claudio se había envalentonado de nuevo y amenazaba con obligarme a detener en seco su asalto. Con el fin de aligerar el ambiente, he preguntado:

—¿Qué es el azúcar? Nunca oí nombrar tal cosa.

—El azúcar, mi señora, es un polvo que se extrae de una planta en forma de caña. Los árabes las trajeron de Oriente y saben cómo procesarlas a fin de obtener ese tesoro del que me gustaría obsequiaros una pequeña muestra a la condesa Freya y a vos. Aceptad este humilde presente y acordaos de mí cuando lo probéis.

Era tiempo de marchar. El Rey había dispuesto que retomáramos esa mañana el camino a Iria Flavia, y empezaba a hacerse tarde.

Al despedirnos, ya en la calle, me he fijado en el beso que ha depositado Claudio en la mano de Freya. También en la sonrisa con la que ella ha recibido ese gesto. O mucho me equivoco, o el fuego que han alumbrado los llevará a volver a encontrarse.

Al tiempo…

* * *

Apenas los siervos terminen de aparejar las monturas, partimos hacia Sámanos. Es grande la fuerza con la que ese monasterio llama a don Alfonso. Son tantos los recuerdos y vivencias que le atan a ese lugar, la sensación de seguridad, la paz que evoca en su memoria…

Sámanos representa todo lo que mi señor venera: fe, luz, cultura, orden. Allí fue dichoso de niño como nunca ha vuelto a serlo. Ansía abrazar a los monjes que conoció cuando eran novicios y recabar su opinión sobre el descubrimiento milagroso referido por Teodomiro. Su consejo será determinante, estoy segura.

En cuanto a mí, no le voy a la zaga en impaciencia. En Sámanos pasó largos años mi hijo y allí espero toparme con alguien que sepa darme razón de él. Me digo a mí misma que en ese cenobio hallaré su rastro, pues tiene que haber dejado huellas. Es menester que así sea.

¿Me aguardará al final de este camino Rodrigo? ¿Será él la recompensa a tantas penalidades?

A falta de noticias suyas, solo puedo confiar en la misericordia de Dios y encomendarme a la Virgen Madre rogándole que mantenga viva esta esperanza.

Murallas de Lucus

9

Entre fantasmas

Monasterio de Sámanos
Festividad de San Laureano

De Lucus a Sámanos hay una distancia de unas treinta millas que atraviesan un terreno desigual, en general llano. El bosque tupido de castaños alterna con campos sembrados de avena o de escanda, aprovechando la fertilidad de este suelo trabajado desde antiguo por manos laboriosas. Campos todavía verdes, llamados a entregar muy pronto una cosecha abundante.

Ayer supimos por Danila, nada más salir de Lucus, que para llegar a Iria Flavia desde allí no habría resultado necesario tomar el camino que seguimos en dirección sur hasta el lugar donde se esconde este cenobio. Lo más rápido habría sido avanzar hacia poniente a través de la calzada construida en su día por las legiones del imperio. La que unía sus acuartelamientos de Lucus Augusti y Bracara Augusta, hoy despoblada según dicen.

El hecho de elegir esta ruta nos ha hecho perder al menos un par de días. ¿Por qué? La respuesta es sencilla y compleja al tiempo.

Poco o nada en este viaje obedece a la necesidad o la lógica. Lo que nos mueve es la emoción, el sentimiento, la fe, la desesperada necesidad de esperanza.

En mi caso, la búsqueda de un hijo perdido hace mucho que ahora, lo presiento, se halla en grave dificultad o… no puedo siquiera pensarlo y mucho menos escribirlo.

En cuanto al Rey, mi señor, una voz lejana cuyo eco alcanzó su corazón en Ovetao y le ordenó ponerse en marcha. En ese corazón, endurecido por la guerra y el poder, aunque aún intacto, el monasterio de Sámanos ocupa un espacio tan grande que justifica el desvío.

Lo cierto es que partimos de la antigua ciudad amurallada bien entrada la mañana. El sol hizo acto de presencia al principio, para ocultarse enseguida tras una gruesa capa de nubes. Mejor así. El fresco y la lluvia se combaten con una sencilla capa. El calor, por el contrario, es un enemigo imbatible.

Al poco de cruzar el puente romano levantado sobre el río Miño, perdí de vista a Agila. Debió de adelantarse junto a sus exploradores con el propósito de asegurar la vía a seguir. ¿Qué otro motivo lo llevaría a comportarse de ese modo extraño?

Aunque ya no viajan con nosotros sarracenos y la escolta se ha reforzado con un par de soldados de la guarnición lucense, el jefe de la guardia está inquieto. No ha vuelto a ser el mismo desde que vio a don Alfonso hundirse en las aguas del Navia, arrastrado al fondo por un cautivo.

En su ausencia, Nuño y Cobre velan por el Rey. Ambos caminan huraños, con cara de pocos amigos. El mastín se venga gruñendo de las muchas horas que ha pasado encerrado en una jaula. El vascón se muestra tal como es: fiero e incondicional al tiempo.

En Lucus nos aprovisionamos de víveres y pertrechos, además de cambiar nuestras monturas por otras de refresco. Todas menos la de mi señor, que se negó rotundamente a prescindir de Gaut. Por más que insistimos unos y otros en aconsejarle un caballo más adecuado al terreno y la circunstancia, él se cerró en banda. Lo más que aceptó fue incorporar a la comitiva a un mozo de cuadra cristiano, que parece entenderse bien con el alazán y es el encargado de cuidarlo.

¡Quiera Dios que la testarudez de ese animal no vuelva a tener consecuencias!

Nuestros clérigos, cosa rara, marchaban juntos, en ruidosa y distendida charla. Con ellos iba también Adamino, compartiendo comentarios dispares sobre el banquete celebrado la víspera.

—Exquisito.

—Pretencioso.

—Un regalo para el paladar más exigente.

—Un dispendio innecesario…

—Pero deslumbrante y sublime.

—Tanto refinamiento rayaba en lo afeminado.

—No se hizo la miel para la boca de los asnos…

Yo escuchaba, desde atrás, entretenida con la polémica. Tratando de explicar a Odoario lo que se había perdido al no poder participar en la cena, dejaban al descubierto alguna miseria oculta. En general, eso sí, se les notaba satisfechos. Salvo al abad de San Vicente. Él me preocupa. Ha descansado en la ciudad, pero no lo suficiente. Está demacrado, con la piel de un feo color grisáceo. Animoso, como siempre, pródigo en sonrisas, aunque quebrantado. Mucho me temo que esta prueba esté resultando excesiva para sus fuerzas, probadas en una larga vida de privaciones.

Ojalá me equivoque.

Y no me olvido del conde Aimerico, ni de su hija, mi pobre Freya. A diferencia del resto, ellos mostraban un humor sombrío. Mejor dicho, él descargaba su mal humor sobre ella, quien escuchaba, abatida, la catarata de reproches que derramaba su padre.

Le achacaba, entre otras faltas, haber retrasado la partida de la comitiva e incomodado con ello al Rey a quien debe esforzarse por agradar. Yo me había hecho responsable de ese retraso, recurriendo a la excusa infalible de la «naturaleza femenina», sin conseguir librar a la condesa de la regañina.

Aimerico no se atreve a enfrentarse a mí, pero desahoga su frustración con esa criatura indefensa. Ella aguanta cada chaparrón con gesto compungido, si bien tengo para mí que cada vez la afligen menos esos estallidos de su padre.

¡Mejor que mejor!

Llevaríamos algo más de medio camino recorrido, a buen paso, cuando Freya aprovechó que el soberano llamaba a su lado al conde para venirse a cabalgar conmigo. Solo entonces me fijé en que había recogido su larga melena rubia entre dos trenzas entreveradas de flores blancas, que, partiendo de las sienes, iban a unirse en la nuca. ¡Estaba radiante!

Por la mañana, abrumada por las prisas y la ansiedad que produce desafiar al buen juicio, yo no había reparado en esa muestra de coquetería. Aunque ella no supiese a dónde íbamos cuando la conduje casi corriendo hasta la posada de Claudio, un impulso espontáneo debía de haberla incitado a peinarse de ese modo. A esforzarse por realzar su belleza, pensando en el hombre del que se ha enamorado hasta los tuétanos. Salta a la vista.

Si me quedaba alguna duda, ha desaparecido. Ahora veo con claridad que, diga lo que diga el conde Aimerico, se ponga como se ponga, es evidente que esta muchacha ha decidido por sí sola a quién desea causar agrado. La única cuestión a dilucidar ahora es si tendrá el valor requerido para alcanzar su deseo o al menos luchar por él.

* * *

—Os veo melancólica —saludé a mi joven amiga en cuanto su yegua flanqueó a mi asturcón.

—Vos sabéis por qué, dama Alana. Sois la única persona que lo sabe, de hecho.

—El amor suele producir dicha. ¿Dónde está vuestra sonrisa? Lo que os ha ocurrido es hermoso.

—¿Hermoso, decís? ¡Es terrible! No logro expulsar a ese hombre de mis pensamientos. Lo ocupa todo, en todo instante. Su rostro aparece reflejado en los árboles o en las nubes. Oigo su voz en el viento. Su espíritu me ha poseído.

—Así es el amor. Tal como lo describís.

—Entonces es un mal mucho peor que la fiebre.

—Es el mal merced al cual cobra sentido la vida, mi dulce Freya. Ya lo descubriréis.

Con sumo cuidado, no sin antes mirar a su alrededor para cerciorarse de que nadie nos estuviera vigilando, sacó del bolsillo interior de su túnica un tesoro que guardaba como una reliquia sagrada. Un pomo minúsculo, de cristal de roca y tapón de plata, semejante a los que vendían a precios exorbitantes en el mercado de Corduba, hace una eternidad.

Lo recuerdo bien porque cuando el eunuco Sa'id me acompañó a visitarlo, accediendo a mis súplicas, lo único que compré fue un aceite perfumado que pensaba regalar a mi madre si lograba escapar de esa jaula. Lo exhibía en su puesto el mismo comerciante que ofrecía esencia de rosas, jazmín y otras fragancias de flores, en diminutas ampollas parecidas a la que me mostraba en ese momento la condesa.

—Me lo entregó esta mañana Claudio, en un descuido vuestro. No me he atrevido a abrirlo.

—Ni lo hagáis mientras haya alguien cerca —le advertí—. El aroma es tan intenso que alertaría a cualquiera. Pero valorad el regalo. Debió de costarle una fortuna.

—No son su fortuna ni sus regalos lo que me cautiva de él, sino sus ojos risueños. Su alegría. El ansia con la que busca gozar y hacer gozar a quienes tiene cerca. Nunca había conocido a nadie así. En la corte donde me crié todo era y sigue siendo fiereza, resistencia, fuerza, brutalidad... No imagináis cuánto he echado de menos la ternura de una madre.

—Los hombres del Reino son rudos, sí. Así es la tradición astur y gracias a ella existimos. Llevamos en la sangre la guerra, junto a un orgullo indomable. Es el tributo a pagar por conservar la libertad. ¿Preferiríais vivir bajo el yugo?

—Claro que no, pero...

—Nunca reneguéis de vuestra estirpe, Freya. Cometeríais un error fatal.

—No me expreso bien, señora. Jamás haría tal cosa. Amo a mi padre. Respeto y admiro a don Alfonso sin reservas. Y aun así sueño con poder jugar, reír, disfrutar del calor del sol, dejarme ir... ¿Hago mal?

—Acaso soñéis con un imposible. Y en todo caso, no bajéis la guardia en exceso. Jugar y reír es algo con lo que se puede fantasear cuando todo lo demás está asegurado. Entre tanto, es menester confiar ciegamente en quien tengáis a vuestro lado por esposo.

—¡Desde luego!

—Acabáis de conocer a ese posadero, niña. No deberíais permitir que el deslumbramiento os nublara por completo la cordura y la prudencia.

—Sé que el corazón no me engaña, señora —protestó ella—. Pese a ello, ni siquiera a mi confesor me atrevería a revelarle estas cosas. Solo a vos. Tal vez deba desterrarlas de mi pensamiento para siempre.

—Al contrario. Si cuanto afirmáis es vuestra verdad y estáis absolutamente segura de que se trata de la elección acertada, lo que debéis hacer es pelear hasta la muerte por ese hombre y por vuestro derecho a escogerlo. También eso forma parte de la sagrada tradición astur.

—¿Escoger a mi marido, decís? Bien me gustaría poder hacerlo, pero será padre quien decida. Mi voluntad no cuenta. Ya se ha encargado él de inculcármelo desde que tengo uso de razón.

* * *

¡Cómo han cambiado las cosas!

Las últimas palabras de mi compañera de viaje me trajeron a la memoria lo que contaba mi madre sobre su propio matrimonio y el feroz combate a que había dado lugar entre mi abuela Naya y su esposo, Aravo, a quienes no conocí.

En aquellos tiempos, la costumbre ancestral de los castros empezaba a ser suplantada por la que había traído consigo el pueblo godo, incluso en lugares remotos de los que hasta entonces se había mantenido alejada. El encuentro entre esos dos mundos era semejante al del hierro con el martillo en el yunque.

Mientras rigieron los usos antiguos, la mujer fue libre de elegir a su compañero. Incluso buscaba esposa a sus hermanos, en caso de tenerlos. Aquello cambió drásticamente tras la llegada del Dios verdadero, cuyos sacerdotes expulsaron a la diosa a quien seguía rindiendo culto mi madre, en secreto, incluso después de casarse voluntariamente con mi padre cristiano.

Ella fue la última. Mi abuela ganó la batalla por defender el derecho de su hija a escoger esposo, a costa de acortar su propia vida.

Las historias de familia siempre me han fascinado. En particular, las referidas a la mía, que ayer compartí con Freya en el empeño de infundirle ánimos.

Si el retrato que hacía de ella mi madre respondía a la realidad, mi abuela debió de ser una mujer tan frágil de salud como fuerte de carácter. Se quedó huérfana siendo muy niña, tras una pestilencia devastadora que diezmó a los habitantes de Coaña, pese a lo cual salió adelante a base de voluntad.

Hija única y heredera del poder espiritual sobre el clan recibido de sus ancestros, lo ejerció con justicia mientras tuvo aliento. Claro que la falta de aire fue precisamente lo que la mató, prematuramente. El ahogo constante, la tos, la fatiga y las disputas enconadas con la alianza formada entre su esposo y su suegra, huésped permanente en su casa. La misma en la que nací yo.

¡Cuántas de aquellas anécdotas oí contar en las noches de invierno!

Algunas veces, las menos, eran divertidas. Otras, versaban sobre la maldad de la anciana que parecía disfrutar martirizando a la mujer de su hijo en presencia de sus propios nietos, testigos y a la vez víctimas de esas humillaciones.

La que más me gustaba a mí se refería al modo en que Naya, gravemente enferma, había plantado cara a su marido en defensa de su hija Huma. Esa niña conservó el testimonio de esa batalla en su interior, a resguardo del olvido, y me lo relató tantas veces que se me quedó grabado en la memoria:

«Mi vida se acaba, es verdad, pero la de Huma no ha hecho más que empezar. De su vientre manará un río caudaloso que crecerá, se bifurcará y dará vida a innumerables arroyos. En su lecho la loba amamantará al cordero y el águila arrullará al ratón, porque su destino es engendrar un linaje renovado de conquistadores. Y lo hará según su voluntad. Ella vivirá para ver cómo su descendencia cumple el designio de la Diosa. Ella es fuerte como la roca de la que brota el manantial. Dúctil como el agua que corre colina abajo. Por eso elegirá, mal que te pese.»

«Ella» era mi madre, quien, efectivamente, eligió en uso de su libertad unirse a un guerrero godo a una edad en la que las mujeres de su alrededor ya habían engendrado varios hijos. Huma rechazó con obstinación al pretendiente local que se empeñaba en imponerle su padre y se salió con la suya.

La descendencia llamada a cumplir el designio de la diosa pagana solo puedo ser yo, puesto que no tengo hermanos ni hermanas. Ignoro cuál será ese designio, porque madre nunca quiso desvelarme el contenido de la profecía recogida en esas misteriosas palabras. Tal vez no pudiera hacerlo, al no conocer ella misma con exactitud lo que habían hablado mi abuela y el viejo anacoreta a quien fue a pedir un nombre para su hija.[1]

Ella nunca dio mucha trascendencia a ese encuentro y yo tampoco lo hice entonces. Todo reverdece ahora en mi cabeza a medida que voy recordando.

En alguna ocasión, mientras estábamos solas, se le escapaba mencionar el vaticinio que arrastraba desde su venida al mundo. Pero cuando yo preguntaba, siempre eludía responder. Decía que nada bueno me traería conocer en su literalidad un augurio confuso que ni siquiera ella misma había llegado a entender. Le restaba importancia, entre bromas, y me instaba a guardar silencio sobre todo lo concerniente a la magia, severamente castigada por los gobernantes de la corte instalada a la sazón en Passicim.

«Un linaje renovado de conquistadores...»

¿Se referiría el anciano a mi hijo Fáfila? A Rodrigo es imposible, toda vez que es clérigo. ¿O acaso haya dado un cambio radical al curso de su vida y le avergüence confesármelo? Me sorprendería sobremanera, pero... ¿quién sabe? Tal vez hablara ese vaticinio de los nietos a quienes no conozco, hijos de Eliace. No tengo modo de averiguarlo.

Mi abuela Naya fue una mujer poderosa. Luchó con fiereza por defender el derecho de su hija a elegir, hasta entregar su último aliento en el combate contra su esposo. Ella misma, sin embargo, fracasó estrepitosamente al ejercer ese derecho. Desposó al hombre equivocado y fue profundamente infeliz con él.

Paradojas de una existencia a caballo entre dos mundos.

—¿Conocéis vos algún modo de acertar en la elección? —La voz de mi interlocutora acababa de cortar de cuajo esas reflexiones inútiles.

Freya se había bebido mi relato como bebe de una fuente el viajero acalorado y sediento. Por su forma de preguntar, parecía considerarme algo parecido al oráculo que yo acababa de mencionar en mi historia.

—Ya me habría gustado, querida... Pero no; no existen fórmulas mágicas, más allá de la intuición. Dejaos guiar por los sentimientos, siempre que no os anulen por completo el juicio.

—¿Y mi padre? Sé que jamás dará su consentimiento a Claudio.

—Jamás es mucho tiempo, Freya. Y sois demasiado joven para aproximaros siquiera a comprender lo que significa. Aguardad, confiad, tened paciencia, buscad el momento oportuno para plantear la cuestión.

—Vos no conocéis a mi padre. Nunca dará su brazo a torcer.

—Aun así, sé de la lealtad que profesa al Rey. Si obtenéis la aprobación de don Alfonso, el conde terminará por consentir. De momento, ese hospedero tan hábil con los pucheros ha demostrado talento para ganarse la simpatía de nuestro soberano, invitándole a un banquete regio. Es cristiano y hombre libre. Posee una fortuna en absoluto desdeñable, llamada a seguir creciendo. No es mal partido en absoluto.

—Mi padre quiere para mí un guerrero, a ser posible de linaje godo, propietario de tierras y rentas. Alguien parecido a él y por tanto opuesto a Claudio.

—Vos queréis otra cosa. ¿Renunciaréis a luchar por ella? Seguid mi consejo, querida. Conseguid el apoyo del Rey a vuestra causa y habréis vencido.

* * *

Tan animada fue la conversación que, antes de sentir la llamada del hambre o los primeros signos de cansancio, habíamos llegado a San Julián de Sámanos, donde yo anhelaba hallar alguna nueva de Rodrigo.

El monasterio alza su figura de piedra negra al fondo de un valle angosto flanqueado por un río. Tal como sucede en Lucus, lo primero que se divisa desde la distancia son sus fortificaciones: muros de un grosor impresionante, que se extienden a lo largo de milla y media hasta rodear con su abrazo todo el terreno del coto cedido en su día por el príncipe Fruela a los monjes venidos del sur.

Nunca había estado yo aquí. Mi hijo, que como ya he dicho pasó buena parte de su infancia en este lugar, sí me habló mucho en sus cartas de la belleza de sus paisajes, realzada por la espiritualidad que impregna cada rincón. Ahora veo que le faltaron palabras, o a mí capacidad de comprensión, para describir la realidad en toda su magnitud.

No es de extrañar que la primera comunidad monástica se instalara en este mismo paraje hace una eternidad, antes de lo que abarca la memoria viva o recogen los documentos conservados celosamente en la biblioteca del cenobio. Lo único que atestigua esa presencia hoy son algunas ruinas calcinadas, que la tradición local atribuye a esos pioneros.

Con la llegada de los sarracenos, aquellos hermanos se verían forzados a emigrar o acaso fueran pasados por las armas. Lo más probable, a tenor de la experiencia, es que corrieran ambas suertes, dependiendo de su fortuna, y quienes no lograran huir encontraran una muerte violenta.

El recuerdo de lo que dejaron atrás debió de sobrevivirles, no obstante, pues algunos años después un monje llamado Argerico llegó nuevamente a estas tierras desde los confines de Hispania, en compañía de su hermana Sarra y de un pequeño grupo de cristianos deseosos de vivir su fe en libertad, lejos del dominio musulmán, bajo la protección del Reino.

Argerico, a quien Rodrigo llegó a conocer ya muy anciano, obtuvo del padre de mi señor un título de propiedad no solo sobre el recinto que ocupa el monasterio en sí, sino sobre múltiples villas próximas, molinos, salinas, herrerías, campos de labranza y demás fuentes de riqueza caídas en el abandono tras la expulsión de los mahometanos de Asturias. Hace unos veinte años, don Alfonso confirmó esa donación y la incrementó con nuevas presuras, que, trabajadas con denuedo por los hermanos, las hermanas y sus cuantiosos siervos, hacen de Sámanos hoy un paraíso de abundancia.

¡Bendito sea el Dios que premia a quienes oran y laboran!

Ayer arribábamos frescos, en comparación con lo vivido en los días previos; bien descansados y mejor comidos pese a ello la visión de este vergel me causó una honda impresión que aún perdura.

¿Cómo trasladar al pergamino tal emoción, haciendo que traspase la mente para alcanzar el corazón? Me temo que es preciso haber cabalgado hasta aquí, soportado los rigores y peligros del camino, sufrido privaciones sin cuento, vivido la guerra en su infinita crueldad, para poder apreciar el valor de este sosiego, esta seguridad, esta certeza de saber que siempre habrá un plato caliente en la mesa y alguien dispuesto a escucharte.

Sámanos es un remanso de paz.

Su muralla defensiva bordea en un buen trecho el río, en cuyas riberas crecen árboles frondosos. El agua fluye mansa, para solaz de algunos postulantes niños que jugaban en él a nuestra llegada, mojándose y persiguiéndose entre risas, como haría en su momento, quiero pensar, Rodrigo. Algo más arriba, varios hermanos ya mayores aguardaban pacientemente, caña en mano, a que alguna trucha mordiera el anzuelo. Unos y otros parecían felices.

En cierto modo, los he envidiado.

Es evidente que aquí nadie pasa hambre. En los huertos situados dentro del recinto, protegidos de eventuales incursiones enemigas, crecen ciruelos, perales, manzanos, avellanos y otros frutales, junto a toda clase de hortalizas y verduras. No veo una mala hierba. Hay mucho mimo, mucho sudor derramado en cada palmo de tierra.

Al ver esta abundancia, tan opuesta a la devastación causada en el Reino por las sucesivas aceifas sufridas en estos años, me ha llenado de consuelo la idea de que, al menos aquí, Rodrigo sería feliz. Nada le faltaría. Ignoro cuál será su paradero ahora, pero viendo este jardín estoy segura de que su infancia transcurrió plácidamente, ajena a los horrores de la guerra.

No es poca cosa.

Aunque el río no parece amenazar con secarse, un acueducto trae agua abundante desde un manantial situado en lo alto del monte. Agua fresca, limpia, con la que abastecer las necesidades de una comunidad floreciente.

El edificio principal del monasterio se encuentra un poco más lejos, al abrigo de una ladera. Allí están las celdas de las hermanas y los hermanos, separados por un patio; el refectorio común, la biblioteca y las estancias reservadas a los huéspedes. En esas habitaciones, tan humildes como limpias, nos alojaron ayer con la hospitalidad que merece el Rey a quien tanto deben. Un rey que es desde antiguo su mecenas y su escudo.

Las cocinas están situadas en una construcción alejada de la descrita, junto a las cuadras y los corrales. Toda distancia es poca en el empeño de apartar en lo posible los fogones de las dependencias nobles, que los frailes siguen ampliando y enluciendo con sus propias manos, sin descanso, a medida que crece su número.

* * *

Sámanos florece bajo la protección de mi señor, hijo del príncipe cuyo favor hizo posible su resurrección. ¿Cómo no iban a profesarle estos monjes auténtica devoción? El rostro del abad Dagaredo mostraba ayer todo ese amor y esa gratitud en la sonrisa desdentada que nos dedicó al recibirnos.

Nos esperaba a la altura del macizo portón de doble hoja que da acceso al recinto, abierto de par en par. Junto a él se encontraban la abadesa Ymelda y una representación de hermanos y hermanas meticulosamente escogidos en función de su puesto en el escalafón del cenobio. Todos exultaban de emoción ante semejante huésped.

—Majestad, honráis esta humilde casa con vuestra presencia. Es para nosotros un inmenso placer recibiros a vos y a vuestros ilustres acompañantes —dijo el venerable anciano con voz cascada, inclinándose ligeramente ante el Rey.

—Dejad a un lado el protocolo, mi querido abad. Esta casa es tan mía como vuestra, o así al menos la siento yo. Aquí transcurrieron los mejores años de mi ya larga existencia. Seguramente los más dichosos.

—Un motivo de orgullo para toda la comunidad, señor.

—Veo que prosperáis, lo que me alegra sobremanera.

—Gracias a Dios y por supuesto a vos, majestad, que sois, como lo fue vuestro padre, nuestro gran benefactor.

—¿Debo entender de esas palabras que precisáis del tesoro real nuevas donaciones o privilegios?

—¡En absoluto, mi señor! Todo lo contrario. Las rentas del monasterio se incrementan cada año que pasa, sin necesidad de cargar con diezmos a los campesinos. Las cosechas han sido buenas, hemos construido canales de irrigación a fin de poner en valor nuevas tierras y vamos ampliando el número de poblaciones a las que brindamos capellanía, amén de asignación para el material de culto, con el fin de extender el alcance de la palabra de Dios.

—¡Cuánto celebro esas noticias! No hacen sino acrecentar la dicha con la que afronto el final de este precipitado viaje. Pero antes…

Nos habíamos quedado parados al pie de la muralla, escuchando hablar al Rey con Dagaredo bajo el sol amable del atardecer.

Mientras ellos intercambiaban parabienes, nuestros siervos, ayudados por los del cenobio, se habían hecho cargo de las monturas y la impedimenta, tratando de no hacer ruido ni molestarnos con sus movimientos. Yo repartía mi atención entre lo que me mostraban los ojos y lo que captaban mis oídos, tratando de no perderme nada.

—… Os rogaría que celebrarais una misa de acción de gracias.

—Será un honor, majestad. Daremos las gracias al Señor por traeros sano y salvo de regreso a este hogar que, con acierto, consideráis vuestro.

—Se las daremos, sobre todo, por el milagro de las sagradas reliquias aparecidas en Iria Flavia, si hemos de dar crédito al testimonio del obispo Teodomiro.

—¿Algún mártir local recientemente elevado a los altares? —inquirió el abad, sorprendido.

—No, mi buen Dagaredo, no. Nada menos que el apóstol Santiago el Mayor, hermano de Juan e hijo de Zebedeo. Uno de los Doce. El Hijo del Trueno.

De camino hacia nuestros aposentos, donde pensábamos asearnos un poco antes de asistir a misa, don Alfonso compartió con el abad los pormenores del prodigio que nos puso en camino hace días.

Pocas veces le había visto yo desplegar tanta elocuencia como la que empleó en narrar con detalle a Dagaredo el baile de estrellas contemplado por el anacoreta Pelayo durante varias noches seguidas sobre el bosque al que nos dirigimos, los sonidos procedentes de gargantas angelicales que acompañaron a esas luces y la forma exacta del sepulcro hallado precisamente allá donde apuntaban tales señales.

—El Hijo del Trueno, el Suplantador, fue el más firme de los apóstoles —respondió el viejo abad a la noticia, sin ocultar su entusiasmo—. Habrá venido a expulsar del Reino a cuantos enemigos de la verdadera fe se empeñan en amenazarlo, empezando por los sarracenos. ¡Qué grata nueva nos traéis, mi señor!

Estoy segura de que la duda velaba todavía el alma de don Alfonso cual sombra oscura, aunque deduje de sus palabras que no pensaba cargarla sobre las espaldas de ese anciano. Dagaredo no era el consejero íntimo en quien había pensado el Rey para desahogar su espíritu. Otros oídos serían los destinatarios de esas confidencias.

Ya vuelve a desbocarse mi cálamo… ¡Soooo!

El soberano me precedía, como digo, en encendida conversación con el prior. Yo iba detrás, escuchando atentamente. Estábamos a punto de separarnos, camino de nuestros respectivos alojamientos, cuando oí a mi señor decir:

—Si es la voluntad del Altísimo que a esta peregrinación mía sigan otras, os ruego deis posada a todo aquel que llame a vuestras puertas. Es posible que vengan de muy lejos y en gran número.

—La tendrán, majestad. Os doy mi palabra y empeño igualmente la de los otros hermanos. Aquí nunca faltará un lecho para un peregrino ni tampoco un pedazo de pan.

—Vendrán, si Dios quiere, desde Ovetao, donde habrán orado ante el Santo Sudario de Su Hijo, para postrarse a los pies del Apóstol. Llegarán cansados y hambrientos. Necesitarán alimento, cura para sus heridas, descanso…

—Aquí los hallarán, señor, dadlo por hecho —le ha tranquilizado el abad—. Cualquier cristiano que llame a nuestras puertas encontrará en Sámanos la hospitalidad que merece un caminante en busca de verdad y salvación.

* * *

La iglesia del monasterio está dedicada, precisamente, al Salvador. En torno a ella debió de empezar a discurrir la vida monástica, quién sabe cuándo. Acaso recién sembrada la semilla de la fe en nuestra tierra por el propio Apóstol o sus discípulos. Hoy, al abrigo de sus paredes iluminadas con bellas pinturas, continúan reuniéndose los hermanos y las hermanas a escuchar la palabra de Dios, en escaños separados, eso sí. La regla de los santos padres, vigente a todos los efectos, les impide sentarse juntos.

La capilla, levantada en obra seca, sin argamasa, está situada entre la muralla y el río, en un rincón apartado. Por fuera parece poca cosa, apenas nada. Por dentro, la luz de una ventana abierta justo sobre el altar, de un blanco inmaculado, semeja a la del Espíritu Santo e invita a orar. Allí rezamos ayer, ante un Redentor toscamente labrado en piedra, siguiendo con fervor la ceremonia dirigida por el padre superior del monasterio.

Dagaredo había cambiado el hábito por ropas sacerdotales adecuadas a la celebración de la santa misa: alba larga, rematada en estilizadas ondas a la altura de los pies, calzados de zapatos puntiagudos en lugar de sandalias. Casulla sobre la anterior, más corta, de color azulado. Alrededor del cuello, una estola bordada con cruces doradas, rematada en flecos, y en su antebrazo izquierdo, el manípulo. La riqueza de esas vestiduras contribuía a realzar la solemnidad del rito sagrado, conducido con voz firme por el viejo monje y embellecido por un coro masculino de cuyas gargantas salía música celestial. Lo juro.

Ignoro cuánto duraría el ceremonial, pues pronto perdí la noción del tiempo. A mí se me hizo muy corto.

Pronunciado el «*solemnia completa sunt*», fuimos saliendo uno a uno a través de la puerta abierta a un lado de la única nave, en el extremo opuesto al que ocupa el altar. El abad se unió a nosotros ya fuera, a la sombra alargada de un ciprés recién plantado.[2] El Rey, en cambio, permaneció dentro. Tendría asuntos privados que tratar con Dios o desearía estar un rato a solas con sus recuerdos.

¡Son tantos y tan dispares los que le unen a este lugar!

Contaría mi señor cuatro años de edad, o tal vez cinco recién cumplidos, cuando su padre, Fruela, murió asesinado en la corte, situada a la sazón en Cánicas. Creo haberlo mencionado al comienzo de este manuscrito. Alfonso y su madre, Munia, se encontraban entonces en Ovetao, donde el príncipe pensaba establecer su residencia principal en cuanto las circunstancias fueran favorables. Murió sin haberlo conseguido.

Ese hombre de carácter áspero, duro, feroz, tan odiado y temido por sus adversarios como digno de admiración por su incansable defensa del Reino, no había conocido la paz. Nunca. Tampoco la felicidad, sino en contados momentos, junto a esa esposa y ese hijo mantenidos a salvo de conjuras lejos de la capital agreste, levantada a los pies del Auseva, donde intrigas y brutalidad eran el pan nuestro de cada día. Una viuda y un huérfano expuestos a un peligro grave en cuanto él dejó de existir.

Muerto Fruela por la espada, los condes palatinos escogieron como sucesor a Aurelio, primo lejano del difunto. Munia, cautiva elevada al tálamo real por el amor de su dueño, llevaba en Asturias el tiempo suficiente para saber lo que esa elección suponía para ella y para su hijo: la certeza de caer asesinados a manos de la facción ganadora. Solo les quedaba una salida: huir. Pero ¿adónde? ¿Cómo?

Fue la gran Adosinda, hija del primer Alfonso, tía por tanto del pequeño, quien acudió en su ayuda. Adosinda, la mujer que años después me brindaría su auxilio, haciendo saber a mi prometido que yo había sido enviada como tributo a Corduba. Para entonces ya estaba recluida en contra de su voluntad en un convento de Passicim, por orden del traidor Mauregato, empeñado en privarla del poder que por linaje le correspondía ejercer.

¡Así arda en el infierno ese miserable!

En los días que estoy evocando, los que vieron correr la sangre de Fruela, la tía de mi señor era todavía una dama poderosa en virtud de su nacimiento, casada, por añadidura, con un magnate propietario de tierras, riqueza, siervos, hombres de armas e influencia. Un conde llamado a convertirse en rey.

A falta de hijos propios, esa mujer valerosa había depositado en su sobrino todo el cariño del que era capaz su corazón generoso. Lo amaba tanto como su propia madre. Y a ese sentimiento apeló para pedirle a esta una renuncia que a buen seguro debió de partirle el alma.

Adosinda no tenía fuerza suficiente para preservar la vida del niño en Cánicas u Ovetao. Ni siquiera en Passicim, capital de los dominios de su esposo. Podía, a lo sumo, proporcionar a Munia un salvoconducto y escolta que le facilitaran el regreso a su valle natal, en Araba, donde las gentes de su clan la mantendrían a salvo. Si se llevaba con ella al pequeño, empero, este se alejaría definitivamente del trono y renunciaría en la práctica al legítimo derecho sucesorio que le había sido arrebatado por la fuerza.

La llamada a ser reina de Asturias habló con descarnada franqueza a la antigua esclava vascona amenazada de muerte. Lo sé porque ella misma me lo contó, muchos años después, con una enorme frialdad ayuna de rencor o gratitud.

—Si quieres a tu hijo, debes separarte de él y partir de inmediato —le dijo Adosinda a Munia, el mismo día en que se conoció el asesinato de Fruela—. Es lo mejor para ambos, créeme. Yo lo conduciré hasta Sámanos, donde los hermanos se ocuparán de educarlo y garantizar su seguridad. Conozco bien al abad Argerico. Sé de su ciencia y su santidad. Él velará por Alfonso proporcionándole, además, la formación que precisa para gobernar con justicia.

—Es tan pequeño…

—Mejor así. No encontrará dificultad para adaptarse a la vida monacal ni sufrirá el mal de la añoranza. Confía en mí. Yo lucharé por devolverle el lugar que le corresponde. Tu hijo, el hijo de mi hermano asesinado, será rey un día. Tienes mi palabra. Pero ahora tú debes marchar y dejarlo a mi cuidado. Solo así se cumplirá su destino.

La dama honró su promesa. Mi señor terminó por ceñirse la corona, respaldado siempre en su batallar por su tía; una fuente de amor maternal y protector que también le arrebataron con violencia y para siempre, varios años después, al obligarle a huir de Passicim con motivo de otra conjura.

¡Cuánta traición ha ennegrecido la vida de este rey grande entre los grandes!

Adosinda se equivocó, no obstante, al vaticinar que el pequeño no sufriría el mal de la nostalgia. ¡Vaya si lo sufrió! Nunca me ha confesado abiertamente que durante la niñez añorara a su madre o echara en falta al padre que le habían arrebatado violentamente, mas es evidente que así fue.

Todo en don Alfonso habla del efecto devastador producido por tantas pérdidas. Su piedad, su tristeza, su miedo a desposarse y fundar una familia, pese a mostrarse lleno de arrojo cuando se trata de combatir; su rechazo del amor, su heroica castidad, su dedicación incansable a la guerra…

En más de una ocasión me he preguntado si su renuncia al matrimonio, su negativa obstinada e imprudente a engendrar hijos, no se deberá al miedo de verlos sufrir tanto como sufrió él de niño. Si no habrá cerrado su corazón al afecto de una mujer, y su cuerpo al deseo carnal, con el empeño feroz de ahorrar a sus herederos un calvario semejante al suyo.

Los desgarros de la infancia dejan heridas profundas que nunca terminan de sanar ni tampoco dejan de doler. Esa es otra de las lecciones aprendidas de mis padres que compruebo cada día en este ya largo existir.

Cuando yo conocí al soberano, se había reencontrado con su madre en Orduña, tras largos años de separación. Compartían techo, estaban juntos, pero su relación no se parecía en nada a la que existe normalmente entre dos seres unidos por un vínculo tan íntimo.

Ella no era la madre cariñosa que él había soñado y anhelado en las horas de soledad, sino una mujer distante, endurecida sin remedio por una vida de sufrimiento. Una mujer incapaz de darle la ternura que necesitaba y no había aprendido a pedir. Él tampoco era ya la criatura dócil que ella recordaba, sino un hombre seco, reacio a dejarse guiar, indomable, empeñado en gobernar con mano firme a todos sus súbditos, incluidos los del clan vascón al que pertenecía Munia.

Nunca los vi abrazarse o regalarse una caricia. Ni a ella ni a él. Se hablaban con respeto, eso sí. Él era el Rey. Ella, una poderosa extraña.

Aquí en Sámanos, por el contrario, don Alfonso se siente en casa. Salta a la vista. Aquí se hunden sus raíces. Aquí encontró amparo frente a los peligros, sosiego, cuidados, maestros pacientes que le hablaban con veneración de su padre; ese padre muerto prematuramente cuya ausencia era y siempre será una llaga sangrante en su corazón.

Aquí parece feliz.

Habiéndose criado entre monjes, acaso le habría gustado cultivar una existencia plácida yendo al huerto, la biblioteca, el *scriptorium*, el coro y la celda. Sí, creo que eso habría colmado todas sus aspiraciones.

De hecho, aunque no llegó a pronunciar votos, los ha cumplido escrupulosamente, exceptuando el de obediencia, inasequible para un rey. Ha sido casto y vivido con austeridad rayana en la pobreza. Ha sufrido privaciones sin cuento soportadas sin una queja. Renunció a la felicidad, o se la robaron, cuando apenas empezaba a comprender el significado de ese término.

¿Cómo no iba a disfrutar aquí en Sámanos, donde habitan sus mejores recuerdos?

Basta verlo deambular por los jardines para darse cuenta del solaz que encuentra en este recinto sagrado, tan distinto, tan opuesto a los campos de batalla que han jalonado sus días. Y pese a ello, pese a su marcado gusto por esta vida de oración y trabajo al servicio de Dios, nunca ha dado la espalda a su deber de servir al Reino de Asturias.

Jamás.

En este monasterio mi señor habría sido dichoso. Un lujo fuera de su alcance, tanto como del mío, pues la dicha no pertenece a este mundo, sino al otro. No depende de nosotros, sino de la misericordia divina.

* * *

Y llega por fin el momento de desvelar el misterio que ha rodeado a Sisberto desde que partimos de Ovetao, pues justamente después de misa fue descubierto en su engaño.

La enconada oposición mostrada a esta peregrinación tenía un porqué. Un motivo por completo ajeno a la fe o la razón, que hizo enfurecer al Rey cuando al fin lo confesó tras larga porfía con su acusador.

Tenía que ser en Sámanos donde saliera a la luz su conjura.

Había oscurecido ya cuando nos dirigimos al refectorio. El Rey deseaba compartir la cena de los hermanos, por lo que había declinado la oferta de comer en sus aposentos a fin de disfrutar de una comida mejor. La única excepción a la que se acogió fue sentarnos a su lado a la condesa Freya y a mí, en lugar de enviarnos al fondo de la sala, donde las monjas se disponían a dar cuenta de un sabroso potaje de pescado y verduras, separadas por un murete de sus compañeros varones.

De acuerdo con la regla, ellas guisaban, tejían y cosían la ropa de los hermanos, cultivaban su propia huerta y, sobre todo, dedicaban largas horas al culto divino, solícitas únicamente al aprovechamiento de sus almas. Ellos ejercían los distintos oficios útiles al monasterio, se encargaban de la construcción, administraban las fincas, fuesen propiedad suya o de las religiosas, y aseguraban la protección de las vírgenes sujetas a su custodia. ¡Quién sabe lo que habría sido de esas mujeres expuestas a innumerables peligros de haberse encontrado solas!

A tenor de lo que vi, unas y otros parecían satisfechos de su suerte.

Cuando entramos en el comedor, los miembros de la comunidad ya estaban sentados en sus escaños. Don Alfonso insistió en saludar uno a uno a cada comensal, y tras él fuimos los miembros de su cortejo, haciendo lo propio.

Todos menos Agila, que se había quedado en la enfermería, aquejado de un fuerte dolor de vientre, bajo la vigilancia del hermano boticario. Al echarle de menos en el refectorio y enterarme del motivo de su ausencia, me propuse ir a verle en cuanto termináramos. Suponía que allí le administrarían alguna purga tan potente como inútil e iba a tratar de impedirlo, aunque mi intento no tuvo éxito.

Esta mañana no solo no se encontraba mejor, sino que parecía estar débil. Su cara cerúlea no auguraba nada bueno. Claro que no ha salido una queja de su boca. Ese hombre está hecho de acero más duro que el de su armadura. La carne de los guerreros.

Ya he vuelto a perderme en otra digresión… ¡Qué difícil me resulta limitarme a seguir el curso de los acontecimientos!

Tras un interminable ceremonial de saludos, tomamos asiento y fue bendecida la mesa.

Habría engullido dos o tres cucharadas, no más, cuando observé que un fraile de edad avanzada, menudo, con una cabellera crespa y ojos oscuros vivaces, se levantaba de su sitio. Con paso resuelto, se dirigió hasta el lugar que ocupaba Dagaredo y le susurró unas palabras al oído. Se le veía inquieto. Mucho. Tanto, que el abad acabó por acceder a sus ruegos y le permitió hablar, rompiendo con ello la norma de comer guardando silencio.

—Majestad, el hermano Berengario pide ser oído. Según afirma, tiene algo muy importante que deciros.

—Os escucho, Berengario.

A diferencia del monje, don Alfonso estaba muy tranquilo, degustando ese potaje como si nunca hubiese catado mejor manjar. Berengario se fue calmando a medida que hablaba, cosa sorprendente teniendo en cuenta que se dirigía a su rey.

—Señor, yo conozco a ese hombre —señalaba a Sisberto—. Lo vi en Toletum.

—Eso nada tiene de particular. —El soberano siguió comiendo—. El hermano Sisberto procede de allí.

—¡Yo no os he visto en mi vida! —rebatió de inmediato el señalado.

Sisberto se había puesto visiblemente nervioso. Su acusador, en cambio, permanecía sereno, mirando de frente al monarca.

—Señor, este fraile formaba parte del círculo más íntimo que rodeaba al difunto obispo Elipando.

—¡Mentira!

La vehemencia de esa negación resultó más elocuente a mis ojos que cualquier reconocimiento de culpa. Sonó como una campanada aquí, donde las campanas desaparecieron con la primera aceifa sarracena y desde entonces no han sido repuestas, a falta de metal de bronce con el que poder fundirlas.[3]

El Rey debió de oír aquello con la misma sensación que yo, porque dejó de comer, bien a su pesar, para centrar toda su atención en lo que se le estaba diciendo.

La temperatura en el refectorio subió de golpe, como si una mano invisible hubiese prendido una hoguera.

Berengario continuó, imperturbable.

—Yo tomé el camino del norte precisamente por rehusar aceptar la doctrina adopcionista condenada por el papa Adriano. No quería que mi alma ardiera eternamente en el infierno junto a la de esos herejes. Ellos —volvió a señalar a Sisberto— prefirieron contemporizar con los sarracenos, aunque para ello fuese preciso desobedecer al Santo Padre.

—¡Embustero falsario! —bramó el acusado—. Yo jamás abracé la herejía de Elipando. ¡Jamás!

—Dejad a este hermano que se explique —ordenó don Alfonso a Sisberto, sin alterarse—. Después tendréis la oportunidad de defenderos.

—Corrían tiempos difíciles, majestad —continuó relatando Berengario con serenidad—. Los mahometanos nos consideraban politeístas por adorar a las tres personas de la Santísima Trinidad. Amenazaban con persecuciones terribles, semejantes a las que padecieron más tarde los cristianos de Corduba; un martirio para el que no estábamos preparados en absoluto. No cabía más opción que huir o plegarse a las enseñanzas del obispo, más aceptables a sus ojos que las emanadas de Roma.

Yo escuchaba sin comprender. De nuevo el nombre de Elipando y esa abstrusa doctrina suya. ¿Por qué resultaría más aceptable a ojos de los sarracenos el Dios cristiano de ese toledano que el Dios cristiano de Asturias? Había pensado interrogar al respecto a Danila, pero no hizo falta. El propio hermano que hablaba se encargó de contestarme:

—Si Jesucristo era hijo adoptivo de Dios en su naturaleza humana, como sostenía el primado, su relación con el Supremo Hacedor sería semejante a la que los mahometanos atribuyen a su profeta, Mahoma. Nuestro Señor sería un profeta más, entre otros muchos a quienes ellos respetan. ¡Pero de ese modo se negaría su naturaleza divina! ¿Cómo podríamos avenirnos a semejante creencia?

—Conozco bien la herejía adopcionista, Berengario —le cortó el Rey, a punto de perder la paciencia—. La he combatido con ardor durante todo mi reinado, junto al emperador Carlos el Magno, fiel aliado nuestro en la defensa de la verdadera fe. Centraos pues en probar vuestra acusación o pedid disculpas de inmediato al clérigo a quien imputáis tan grave desviación.

—Él y yo somos de la misma edad, majestad. Claro que él medró en la clerecía de Toletum y yo no. Lo recuerdo perfectamente acompañando al metropolitano en sus visitas a mi convento e insultando al «estúpido», «ignorante» e «insensato» Beato, defensor de la ortodoxia cristiana. Ponía en ello más virulencia incluso que la desplegada por Elipando. Sus prédicas eran incendiarias. Se jactaba de la superioridad intelectual de su maestro e invocaba la obediencia debida a su persona, cabeza indiscutible de la Iglesia hispana. Con cuánto desprecio hablaban del fraile lebaniego, de la Iglesia de Asturias, pobre e ignorante, de vos, mi señor Alfonso, e incluso del emperador de los francos, a quien Elipando y él mismo consideraban un bárbaro.

—¡Mentira! —volvió a gritar Sisberto, rojo de ira o de miedo.

—¿Por qué habría de mentiros, majestad? Nada tengo yo contra este hermano, de quien ni siquiera conocía el nombre. El rostro sí. ¿Cómo olvidarlo? Os alerto del peligro que representa porque es mucho el daño causado a nuestra Santa Madre Iglesia por las falsas ideas que sostenía.

—¿Qué podéis alegar en vuestra defensa?

El tono de don Alfonso al dirigirse al acusado era gélido. Su mirada, un puñal clavado en los ojos del rechoncho fraile señalado, que parecía haber menguado de golpe, como si estuviera derritiéndose en el mar de sudor que le caía por la frente.

—Tal vez en alguna ocasión se me viera con el obispo… —Sisberto había empezado a balbucear—. Yo desempeñaba funciones de escriba en el palacio episcopal…

—¿Y por qué nunca lo mencionasteis al acudir a mí en busca de refugio?

Quien acababa de tomar la palabra era el bueno de Odoario, que se había quedado de piedra. Su rostro era una máscara de sorpresa y tristeza. Danila, por el contrario, estaba indignado. Lo sucedido en el refectorio no hacía sino confirmar las sospechas que me había insinuado en una de nuestras conversaciones. De ahí que no me extrañara la fuerza con la que secundó a Berengario en el acoso al forastero en quien ambos veían a un traidor.

—¿No será más bien que vinisteis hasta aquí con un propósito inconfesable?

—¿A qué propósito os referís? —preguntó al instante el Rey, queriendo comprender el fondo de la grave imputación formulada antes de formarse un juicio.

—Al que explicaría su feroz oposición a esta peregrinación, majestad —replicó el calígrafo—. Su puesta en cuestión sistemática de cada señal divina destinada a convencernos de la presencia del Apóstol en la Gallaecia. Su empeño en llenar vuestro corazón de recelo.

—¡Al grano, Danila! —instó el soberano en tono firme.

—Me refiero al debilitamiento de la Iglesia asturiana y, con ella, del Reino, señor. ¿Qué mejor argamasa para su unidad y su fortaleza que la presencia entre nosotros de Santiago el Mayor? ¿Dónde encontrar abogado más poderoso para sostener nuestra causa? La clerecía toledana se resiste a perder el papel preponderante que tuvo antes de la invasión musulmana. Su metropolitano rehúsa ceder protagonismo a los obispos de las diócesis restablecidas por vuestro padre y por vos, campeones en la defensa de la verdadera fe.

—¿Es eso cierto, Sisberto? —inquirió el monarca.

—¡Por supuesto que no! ¿Cómo iba a venir con el propósito de destruir vuestra fe en esa milagrosa aparición, si ni vos ni yo teníamos noticia de ella?

—No le escuchéis, majestad —retomó Danila—. Él insistió en unirse a la comitiva. ¿No es así, fray Odoario?

—Así fue, en verdad. En cuanto supo el motivo de esta peregrinación, no dejó de rogar que se le permitiera sumarse a ella.

—Y aunque no hubiese sido esa la razón de su presencia entre nosotros —continuó el escriba—, un seguidor de Elipando solo tendría un motivo para venir a Asturias y acercarse a vos: sembrar la cizaña en vuestro corazón. Utilizó a Odoario desde el principio con ese propósito.

—Señor, lo que afirma Danila es falso y absurdo —protestó Sisberto, en tono cada vez más débil.

El aludido no pensaba soltar presa y siguió lanzando sus dardos:

—Pensad en lo que significa para Toletum que el Hijo del Trueno, el favorito de Nuestro Señor Jesucristo, haya escogido como última morada un pedazo de tierra situado en los confines de Asturias. ¿Qué será a partir de ahora de esa sede, irremediablemente infectada por la influencia mahometana? ¡Palidecerá ante la de Iria Flavia! ¿A dónde acudirán peregrinos de todo el orbe? Sisberto intenta impedir que tal cosa ocurra y Toletum pierda la primacía que aún ostenta. Por eso rechaza con obstinación dar crédito a los prodigios que acompañan a la aparición del sepulcro.

—¡No, no y mil veces no! —Sisberto ya no levantaba la voz; más bien suplicaba—. Cuanto os he dicho en relación a esos supuestos prodigios no es más que mi opinión. Uno no es dueño de creer lo que los demás pretenden hacerle creer. La fe es un don de Dios que Él distribuye a su discreción.

Don Alfonso había perdido el apetito y la alegría a la vez. No me parece que antes de esa confrontación sintiera una gran simpatía por el monje de Toletum, pero desde luego no concebía una felonía así. Le costaba dar por buena una conducta tan retorcida.

Su voz sonó lúgubre, más que inquisitorial, al preguntar al acusado:

—¿Creéis en vuestro corazón que Jesucristo es hijo adoptivo de Dios?

—Lo creí hace mucho tiempo, majestad, pues el obispo de mi diócesis, metropolitano de mi ciudad y primado de la Iglesia de Hispania así lo sostenía con argumentos de peso. Más tarde me avine a la doctrina de Roma y hoy creo que es hijo natural del Padre, así en su naturaleza divina como en la humana.

Parecía una confesión sincera. Claro que ese fraile dispone de recursos sobrados para defender con solvencia una cosa y su contraria. Lo ha demostrado con creces. Yo misma sospeché de él al comienzo de esta peregrinación, como recelé del conde Aimerico y de Muhammed.

El cautivo sarraceno resultó ser más peligroso incluso de lo que me había atrevido a temer. El fideles del Rey, de momento, no me ha dado motivos para poner en duda su lealtad, aunque tampoco termino de confiar plenamente en sus intenciones últimas. En cuanto a Sisberto… Es astuto, taimado y a la vez tremendamente elocuente. Juzgarle supone un verdadero dilema que me obliga a optar por la intuición ignorando cualquier reserva de la mente.

Si he de elegir entre su palabra y la del monje calígrafo, me inclino por este último. Es un clérigo arrogante y terriblemente pagado de sí mismo, cuyo desprecio manifiesto hacia las mujeres, y en particular hacia mí, constituye una ofensa intolerable en cada conversación mantenida con él. Pero dicho todo esto, su fidelidad al Rey resulta indiscutible.

Solo espero que actúe guiado por la rectitud y que no se equivoque, porque las consecuencias para Sisberto van a ser terribles.

* * *

Mientras mi señor pugnaba por no ceder a la cólera y ponderar la toma de una decisión justa, yo he regresado con la mente al pasado. A ese palacio suntuoso donde Índaro y yo fuimos huéspedes de Elipando y escuchamos sus diatribas contra el monje tartamudo que, desde un monasterio perdido en la Libana, osaba rebatir públicamente su doctrina.

Ha llovido mucho desde entonces, yo he visto más fealdad de la que hubiera querido y adquirido menos saber del que quisiera atesorar, pero mi sensación con respecto a esa herejía ha permanecido inalterada: el Dios que he vislumbrado celebrando la victoria en los campos de batalla, el que he oído invocar a hombres moribundos, el que me ha dado y quitado tantas cosas a lo largo de los años, no era tan complicado como el que centra la disputa entre Beato, Elipando y ahora, también, Danila.

El Dios al que elevo mis plegarias, mi Dios, ha sido en alguna ocasión Padre bondadoso, a menudo Padre severo y casi siempre Juez implacable. No le imagino discutiendo si Jesús es su hijo natural o simplemente un hijo adoptivo. Doy por hecho que lo ama tanto como yo amo a los míos. A todos ellos por igual, aunque en este preciso instante me preocupe especialmente Rodrigo, a quien ansío encontrar cuanto antes.

¡Ojalá sea así!

A medida que nos aproximamos a Iria Flavia me corroe más y más la inquietud, cuando debería sucederme lo contrario. ¿Y si pereció en la última aceifa y nadie ha tenido a bien decírmelo?

Podría haber dejado el servicio del obispo Teodomiro y estar lejos de la Gallaecia, perdido en cualquier lugar remoto. Podrían haberse agravado las dolencias que padece desde la infancia, tal como me hacen temer las noticias que recibí ayer noche.

¿Qué sería de mí si al arribar a nuestro destino, tras este penoso viaje, no estuviera aguardándome él, con su sonrisa inocente, sino la noticia de su fallecimiento?

No puedo ni siquiera imaginarlo. Mejor regreso al relato, que había dejado al Rey reflexionando en conciencia antes de dictar sentencia.

—Traicionasteis nuestra hospitalidad al presentaros como un cristiano devoto siendo en realidad un hereje.

—En todo caso lo fui, majestad. No lo soy.

—¡Silencio!

Su tono no admitía réplica.

—Vuestro maestro, Elipando, pretendió pagar al sarraceno el tributo de nuestra fe y ha de ser repudiado por ello. La herejía que sembró debe ser erradicada, pues no solo constituye una ofensa grave para la doctrina de la Santa Madre Iglesia, sino una amenaza cierta para el Reino y la Cristiandad.

—Piedad, señor…

—Salvaréis la vida, pues no seré yo quien mande derramar la sangre de un consagrado. Pero seréis escoltado hasta un monasterio en las montañas de Primorias, donde purgaréis vuestro pecado con ayuno y oración. Allí conoceréis la dureza de la vida ascética y acaso halléis el perdón del Juez de jueces. Ahora, quitaos para siempre de mi vista.

De no ser por su tonsura de fraile, el soberano lo habría mandado ajusticiar esta misma mañana, sin contemplaciones. Como estamos en un monasterio y mi señor es hombre piadoso, contuvo su furia y moderó el rigor del castigo. Mas Sisberto pagará, y pagará cara, la osadía de interponerse entre el Apóstol y el Reino.

* * *

Nadie terminó de cenar.

Mientras el resto de los comensales ganaba sus respectivos aposentos, yo me acerqué a la enfermería para interesarme por el estado del jefe de la guardia real.

En ese momento descansaba, gracias al potente brebaje que le había suministrado el hermano boticario a fin de calmar sus dolores. Era evidente que tenía fiebre. Tiritaba. Su aspecto resultaba harto preocupante.

353

—¿Estará en condiciones de viajar mañana? —inquirí, aprovechando la aparente disposición a escucharme del fraile que velaba al enfermo.

—Únicamente Dios lo sabe —me respondió él, distante—. Confiemos en que el purgante y el sueño basten para sanarlo.

A mis ojos resultaba evidente que no lo conseguirían, pero me guardé bien de comentar nada. La opinión de una mujer respecto de su diagnóstico o su tratamiento habría caído en los oídos de ese monje como una ofensa deliberada o una confesión de brujería. Nada tenía que ganar yo discutiendo con él sobre la dolencia de nuestro soldado y sí mucho que perder en la verdadera causa que me había conducido hasta allí.

Tras enjugar con un paño húmedo el sudor que bañaba la frente de Agila, volví a la carga.

—¿Lleváis mucho tiempo en este monasterio, padre?

—Prácticamente toda mi vida, hermana. ¿A qué obedece vuestra curiosidad?

—Mi hijo pequeño estuvo aquí durante años y ahora, desde hace tiempo, carezco de nuevas suyas. Comprenderéis mi angustia…

Dado que no se daba por aludido, añadí:

—Aquí recibió la orden del diaconado, formuló sus votos sacerdotales e inició su carrera, antes de incorporarse al servicio del obispo Teodomiro.

—¿Su nombre? —preguntó él fríamente.

—Rodrigo, hijo de Índaro y Alana.

—Me parece recordarlo, sí. Un muchacho frágil, de salud quebradiza. Visitó con frecuencia estas dependencias mías.

—¿Y salió curado? —insistí, al borde de las lágrimas.

—¡Desde luego! —replicó él, airado—. Tenía tendencia al flujo de vientre, aunque solía responder bien a las tisanas de manzanilla y a la dieta. No debía de tentarle la gula. Se alimentaba como los pájaros de la huerta, aunque era más fuerte de lo que parecía. No temáis.

—¿Qué madre no temería?

—Está bajo la protección del Señor.

—¿No sabréis, por ventura, cuál es su paradero ahora?

—No, dama Alana, no. Mas puedo deciros que marchó de Sámanos gozando de buena salud, reconfortado en la fe y rezando para estar a la altura de la elevada misión a la que le llamaba el reverendísimo obispo. Desechad vuestra preocupación. Deberíais estar orgullosa.

*　*　*

He pasado una noche infernal, abrumada por las pesadillas.

Ante mis ojos aparecían Sisberto y Elipando, atados con ligaduras, ardiendo en inmensas hogueras atizadas por diablos iguales a los que vi dibujados en el códice del Apocalipsis que estaba escribiendo Beato cuando lo conocí en la Libana. Al mismo tiempo, unos gusanos gordos, voraces, se disputaban sus carnes pálidas. Y por si no bastara con ello, esas imágenes aterradoras alternaban con otras en las que me veía a mí misma interponiéndome entre el rey niño y un colosal guerrero decidido a destriparle.

En los breves momentos de duermevela, entre un sueño malo y otro peor, acudía a mi mente Rodrigo, postrado en el lecho del dolor, sin nadie a su lado para atenderle.

¡Qué angustia, Señor! Ha sido horrible.

Antes del amanecer estaba despierta, sin deseo alguno de volver a dormirme. Para cuando he oído a los hermanos dirigirse a la capilla a rezar laudes, ya llevaba redactada buena parte de esta crónica, a la luz de las velas.

La novicia que me acompañó ayer noche hasta la celda accedió a suministrármelas en secreto, en cuanto le confié que estoy redactando este itinerario por mi cuenta y riesgo, sin permiso ni conocimiento de nadie. Era una muchacha joven, ansiosa por hacer algo prohibido. Sus días aquí no deben de abundar en aventura, por lo que esa transgresión inocente pareció colmarla de emoción.

El tiempo pasa volando entre el cálamo y el pergamino.

Ahora mismo me encuentro afuera, en el huerto, escribiendo a la luz del nuevo sol estas líneas que recogen el relato de lo acaecido.

Hace un rato he visto a los monjes marchar de nuevo al oratorio, en silencio, por lo que calculo que sería la hora prima. Entre ellos he distinguido al Rey, vestido con un hábito de lana basta como el del resto de los frailes. No lo habría reconocido de no ser por su porte y su modo de caminar, inconfundibles.

Confieso que no me ha sorprendido. Su lugar natural está aquí, más que en cualquier otro sitio. La férrea voluntad que lo guía, no obstante, lo arrastrará dentro de un rato hacia poniente, en busca de ese sepulcro cuya milagrosa aparición constituye un merecido premio a toda una vida de sacrificio.

A la salida de la iglesia, el soberano daba su brazo a un hermano, tal como había hecho la víspera con el abad Dagaredo. En este caso el monje parecía increíblemente viejo y a duras penas lograba caminar, sostenido también por otro fraile de una edad parecida a la de mi señor. La estampa que formaban los tres resultaba enternecedora.

Según he sabido después, el venerable anciano se llama Juan y fue el preceptor de don Alfonso cuando, al poco de llegar al monasterio, fue trasladado a la villa de Sobredo, si-

356

tuada en un rincón perdido de las montañas de Caurel, con el fin de incrementar su seguridad. En ese remoto paraje vivió el príncipe dos inviernos, sin más compañía que la de ese hermano, hoy casi sordo y prácticamente ciego. Después, regresó a la casa central de Sámanos, donde compartió cinco años más con una comunidad de la que únicamente sobrevive Fatalis, el tercero en discordia hoy.

Se han sentado a charlar bajo los ciruelos.

—¿Recordáis a ese siervo huido que se negaba a salir de la cuadra aunque lo amenazaran con la vara? —Ha iniciado la conversación el Rey, aparentemente reconciliado con la paz de este lugar pese al disgusto de ayer—. Él me enseñó todo lo que hay que saber sobre los caballos. A menudo acude a mi memoria.

—¿Cómo olvidarlo? —ha respondido Fatalis, mientras Juan se limitaba a sonreír con expresión extraviada—. Se habría rebelado a su amo, aunque con nosotros siempre demostró ser un buen hombre.

—Nunca he visto tanto miedo en unos ojos. ¡Nunca! Ni siquiera en las peores derrotas a manos de los sarracenos.

—Motivos tenía, mi señor. Si lo hubieran capturado, lo habrían sometido a tormento y reducido de nuevo a la peor forma de servidumbre, como hicieron con otros muchos. Peor que la de los cautivos moros e infinitamente peor que atender a las caballerías en este bendito cenobio, bajo la protección del abad Argerico.

—Llámame hermano, por favor —ha dicho el Rey con humildad—. Al menos tú, llámame hermano.

—Murió al poco de marchar vos a Passicim —ha seguido desgranando la historia el fraile, sin darse por enterado de esa súplica—. Los rigores de la persecución sufrida habían quebrantado su cuerpo tanto como su espíritu.

—Mi primo Aurelio —el Rey rara vez menciona el nombre de ese príncipe y jamás le otorga el título que a sus ojos usurpó— reprimió esa rebelión con excesiva dureza.

—De no haberlo hecho, hermano Alfonso, su autoridad se habría visto socavada y, con ella, la frágil cohesión del Reino. Sabéis bien que no me agrada la violencia, pero entiendo que en ocasiones es inevitable.

—Tal vez tengas razón. En cualquier caso, esa rebelión dejó una huella profunda de resentimiento en los siervos.

—Aquí, en el monasterio, son legión, aunque pueden tomar libremente los hábitos y comen nuestro mismo pan. No existen grandes diferencias entre nosotros y ellos.

En ese momento se ha hecho un largo silencio que no he sabido interpretar. Tal vez mi señor no encontrara las palabras adecuadas para expresar su zozobra o acaso se limitara a gozar de ese instante de sosiego junto a un amigo de la infancia.

Al cabo de un buen rato, ha retomado la palabra, lanzándole una pregunta directa:

—¿Y si esas reliquias resultan ser finalmente un fraude, Fatalis? Desde el primer día me atormenta la posibilidad de ser víctima de un engaño orquestado por Teodomiro. Huelga decir que no puedo en modo alguno ignorar los signos prodigiosos que han precedido al hallazgo ni menospreciar la enorme importancia que este tendría para el Reino. La fe, además, me induce a creer, a respaldar la veracidad de este prodigio…

—Dejaos entonces guiar por ella. ¿Qué otra cosa podéis hacer?

—Ojalá fuese tan sencillo, hermano, ojalá. Desearía ardientemente convencerme de que los recelos de Sisberto obedecen únicamente a su condición de hereje y carecen por tanto de fundamento. Daría lo que poseo por saber que mi alma inmortal no correrá el peligro de condenarse avalando el montaje de un hábil embaucador. Mas no dejo de dar vueltas y más vueltas a la posibilidad de equivocarme.

Fatalis se ha tomado su tiempo para responder. Cuando finalmente lo ha hecho, se ha expresado con absoluta franqueza, hasta el punto de apear el tratamiento que había dispensado hasta ese instante al antiguo compañero de juegos convertido en soberano y señor.

—Yo no soy nadie para aconsejarte, Alfonso. Poco o nada conozco de lo que acontece más allá de estos muros. Pero dudo que estuviéramos tú y yo aquí charlando, a la sombra de estos ciruelos, de no ser por el poder infinito de Dios y su infinita misericordia. Si Él nos ha sostenido hasta ahora, ¿qué tiene de extraordinaria esta nueva muestra de SU favor?

—Hablamos del Hijo del Trueno, hermano. Uno de los doce apóstoles, nada menos, aparecido súbitamente aquí, en este rincón de la Gallaecia próximo al *finis terrae*…

El fraile no ha manifestado la menor sorpresa ante esa constatación. Antes al contrario, la ha rebatido apelando a una lógica aplastante a mis ojos.

—Jerusalén, una aldea poco mayor que Iria Flavia, se sitúa en el centro del mundo en los mapas precisamente porque alberga el Santo Sepulcro de Nuestro Señor Jesucristo. Roma no sería la capital de la Cristiandad si no descansaran allí los restos de San Pedro, pilar sobre el cual se sustenta nuestra Santa Madre Iglesia. Aquí, en Asturias, está librándose ahora mismo una batalla a vida o muerte entre mahometanos y cristianos. Aquí se encuentra la primera línea de un frente que ha de dilucidar el combate entre la religión verdadera y la de los adoradores de Alá. ¿Te sorprende que el Altísimo haya enviado en nuestro auxilio a un campeón de la fe como Santiago?

—No lo había contemplado bajo esa luz, la verdad.

—Repito que yo no soy quién para influir en tu juicio. ¡Líbreme Dios de intentarlo! Mas puesto que me pides consejo, ahí va: agradece con humildad el regalo de esa revelación milagrosa y hazte merecedor de custodiar el sagrado cuerpo del Apóstol.

* * *

Esa conversación va a darme que pensar largo y tendido, aunque en lo referente a las reliquias me entrego de antemano y sin reservas a la decisión que acabe tomando don Alfonso una vez alcancemos nuestro destino.

Mis reflexiones se adentran en otros territorios temporales. Apuntan a mi futuro; a dónde y con quién desearía afrontarlo.

En la paz de este cenobio, por ejemplo, el Rey se asemeja al siervo. Aquí no hay súbditos, sino hermanos. La guerra queda tan lejos que apenas se ven sus huellas. ¿Existe un lugar mejor en este valle de lágrimas?

De pronto me siento cansada, como si las fatigas de una vida me hubieran caído sobre los hombros. Veo al monarca vestido al modo de los monjes, despojado de los pesados atributos propios de su rango, y esa sencillez ayuna de ambición o vanidad alguna me parece el más alto premio al que se pueda aspirar.

Evoco el convento que estamos levantando en Coaña, cerca de mi castro poblado de fantasmas, y se me antoja un refugio ideal para descansar y sosegar mi espíritu antes del encuentro con el Creador.

Claro que eso es ahora. Es hoy. Mañana, seguramente, veré las cosas de otro modo.

Iglesia del monasterio de Sámanos

10

Yo confieso...

A orillas del río Mera
Festividad de Santa Dominica

Antes que la luz, me despiertan los pájaros saludando al nuevo día. Fuera, oigo a los siervos afanados en sus tareas y recuerdo, sin saber por qué, cuáles eran las mías, hace una eternidad, en Coaña: vaciar la vasija llena de orines nocturnos e ir a la fuente a por agua.

Esto último me daba pánico, pues allí habitan las xanas, de las que conviene guardarse, no vayan a arrastrarte consigo hacia las profundidades que habitan.

Mi padre se empeñaba en negar su existencia y hasta nos prohibía mencionarlas en casa, pero madre me había advertido desde muy pequeña que a nuestro alrededor se mueven multitud de criaturas invisibles cuya presencia entre nosotros se evidencia a través de sus obras. Las xanas se cuentan entre ellas. ¿Cómo explicar, si no, la muerte de tantos niños ahogados? Yo las temía casi tanto como a los fuegos fatuos en noche de difuntos. Salía de casa rezando, después de haberme persignado varias veces.

Hoy la vida me ha enseñado a cuidarme de amenazas infinitamente más dañinas: la guerra, la mentira, la traición, la ira desatada en barbarie ciega, la enfermedad, el hambre o la incertidumbre respecto de los seres queridos, que constituye seguramente el peor de todos los tormentos.

En el castro había siervos también. Cautivos moros, en su mayoría. Estaban dedicados a trabajos penosos, como desbrozar monte, limpiar establos y cochiqueras o hacer acopio de leña para el invierno. Las labores de cada hogar, la comida, limpieza o lumbre, eran cosa de la familia. Nadie conocía la holganza. Si alguien me hubiese dicho entonces que pasaría buena parte de mis días en residencias palaciegas, con una tropa de hombres y mujeres a mi servicio, me habría echado a reír.

El destino es caprichoso. Le divierte sobremanera echar a perder nuestros planes.

En cuanto termina de disiparse la niebla del sueño y tomo conciencia de dónde estoy, me viene a la cabeza Agila, el jefe de la guardia real, cuyo estado de salud no ha dejado de empeorar desde que partimos de Sámanos.

Cuando nos retiramos anoche, tras una dura jornada de marcha, su aspecto era muy preocupante. Tiritaba, devorado por la fiebre, aunque dos de sus hombres lo habían acomodado en un lecho de pieles junto al fuego, cubriéndolo con varias mantas. No era el frío lo que le hacía temblar. Ojalá hubiese sido eso…

Le di de beber una infusión de corteza de sauce, a fin de aliviar la calentura, pese a que apenas podría tragar. Se quejaba de un fuerte dolor de vientre, que me hace temer lo peor, pues conozco bien los síntomas. Quisiera equivocarme y encontrármelo en pie, restablecido, presto a cumplir con su deber junto a su rey. ¡Ojalá!

Freya duerme todavía, con la profundidad envidiable de la juventud. Algo bonito debe de estar soñando, porque sonríe de un modo que me induce a hacer lo mismo. Es una criatura preciosa y yo celebro de corazón ver que, al menos dormida, es dichosa.

¡Cuánto han cambiado mis sentimientos desde que partimos de Ovetao! Entonces albergaba hacia ella mucho recelo y envidia, debo admitirlo. Ahora me inspira afecto sincero. Ya no la veo como una rival en la disputa por el amor del Rey, sino todo lo contrario. La miro con ojos de madre preocupada por su bienestar y caigo en la cuenta de que resulta comprensible ese total abandono. La caminata de ayer fue extenuante, incluso alternando tramos a pie y otros a caballo.

¡Basta de holgazanear!

Obligo a mi cuerpo a salir del sopor y me levanto, con esfuerzo, procurando no hacer ruido. Tengo que desentumecer brazos y piernas, estirándolos, antes de pedirles que me sostengan. Es mucho el esfuerzo que soportan. Menos mal que falta poco para alcanzar Iria Flavia, porque no sé cuánto más resistirán estos huesos.

Cada etapa del itinerario se hace un poco más cuesta arriba. Y no solo por la abundancia de repechos, que después es menester bajar con el consiguiente desgaste, sino por la fatiga acumulada. Los descansos de Lucus y Sámanos no han bastado para compensarla. Al menos no me han bastado a mí, y tampoco a Odoario o Agila.

Más de uno en esta comitiva parece a punto de sucumbir. A estas alturas de la peregrinación me cansa hasta escribir esta crónica, siendo lo que más disfruto. Por eso estoy aprovechando el silencio de esta hora temprana para adelantar la faena. Ignoro cómo llegaré a la noche.

* * *

Al desandar ayer buena parte del camino seguido hasta el monasterio, a fin de retomar la calzada que conduce directamente a Iria Flavia, pasamos por la llanada en la que, dos años ha, mi señor venció a los sarracenos, comandados por los hermanos Malik y Abbas Quraisi. Ambos perecieron en el campo de batalla tras una lucha feroz. Ojalá que sus muertes sirvan de escarmiento a los ismaelitas y les disuadan de volver a atacarnos, pues necesitamos imperiosamente paz para levantar este reino. Paz, seguridad, manos capaces de trabajar, hijos, futuro, esperanza.

Las huellas de esa última aceifa saltaban a la vista en forma de devastación donde quiera que uno pusiera los ojos. Nuestros soldados derrotaron a su ejército, sí, pero a qué alto precio…

A ambos lados del camino se veían restos calcinados de granjas reducidas a escombros. Capillas con signos inequívocos de haber sido profanadas en busca de un oro inexistente o de reliquias cuya destrucción, bien lo saben ellos, mina la moral de los lugareños. Troncos de frutales desarraigados a conciencia a fuerza de yunta, que nunca ya darán fruto. Campos quemados. Carroñas de animales pudriéndose a la intemperie junto a los despojos de los infieles caídos en el combate. Los cristianos, quiero pensar, recibirían sepultura como es debido.

¡El cielo acoja sus almas!

En una de esas ruinas hicimos una parada para dar descanso a las bestias y comer algo. La casa era de una sola planta y conservaba tres paredes de piedra seca, además del techo. La cuarta, asomada al sendero, se había desplomado y dejaba ver un interior atrapado en el horror reciente. Algún taburete roto, cacharros de cocina destrozados por el suelo de tierra pisada, restos de un camastro, harapos, una guadaña con la cual un campesino desesperado habría intentado en vano defender a su familia.

Entre esos testigos mudos de un espanto al que, muy a nuestro pesar, estamos acostumbrados, dimos cuenta de un almuerzo frugal compuesto de queso, jamón curado, ciruelas secas y pan.

El jefe de la guardia había llegado hasta allí sosteniéndose a duras penas sobre su caballo. Rechazó el alimento que se le ofrecía, limitándose a beber unos sorbos de agua. Seguía sin pronunciar una palabra de queja, aunque era notoria, viendo su rostro, la gravedad de su mal.

El Rey le propuso parar, pero él insistió con vehemencia en que podía continuar. Era una cuestión de orgullo y don Alfonso entendió que desoír su voluntad habría sido humillarle.

Retomamos pues la marcha, en dirección a poniente, hasta que el sol de la tarde prendió en el cielo una hoguera cuyo fuego abrasaba los ojos y pintaba las nubes de un color parecido al del brezo seco.

Mi madre siempre tenía un ramillete colocado en una vasija, entre sus plantas medicinales, porque esa flor posee el don de mantenerse bella a pesar de perder la frescura. Una cualidad admirable, me repetía con frecuencia, al alcance de cualquier persona dispuesta a esforzarse en su cultivo.

Pero basta ya de divagaciones. Es hora de echar a andar. Hoy nos espera otro recorrido largo, jalonado de sorpresas no necesariamente agradables. Lo habitual.

Al menos no llueve.

Voy a empezar por visitar a nuestro enfermo, tan asustada como cuando de niña me dirigía a la fuente sabiendo que en ella habitaban seres imprevisibles, con apariencia de mujer, que podían colmarme de oro, si es que les caía en gracia, o bien llevarme a la fuerza hasta el fondo del estanque.

He rezado mis oraciones con devoción, pensando en Agila, porque intuyo que en sus entrañas vive una criatura más peligrosa y letal que las xanas, los lobos o los mismos sarracenos. Un mal para el que no hay cura.

* * *

Ha llegado a su fin la jornada y retomo el manuscrito, en cumplimiento de la promesa que me hice a mí misma al comenzarlo. Así sean gratos o infaustos los hechos acaecidos, aquí quedarán recogidos, por más que en ciertas ocasiones la tinta se vuelva amarga.

Al rayar el día el jefe de la guardia no estaba peor que la víspera, lo cual constituía sin duda un síntoma esperanzador. Tampoco parecía haber mejorado mucho, a decir verdad, si bien se mostraba determinado a seguir marchando.

—Regresemos a Sámanos —le estaba conminando el Rey, en tono afable, cuando yo me he acercado hasta la hoguera reavivada para el desayuno.

—No es necesario, mi señor —ha respondido él, fingiendo una vitalidad que lo abandonó hace días—. Os aseguro que estoy en condiciones de cabalgar.

¿Quién era yo para contradecir sus palabras? Era evidente que seguía teniendo calentura, aunque menos que la noche anterior. Según me ha contado un soldado, al despertar había comido algo, aunque poco después se había visto sacudido por violentas arcadas y vomitado no solo ese pan, sino un líquido verdoso que parecía quemarle la garganta al pasar.

¡Qué coraje, el de ese hombre! Si el ojo no me engañaba y lo que llevaba dentro era lo que yo temía, estaba dando una muestra de arrojo digna de un gran guerrero al soportar en pie un dolor inicuo, capaz de tumbar a cualquiera.

Me habría gustado tener a mano mi botica, a fin de suministrarle algún tónico calmante, pero únicamente he podido ofrecerle otra infusión de corteza de sauce destinada a bajarle la fiebre. Ni siquiera disponía de manzanilla para apaciguar su malestar.

Agila ha agradecido el brebaje, se lo ha bebido deprisa y se ha dirigido, renqueante, hacia su caballo, cursando por el camino las órdenes pertinentes para despachar una avanzadilla en vanguardia. Su voz era débil, por mucho que intentara aparentar normalidad. ¡Bastante hacía con caminar!

Uno de sus guardias le ha ayudado disimuladamente a montar, juntando las manos en forma de estribo, mientras los siervos se afanaban en apurar la partida recogiéndolo todo deprisa. Ahí arriba, en lo alto del corcel que libró junto a él tantas batallas, Agila parecía sentirse mejor dispuesto a seguir aguantando su calvario.

¿Durante cuánto tiempo más?

* * *

Llevábamos ya un buen rato cabalgando, a un paso sostenido, cuando he osado acercarme al escriba en busca de auxilio, pues una idea inquietante había empezado a rondar mi cabeza y me urgía consultársela.

Mi relación con Danila es peculiar. Le admiro y detesto por igual, dependiendo del momento. Le temo y le busco.

Reconozco en él a un gran erudito, aun sabiendo que él ve en mí a una mujer insignificante.

Al menos no creo que me perciba como una amenaza, pues jamás sospecharía que estoy llevando a cabo en secreto el mandato que el Rey le ha encomendado cumplir a él. Eso juega a mi favor. Aunque yo no le inspire simpatía, me desprecia demasiado como para desconfiar de mí.

—¿Puedo importunaros con mis temores? —Le he abordado sin preámbulos.

—Somos mortales, dama Alana. Un día u otro a todos nos llegará la hora. Por eso hemos de estar siempre en paz con el Señor.

El fraile, cuya sagacidad está a la altura de su amplio saber, había notado igual que yo la gravedad del mal que padecía nuestro capitán. La indoblegable voluntad de Agila no le engañaba. En lo que erraba era al atribuir mi inquietud a la posibilidad de verlo rendir el alma en cualquier momento.

A esas alturas del día yo había empezado a concebir esperanzas. Era tal su determinación, la fortaleza de su cuerpo ligeramente encorvado sobre la silla, que, de haber tenido que apostar, lo habría hecho sin reservas en su favor.

—No estaba pensando en la muerte —he respondido al calígrafo—. Ni en la del jefe de la guardia, en quien percibo signos de recuperación, ni muchos menos en la mía. Después de lo que he vivido, no es su llegada lo que temo. Yo carezco de importancia, pero...

—Hablad sin miedo, hermana. Hoy tengo el ánimo bien dispuesto para escuchar.

—Es que todas estas calamidades han traído a mi memoria lo que predijo el monje Beato en su monasterio de la Libana.

—¿Os referís a los incidentes sufridos por la comitiva? ¿Vos también vais a dar pábulo a los infundios de la servidumbre sobre supuestos augurios funestos inherentes a un eclipse de luna? ¡Me decepcionáis!

—No estaba pensando en eso —he reculado de inmediato—. Hay una explicación natural para cada uno de esos acontecimientos. Desde la abundancia de serpientes en el paso entre montañas donde se asustaron las mulas, hasta el odio que llevó al cautivo a tratar de asesinar al Rey. Sin embargo, sumadas esas desgracias a las relatadas por Claudio al referirse a las terribles persecuciones sufridas por los cristianos de Al-Ándalus, su empeño de abrazar el martirio, la guerra interminable, ahora la enfermedad de Agila... Tanto horror ha de significar algo, ¿no creéis? Tal vez sea el preludio de algo...

—Vos no soléis hablar a humo de pajas, señora. ¿Qué es exactamente lo que estáis pensando? ¡Escupidlo de una vez!

—Está bien. Os lo diré sin ambages. Todas estas señales han traído a mi mente el anuncio del fin del mundo formulado por Beato, el monje lebaniego del que tanto se habló en Sámanos, en sus *Comentarios al Apocalipsis de San Juan.*

—¿Qué sabéis vos de ese códice? —Su tono denotaba una mezcla de incredulidad, asombro y enojo.

—Lo vi con mis propios ojos, fray Danila. Estaba en la biblioteca del cenobio, recién acabado, iluminado con figuras de monstruos infernales que habitan desde entonces en mis pesadillas.

—En verdad sois especial, señora —ha exclamado—. No dejáis de sorprenderme. ¿Puedo saber por qué venturoso azar tuvisteis ocasión de conocer al Beato?

Puesto que me había dado pie para hacerlo y nos quedaba mucho camino por delante, le he contado brevemente el motivo de mi estancia en ese monasterio perdido de Primorias, así como las circunstancias que me llevaron a pasar unos días allí, junto a Índaro, en nuestro camino desde Corduba y Toletum a Araba.

He vuelto a ver claramente al fraile del que estábamos hablando, dotado de una inteligencia preclara compensada por un cuerpo deforme y una severa tartamudez, guiarme a través de una biblioteca nutrida con todas las obras puestas a salvo entre esos muros por los cristianos fugitivos de Al-Ándalus: tratados de medicina, botánica o filosofía; clásicos griegos y romanos; escritos de los Santos Padres de la Iglesia y, cómo no, registros de las donaciones recibidas por el monasterio en nombre de Cristo Redentor.

También he revivido el placer intenso de constatar que esos tesoros no me estaban ya vedados, pues el don bendito de la lectura me había proporcionado la llave para descifrar sus secretos.

—En todo caso —he concluido mi relato—, no permanecí mucho tiempo allí, ya que mi esposo quería continuar viaje sin demora a fin de reunirse con don Alfonso en territorio vascón.

—Aun así, tuvisteis ocasión de contemplar ese manuscrito. —El tono maravillado con que hablaba teñía de colores vivos la voz del calígrafo.

—Y de tocarlo, a fe mía que sí. Era sobrecogedor, como os he dicho. Pero más perturbadoras todavía resultaban ser las predicciones que Beato formulaba de viva voz.

—Puesto que el lebaniego calculó que el advenimiento de nuestro último día tendría lugar en el año 800 de nuestra era —el escriba volvía a expresarse con la altivez habitual—, es evidente que se equivocaba. Han transcurrido más de cinco lustros desde la vuelta del siglo y su profecía no se ha cumplido.

—Siendo eso verdad, los signos en los que Beato basaba su augurio persisten: pestes, hambrunas, herejías... Por encima de todo, esta lucha interminable contra los feroces guerreros de la media luna, cuyo poder no conoce límites. Acaso errara el tartamudo al fijar el momento exacto de esa hecatombe final, pero acertara al predecir su inminencia.

—No es imposible. Muchos creen, como Beato, que esos jinetes del Apocalipsis acompañan al Anticristo y constituyen la prueba irrefutable de su presencia entre nosotros. A mi entender, sin embargo, basan esa creencia en una lectura incorrecta del Evangelio de San Juan, pues nadie sabe ni debe saber exactamente cuándo será llamado a comparecer. He ahí la cuestión de fondo y a la vez la base del error. Esa incertidumbre constituye la clave de bóveda de nuestra fe.

—Yo no soy ducha en teología, hermano. Temo no comprenderos.

—Sois hembra. Es lógico.

—A Beato sí le entendía.

—Lo que digo —mi contraataque había hecho mella en su ánimo, impregnando su voz de un tono airado— es que Dios nos creó a su imagen y semejanza, dotados de libre albedrío para elegir entre el bien y el mal. Si la fecha de nuestra muerte estuviera predeterminada en los escritos de un evangelista, ¿qué mérito tendría el justo con respecto al pecador?

—¿Estáis seguro, entonces, de que las desgracias que nos acontecen no preludian una catástrofe mayor e irreparable?

—Solo estoy seguro de mi fe, Alana. Y también de que el monje lebaniego erraba en su interpretación del Libro del Apocalipsis, puesto que estamos en el año 827 de Nuestro Señor y este mundo sigue en pie, pese a las miserias que lo afligen.

La arrogancia característica de Danila, en esta ocasión, lejos de irritarme, ha sido un gran consuelo. Su ciencia es infinitamente superior a la mía. Su capacidad para interpretar las señales, también. O al menos eso espero yo.

Si nuestras desventuras no auguran el día del Juicio Final, tal vez estemos simplemente ante una acumulación de casualidades, o acaso se trate de signos llamados a alertarnos de algo. La cuestión acuciante es ¿de qué? No dejo de preguntármelo.

Cuando lleguemos a Iria Flavia, si por ventura lo conseguimos, la voluntad del Altísimo se nos mostrará con total claridad. Eso aseguran los clérigos y yo no soy quién para afirmar lo contrario.

Yo creeré lo que crea el Rey. Haré lo que él me ordene. Acataré sin reservas su veredicto.

* * *

Agila se ha caído del caballo como si lo hubiera fulminado un rayo.

Acabábamos de cruzar un arroyo donde el animal se había detenido brevemente a beber. Atravesábamos un terreno llano, sin mayor complicación, bajo un cielo gris plomizo. El bravo soldado nos daba la espalda. Cabalgaba al frente del cortejo, como ha hecho desde nuestra partida, bamboleándose ligeramente al ritmo de su montura. Entonces, de pronto, lo hemos visto desplomarse hacia el lado izquierdo, vencido por el peso de su propio cuerpo.

Mi primera sensación ha sido de estupor. Inmediatamente después ha sobrevenido el alivio, al pensar que la muerte le habría acometido de frente, con un golpe rápido y definitivo. Pero no. El jefe de la guardia no había terminado de sufrir.

El destino se ensaña a menudo con quien menos lo merece. Algunos seres abyectos gozan de una larga vida, prácticamente ayuna de sacrificios, mientras otros, repletos de coraje y generosidad, padecen miserias inicuas.

¿Dónde está la justicia de Dios? Evidentemente, en el otro mundo. Buscarla en este es un empeño vano.

Al final se ha demostrado que no me equivocaba en el diagnóstico.

El cólico miserere es mortal de necesidad. Todos lo sabemos. Una vez que esa fiera muerde tus entrañas, estás condenado. Lo mejor que puedes esperar es una agonía corta y coraje para hacer frente al miedo. Porque morirás; es inevitable.

He visto a muchas personas sucumbir a esa fiebre repentina, que ataca a cualquier edad, sin hacer distinción de rangos. Mata con igual crueldad al noble y al siervo, al niño y al anciano, al hombre y a la mujer, al débil y al fuerte.

Empieza con un malestar difuso, al que nadie otorga importancia, y pronto deviene en tormento. Sus víctimas se retuercen antes de perecer. Tener cerca a un sacerdote constituye un privilegio, porque la alternativa del pecador es penar eternamente.

Agila no sufrirá esa condena. ¡Bastante ha penado ya en este valle de lágrimas!

El jefe de la guardia será premiado por su lealtad con un lugar prominente en el paraíso de los justos. Descansará a la diestra del Señor. He oído cómo se lo prometía el venerable Odoario, después de absolverle de todos sus pecados, mientras él, moribundo, pugnaba por apretar los dientes y apagarse en silencio, con la entereza esperada de un guerrero de su rango.

Sus hombres habían acudido inmediatamente en su auxilio, nada más verlo caer sin sentido. Tras comprobar que aún respiraba, lo habían acomodado lo mejor posible en el suelo, con una manta doblada a guisa de almohada, mientras los demás acudíamos prestos a interesarnos por su estado. Don Alfonso, el primero.

—Mucho me temo que no hay esperanza —he informado al soberano, tras comprobar que su fiel servidor ardía de fiebre, su vientre estaba terriblemente inflamado y la más leve presión en el lado derecho le causaba un agudo dolor.

—¿No puedes hacer nada? —ha inquirido el Rey, entristecido.

—Nada, majestad.

—¿Ni siquiera aliviar ese penar?

—Ojalá pudiera deciros otra cosa, mi señor…

Con el escaso aliento que aún le quedaba, Agila ha pedido confesión.

Yo debería haberme retirado lejos, por respeto a ese acto sagrado, siguiendo el ejemplo de cuantos rodeaban en esos instantes al enfermo. Debería haber guardado la distancia necesaria para evitar oír lo que he oído, pero de nuevo me ha vencido la curiosidad.

—Padre —ha reconocido con voz trémula el soldado—, no tengo miedo a la muerte, pero sí al infierno.

—No temas, hijo. Dios es infinitamente misericordioso y tú has luchado en su nombre como el que más. Serás recompensado por ello.

—He derramado tanta sangre, padre… Hace apenas unos días ajusticié con mis propias manos a un cautivo sin remordimiento.

—No te culpes por ello. Ese infiel había tratado de asesinar a nuestro soberano. Tú cumpliste con tu deber. Lejos de pesar en tu contra en la balanza del Supremo Juez, esa acción se sumará a tus méritos.

Había verdadero terror en los ojos de un hombre a quien nunca vi yo vacilar ante un guerrero, ya fuese sarraceno o cristiano. Él, que rescató valientemente a su señor de la última conjura tejida por sus adversarios en la corte. Él, que tantas veces combatió a su lado sin jamás dar la espalda al enemigo, temblaba como una hoja sacudida por el viento. Y no era solo por la calentura.

—Padre, perdonadme, porque voy a comparecer ante mi Hacedor sin haberme preparado para ello.

—Toda tu vida ha sido una preparación para este momento, hijo. Desecha esos temores. Has sido un soldado de la verdadera fe, un hombre de honor, un marido respetuoso y un padre ejemplar. Irás al cielo, no sufras. Tu alma se regocijará ante la contemplación de Dios y sus ángeles.

—¡Yo no soy ese hombre! —Ese grito expresaba tanta rabia como desesperación—. He cedido a menudo a la lujuria, padre. Nunca he forzado a una mujer, eso no, pero por unas monedas o una hogaza de pan… ¡Con cuántas putas habré holgado!

—¿Te arrepientes de ese pecado?

—Me arrepiento, sí, me arrepiento.

Bastaba ver su cara de espanto para saber que no mentía.

—Si tu propósito de enmienda es sincero, entonces serás perdonado.

—¿Y qué será de mi esposa y mis hijos? ¿También para ellos habrá misericordia?

—El Rey proveerá, pierde cuidado. —Odoario trataba de transmitir paz al agonizante, acompañando sus palabras de una sonrisa cálida—. Nada ha de faltarles, te lo aseguro. Ve tranquilo a tu nueva morada, sabiendo que, llegado el día, ellos se reunirán contigo.

Agila se moría.

Su piel había adquirido un tono amarillento, semejante al del pergamino, anuncio inequívoco de un final inminente. Parecía habérsele pegado a los huesos de la cara, hundiéndole los ojos, encendidos de miedo y fiebre, al tiempo que afilaba su nariz. El pelo gris colgaba lacio a ambos lados de ese rostro doliente, empapado de sudor. Los labios eran los que más vida conservaban. La indispensable para terminar de vaciar su corazón y recibir la absolución.

En ese instante he tomado conciencia de estar cometiendo un acto imperdonable con esa intrusión.

¿Quién era yo para robar a un agonizante el secreto de esas palabras destinadas al Padre Eterno? ¿Con qué derecho interfería en el momento más íntimo de su existencia, cuando estaba a punto de enfrentarse al juicio definitivo? ¿En qué me había convertido?

Avergonzada, me he alejado unos pasos. Me sentía mal por mi conducta, pero no podía evitar pensar en lo que había escuchado. Ese terror cerval, ese sufrimiento del alma, esa culpa abrasadora, esa angustia más lacerante que la tortura del vientre hinchado cual odre, a punto de reventar.

La imagen de ese guerrero vencido, a punto de traspasar el umbral de esta existencia, ha traído a mi mente de nuevo la preocupación por Rodrigo, quien acaso se halle en un trance semejante. ¿Será esa la razón por la cual me reclama, como hacen los soldados caídos al llamar a gritos a sus madres? La voz que oigo en mi interior bien pudiera ser la de su espíritu, angustiado ante la sensación de soledad que precede invariablemente a la muerte.

¡No lo permitas, Señor!

Con el propósito de alejar esas reflexiones sombrías, me he obligado a pensar en lo absurdo de este caminar nuestro por sendas repletas de obstáculos.

¡Cuánto penar arrastramos como consecuencia de nuestra propia naturaleza! Lujuria, gula, pereza, ira, soberbia… ¿Qué son nuestros pecados sino manifestaciones de lo que somos, de la materia con la que nos creó Dios? ¿Cómo podríamos soñar siquiera con evitarlos?

Me gustaría comprender el porqué de esa maldición perversa que nos aboca a luchar contra todo aquello que nos hace humanos, sabiendo de antemano que la lucha está perdida. La utilidad de esta pugna interminable y feroz contra nosotros mismos.

Acaso sea un castigo divino por esta curiosidad que no alcanzo a sujetar, pero lo cierto es que la confesión de Agila me ha turbado sobremanera al multiplicar mis dudas. Las que cargo sobre la conciencia desde los tiempos de la infancia, atrapada entre dioses tan distintos en sus gustos como opuestos en sus exigencias.

Daría lo que fuera por alcanzar a entender la verdadera naturaleza de este combate desigual que libramos contra lo prohibido y que nadie puede ganar, salvo tal vez el Rey. Él sí. Solo él.

Don Alfonso nunca cede a la tentación. Ni siquiera parece sentir tentaciones. Él está por encima del bien y del mal, como si al ceñirse la corona hubiese sido ungido con un óleo susceptible de equipararlo a los ángeles. Él es harina de otro costal. Soberano de sus súbditos y primero entre sus pares.

Y, sin embargo, tengo la certeza de que sufre. ¿Cómo no ha de sufrir? Puede ser más fuerte, más santo, más casto, más abnegado que cualquiera de nosotros, pero sigue siendo un hombre. El hombre a quien amo, aun sabiendo que ese amor es pecado a los ojos de Dios, y que a los suyos ni siquiera existe.

* * *

—*Ego te absolvo a peccatis tuis in nomine Patris et Filii et Spiritus Sancti, amen.*

Agila ha expirado estando el sol ya alto, tras recibir el perdón que con tanto fervor suplicaba. Lo rodeaban sus soldados, impresionados de ver sucumbir a su capitán, vencido por un adversario invisible y, pese a ello, implacable.

Danila y yo nos manteníamos a una distancia respetuosa, sinceramente entristecidos. El Rey se había retirado poco antes a la orilla del arroyo, seguido del conde Aimerico y de Freya, cuya compañía ha sido cortésmente rechazada.

El soberano deseaba estar solo. Llorar, sin ser molestado, al compañero de armas en cuyas manos tenía depositada su vida. Rendirle el tributo de ese duelo necesariamente breve, aunque profundamente sentido.

Transcurridos unos instantes, don Alfonso ha regresado al lado del amigo difunto, alertado del desenlace por los aullidos de Cobre, quien ladraba furioso a la muerte apenas la ha sentido llegar. Él y los de su raza la ven. La reconocen en cuanto se acerca a reclamar la presa cobrada.

La condesa ha tratado de consolar a su señor, esbozando caricias más filiales de lo que habría complacido a su padre, pero ha sido rechazada sin contemplaciones. Yo ni siquiera me he atrevido a intentarlo. Era evidente que allí sobrábamos todos.

—Que su cuerpo sea lavado y amortajado con mi mejor túnica —ha ordenado el monarca a un siervo—. Una vez que esté todo dispuesto, celebraremos una misa por el eterno descanso de su alma antes de reanudar el camino. Hoy nos ha dejado un gran guerrero.

Los siervos han cavado una fosa profunda en la tierra arenisca de la orilla y después la han recubierto de piedras, tras depositar en ella el cuerpo del difunto jefe de la guardia, envuelto en un sudario de lino blanco cedido por el Rey. Allí descansará Agila, a resguardo de carroñeros, bajo una sencilla cruz hecha con dos ramas de castaño entrelazadas.

Antes de la eucaristía, el abad ha rociado de agua bendita ese suelo convertido desde hoy en campo santo. Ha sido una ceremonia corta, presidida por la pena. Un dolor más punzante que el filo de un acero sarraceno.

Don Alfonso parece ser el más afectado por esta muerte inesperada. No se resigna. Busca desesperadamente una razón de ser a lo que únicamente obedece al designio de la Providencia, cuyos porqués se nos escapan.

Yo, mejor que nadie, le comprendo. Yo también suelo incurrir en ese pecado de soberbia. Tratar de dar un sentido a la voluntad inabarcable de Dios...

—Si hubiésemos estado en Sámanos —no dejaba de repetir mientras las paladas de tierra iban recubriendo el cadáver—. Si yo hubiera aplazado nuestra partida en atención a su enfermedad, tal vez se habría salvado. Eso es lo que debería haber hecho, con su consentimiento o sin él.

—No, majestad —he respondido yo de inmediato, tratando de aliviar al menos esa sensación de culpa—. El cólico miserere no perdona. Vos lo sabéis tan bien como yo. Nadie habría podido evitar este final.

—¿Nadie? —ha insistido el soberano—. ¿Nada?

—No comparto totalmente la opinión de dama Alana —ha terciado entonces Danila, de pie, junto a nosotros, ante esa tumba sin nombre.

—¿Vuestros amplios conocimientos abarcan el campo de la medicina? —he inquirido yo con cierta sorna.

—Probablemente más que los vuestros —ha respondido él en tono displicente y altivo—. No discuto, empero, el diagnóstico. Si ese ha sido el mal que se ha llevado a nuestro capitán, cosa que nunca sabremos, habría fallecido igualmente en el monasterio; os lo concedo. Otorgadme vos, a cambio, que habría sufrido menos. Los monjes habrían hallado el modo de aliviar el atroz padecimiento que ha precedido al óbito.

—¿Adónde queréis llegar?

Don Alfonso no estaba para acertijos. Yo tampoco. El calígrafo ha debido de captarlo rápido, porque ha abandonado la suficiencia para mostrarse algo más cálido.

—Me refiero, señor, a lo que puede enseñarnos la muerte de Agila a fin de que no sea en vano.

—Sigo sin comprender.

—Únicamente hay un Sámanos y se encuentra lejos de aquí, apartado de la calzada que conduce al sepulcro del Apóstol —se ha explicado al fin Danila, desvelándonos lo que pretendía conseguir del Rey—. Si en los días venideros han de viajar peregrinos por estos caminos en dirección a Iria Flavia, sería bueno que hallaran lugares donde descansar y eventualmente curarse. Hospederías atendidas por hermanos y hermanas versados en el arte de sanar.

—Ya veo… —Don Alfonso encontraba consuelo en esa idea. Era algo patente a juzgar por cómo se le había iluminado el rostro—. ¿Habéis conocido vos algún lugar así?

—Yo no, majestad, aunque sé que existen.

—¿Puedo preguntaros cómo? —he insistido yo.

—A través del manuscrito de la virgen Egeria, de quien ya tuve ocasión de hablaros, señora mía.

—¿La peregrina a Tierra Santa? —ha inquirido el Rey, cuya cultura resulta llamativa en un guerrero.

—La misma, señor —ha asentido Danila—. En su itinerario da cuenta de numerosas hospederías y hospitales de peregrinos sitos en distintos puntos de esa vasta geografía, cerca de los principales focos de peregrinación. Casas fundadas y atendidas por gentes piadosas o comunidades monásticas, donde los enfermos encuentran cobijo.

—Os agradezco de corazón esta apreciación, Danila. Dios se sirve de vos para sus propósitos. Su obra requerirá grandes medios y dedicación, mas no flaquearemos en aquello que dependa de nosotros. En la medida de nuestras fuerzas, los reyes de Asturias, yo el primero, contribuiremos a desbrozar el camino de los peregrinos hasta ese bosque perdido donde descansa el Hijo del Trueno.[1]

—El Padre os lo premiará en el cielo, majestad.

—Solo espero que todo este dolor tenga sentido y al final de esta marcha encontremos lo que esperamos. Que no se trate de un cruel engaño urdido con fines distintos al de servir al Altísimo.

—Tened fe, majestad —le ha animado el escriba—. El Señor os ha manifestado su favor de múltiples maneras. Las señales son unánimes. Vos mismo comprobasteis en Sámanos cómo las insidias de Sisberto respondían únicamente al afán de sembrar cizaña herética en vuestra alma cristiana. Las reliquias del apóstol Santiago nos aguardan en ese bosque, no temáis. Nada será en vano.

—¡Dios os oiga, mi buen monje! Dios os oiga e inspire para que escribáis una crónica que sobreviva a los siglos.

La expresión de ese último anhelo ha corrido por mi espalda en forma de escalofrío. Por segunda vez en el día me he visto en la piel de una intrusa, fingiendo ser quien no soy, entrando donde nadie me llama y haciendo lo que no se me ha pedido.

* * *

Danila ha dedicado el resto del trayecto a narrarme nuevamente la peregrinación de la virgen Egeria a Jerusalén y describirme lo que se encontró en la ciudad más santa de la Cristiandad: las calles por las que anduvo el Señor, la formidable basílica del Martirio, mandada construir por el emperador

Constantino sobre la gruta de su sepulcro, y el huerto de los olivos, embellecido por su madre, Elena, con amplios edificios destinados a honrar el lugar donde el Salvador pasó sus últimas horas en compañía de los apóstoles.

El monje calígrafo pretende convencer a don Alfonso para que siga el ejemplo del emperador romano.

—Antes de iniciar las obras de esa catedral sin parangón, con sus cinco naves, sus tres puertas y sus doce columnas espléndidamente adornadas, Constantino hizo demoler a conciencia todas las construcciones paganas levantadas sobre ese espacio sagrado. Lo mismo habremos de hacer nosotros en Iria Flavia. Es menester levantar una morada acorde con la dignidad del santo cuyas reliquias veneraremos allí.

—Pero Asturias es pobre y debe hacer frente ante todo a los gastos derivados de la guerra. El Reino no es comparable al Imperio del Águila. Dios entenderá que Santiago habite una casa más humilde que la de su Hijo en Jerusalén.

—La capacidad de Dios para entender es infinita, dama Alana. No tiene principio ni fin. La nuestra, por el contrario, es limitada y demanda que se la ayude mediante elementos inconfundibles a ojos de cualquier cristiano, así sea un hombre docto o un ignorante.

He recordado lo que decía el arquitecto Tioda sobre la necesidad de que un gran reino dispusiera de una gran capital a la altura de las ambiciones de su rey, y he inquirido:

—¿Queréis decir que el Apóstol se sentirá a disgusto en una iglesia modesta y podría llegar a perder parte de su poder?

—Lo que digo es que me apoyéis cuando le suplique al Rey que no escatime recursos —ha respondido él, lanzándome otra de esas miradas impregnadas de desprecio—. Sé que os tiene en gran estima y escucha vuestro consejo.

—Si creéis que pueda ser de alguna ayuda, contad conmigo, desde luego.

—Toda ayuda será bienvenida, señora. En todo caso, la piedad de don Alfonso es nuestra mejor aliada en esta causa. Él es el primero en comprender que la espada nada vale si no la acompaña la cruz.

Yo habría añadido gustosa que a la cruz y la espada es indispensable sumar el concurso del conocimiento, pero he preferido callar. La humildad, real o fingida, es una virtud apreciada cuando se trata de una mujer.

La conversación con el escriba me ha servido de distracción, aunque no ha borrado el dolor que inunda mi corazón por la muerte prematura de Agila. El resto de la comitiva siente lo mismo, estoy segura. Un hecho así deja rastros que tardan en disiparse.

Nuño ha asumido espontáneamente el mando de la guardia, sin orden expresa del soberano. No ha hecho falta. Los hombres le respetan y el Rey confía en él. Con eso basta.

Don Alfonso únicamente ha aceptado la compañía de Cobre, quien no se ha separado de su lado. Ese animal conoce más del alma humana que muchas personas. Su lealtad es la única capaz de compensar hoy a los ojos de mi señor la que ha perdido sin remedio al ver morir a su capitán.

El conde, su hija y Odoario han marchado juntos, taciturnos, con el ánimo quebrado.

Las ausencias hacen mella de forma distinta en cada uno de nosotros, sin exceptuar a nadie. Todos estamos deseando llegar. La fatiga y la pena se conjuran para ensombrecer un cielo que esta noche amenaza lluvia.

Aun así, seguiremos caminando. Caminaremos un día más, una milla más, un paso más, al encuentro de nuevas metas que, una vez alcanzadas, pierden su significado.

* * *

¿En verdad nos espera un gran prodigio en Iria Flavia? Pese a la seguridad que manifiesta Danila, yo no consigo compartir su optimismo. Sigo pensando que algo va mal. Que son muchas desgracias las que nos abruman en una peregrinación llamada a ser motivo de gozo.

Demasiadas.

Si Beato se equivocaba, si todas estas señales no anuncian el fin de los tiempos, tiene que tratarse de otra cosa. ¿Nos habrá aojado Muhammed? ¿Sisberto acaso? Sé que no debo creer en el mal de ojo. Es una superstición pagana, severamente castigada. Y aun así…

La razón me induce a sospechar. ¿Qué le voy a hacer? En el caso de que las muertes y la traición no bastaran para demostrar que un destino incierto y turbio se cierne sobre esta comitiva, el eclipse acaecido ante nuestros ojos terminaría de confirmarlo. Ese gesto de la luna al ocultarnos su rostro, negándonos no solo su luz, sino su bendición materna, no puede resultar casual ni tampoco augurar nada bueno.

Mi señor me repudiaría si llegara a sospechar que albergo estos pensamientos. No quiero creer lo que creo, mas no está en mi mano evitarlo.

¿Me atreveré a confesar esta falta cuando llegue mi última hora? ¿Encontraré el valor de revelar a un sacerdote este coqueteo mío con la fe de Huma? No me siento orgullosa de él, pero he de admitir que tampoco lo combato con el ardor necesario para ganar la batalla. ¿Seré absuelta, como lo ha sido Agila, después de abjurar de su pecado de lujuria? ¿Me concederá el Altísimo la oportunidad y la voluntad de arrepentirme sinceramente?

En este pergamino confieso que mi espíritu alberga creencias paganas, sí. Habitan en lo más profundo de mí. Constituyen mi secreto mejor guardado. El que ni siquiera con Índaro llegué a compartir jamás.

Las mamé junto a la leche materna, oyendo historias de xanas al calor de la lumbre en la que ella preparaba sus pociones.

Debería expulsar esas creencias de mi corazón, aborrecerlas, renegar de ellas a fin de abrazar únicamente la luz de Cristo. Lo sé, y del mismo modo sé que no puedo. Porque hacerlo sería tanto como traicionar a mi madre, expulsar su recuerdo de mi corazón, aborrecer sus enseñanzas y renegar de la mujer que me dio la vida. Una idea que no alcanzo siquiera a concebir.

Hoy confieso que pesa sobre mi conciencia un pecado abrumador del que no hay escapatoria, pues se asienta sobre un amor irrenunciable para mí. Solo puedo encomendarme a la misericordia divina y suplicar su perdón.

* * *

Las desgracias no han terminado.

Todavía queda por ocurrir algo oscuro. Lo presiento.

Los búhos cantaron ayer y este mediodía ha fallecido Agila. Hace un rato, al poco de ocultarse el sol, he vuelto a oír su voz chillona.

Estoy a punto de retirarme a la tienda donde pasaré la noche. Mi cuerpo pide a gritos reposo, pero mi cabeza se mantiene alerta. Voy a dejarme capturar por la magia del fuego, a rendirme a su poder, a ver si así encuentro descanso.

Mi mente se pierde mirando danzar las llamas. Evocan en mi memoria la pasión de la juventud; los días y las noches en los que Índaro y yo dábamos rienda suelta a un deseo ardiente, inasequible a cualquier temor. El deseo de vivir el uno en el otro o de morir de ese modo si nos sorprendía la muerte en alguno de los muchos lances a los que nos enfrentamos. El ansia por apurar hasta la última gota de goce.

Índaro ya no está aquí. Tampoco Agila, ni Carlos el Magno. Marcharon al encuentro de los ángeles, al igual que Huma, Ickila y mi pequeño nacido muerto. Su recuerdo arde en mí, como las brasas de esta hoguera que tardará en apagarse.

Yo viviré algún tiempo más por ellos, hasta consumir la vida. Vendrán conmigo a Iria Flavia. Juntos descubriremos lo que nos aguarda allí.

11

Camino de salvación

Bajo el porche de una ermita sin nombre
Festividad de San Isaías

El Rey está inquieto. Algo atormenta su espíritu y no es la muerte de Agila. Acaso la ausencia del jefe de su guardia contribuya a ese malestar, pero apostaría a que no lo causa. Al menos no en su totalidad.

Tampoco explican su zozobra las dudas que, estoy segura, siguen llevándole a preguntarse si vamos al encuentro del Apóstol o de una superchería. No. Esos recelos y esa pérdida irreparable son motivo de preocupación, pero no bastan para justificar el humor sombrío que lo embarga. Se trata de algo más hondo, más secreto, ominoso, oculto en un recoveco del alma.

Lo que persigue a mi señor es algo relativo a su padre, Fruela, hijo de Alfonso y de Ermesinda.

La mera mención de ese nombre lo perturba casi tanto como la de Mauregato el felón, y llevo tiempo notando cómo aumenta su desasosiego a medida que avanzamos. Esta tierra de Gallaecia evoca en su mente espectros de un pasado familiar que abundó en luces, pero también en sombras. Un legado cuyo peso le abruma, es evidente.

Hoy, bajo la lluvia que no ha dejado de caer, ha entreabierto para mí la puerta de una historia que yo apenas conocía, pues no es frecuente que mi señor se refiera al hombre que le dio la vida.

Rompiendo la regla de silencio que rige habitualmente en todo lo que atañe a ese príncipe, el soberano nos ha hablado de la violencia que hubo de emplear para someter a estos súbditos rebeldes, de la sangre cristiana que derramó y pesó hasta la muerte sobre su conciencia, del dolor, convertido en fiereza, que marcó a fuego su existencia.

Los paisajes recorridos hoy han llevado a don Alfonso a revivir episodios que preferiría olvidar, que lleva intentando olvidar desde que tiene memoria, pero que regresan para atormentarlo por mucho empeño que ponga en saldar definitivamente las deudas contraídas por su padre.

Cuanto más pienso en los infiernos a los que se ha enfrentado este hombre, más admiración me inspiran la serenidad y fortaleza que han marcado su reinado. El destino no ha dejado de tenderle celadas, a cuál más rastrera, y de todas ha escapado con bien.

¡Sabe Dios qué precio estará pagando por ello!

Don Alfonso bebió el amargo cáliz de la orfandad siendo un niño pequeño. La vida le arrancó de cuajo, en un mismo golpe traidor, el amor de sus progenitores y su legítimo derecho al trono. ¿Quién habría salido indemne de semejante trance? Por todo ello, el nombre de Fruela significa para él dolor. Es sinónimo de sufrimiento. De ahí que rara vez lo pronuncie.

En las raras ocasiones en que lo hace, como al grabarlo en la placa situada junto a la catedral de Ovetao, muestra una frialdad comprensible en un rey, aunque impropia de un hijo. Una lejanía vinculada, creo yo, a una vieja herida que el tiempo no ha conseguido curar. O tal vez a más de una…

Hasta mis oídos han llegado en distintas ocasiones los rumores que circulan por la corte acerca del horrible pecado cometido por ese príncipe en un arranque de ira. El mismo que valió a Caín la condenación eterna. Un acto aborrecible a los ojos de Dios y a los del mundo, origen de la conjura urdida por sus magnates para asesinarlo con sus propias manos.

He oído maledicencias, como cualquiera que se haya movido por los aledaños del poder, desde luego. De ahí a darles crédito, empero, dista un trecho gigantesco que siempre me he resistido a salvar, sin antes escuchar en persona la versión del huérfano.

Sobra decir que jamás he osado preguntarle.

Hoy don Alfonso ha empezado a romper ese muro de mutismo impuesto por el dolor o la vergüenza. Entre las rendijas de ese relato inconcluso me ha parecido percibir añoranza, veneración, congoja e incluso un miedo indefinido, en el que no me he atrevido a indagar, temerosa de causar aún más daño.

Hoy he visto a mi soberano padecer. Habría dado lo que poseo por aliviar esa tortura.

* * *

Escribo bajo el porche de una humilde ermita sin nombre, levantada a orillas de la calzada, frente a un roble cuyo tronco, tapizado de musgo verde esmeralda, aporta un destello de luz a esta tarde de luto. Nos hemos detenido aquí para escapar del diluvio, porque caía con tal violencia que nos impedía avanzar.

Desde mi refugio oigo el torrente crecido que baja a dos pasos de aquí con estruendo de catarata. Al abrigo de estos muros pasaremos la noche a resguardo.[1]

La capilla es tan pequeña que dentro únicamente cabremos los miembros de la comitiva, Adamino y la mujer que nos atiende a Freya y a mí, apretándonos. Nuño, Cobre y los soldados se acomodarán en el atrio donde estoy yo ahora, techado con la misma pizarra negra que cubre la única nave del edificio. Con esa piedra, tallada en lascas más gruesas, están construidas igualmente las paredes, las diminutas columnas exteriores, apenas más altas que yo, y el campanil, casi de juguete, que mira vacío al sur, en espera de una campana.

Los siervos dormirán a la intemperie, bajo una tela encerada tendida entre dos árboles. Están acostumbrados. En esta época, al menos, no aprieta el frío.

La comida estará mojada, pues no hay envoltorio capaz de aguantar toda una jornada bajo el agua. Nuestra ropa se ha empapado y la de recambio no chorrea, aunque rezuma humedad. Si logramos encender una hoguera aquí, a cubierto, tal vez consigamos secar de aquí a mañana el calzado y las túnicas. Las capas, a buen seguro, seguirán caladas cuando nos pongamos en marcha, con el nuevo día, la vista fija en poniente.

* * *

Esta mañana el tiempo se mostraba más clemente. El cielo lucía un feo color grisáceo, pero no auguraba lo que estaba por caer. Al poco de partir se ha ido cerrando sobre nosotros, en nubarrones cada vez más densos, hasta reventar en un relámpago lejano seguido de un chaparrón. El primero de los varios que nos han caído encima.

Justo en ese momento Cobre ha olido el peligro.

Cabalgábamos en fila de a uno, precedidos por Nuño, a pie, en medio de un bosque tupido de robles y castaños viejos. La senda era estrecha. Yo solo oía el repiqueteo de la lluvia en las copas de los árboles, además del ruido que hacen las cabalgaduras con los cascos. Nada fuera de lo común, hasta que el mastín se ha detenido en seco, levantando las orejas. Todos hemos aguzado los sentidos. Él nunca se equivoca. El vascón lo sabe bien y por eso ha mandado parar de inmediato.

Algo había alertado al perro. Algo amenazador.

Desde la rebelión de siervos que hubo de someter el príncipe Aurelio, e incluso antes, los montes abruptos, como este, dan refugio a partidas de bandidos cuya crueldad no conoce límites. Gentes depravadas, sin temor de Dios, que viven como las bestias y, al igual que estas, carecen de misericordia cuando caen sobre un viajero incauto.

Hasta ahora no nos habíamos topado con ninguno de esos grupos de malhechores, cosa harto sorprendente. Dado que la fortuna no se ha mostrado especialmente dispuesta a sonreírnos a lo largo del camino, deduzco que la escolta de soldados habrá conseguido ahuyentarlos, manteniéndonos a salvo de su voracidad.

Hasta hoy.

Yo tuve que enfrentarme a ellos en las inmediaciones de la cordillera, cuando regresaba a casa junto a Índaro, y a fe mía que pocas veces he sentido tal terror. Aullaban como fieras, miraban como fieras, eran verdaderas fieras con apariencia vagamente humana. Afortunadamente, carecían de caballos, al igual que los de hoy, mientras que nosotros cabalgábamos buenos corceles.

De milagro escapamos en aquel entonces a su persecución, a galope tendido, salvándonos de morir quién sabe de qué atroz manera. Hoy han sido ellos quienes han huido, aunque no todos...

Cobre los ha percibido a distancia. Se ha plantado en mitad del camino, las orejas en guardia, gruñendo y mostrando los poderosos colmillos para advertirnos, con su lenguaje, de lo que nos aguardaba emboscado. Miraba al vascón y al Rey, desesperado, pidiendo su permiso para lanzarse al ataque. El instinto le pedía sangre.

Nuño ha levantado el brazo izquierdo a fin de dar el alto a la comitiva, llevándose el dedo índice de la mano derecha a los labios en señal de silencio. Tras ordenar al moloso permanecer quieto, se ha dirigido en voz baja a don Alfonso.

—El mastín huele enemigos, majestad.

—¿Sarracenos? —El tono de don Alfonso denotaba incredulidad.

—Podrían ser desertores de la última campaña, sí. O rezagados perdidos.

—Tiendo más bien a pensar en cristianos extraviados —ha rebatido el monarca—. Bribones que malviven asaltando a los campesinos y a los pocos comerciantes que se atreven a transitar por aquí.

—¿Envío a la guardia a prenderlos?

—Da la orden, sí. En caso de que logren darles alcance, que acaben con ellos a espada allí mismo. Llevarlos con nosotros hasta Iria Flavia, donde serían colgados de inmediato, no haría más que retrasarnos.

—Lo haré yo mismo, señor.

—Muy bien. Escoge a los mejores hombres y actuad deprisa. No hay piedad para quien toma esa vía sin retorno.

Ninguno de nosotros ha tenido nada que objetar. Ni siquiera el bueno de Odoario, cuya misericordia es infinita. Él sabe tan bien como el soberano que, si en los tiempos venideros han de llegar peregrinos de todo el orbe a postrarse ante los pies del Apóstol, el Reino tendrá que velar por la seguridad de los caminos.

Será menester redoblar las guarniciones, incrementar el número de soldados, brindar protección a los caminantes. Una tarea ardua, difícil de llevar a cabo con los escasos recursos de los que disponemos, aunque imprescindible en el empeño de allanar el sendero a quienes vengan detrás de nosotros.[2]

Cumpliendo el mandato real, el vascón ha montado uno de los asturcones de reserva para adelantarse, junto a cuatro veteranos de probada valía, en busca de los bandidos. El resto de la guardia ha permanecido junto a don Alfonso, rodeándolo con los ojos bien abiertos.

Preservar la vida del monarca a cualquier coste es, como ya he dejado dicho en este manuscrito, una prioridad incuestionable.

El chaparrón había arreciado bastante cuando, por fin, han regresado los hombres enviados en misión de castigo. Traían malas noticias. Después de perseguir a los bandidos a caballo y a pie, por las escarpaduras circundantes, únicamente habían podido dar caza a uno. Un muchacho imberbe, casi un niño, a quien no habían tenido entrañas para matar. Los demás habían desaparecido entre la espesura.

El chico me ha recordado a esas alimañas con las que topé en mi juventud, no tanto por su ferocidad, pues se le veía aterrorizado, sino por su aspecto. Iba prácticamente desnudo, descalzo, con el pelo larguísimo revuelto, apestando a excrementos. Hablaba con dificultad. A duras penas ha contado que su única familia eran esos fugitivos, seis hombres y una mujer, su madre, con quienes había vivido siempre en estos bosques.

Su relato me ha conmovido profundamente.

No me ha costado demasiado imaginar a una mujer preñada sin marido, repudiada por los suyos, expulsada de su aldea y obligada a sobrevivir en esa selva hostil. La he visto compartida entre seis proscritos embrutecidos. Forzada a complacer sus más oscuros deseos carnales a cambio de protección para ella y para su hijo. Condenada a robar, matar, huir, vagar por ese infierno en la tierra por amor a esa criatura que acabábamos de separar de ella, probablemente a perpetuidad.

Sin conocerla, he sentido una enorme compasión por la víctima de tamaño infortunio. Por eso he suplicado al Rey que perdonara la vida al cautivo, que tiritaba como una hoja atado a la silla de Nuño. Freya se ha unido enseguida a mis ruegos, y también el abad, compadecido.

No hemos necesitado insistir mucho para convencer a don Alfonso, cuya magnanimidad alcanza merecida fama. El muchacho será acogido en un monasterio, donde servirá a la comunidad antes de decidir si desea o no tomar los hábitos. Él tendrá la oportunidad que la vida le negó a su madre.

Odoario lo bautizará con el nombre de Fortunato.

* * *

Pasado el susto, la comitiva ha retomado su deambular hastiado bajo un cielo plomizo que alternaba lluvia fina y aguaceros.

Aunque estamos en la estación cálida, cualquiera acaba sintiendo frío cuando lleva horas empapado. Y así estamos todos desde primera hora de la mañana. Chorreando agua. Congelados.

Don Alfonso iba fijándose en la calzada, bastante deteriorada por aquí. Le he visto fruncir el ceño e imagino lo que estaría pensando. Que vencer en la batalla es un primer paso decisivo en la reconquista del territorio, pero luego viene el resto. Lo que da sentido a su reinado y justifica el poder que ostenta, así como los diezmos que recauda. El deber al que está llamado.

He notado en las arrugas de su frente el peso de la ingente tarea que arrastra a sus espaldas, sumado a la que tiene ante sí. Reconstruir los puentes deteriorados o directamente derrumbados. Levantar torres de vigilancia sobre las ruinas de las que dejaron los romanos al marcharse, con el fin de ver venir al enemigo y dar cobertura a los campesinos. Mantener la calzada no solo abierta y transitable, sino segura para los viajeros. Reparar murallas, fortificar ciudades... En resumidas cuentas, ser el soberano de un pueblo que ansía crecer y multiplicarse, tal como ordena el buen Dios.

Al coronar la cima de un altozano, me he detenido unos instantes a tomar aliento, pues llevaba un buen rato a pie a fin de dar descanso a mi montura. Mirando a mi alrededor, me ha sorprendido la cantidad de pastos color verde claro que disputaban espacio al bosque. Prados ganados palmo a palmo al monte salvaje a base de esfuerzo y tesón, donde pacía el ganado que alimenta a nuestros hijos. El fruto de nuestro trabajo.

Y es que el Reino se expande. Asturias se consolida. Ahora es menester defender sus fronteras y, por encima de todo, dar protección a estas gentes confiadas en la espada del Rey.

Tales eran las cavilaciones de mi señor, u otras muy similares, mientras cabalgaba silencioso, al paso, a lomos de un Gaut cuyo brío parece haberse domado. El nuevo caballerizo no solo se entiende con él, sino que ejerce sobre el animal un efecto apaciguador que agradecemos en el alma todos cuantos amamos al jinete que lo monta.

Claro que «paz» es una palabra que aquí no tenemos ocasión de emplear a menudo.

Acabábamos de hacer un alto destinado a rezar el ángelus, cuando han llamado mi atención voces lejanas que parecían de niño. Al concluir la oración he pedido permiso al Rey para acercarme con algún hombre de la guardia a comprobar el origen de esos gritos, preocupada ante la posibilidad de que las criaturas se hubieran topado con los bandidos y precisaran ayuda.

—Id —ha respondido mi señor, tal como yo esperaba—, pero regresad sin tardanza. A este paso jamás llegaremos a Iria Flavia.

—¿Acompaño a dama Alana? —ha inquirido Nuño en un tono que daba por supuesta una respuesta afirmativa.

—Ve con ella, sí. Y llevaos a un par de hombres. Mas os quiero de vuelta en lo que tardo en rezar un par de avemarías. ¡Lo digo en serio!

Sin necesidad de preguntar, Danila se ha unido a nosotros y nos hemos adentrado con toda la ligereza que nos permitían las piernas hacia el lugar de donde provenía el ruido, situado a la derecha de la calzada, tras una cortina de árboles que impedía ver más allá.

A unos cien pasos hemos alcanzado un claro de considerable tamaño, donde un grupo de zagales se afanaba en la tarea de escarbar la tierra. Era evidente que no corrían peligro alguno, pues estaban riendo, haciéndose chanzas, mientras las ovejas de lana oscura que habrían debido vigilar mordisqueaban hierba jugosa.

—¿Se han vuelto locos? —he dicho en voz alta, sin dirigirme a nadie en particular, enfadada conmigo misma por haber hecho perder un tiempo precioso a don Alfonso inquietándome sin necesidad.

—Eso parece —ha convenido Nuño, huraño—. ¡Con la que está cayendo! ¿Qué diablos buscan?

—Oro.

Quien había contestado a la pregunta era el escriba, que nos contemplaba con mirada pícara y una media sonrisa desdentada, encantado de ver desconcierto en nuestros ojos.

—¿Oro en medio del bosque? —he rebatido—. Me reafirmo en lo dicho. Esos pastores han debido de comer setas cuyos efectos son similares a la locura. Mi madre me advirtió sobre ellas y me enseñó a diferenciarlas de las buenas. Afortunadamente, se les pasará.

—Lamento llevaros la contraria, señora, pero esos muchachos saben muy bien lo que hacen.

—Ilustradme pues, hermano —he replicado sin disimular mi irritación—, ya que no consigo entender cómo puede hallarse oro cavando un hoyo a la buena de Dios.

La suficiencia del calígrafo nos molestaba sobremanera tanto al vascón como a mí, que intercambiábamos ojeadas cómplices. ¿Con qué derecho se burlaba de nosotros ese clérigo tripudo? ¿Quién se creía que era? Para nuestra desgracia, empero, el fraile tenía un arsenal de respuestas con las que repeler nuestros ataques.

—Si os fijáis bien, veréis que justo donde están cavando se aprecian algunas piedras esparcidas por el suelo.

—Vulgares rocas —ha escupido Nuño.

—Aunque desde aquí no alcanzo a verlas con claridad, yo juraría en cambio que se trata de fragmentos de columnas.

—¡Id al grano, Danila! —He estallado, harta de su tonillo jocoso—. El Rey nos está esperando. ¿Tendréis la bondad de compartir vuestra sabiduría con estos pobres ignorantes?

—Desde luego, mi estimada Alana. Solo es cuestión de observar, comprender y atar cabos. ¿Me explico?

—¡No!

Nuño parecía a punto de agredirle. Él ha proseguido con su lección, sin alterarse lo más mínimo, actuando como el maestro obligado a enseñar a un alumno especialmente torpe.

—En este claro tan próximo a la vía que conduce a Iria Flavia debió de levantarse en su momento una villa romana, calculo que modesta, a juzgar por lo poco que ha quedado de ella. Desde luego no se trataba de una mansión, eso es seguro. Dudo que los chiquillos encuentren algo que merezca la pena.

—¿Podríais explicaros un poco mejor, por favor?

—Tendré que hacerlo, puesto que no me entendéis. Es bien sabido que en el ocaso del imperio que trajo a estas tierras la civilización y la luz de la verdadera fe, con la llegada de los bárbaros, muchos cristianos huyeron. Dejaron sus residencias en el campo, buscando la protección de las ciudades, donde esperaban hallar cobijo frente a esas hordas paganas. ¡Pobres incautos!

—¡En nombre de Cristo, soltad el hueso! —Se ha enfurecido el vascón, hasta el punto de asustar al fraile—. ¿Habláis de los sarracenos?

—No es necesario ponerse así... Y no, hablo de lo sucedido mucho antes de los sarracenos e incluso antes de nuestros antepasados godos.

—¿Os referís a las águilas de Roma? —De eso había oído hablar yo mucho en mi castro, aunque no con el entusiasmo que traslucían las palabras del clérigo.

—A su caída, en efecto. Lo que esos muchachos buscan es algún tesorillo oculto. Monedas de oro o plata, lámparas, objetos de culto... Cualquier pieza de valor que hubieran podido esconder sus propietarios al marcharse a toda prisa, huyendo de los bárbaros, con la esperanza de recuperarla al regresar al hogar. Pocos o ninguno regresaron. De ahí que por todo el Reino se escarben los alrededores de las residencias romanas. Han aparecido abundantes botines enterrados, aunque estoy persuadido de que son muchos más los que faltan por encontrar. Claro que no será aquí...

Aunque su arrogancia resulte cargante, los conocimientos de este monje escriba constituyen una bendición para quien, como yo, siempre está hambrienta de conocimientos. De ahí que me haya tragado el orgullo para decirle, de corazón:

—Teníais razón en lo referente a la locura de estos niños y os doy las gracias por lo que acabo de aprender de vuestros labios. No lo sabía.

—No se merecen, mi señora.

—Yo espero que os equivoquéis y encuentren una buena bolsa de monedas —ha gruñido Nuño—. Con lo que están trabajando los rapaces, se lo merecen.

* * *

Nos habíamos demorado bastante más de lo que se tarda en entonar dos avemarías, por lo que don Alfonso no ha ocultado su enfado cuando nos hemos reunido nuevamente con él. Tras escuchar nuestras explicaciones sobre el motivo de las voces, restando importancia al episodio, ha ordenado reanudar la marcha de inmediato.

Su mal humor era patente.

—Fiaos de mi guardia y de mi instinto cuando se trate de identificar un riesgo, Alana —me ha espetado, altivo—. Incluso de Cobre, antes que de vos misma. Dejadnos a los hombres la tarea de velar por la seguridad. Dios repartió distintos dones entre los frutos de su creación y a las hijas de Eva les fueron concedidas gracias ajenas al arte de la guerra. La espada es cosa nuestra. Vuestro es el campo del amor.

Esas palabras, pronunciadas con tremenda frialdad, me han dolido más que una bofetada en plena cara.

¿Qué sabrá él del amor? Dudo que sea capaz de albergar ese sentimiento. Ni siquiera lo reconoce cuando lo tiene tan cerca como estoy yo de él desde hace años. ¿Amor, dice? El amor es cosa de dos. Él no ve más allá de sí mismo, si no es el cielo o el Reino.

«Fiaos de mi guardia y de mi instinto cuando se trate de identificar un riesgo», ha dicho sin inmutarse. Como si ignorara la cantidad de ocasiones en las que acompañé a mi esposo, Índaro, al campo de batalla donde combatía junto a su rey. Como si alguna vez hubiese dado yo la espalda al peligro, en lugar de afrontarlo de cara, a costa de sacrificar a mis propios hijos.

¡Cuánta ingratitud, por Dios! Es sabido que el poder suele producir esa conducta viciada en quien lo ejerce, pero hoy mi señor se ha excedido en el olvido de todo cuanto he hecho por él y me ha defraudado en lo más hondo.

Quiero creer que no era él quien me hablaba con tamaña crueldad, sino el mal que le corroe el alma. La sombra oscura que, con el rostro de su padre, parece poseerlo más y más a medida que nos acercamos a nuestro destino. Tiene que ser eso. No cabe duda. En caso contrario, el corazón me habría jugado una terrible pasada llevándome a concebir las emociones más puras hacia un hombre que no merece ni amor, ni lealtad, ni admiración, ni respeto siquiera.

No. Definitivamente ese comentario no es propio del soberano que conozco. Algo atormenta su espíritu y necesita vomitarlo antes de que lo envenene.

El tiempo tampoco ha contribuido a fomentar la alegría, justo es reconocerlo. Hoy ha sido uno de esos días en los que el sol nos abandona por completo, dejándonos huérfanos de luz y de colores. Un día compuesto de grises, que ahora, mientras escribo, es noche negra como la pez.

En un momento dado, la lluvia se ha tornado bruma cerrada a nuestro alrededor. Niebla densa, tupida cual pieza de paño que, en lugar de abrigar, calara. Podíamos tocarla, olerla, oírla resbalar, destilada, por las hojas de los árboles. Nos rodeaba, amorosa, como viene haciendo desde antiguo merced a las cumbres que la atrapan, enredándola entre sus picos. Nos envolvía y arropaba, igual que las madres envuelven a sus hijos en pañales antes de arroparlos con amor.

¿Por qué razón reniego hoy de lo que siempre he agradecido?

Esa niebla que aborrezco, porque me duelen los huesos, ha sido, junto a las montañas, nuestra mejor arma defensiva frente a un enemigo superior en fuerza, número y riqueza. Él la teme y la odia; se pierde en su oscuridad. Nosotros somos uno con ella.

A lo largo de esta lucha interminable hemos convertido la bruma en nuestro refugio; en hogar, en ropaje que vestimos y abrazamos como abrazamos esta tierra indómita que nos hace duros ante la fatiga, resistentes, empecinados, difíciles de sorprender, capaces de sobrevivir con casi nada y prestos a combatir hasta vencer o morir.

La furia, como el desengaño, ha ido dejando paso a la pena. Esta a la preocupación y, por último, al perdón sincero.

El Rey produce ese efecto en mí. Si a nadie sé guardar rencor, en su caso tal emoción ni siquiera aflora en mi espíritu. Antes de la hora nona se había disipado mi enfado y cabalgaba cerca de él, deseosa de brindarle ayuda. A su lado iba Odoario, con quien compartía charla.

La espesura había perdido el combate frente a los campos, que se abrían, a ambos lados del camino, separados por lindes de pizarra negra. Grandes lascas alargadas de piedra fina, colocadas en posición vertical con el propósito de impedir el paso a osos, jabalíes, lobos y demás fieras capaces de arrasar cultivos o devorar ganados. Barreras levantadas a base de tenacidad por el hombre, en su empeño irrenunciable de doblegar una naturaleza feroz.

Y eso que por aquí el terreno se muestra más amable. Viendo el verdor de los pastos, deduzco que en invierno se librarán de la nieve. Todo es más llano, más benigno, menos áspero. De ahí que las aldeas se sucedan, arracimadas en las colinas circundantes.

Esta Gallaecia no es rica, pero dista de ser pobre.

Quiera el Altísimo que mi hijo haya encontrado en estos valles una comunidad dispuesta a cuidarlo, ampararlo en la necesidad, permitirle desarrollar sus talentos y brindarle el afecto que todo ser humano necesita.

Si hallo a Rodrigo en buena salud, si se me permite volver a gozar de su compañía, aunque solo sea una vez más, prometo solemnemente no volver a concebir los pensamientos mundanos en los que todavía me solazo. Prometo solemnemente gobernar con mano firme mis deseos. No puedo prometer abjurar de las creencias que anidan en lo más hondo de mis sentimientos, pero sí regir mi conducta por la regla estricta de un monasterio.

Si me devuelves a mi hijo pequeño vivo, Dios Padre todopoderoso, yo dedicaré a tu servicio el tiempo que me dejes vivir.

* * *

Don Alfonso y Odoario cabalgaban muy juntos, al paso, conversando en voz alta, pues el anciano prior de San Vicente ya no oye tan bien como quisiera.

—La obra de mi padre fue cruenta, aunque eficaz, a lo que se ve —iba diciendo el soberano.

—No os comprendo, señor.

—Estaba pensando en la feroz rebelión que hubo de combatir él a fin de pacificar este territorio e integrarlo definitivamente en el Reino. En la brutal depredación que se vio forzado a llevar a cabo con el fin de someter a esta población a su autoridad. Las crónicas han dejado constancia de esas campañas, aunque no reflejan su sentir.

—Un príncipe tiene el deber de velar por sus súbditos, majestad. Y eso es exactamente lo que hizo vuestro progenitor, justamente apodado el Glorioso. Sigo sin entender a qué obedecen vuestros escrúpulos.

—Muchos de esos súbditos perecieron bajo su espada con el fin de subyugar a los demás. A eso me refiero. Viendo la prosperidad que nos rodea, a pesar de las aceifas sarracenas, constato que esa violencia ha merecido la pena, pues Asturias es hoy mucho más fuerte y más vasta de la que recibió él en herencia.

—Os respondéis a vos mismo, señor. Vuestro padre no hizo sino seguir los pasos del suyo, el príncipe Alfonso, quien repobló la Gallaecia con refugiados venidos del sur cuya lealtad no estaría en duda. Las gentes de por aquí, a lo que se dice, eran levantiscas y únicamente seguían a sus caudillos.

—Lo sé, mi buen abad, lo sé…

—Desechad entonces vuestros recelos. El reino cristiano no podía combatir a los guerreros de Alá sin tener asegurada previamente su retaguardia. Vuestro padre sirvió la causa del verdadero Dios, tal como le imponía el deber de soberano. Podéis enorgulleceros.

Odoario ha evitado mencionar que ese príncipe es recordado, igualmente, por la aspereza de su carácter. Imagino que no querría agravar la angustia del Rey. Me ha sorprendido, no obstante, escuchar de labios de un clérigo semejante defensa de su conducta al servicio de Dios, dado el pecado cainita que se le achaca en voz baja.

Nadie se refiere a ese episodio en presencia de don Alfonso, como es lógico, aunque pocos lo ponen en duda. A decir de los enterados, mató a su hermano Vímara con sus propias manos, en un arranque de cólera.

Ya lo he dicho.

¿Será esa terrible verdad la que oprime el corazón de su hijo y heredero?

Sospecho que algo de eso hay, aunque por el momento no tengo modo de saberlo, ya que esa cuestión crucial no ha sido planteada en el transcurso de la conversación. El Rey se ha limitado a seguir el derrotero que le marcaba Odoario, rememorando la represión llevada a cabo por Fruela en estas tierras.

—Aun así, me pregunto cuán penoso le resultaría levantar el brazo contra sus hermanos en Cristo. Los vascones, a quienes depredó con similar fiereza, eran a la postre paganos reacios a reconocer la cruz. Y, además, una vez concluida la operación de castigo, desposó a mi madre, en el empeño de sellar con ellos un pacto de sangre merced al cual muchos de ellos han luchado conmigo en cada batalla contra los muslimes, aceptando de buen grado el vasallaje. ¿Pero los gallegos? Ellos eran cristianos antes incluso de que lo fuéramos nosotros...

—Eran cristianos, cierto, mas hostiles al poder de la corona; enemigos de vuestra estirpe; levantiscos. Y ningún reino se ha construido nunca sin recurrir a la fuerza. Para que la tierra dé frutos, es preciso que el arado penetre previamente en sus carnes. No hay recompensa sin sacrificio.

De nuevo ha llamado mi atención la vehemencia con la que Odoario, de natural tan contenido, tan bondadoso, defendía la causa de la guerra como mal necesario para la consecución de un bien mayor.

También él debe de haber notado el tormento interior del Rey, a quien intenta brindar toda la ayuda espiritual que precisa, a costa de ignorar sus propios escrúpulos de conciencia.

A diferencia de Danila, que alardea sin recato de su erudición, el abad siempre se ha mostrado humilde... hasta hoy. Al ver flaquear la confianza de nuestro señor, ha sacado fuerzas de la flaqueza que se refleja en sus profundas ojeras para despejar con elocuencia los temores que expresaba el monarca. Y a fe que su saber no desmerece el del escriba.

¡Cuán diferentes somos las personas entre nosotras, al margen del estamento que nos haya correspondido en el reparto!

—En todo caso, me congratula contemplar esta abundancia. —El Rey parecía haber recuperado algo de paz—. Solo me pregunto si mi padre, el Glorioso, llevaría a cabo su tarea con dolor o con gozo. Si sufriría o no arrebatando tantas vidas cristianas. Si derramaría esa sangre con remordimiento o, por el contrario, se dejaría embriagar por la euforia que produce la victoria total, el completo sometimiento del adversario.

—Tened la certeza, majestad, de que la aparición milagrosa del sepulcro del Apóstol es señal del cielo —lo ha tranquilizado Odoario—. El campo de estrellas, los prodigios que precedieron el hallazgo, el hecho mismo de que Santiago, nada menos que el Hijo del Trueno, eligiera esta tierra de la Gallaecia como lugar para el eterno descanso de sus restos mortales... Todos esos fenómenos juntos conducen a la conclusión de que Dios cabalga a vuestro lado.

—¿Eso creéis, mi buen abad?

—Estoy seguro, señor. El Altísimo ha querido bendecir Asturias con las reliquias de uno de los doce discípulos de Cristo porque nos sabe necesitados de su auxilio divino. Y no han sido hallados esos huesos sagrados en las proximidades del *finis terrae* por casualidad, sino como muestra de su apoyo a nuestra unidad en torno a la verdadera fe y a vos, nuestro único rey.

—¡Cuánto quisiera compartir esa certeza!

—Él está con vos, majestad. Está con su rebaño en este tiempo de tribulación, cuando los estandartes de la media luna amenazan no ya nuestro reino, sino a la Cristiandad entera. El Padre no ha de abandonarnos. La luz que ha encendido aquí brillará hasta en los últimos confines del orbe. Tened fe.

—No es fe lo que me falta, Odoario. Ella es la que me ha sostenido en esta interminable batalla. Sin embargo, he vivido lo suficiente para conocer a mis hermanos y mucho me temo que la fe no baste para mantenernos unidos eternamente.

—¿Quién será capaz de desatar lo que el mismísimo Dios ata con lazos tan sólidos? —El abad mostraba auténtica perplejidad.

—Esos dos pueblos, gallegos y vascones, son fieros guardianes de sus tradiciones, querido hermano. Leales únicamente a su linaje y sus caudillos locales. Tan indómitos como nosotros, o acaso aún más. Hoy nos unen la fe y un enemigo común, mas auguro un futuro azaroso a cualquiera que pretenda gobernarlos.

—Pero, señor, la división solo trae debilidad y derrota. Bien lo sabemos nosotros, después de que nuestros antepasados godos sucumbieran a la invasión sarracena en razón de sus disputas. Lo saben los francos, afligidos por las rencillas internas desde la muerte de Carlos el Magno. Hasta los adoradores de Alá sufrieron recientemente sus terribles consecuencias, para bien de nuestra causa.

—El hombre es el único animal que tropieza una y otra vez con la misma piedra, Odoario. No aprendemos. Acaso el apóstol Santiago sea el único maestro capaz de apaciguar esa rebeldía innata, cobijándonos a todos juntos bajo su sagrado manto.

* * *

La conversación entretenía la marcha, especialmente penosa en el barro provocado por el aguacero. Tanto nuestros pies como los cascos de las monturas se incrustaban en el lodo espeso, allá donde faltaba el empedrado; es decir, en la mayor parte de la vía. Cada paso se convertía en una proeza, causante de un cansancio rayano en el agotamiento a medida que avanzaba el día.

Una mula ha resbalado en un momento dado y se ha caído, esparciendo por el suelo su carga, que han tenido que recoger y recolocar varios siervos, entre imprecaciones sordas.

Las fuerzas están al límite.

Por almuerzo nos hemos contentado con pan rancio y queso de oveja, empapados, regados con sidra amarga. Nadie ha protestado.

Hoy no había capa, tela encerada o cuero capaz de resistir al torrente que derramaba sobre nosotros el cielo, a intervalos regulares seguidos de lluvia fina. Únicamente cabía apretar los dientes y continuar avanzando, siempre hacia poniente, tras las huellas del sol desaparecido.

Caminar y resistir, concentrando el pensamiento en el porqué de esta peregrinación. En el motivo que da sentido a tanto padecer innecesario.

A mí me cuesta encontrarlo, lo confieso, aunque he podido oír sin dificultad la batería de argumentos desplegada por el abad ante el Rey, mientras cabalgaban despacio, precediendo a mi asturcón, en la triste columna que formaba hoy nuestro cortejo.

* * *

—El camino de peregrinación es cosa muy buena, pero es estrecho. —El abad se esforzaba por desterrar cualquier duda del alma de don Alfonso—. Pues es estrecho el camino que conduce al hombre a la vida. En cambio, ancho y espacioso el que conduce a la muerte. El camino de peregrinación es para los buenos; carencia de vicios, mortificación del cuerpo, aumento de las virtudes, perdón de los pecados, penitencia de los penitentes, camino de los justos, amor de los santos, fe en la resurrección y premio de los bienaventurados, alejamiento del infierno, protección de los cielos…

En ese punto, creo recordar, se ha unido a ellos Danila, forzando a su cabalgadura que se había quedado rezagada, y pasando junto a mí sin dirigirme una mirada.

Odoario, como en un trance, proseguía con su prédica:

—El camino de peregrinación aleja de los suculentos manjares, hace desaparecer la voraz obesidad, refrena la voluptuosidad, contiene los apetitos de la carne que luchan contra la fortaleza del alma, purifica el espíritu, invita al hombre a la vida contemplativa, humilla a los altos, enaltece a los humildes, ama la pobreza; odia el censo de aquel a quien domina la avaricia. En cambio, del que lo distribuye entre los pobres, lo ama. Premia a los austeros y que obran bien. En cambio, a los avaros y pecadores no los arranca de las garras del pecado…[3]

La relación ha sido tan exhaustiva que pronto me ha hecho perder interés en el discurso.

Mi mente ha regresado involuntariamente a la conversación anterior y al príncipe Fruela. El Glorioso. El cruel. Un padre poderoso y lejano, antes dueño de su esposa que esposo. Un soberano implacable. Un gobernante feroz asesinado por los suyos.

¿Qué hay en esa figura que descompone de tal modo a mi señor? Tal vez debería preguntarme más bien qué hay en él de humano, porque en la respuesta a esa pregunta se encuentra seguramente el origen de las heridas que tienen aún hoy el alma de don Alfonso en carne viva.

Me ha venido a la memoria Bulgano, el sacerdote excomulgado que nos salvó a Índaro y a mí hace tantos años, cerca de la Libana, cuando el invierno y los lobos nos habían dejado al borde de la muerte. Él, siempre jovial, risueño, generoso con los demás y también consigo mismo, tenía buenas palabras para casi todo el mundo excepto para ese monarca.

De Fruela decía auténticas pestes, tildándolo de déspota, de tirano. Una decisión suya le había obligado a elegir entre la condición sacerdotal y la familia, forzándolo a renunciar a sus hijos y su mujer o verse encerrado en un cenobio, en las condiciones más duras.

—¿Cómo iba yo a abandonar a estas criaturas? —solía repetir, mirando con infinito amor a alguno de sus muchos retoños—. ¡O a mi hembra! Recogimos nuestras cosas y nos vinimos al bosque, donde Dios nos ha colmado con sus bienes desde entonces.

Bulgano acusaba a su rey de haber tomado una medida implacable sin causa justa ni motivo válido. Juraba y perjuraba que los magnates de la corte en Cánicas necesitaban explicar la derrota de las tropas cristianas ante los sarracenos y habían encontrado en los pobres curas de aldea los perfectos chivos expiatorios. Aseguraba que los habían culpado de corromper a la Iglesia con sus fornicaciones…

—¡Como si no se hubieran corrompido más con su simonía los obispos, los abades y todos los que medran a la sombra de los poderosos!

Bulgano no perdonaba a Fruela que cargara injustamente sobre las espaldas del clero bajo la culpa del desastre sufrido por el reino visigodo.

Lo cierto es que nunca he vuelto a conocer un tonsurado casado, ni con hijos reconocidos. Bulgano fue el único. Ninguno de los reyes posteriores a Fruela rectificó esa disposición despiadada, que privó de techo y de pan a millares de mujeres y niños, condenándolos a morir en la miseria. Mujeres y niños completamente inocentes.

Tampoco mi señor.

Es más, él mismo abrazó voluntariamente la castidad, sin haber tomado los hábitos, a fin de dedicarse en cuerpo y alma al Reino.

Cuanto más lo pienso, más me convenzo de lo dichoso que habría sido en Sámanos, alejado de cualquier tribulación. Claro que a ninguno nos es dado escoger cuál será nuestro destino. ¿No es cierto?

La voz de Danila, engolada al modo que adopta cuando pretende eclipsar a Odoario, me ha devuelto a la realidad de ese tiempo. Debía de sentirse celoso o amenazado en su posición por la intimidad compartida entre el soberano y el abad, porque estaba recurriendo a un alarde de retórica destinado a demostrar la superioridad de sus conocimientos.

—Adán es considerado como el primer peregrino, pues por haber traspasado el precepto de Dios tiene que salir del Paraíso y es desterrado de ese mundo. El patriarca Abraham fue peregrino, pues de su patria marchó a otro país, por haber dicho el Señor: «Sal de la tierra y de entre tus parientes y ven a la tierra que te mostraré». También los hijos de Israel fueron peregrinos, pues desde Egipto van a la tierra de promisión, por diversas pruebas de trabajos, guerras y calamidades.

—Si es por guerras y calamidades —ha replicado don Alfonso—, yo también fui peregrino mucho antes de este día.

—Y como tal alcanzaréis un lugar en el cielo, a la diestra de Jesucristo, junto a los hijos de Zebedeo, majestad. Os sentaréis a Su mesa al lado de Santiago y Juan. Vos nada tenéis que expiar. ¡Todo lo contrario!

Quien acababa de hablar era Odoario, sinceramente convencido.

El abad ama al Rey tanto como el Rey al abad. Juntos han recorrido no solo este camino arduo, sino el de la vida. En sus palabras no he visto afán de adulación o servilismo, sino cariño y admiración. Sentimientos similares a los que alberga mi propio corazón, por más que en mi caso se una a ellos un deseo inconfesable, que jamás encontraría cabida en el suyo.

—En todo caso, acepto gustoso la mortificación de este viejo cuerpo si es por la salvación de mi alma —ha dicho el Rey con humildad.

—Nuestro Señor Jesucristo mismo —le ha interrumpido Danila, ávido por recobrar el protagonismo—, después de resucitar de entre los muertos, al volver a Jerusalén, fue peregrino, pues como tal lo reconocieron los discípulos al decirle: «Tú eres el único peregrino en Jerusalén». Y peregrinos fueron igualmente los apóstoles…

La letanía se ha tornado tediosa. Los dos clérigos pugnaban por ver cuál de ellos citaba a una autoridad más elevada, a un padre de la Iglesia situado más arriba en la escala del prestigio.

Danila ha vuelto a mencionar a Egeria, explayándose en detalles sobre lo que vio en Tierra Santa, mientras el abad optaba por ahondar en los Hechos de los Apóstoles y, en particular, en los de aquel cuyas reliquias guían nuestros pasos cansados.

—Si Santiago, sin oro ni calzado, fue peregrino por el mundo y finalmente, degollado, subió al Paraíso, ¿qué podemos hacer nosotros sino renunciar a lo material y compartir lo que tenemos con los más pobres y necesitados?

* * *

El Rey parecía haber recuperado algo de sosiego cuando se ha retirado a descansar, hace un rato, por lo que deduzco que de algo bueno han servido las homilías de los frailes. Ahora parece dormir plácidamente.

Yo termino de compilar este itinerario e intentaré después conciliar el sueño, ignorando la inquietud que se apodera de mí en cuanto pienso en Rodrigo.

Una voz interior cada vez más débil sigue susurrándome que me dé prisa, que corra a su encuentro lo antes posible, porque el tiempo se nos agota. Su rostro y los de sus hermanos se van desdibujando en mi recuerdo a medida que pasan los años, pero mi sentimiento hacia ellos permanece intacto. Idéntico al que me inspiraban cuando los tenía en mis brazos.

Si Rodrigo constituye el impulso que me incita a seguir adelante a pesar del agotamiento, y Fáfila acudió de forma vívida a mi memoria al atravesar las cumbres que nos sirven de murallas, hoy he tenido especialmente presentes a Froia y a Eliace. También a ellas.

Dios nos concede a las mujeres la gracia incomparable de la maternidad, para infligirnos después la pena de ver marchar a los hijos. Lo cual es tanto como amputarnos un miembro. O un pedazo del corazón; el más querido.

A Froia, la mayor, la veo a menudo, pues comparte una existencia apacible en sus dominios cercanos a Ovetao en compañía de su marido, antiguo escudero de mi difunto esposo. Ocho nietos llegaron a darme, de los cuales viven cinco, la alegría de mi vejez. Ella es la única que permanece a mi lado.

¿Cuánto hace que no recibo noticias de Eliace? ¡Mucho! Rezo a menudo al Señor para que la guarde de todo mal.

Se desposó con un conde de Pompaelo, llamado Tellu, a quien su padre había conocido combatiendo al sarraceno. El suyo fue un matrimonio concertado con el fin de tejer lazos de amistad entre nuestras respectivas familias, unidas en el deseo de plantar cara al invasor en lugar de someternos a él. Confío en que la dejáramos en manos de un caballero y no de una bestia como la que vimos juzgar hace algunos días en Lucus.

Tellu pertenecía a un clan rival al de Íñigo Arista, aliado del godo renegado llamado por los moros Banu Qasi. A decir de Índaro, era un hombre de honor además de un temible guerrero. Eliace acababa de abandonar la niñez. Iba a su nuevo hogar tan llena de ilusión como de miedo.

La condujimos hasta la casa de su esposo transportando en carros el generoso ajuar establecido en el correspondiente acuerdo matrimonial, y asistimos a su boda, celebrada con gran alegría. Después partimos, dejándola en manos de ese marido a quien acababa de ver por primera vez.

No he dejado de preguntarme, desde entonces, si la tratará con el respeto debido a su rango. Si la hará feliz.

Me consuela la memoria de una oda cantada a coro por los asistentes al convite de sus esponsales. Una canción dedicada a ensalzar las virtudes de mi hija, entonada con esas voces graves, naturalmente armoniosas, características de los vascones:

Bellísima, escucha las melodías que con sus agradables instrumentos te dedican los que te sirven, para que los atiendas.

Piden, sierva de Dios, que seas dichosa y protejas a
los huérfanos y a los pobres y resultes grata a todos tus
compatriotas...

¡Ojalá se hayan cumplido esos votos!

Con el paso de los años, las ausencias duelen cada vez más, como les ocurre a los huesos. Al igual que estos, ganan peso. Se agrandan. Una ve crecer el vacío que han ido dejando a su alrededor los que marcharon, ya fuera de su lado o de este mundo, y se dice que su vida se compone ya principalmente de recuerdos.

Pero ¿qué diablos me sucede hoy?

Partí de Ovetao con el firme propósito de convertir esta peregrinación en una aventura apasionante y hoy me descubro rindiéndome.

¡Alana, lucha!

Me queda mucha vida por vivir, muchos sueños por soñar, mucho amor que regalar, mucho por descubrir, aún más por aprender y relatar. Lo mejor siempre está por venir.

Rodrigo me aguarda en Iria Flavia, a esa esperanza he de aferrarme. Abandonar esa convicción es sucumbir al enemigo que todos llevamos dentro. El peor de cuantos hemos de afrontar.

* * *

La noche ha caído sobre nosotros y apenas me queda luz. Esta es una capilla humilde donde no hemos encontrado velas. Únicamente un par de lámparas de saín que pronto se apagarán. Es hora de ir terminando.

Don Alfonso descansa cerca del altar, tendido sobre un lecho de pieles. A su lado, junto al muro sur, se han acurrucado los frailes. En el extremo opuesto, no muy lejos de donde estoy yo, se encuentran el conde Aimerico y su hija, a quien parece regañar con dureza, sin necesidad de gritos.

Por las palabras que alcanzo a entender, le reprocha no haber sido capaz de ganarse el favor del Rey, tal como tenían planeado. Estamos muy cerca ya de Iria Flavia, dice, y don Alfonso parece más distante de ella que nunca. Él se muestra defraudado y yo, indignada.

Me cuesta contener las ganas de acercarme a ese ambicioso arrogante y decirle cuatro cosas. Lo haría, de hecho, si no fuese por la certeza de que esa defensa mía no ayudaría en absoluto a Freya. Antes al contrario, azuzaría la ira del magnate, que se volvería inevitablemente contra ella, quién sabe con qué consecuencias.

Los tiempos han cambiado. Las mujeres hemos de aceptar ocupar nuestro espacio, sin interferir en los asuntos de Estado. Y la boda que pretende el conde entra de lleno en ese campo.

—Otras mejores que yo lo intentaron en vano, padre.

—¿Mejores que tú? ¿Acaso te atreves a despreciar mi linaje? Tú no has sabido llegar hasta su corazón, eso es todo. La culpa del fracaso es tuya y solo tuya.

—Así es, padre. No he sabido…

Pobre criatura abocada a cumplir una misión imposible. Parecía muy abatida. ¿Qué culpa tendrá ella de que el soberano haya elegido la castidad como forma de vida? Nadie conoce las razones de esa elección. Tal vez ni siquiera el propio don Alfonso sepa exactamente su porqué. ¿Qué podría hacer Freya para cambiar una decisión que no alteró ni el emperador Carlos el Magno, ofreciendo en matrimonio a su propia hermana?

Cuando la oscuridad ha invadido la capilla, ella ha venido hasta mí en busca de cobijo. Lloraba, tapándose la boca con un pañuelo, tratando de no hacer ruido.

—¿Debería decirle la verdad, dama Alana?

—¿Qué verdad, hija?

—Que amo a otro hombre. A Claudio.

—Todo a su debido tiempo, Freya. No es el momento. Ni siquiera tienes modo de saber con seguridad si realmente sientes lo que crees sentir hacia ese viudo, o se trata de un capricho pasajero.

—¿Y cuándo llegará ese momento, si es que llega algún día? Mi padre tiene razón cuando dice que apenas nos queda ya margen. Estamos llegando a Iria Flavia y pronto regresaremos a la corte.

—¿Y si te equivocas? ¿Y si no es Claudio el marido que más te conviene?

—El corazón no me engaña, dama Alana, ni entiende de conveniencias.

—En tal caso, ten paciencia. Sé que no resulta fácil, tratándose de una virtud que se adquiere con los años, pero no tienes alternativa. Muéstrate paciente y prudente. Confía en mí. Espera. El tiempo será tu aliado.

—¿Y vos?

—Yo hablaré con el Rey. Si logro convencerle a él, el conde no tendrá más remedio que plegarse a tu voluntad. Entre tanto, asegúrate de acertar con aquello que deseas, pues una vez conseguido no podrás echarte atrás.

12

Un sueño atormentado

Junto a un arroyo de agua helada
Festividad de San Fermín

Ya casi hemos llegado. El bosque donde acaeció el prodigio está prácticamente a la vista, a la vuelta de un último repecho.

Antes de que se ponga el sol en el mar, concluyendo el recorrido que hemos seguido desde Ovetao, nos encontraremos con Teodomiro en la cima de un monte cercano, a fin de recorrer juntos el tramo final del camino que conduce hasta el sepulcro.

El obispo y su séquito viajan desde Iria Flavia, situada algo más al sur, en la costa. Según nos han informado los soldados enviados ayer a establecer contacto con ellos, apenas nos separa un puñado de millas.

¡Me corroe la impaciencia y a la vez siento escalofríos!

Ahora que están a punto de desvelarse todos los misterios, una parte de mí desearía detener el tiempo. Parar el mundo. Congelar este instante en una eternidad esperanzada, carente de certezas, sí, pero también de riesgos. El de sucumbir al dolor si, en lugar de mi hijo Rodrigo, lo que me espera al llegar a esa tumba es la nueva que tanto temo.

* * *

Nuestra comitiva ha hecho un alto en esta llanada, a la vera de un arroyo, con el fin de permitirnos asearnos un poco. Don Alfonso ha insistido en ello, a pesar de la prisa que le embarga, pues ansiaba cambiar su túnica mancillada de barro por otra digna de su persona y su rango.

En contra de lo que piensan de nosotros en Corduba, el Rey no osaría postrarse a los pies de unas santas reliquias sin antes purificar su cuerpo tanto como su alma. Quienes le acompañamos en esta peregrinación, tampoco.

Estoy sentada sobre una roca, en un bosquecillo algo apartado, redactando estas líneas en mi manuscrito mientras el Rey se confiesa al oído de Odoario, después de haberse acicalado con esmero.

Hoy ha amanecido temprano, terriblemente excitado por un sueño atormentado que había ennegrecido su noche. Le ha costado compartirlo con nosotros, dada su tendencia natural a ocultar cualquier emoción, pero ha terminado contándonoslo, a fin de que le ayudáramos a interpretar su significado. No ha resultado ser una tarea fácil.

De todos es sabido que los espíritus de nuestros seres queridos se comunican con nosotros de esa forma, mientras dormimos, cuando acontece algo extraordinario de lo que precisan advertirnos.

Los sueños construyen el puente que une este mundo con el más allá, aunque las gentes, en general, recelen al ver en ellos a quienes han muerto. Algunos lo consideran un pésimo augurio, convencidos de que los difuntos solo regresan a nosotros como emisarios del demonio. Otros aceptan escucharlos, venciendo el miedo, pues se resisten a pensar que aquellos a quienes amaron vuelvan para hacerles daño.

Yo me inclino por abrazar esta segunda opinión; la que ve en nuestros seres queridos ángeles que nos alumbran y guían, tal como hicieron en vida. En más de una ocasión a lo largo de los años he tenido ocasión de comprobar que ese es exactamente su cometido, aunque no sería capaz de aportar prueba alguna de lo que afirmo. ¿En qué podría apoyarme para demostrar algo basado en experiencias tan íntimas?

Sea como fuere, a cualquiera de nosotros le turba profundamente una visión semejante. Nadie en su sano juicio decide voluntariamente abrir puertas que llevan tiempo cerradas, y don Alfonso no es una excepción.

Al salir de su tienda, rayando el día, el Rey se mostraba inquieto, dubitativo. Se le notaba ansioso por recibir el consuelo de una explicación a lo inexplicable, a la vez que atenazado por el temor de dar crédito a lo que los clérigos denominan supersticiones paganas.

Yo lo respeto demasiado como para osar contradecirle, pero constato que vivimos rodeados de misterios insondables. De criaturas y fenómenos mucho más complejos de lo que alcanzan a ver nuestros ojos o nos es dado comprender en base únicamente a la razón.

¿De qué manera sortear las sorpresas que nos depara cada nuevo día o los flagelos que a menudo nos azotan, si no es apelando al saber antiguo aprendido de mi madre? ¿Cómo entender, por ejemplo, la desaparición de tantos niños en el bosque, sino por la certeza de que existen seres sin nombre, sin cuerpo visible, malignos, cuyo único afán es arrebatárnoslos?

No seré yo quien niegue lo que los hechos afirman. A lo sumo, me obligo a morderme la lengua. Y eso es lo que he hecho esta mañana, mientras mi señor desahogaba ante nosotros su angustia.

Los sueños tienen su propio lenguaje, difícil de comprender e incluso de relatar. El soberano había vivido el suyo con inusitada intensidad, tal como reflejaban sus ojos enrojecidos. Necesitaba hallar alguna luz capaz de darle sentido. Dado que es hombre piadoso, se ha dirigido especialmente a Odoario y Danila en busca de su consejo, aunque dignándose prestar oído al parecer de los demás.

Tal como cabía esperar, cada uno de nosotros ha manifestado una opinión distinta.

* * *

Pero sigamos el orden natural de las cosas y vayamos al comienzo de este día soleado…

A mí me ha despertado el humo.

He abierto los ojos en el interior de la ermita que ayer nos brindó tan cálido refugio, alumbrada por la tenue luz que atravesaba la puerta, sin saber bien dónde estaba. Este agotador trajín hace que resulte un poco difícil orientarse. Hoy aquí, ayer en otro lugar, mañana quién sabe dónde… Me encontraba perdida. Además, cosa rara, Freya hoy no estaba a mi lado. Hoy he sido yo quien ha remoloneado, hasta que la humareda procedente del exterior me ha hecho amanecer entre toses.

Fuera no ardía el bosque, como en un principio he temido, sino dos hogueras prendidas por los siervos, aún de noche, con dos propósitos distintos. Junto a una de ellas, levantada con grandes troncos de castaño que rezumaban humedad, se alzaban varios tenderetes rudimentarios donde nuestra ropa empapada de la víspera había sido puesta a secar. En la otra, algo más alejada, Adamino preparaba el desayuno: gachas de escanda, aderezadas con tocino y algo de magro, capaces de resucitar a un muerto.

Una vez despejada la cabeza y desentumecidos los huesos, me he reunido con los demás en torno al fuego, dispuesta a dar buena cuenta del potaje contenido en un pesado puchero depositado sobre un taco de madera, a ras de suelo.

El Rey, sentado a la usanza mora sobre un cojín, había empezado a comer en su propia escudilla, sirviéndose de una cuchara de plata. Los demás hundían sus cucharones de madera en el perol, soplando tras cada incursión para evitar quemarse los labios.

No he alcanzado a saludar, ni a excusarme por mi tardanza, porque justo en ese momento el soberano había empezado a narrar lo sucedido en su fantasía.

—... Él me llamaba al rescate desde una isla rodeada de agua púrpura. Un vasto océano de sangre que amenazaba con ahogarle.

—¿Estáis seguro de que se trataba del príncipe Fruela, señor? —ha inquirido el abad.

—Lo estoy. Mi padre murió asesinado siendo yo un niño de corta edad, pero conservo un recuerdo claro de su rostro de piel morena, sus ojos celestes, su voz rota y sus manos callosas. Era él quien pedía auxilio. No hay duda.

—San Agustín nos enseña que Dios se vale de los difuntos para llevar mensajes a los vivos —ha terciado el escriba—. Gregorio Magno, a su vez, nos habla del Purgatorio, donde aguardan las almas de quienes, sin haber alcanzado por mor de sus obras el cielo, tampoco merecen arder eternamente en el infierno. Acaso vuestro padre apelara a vos desde allí.

—¿El príncipe Fruela a las puertas del infierno? ¡Qué disparate!

Aunque nadie le hubiese preguntado, el conde Aimerico tronaba:

—El padre del Rey aquí presente, que Dios guarde muchos años, fue un gran soberano y mejor guerrero. Expandió las fronteras del Reino. Pacificó a vascones y gallegos. En Pontuvio, a dos pasos de donde nos encontramos, combatió a la hueste cordobesa en batalla campal, dando muerte a incontables sarracenos. A su capitán, un tal Umar, capturado vivo, en el propio lugar lo decapitó con sus manos.[1] ¿Cómo habría de escatimar Dios su misericordia a quien tan bien sirvió su causa?

Sin pretenderlo, el conde acababa de emplear una expresión sumamente desafortunada, que únicamente el propio don Alfonso se ha atrevido a contestar, en tono fúnebre.

—Con sus propias manos, Aimerico. Tú lo has dicho. Exactamente así mató él a su hermano Vímara.

Un silencio denso como el humo de las hogueras se ha abatido de golpe sobre nosotros. La magnitud de esa revelación era tal, que durante unos instantes nadie ha osado hacer un ruido.

Se sabía, desde luego. El crimen cainita cometido por Fruela era conocido en la corte, y aun fuera de ella, donde ese fugaz soberano, que reinó poco más de dos lustros, nunca gozó precisamente de las simpatías del pueblo. Pero de saberlo a verlo confirmado por su propio hijo, con esa crudeza… el trecho era enorme.

Por fin don Alfonso escupía el hueso que lleva tanto tiempo clavado en su garganta. Por fin liberaba su espíritu de esa abrumadora carga. Acaso fuese exactamente eso lo que trataba de decirle su padre. Que permitiera a su voz aliviar el peso de esa culpa ajena, soportada como propia sin necesidad alguna de hacerlo. Que se desprendiera de ella para siempre.

¿Quién puede afirmarlo con certeza?

Tras una pausa interminable, durante la cual no podíamos ni mirarnos a la cara entre nosotros, ha sido Danila quien ha roto el fuego, con esa tranquilidad suya que jamás se descompone:

—Si, como parece probable, el alma de vuestro progenitor se encuentra en el Purgatorio, es posible que suplique de vos penitencia y sufragios suficientes para alcanzar el perdón de sus pecados. Vuestra conducta, majestad, podría redimir la suya. Al fin y al cabo, sois su único hijo… ¿Recordáis cuáles han sido sus palabras exactas?

—Apenas ha dicho nada. —Don Alfonso hablaba quedo, como sumido en un trance—. Solo pedía ayuda, con desesperación, mientras la sangre iba ascendiendo lentamente por la orilla, hasta llegarle a la boca. Un inmenso océano. ¡Es tanta la sangre por lavar! Sangre cristiana, sangre de su misma sangre…

—Y sangre infiel que ha de pesar a su favor en la balanza del Supremo Juez, majestad —ha saltado de nuevo Aimerico—. No os atormentéis en vano. Dios se apiadará de su alma, aunque solo sea por sus muchas victorias frente al sarraceno. Digan lo que digan las habladurías, el príncipe Fruela superó a vuestro abuelo en bravura, habilidad para el gobierno y firmeza. No lo olvidéis nunca.

—Rezad por su eterno descanso, señor. —Odoario parecía profundamente afligido viendo sufrir de tal modo al soberano—. Arrepentíos en su nombre. Ofreced misas por su salvación. La misericordia del Altísimo es infinita. «Quien esté libre de culpa, arroje la primera piedra», dice la Sagrada Escritura. Todos somos pecadores.

Yo escuchaba, con ojos y oídos bien abiertos, sin atreverme a intervenir. Lo mismo hacía Freya, visiblemente horrorizada. Escuchaba, preguntándome cómo sería en realidad ese rey sanguinario a quien no llegué a conocer. Cuáles serían los motivos que le llevaron a emular a Caín y mancharse las manos con la sangre de su hermano.

Nadie comete una acción tan abominable sin razones de mucho peso. ¿Cuáles serían las suyas? ¿Por qué ninguno de los presentes se refería a ellas? ¿Las daban todos por sabidas o simplemente asumían que no hay causa que justifique una atrocidad semejante? ¿La hay?

Tal vez…

¿Quién sabe si Vímara trató de arrebatar a su primogénito el trono que por derecho le correspondía y fue en virtud de esa traición ajusticiado? Yo lo ignoro. Se me ocurre, no obstante, que acaso el tardío nacimiento de don Alfonso desatara la tragedia que convirtió a su padre en fratricida. Porque mientras el príncipe careció de herederos legítimos, su hermano pequeño podía aspirar a sucederle. Una vez desposada la antigua cautiva, Munia, y nacido de ella un varón sano, las esperanzas de Vímara se desvanecían.

¿Lucharían por el poder esos dos fieros soldados y ganaría limpiamente el más fuerte? No es descartable en absoluto. De haber vencido el benjamín, en todo caso, mi señor don Alfonso le habría seguido de inmediato a la tumba. Eso es seguro.

¿Y si el muerto hubiera urdido previamente una conjura junto a otros magnates de Cánicas, con el fin de asesinar al soberano legítimo? El magnicidio se consumó, de hecho, algunos años más tarde. Me parece lícito pensar que Fruela pudiera descubrir esas intrigas y ponerles fin de un modo tan drástico como efectivo. ¿Quién se lo reprocharía? ¿No justificaría cualquier hijo de mujer que un príncipe traicionado por otro de su misma estirpe se encarara con el felón y le quitara la vida con sus propias manos, sin delegar tan penoso quehacer en el verdugo?

De haber acontecido así las cosas, el padre de mi señor no habría sido el primero en actuar como lo hizo Fruela, ni tampoco será el último. La ambición lleva a los hombres a perpetrar vilezas atroces. Tantas como la envidia; el dolor del bien ajeno, más agudo y corrosivo cuanto mayor es el bien envidiado.[2]

Seguramente debería haberme callado y cedido a los varones todo el protagonismo, dada la naturaleza política del asunto tratado. Es exactamente lo que ha hecho Freya, educada por un conde godo. Sin embargo, el amor que profeso a mi rey, unido a mi natural impertinencia de mujer astur, me han llevado a expresar una opinión propia, destinada a brindarle consuelo.

—Estamos en la tierra que vuestro padre bañó en sangre, cierto, lo que explica la visión que habéis tenido de él en sueños. El tiempo ha demostrado, no obstante, que esa sangre ha dado abundantes frutos en provecho del Reino y de la Cristiandad. Sosegad vuestra inquietud, señor. No siempre resulta sencillo interpretar la voluntad de Dios.

—Convengo con dama Alana —me ha secundado de inmediato Odoario—. Es más, diría que vuestro sueño constituye un augurio inmejorable en lo que atañe a esta peregrinación. No puede resultar casual que el príncipe Fruela requiera vuestro auxilio de un modo tan elocuente precisamente ahora, cuando estamos a punto de alcanzar el lugar donde tantos prodigios señalan la presencia de unas reliquias pertenecientes nada menos que al apóstol Santiago.

—Coincido con el abad —ha añadido Danila, solemne—. Si hemos de creer a san Agustín, y el Altísimo se vale de vuestro difunto padre para enviaros un mensaje, este no puede ser otro que animaros a depositar vuestra fe en la intercesión del amado discípulo de Cristo.

De nuevo se ha hecho el silencio. El Rey sopesaba lo que acababa de oír. Nadie comía ya, pese a quedar abundante potaje aún caliente en el perol. Habíamos perdido el apetito, cautivados por el alcance de la conversación. Aguardábamos, expectantes, la respuesta de nuestro señor, quien finalmente ha inquirido:

—¿Convencerá el Apóstol a nuestro Padre Celestial para que perdone al mío, cuyo espíritu no encuentra descanso?

Más que una pregunta, era el ruego de un huérfano angustiado.

—¿Quién si no podría hacerlo? —Danila se ha esforzado por sonar tan convincente como convencido—. El Hijo del Trueno se sienta en la morada eterna a la diestra de Jesucristo, junto a su hermano, san Juan. No hay abogado mejor ni más poderoso que él.

—Abandonad toda duda —ha remachado el clavo Odoario—. Postraos a los pies del santo e implorad su ayuda. Él os escuchará y abogará por vuestro padre ante el Juez Supremo. Por él y por todos nosotros.

Desde el primer día de camino, el abad de San Vicente ha sido el más firme valedor del milagro que nos ha traído hasta aquí.

«Si la fe no basta, ¿qué podrá convencernos?», recuerdo haberle oído responder al Rey hace días, cuando este expresaba su temor a ser víctima de un engaño y demandaba pruebas sólidas.

Comparto cada una de esas palabras.

Sin fe, habríamos sucumbido hace tiempo a la dominación sarracena.

Fe es lo único que hemos tenido siempre, y a menudo contra toda razón o cálculo. Contra la más elemental sensatez.

Fe en Dios, en el Rey, en el Reino y en nosotros mismos.

Fe en nuestros hijos, llamados a heredar esta tierra sagrada de los astures.

Fe en la victoria.

Fe en nuestros capitanes.

Fe en la fuerza de un pueblo indómito.

Fe en las montañas que nos guardan.

Fe en nuestra determinación de resistir.

A partir de ahora, también, fe en la protección y la guía de este apóstol, el Hijo del Trueno, venido desde tan lejos a traernos esperanza.

* * *

Antes de ponernos en marcha, don Alfonso ha mandado decir una misa oficiada por el abad. Una ceremonia corta, destinada, creo yo, a poner a mi señor en paz con los temores que nublan su alma.

Una vez a lomos de Gaut, escoltado por su inseparable Nuño, seguido a su vez de Cobre, se le veía aliviado. El sol arrancaba destellos a su loriga plateada, a juego con el color de su melena y su barba. Iba muy erguido en la silla, como es propio de un caballero, mascando reflexiones en silencio, con una leve sonrisa en los labios. Tranquilo.

En la oscuridad de la noche, rodeados solo de tinieblas, nuestros pensamientos cobran una fuerza inusitada. Ajenos a las distracciones que trae consigo el día con su forma y sus movimientos, se agigantan hasta adueñarse de nuestras cabezas. Si son alegres, si versan sobre proyectos o recuerdos hermosos, hacen de esa oscuridad una estancia cálida en la que recogerse a reposar. En caso contrario, la convierten en mazmorra sin escapatoria posible.

Tengo para mí que el Rey llevaba varias jornadas preso de

esas ideas funestas, plasmadas finalmente en lo sucedido esta última noche. Su padre debió de penar largamente antes de poder alcanzar su corazón dormido. ¡Sabe Dios qué tortuosas sendas habrían de recorrer uno y otro en el empeño de encontrarse!

Únicamente don Alfonso y el difunto príncipe Fruela poseen el secreto del mensaje exacto transmitido a través de ese mar de sangre, pues la única llave capaz de abrir ciertas cerraduras es el amor que no muere; ese vínculo imperecedero que nos transmite la familia y a veces, en contadas ocasiones, la devoción incondicional hacia la persona que nos estaba predestinada. En ese amor, incomparable a cualquier otro sentimiento, radica el misterio de los sueños.

¿Se habrá reconciliado definitivamente el hijo con la memoria de ese príncipe a quien apenas conoció?

Yo nunca llegué a creer del todo que el padre de mi soberano fuese realmente un fratricida. No podía concebir que un hombre tan sabio como don Alfonso, tan justo, tan mesurado, tan piadoso y contenido, llevase en las venas sangre capaz de cometer un acto de esa naturaleza atroz. No, cuando menos, sin una razón de mucho peso. Ahora creo saber por qué lo hizo, y con la misma lucidez comprendo cuánto dolor ha causado a mi señor ese crimen.

Solo un tormento así, soportado en soledad, aclara actitudes y decisiones que hasta ahora escapaban a mi entendimiento. La ausencia de alegría en su entorno. Su tendencia natural a la melancolía. Esa negativa obstinada a contraer matrimonio y tener hijos; a engendrar un heredero imprescindible para la estabilidad del Reino.

¿Quién no temería traer hijos a este mundo habiendo recibido semejante ejemplo de su propio padre? La confirmación de ese terrible peso explica también su férrea perseverancia en la castidad, escogida seguramente como vía de expiación a la vez que barrera infranqueable a la posibilidad de ver reproducido en su progenie el estigma de Caín.

En ese momento he pensado que solo su confesor habría oído de labios de mi señor el tormento sufrido al resistir a las tentaciones, cargar con tan abrumadora culpa o sentirse responsable de la salvación de un alma condenada por el peor de los pecados. No podía sospechar que unas horas después el propio don Alfonso me abriría a mí la espita de su dolor. Apenas empezaba a entrever el calvario por el que ha pasado ese hombre.

Mi rey, tan fiel cumplidor de los mandamientos divinos, abocado a honrar la memoria de un pecador como Fruela.

Él, llamado a reinar y luchar hasta la extenuación en este tiempo turbulento, privado no solo de la guía paterna y del cariño de una madre, sino de hermanos en los que poder descansar y hasta de un modelo de conducta que imitar.

Él, solo con su enorme responsabilidad desde la más tierna niñez, enfrentado a constantes peligros.

Él, capitán de la hueste cristiana, descendiente de un asesino…

Ahora sé que no mentían ni exageraban quienes susurraban aquello de que la Providencia pagó a Fruela con una muerte similar a la que él infligió a su hermano, haciéndole perecer violentamente a manos de los suyos.

No puedo imaginar siquiera el sufrimiento que esos hechos horribles habrán causado a mi soberano a lo largo de su existencia. Y si antes de hoy ya le admiraba, le amaba y le veneraba por su valor y su probidad, la revelación oída de sus labios no ha hecho sino reafirmar mi lealtad inquebrantable y mi amor.

Él siempre supo y, pese a saber, calló. Padeció en soledad ese tormento. ¡Espero de todo corazón que su penitencia haya acabado!

* * *

Ante mí han cabalgado buena parte de la mañana los dos clérigos y el conde, cuya charla continuaba la mantenida con el Rey
durante el desayuno. Freya iba a mi lado, silenciosa, escuchando al igual que yo. Su padre, Aimerico, llevaba la voz cantante.

—Poner en cuestión la magna obra de Fruela raya la traición al Reino. Él fue quien lo consolidó, a costa de ingentes
esfuerzos. Vosotros, siervos de Dios, deberíais ser los primeros en agradecer su ferocidad.

—¿Y quién dice que no lo hacemos? —ha respondido
Danila, altivo—. Ese príncipe no solo venció a los infieles,
sino que fundó monasterios e iglesias en los que se dio cobijo
a los cristianos prófugos y hoy se ensalza el nombre de Dios.
Además, desterró la infame lujuria que corrompía a la Iglesia,
lo que dista de ser baladí. A buen seguro cruzará sin tardanza
las puertas del cielo.

He supuesto que se referiría a la prohibición de que los
sacerdotes vivieran con sus esposas e hijos, como era costumbre antes de él. Los castigos impuestos a quienes infringen la
norma son de tal severidad, que no ha vuelto a verse a un
tonsurado amancebado con una mujer, al menos a la luz del
día. Azotes, cepo y reclusión a perpetuidad son penas capaces de disuadir al más recalcitrante.

Al conde Aimerico, no obstante, la corrupción de la Iglesia parecía importarle menos que el futuro de Asturias.

—¿En verdad creéis que ese apóstol ha revelado su presencia entre nosotros con el propósito de infundirnos ánimo,
empezando por el Rey?

—El Hijo del Trueno llevaba siglos descansando en la tierra donde hizo apostolado —ha respondido, con humildad,
Odoario—. Ahora el Señor ha decidido conducirnos hasta

sus reliquias, señalando su emplazamiento a través de cuantiosos prodigios, por razones que únicamente Él conoce.

—La Cristiandad vive momentos dramáticos —ha añadido el escriba—. Las formidables huestes muslimes no solo amenazan a nuestro pequeño reino, sino que acechan a la espera del mejor momento para abalanzarse sobre los francos y proseguir su conquista hacia el norte. Asturias debe resistir por el bien del verdadero Dios. De ahí que, en su infinita bondad, nos haya enviado con Santiago Apóstol a un capitán invencible.

—Así sea, y ese capitán logre sellar definitivamente la unión de los pueblos llamados a combatir bajo su estandarte —ha concluido Aimerico—. Porque sin esa unidad, sin la fortaleza que otorga la obediencia a un único rey, no habrá un mañana para nuestra gente.

* * *

Todo el trayecto hasta donde nos encontramos ahora lo hemos hecho a caballo, bajo un cielo amable y limpio. Por encima de nuestras cabezas el viento arrancaba a los árboles notas apaciguadoras. Una melodía extraña, entre silbido y susurro, que ha ido calando en mi espíritu hasta llenarlo de sosiego.

La vida brotaba por doquier, en una infinidad de tallos llamados a convertirse en bosque. Sobre una rama baja, justo en la intersección con el tronco, un pájaro carpintero de vivas tonalidades horadaba la corteza de un castaño, a golpecitos secos, mientras en la lejanía se oían los ladridos de un perro, cumpliendo con su deber. Alertaba a su amo de nuestra presencia, ruidosamente, mucho antes de que fuéramos visibles a sus ojos.

Sus voces me han hecho mirar al mastín del Rey, repleto de cicatrices de guerra, preguntándome quién será en realidad esa criatura cuya lealtad no encuentra parangón ni entre los hombres más entregados.

En el castro, los ancianos solían decir, entre murmullos, que los espíritus de los difuntos no siempre regresaban a nosotros con su forma humana, como en el sueño de don Alfonso, sino con apariencias diversas. A menudo, la de un animal.

Ya he dejado escrito en este pergamino lo presuntuoso que me parece ignorar, sin más, la sabiduría antigua de esas gentes. ¿Por qué no dar crédito a su testimonio?

Una abuela a quien mi madre preparaba un ungüento especial para los dolores de huesos, que yo solía llevar a su casa, aseguraba que su hija mayor, muerta al caer desde un acantilado, venía a visitarla de cuando en cuando en el cuerpo de una gaviota blanca sin mancha. Nunca se me ocurrió pensar que me engañara.

¿Y si Cobre fuese más que un fiel mastín? ¿Si moraran en él toda la fuerza y la bondad de algún ancestro del soberano, del propio príncipe Fruela, o del mismísimo Pelayo, empeñados en velar por él?

La vida me ha enseñado con creces que ninguna protección está de más, todo escudo resulta escaso y cualquier ayuda ha de aceptarse con humildad. Por eso doy gracias a Dios, que nos ha brindado la espada de un trueno como ese apóstol, si hemos de dar crédito a lo que afirma el obispo Teodomiro.

Ojalá se trate realmente del santo y sepamos honrar semejante don con la rectitud que espera Él de nosotros.

* * *

El camino hoy era bastante llano. La temperatura, clemente. El humor de la comitiva parecía reconfortado, merced a esas circunstancias, unidas a la conciencia de que, al fin, estamos llegando. De ahí que, en un momento dado, haya invitado a Freya a seguirme hasta el grupo que nos precedía, con el propósito de unirnos a una conversación cuya viveza empezaba a decaer.

Yo misma he roto el hielo, recurriendo a una pregunta trivial.

—¿Alguno de vosotros había llegado tan cerca del *finis terrae*? Para mí es la primera vez, y siento vértigo.

El conde ha respondido afirmativamente, pues combatió por estos pagos alguna de las muchas aceifas enviadas desde Corduba a devastar nuestros campos y hacer acopio de cautivos. Odoario no ha contestado. El escriba, siguiendo su costumbre, ha aprovechado para ufanarse de la vasta cultura que atesora.

—No es preciso haber viajado para conocer el mundo, dama Alana. Basta con saber leer. San Isidoro trazó para nosotros en sus *Etimologías* el mapa de la Tierra, plana, tripartita y circular, cuyo confín septentrional se encuentra prácticamente a la vista.

—¿Habéis tenido ocasión de contemplar ese mapamundi? ¡En verdad sois afortunado!

—He visto reproducciones que considero fidedignas, sí. Como digo, muestran nuestro mundo, rodeado por el anillo oceánico y dividido en tres continentes, cruzados por cursos de agua cuya forma traza la cruz de Cristo. De septentrión a meridión se despliega el mar Mediterráneo, que separa Europa de África. De oriente a occidente fluyen el río Nilo y el Don, con el Mar Negro entre medias, marcando la linde entre Europa y Asia.

La erudita explicación del monje calígrafo nos tenía fascinados. Él, consciente de su poder, ha seguido hablando, despacio, con ese aire de grandeza que adopta quien gusta de escucharse a sí mismo.

—Cada uno de esos continentes es la heredad de un hijo de Noé. Asia pertenece a los pueblos engendrados por Sem. África, a los descendientes de Cam. En Europa residimos los vástagos de Jafet. Y en el centro de esa cruz se encuentra Jerusalén, epicentro de la Cristiandad.[3]

Lo que daría por saber volar, emular a las águilas y abarcar a vista de pájaro esa inmensidad azulada que nos describía Danila. Es tanto lo que ignoramos y tan poco lo que averiguamos en el breve tiempo que nos es dado... Harían falta cien vidas para empezar a atisbar todo lo que permanece oculto.

A menudo me enerva ese clérigo despectivo, arrogante, pagado de su persona y malhumorado. Pese a ello, debo reconocer lo mucho que me ha enseñado.

Desde que conocí a un fraile llamado Félix en el palacio episcopal de Toletum, hace muchos años, nadie había logrado iluminar mi mente de este modo. Félix me mostró el tesoro escondido en el interior de los libros y me inculcó el deseo de aprender a descifrar su código. Danila es la prueba viviente de que la sabiduría no es únicamente un don, sino una virtud adquirida a base de voluntad y constancia.

Benditos sean aquellos que cultivan esa gracia.

* * *

Ayer di una palabra a Freya que hoy estaba obligada a cumplir. Le prometí hablar con el Rey de sus sentimientos hacia Claudio, frontalmente opuestos a los planes matrimoniales de su padre. Le aseguré que emplearía toda mi influencia con el soberano en favor de su causa.

Habría sido más sensato por mi parte mantenerme al margen de ese asunto, espinoso donde los haya, pero una vez empeñada mi palabra, era menester intentarlo. Faltar a la palabra dada equivale a perder la honra.

¿Quién te mandará meterte en semejantes pantanos, Alana de Coaña?

Estaba el sol en lo más alto de la bóveda celeste, poco después del ángelus, cuando he dejado atrás al grupo para llegarme hasta don Alfonso, quien seguía cabalgando en solitario, sumido en sus pensamientos, precedido de cerca por Nuño y Cobre.

El soberano me ha acogido con gesto afectuoso, lo que me ha dado valor para lanzarle:

—¿Puedo importunaros con un ruego, majestad?

—Habla sin miedo, Alana. Por un motivo u otro he tenido pocas ocasiones de escucharte a lo largo de estos días, y tu consejo siempre es bien recibido.

—Me honráis con esas palabras. —He sentido arder las mejillas—. En realidad, soy yo quien precisa el vuestro. O, mejor dicho, vuestra ayuda.

—¿Con qué propósito? ¿Te aflige alguna inquietud que esté en mi mano solventar?

—No se trata de mí, sino de la condesa Freya.

—Una doncella tan virtuosa como bella, sin duda.

—¿Sería impertinente por mi parte inquirir si es de vuestro agrado?

—Lo sería por parte de cualquier otra persona. En tu caso, doy por hecho que existe una razón de peso tras esa pregunta, cuya respuesta conoces de sobra.

—No os comprendo, mi señor.

—Sí lo haces, Alana. Sabes que en mi vida no hay lugar ni para esa joven ni para ninguna otra mujer. Tú mejor que nadie lo sabe…

En ese momento, sus ojos color de mar me han lanzado

una mirada en la que he estado a punto de ahogarme. Una mirada penetrante, sugerente, cargada de significado y a la vez inescrutable. ¿Era una declaración de amor inconfesado? ¿Una muestra de amistad fraternal? ¿Una prueba de la confianza que deposita en mí? ¿Un modo de decirme, sin necesidad de hablar, hasta qué punto se fía de mi intuición?

Nunca conoceré la respuesta a mis propios interrogantes, porque huelga decir que no se los he trasladado. ¡Ni bajo tormento me habría atrevido! He preferido regresar a mi propósito inicial, dejando para más tarde el placer de imaginar a mi antojo la verdad escondida tras esos ojos. Ese azul de orilla fresca en la que pasear al atardecer.

Tras armarme de valor, he ido directa al meollo de la cuestión, huyendo de rodeos vanos.

—Como supongo habréis notado, majestad, el conde Aimerico desearía ardientemente que Freya triunfara allá donde otras fracasaron. Desde que partimos de Ovetao, no ha dejado de reprocharle su incapacidad para atraer vuestra atención, lo que es causa de gran disgusto para ella.

—Hace tiempo que corté de cuajo las pretensiones de Aimerico, Alana. Si eso es lo que te preocupa…

—No es a mí, sino a Freya.

—Transmítele de mi parte que pierda cuidado. No tengo intención de contraer matrimonio, ni con ella ni con cualquier otra, por refinada que fuese su educación o grata que pudiera resultarme su compañía. Hablaré con su padre.

En ese instante he detectado un eco de melancolía en su voz. Sin pretenderlo, don Alfonso estaba admitiendo que extraña el solaz de una mujer a su lado. No sería humano si no lo hiciera. Si no ansiara una piel cálida junto a la suya en el lecho. Si no le abrumara la soledad en la que habita.

Yo tampoco sería yo, ni sentiría lo que siento, si no hubiese creído percibir una corriente especial de emoción fluir entre su corazón y el mío.

Iba a hablarle de Claudio, el posadero de Lucus del que se ha prendado la condesa, cuando me ha sorprendido con una confesión completamente inesperada. Una suerte de monólogo surgido de las entrañas.

—Esta vida terrenal es nada en comparación con la otra. Vanidad, fuegos fatuos. Los placeres mundanos son fugaces. La gloria eterna no perece. A ella he entregado mi castidad, confiando en la misericordia de Dios. Tal vez este sacrificio compense mis muchos pecados.

—¿Pecados vos, majestad? ¡Sois un cristiano intachable! ¡Un ejemplo para vuestros súbditos!

Le había interrumpido airada, llevada por la sorpresa unida a la indignación. Él ha seguido soltando lastre de su corazón, sordo a mis argumentos. Me ha proporcionado, sin quererlo, la clave con la que comprender al fin lo que hasta ayer constituía un misterio y, desde hacía unas horas, la sombra de una sospecha.

—Mis muchos pecados y los de mi padre, cuya salvación está en mis manos, tal como me ha recordado esta misma mañana Odoario. Yo siempre lo intuí. Siempre lo supe. Desde que, siendo un niño, mi maestro en Sámanos me contó su terrible final y los hechos que lo habían llevado a morir asesinado.

—Tal vez vuestro preceptor debiera haberos ahorrado esa pena, al menos a una edad tan tierna.

—Juan, mi preceptor, no deseaba hacerme daño, sino advertirme sobre los peligros inherentes a dejarse llevar por la cólera. Cumplía con su obligación de moldear mi carácter. De no haber sido por ese monje, quién sabe lo que la sangre me habría llevado a cometer.

—Pero, majestad —he protestado—, vos no sois en modo

alguno responsable de lo que hiciera el príncipe Fruela. Únicamente por nosotros mismos podemos responder ante el Juez Supremo. ¿No fuimos dotados por Él de libre albedrío? Cada cual es dueño exclusivo de sus actos, para bien y para mal.

—Nuestros sufragios favorecen el descanso eterno de nuestros muertos, Alana. Ya has oído a los clérigos. No sería yo un buen hijo ni tampoco un buen cristiano si me desentendiera de la suerte de mi padre. Y si un alma inocente está llamada a macerar el cuerpo mortal con trabajos, a fin de preparar su morada celestial, con mayor motivo un alma pecadora precisa de penitencia para su redención. Vigilias, ayuno, oración, castidad, son caminos meritorios que nos llevan al reino de los cielos.

—¿Y qué delicias os ofrecerá esa patria para compensar tanto sufrimiento, mi señor? ¿Cuál será vuestra recompensa? Perdonad que me sincere y os diga cuánto me duele veros padecer de este modo. ¿Vale tanta renuncia esa gloria?

—No hay renuncia que yo no hiciera por asegurar la inmortalidad de mi espíritu, Alana. Y tú harías bien en hacer lo mismo.

—Lo intento, mi señor —he respondido con sinceridad, evocando la promesa formulada en secreto al Creador al comprometerme a pasar el resto de mis días en un cenobio si Él me concede el favor de entregarme a mi hijo Rodrigo sano y salvo.

—¿Qué es este instante fugaz frente a la eternidad inabarcable? —ha seguido diciendo el soberano, que parecía pensar en voz alta—. ¿Acaso tienen parangón los sufrimientos de esta existencia con los que nos aguardan en el infierno? ¿Puede compararse cualquier satisfacción corporal con la alegría inmensa de contemplar el rostro de los ángeles?

Este rey guerrero, incansable capitán de las huestes cristianas, habría sido feliz en la paz de un monasterio. Ya me percaté de ello en Sámanos, donde observé la dicha reflejada como nunca en sus ojos.

¡Qué destino tan distinto le ha deparado la Providencia!

Fortuna y merecimiento rara vez caminan juntos, al menos por los caminos del mundo. Nos queda, eso sí, la fe en que Dios haga justicia en el cielo.

—Nuestra existencia ya es de por sí suficientemente dura como para añadirle mortificaciones, majestad. ¿No extrañáis el consuelo que a todos nos brinda el amor de un compañero de viaje?

—No se puede extrañar lo que no se ha conocido, mi querida Alana. Lo que poseísteis durante años mi leal Índaro y tú.

—Si vos hubieseis querido…

—Mi vida y la de todo mi linaje ha estado marcada por la sangre, la violencia, la ira, el odio, la traición, la guerra. Hace falta mucha expiación para enjugar tanta culpa.

—Pero, señor, todas las vidas están marcadas por esas cicatrices y otras peores, como las que dejan el miedo, la cobardía, la envidia, la mentira o la tiranía. En todas hay lugar también para la generosidad, la valentía, la nobleza o el perdón. Vos no sois distinto a los demás. Y si lo sois, es porque vuestra rectitud os eleva por encima de nosotros.

Don Alfonso no ha replicado. Su actitud daba a entender que daba por terminada la conversación, aunque yo no había concluido aún la mediación a la que me había comprometido con Freya. Me faltaba por abordar, de hecho, la parte más compleja del trabajo.

* * *

Tras una larga pausa en silencio, he recurrido a todo el valor que me quedaba para tratar de rematar la faena del modo más favorable posible a los deseos de la dama.

—La condesa Freya se ha enamorado, majestad.

El Rey ha esbozado un gesto entre sorprendido y tierno. El rictus que deformaba su rostro hasta ese instante se ha suavizado, devolviendo la serenidad a sus bellas facciones.

—¿De quién? —ha inquirido, divertido—. ¿Alguno de mis fideles?

Antes de desvelar el nombre de Claudio, era menester arrancar al soberano la promesa de apadrinar ese amor, tan contrario a la costumbre goda como opuesto a los planes del conde.

—Ella teme que su padre no apruebe la elección de su corazón y ha requerido mi ayuda. Yo le he prometido interceder ante vos, confiando en vuestra bondad. ¿Querréis auxiliar a mi amiga, señor? ¿Lo haréis por mí?

—No creo que el corazón sea un buen consejero en cuestiones matrimoniales, Alana. ¿Tuvo algo que ver el afecto en tus esponsales con Índaro?

—No, mi señor —he reconocido, sin entrar a considerar las consecuencias de esa realidad—. El contrato matrimonial fue acordado por nuestros respectivos padres cuando nosotros éramos niños. Los dos crecimos sabiéndonos destinados el uno al otro. Mas Freya ya no es una niña. Es una mujer con sentimientos y voluntad propios. Una mujer que el conde Aimerico querría ver elevada a vuestro tálamo, razón por la cual carece de un pretendiente oficial.

Este último dardo estaba lanzado con la intención de golpear precisamente en la diana en la que ha impactado. Allá donde los intereses de Freya confluyen con los de don Alfonso en el anhelo común de disuadir definitivamente las pretensiones del magnate.

¿De qué otro modo podía esperar yo conseguir el respaldo real a un matrimonio tan descabellado como el de la hija de un magnate de la corte con un posadero anónimo, recién llegado de Corduba?

Me había jugado el todo por el todo a riesgo de incomodar al Rey, y lamentablemente lo he conseguido. Su tono era airado al responder:

—Ya te he dicho que tal cosa no ocurrirá. También he parado los pies de Aimerico. He sido suficientemente claro.

—Convendréis conmigo, no obstante, en que nuestra joven amiga ha alcanzado una edad a la que ya debería estar casada, o cuando menos prometida formalmente.

—No son cuestiones de mi incumbencia, Alana. —Se notaba que su paciencia estaba llegando al límite—. Atañen al conde y, a lo sumo, a la propia Freya. En el Reino no faltan hombres dignos de desposarla.

—Ella se ha fijado en Claudio, señor —he escupido finalmente—. Y él en ella.

—¿Claudio? —Era evidente que ese nombre no le decía nada.

—El propietario de la posada donde cenamos en Lucus —he añadido—. Un comerciante próspero y un buen cristiano.

—Si ese es su deseo, no seré yo quien interfiera.

—Pero el conde se opondrá, majestad, salvo que vos mismo les brindéis vuestro apoyo.

—¿Y por qué habría de hacerlo? —Me miraba con incredulidad, sin comprender el alcance de una petición a la que no veía sentido.

—Porque yo os lo ruego, mi señor, en nombre de la condesa. No hay otro motivo que su felicidad. O cuando menos la oportunidad de brindarle esa dicha, tan difícil de alcanzar y tan hermosa cuando se atisba, aunque sea por un breve instante.

—Lo pensaré, Alana. No te prometo nada, pero tomaré en consideración tu súplica. Es mucho lo que me has dado a cambio de muy poco. Lo pensaré a la luz de esa deuda y tendrás mi respuesta en Iria Flavia.

* * *

Voy a ir recogiendo el recado de escribir, pues estamos a punto de reanudar la marcha.

Los criados han dispuesto el equipaje sobre las mulas, siguiendo las instrucciones de Nuño, para emprender cuanto antes este último tramo del camino.

La guardia está formada, en vanguardia de la comitiva, con los yelmos y lorigas relucientes y las botas recién lustradas.

Todo el mundo ha montado ya, en espera de que lo haga el Rey, a quien aguarda, impaciente, Gaut, cepillado a conciencia por el mozo que lo cuida hasta sacar brillo a su pelaje rojizo.

Don Alfonso se ha ataviado como solo le había visto hacer en ocasiones muy solemnes: cuando hizo público su testamento en palacio, para la consagración de la basílica de San Salvador, en Ovetao, o con motivo de alguna visita especialmente importante para el Reino, como las enviadas con regularidad por nuestros aliados francos. Lo cierto es que resplandece.

Viste una túnica escarlata de paño fino, sujeta a cada lado de la espalda por sendas fíbulas en forma de garras de oso y ceñida a la cintura por un cíngulo cuya hebilla, como el resto de los adornos, es de oro macizo. El mismo metal empleado para fundir la corona que luce, orgulloso, en esa regia cabeza semejante a la de un busto de mármol romano.

Aunque no hace frío, se ha echado sobre los hombros un manto rectangular color celeste, prendido al pecho con un hermoso imperdible dorado. Las calzas cortas que cubren sus pantorrillas son a todas luces nuevas, tejidas con lana inmaculada. Lleva en los pies pedules altos de piel clara, de cordero o ternera nonatos, abrochados a los tobillos con cintas de cuero trenzado.

El arcángel san Gabriel no le igualaría en apostura.

Yo también he cuidado mi atuendo con especial empeño, a fin de mostrar el aspecto de una dama de alcurnia, lo admito. Desearía que mi hijo se sintiera orgulloso de su madre si pudiera verla llegar en su busca, junto al Rey, después de tantos años alejados y a pesar de las muchas penurias sufridas durante el viaje.

¿Peco de vanidad? ¿De un optimismo insensato? ¿Me engaño al creer inminente ese encuentro largamente anhelado? Tal vez. Mas si no me aferrara a esa esperanza, si no creyera en los milagros, no habría peregrinado desde Ovetao, bajo el sol abrasador y la lluvia, en pos de un apóstol decapitado en Jerusalén hace ochocientos años.

Si las reliquias de Santiago descansan realmente en ese bosque señalado por las estrellas, ¿por qué no habría de estar allí también Rodrigo?

La fe que me ha traído hasta aquí es igual de sólida o de endeble en ambos casos. Varía en función del ánimo. No obedece a razones lógicas, sino a emociones cambiantes.

He ungido mi cabello con aceite perfumado, antes de recogerlo en una trenza, enroscada sobre la nuca y sujeta con un prendedor de plata. La cubre un velo de lino fino, que partiendo de la frente cae por la espalda, sobre la estola, ocultando a la vista mi cuello dolorido.

Llevo puesta mi mejor túnica, color de sol, ribeteada de azul. Sus mangas anchísimas, abiertas al aire del estío, cuelgan a ambos lados de mi cuerpo, bamboleándose al compás que marca el asturcón con su paso. Mis escarpines de cuero están recién lustrados, aunque no vayan a verse cuando desmonte y eche a andar. ¡Entre el largo del sayo y la emoción, espero no caerme de bruces!

Me he permitido una última coquetería.

En el dedo índice de mi mano izquierda llevo la sortija que me regaló Índaro la mañana siguiente a nuestros esponsales. Es un rubí ovalado, rodeado de brillantes, engarzado en oro puro. Una joya de familia, cargada de historia y de amor, que mandé meter en el equipaje con el único propósito de lucirla hoy.

Normalmente permanece a buen recaudo en un cofre, al igual que un par de broches y algún brazalete olvidado, pues no soy dada a exhibir lujos. Hoy he querido ponérmela, haciendo una excepción a esa norma. Así no seré yo sola, sino su padre conmigo, quienes descubramos juntos la suerte que ha corrido nuestro hijo.

13

Santiago, patrón de Hispania[1]

Bosque de Libredón
Festividad de Santa Priscila

Nunca pensé que un trayecto tan corto pudiese parecer tan largo. ¿Largo, digo? Sería más apropiado tildarlo de interminable.

Cuando la comitiva partió ayer tarde al encuentro del obispo y su séquito, una tormenta de emociones sacudía con violencia los cimientos de mi ser. Mi alma, mi mente, mi confianza, mi fe. El corazón amenazaba con salírseme del pecho. Apenas podía respirar.

El cielo acompañaba mi ánimo con un rugido similar al que tronaba dentro de mí, procedente de la espesura situada en nuestro horizonte: el célebre bosque de Libredón, donde, a decir del mensajero llegado a palacio hace ya casi una luna, acababan de ser halladas las reliquias del apóstol Santiago.

¿Estaría esperándome allí Rodrigo? ¿Sería mi hijo ese monje próximo a Teodomiro del que me habían hablado los guardias enviados la víspera en calidad de exploradores? No tenía modo de saberlo. Lo único que podía hacer era encomendarme a la misericordia de Dios y escuchar con redoblada atención la llamada acuciante de socorro que me había puesto en camino.

Mi cabeza se afanaba en torturar a mi espíritu pensando en lo que pasaría si al alcanzar nuestro destino descubría que, al final, me había vencido el tiempo. El miedo me llevó a concebir pensamientos que no me atrevo a reproducir.

De haber osado ofender a mi rey de un modo tan grosero, habría lanzado mi montura al galope con tal de zanjar cuanto antes ese sinvivir. No me faltaron las ganas, desde luego. Únicamente me frenó la lealtad debida a mi soberano, unida a la dignidad exigible a una dama de alto rango.

Cuando en la lontananza empezamos a divisar los perfiles de esos dignatarios, era tan nutrida la corte congregada en torno al prelado que resultaba imposible distinguir a alguien en particular. Y el hijo a quien yo buscaba, como busca el agua un sediento, nunca destacó por su corpulencia. Además, la tarde empezaba a declinar, lo que reducía considerablemente la luz y, con ella, mis posibilidades de éxito.

Aquellas personas eran en su mayoría miembros de la clerecía, a juzgar por sus tonsuras y el modo en que iban ataviados. Únicamente ese detalle resultaba visible en la distancia. Ante la proximidad del Rey habían puesto pie en tierra, en actitud respetuosa, y semejaban muñecos.

Don Alfonso avanzaba al paso, con la lentitud desesperante propia de las ceremonias solemnes. Si hubiese tenido alas, yo habría echado a volar. En contadas ocasiones a lo largo de la vida he debido esforzarme tanto para atar en corto un impulso.

Ese tedioso desfile se me antojó un purgatorio. Al cabo de una eternidad, empero, las figuras hasta entonces difuminadas empezaron a cobrar forma y me fijé en tres frailes vestidos como los de Sámanos, con hábitos confeccionados en tosca lana parduzca. Dos de ellos estaban de espaldas a nosotros. El tercero parecía estudiarnos fijamente, aunque escondía su rostro bajo una capucha enorme para su pequeña cabeza. Era menudo, de apariencia frágil, exactamente igual que el niño a quien yo había venido a buscar.

Antes de que se llevara una mano a la frente a fin de apartar la tela, supe que era él. No me lo dijeron los ojos, sino el instinto. Lo reconocí de inmediato. Se dirigía directamente a mí sin necesidad de palabras, con una mirada intensa idéntica a la de mi madre.

Decir que sentí un gran alivio sería quedarme muy corta. En realidad, no existe un modo de trasladar a este pergamino la alegría, la gratitud, la paz, la ilusión que se adueñó de mí en ese instante, ante la certeza de estar a punto de abrazarlo.

Debería haberme aferrado a esa dicha con uñas y dientes; habérmela grabado a fuego en el pecho, porque no iba a tardar mucho en comprobar lo efímera que llega a ser la felicidad más absoluta.

* * *

El obispo resultaba inconfundible por la magnificencia de su casulla escarlata, ricamente bordada, escogida con la clara intención de superar en vistosidad el atuendo del propio monarca. No lo conseguía, aunque poco le faltaba. Se apoyaba en un báculo rematado en una gruesa empuñadura de plata, pese a no precisar de adornos para hacerse notar. Era uno de esos hombres cuyo poder interior se refleja de forma natural en la actitud. En el modo de moverse, de escuchar a los demás como si nada hubiese más interesante que su discurso, y sobre todo de hacerse oír. Un hombre singular en todos los sentidos.

De estatura mediana, cabello y barba entrecanos, ojos oscuros y piel morena, destacaba entre los frailes y sacerdotes integrantes de su cortejo. Aguardaba nuestra llegada sin muestra alguna de nerviosismo, ni tampoco altivez o arrogancia. Parecía tranquilo, satisfecho de recibir al soberano a quien había mandado llamar con tanta premura.

¡A fe mía que nos habíamos dado prisa en acudir!

No tendría mucha más edad que Rodrigo, aunque le aventajaba en porte y apostura. A su lado, mi hijo daba la sensación de ser aún más bajo de estatura de lo que yo recordaba. Una réplica barbuda de la criatura que nació enfermiza, con una tendencia desesperante a la fiebre y el flujo de vientre. Puro espíritu sin apenas cuerpo, dotado, eso sí, de una fuerza de voluntad invencible, una inteligencia excepcional y una vocación extraordinariamente precoz para el servicio de la Iglesia.

Don Alfonso desmontó con elegancia, ayudado por un siervo, y lo mismo hicimos los demás, siguiendo un estricto ritual cuya lenta rigidez soporté a duras penas.

De nuevo tuve que contenerme para no correr hacia el monje que me observaba atento a escasa distancia, tratando en vano de esconderse bajo esa capucha desproporcionada.

Allí estaba Rodrigo, a dos pasos mí, mostrándome sin quererlo su delgadez extrema, sus ojeras azuladas de antaño, su seriedad, su contención de siempre, una severidad impuesta a golpe de costumbre, detrás de la cual percibí su desesperada necesidad de afecto.

Mi hijo no estaba bien. Lo noté nada más verle.

Yo me habría arriesgado gustosa a desairar a mi señor, tropezar con la túnica y caer de bruces, con tal de correr a sus brazos. Él, más habituado a cultivar la paciencia, a domar las emociones a base de disciplina, esbozaba una media sonrisa tímida, instándome silenciosamente a seguir el orden protocolario previsto.

Concluido finalmente el ceremonial de bienvenida oficial, me lancé literalmente a su cuello. Él me abrazó con pudor, intentando zafarse cuanto antes de una situación que le resultaba, imagino, sumamente incómoda. Mi piel parecía quemarle. Le costaba un esfuerzo ímprobo prestarse a una manifestación de cariño tan íntima como aquella, del todo ajena a su día a día; al entorno de frialdad monástica en el que había transcurrido la mayor parte de su existencia.

Yo no habría debido sorprenderme ni mucho menos disgustarme por algo tan natural, dadas las circunstancias. Me sorprendí, me disgusté y acto seguido opté por ignorar su reacción, dando por fin rienda suelta a esa catarata de sentimientos.

Ante la mirada atónita de los congregados, colmé de caricias a ese influyente clérigo vestido de fraile, considerado por la curia iriense un candidato seguro a la mitra episcopal. Lo besé y volví a besar, ajena a la vergüenza o la censura.

Él, evidentemente abochornado por mi conducta, trató de separarse de mí, sin conseguir apartarme de él. Tampoco puso un excesivo empeño en lograrlo, esa es la verdad. Yo me aferraba a ese abrazo con todas mis fuerzas, como si fuera el último de nuestra vida además del primero en años. Él decía una cosa mientras su naturaleza oculta expresaba otra bien distinta. Tuve la clara impresión de que una parte casi olvidada de sí mismo agradecía esa manifestación de amor y me la devolvía a su manera, con una calidez muy suya imperceptible para los demás.

¿Soñé lo que quise soñar? Creo honradamente que no.

Rodrigo ya no era el hijo que yo había esperado encontrar, pero seguía siendo mi hijo. El hábito que lo cubría, su alta responsabilidad, los largos años transcurridos lejos de su familia habían levantado entre nosotros una barrera de frialdad impuesta, formalmente difícil de salvar aunque en el fondo sumamente endeble.

Porque bajo ese hábito y esa responsabilidad, bajo la rigidez del protocolo eclesiástico, seguía estando el hijo a quien yo rescaté de la muerte. Mi pequeño de salud quebradiza. Ese varón tan distinto de su padre y de su hermano, determinado desde la infancia a cambiar la espada por los libros.

El heredero espiritual de Huma.

Cuando por fin recobré la compostura y di unos pasos atrás, me pareció percibir una sombra a su espalda. Una suerte de vapor oscuro ajeno al juego de la luz. Parpadeé varias veces, diciéndome que el cansancio me habría jugado una mala pasada. Apelé a todo mi valor antes de atreverme a mirar de nuevo hacia donde estaba Rodrigo y comprobé, con enorme alivio, que esa visión ominosa se había desvanecido en la nada.

El Rey me había hecho un gesto elocuente para darme a entender que terminara de una vez con esas efusiones, pues no solo estaba poniéndome en evidencia yo, sino que le estaba dejando en mal lugar a él. Acepté el reproche humildemente, me disculpé esbozando una reverencia y traté de hacerme invisible, perdida entre toda esa gente.

Mi hijo regresó a la posición que por estatus le correspondía, inmediatamente detrás del obispo y por tanto alejado de mí. Yo perdoné al instante una ofensa infligida sin maldad ni voluntad de ofender. Faltaría a la verdad, no obstante, si dijera que no me dolió.

En mi caso, tanta voluntad, tanta fatiga invertida en este penoso viaje no tenían por objeto principal postrarme a los pies de un santo, sino recuperar al niño arrancado prematuramente de mi seno.

¡Qué despropósito!

El tiempo pasado no vuelve. El porvenir está en manos de la Providencia. De nosotros depende únicamente vivir el presente, gozándonos en lo que nos brinda. Y eso fue exactamente lo que me impuse hacer ayer, vencida la melancolía de quien espera un imposible.

Pedir dos milagros en un mismo día habría sido abusar de la misericordia divina.

* * *

—Majestad —saludó Teodomiro al soberano—, sed bienvenido a esta Gallaccia nuestra bendecida por el Altísimo.

El obispo mostraba cierta distancia al dirigirse a don Alfonso, quien escuchaba erguido al prelado, después de haberse inclinado a besar el anillo pastoral que este lucía en el dedo índice de la mano derecha. Se voz era contenida, diría que incluso baja. Su acento, cálido, ignoro si del sur o de la región próxima a la Mar Océana. Había en su forma de hablar algo imposible de definir, una suerte de magnetismo que obligaba a prestarle atención.

—Contemplad el bosque señalado por los prodigios celestes —exclamó, mientras apuntaba al sudoeste con la mano izquierda, dejando al descubierto un brazo velludo bajo la manga ancha del alba—. Allí descansa el Hijo del Trueno, mi señor.

Dirigí la vista hacia el lugar indicado. Era una llanura poblada de vegetación espesa, salpicada de algunos claros. La tarde se apagaba a toda prisa, por lo que no resultaba posible distinguir detalles. A medida que nos fuimos acercando, empero, quedó patente una intensa actividad de búsqueda llevada a cabo recientemente. Las huellas dejadas sobre el terreno demostraban que un ejército de trabajadores se había empleado a fondo removiendo el suelo.

Aquí y allá se veían hoyos, zanjas y algunas lápidas rotas con aspecto de ser muy antiguas. Ese lugar había acogido en tiempos pasados un campo santo, era evidente. Al percatarnos de ello, uno a uno nos santiguamos, en silencio, con una mezcla de prevención y respeto.

—Esta es la tierra fértil escogida por el Apóstol para dar descanso eterno a sus huesos, majestad —oí decir al prelado iriense.

Los míos también ansiaban una cama, a ser posible blanda, en la que reposar un rato.

El Rey iba en cabeza a lomos de Gaut, como de costumbre, visiblemente emocionado. A su derecha marchaba al paso Teodomiro, sobre un caballo oscuro de menor alzada. El prelado llevaba la voz cantante, a juzgar por lo que pude observar, aunque estaba demasiado lejos para oír lo que decía. Escoltaban a mi señor por el flanco izquierdo el conde Aimerico, montando su alazán añoso, y algo rezagado, Nuño, a pie. Cobre había sido desterrado a la retaguardia, con la servidumbre y las mulas de carga.

Seguían a esa cabecera Odoario y Danila, mezclados en tropel con varios de los clérigos acudidos a recibirnos. Vistos por detrás, resultaba casi imposible diferenciarlos de sus nuevos acompañantes, ya que los igualaban el hábito, la tonsura y la locuacidad. Se disputaban unos a otros la atención de los demás, ávidos por contar su historia.

Me habría gustado escuchar, aunque en esos instantes solo tenía oídos para mi hijo, quien se había retrasado voluntariamente al poco de iniciar la marcha para regresar conmigo. No le pregunté si era mi señor el Rey quien lo había enviado de vuelta a mí, lo que no me habría sorprendido en absoluto conociendo a don Alfonso. Preferí creer que le movía el deseo de acompañar a su madre.

¿Qué más daba? Lo importante era estar con él. Desquitarme de esa larguísima separación. Saberlo todo de sus sentimientos, su salud, su felicidad, sus aspiraciones, sus anhelos, sus desengaños, sus soledades... Del brillo febril que ardía en sus grandes ojos felinos.

Lo interrogaba con la intensidad del náufrago que trata de saciar de un trago toda la sed acumulada. Él eludía con obstinación cualquier cuestión relativa a su persona. Seguía escondiéndose de mí. No pensaba en otra cosa que el hallazgo de esas reliquias.

—Te veo muy delgado, hijo mío. ¿No estarás pidiendo demasiado a tu naturaleza?

—De sobra sabéis, madre, cuán poca importancia doy yo a los alimentos terrestres. Ojalá me viese rodeado de mayores tentaciones, para así alcanzar la dicha de vencerlas mediante la fe y la mortificación. Pues el santo apóstol Santiago nos enseña que no tienen punto de comparación los sufrimientos del tiempo presente con la gloria venidera que ha de manifestarse en nosotros.

—La tarea del Señor requiere fuerza, Rodrigo. Y a ti nunca te ha sobrado. Dime al menos si te encuentras bien, si duermes lo suficiente, si no abusas de los ayunos...

—Perded cuidado, me sostiene la luz de Dios. El prodigio acaecido ante nuestros ojos es de tal magnitud que convierte todo lo demás en polvo insignificante. ¿Os dais cuenta de lo que significa albergar el sepulcro del discípulo favorito de Cristo? Él, una de las columnas sobre las que el Salvador cimentó Su Iglesia, dejó escrito: «El Señor escuchó las preces de los humiles. Bendijo a todos los que lo temen, pequeños y grandes. Todo el que sufre humildemente adversidades por el Señor recibirá de Él arriba el premio celestial». Es un milagro, madre. Un milagro cuyo alcance todavía se nos escapa, aunque yo mismo, en mi insignificancia, me sienta bienaventurado.

Mi hijo parecía estar fuera de sí. Se le veía exhausto, demacrado, falto de sueño, sumido en una especie de trance místico que lo mantenía a duras penas en pie, a punto de romperse. Resplandecía como si una lámpara lo iluminara desde dentro, pero el quebranto de su cuerpo resultaba sumamente alarmante.

La sombra que había visto flotar sobre su espalda volvía a formarse a su alrededor, cual aura tenebrosa, cada vez más perceptible. Y demasiado bien sabía yo lo que esa oscuridad significaba.

—Te suplico que descanses, hijo. ¿Cuánto tiempo llevas sin hacerlo? Debes reposar, comer, disfrutar de algún placer inocente como la música. De seguir así, acabarás matándote.

—Este no es momento de descanso ni de goces, sino de oración y preces. La hora de Santiago gusta de los castos, odia a los libidinosos, ahuyenta a los inicuos, ama a los piadosos, increpa a los soñolientos, remunera a los vigilantes, glorifica a los elogiosos, detesta a los pecadores, estima a los sobrios, condena a los avaros, gratifica a los pobres, guarda a los amantes del Señor, da fuerza a los enfermos...

Traté de interrumpirlo en ese punto, empeñada en recordarle sus dolencias pasadas y advertirle del peligro que lo amenazaba. Fue en vano. Había entonado una letanía imparable, que siguió recitando, sordo a mis ruegos, como si yo no existiera:

—... Salva a los penitentes, ayuda a los que lloran de veras, lava las culpas, devuelve la inocencia a los caídos y a los tristes la alegría. La corona otorgada al santo Apóstol por sus méritos ha llegado hasta nosotros junto a sus benditas reliquias, para bien de la Cristiandad. ¡Gracias sean dadas al Altísimo!

—Me apena haber llegado hasta aquí para encontrarte en este estado, Rodrigo —dije al borde del llanto—. Supongo que nadie a tu alrededor te alertará de lo que a mis ojos es evidente, mas te aseguro que si te vieras en un espejo tu propio rostro te asustaría.

—No habéis hecho el viaje en balde, madre —me respondió él en un tono entre incrédulo y enojado, sin comprender mi decepción—. Al final de este camino se encuentra la redención. La promesa de la vida eterna. Arrepentíos de vuestros pecados, rogad humildemente al santo y él os escuchará. Pues el Señor concedió a sus apóstoles la potestad de perdonar, y lo que les dio antes de su pasión no se lo quitó tras la muerte.

—Pero hijo…

—Cualesquiera sean vuestras faltas, os serán perdonadas por su intercesión. Porque le dijo el Señor a él y a los demás apóstoles: «A quien perdonareis los pecados, les serán perdonados». Consta pues que a los que el ínclito Santiago Apóstol perdonare los pecados, les serán perdonados por el Señor. Regocijaos por tanto conmigo, compartid mi júbilo, ya que nunca he sido tan dichoso.

Rodrigo ya no era Rodrigo. No el Rodrigo que yo recordaba.

El niño que acuné en mis brazos todavía existía en él. Aún compartía su aliento. Lo supe por el modo en que recibió mis caricias, transmitiéndome un calor imposible de fingir. Pero ese niño habitaba ya de manera irremediable en una celda desnuda de sentimientos mundanos, rodeada de muros insalvables para su madre.

Ahora mi hijo es un hombre de Dios, cuya familia es la Iglesia. Una comunidad ilustre donde las haya, acogedora, poderosa, generosa con quienes sufren e indudablemente laboriosa, en la que, sin embargo, echo a faltar la ternura.

Claro que tal lujo es ajeno a este tiempo. ¿Quién sueña con mostrarse tierno fuera del espacio mágico que protege a la niñez? Somos supervivientes en una era de sangre y violencia. Cada nuevo amanecer constituye un regalo del cielo. Y a mí se me ha otorgado este, por el cual he de dar gracias al Señor.

La voz que me llamaba no mentía.

Rodrigo está muy cansado. Lo acecha, guadaña en mano, la segadora que lo ha rondado desde el día en que nació. Yo me enfrenté a ella durante años, recurriendo a todo el saber aprendido de mi madre e incluso invocando a su diosa, a costa de poner en riesgo la salvación de mi alma. Luché sin desfallecer. Juré que sacaría adelante a ese hijo y a fe que lo conseguí.

Hoy no me siento capaz de librar otra batalla.

Entonces yo era joven y él una criatura tan débil como hambrienta de vida. Ahora las circunstancias son otras. Él ya no pertenece a este mundo. Yo me he quedado sin fuerza. Solo me queda esperar la gracia de marcharme antes.

* * *

El sepulcro del Apóstol había sido literalmente desenterrado del montículo que lo ocultaba hasta hacía pocas semanas. Se encontraba en medio de un claro artificial de árboles talados, liberado de su costra negruzca e iluminado por un círculo de antorchas. La visión resultaba impresionante hasta el punto de quitar el aliento.

Un retén de hombres armados se afanaba en alejar al gentío congregado en las inmediaciones, propinando empujones y golpes a los más osados de la muchedumbre empeñada en invadir el perímetro. La voz del hallazgo, propagada a toda prisa por los lugareños, los llevaba a pelearse por tocar un trozo de los restos, llevarse un fragmento de reliquia o al menos un puñado de la tierra que había recubierto el cuerpo santo. Incluso por pisarla con los pies desnudos, a pesar de lo tardío de la hora.

El cielo se había cubierto de nubarrones negros y amenazaba lluvia. A lo lejos se oía el rolar de una tormenta, pero nada parecía capaz de dispersar a esa multitud. Ni siquiera la llegada de la comitiva real había logrado calmar los ánimos, por mucho que arreciasen los palos repartidos a placer por los soldados.

Nadie cedía un palmo de terreno. De todas las gargantas salía un mismo grito desgarrado:

—¡Santiago, divino pastor, concédeme la merced que en nombre de Jesús te suplico!

A unos cincuenta pasos de la cámara funeraria, cuyo tamaño sería similar al de la cabaña más pequeña de mi castro natal, don Alfonso alzó la mano izquierda con el codo extendido, a fin de mandar detener el cortejo. Desmontó lentamente, se arrodilló, besó el suelo y así permaneció un buen rato, humillado ante la angosta abertura que daba acceso al recinto.

No sabíamos qué hacer. Nos mirábamos unos a otros, desconcertados, en busca de guía, hasta que el obispo Teodomiro nos indicó mediante gestos que le imitáramos. Él mismo se apeó de su montura e hincó la rodilla en tierra, seguido por todos nosotros.

Algunos de los clérigos entonaron una letanía en latín. Los demás permanecimos callados, hasta que el Rey dio por terminada su plegaria silenciosa y se puso en pie. Después de santiguarse con parsimonia, se dirigió al prelado en tono grave:

—Quiero ver al anacoreta del que me hablabais en vuestra misiva. El que contempló el baile de estrellas sobre este bosque de Libredón.

—¿Pelayo? —preguntó el prelado, claramente sorprendido por esa petición inesperada.

—Así creo recordar que se llamaba, en efecto. No daré un paso más hasta hablar con él.

—Pero mi señor, él no está aquí, sino en la aldea; en San Félix de Lovio.

—Mandad a buscarlo entonces.

—A esta hora estará probablemente acostado. Se trata de un hombre mayor, con la salud quebrantada por una vida de rigores.

En ese momento intervino Danila, airado:

—Si el Rey pide ver a ese Pelayo, no hay más que hablar, ni tiempo que perder. ¡Enviad a buscarlo de inmediato!

Teodomiro habría querido responder a tan inopinado ataque, aunque algo en la actitud de don Alfonso lo detuvo. Por vez primera desde nuestra llegada, el monarca no se mostraba ante él como un humilde peregrino, sino como el soberano de Asturias acostumbrado a imponer su autoridad.

Ese «mandad a buscarlo» no admitía réplica.

Un par de guardias fueron despachados de inmediato al pueblo, junto con un sacerdote encargado de conducirlos hasta la casa donde había sido alojado el ermitaño. Llevaban una montura fresca para él. Los demás permanecimos donde estábamos, sin atrevernos a mover un pie.

Nos habíamos quedado quietos en medio de este monte recién talado, impregnado del olor dulzón a bizcocho que desprende la madera de castaño fresca. Los siervos estaban encendiendo una hoguera. Don Alfonso se acababa de sentar en un tosco escabel, a la espera de su invitado.

El obispo intentó entablar conversación con él en un par de ocasiones, pero el Rey lo despachó sin excesiva cortesía. Era patente que deseaba reflexionar en soledad. Prepararse para el combate que estaba a punto de librar contra sus propios recelos. Imagino que estaría rezando, al igual que la mayoría de los presentes, incluido Rodrigo.

El fervor mostrado por mi hijo era tal que llegué a sentir miedo por él. Cuanto más le observaba, más fuerte era la impresión de verlo poseído por el espíritu de la locura. Claro que acaso la loca fuese yo al seguir dudando del milagro que lo había puesto en tal estado.

Fui fijándome uno a uno en los miembros de la comitiva con la que había viajado desde Ovetao, sin hallar rastros de vacilación en ninguno de ellos. Freya se había tumbado en el suelo con la cabeza apoyada en un tocón y parecía dormir. El conde, en cambio, vigilaba estrechamente al Rey, igual que Nuño. Los clérigos se limitaban a repetir sus latines.

¿Y yo?

A esa hora toda mi atención estaba centrada en tomar cumplida nota de todo cuanto acontecía, no solo con el ánimo de recogerlo en este itinerario, sino a fin de evitar pensar. No me sentía con ánimos de enfrentarme a tantos fantasmas juntos.

La tormenta se había ido acercando a nosotros, iluminando de cuando en cuando la noche con el resplandor de los relámpagos. Aquello constituía sin lugar a dudas algún tipo de augurio. Un mensaje que me vi incapaz de interpretar hasta que cobró sentido a la luz de los acontecimientos que siguieron.

Al cabo de otra larga espera, el sonido de unos cascos nos hizo saber que al fin llegaba el anacoreta.

Pelayo tenía manos grandes e inquietas. Al pasar ante mí con su caminar renqueante, hacia el lugar apartado donde lo aguardaba el Rey, las entrelazaba nervioso, crujiéndose las articulaciones como si quisiera quebrárselas. Se detuvo unos instantes frente a la fogata bien cebada, mientras el propio Teodomiro se encargaba de anunciar a don Alfonso su presencia, lo que me permitió observarle de cerca.

Se notaba que lo habían vestido con ropajes ajenos, porque se agitaba dentro de la túnica, incómodo, tratando de ensanchar las costuras. Los ojos hundidos, la frente huidiza, una boca de labios muy gruesos, permanentemente semiabierta, no dibujaban lo que se dice el retrato de la inteligencia. Se me ocurrió pensar que habría sido escogido para su elevada misión precisamente a causa de esa sencillez rayana en simpleza, quién sabe si por el mismísimo Dios o por el ambicioso obispo de Iria Flavia.

Hacía un buen rato que se habían rezado completas. La fatiga causaba estragos. Algunos guardias daban cabezadas ocasionales, cortadas de cuajo por el vascón con imprecaciones, amenazas y alguna que otra patada. A los demás, excepto Freya, nos mantenía en vela la excitación, unida a una creciente impaciencia.

¿Quién habría podido dormirse sin antes averiguar la verdad de lo que había en esa tumba?

Don Alfonso ordenó que el anciano fuese conducido de inmediato hasta él y se le proporcionara un asiento. Pelayo se acercó al soberano, haciendo ostentosas reverencias, tengo para mí que aterrado. El obispo, su mentor, había sido despachado expresamente por el monarca, quien deseaba mantener esa conversación sin testigos.

Claro que, hasta la fecha, yo nunca me he sentido concernida por ese deseo. De ahí que me aproximara también, fingiendo ir a saludar a Nuño, con el propósito real de escuchar.

La oscuridad no me permitió contemplar la escena, aunque todo lo dicho en ese encuentro llegó hasta mis oídos con claridad.

—Siéntate sin miedo, buen hombre —le saludó el soberano con toda la cordialidad de la que es capaz—. Nada has de temer de mí.

—…

—Acércate —insistió el Rey—. Mírame a los ojos y cuéntame tu historia. Quiero oírla relatada con tus propias palabras.

—Yo vi laaas luluminarias, majestad. —La voz titubeaba tanto que le hacía parecer tartamudo.

—¿Qué fue exactamente lo que viste, Pelayo? Tranquilízate. Te aseguro que no tienes motivos para estar inquieto.

—Essstrellas, majestad. Muuuchas estreeeellas. Bailaban en el cieeeelo.

—Respira hondo y habla despacio, hermano. Me cuesta entenderte. —Don Alfonso contenía su genio empleando un tono paternal que poco a poco fue soltando la lengua del interrogado.

—Las essstrellas cayeron sobre el bosque. Yo lo vi.

—¿Qué hacías en el bosque en plena noche?

—Yo vivvvo en el bosque, mi señor. Era mi caaasa hasta que el ooobispo mandó otra cosa. Y fueron muchas noooches.

—¿Cuántas?

—No sé contar, majestad. Muuuchas. Me lo había annnnunciado el ángel.

—¿El ángel? ¿Viste también un ángel?

—Me habló en sueeeños, señor.

—Pelayo, empieza por el principio. ¿Quieres? —El Rey se esforzaba en mostrarse calmado, cada vez con mayor dificultad.

—Perdonadme, mi señor. Perdonad a essste pobre pecador.

—No tengo nada que perdonarte. ¡Yérguete, por favor! Dios te ha distinguido entre todos los hombres haciéndote una revelación que cambiará el curso de la historia. ¿Te das cuenta de lo que significa?

—Solo sé lo que vi, majestad.

—Pues cuéntamelo paso a paso, te lo ruego.

—El ángel me haaabló. Dijo que enccontraría algo muy valioso. Yo pensé que sería un tesoro de oro o plata, pero después el reveeerendísimo obispo me explicó que habíamos dado con algo mucho mayor.

—Ya lo creo, hermano, ya lo creo. Lo que al parecer señaló tu visión fue el emplazamiento de las sagradas reliquias del apóstol Santiago, nada menos. No hay tesoro que se le compare. Ahora dime, ¿cómo eran esas luminarias? ¿Qué fue exactamente lo que contemplaste en el cielo nocturno?

—Luces que bailaban, mi señor. Se movían, daban vueltas.

—¿Por todo el cielo?

—No. Solo en un trocito pequeeeño. Se lo dije al señor cura, él fue a ver al reverendísimo obispo y me ordenaron que esperase, que tenían que estar unos días sin comer.

—¿Quieres decir guardar ayuno?

—Eso dijeron, sí. Esperamos tres días. Después, los tres juuuuntos llegamos a este sitio. Entonces estaba en alto y había muchos árboles.

—¿El sepulcro estaba bajo un montículo?

—Estaba en alto, con árboles. Enseguida los mandó cortar el reverendísimo señor obispo.

—¿Qué más puedes contarme, Pelayo? ¿Qué otras señales viste?

—Ver, no vi más, majestad. Oír, sí que oí.

—Pues dime, por Dios, qué fue lo que oíste. No me obligues a arrancarte cada palabra de la boca.

El Rey había pronunciado esta última frase prácticamente a gritos, lo que dejó nuevamente mudo al ermitaño. Don Alfonso insistió, algo más calmado:

—¿Oíste la voz del ángel?

—No, señor.

—¿Otra voz distinta?

—No hablaba. Era múúúsica.

—¿Oíste música? ¿Qué clase de música?

—No era flauta, ni tambor, ni silbido.

—¿Un salterio acaso?

—No os entiendo, señor.

—¿La música que oíste procedía de un instrumento de cuerda?

—Yo nuuuunca había oído algo así. La música venía del cielo.

—¿Estás seguro?

—Del cielo, señor, del cielo. Y las estrellas también. Perdonadme, señor. Perdonad a este pecador…

El anciano no podía más. Se refugiaba en esa súplica, desesperado, a falta de un modo mejor de escapar al interrogatorio. Era evidente a mi juicio que seguir preguntándole no habría conducido a otro resultado que incrementar aún más su angustia. Todo lo que sabía o creía saber había quedado dicho.

Don Alfonso debió de llegar a la misma conclusión que yo, porque al cabo de pocos instantes dio por concluida la entrevista y concedió a Pelayo permiso para retirarse. Al marchar, caminando hacia atrás para no dar la espalda al monarca, el anacoreta seguía repitiendo:

—Perdonadme, señor, perdonad a este pobre pecador, perdonadme…

Sentí una profunda compasión por él. ¿Cuántos, en su lugar, habrían salido indemnes de un trance así?

De haber podido escoger, dudo que hubiese aceptado el honor de semejante carga.

* * *

El soberano permaneció inmóvil unos momentos más, calibrando el alcance de lo relatado por el ermitaño. ¿Otorgaría total credibilidad a su testimonio o cuestionaría la cordura de ese pobre hombre, sometido a una serie de pruebas capaces de quebrar a cualquiera?

No me habría gustado estar en su lugar.

Finalmente, don Alfonso mandó llamar al obispo y, puesto en pie, le comunicó:

—Voy a entrar a recogerme en oración ante esas reliquias. Disponed lo necesario.

—Permitidme que os acompañe, majestad.

—Prefiero estar solo.

—Os encarezco…

—¡Solo, he dicho!

El prelado reculó, humillando ligeramente la espalda. A unos cuatro pasos del Rey, le dijo:

—Sabed entonces que el Apóstol descansa en el sarcófago de mármol situado en el centro de la estancia. Lo reconoceréis porque su bendita calavera decapitada se encuentra sobre su regazo, bajo la osamenta de los brazos, tal como ha permanecido desde que el verdugo de Herodes se la arrancó brutalmente del cuerpo. A la derecha del santo, en una sepultura más humilde de ladrillo, hallaréis a su discípulo Teodoro. A su izquierda veréis a Atanasio. Los tres reposan aquí juntos desde que Dios los llamó a su seno en el siglo primero de nuestra era, cumplida su misión evangelizadora.

La tormenta estaba literalmente encima de nosotros. Llovía con fuerza. Los relámpagos se habían tornado rayos que rasgaban con furia el cielo, alimentando el ardor con el que fieles y clérigos suplicaban del Apóstol una manifestación de su favor.

El Rey, aparentemente ajeno a esa escena propia del apocalipsis comentado en el libro del Beato, respondió fríamente al prelado:

—La fe me llevará a reconocerlos, perded cuidado. Vos velad porque nadie me moleste.

—Dejad que os acompañe —insistió Teodomiro—, aunque solo sea para alumbraros. La cámara todavía no está bien asegurada y podrías golpearos la cabeza con el techo bajo o resbalar en el suelo húmedo.

—Yo mismo llevaré una luz. Os repito que deseo estar solo.

Su tono no dejaba espacio a otra réplica.

Nuño, que adivina el pensamiento de su señor antes incluso de que lo formule, ya le había echado encima una capa y le tendía una lámpara de aceite, dispuesto a seguirle hasta el túmulo, o hasta el infierno si hiciese falta.

Don Alfonso tomó la luz e inició un caminar lento hacia el interior de esa boca oscura, guardiana de un secreto silenciado durante siglos. Las plegarias lo acompañaron elevando un poco más el tono, mientras el ruido del aguacero ahogaba el sonido de las voces.

En el preciso momento en que el Rey se agachaba para atravesar el quicio de la puerta tras la cual se hallaba el sepulcro, un pavoroso trueno estalló en la oscuridad, haciendo temblar el suelo.

Era la respuesta de Dios a nuestras súplicas.

¿Qué otra cosa podía ser?

Ni siquiera el escéptico Sisberto se habría atrevido a negar que semejante señal resultaba inconfundible. Yo misma me rendí a la evidencia de un augurio inapelable. Si faltaba alguna prueba para acabar de convencerme, ese rugido ensordecedor desterró la última duda. El morador de esa cámara no podía ser otro que el apóstol Hijo del Trueno… o alguno de sus discípulos dotado de un gran poder. De un poder capaz de gobernar los elementos.

Don Alfonso cruzó el umbral, aparentemente imperturbable.

La muchedumbre, paralizada de terror durante los primeros instantes, profirió una exclamación unánime y ensordecedora:

—¡Milagro!

El gentío arremetió con violencia contra el cordón que formaban los guardias, en un intento desesperado de llegar hasta la tumba. Algún soldado se vio obligado a desenvainar la espada, como último recurso ante el riesgo de ser arrollado. Temí que el tumulto alcanzara proporciones incontrolables, pero el obispo Teodomiro tomó enseguida las riendas de la situación, dirigiéndose con voz potente a esa masa enfervorecida:

—¡Hermanos, rezad conmigo!

Su ilustre persona entonó los primeros versículos de un tedeum, secundado de inmediato por los clérigos allí presentes, y aquello calmó los ánimos. Todos le seguimos, hincados de rodillas sobre el barro, soportando el aguacero sin sentirlo, pues el prodigio que acabábamos de presenciar no admitía más respuesta que rendirse humildemente a la fuerza de los hechos.

Admito que recité esa oración de forma mecánica, sin pararme a pensar en lo que decía.

Mi mente evocaba en esos instantes la historia escalofriante escuchada en Ovetao de labios de Nunilo y Danila la víspera de emprender esta peregrinación. La que relataba el cruel martirio de Santiago, cuyas manos sin vida habían sujetado firmemente la cabeza separada del tronco, pese a todos los intentos de arrebatársela llevados a cabo por los secuaces de Herodes. La que contaba cómo esos dos discípulos, Atanasio y Teodoro, habían recuperado el cadáver de su maestro, lo habían envuelto en paños de lino fino y traído por barco hasta Hispania, a fin de darle sepultura allá donde había predicado.

Lo que yo no podía imaginar era que ahora, transcurridas varias centurias, esa prodigiosa obstinación se mantuviera intacta. Que el mismísimo Hijo del Trueno, o alguien muy cercano a él, conservara la potestad de proteger su propia cabeza decapitada e incluso llegara al extremo de confabularse con el cielo en el empeño de revelarnos su presencia entre nosotros.

A diferencia de lo que había experimentado hasta entonces, empecé a envidiar a mi señor por el privilegio de gozar con la contemplación de esos huesos sagrados.

* * *

El tiempo pareció detenerse. La tormenta se alejó hacia el sur, con más prisa de la que se había dado en llegar, y el chaparrón se convirtió en lluvia fina.

Las antorchas colocadas alrededor del recinto funerario habían resistido al agua, merced a la grasa de ballena que debía de impregnarlas, y hacían que la noche pareciese día. Bajo su luz eran visibles los escombros acumulados fuera del círculo cuidadosamente limpiado: tierra, ladrillos, mampostería reseca y demás material de construcción, retirados de ese perímetro con el propósito de despejar la sepultura del santo.

Era como si, en algún momento pasado, el mausoleo, de piedra blanquecina techada de pizarra, hubiese sido rodeado y recubierto de un muro protector de ladrillo, para a continuación ser escondido bajo una montaña artificial. Una vez liberado de su revestimiento, mostraba su frontal original, con sendas columnas sencillas a ambos lados de la puerta.

La estructura resultaba hermosa, especialmente bajo esa luz cálida. Claro que su escala no se correspondía con la que yo habría asignado a uno de los doce discípulos de Cristo, sino más bien a la estancia de un niño.

¿Por qué habrá puesto alguien tanto empeño en ocultar esos huesos? Se lo pregunté a Rodrigo, que permanecía a mi lado, de rodillas, musitando una oración desconocida para mí, una vez concluido el tedeum.

A mi hijo le costó salir de su trance, aunque terminó por acceder a mis ruegos de mala gana.

—Para mantenerlas a salvo, madre, es evidente.

—¿De quién? ¿De los sarracenos? —inquirí, evocando las lápidas destrozadas que yacían esparcidas aquí y allá en el último tramo de nuestro camino.

—No. De las terribles persecuciones sufridas por los cristianos en tiempos de romanos y bárbaros. Del saqueo y la profanación. Los sarracenos llegaron mucho más tarde y causaron graves estragos, aunque nunca sospecharon el tesoro que guardaba en sus entrañas este bosque. Dios, en su infinita bondad, esperó a que estuviese libre de infieles para enviarnos las señales que nos permitieron encontrarlo. Y hoy el prodigio que todos hemos contemplado nos ha vuelto a confirmar lo que el anacoreta Pelayo tuvo la dicha de hallar.

—El mensajero despachado por Teodomiro a Ovetao nos habló del baile de estrellas que precedió al hallazgo, en efecto —dije en apoyo a su argumento—. ¿Llegaste tú a presenciarlo?

—El Altísimo no me concedió esa gracia, pero sí participé en las tareas de desescombro. Trabajamos sin descanso desde que tuvimos noticia de esas señales y supimos del ángel enviado por el Señor al humilde ermitaño.

—A fe que quien levantó esta muralla lo hizo a conciencia, hijo. A juzgar por tu agotamiento, derribarla debió de requerir un esfuerzo considerable.

—Si el Apóstol recorrió campos, ciudades, burgos, aldeas y desiertos predicando la palabra de Dios, insistiendo para que imperase una misma ley en todas las gentes ignorantes de Dios. Si ofreció su cabeza al verdugo antes de renegar de Nuestro Salvador y ni por amenazas de los poderosos o palabras de los envidiosos dejó de predicar el nombre de Cristo en presencia y audiencia de los duros hombres judíos... ¿cómo podría quejarme yo de empuñar una pala o un pico a fin de exponer al mundo el lugar en el que yacen sus restos?

—Confío en que al menos tuvierais ayuda...

—Desde luego, madre. La mayoría de las gentes que veis a nuestro alrededor contribuyeron de un modo u otro a despejar el terreno antes de la llegada del Rey, a fin de permitirle acceder sin dificultad al sepulcro. El obispo Teodomiro, inspirado en el ejemplo del santo, predicó incansablemente a la muchedumbre para apresarla en las redes de la verdad. Antes del prodigio que acabáis de ver con vuestros ojos, ya se habían producido los primeros milagros.

—No es de extrañar entonces la devoción que se percibe en estas gentes —le dije, eludiendo manifestar mi preocupación por el celo rayano en desvarío que había detectado en él hacía un rato.

—¿Deseáis escuchar vos misma el testimonio de una mujer bendecida con la curación de su hija? —inquirió, como si adivinara lo que yo estaba pensando.

—¡Desde luego!

—Pues aguardad aquí. Voy a buscarla.

* * *

Al marcharse Rodrigo, me senté, pues mis rodillas doloridas se negaban a seguir soportando la dureza del suelo salpicado de guijarros. El resto de la comitiva aguantaba estoicamente la postura, encadenando una letanía con otra, sin desfallecer. A mí me faltaban las fuerzas.

¿Qué estaría haciendo el Rey en el interior de esa cámara donde la muerte y la vida, las tinieblas y la luz, convivían en estrecha unión desde tiempos inmemoriales?

¿Qué sentiría postrado a los pies de ese santo rescatado de un olvido secular? ¿Se habrían disipado al fin todas sus dudas? ¿Lloraría, sin testigos, las penas, las pérdidas, el vacío y los desengaños de su larga existencia solitaria? ¿Daría las gracias desde el fondo de su corazón generoso por esa esperanza recobrada?

Lo imaginé genuflexo, o acaso tumbado boca abajo, dirigiendo una súplica muda al Apóstol aparecido por la gracia de Dios en sus dominios cuando más necesitábamos su presencia. Implorando con humildad la salvación de su padre, el príncipe Fruela, cuyo espíritu atormentado le había visitado recientemente en sueños. Invocando el amparo del Hijo del Trueno no solo a nuestro reino, sino a la Cristiandad toda, gravemente amenazada por el avance arrollador musulmán.

Rogando al más vigoroso de los Doce escogidos por Jesús el valor y la fortaleza indispensables para seguir defendiendo Asturias hasta el último día de su vida.

A tenor de lo que tardaba en salir, la lista de peticiones debía de ser muy extensa.

La espera empezaba a hacérseme larga, cuando regresó mi hijo, acompañado de una mujer con aspecto de campesina: regordeta, con las mejillas encendidas propias de quien trabaja a pleno sol y unos ojos oscuros enmarcados en surcos, más que arrugas. Vestía una saya de lana basta y su rostro mostraba las huellas de un gran cansancio.

Mi condición de cortesana perteneciente a la comitiva real debía de intimidarla profundamente, porque ni siquiera se atrevía a mirarme. Rodrigo tuvo que insistirle con firmeza para que accediera a hablar, explicándole que yo era su madre y nada debía temer de mí. Finalmente, ella se arrancó, midiendo las palabras como el niño que echa a andar torpemente, para poco a poco contarme el prodigio obrado por el Apóstol en la persona de su hija mayor.

Con su lenguaje peculiar y un marcado acento que dificultaba notablemente la comprensión de lo que relataba, me explicó que «su» Bricia había sido sordomuda durante la mayor parte de su vida, desde que, a los cuatro años de edad, vio morir a su padre abrasado por el fuego que devoró su hogar.

—La criatura lo mató sin querer —repetía, llevándose las manos a la cabeza—. Sin maldad. ¡Ángel mío! ¿Cómo iba a saber lo que hacía?

Por lo que deduje de su historia, la propia pequeña había provocado involuntariamente el incendio, al dejar caer una lámpara de aceite sobre la paja que cubría el suelo. Su padre había perecido envuelto en llamas, ante los ojos horrorizados de su hija, justo después de ponerla a salvo. Desde ese día, ella había dejado de hablar. No contestaba a las preguntas ni parecía atender a lo que se le decía.

—El santo me la curó. ¡Bendito sea! Él devolvió a mi Bricia la lengua. Ahora podrá casarse y darme nietos que alegrarán mi vejez.

—Gracias, mujer —la interrumpió en ese punto Rodrigo, en tono severo—. Puedes regresar a tu casa o quedarte orando en el bosque, como prefieras.

—¿De verdad ha recuperado el habla esa muchacha, hijo mío? —inquirí.

—Dios obró el milagro por la mediación de Santiago, sí. Acaeció ante multitud de testigos. Al poco de abrirse el sepulcro, acudieron a postrarse ante él la madre y la hija, esta con el corazón abierto al arrepentimiento sincero. Se había expandido la noticia del hallazgo y eran muchos los que venían a rezarle en busca de auxilio o perdón, empujados por la fe en el gran poder del Apóstol. Ellas marcharon en paz, sintiéndose perdonadas, y esa misma noche Bricia empezó a hablar de nuevo.

—¿Qué edad tiene ahora?

—Veinticuatro años.

Mi hijo no mentía. Lo leí en sus ojos. Lo supe por su voz. Él había contemplado ese prodigio, del mismo modo que yo acababa de oír el trueno. En su corazón no cabía la más mínima duda. De ahí su resistencia inhumana. Su fervor de iluminado. La fuerza que irradiaba todo él, invencible y aterradora a la vez.

Porque esa fortaleza interior era la que estaba a punto de romper definitivamente su cuerpo.

—No ha sido el primer milagro del santo y tampoco será el último —exclamó, poseído por el entusiasmo—. Cuando era conducido al suplicio, vio a un paralítico que acostado le gritaba: «¡Santiago, apóstol de Jesucristo, líbrame de los dolores que me atormentan todos los miembros!». Y le dijo el Apóstol: «En nombre de mi Señor Jesucristo crucificado, por cuya fe me llevan al suplicio, levántate sano y bendice a tu Salvador». Y al instante el hombre se levantó y echó a correr contento, bendiciendo el nombre de Nuestro Señor Jesucristo.

—Hermosa historia, Rodrigo. Te confieso que apenas sé nada de este Hijo del Trueno. La primera vez que lo oí nombrar así ni siquiera imaginaba que se tratase de uno de los doce discípulos de Jesús.

—Es enorme merced que nos ha hecho revelándonos su presencia, madre. Imposible de calibrar, en realidad. Mas sabed que por su intercesión los enfermos sanarán, los ciegos verán la luz, los tullidos se levantarán, los mudos hablarán, los endemoniados se librarán de la posesión del diablo, los tristes serán consolados y las oraciones de los fieles serán escuchadas. A sus pies quedarán las cargas pesadas de los delitos y se romperán las cadenas de los pecados.

Él estaba persuadido de cuanto afirmaba. Yo, más escéptica, me limité a esperar que al menos la fe en ese apóstol nos diese fuerzas para luchar. Para seguir luchando sin desfallecer.

* * *

Un murmullo a nuestro alrededor, cuya intensidad creció rápidamente, nos alertó entonces de que don Alfonso estaba saliendo al fin de la cámara mortuoria. Su paso era vacilante. El cambio de la oscuridad a la luz, o acaso las lágrimas, debían de dificultarle la visión, porque parecía desorientado. A juzgar por la ligera convulsión que sacudía su espalda, había estado sollozando y tardaba en recuperar el dominio de sí mismo.

Esa muestra de aparente fragilidad, tan rara vez exhibida, me hizo admirarle aún más, pues sabe Dios cuánto le costaría aparecer ante su pueblo de ese modo, con el alma en carne viva. Él, guerrero indoblegable en el campo de batalla, vencido por la emoción de acoger en su modesto reino el sepulcro del apóstol Santiago, quien ni siquiera después de muerto rindió su cabeza al verdugo.

¿Qué habría sentido mi señor allí dentro, viendo la calavera del santo celosamente custodiada por los huesos de sus manos? Me prometí a mí misma que no me marcharía de ese bosque sin contemplarlo con mis propios ojos.

Vimos caminar al Rey hacia nosotros, despacio, aunque erguido y en cierto modo ligero, como si su larga conversación con el Apóstol hubiese obrado en él la maravilla de la que me había hablado poco antes Rodrigo: «A sus pies quedarán las cargas pesadas y se romperán las cadenas».

La multitud lo recibió en silencio, vigilada estrechamente por la guardia, pero sobre todo intimidada ante la presencia de ese soberano a quien la gracia de Dios acababa de alcanzar de un modo tan elocuente, tan estruendoso a sus ojos como ese formidable trueno coincidente con el instante en el que había entrado al sepulcro.

El obispo Teodomiro lo aguardaba, expectante, rodeado por una legión de clérigos. A su lado se encontraba Odoario y algo más atrás Danila, junto a otros dignatarios eclesiásticos de rango similar. Cada posición obedecía a una jerarquía. Nada había sido dejado al azar.

En los rostros se reflejaba la impaciencia con la que los allí presentes ansiaban conocer el veredicto real, dado que algunas preguntas seguían estando en el aire. ¿Habría llegado a sentir don Alfonso el poder sobrenatural de esas reliquias? ¿Rubricaría la veracidad del hallazgo? ¿Concedería su favor al prelado de Iria Flavia, otorgando a su sede los correspondientes privilegios? ¿Ordenaría a los responsables de su tesoro que proporcionaran los recursos indispensables para construir sobre ese túmulo un templo acorde a la dignidad del Apóstol?

Nadie se atrevió a preguntar. Tampoco el Rey creyó llegada la hora de abrirnos su corazón. El obispo se vio obligado a romper de algún modo ese muro de hielo, y lo hizo recurriendo a una pregunta trivial que hizo trizas la solemnidad del momento.

—¿Deseáis que os acompañemos hasta los aposentos que hemos dispuesto para vos en la aldea de San Félix de Lovio, o preferís seguir camino hasta la ciudad, donde a buen seguro estaréis más cómodo?

—Descansaré unas horas aquí —respondió con parquedad el Rey—. Mañana habrá tiempo para hablar.

Acto seguido, ordenó plantar su tienda y pidió algo de comer, así como una jarra de vino. También indicó a Nuño que fuera a buscar a Cobre. Los demás entendimos que se nos invitaba a marcharnos. El rostro del monarca era un reflejo de los nuestros y revelaba hasta qué punto necesitábamos descansar.

Rodrigo siguió a Teodomiro a su alojamiento, tras despedirse de mí permitiéndome darle un beso en la frente. La condesa Freya y yo volvimos a compartir yacija, bajo el techo de tela encerada que nos ha brindado cobijo desde que partimos de Ovetao.

Durante todo ese intenso día yo no había encontrado un momento propicio para tratar con ella el asunto de su mal de amores, ni ella había osado interrogarme, más que a través de alguna mirada suplicante. Aunque no dijera nada, su padecer era patente.

Al tumbarme por fin en el lecho de pieles dispuesto por los siervos, se me cerraban los ojos como si cada uno de ellos llevara dentro un cargamento de arena. Estaba exhausta, ansiosa por dejarme ir. Sin embargo, vi el rostro de esa joven dama prácticamente pegado al mío, rogándome en silencio que pusiera fin a su tortura, y no pude por menos que decir:

—Ya he hablado en vuestro favor con el Rey. Estad tranquila.

—¿Ha accedido a respaldar mi matrimonio con Claudio? —se entusiasmó ella.

—No ha ido tan lejos, aunque tampoco se ha opuesto, lo cual es mucho más de lo que habría cabido esperar.

—¿Vos qué pensáis, dama Alana? —replicó, en un tono muy distinto al que reflejaba la euforia expresada hacía un instante.

—Estoy demasiado cansada para pensar con claridad, hija.

—¡Por caridad!

—Don Alfonso ha prometido pensárselo. No es poca cosa.

—¿Convencerá a mi padre? ¿Se pondrá de nuestra parte?

—Eso dependerá, mi querida Freya, de cómo aprovechéis vosotros la oportunidad que se os va a brindar. De regreso a Ovetao volveremos a pasar por Lucus y tendréis ocasión de ver a vuestro posadero. Yo me encargaré de facilitar el encuentro y trataré de abogar nuevamente por vos ante nuestro señor don Alfonso. Más no podemos hacer.

—Pero es que mi padre el conde jamás lo permitirá.

—Acabo de conocer a una mujer cuya hija ha recuperado el habla, tras veinte años de silencio, merced a la intercesión del Apóstol. Os aconsejo que os encomendéis a él...

Dicho lo cual, me quedé dormida.

* * *

Esta mañana he visto a mi rey sereno, revestido de majestad, impecablemente aseado e imbuido de una paz que se reflejaba en su porte, en sus gestos, en su mirada clara y en una sonrisa franca tan difícil de observar en él como el sol en nuestra amada Asturias.

—¿Dónde está Teodomiro? —nos ha preguntado al vascón y a mí, saliendo de su tienda, después de hacernos un leve gesto a guisa de buenos días.

—Hoy no se le ha visto, señor —he respondido yo, esbozando una reverencia.

—¿Envío un hombre a buscarlo? —ha inquirido Nuño.

—Sí. Y pide también a Adamino que apresure el almuerzo. ¡Tengo apetito!

¡Bendito sea el Apóstol que ha devuelto a mi señor la alegría!

El prelado ha llegado enseguida, acompañado de la misma corte de clérigos con la que nos recibió ayer.

Él también parecía contento. Desprendía vigor, energía. Caminaba resuelto hacia el lugar donde lo esperaba el Rey, sin rastro de vacilación o reverencia. Iba al encuentro de un igual, seguro de su poder, aunque desnudo de arrogancia.

Su actitud me ha producido una extraña sensación, a medio camino entre la admiración y el rechazo. Porque hay que tener valor para comportarse así ante don Alfonso el Magno, pero también es menester el descaro.

¿Quién es en realidad este Teodomiro de Iria Flavia?

Un personaje fuera de lo común, de eso no hay duda. Aún no sé si considerarlo un elegido de Dios o un embaucador extraordinariamente hábil. Su capacidad de convicción es formidable. Sus dotes para la oratoria, magistrales. Ahora bien… ¿dice la verdad, revistiéndola de ampuloso oropel, o miente con tal desfachatez que logra engañar a cualquiera?

No tengo modo de saberlo y tampoco me importa demasiado.

A la luz del día, el sepulcro del Apóstol pierde parte de la magia que le otorgaban la tormenta y las antorchas, hasta el punto de resultar sorprendente precisamente por su sencillez.

Lo que se percibe es un modesto edificio de tamaño reducido, techado a dos aguas de pizarra oscura, con la fachada de piedra muy ennegrecida por la suciedad y una puerta de acceso más baja que el tamaño de una persona. Nada permite adivinar lo que esconde en sus entrañas esa cámara.

Alrededor se mueve un ejército de obreros, gentes de armas, aldeanos, monjes, sacerdotes y curiosos, en parte traídos por el obispo con el fin de adecentar el lugar, en parte acudidos en respuesta al boca a boca que propaga por estas tierras la noticia del hallazgo y los milagros atribuidos al santo, especialmente después de lo acaecido ayer.

Hoy también la condesa Freya estaba más hermosa de lo habitual, si cabe, imagino que en razón de nuestra charla de ayer noche. Su padre ha debido de rendirse a la evidencia, abandonando toda esperanza de elevarla al tálamo de don Alfonso, porque no la acosaba como solía e incluso le he visto prodigarle algún gesto cariñoso.

Odoario y Danila habían penetrado antes del alba al interior del recinto sepulcral, acompañados por Teodomiro, según han relatado embelesados mientras desayunábamos. Ni que decir tiene que se mostraban plenamente convencidos de que las reliquias son auténticas. Exultaban.

Ignoro si sería la falta de sueño, la gracia divina o una mezcla de ambos factores, pero lo cierto es que su expresión semejaba la de quien ha consumido alguna de las tisanas que preparaba mi madre para aliviar dolores fuertes. Se les veía impresionados, casi ausentes, profundamente marcados por la experiencia vivida allí dentro.

Nuestro anfitrión, por el contrario, permanecía fresco cual fruta recién cogida. Nada en su rostro o su actitud revelaba el menor signo de fatiga.

Una vez congregados todos en torno a una mesa de tablones bastos dispuestos sobre caballetes, ha llevado la voz cantante. Ni siquiera el Rey ha intentado restarle el protagonismo que reclamaba.

—Vos mismos lo habéis visto, hermanos. ¿Quién sino el Hijo del Trueno habría sido sepultado sujetando su propia cabeza? ¿Quién habría exhibido su divino poder manifestándolo con un fenómeno tan elocuente como el que se produjo ayer noche ante nuestros ojos? El milagro es innegable.

La verdad es que el argumento resultaba irrebatible. El cielo nos había enviado señales inconfundibles y la imagen del enterramiento descrito despertaba en mí un deseo ardiente de contemplarlo en persona.

Don Alfonso, Odoario, Rodrigo y Danila han asentido, dando por buena la descripción. Teodomiro ha seguido hablando.

—Las luminarias fueron providenciales para mostrarnos el lugar exacto donde se ocultaba el Arca Marmórica, aunque si he de seros absolutamente sincero debo confesar que yo ya llevaba tiempo buscando en esta necrópolis señalada por un campo de estrellas.

—¡Alabado sea Dios por iluminaros con tan santo propósito! —ha exclamado el abad de San Vicente.

—¿Puedo saber en base a qué emprendisteis tal búsqueda? —ha inquirido el monje calígrafo, siempre ávido de información. Mi natural curiosidad ha agradecido la pregunta tanto como el propio obispo interpelado.

—Al hacerme cargo de esta diócesis hace una década —ha respondido, engolando ligeramente la voz—, supe que la tradición situaba desde antiguo al santo apóstol predicando en la región. No solo la de las gentes sencillas, que siempre se encomendaron a él, sino la de varios doctos padres de nuestra Santa Iglesia.

—Ciertamente, san Isidoro y Beda el Venerable dan cuenta en sus escritos de la predicación de Santiago en la Gallaecia —ha apuntado Danila.

—Y ambos precisan que fue sepultado en *achaia marmarica* —ha añadido el prelado—. Es decir, en un arca de mármol. Similares términos se emplean en una carta escrita por León, obispo de Jerusalén, a francos, vándalos, visigodos y ostrogodos: «En el occidente de Hispania predicó Santiago, muerto por la espada de Herodes y sepultado en un Arca Marmórica».

—Pero esa arca permanecía oculta bajo una gruesa capa de tierra y piedras, ¿no es así? —ha intervenido el soberano.

—Así es, mi señor. Sin embargo, al final la carta que acabo de mencionar, el venerable León exhorta a la Cristiandad a acudir a la Gallaecia a orar con devoción, porque «ciertamente allí yace oculto Santiago».

—Explicaos mejor, os lo ruego.

—En esta vieja necrópolis abandonada, majestad, se conservaban otros monumentos funerarios de mármol, perfectamente visibles, probablemente levantados en tiempos de los romanos. Panteones muy parecidos al que debió de acoger el cuerpo del Apóstol cuando sus discípulos, Atanasio y Teodoro, lo trajeron desde Judea tras su martirio. De ahí mi deducción. Estaba convencido de que el dedo del Altísimo guiaría mi búsqueda hasta las sagradas reliquias del evangelizador de Hispania, siempre que yo perseverara en el esfuerzo. Merced a Su gracia divina y a la revelación hecha a Pelayo, he visto obrarse el prodigio.

Llegados a ese punto me han venido nuevamente a la memoria los versos escritos por Beato, el monje de la Libana, en ese himno de alabanza dedicado al Hijo del Trueno:

¡Oh Apóstol, dignísimo y santísimo, cabeza refulgente y dorada de Hispania, defensor poderoso y patrono nuestro!

Cada día se hace más evidente la importancia crucial de este hallazgo. Estamos ante algo muy grande, que ansío conocer al detalle. Por eso, aprovechando una pausa en la conversación que decaía, he osado intervenir en ella, a riesgo de importunar a los clérigos.

—Excelencia reverendísima, ilustres señores, ¿por qué puso tanto empeño el Apóstol en ser enterrado en la Gallaecia?

—¿No os alumbré a ese respecto en Ovetao, antes de partir? —me ha fulminado Danila en tono áspero.

Haciendo caso omiso de esas palabras, Teodomiro se ha dirigido a mí sin muestra alguna de irritación, taladrándome con el poder de su mirada penetrante y su voz ronca.

—No te avergüences de preguntar, hija. El mero hecho de querer saber te redime de tu ignorancia.

—Iluminadme entonces, por favor.

—Tras la muerte y resurrección de Nuestro Señor en Jerusalén —ha comenzado a desgranar su lección—, alumbrados por la fuerza del Espíritu Santo, los apóstoles se dispersaron por los cuatro puntos cardinales en una fértil diáspora evangelizadora. Santiago el Mayor empezó predicando cual trueno en Jerusalén, aunque posteriormente embarcó hasta alcanzar algún puerto de la actual Al-Ándalus, perdida a manos de los mahometanos en castigo por nuestros pecados.

—El culto al verdadero Dios se mantiene intacto en Asturias gracias al valor de nuestro rey —ha apuntado con acierto Odoario.

—De sur a norte —ha proseguido el obispo—, Santiago llevó las palabras del Maestro hasta el último rincón de Hispania. Aquí en la Gallaecia sus enseñanzas cayeron en tierra abonada, aunque él no tardó en partir nuevamente hacia el este, afanado en difundir por doquiera el mensaje de la Redención. Y fue precisamente en el oriente de la península, cerca de la antigua Caesar Augusta, donde se le apareció la Santísima Virgen María, en lo alto de una columna, para rogarle que volviera sin tardanza a Jerusalén.[2]

—¿Se le apareció en sueños?

De nuevo ha sido el calígrafo quien me ha fulminado con su respuesta:

—No, dama Alana. Se le apareció en carne mortal, como deberíais saber de sobra dada vuestra condición de cristiana que se pretende ilustrada.

Me habría gustado replicarle apelando a mi pasado familiar, pero habría sido una grave imprudencia por mi parte. He optado pues por callar, mientras él seguía «desasnándome», según sus propias palabras.

—Cuando la madre de Nuestro Señor sintió llegar su hora, pidió a su Hijo la gracia de estar rodeada por los apóstoles el día de su ascensión a los cielos. Jesucristo no solo le concedió su deseo, sino que le permitió ser ella misma quien los avisase, uno a uno, mediante una aparición milagrosa. Santiago, os lo acaba de explicar el reverendo prelado, estaba aquí, en Hispania, y aquí contempló y oyó a la Santísima Virgen, que se había subido a un pilar con el fin de hacerse más visible.

En ese punto Teodomiro ha recuperado el uso de la palabra, para concluir la historia que respondía a mi pregunta:

—Cuando la Santísima Virgen ascendió a los cielos, los discípulos volvieron a dispersarse propagando la buena nueva, aunque pronto llegaron las persecuciones y el martirio. Unos antes, otros después, dieron testimonio de Jesús a costa de sus propias vidas. Casi todos fueron muertos y enterrados allá donde predicaban: Pedro y Pablo en Roma, Andrés en Acaya, en Grecia, Juan en Éfeso, Felipe en Turquía, Bernabé en Chipre, Tomás en la India, Mateo en Salerno, Bartolomé en Armenia... Santiago, no. El hijo del Zebedeo, prodigiosamente reaparecido entre nosotros, fue la excepción a esta regla.

—Murió a manos de Herodes en Jerusalén, unos diez años después de su Maestro —ha terciado don Alfonso, buen conocedor de la historia merced a su esmerada educación en Sámanos.

—Sus sagrados restos fueron recuperados por Atanasio y Teodoro, envueltos en paños ungidos en aceites perfumados y traídos de regreso a la Gallaecia, donde han descansado desde entonces —ha concluido el obispo, dirigiéndose a mí—. Sabemos, por san Jerónimo, que debía cubrirlos la misma tierra en la que él había sembrado en vida la semilla del Evangelio. ¿Comprendes, hija?

—Ahora sí.

La conversación parecía haber llegado a su fin, para alivio de algún comensal visiblemente impaciente por levantarse de la mesa. Más de uno se disponía a tomar el camino de la letrina, cuando don Alfonso ha recuperado la iniciativa, con el propósito de interrogar a su vez al prelado.

—¿Cómo fue exactamente el hallazgo, reverendísimo padre? Describidme con toda la precisión posible lo que os encontrasteis al desenterrar el sepulcro, os lo ruego.

—¡Con sumo placer, majestad!

Quien tuviera prisa por aliviar el cuerpo tendría que aguantarse un buen rato más, porque Teodomiro no ha disimulado su disposición a explayarse.

—Una vez retiradas la tierra y la cubierta de ladrillo que formaban una suerte de caparazón protector sobre el sepulcro, yo fui el primero en acceder a su interior, por la misma puerta que vos cruzasteis ayer. El sarcófago del Apóstol estaba entonces cerrado, naturalmente, y sobre él había un pequeño altar cuadrangular sostenido por cuatro columnas de granito cuya altura apenas superaba la del catafalco.

—¿Un altar decís?

—Sí, mi señor. Imagino que lo levantarían los propios Atanasio y Teodoro, después de dar sepultura a su maestro, con el fin de poder celebrar la eucaristía allí mismo, sobre sus reliquias. A derecha e izquierda de esa ara tan sencilla como los santos que la construyeron, hallé las sepulturas de los discípulos, en modesta fábrica de ladrillo y hormigón.

—¿Cómo supisteis que estabais ante la última morada terrestre de Santiago, Teodoro y Atanasio, si las tumbas, a lo que decís, carecían de nombre?

—Para comprobarlo fue preciso mover ese altar y destapar los ataúdes. El arca de mármol contenía un cuerpo decapitado con la cabeza firmemente sujeta por los brazos. ¿De quién podía tratarse sino del evangelizador de Hispania? Todos los elementos conducían a una única conclusión posible: el lugar señalado en los códices antiguos, el anuncio del ángel al anacoreta Pelayo, las luminarias, la música celestial, el afán de ocultar el túmulo, las tres sepulturas, el altar, la osamenta… Solo cabía dar gracias al Altísimo por el prodigioso hallazgo y despachar un mensajero a Ovetao con la orden de comunicaros la noticia sin tardanza.

—Obrasteis bien, Teodomiro —ha sentenciado don Alfonso—. Dadas las circunstancias, he de admitir que hicisteis lo correcto. Ahora os conmino, no obstante, a recolocar cada cosa exactamente como la encontrasteis. Ni vos ni yo tenemos autoridad para alterar en lo más mínimo lo que dispusieron con sabiduría unos discípulos guiados por la mano del Altísimo.

—Así se hará, majestad...

La expresión del prelado ha perdido de repente la seguridad que había proyectado en todo momento. Hasta el color ha huido de sus mejillas. La orden cursada por el Rey le había causado una honda decepción, imposible de disimular, antes de saber que don Alfonso aún mascaba en su cabeza una última decisión.

—Voy a estirar las piernas dando un paseo con mi mastín. Debo reflexionar sobre la manera de honrar al apóstol Santiago como merece su gloria, sin causar un quebranto inasumible a los escasos recursos del Reino. Esta tarde os daré a conocer los detalles, pero tened por seguro que sobre este sepulcro se alzará una basílica digna de llevar su nombre.

* * *

Yo he buscado un lugar apartado para escribir, pues eran muchos los hechos acaecidos desde la víspera que deseaba recoger en este pergamino mientras aún estuvieran frescos en mi memoria. Al concluir, me he dirigido a Rodrigo para rogarle que me condujera al interior del sepulcro, empeñada en contemplar al fin lo que tanto oía ponderar.

Mi hijo apenas había descansado. Sus ojos parecían perderse bajo unos párpados hinchados por la falta de sueño. Las ojeras de la víspera habían mutado del color violáceo a un azul oscuro, casi negro, similar al de los moratones. La sombra de la Muerte montada a horcajadas sobre su débil espalda, empeñada en arrastrarlo consigo a su mundo de tinieblas, ha aparecido de pronto ante mí, con una claridad tal que me ha obligado a cerrar los ojos.

—¿Os aqueja algún mal, madre? —ha inquirido él, sorprendido.

—Es el sol, Rodrigo —he mentido—. Solo el sol. Nada que deba inquietarte.

He sabido en ese instante que no lo volvería a ver con vida. Que nuestro adiós sería definitivo.

No alcanzo a expresar con palabras el dolor inherente a esa certeza.

Como en tantas ocasiones a lo largo de la vida, he apretado los dientes a fin de seguir adelante. Era menester fingir, celebrar la oportunidad de ese último encuentro y asegurarme de transmitirle todo el amor que llevaba dentro. ¿Qué mejor modo de hacerlo que compartiendo con él el motivo de su júbilo?

La guardia fuertemente armada dispuesta ante la puerta del sepulcro atestiguaba el alto valor de lo que allí se custodiaba. De no haber sido por los soldados, es probable que las reliquias hubiesen sido saqueadas ya.

Mi hijo me ha precedido, orgulloso, en el angosto recinto, portando una antorcha que pronto se ha revelado tristemente innecesaria.

Aunque, dada nuestra escasa altura, ni él ni yo hemos tenido que agacharnos mucho para entrar, la excitación me hacía transpirar profusamente y avanzar con dificultad. Mis ilusiones, no obstante, se han visto defraudadas al instante, dado que lo que ha aparecido ante mí no ha sido lo que yo esperaba, sino tres sepulturas cubiertas. La central, por un catafalco de mármol amarillento. Las otras dos, por ladrillos recién colocados cuyas junturas de cemento todavía rezumaban agua.

Teodomiro se había dado prisa en cumplir la orden del Rey. Todo estaba prácticamente tal cual se lo había encontrado él mismo, si bien el altar mencionado en su descripción, de forma cuadrada, permanecía apoyado contra el muro de la pequeña cámara, junto a las cuatro columnas que seguramente esta misma noche lo sustentarán de nuevo.

El lugar olía a incienso mezclado con otros aromas penetrantes, procedentes de las fragancias contenidas en varias vasijas repartidas por el suelo. Una abundancia de cirios refulgentes iluminaba la noche de esa morada mortuoria, haciéndola parecer mayor de lo que en realidad era.

La acumulación de sensaciones resultaba ciertamente abrumadora, aunque yo he tenido la impresión de ser víctima de un fraude. Se me había impedido ver precisamente lo que más ansiaba: ese esqueleto decapitado cuya sagrada calavera, inamovible a la fuerza humana, permanecía clavada al regazo presa de unas manos muertas.

Con todo, en el interior de ese sepulcro he experimentado emociones profundas que han removido todo mi ser y me han ayudado a comprender la turbación de Rodrigo. Allí dentro se concentraba una enorme cantidad de energía capaz de alterar a cualquiera. Algo sobrenatural habitaba entre esas paredes.

El lugar desprendía una honda espiritualidad que te poseía de manera espontánea nada más cruzar el umbral. Una fuerza superior incluso a la que en alguna ocasión percibí en ciertas capillas construidas junto a tejos centenarios o en las inmediaciones de círculos de piedras antiguos levantados por el pueblo de mi madre. Algo enormemente poderoso.

Quien yace en esa sepultura fue un hombre grande entre los grandes. Un elegido, no hay duda.

Mi hijo me ha propuesto entonar juntos una plegaria, a lo que he accedido gustosa. Desde hacía un buen rato, la idea de formular una petición a ese santo golpeaba mi mente con insistencia. Pues si lo que todos dicen es cierto, si ese escogido de Dios tiene la potestad de perdonar cualquier falta, no podía dejar pasar la oportunidad de apelar a él.

El Rey se postró ayer noche ante esos huesos suplicando, entre otras cosas, misericordia para su padre. Estoy segura de ello. Rogó que el príncipe Fruela alcanzara un lugar en el cielo a pesar de haber cometido el más grave de los pecados. Yo he invocado su intercesión en nombre de mi madre, Huma. He implorado el perdón de Dios por su paganismo y el mío, pues me resulta insoportable la idea de vernos penar eternamente ella y yo, devoradas por los gusanos.

Sean del Hijo del Trueno o no, carece por completo de importancia. Las reliquias ante las que he estado orando poseen la facultad de brindar paz, consuelo y esperanza.

* * *

Mi señor don Alfonso ha decidido donar tres millas de terreno alrededor de ese mausoleo, a fin de que sea construida una iglesia de piedra y barro cuya cabecera se situará sobre el túmulo del santo. Aunque será necesariamente modesta, de una sola nave y escasa ornamentación, sus puertas permanecerán siempre abiertas, así de día como de noche. Para que la luz de Dios resplandezca permanentemente en su interior, el soberano ha destinado una generosa cantidad de oro a la compra de cirios y lámparas con los que alumbrar las tinieblas.

Así mismo, el Rey ha mandado constituir una comunidad de doce monjes que, bajo la advocación de san Pelayo y la dirección del abad Ildefredo, habrán de velar por el culto apostólico y contarán para ello con la correspondiente dotación real.

Las obras comenzarán de inmediato, pues don Alfonso ha ordenado también que sean enviados heraldos a todos los reinos cristianos con la misión de anunciar al mundo la nueva del prodigioso hallazgo.

—Si me otorgáis vuestro permiso, señor —ha solicitado Teodomiro—, me gustaría trasladarme a esta aldea de Lovio hasta que pueda disponer de una residencia episcopal adecuada junto a la basílica. La sede de mi prelatura permanecerá en Iria Flavia, al menos por el momento, pero yo quisiera vivir lo más cerca posible del Apóstol y desde luego descansar eternamente a sus pies, una vez llegada mi hora.

—Sea, reverendísimo obispo. Contáis con mi venia para llevar a cabo ese traslado y os confío la tarea de supervisar personalmente los trabajos que han de emprenderse con urgencia.

—Este campo de estrellas brillará tanto como Ovetao, majestad —ha terciado el abad Odoario, con lágrimas en los ojos—. Sus iglesias, sus monasterios y sobre todo sus sagradas reliquias serán cantos de alabanza a la gloria eterna del Altísimo...

—... Y atraerá peregrinos de todo el orbe —ha añadido el prelado—. Hasta aquí llegarán los pobres, los ricos, los criminales, los caballeros, los infantes, los gobernantes, los ciegos, los mancos, los pudientes, los nobles, los héroes, los próceres, los obispos, los abades. Unos descalzos, otros sin recursos, pero henchidos de fe, otros cargados con hierro por motivos de penitencia y otros deseosos de repartir sus bienes entre los necesitados o donar plata o plomo a las obras de la basílica.

—Vendrán llenos de saber a implorar la bendición del santo —ha añadido Danila—. Hablarán múltiples lenguas, vestirán distintos ropajes, habitarán tierras diversas y con todo ese bagaje enriquecerán nuestra heredad. Francos, normandos, escoceses, irlandeses, galos, vascones, bávaros, provenzales, loreneses, bretones, anglos, flamencos, frisones, aquitanos, griegos, italianos, armenios, gálatas, efesios... De Asia, del Ponto, de Antioquía, de Chipre, de Sardes o de Sicilia, de cada rincón del mundo acudirán respondiendo a la llamada de Santiago. La voz del bendito Apóstol resonará en los más remotos confines.

—Será el sostén de cuantos guerreros luchen por librar del yugo sarraceno la tierra de Hispania evangelizada gracias a su predicación —ha terciado el obispo—. Cabalgará al lado de los jinetes, combatirá junto a los infantes, obrará incontables milagros, todos conocerán el poder de su grandeza y la fuerza redentora de su amor.

—En él tendremos hoy y siempre a nuestro más leal valedor —ha concluido mi señor.

* * *

A pesar de sus muchos años y de las cicatrices que adornan su cuerpo de luchador incansable, don Alfonso permanece fuerte al igual que su fiel compañero, Cobre. Lo veo impartir órdenes con esa autoridad suya indiscutible, que emana de todo su ser, y me tranquiliza saber que aún ha de durarnos largo tiempo.

El legado de este rey quedará esculpido en piedra por los siglos de los siglos.

Odoario, por el contrario, presenta un aspecto deplorable. Ni siquiera estoy segura de que consiga regresar a Ovetao con vida. Apenas lo sostienen las piernas; cada movimiento, aunque sea mínimo, le provoca una expresión de dolor intenso. Su mirada se extravía frecuentemente. Con todo, parece tan dichoso, tan en paz, que nadie lamentará su muerte. Marchará directo al cielo, se librará de las penas que nos afligen en esta existencia terrenal y contemplará el rostro de los ángeles antes que ninguno de nosotros.

Tal vez se encuentre en la morada celestial con Agila, el leal jefe de la guardia, absuelto de todos sus pecados antes de exhalar el último suspiro. Quien con certeza no estará allí será Muhammed, al que nunca perdonaré su intento de ahogar a mi señor en el río, obrando de forma traicionera. Ignoro dónde habrá terminado el alma inmortal de ese esclavo infiel, en caso de que la tenga. Con todo, si he de ser sincera, me alegra que dejara atrás sus días de cautiverio. Nadie merece un destino tan aterrador como ese.

Vuelvo la vista atrás y se me aparecen sus rostros, al igual que el de Sisberto, condenado a penar su herejía, o acaso simplemente su pasado, en un cenobio perdido en las montañas de Primorias. ¿Habrá alcanzado ya ese lugar de destierro? ¿Será capaz de soportar sus rigores, pese a su escasa disposición al sacrificio?

Ahora que ha llegado a su término esta peregrinación emprendida juntos, me inspira lástima ese forastero permanentemente quejoso, empeñado en sembrar dudas. Ahora no percibo en él a un enemigo de la verdadera fe, sino simplemente a un hombre escéptico, tan perdido como yo.

¡Dios se apiade de su espíritu!

Confío en que mi amiga Freya consiga vencer la resistencia de su padre y contraer matrimonio con Claudio. ¿Por qué no? Al fin y al cabo, el amor es en sí mismo un milagro que en este caso contaría con la bendición del Apóstol. ¿Quién, sino el propio Santiago, propiciaría ese imposible?

Danila sabe que no terminará su Biblia. El pesar por esa obra inconclusa lo acompañará hasta el final, aunque hallará consuelo leyendo mientras se lo permitan los ojos. Aprendiendo de cuantos códices caigan en sus manos y siguiendo de cerca las obras que el Rey ha mandado iniciar. El calígrafo recorrerá en más de una ocasión este camino, lo aventuro sin miedo a errar. Lo que angustia mi corazón, aun sin querer admitirlo, es que la próxima vez ya no encontrará aquí a mi hijo...

Me cuesta un esfuerzo supremo poner por escrito este pensamiento terrible. Quisiera ignorar lo que veo, lo que la mente me repite, implacable, al constatar, muy a mi pesar, la debilidad extrema de Rodrigo, su fragilidad creciente y, por encima de todo, su lejanía de este mundo.

Él ya ha cruzado el umbral, aunque su cuerpo rechace aún su decisión de marchar. Mi consuelo es creer que pronto se reunirá con nosotros, con su primera familia. Rodrigo, su padre, su hermano nacido muerto y yo misma disfrutaremos de ese paraíso donde no existe dolor, ni llanto, ni sangre, ni añoranza, ni tampoco miedo o angustia. A esa esperanza de reencuentro encomiendo en este momento mi espíritu.

¿Qué será de mí hasta entonces?

Me acogeré a la paz del monasterio que mis hermanos y hermanas construyen desde hace meses en las proximidades de Coaña. Cumpliré la promesa solemne formulada al Dios de la misericordia cuando le imploré que me permitiera abrazar una última vez a mi hijo Rodrigo.

Allí hallarán descanso al fin estos viejos huesos míos hartos de tanto andar. Allí podré recrearme en los códices guardados en la biblioteca, cultivar un huerto, elevar mi plegaria al Señor y tal vez incluso escribir, dando rienda suelta con ello al deber de conservar la memoria y al placer de recordar las aventuras vividas.

* * *

Al final de cada sendero nos aguarda la melancolía. La añoranza lánguida, a la vez que estéril, de un pasado irrecuperable. Mañana alcanzaré, si Dios quiere, esa meta atisbada ayer
con una punzada de dolor. Hoy he transitado por el territorio de las emociones abruptas. He presenciado un acontecer
del que hablarán los siglos venideros. He visto llorar a mi
amado rey ante el sepulcro de un apóstol y llorado de felicidad en brazos de mi hijo pequeño. Nadie podría pedir más.

El camino que he seguido hasta aquí no solo me ha traído
al *finis terrae*, sino a ese escondite interior donde mora el
sentido oculto de todo lo acontecido hasta ahora. Una vez
alcanzada la meta, es menester acabar.

Ardo en deseos de leer el itinerario compilado por Danila
cumpliendo el mandato del Rey. Mi propia crónica llega aquí
a su fin, pues cuanto me propuse narrar al empezar este manuscrito ha quedado recogido con toda la precisión de la que
he sido capaz.

¿Alcanzará a ver la luz algún día? ¿Caerá en manos de un
espíritu tan ávido de saber como este mío?

Si por ventura así fuera, ruego a Dios que se haya cumplido el augurio que hace unas horas oí formular a mi rey:

*Sufriremos nuevas aceifas, volverá a correr la sangre, pero
ya no lucharemos solos. Él estará a nuestro lado en el combate. Será nuestro santo patrón. La luz que alumbre esta tierra
de Asturias, faro de la Cristiandad acorralada.*

*Tú, Santiago, has querido descansar en esta tierra y desde
el cielo velas por nosotros. Yo he mandado levantar una capilla en tu honor. Una basílica modesta, como el Reino que el
Salvador encomendó a mi custodia, sobre cuyos cimientos,*

empero, se alzará otra mayor. Y luego otra y otra más. Los que vengan detrás de mí la engrandecerán y embellecerán hasta convertirla en fiel reflejo de tu gloria, pues has regresado a nosotros cual cabeza refulgente de Hispania y defensor poderoso.

Nuestros enemigos destruirán la piedra, se llevarán las campanas,[3] apilarán cabezas cortadas a guisa de sanguinarios trofeos y arrastrarán largas cuerdas de esclavos al otro lado de las montañas que Dios nos dio por murallas. Nos acometerán con fiereza en el empeño de doblegarnos, aunque nunca vacilará nuestra fe ni someteremos la cabeza a su yugo.

Nunca.
¡Que así sea!

El Arca Marmórica

Notas históricas

1. El mensajero del santo

1. Este personaje es real y ha dejado su huella en la historia a través de una Biblia, maravillosamente manuscrita e iluminada, de la que se hace una descripción detallada en otro capítulo de la novela. La Biblia de Danila, confeccionada a comienzos del siglo IX con toda probabilidad en la misma Oviedo, es un monumento paleográfico y artístico sin parangón en la Hispania altomedieval, indisolublemente ligado a la figura del rey Alfonso II. Por razones que se desconocen, ese valioso códice fue trasladado en algún momento a la abadía de la Santísima Trinidad, en la ciudad italiana de Cava dei Tirreni, donde se conservó desde entonces. En 2010, coincidiendo con el Año Jacobeo, el Gobierno del principado de Asturias mandó hacer una edición facsímil, que es posible (y muy recomendable para los amantes de la historia) consultar en archivos y bibliotecas del Principado.

2. La genealogía del apóstol Santiago, así como la detallada relación de sus milagros, destinada a alentar las peregrinacio-

nes jacobeas, está recogida en el Códice Calixtino, atribuido al papa Calixto (1116-1124), aunque redactado en época de Diego Gelmírez (1068-1140), primer arzobispo de Santiago y máximo impulsor de la construcción de la catedral compostelana.

2. Un mar de dudas

1. «Doncella en cabello» o «muchacha en cabello» es sinónimo de mujer soltera. Durante buena parte de la Edad Media únicamente ellas podían llevar la melena suelta. Casadas y viudas estaban obligadas a recogérsela.

2. Las reliquias contenidas en el arca a la que se alude se conservan actualmente en la catedral de Oviedo, expuestas al público. El arca en sí está recubierta de plata ricamente labrada añadida con posterioridad a la época descrita. En cuanto a las piezas halladas en ella, la más valiosa es, según la tradición de los creyentes, el Santo Sudario que cubrió el rostro de Jesucristo inmediatamente después de su muerte en la cruz, durante el descendimiento y en los instantes previos a lavar su cuerpo. Ese paño aparece citado por primera vez en un documento del siglo XI y se venera desde hace más de un milenio. De acuerdo con las pruebas científicas realizadas sobre el lienzo a partir de 1989, las manchas que aparecen en él se corresponden con el sangrado de un hombre muerto por crucifixión. El grupo sanguíneo es el mismo que el de la Sábana Santa custodiada en Turín: AB positivo. Las pruebas de carbono 14, no obstante, remiten a una fecha próxima al año 700 d. C. Para quien desee saber más, las actas del II Congreso Internacional sobre el Sudario de Oviedo, celebrado en 2007, contienen información detallada sobre esta meticulosa y fascinante investigación.

3. Tal como recoge la novela, la leyenda sobre el origen de esta cruz afirma que fue realizada por dos ángeles que tomaron la forma de peregrinos. ¿Qué relación guarda esta leyenda con la realidad? En opinión de diferentes expertos, la Cruz de los Ángeles no se corresponde, ni por la técnica con que fue elaborada, ni por su tipología, con las cruces elaboradas por los orfebres visigodos, pero sí se relaciona con los modelos de cruces lombardas, realizadas en el norte de Italia entre los siglos VII y IX. Según esta teoría, la cruz habría sido labrada por artistas de procedencia lombarda, que posiblemente habrían viajado al Reino de Asturias por voluntad del emperador Carlomagno. De ese modo quedaría explicada la repentina marcha de los ángeles, que *desaparecieron* tras haber realizado la cruz, con el fin de regresar a sus lugares de origen. Otros autores sostienen que «ángeles» podría ser una deformación de «anglos», lo que explicaría igualmente el origen foráneo de los orfebres autores de esta bella pieza. La autora ha optado en la novela por esta segunda opción.

4. La leyenda del tributo de las cien doncellas, probablemente inventada en el siglo XII, ha dejado honda huella en todo el norte peninsular español. Según esta tradición, cuya veracidad descarta hoy unánimemente la historiografía, los llamados «reyes holgazanes» (partidarios de pactar el pago de tributos de sumisión en lugar de enfrentarse militarmente al invasor musulmán), y en particular Mauregato, habrían aceptado entregar cada año cien vírgenes cristianas a los harenes del emirato andalusí como reconocimiento de vasallaje. La historia de Alana en *La visigoda* comienza en el momento en que ella es arrancada de su castro natal, en Coaña, como parte de ese tributo.

3. En marcha

1. En las antiguas calzadas romanas, las «mansiones» eran lugares donde los viajeros podían pararse a descansar y pasar la noche. El equivalente a los actuales albergues. Las «mutaciones» prestaban servicio a los vehículos y a los animales, pues permitían cambiar de caballos y tomar otros de refresco o reparar carruajes dañados. Estaban localizadas cada 12-18 millas.

2. Según el acta fundacional, los orígenes de este monasterio se remontan al año 781, tal como recoge la novela. Algunos autores contemporáneos han puesto en duda la autenticidad de este documento, mientras que otros lo dan por válido. Lo que sí es seguro es que en el siglo XI ya existía y era una institución de carácter familiar y dimensión mediana, sujeta a la regla descrita en estas páginas.

4. Las murallas de Dios

1. Tomo prestada a don Claudio Sánchez Albornoz la frase «no tiene cada pueblo su paisaje; sino cada paisaje su pueblo». Aparece en su magistral obra: *El Reino de Asturias. Orígenes de la Nación Española*.

5. El eremita

1. Junto a ese embalse, situado en lo alto del puerto del Palo, se celebró el último aquelarre de «brujas» documentado en Asturias. No pocos antropólogos estiman que muchos de los ritos practicados por esas mujeres se inspiraban en la antigua tradición matriarcal astur.

2. El códice que reproduce el itinerario de Egeria fue escrito en el siglo XI en el monasterio benedictino de Monte Casino, siguiendo el texto redactado siete siglos antes por la propia virgen durante su peregrinación a Tierra Santa. Lo que ha perdurado de él está incompleto. Le falta mucho del principio y parte del final. Aun así, nos permite saber que el manuscrito original o autógrafo contenía una descripción detallada de lugares visitados a lo largo de ese viaje, así como un minucioso relato de la experiencia vivida y dibujos de edificios singulares. Este último aspecto se deduce del hecho de que la misma Egeria se refiera a un templo levantado en honor del santo Job como «esta iglesia que veis». Siguiendo su ejemplo, el itinerario escrito por Alana en la ficción también se complementa con algún esbozo de objetos o enclaves que llaman especialmente su atención.

3. En el siglo IX, en el Reino de Asturias, las aldeas disponían (como continúan disponiendo en la actualidad) de tierras de explotación y propiedad individual en los valles, y derechos de uso colectivo en el monte. Caza, pesca, tala o ganadería trashumante eran libres.

6. Tentaciones de un rey casto

1. Ninguna crónica contemporánea de Alfonso II menciona a Berta (o Bertolinda), hermana de Carlomagno, como esposa o prometida del Rey. La primera alusión a esta princesa es del siglo XIII y aparece en el *Chronicon Mundi* de Lucas, obispo de Tuy. Dice así: «Y había tomado por mujer a Berta, hermana de Carlos, rey de los franceses, la cual, que por no haberla visto y por quitarse de lujuria, fue llamado rey Casto». Otros manuscritos de ese tiempo se refieren igual-

mente a esa presunta esposa de origen franco, aunque todos subrayan que el matrimonio no llegó a consumarse pues Alfonso se mantuvo siempre casto.

2. Tres fueron las embajadas enviadas por el Rey Casto a Carlomagno, fiel aliado en la guerra contra los musulmanes. La primera tuvo como destino Tolosa y se produjo en el año 795. La segunda, a la que alude el episodio narrado, fue en el 797 y llegó a Herstal. En el 798, después de la incursión de Alfonso II hasta Lisboa, los mismos embajadores repitieron viaje para llevar al emperador la grata noticia, acompañada de ricos presentes.

3. Aunque no fue el primero en realizarse, el llamado Camino Francés de peregrinación a Santiago sí fue el primero del que quedó constancia documental, a través de diversos martirologios ya mencionados en la Nota de Autora que encabeza estas páginas. También es el más popular. Actualmente es el itinerario más transitado y surca el norte de la Península hasta el extremo occidental, siendo la ruta troncal a la que van afluyendo, a lo largo de su recorrido, los peregrinos que transitan por otras rutas jacobeas.

En sentido estricto, el Camino Francés comienza justo aguas arriba de Puente la Reina, en Navarra. En una acepción más amplia, incluiría el Camino Navarro y comenzaría a los pies del paso de los Pirineos, es decir en San Juan de Pie de Puerto. Por último, en una tercera interpretación, comenzaría aún más atrás, en tierras francesas, tras pasar el puerto de Roncesvalles, en Ostabat, en la confluencia de las tres rutas jacobeas francesas que llegan de Tours, de Vézelay y de Le Puy-en-Velay.

Desde 1993, esta ruta está inscrita como Patrimonio de la Humanidad por la UNESCO.

7. Luna negra

1. En Europa existieron magos, augures y tempestiarios hasta bien entrada la época en que discurre esta novela, e incluso después. En el 816, el obispo de Lyon, san Agobardo, condenaba a los reos de estos delitos a la pena capital. En la legislación franca, *Capitularia Regum Francorum,* se les castigaba con doscientos azotes, la marca del hierro candente en la frente y la reclusión a perpetuidad. En el Reino de Asturias, el rey Ramiro I (842-850) mandó quemar a los «magos», probablemente oficiantes de ambos sexos de la antigua religión pagana.

8. Parada y fonda

1. Ese poeta existió en la realidad. Se llamaba Abulmajxí. Lo mandó cegar el futuro emir Hixam por escribir unos versos que enaltecían el nombre de su medio hermano, Suleiman, hijo de la primera esposa de Abd al Rahman I y, como tal, rival en la carrera sucesoria al trono de Al-Ándalus.

9. Entre fantasmas

1. La historia de esa profecía y de esa familia se cuenta en la novela Astur.

2. Ese ciprés milenario, situado frente a la entrada de la pequeña capilla, seguía vivo en el verano de 2017.

3. Los musulmanes prohibieron la presencia de campanas de metal en las iglesias cristianas que sobrevivieron a la conquista de Hispania en el 711. Mandaron retirarlas y, a lo sumo,

permitieron sustituirlas por otras de madera, con el fin de que no pudiera llegar lejos su llamada a la oración. Fue su modo de enmudecer a quienes ellos consideraban «politeístas» por adorar a un único dios manifestado en tres personas distintas: Padre, Hijo y Espíritu Santo.

10. Yo confieso...

1. Las primeras donaciones de reyes asturianos a la comunidad monástica encargada de custodiar el sepulcro de Santiago, específicamente destinadas a la acogida de pobres y enfermos, están documentadas en los años 886 y 911. Todas las rutas jacobeas están jalonadas de hospitales, sufragados por la Corona y/o por distintas órdenes monásticas, muchos de los cuales se mantuvieron operativos hasta época muy reciente.

11. Camino de salvación

1. Los pioneros que reabrieron el Camino Primitivo tras décadas o siglos de abandono se encontraron con una ausencia absoluta de hospederías o albergues. Tanto ellos como quienes habían transitado hasta entonces por esas sendas sin señalizar, repletas de maleza y peligros, se vieron obligados a pernoctar muy a menudo en los atrios de viejas ermitas, como la descrita, o incluso en las cárceles de Tineo o Salas, pueblos por los que pasa el Camino. Hoy en día, afortunadamente, no faltan alojamientos en los que descansar la fatiga, darse una ducha y disfrutar de la impagable hospitalidad local.

2. En el Códice Calixtino, escrito unos trescientos años después de la escena narrada, se lee textualmente: «¿Quién puede haber en todo el mundo, sin merecer el reproche de obstinado desprecio de los favores divinos, que no desee ampararse en el patrimonio de Santiago? Para visitarlo, pues, desde todas las partes del mundo, a través de las breñas de los montes, por delante de las guaridas de los ladrones, a pesar de los frecuentes asaltos de los bandidos y de las estafas de que son víctimas en los albergues, gran cantidad de peregrinos afluye incesantemente a Galicia».

3. Este texto es un fragmento literal del sermón que el Códice Calixtino atribuye al santo papa Calixto (1050-1124) en la solemnidad de la Elección y de la Traslación de Santiago Apóstol, que se celebra el 30 de diciembre.

12. Un sueño atormentado

1. La Crónica de Alfonso III (866-910), en su versión Rotense, describe así este episodio: «Tuvo un combate con la hueste cordobesa en el lugar de Pontubio, en la provincia de Galicia, y allí aniquiló a 54.000 musulmanes; y cogió vivo al general de la caballería, llamado Umar, y en el propio lugar lo decapitó... A los pueblos de Galicia que contra él se rebelaron los venció, y sometió a toda la provincia a fuerte devastación».

2. La misma crónica Rotense dice escuetamente: «Con sus propias manos mató a su hermano Vímara por haber ambicionado el trono».

3. Los conocidos como *mapamundis* (del latín *mappa* —mantel o servilleta— y *mundus* —mundo—) *de los beatos*, a los que alude Danila en este diálogo, se inspiran en la concepción cartográfica de los diagramas de Isidoro de Sevilla,

que describe una tierra plana, tripartita y circular. Representan el mundo conocido en la época dividido en tres continentes cruzados por cursos de agua en forma de T (asociada a la cruz de Cristo) y rodeados por un anillo oceánico. Proporcionan una visión del mundo, pero carecen de interés como instrumentos de guía, ya que en ellos predominan las ideas basadas en arquetipos bíblicos, ajenas a la realidad geográfica. Su principal objetivo es la instrucción en la fe y no la localización precisa de lugares.

13. Santiago, patrón de Hispania

1. La primera vez que se menciona a Santiago como «defensor de España» es en el himno O Dei Verbum, atribuido al Beato de Liébana, escrito durante el reinado de Mauregato y citado en varias ocasiones en la novela. Ese calificativo se repetirá en boca de varios reyes a lo largo de los siglos siguientes: «Patrón y señor de toda España» (Alfonso II en 834); «patrón nuestro y de toda España» (Ordoño I en 858); «nuestro fuertísimo patrón después de Dios» (Alfonso III en 886), y «nuestro patrón y del mundo entero» (Ordoño III en 954).

2. De acuerdo con la tradición cristiana, la Virgen María se apareció a Santiago Apóstol en Caesaraugusta, hoy llamada Zaragoza, aproximadamente en el año 40. María llegó allí «en carne mortal» antes de su Asunción y, como testimonio de su visita, habría dejado una columna de jaspe. Según la leyenda, Santiago y los siete primeros convertidos de la ciudad edificaron una primitiva capilla de adobe a orillas del Ebro, destinada a custodiar ese pilar.

3. En el verano de 997, el ejército del caudillo sarraceno Al Mansur, a quien los cristianos llamaban Almanzor, asoló la

ciudad de Santiago de Compostela. Quemó templos y destruyó todo a su paso, respetando solo la tumba del apóstol Santiago. Según la leyenda, los prisioneros cristianos fueron obligados a cargar con las campanas del templo de Santiago hasta Córdoba, donde fueron empleadas como lámparas de la nueva ampliación de la Mezquita. También entre el mito y la realidad, se dice que las campanas regresaron de forma idéntica a Santiago, dos siglos y medio después, esta vez a manos de prisioneros musulmanes capturados por Fernando III el Santo.

Guía del primer camino a Santiago

El itinerario redactado por Alana en estas páginas sigue una senda muy parecida a la que recorre actualmente el Camino Primitivo de Santiago, dividido en trece etapas paralelas a los trece capítulos de la obra.

Este Camino cubre una distancia de 310 km y se realiza generalmente a pie, en trece jornadas sucesivas. El de la comitiva real descrita en la novela sería quizás algo más largo, dado el deterioro de las escasas vías de comunicación existentes y la consiguiente necesidad de dar rodeos. De ahí que el tiempo empleado por el Rey Casto para llegar desde Oviedo a Compostela fuese mayor, tal como se puede comprobar contrastando cualquier calendario moderno con un santoral, modo popular de referirse a la fecha en la Edad Media.

El Camino Primitivo es una ruta interior de montaña, con puertos de más de mil metros de altura y pendientes muy abruptas, que discurre de este a oeste, a través de la cordillera cantábrica, siguiendo en varios de sus tramos antiguas calzadas romanas. En la época en que transcurre esta historia no habría otra manera de viajar por vías razonablemente transitables. En la actualidad, algunos de esos empedrados han sobrevivido a los siglos y resultan identificables entre hayedos o robledales centenarios cuya belleza sobrecoge. Aunque solo fuese por esa razón, merecería ampliamente la pena el esfuerzo de subir y bajar tantas cuestas. Pero no es ni mucho menos la única.

Poderosos argumentos de índole histórica y estratégica nos llevan a pensar que, si Alfonso II realizó la peregrinación recogida en el Tumbo A del archivo de la Catedral de Compostela, tuvo que hacerlo empleando los caminos abiertos entonces y pernoctando, siempre que fuese posible, en los monasterios capaces de cobijarle en un Reino asolado por las aceifas sarracenas. O sea, que el actual Camino Primitivo fue el que condujo al primer peregrino del que tenemos noticia hasta el sepulcro del apóstol Santiago.

Entre 1986 y 1988 la Asociación Astur-Galaica de Amigos del Camino de Santiago se propuso recuperar un trazado incomprensiblemente caído en un abandono prácticamente absoluto. A base de esfuerzo y dedicación incansables, con poca o nula ayuda institucional, fueron investigando, localizando, desbrozando, señalizando y habilitando metro a metro un Camino declarado Patrimonio de la Humanidad en 2015, que cada año atrae a más caminantes. A la cabeza de ese grupo de gente fantástica estaban Laureano García Díez, Benjamín Alba, Marta González y Manolo Otero. Su labor resulta impagable.

Los paisajes que contempla en la novela Alana son prácticamente idénticos a los actuales, aunque lógicamente ahora muchos de ellos están habitados. Perduran, no obstante, vestigios de los castros, capillas, calzadas, minas o cenobios descritos por la narradora. Esta pequeña guía pretende ayudar al peregrino a localizarlos, si acepta el reto de seguir los pasos del Rey desde la catedral del Salvador, en Oviedo, hasta la de Santiago, en Compostela, compartiendo con él y sus acompañantes no solo los rigores del camino, sino las angustias y esperanzas propias del tiempo turbulento en que se desarrolló su aventura.

Como dice un viejo refrán asturiano: «Quien va a Santiago y no al Salvador, visita al criado y no al Señor».

* * *

Los capítulos 1 y 2 de la novela se corresponden aproximadamente con las dos primeras etapas del Camino Primitivo, que discurren entre Oviedo y Grado (25,91 km) y entre Grado y Salas (22,11 km). En ellos se hace una descripción de la capital asturiana a comienzos del siglo IX, cuando parte de la actual catedral estaba integrada, como capilla, en el recién construido palacio real. La senda paralela al río que sigue la comitiva en el segundo capítulo no sería muy distinta de la actual. La villa de Cornelio en ruinas, en la que pasan la noche los personajes, es la que dio origen a la localidad de Cornellana, situada a unos siete kilómetros de Grado, en dirección a Salas. Allí encontrará el viajero el monasterio de San Salvador, fundado en 1024, cuyo futuro emplazamiento se anuncia en el relato.

El capítulo 3 coincide en buena medida con la tercera etapa del Camino Primitivo, Salas–Tineo (19,7 km), aunque termina adentrándose en la siguiente, Tineo–Ruta de Hospitales (13,78 km). En el siglo IX la distancia se medía todavía en millas romanas, equivalentes a 1,481 metros. Las calzadas descritas son reales, al igual que alguno de los puentes y desde luego las cuestas.

También lo es el monasterio de Santa María la Real de

Obona, desde el cual escribe Alana, cuyo estado de conservación es lamentablemente penoso, hasta el punto de amenazar ruina. Se encuentra a ocho kilómetros de Tineo y constituye una parada inexcusable. Tal como hacen en la ficción los monjes de Obona, los propietarios del Palacio de Merás, en Tineo, ofrecen al peregrino una acogida inolvidable. Los dulces de avellana y miel que tanto complacen a don Alfonso son típicos de la hospitalaria villa de Salas y se llaman Carajitos del Profesor. Proporcionan una energía indispensable para afrontar lo que viene.

El capítulo 4, Las murallas de Dios, recrea exactamente la cuarta etapa del Camino Primitivo en su versión más auténtica, más dura y desde luego más hermosa: la Ruta de Hospitales. Este tramo debe su nombre a los cuatro hospitales de peregrinos (posteriores a la época en la que transcurre la novela) que jalonaban antiguamente ese recorrido entre montañas, absolutamente desprovisto de núcleos habitados y de muy escasa vegetación. Hoy en día apenas quedan de ellos algunas piedras. Lo que sí se conserva y resulta obligatorio visitar es la mina de oro romana, situada muy cerca de Montefurado. No está bien señalizada, por lo que conviene contar con la ayuda de un guía, indispensable, en cualquier caso, para acometer esa travesía que puede llegar a ser arriesgada en caso de tormenta, nieve o niebla. Ni entonces ni ahora se encuentra agua o comida en el trayecto. Las vistas son tan espectaculares, no obstante, que compensan cualquier fatiga.

El capítulo 5 discurre paralelo a la quinta etapa del Camino, Pola de Allande–La Mesa (21,79 km), por un terreno pedregoso y abrupto que en algunos puntos bordea, desde las alturas, el río Navia. El Eremita y su gruta son fruto de la imaginación de la autora, aunque el paisaje y la dureza de las pendientes son fiel reflejo de la realidad. También lo es el embalse romano que servía para abastecer a las minas de oro. A su alrededor se celebró el último aquelarre de «brujas» del que se tiene constancia documental en Asturias. De ahí que se recuerde en estas páginas alguno de los ritos iniciáticos femeninos atribuidos por algunos antropólogos a la cultura ancestral astur conservada celosamente por Huma, madre de Alana. Para poder contemplar ese enclave, no obstante, es preciso subir hasta lo alto del puerto del Palo (pasando de 529 a 1.147 metros en 8 km) y soportar los rigores inherentes a la subsiguiente bajada.

El capítulo 6 enlaza con ese descenso infernal, capaz de poner a prueba las rodillas más resistentes. La sexta etapa del camino, La Mesa-Grandas de Salime, de 15,65 km, la mayoría de los cuales transcurren cuesta abajo, con desniveles extenuantes. En él se describe una humilde capilla levantada junto a un tejo, siguiendo una antiquísima costumbre local. El árbol de ficción se inspira en otro similar, de quinientos años y casi seis metros de diámetro, que en realidad se encuentra unos kilómetros antes, a la entrada de Lago, y conforma un cuadro único al costado de la iglesia del pueblo. Otro conjunto parecido, de tejo y ermita, es el de Santa María de Berducedo, situada muy cerca de allí, en la bajada de Los Hospitales hacia La Mesa.

Los «cortines» de piedra destinados a proteger las colmenas de abejas ante eventuales incursiones de osos u otros predadores son reales y visibles en algunos parajes particularmente escarpados, si bien es preciso prestar mucha atención o llevar un guía experto, ya que se confunden con las rocas oscuras.

Como sucede en la novela, los peregrinos concluyen la dura jornada muy cerca del río Navia, actualmente contenido en ese punto por una presa construida en el siglo XX. A dos pasos del embalse se encuentra un pueblo mágico, llamado San Emiliano, cuya Iglesia, decorada con frescos medievales de un valor incalculable, hórreos, casas y calles empedradas constituyen un auténtico tesoro conservado gracias al empeño de los vecinos, desesperadamente necesitados de ayuda.

El capítulo 7, Luna Negra, relata el accidentado cruce del Navia por un vado incierto, cuando aún no existía el puente que utilizaron durante mucho tiempo los peregrinos y en la actualidad está sumergido por el pantano. El resto del relato **corresponde a las etapas séptima, octava y novena del Camino Primitivo, que conducen desde Grandas de Salime, última parada asturiana, hasta A Fonsagrada (25,33 km), O Cádavo (24,25 km) y finalmente Lugo (29,64 km),** localidades situadas en Galicia. Una vez salvado el puerto del Acebo, la ruta atraviesa un terreno más llano y en toda esa comunidad autónoma el Camino discurre por pistas mejor acondicionadas (aunque acaso algo menos «auténticas»), transitables para vehículos.

Los castros de los que habla Alana a Sisberto existen en las inmediaciones de Grandas y al menos uno de ellos está abierto al público. También está siendo excavada alguna antigua domus romana. El manantial mencionado al final del capítulo es el que da nombre a la localidad de A Fonsagrada. Según una leyenda local (posterior al tiempo en el que se desarrolla la narración), el propio Santiago fue atendido allí por una pobre viuda y, en agradecimiento, el Apóstol convirtió el agua de esa fuente en leche fresca.

En las cercanías de Montouto, entre A Fonsagrada y O Cádavo, se conserva un dolmen milenario muy similar a los que describe Alana en distintos momentos al hablar de «altares» o «círculos de piedra» levantados por «un pueblo antiguo». Está junto a un hospital de peregrinos del que, tristemente, queda ya muy poco en pie.

Esta etapa alberga también el Campo de Matanza, situado entre Fontaneira y Cádavo Baleira, donde en el año 813 tuvo lugar una batalla entre el Rey Casto y las tropas sarracenas, cuyas huellas, que seguramente aún serían visibles catorce años después, describen con detalle los capítulos 10 y 11 de la novela. Topónimos como «Arqueira» o «A Trincheira» dan fe de aquel terrible choque, certificado, además, por el hallazgo de numerosas armaduras, tumbas y restos humanos sacados a la luz en las excavaciones realizadas a comienzos del siglo pasado.

El capítulo 8 transcurre íntegramente en Lugo, merecedora sin duda de parada y fonda. La antigua Lucus Augusta es la única ciudad del mundo que conserva intactas sus murallas romanas originales, levantadas en el siglo III: 2,2 kilómetros de fortificaciones de entre ocho y doce metros de altura, provistas de diez puertas y cuarenta y seis torreones, con un espesor medio de 4,2 metros. La descripción que hace de ella Alana responde a lo que esta autora contempló con sus propios ojos, atónita ante el grandioso espectáculo.

Reales son igualmente las termas romanas cercanas al río Miño, el puente que lo cruza y la calzada que sale de la ciudad en dirección a poniente. Los platos servidos a los componentes de la comitiva real por el posadero Claudio forman parte igualmente de la auténtica tradición culinaria andalusí, aunque no es posible degustarlos en Lugo… todavía.

El capítulo 9 se aparta del Camino Primitivo, en dirección sur, para llevar al Rey hasta el monasterio de Sámanos, ahora llamado Samos, cuyo papel en la biografía de Alfonso II resulta determinante. Aunque en la actualidad lo único que se conserva de aquel tiempo son la pequeña capilla y una parte de las murallas descritas en la novela, el desvío merece la pena con creces. No tanto por el monasterio en sí, víctima de una restauración más que discutible llevada a cabo a mediados del siglo pasado tras un incendio devastador, cuanto por la belleza del lugar en que se emplaza, por los vestigios citados y, sobre todo, por la importancia de dicho cenobio en la historia de Asturias y de España.

A día de hoy, los frailes del monasterio siguen brindando hospedaje a los peregrinos que llaman a sus puertas, tal como han hecho ininterrumpidamente desde el tiempo en el que Alana escribe su crónica.

El capítulo 10 corresponde aproximadamente a las etapas décima y undécima del Camino Primitivo: Lugo-Ferreira (26,35 km) y Ferreira-Melide (19,97 km). La calzada que sigue la comitiva es la vía romana XIX del Itinerario de Antonino, que unía la actual Braga (Brácara Augusta) con varias localidades. Durante más de un milenio esa vía sirvió de camino real y se conservó en perfecto estado. En algunos tramos son visibles todavía hoy sus impresionantes piedras talladas. La mayoría, desgraciadamente, han desaparecido bajo el asfalto vertido en los últimos cien años. Al final de ese primer tramo, sorprende un hermoso puente romano conservado (como se compromete a hacer el Rey en la novela) y mantenido en uso para cruzar el río Ferreira hasta mediados del siglo xx.

En ese mismo trayecto, al pasar San Vicente do Burgo, es preciso estar atento a la señal que indica el desvío hacia Santa Eulalia de Bóveda. Aunque para visitarlo es necesario alejarse unos kilómetros del trazado oficial, el monumento merece el esfuerzo. Se trata de un templo romano del siglo III dedicado a la diosa Cibeles, sorprendentemente preservado del deterioro por haber permanecido escondido bajo una pequeña iglesia cristiana edificada sobre él en época posterior. De este sincretismo se habla a menudo en el relato, en especial en las conversaciones que mantienen Alana y Alfonso II con el escriba Danila.

La presencia de abundantes ruinas romanas en esta parte de Galicia se enfatiza en el capítulo siguiente, el 11, donde unos niños aparecen escarbando en busca de tesorillos enterrados por los propietarios de una antigua villa, abandonada por sus moradores ante la llegada de los bárbaros. Santa Eulalia de Bóveda constituye sin duda para el peregrino un tesoro histórico-artístico mayúsculo.

Algunos kilómetros después, ya en la etapa Ferreira-Melide, a la altura de Hospital das Seixas, existió un hospital de peregrinos regido por la antigua orden de San Juan de Jerusalén, hoy Orden de Malta. No muy lejos de allí, al cruzar el río Lagares, se pasa junto a un cementerio que queda a la derecha del camino. La muerte de Agila, su enterramiento y la conversación que tiene lugar entre el Rey y Danila aluden a estos dos elementos.

El capítulo 11 discurre en paralelo a las etapas duodécima y parte de la décimo tercera del Camino. Esto es, entre Melide y Lavacolla (43 km).

En esta y otras etapas del camino son claramente visibles las «grandes lascas alargadas de piedra fina, colocadas en posición vertical con el propósito de impedir el paso a osos, jabalíes, lobos y demás fieras capaces de arrasar cultivos o devorar ganados». Ese modo tan peculiar como ancestral de vallar los campos llama poderosamente la atención del caminante.

Los castaños del bosque que atraviesa la comitiva se entremezclan en la actualidad con algún eucalipto, especie foránea implantada en el XIX con fines industriales, aunque el paisaje sigue siendo espectacular.

En el capítulo 12, el hecho de que el Rey y su corte se hayan detenido junto a un arroyo, con el propósito de asearse a conciencia antes de alcanzar su destino, obedece a razones históricas. Dicha práctica fue la que determinó el nombre del río y el de la localidad de Lavacolla. Ese curso de agua sirvió durante siglos a los peregrinos de «cuarto de baño» y les permitió lavarse todo el cuerpo, incluidas las partes más íntimas, a fin de adecentar su aspecto antes de postrarse a los pies del santo.

El capítulo 13 recorre los últimos 12 km del Camino Primitivo de Santiago; el que, pasando por el Monte do Gozo, lleva desde Lavacolla hasta el sepulcro del Apóstol, actualmente situado dentro de una impresionante basílica varias veces ampliada y enriquecida, tal como recoge el augurio real formulado al final de la novela.

El montículo escogido por el obispo Teodomiro para encontrarse con el Rey debe su denominación al hecho de ser el primer punto del Camino desde el cual se puede contemplar Santiago, lo que lógicamente produce en el peregrino una profunda sensación de gozo. La misma que experimenta Alana al reconocer a su hijo.

En el tiempo en que transcurren los hechos narrados, en el lugar que hoy ocupa la bellísima Compostela existía un bosque tupido que albergaba restos de un antiguo cementerio de origen romano. La hipótesis más extendida apunta a que en uno de esos túmulos fue donde «aparecieron» las reliquias atribuidas al Apóstol.

En cuanto al nombre de la ciudad, existen dos teorías con base etimológica igualmente defendible. Una liga Compostela con el «campus stellae» (campo de estrellas) contemplado, según la tradición, por el anacoreta Pelayo, y la otra con «compositum», denominación latina de cementerio o campo santo. Sea como fuere, la urbe merece actualmente una visita en toda regla, empezando por el Obradoiro y callejeando después sin prisa con el ánimo dispuesto a dejarse sorprender.

* * *

Desde el año 827 hasta nuestros días, peregrinos de todo el mundo han recorrido esperanzados el maravilloso Camino que conduce hasta Santiago. Todos, sin excepción, han contribuido a enriquecer el formidable acervo cultural que acumula esta vía milenaria y todos, sin excepción, han vivido al recorrerlo una experiencia inolvidable de la que habrán salido cambiados, como les sucede a los personajes que acompañan al Rey Casto.

Como dice Alana de Coaña al finalizar su relato: «El camino que he seguido hasta aquí no solo me ha traído al *finis terrae*, sino a ese escondite interior donde mora el sentido oculto de todo lo acontecido hasta ahora. Una vez alcanzada la meta, es menester acabar».

Y descansar, añado yo, que falta hace...

ISABEL SAN SEBASTIÁN

Agradecimientos

La Peregrina no habría visto la luz sin una gran cantidad de ayuda por parte de gentes generosas.

Gracias de corazón a…

Laurcano García Díez, presidente de la Asociación Astur-Galaica de Amigos del Camino de Santiago, cuyo saber, pasión, amabilidad e inmejorable disposición a secundar esta aventura me permitieron descubrir los tesoros que encuentra Alana en su caminar.

Benjamín Alba, miembro fundador de dicha asociación, que me guió a lo largo del Camino, báculo en mano, y me regaló unas horas de conversación impagables. En la novela lo he llamado Assur y a él pertenece el copyright de esta sentencia preciosa: «Manos que no dais, ¿qué esperáis?».

Juan Carlos González, mi «hermano pequeño», compañero de tantos caminos, incluido este.

Roberto Sánchez Ramos, Rivi, Tercer Teniente de Alcalde y Concejal de Gobierno del Área de Cultura del Ayuntamiento de Oviedo, y a sus colaboradoras, Pía Portilla y Loli Martínez, que respaldaron desde el primer minuto este proyecto, me brindaron su apoyo incondicional y pusieron a mi disposición los contactos indispensables para llevarlo a cabo.

Benito Gallego, docto deán de la Catedral de Oviedo, que me abrió las puertas de ese impresionante templo, custodio del Arca de las Sagradas Reliquias, y me sirvió de guía a través de los siglos de Historia que atesora.

Juan Pozuelo, excelente chef y mejor amigo, que preparó el menú servido por Claudio en su posada de Lucus, después de llevar a cabo una exhaustiva investigación sobre los secretos de la cocina andalusí altomedieval.

Mi hijo, Iggy, que fue leyendo capítulo a capítulo esta historia, a medida que yo la iba escribiendo, para ofrecerme su crítica siempre constructiva, sus valiosas sugerencias y su aliento.

Alberto Marcos, mi editor, sin cuyos consejos y sonrisa animosa sería mucho más difícil (o imposible) llegar a escribir la palabra «fin».

Y gracias a los que me han soportado mientras escribía, desde la plena conciencia de lo insoportable que llego a ser…

Mi gratitud sincera y mi cariño.

Índice

megustaleer

Descubre tu próxima lectura

Apúntate y recibirás recomendaciones de lecturas personalizadas.

www.megustaleer.club

megustaleerES   @megustaleer   @megustaleer